BORÓ

ITIBERÊ AZEVEDO

BORÓ

Labrador

Coordenação editorial Pamela J. Oliveira
Assistência editorial Leticia Oliveira, Vanessa Nagayoshi
Direção de arte e capa Amanda Chagas
Projeto gráfico Vinicius Torquato
Diagramação Nalu Rosa
Preparação de texto Marília Schuh
Revisão Sérgio Nascimento

Dados Internacionais de Catalogação na Publicação (CIP)
Jéssica de Oliveira Molinari - CRB-8/9852

Azevedo, Itiberê
Boró / Itiberê Azevedo.
São Paulo : Labrador, 2025.
688 p.

ISBN 978-65-5625-948-2

1. Ficção brasileira I. Título

25-3348 CDD B869.3

Índice para catálogo sistemático:
1. Ficção brasileira

Labrador
Diretor-geral Daniel Pinsky
Rua Dr. José Elias, 520, sala 1
Alto da Lapa | 05083-030 | São Paulo | SP
contato@editoralabrador.com.br | (11) 3641-7446
editoralabrador.com.br

Esta é uma obra de ficção. Qualquer semelhança com nomes, pessoas, fatos ou situações da vida real será mera coincidência.

Quatro são as perturbações da alma: a tristeza, o desejo, a alegria e o medo — que é sal.

Confissões,
Santo Agostinho,
mais o sal,
JS.

CAPÍTULO 1

São Paulo, verão de 2006. Últimos dias:

"Fui criança em Brasília. Tudo aquilo era meu, prometido e cantado, "Parabéns pra você...", ganhei num aniversário sem velinhas nem nada. Coisas da minha mãe — nenhum conto na bolsa, bolsa alguma tampouco. Acima, outro dia muito celeste dos lindos céus azuis de Brasília sem anjos ou cabos de aço; abaixo, ninguém a quem pedir, nada pra dar, uma frutinha seca, uma flor, nada, totalmente nada, apenas a cidade que brotava, e eu fazia três anos em 1960. Deu a cidade. Deu os inacreditáveis castelos feitos de galhos, os palácios de lona e as mansões de sacos de cimento, o cerrado infinito, deu tudo, o próprio céu e lá longe os arranha-céus de concreto, porque essa era e assim era a minha mãe. Carregava tanto peso nas costas quando cheguei, seus baldes de vinagre e cicatrizes, porém, *Bão balalão / senhor capitão / peso mais pesado*, "Ora por favor, peso algum", *lua, lua, luar*, "Pode me dar". Aquela pessoinha feita de pluma, minha mãe em seus dezenove anos de menina cheios de vazios a ocupar e promessas de mel e leite, de uma riqueza jamais vista, como a Brasília de 1960, nós dois sozinhos no meio do planalto sem fim e já parte da mistura que ali vingava, uma bicharada esquisita num chão vermelho, o mato seco das árvores retorcidas corticentas, tudo rude, mas a alegria, quanta esperança o povo que despejava feito enchente dos caminhões e invadia os acampamentos erguidos sobre o meu cerrado do *meu* céu azul de Brasília, os *meus* barracos de lata, de qualquer coisa que desse liga com suor e pregos, das árvores frágeis da terra às valiosas tábuas arrancadas do concreto vertiginoso das construções, a madeira que chegava de terras distantes mais o povo para armar os sonhos de grandeza do homem, dos concretos anguloides dos arranha-céus às barreiras de entulho e — como tudo alimenta o coração do homem — fogueiras de são-joão, rezando a Deus pelo talvez milagre de ocupar um pedacinho e construir em paz se o dono não há ou não exerce, a grandeza do sonho do homem. Então minha mãe, dezesseis anos mais machucada que eu, ela também sonhou: elevou o punhozinho ao céu, mostrou talvez a Deus, 'Admira, Senhor! Vê como luta a mão que não desarmaste', baixou com toda a força do espírito e pregou um título no chão, deu tudo de uma vez: Brasília, céu incluído. "É seu, amorzinho. Não tenha medo." Queria me embalar com essa história — boa de intenções, é verdade, embora — meio descalibrada na pontaria dos medos que me queimavam, porque não era aquela Brasília cheia de planaltos e o povo despejando, as fogueiras ou a rudeza o que me assustava, mas, ela, *ela*, e no entanto como era bom de ouvir, "Coitadinho, você está, oh, machucou? Não tenha medo, *Upa upa cavalinho / vou cuidar do seu bracinho*", sua voz, "Como aconteceu? Dói muito? Pobrezinho. Deixe assoprar. Tadinho", voz de mãe, "Pronto. Sarou", o bracinho que doía, ela desviando minha atenção, "Agora olhe", falava do horizonte, "Veja que lindo. É seu, tuuudo seu", o braço estendendo um leque geográfico de um lado, "Tuudo", a outro, me enlaçando, "Fique comigo, filhinho de Deus, não vá embora nunca, nunca", o filhinho de amor, dos leques e cicatrizes, todos os infinitos de amor batidos no leite todo dia pra já logo me intoxicar de afeto desde cabritinho, que ela precisava, sem outra boca no mundo pra vitaminar; depois, entupido desse amor reforçado, saciada, dizia, "Pode ir, filhotinho. Brinque em paz, fique em paz", sua voz que para mim que não sinto nada por cantorias eram contudo flautas muito doces, "Xô, xô pavão seu malvado, deixa a criança dormir seu soninho sossegado" "Deus o abençoe. Abençoe esta cidade, este lar, esse bracinho, shhh...", e eu dormia no braço dela, abençoado entre abençoados, convertido, em paz. Afinal era meu tudo o que viam estes olhos inquietos enquanto o tempo, pernas lentas e ligeiras, seguia por ali, nossas marcas na terra seca e na argila, o gosto, os cheiros, a fábrica de asfalto e a distante pedreira que enchiam os caminhões das obras, quanto mistério no lago assustador-tentador, um mato vivo cricrilando mil criaturas minúsculas no silêncio em torno, passarinho de toda sorte, cobra, bundinha-queimada, calango, até lobo-guará, cão da noite, bicho raro, galhardo, naquilo que era meu e um parque só. Mas a realidade que engordava no paralelo, aquele parque, eles sabiam: a paz não iria continuar bocejando ali a vida toda. Eu sabia. As letras em tintas vermelhas de chuva, a voz da terra me cantava que a paz uma hora, um dia, e acabou. Porque era lei. A lei do Sol, o magnífico vingador que sempre voltava para reinar sobre o cerrado seco, seu reinado seco, cheio de meio-dia no céu azul e a vontade de secar, secar... De repente, que ninguém sabia de onde vinha, porque vinha de todo lugar, subia e tomava conta de tudo, desde longe até os olhos e as entradinhas do nariz, aquele poeirão vermelho que virava o céu e fazia pensar que nunca na vida choveu nessa terra imensa e nem nunca vai chover. Disso me lembro bem, sim senhor. É como um sonho que insiste, que traz, ora, o que entendo de sonhos, se é bom ou pesadelo, se me traem... Às vezes tenho esses pensamentos de paz de novo, de dormir em paz, coisa boa, o senhor sabe. Mas não posso. Roubaram ela de mim. Acha que eu queria? Está certo, pequei, ou, diga-me Deus, apenas errei. Só que eu não queria, ou sabia, o preço, nada. E amputaram ela de mim. Coisa estúpida. Antes arrancassem as unhas, desencaminhassem a alma logo de uma vez, qualquer ruindade, mas... ela? Difícil aceitar a dor, e no entanto a dor: engolisse a desgraçada, eu, que perdi, aceita de uma vez o que te fura os olhos, derrete e despedaça. Esquece. Não esqueço — nunca esqueço! Hoje, tantos anos depois, já sem a cor das ilusões nos cabelos, cheio da lama que sobe as pernas, entra na boca e me engole, hoje quem opera essas ruindades todas sou eu. Olhe estas mãos: as marcas na carne profunda. Elas não pediram para conhecer o sangue — note, não tremem —, e conheceram; minha boca não gostou mas gostou, acabou gostando, e eu descobri quanto pode a força, a própria lei: força respeita força — ponto. Não há paz sem guerra, dizem. Dizem errado: não há paz, apenas submissão. Sei disso como poucos. Gostaria de não saber, gostaria de não acreditar no que eu acredito mas nas purezas da vida, nas bem-aventuranças e paz na Terra aos homens, quais?, os bem-amados os mansos os de boa vontade? Deus, me perdoe.

§

Fui menino em Brasília. Cheguei em 1960 já três anos do primeiro aço cravado no ventre, abertos dois talhos e a encruzilhada central, cruz vermelha que salgou a terra, Brasília, três anos, como eu — grande festa de aniversário, "Que lindo", minha mãe lembrando a inauguração —, como se elas tivessem combinado: três anos?, três anos, e embarrigaram na mesma época, que é assim que se faz desde o início dos tempos, porque criança gosta de criança, mãe sabe disso. Por isso faz e espera brinquedos crianças filhos, tudo junto — acho que sim —, para que nunca fique mãe sem filho, filho sem mãe, criança sem criança. Então crescemos juntos, Brasília, filhos e mães coletivos misturados na terra... Mentira. A quem engano? Brasília, não, Brasília aparelhava o seu próprio caminho, Monumental, e apertado demais para mim — aquele muito de espaços e avenidas, "Ela não é para o seu pasto; eguinha de sangue azul", "Eu sei", "Eles não deixariam", "Eu sei, mãe". Brasília, menina que arvorecia tão linda, como as espatódeas dos cachos de flores vermelhas, das bagas para as nossas guerras de mijo-de-gato, brinquedo de criança sem brinquedo, as sibipirunas, amarelas, delicadas, forquilha de fazer estilingue, e os flamboaiãs, que minha mãe todos os anos ia no Horto, escolhia "As melhores mudas, os melhores frutos, filhinho" e ajudava a enfeitar a cidade no Dia da Árvore, Brasília, aquela menina linda mais que crescia, se afastava de mim, um graveto que se espicharia num arbusto, logo uma árvore cascuda, seca e forte, rude. Isso não senhor que é crescer juntos, ver os brinquedos perderem o gosto; não eram só a cidade e os gravetos os que cresciam: meus olhos também. Começava a enxergar as diferenças que machucam. As diferenças, os abismos... Piscina e charco, a gente aprende, não são iguais, como dor e alegria, perdão e vingança...

§

Fui moço em Brasília. Cresci com as luzes da cidade. O sol, as intermináveis filas de postes, as luzes que se esparramavam nas ruas e subterrâneos, enchendo à noite pra subir pelos blocos e mostrar nos engradados de janelas os quadradinhos onde existia vida. Mas dos lugares com luz sem luz não quero falar, continuar lembrando. E não consigo esquecer. Também não dos principes — os verdes, na época, oliva, os políticos com seus carros sempre-pretos e os funcionários chapa-branca — nem da patuleia, das cidades-satélites (próximo) até o Araguaia (noutro mundo). Não quero falar disso mas da garotada, de quando crescia — em casa, debaixo do olho forte da minha mãe, porém na rua — solto, cachorro e asa de pardal, explorador daquele universo todo meu e um parque só, ignorante dos limites, que limites?, não havia limites, ou havia, o pior de todos, o invisível e impossível de atravessar nem chegar perto. Quem conseguiria? *Eu* conseguiria. Chegar sim atravessar e, esperto, ligeiro, uma anta, me perder nesse limite que eu não enxergava porque não existia. Mas existia. E era bem real, bem cheio de mandíbulas, como de hábito nessas boas leis da vida: bastava cumprir distância dos chãos e dos calos dos donos lá, de lá, do poder, e da corte que servia e da qual se servia aquela boa gente graúda. Porque do resto, o pó vermelho encravado nas unhas, os subterrâneos, eles nem sabiam, era nosso — nós não éramos nós, mas o espaço que sobrava deles, aprenderia, aprendi —, o resto era... a disputa, era uma, como explicar, era como um fruto, não um fruto, uma exuberância fabulosa de se ver, de comer um ou dois ou três nacos talvez, nunca uma inteira nem tamanha pros olhos do menino sem costumes de fartura, uma generosa melancia... "Quero a minha grana hoje seu feirante, hoje tá curto te pago semana que vem moleque, semana passada nem antes me pagou e hoje tá curto o cacau seu feirante?, uma miséria já disse leva fruta, fruta?, só tem fruta, quero a melancia então, melancia a freguesa reservou, cadê a freguesa, tem abacaxi pingo de mel, abacaxi tu põe água com açúcar pr'adoçar a freguesa, tá demais folgado hoje hein moleque, dá metade da grana agora, dou um pedaço da melancia docinha docinha olh'aí freguesia mas tu que desmonta a barraca moleque, desmonto nada me dá toda, dois pedaços tou no prejuízo, inteira, três quatro cinco, dá tudo tudo EU QUERO TUDO, tá bom calminh'aí leva essa droga logo duma vez que ela tá passada mesmo seu moleque da peste e se pira daqui antes que eu..." Rápido soltava a pedra que me faltou um triz na ferveção das ideias para endereçar um racha bem sanguinolento na testa dele, catava o paquiderme verde inteirão, equilibrava de lado, o que liberava os dedos centrais para os devidos agradecimentos, mas o hipopótamo liso e louco se aproveitava pra querer se esborrachar no chão, pelo amor de Deus, vem cá, suor da minha labuta, grudava uns dedos de sapo no bicho amassando as costelinhas, trazia pra barriga, vergava, ai meu Deus, e reequilibrava a fabulosa melancia-pró-labore dos meus empenhos na barraca do feirante boca torta cretino munheca mão de vaca e uma perna dura, diziam que era benfeitoria antiga de uns grileiros que vieram com ferro na mão pra negociar o ponto da barraca com ele e o munheca pegou um pau com pregos, saltou as taubas da frente da barraca, dispensou as preliminares, Bom dia, gentil feirante. Viemos negociar, Negociar é?, e o seu Gentil negociou logo o pau na cabeça de um, tomou uma ferrada no meio da cara outra no joelho caiu rodou os pregos na perna dum benfeitor vazou o pé do outro, no fim botou a canalhada pra correr, depois o joelho não resistiu ao hospital e bichou, dizem. Eu admirava a energia do sujeito, gostava dele, da feira toda, de levar e trazer mercadorias e freguesas gastadoras — seu Gentil, a lembrança do ferro afundada no torto da boca babando pras freguesas, "Moça bonita não paga... se der um beijo" – todas riam, pagavam com gosto. Por duas moedas eu ajudava a tirar as taubas das barracas do caminhão e montar; uma laranja descascada ou uma fritura, jogava damas com o mendigo cego na frente das madames e deixava ele ganhar, elas enchiam a caneca dele, como madame é burra. "Quer que põe celofane colorido pra embelezar o produto pras freguesas, seu Gentil?" "Sei lá do que o moleque tá falando, amigo Jarbas. Sai, menino" "Lustra-móvel na maçã, vai querer hoje, seu Gentil?" "Se manda." Eu encarava qualquer serviço por uns trocos, desde limpar o fedor depois na barraca de peixe até ir no serralheiro aumentar o polimento dos pesos da balança, seu Gentil num coça-as-costas com o amigo Jarbas da fiscalização e o amigo Jarbas da fiscalização comigo, "Cai fora, ô pó-de-mico", a que eu respondia com as palavras universais de obediência e recomendações à senhora sua mãe e me pirava finalmente, sem pressa, por exigência do orgulho, nem lerdeza, por amor ao couro. Porque lutava sem jamais perder, o suado pagamento, a grandeza daquela melancia capturada no meu carrinho de ajudante-carregador-mirim e melhor, toda vida melhor que bica dágua pra garganta sempre seca, e tão magnífica, que a mata em volta, com sua tropa de homens-árvores-malcrescidas marchando fantásticos sobre a terra viva, trôpegos e fiéis companheiros mas acima de tudo indulgentes, como um deus bom, acredite, um deus que me dava passarinhos e camaleões, galhos fáceis de quebrar, espinhos para furar insetos, além dos próprios insetos, pequis e cupinzeiros com quem lutar e seus ferrões, quando ia, quando voltava, moinhos e donzelas em perigo, a mata seca ao nosso redor se torcia e se curvava para nos exaltar no desfile da avenida, os campeões, eu, o carrinho e o troféu de melancia escondido num bolo de sacos, fruto intocável da feira na Cidade-Livre, sábado, tão longe de casa que precisava acordar às quatro para chegar e tão perto que o tempo voava de aventuras e as borboletinhas amarelas iluminando o meu caminho lá na curva do cerrado e de lá para casa com o fabuloso fruto da vitória, minha glória, à noite, minha mãe e eu e o troféu, a delícia na boca pra cuspir irresistíveis duelos de caroço, primeiro tuf! ela, eu de cabeça baixa num mau humor de exausto e faminto jantando em paz, soslaio num olho, prato no outro, e ela *tuf* de novo, junto com um dos raros sorrisos, provocando meus exércitos com tiros *tuf* na orelha *tuf* caroço no meu feijão com arroz, nojenta, afasto o prato ela detona uma carga dupla *t-tuf* no copo de groselha, que pontaria, que audácia, o risinho uma declaração de guerra, hora de puxar a suculenta, de me encher de munição com uma dentada, tocar a corneta da cavalaria que ela acabou de mandar um triplo, apelando no calibre, mais suco e melancia que caroço, ah, isso não, eu trincado de chumbo até os dentes, isso é sacanagem, isso é guerra, e atirava impiedoso *tuf tuf tuf tuf* as artilharias na boca por onde escorre sangue de melancia, toma essa essa e-mais-essa e chuvas de rir e de esgotar a munição roída até a casca verde do paiol, nós dois sozinhos na cidade em que éramos felizes, tão felizes que a vida era boa para sempre e a caminho de casa triunfante, a glória o troféu intocável num carrinho de pau e pregos, da roda que se desentendia com o eixo toda hora, mas se eu fiz eu conserto, bato outro prego, lubrifico as rodas com óleo de fritar galinha e sigo com o peito estufadíssimo de orgulho, peito de pombo franzino mas esforçadíssimo no quanto aguentasse a respiração, protegido pelo meu deus-cerrado; e enquanto caminhava o peito orgulhoso o tempo corria, os anos, e eu crescia, o deus indulgente tornando-se em galhos cada vez menores, cada vez mais apenas inertes, e eu crescia; agora eram os meninos maus entre as árvores, mas eu não tinha medo, eles saíam das sombras, eu não podia ter medo, eles atacavam, um por um arrancavam seu pedaço, meu pedaço intocável, também eles cresciam e o que tiravam de mim cada vez mais. Eu não aceitava manso as mordidas, não senhor. Eu lutava. Mas estava cansado de perder. Quanto tempo aguentaria voltar para casa trazendo um mundo cada vez menor? Minha mãe com o jantar na mesa me dava um beijo, eu desviava o olho pro pedaço de melancia que sobrou dos meninos, resvalava um soslaio no olho forte dela e baixava a cabeça. Deus por que o mundo é mau, queria matar os meninos, queria trazer de novo uma fruta imensa gigante pra minha mãe e sobrou isso, devo ser o pior filho do mundo, eu não presto, valho pior que um cuspe, eu sei. De repente minha mãe: tuf! Nunca passamos fome naquela Brasília em que fui criança, menino e moço.

CAPÍTULO 2

Minha mãe, o senhor sabe, um quilômetro de história ela. Não falo dos talcos de açúcar-cande que a gente despeja na memória dos anos, que daí, adoçada, qualquer uma vira mulher-mãe, os passos retos, as boas disposições, pura e muito linda nos traços delicados, perfeita, Maria, não. A verdade é que as misturas nela eram diferentes. Havia todas essas purezas e marias, o planalto central e uma vida que se levantava, sim, mas tira as cerejas, porque cerejas não havia, nenhuma fonte de água fresca do Catetinho mineral para aliviar, não senhor; tinha os vinagres e as cicatrizes — umas ferragens plantadas nos tempos dela de menina — mais as pedreiras depois. Olha, vou só dizer umas palavrinhas especiais, ouvi de um fulano tem, deixa ver, dez anos, conhecedor ele das histórias dela em Brasília, quase dez anos que eu falei com ele, questão de dias agora

1996, justamente, me contava de uns pretéritos dele de Brasília, dela, muito falador, chamava ela de mamífera, "Com todo o respeito, é", dizia, "Mulher de peitar o mundo conforme aparecesse", na "baia onde o distinto se apresentasse", palavras deste tamanho, ele no jeito dele cuidadoso de falar, "Criaturinha peitadora e desabusada a dona Maria. Sempre alerta de defender as pertenças do território dela, o filho protegido, é, defender na travagem dos dentes e inclusive no gargantaço", ela, que manejava o palavreado como "uma navalha afiada na boca e todas as sabedorias, é, desde o dó-ré-mi completo até trovejar bem trovejado se alguém espremia os calos no sapatinho dela de criança. O povo, é, as pessoas intrigavam da dona Maria ser uma coitadinha quando ela apareceu do nada, antes de se inaugurarem a cidade, nem emprego arrumava. A única pessoa desempregada de Brasília. Só se ajeitou quando foi ser faxineira. Ficou famosa a história dela mostrando pro patrão o tanto quanto que ela sabia ler e escrever na melhor caligrafia e inteligente. É, não ajudou nada. Nem o pescoço fininho e o narizinho perfeitinho dela. O que ficou famoso foi ela mostrar o jeito como ela inventou de trabalhar com vassoura e esfregão, coitadinha, mas da coitadinha não sobrou mais nem o cheiro do pó da fumaça na época quando eu conheci ela, já estabelecida e depois era quem contratava os empregados no estabelecimento, firmona, não tinha quem mandava na dona Maria, nem os padres, o Coronel, medo de ninguém ela" "Santa brava mamífera", tagarelava ele, dez anos...

Apliquei o ouvido com a maior felicidade nessas histórias da minha mãe que eu sempre soube, especialmente isto das palavras como navalha, reconhecia na carne — as sabedorias, firmona, era o território dela. Mesmo assim, quando entre garoto e adulto, dei de plantar um sebo grosso na tampa das orelhas. Ouvia só o chuvisco dos sermões dela, seu desassossego crescente com a escuridão que me acostumava também crescentemente nos olhos, e que logo não me pareceria tão ruim, ou ruim, às vezes — e cada vez mais — boa. Um dia fritei os dentes. Me atolei no esgoto mais sem saída que o orelhudo aqui conseguiu encontrar, ela foi e me salvou. Mas até aí, até escorregar nas próprias ideias ainda moles e atrás de novos moldes — que ser jovem é isso —, barro à procura de oleiro, eu, o que faria ela, quanto poderia uma santa lactante brava ou doce contra os encantos da rua, daqueles seios da rua nunca lá essas coisas de bem escondidos, encobertos apenas para realçar as curvas do mal, esse quase deus, mau deus, superdeus que me acenava calculado e nutriente nos meus anos mais expostos? Ainda por cima se eram saborosos como, eram do tamanho das fomes da gente, eram, como se diz, ahn, que espreita na sombra depois ataca e volta para a sombra

Hein, não, não isso, ou talvez

Desculpe, sem ofensa, olhe, soa mesmo precioso esse talento seu de falar maltratando a prosa entre os dentes, "voshê": "traishoeiro"; "Deush", em vez de Deus, parece padre alemão, sueco, enfim, dizia, que volta na sombra e eshpreita digo, espreita, ataca outra vez, volta, se esconde e ataca uma terceira... vez, três vezes. Entendeu?

Parece, mas não, não é complicado. Vou explicar, vou escolher as palavras com pinça. Imagine um pesadelo real. Um Espírito. Não se vê, está longe, mas chegando, vem e num segundo está em todo lugar te cercando. Nas pedras do deserto, nos templos, nas montanhas

Pelo contrário: falo da medida dos homens, das tentações. Elas são

Traiçoeiras, certo: vejo que o senhor me acompanha com boas antenas. As três tentações. Quem triunfa desse Espírito? Não qualquer um, me corrige se estou errado ou reconhece o Tentador, já pensou, compreende o que eu

Justamente, o Diabo. Conhecido e reconhecido, nas sombras todos esses anos

Que passa, enervou?

Sossegue. Tem hora de falar, hora de ouvir. O Tentador, como eu dizia. Agora se acalme: hora de ouvir

Ouvir, pode ser, posso continuar por favor?

Posso?

Veja, me empreste só mais um pouco da sua atenção concentrada, melhor assim, pro Tentador, pros encantos da rua talhados no corte das nossas fomes, eu dizia, queria dizer, *quero* dizer. Sabe — e acho bem que o senhor sabe, é do seu ofício saber —, às vezes o mal tenta a gente com o gosto errado, cheiro de enxofre, umas danações que ofendem os sentidos e lhe enfraquecem as infantarias; o mal com o carimbo do mal no passaporte a gente rejeita, desperta as palavras da mãe da gente cantando o sacro verso nos domingos de igreja, então ele vem e não consegue nada, o mal, a tentação quero dizer.

Tem razão, não está escrito e nem é das interpretações. Mas desconfio que funcione assim. O mal não se declara nem se expõe, talvez nem exista, como existiu uma vez num deserto, naquela prova dos quarenta dias de jejum sem sucumbir de comer pedra, o poder e a glória, quer dizer, cada cordeiro um destino. Mas sabe, às vezes até os anjos caem, e ela aparece pra vencer, a tentação, o calorzinho gostoso que vira e mexe ela acende aqui dentro — acende, não acende?, então —, aí bate uma vontade fissurada de aumentar o fogo, que não é pouco, e nunca o bastante, o desejo que só cresce e um dia fica do tamanho de tudo quanto há, o desejo que não tem mais fim, de não ter mais fim.

A gente se destripa um bocado nessas paróquias hein, que Ele mesmo o Tentador dizem não frequenta muito. Mas, escorregou o cordeiro?, pediu? Ele comparece. Ferro empunhado avivando as brasas, Ele vem nos servir, porque as carnes que clamam por incendiar são as nossas derretendo no fogo o azeite que alimenta o fogo que nos derrete, Ele embaixo espetando pra ver se está no ponto — está —, se o sangue borbulha — borbulha —, você no gostoso do calorzinho e Ele todo convidado e churrasqueiro — em vez dos anjos — te servindo as carnes, desviando o sangue, e o coração distraído, entregue. Agora, me apedreje o desgraçado filho de Deus que nunca escorregou no fio da guarda.

Daí, que a régua da gente tem uma única medida: atenção. Precisa entender que a luta com Ele e contra Ele, negue o senhor se puder, a luta vai do primeiro sopro até o fim e o fim quantas vezes é obra Dele, 'Vai', Ele sussurra. 'Pode ir. Esquece os chuviscos da tua mãe e escorrega no teu próprio barro', aconselha, 'Frita os dentes', a gente escutando o Demônio empalar desde lá embaixo até o ouvido, 'Vai meu amor, acredita que eu te amo, e eu atravesso a língua nos teus ouvidos de cera, largo meus ovinhos doces, vai. Depois alerto: olha adiante. Temes? Pois deverias. É Deus que te espera com chabucos e varas de ferrão. Para cobrar o teu sebo grosso e o desassossego da tua mãe, verme, para te libertar da face da Terra, para que voltes a ser terra, verme!', que os ovinhos eclodiram em aranhas de ferro carnívoras.

Vou o quê, sou besta? Aprendi. Cedo. Cedo, que senão, nunca.

CAPÍTULO 3

Ora o que aprendi, estou vivo não estou? Aprendi a sobreviver. E também que naquele meio, longe das curvas flutuantes dos edifícios fabuloides e paraboloides do Plano, da Brasília que o seu povo eram deuses, naquele meu pedaço real de vida e fronteira do paraíso com os miseráveis, "Crianças!", berrava minha mãe, "Almoço... Jantar... Anda...", e todos surdos. "Já pra casa", todos corpo mole. "Xô, cambadinha", todos árvores diante das poças que atingidos pelos berros da minha mãe caíam, madeeeira, de chapa, todos nós toras, mortos, escondidos no charco, terríveis jacarés matadores só de olho naquela Buana fincando o coicezinho dela de toura bufante no chão, Sai da chuva!, junto com os espasmos do bracinho nas nossas cabeças, digo, no ar, Xô! — às vezes era lindinha demais pra parecer ameaçadora – às vezes –, minha mãe, firme diante do bando de galinhos demônicos, dispersando os matadores, brava gente brasileira, a turma —, aprendi que sobreviver era optar entre o medo — dobrar a cerviz, gosto dessa palavra cheia das santidades, cerviz, tendão de ferro a ser consumido, isso está escrito, é a voz lá de cima confortando a cana que vai enfiar na moenda —, escolher entre me curvar diante do medo e fazer sentir desse mesmo remédio de chumbo nas costas, mas dos outros, para me impor e cada vez mais, até que um dia, ainda antes dos dezoito, já pisava de volta nuns pescoços daquilo que me cercava e sempre foi meu, migalhas apenas, mas boas, perturbadoramente boas de plantar o pé, de rosnar cai fora!

Porque era meu, sim, com os apetites da vingança que pra falar a verdade cresci num moleque um tanto mirrado, sabe, a rebeldia era grossa, mas a carnadura não ajudava. Batia raiva de me ver os gambitos herdados com os traços de nanquim da minha mãe, como no meu caderno das poesias que eu fazia pra ela, podia escrever com as próprias pernas tão finas se quisesse, todos os meninos mais cavalos que eu, "Vem cá, perna de caneta, escreve aqui", me atormentavam, "Não adianta correr, perninha de caneta", queria que eles me esquecessem, "A gente segue o teu cascão do pé descalço — queria que me deixassem em paz — e o sapato furado da escola, haha" "Vai tomar uns cascudos, hahaha!", queria matar eles. Daí que as canetas deviam ser algum castigo de Deus, o Confortador. Mas castigo do quê, se eu não fiz nada, e batia uma raiva de acreditar nessas beatices de mulherzinha, o caderno de poesia, as Alturas, tudo conversa, e odiei a poesia, desacreditei, Deus?, hahaha.

Mas veio um dia, os sapatos dispararam a encher, abriam, camisas estouravam botões invencíveis e uma fome de leão de leão de leão! Comecei a transpirar aquelas tintas intrigado, minha mãe encolhendo, [Graças] e a cama, as portas, assombrado, [a Deus,] cheguei a desmaiar por causa da pressa do esqueleto em furar a pele, carregava botijões de gás pela vizinhança, [graças aos justos desígnios de Deus,] "Deixa comigo dona fulana, Seu velhinho beltrano, Instalo também, Põe capa no bujão dona cicrana, olha a ferrugem, Sabão na válvula, bolhou tem vazamento, precisa arrumar, explode. O da cervejinha?, [obrigado,] se a senhora insiste, mas a minha mãe, não conta pra ela pelo amor de Deus, ela não entende", a enciclopédia antes devorada e redevorada com os olhos, agora empilhada levinha num ombro mais um ferro elétrico que eu tinha consertado, [obrigado, meu Senhor] a molecada se divertia, "Noossa, como tá fortão o adolescente da dona Maria", os bandidinhos cheios de pernas ligeiras, "Tá fortão mas tem medo dela" "O fortão tem medo da mamãezinha, lalalá", e zuniam longe do meu alcance, o ferro e a enciclopédia equilibrando pra ir vender, precisava levantar uma grana, eu, "Vem cá, moleque folgado, vai tomar uns cascudos, hahaha!", maravilhado, [nas Alturas,] caixas de livros, a Olivetti, varava a noite atrás das criaturas, extasiado, [obrigado.] pernas olímpicas por todo o Planalto Central e bebia metade do Poço Azul geladinho em Brazlândia, engolia o salto de Itiquira, suava não mais filetes de ratinhos mortinhos sob a camiseta, mas rios de gambás que encharcavam a roupa e enlouqueciam a minha mãe, "Sai de perto, mocinho, sai, já pro banho, me solta, não me lambe!", o queixo desarredondava, os pelos no gambá, no gogó que apontava e mexia com as cordas do violino em viola, fui vigorando tanto, de graveto a moço, armários e guarnições, que já não cabia em mim, em lugar nenhum. Ninguém ia continuar me atacando nem morder as minhas vontades, não senhor, nunca mais.

§

Aconteceu um dia, eu numa elegância de fazer inveja, camiseta listrada sem um furo, macacão engomado, chinelo novo, andava meio que múmia para não desvincar, serviço de mãe amorosa, banho inclusive, meia pedra-pomes ralada no cascão dos pés, cabelo pacificado à força de brilhantina, orgulhoso e chique, ela me levou para ver as pessoas chiques no centro de Brasília, naquela parte de cima da rodoviária, oito talvez não mais que nove anos, prêmio pelo trabalho de escola que ninguém entendeu, ela entendeu. "Poemas lindos, filhinho", batidos à máquina sem erros (assim, rigor de mãe). Foi num domingo o céu tão azul celeste como só há em Brasília, passeando de mão com ela e na outra o palito do meu algodão-doce.

"Pipoca, não prefere pipoca dessa vez, filhinh...?"

Algodão-doce, firmei. É evidente que eu gosto de pipoca, humm, e aquela pipoca vermelha brilhando no lado direito da carrocinha, o Congresso fabuloide muito longe da gente, muito além do vidro da pipoca. Nunca tinha visto uma maravilha daquelas. Apontei com os dois indicadores, Quero algodão-doce e pipoca, num blefe sem chance contra o olho de raio-X-ultra-penetrante da minha mãe mais pão-dura que o raio-X, "Dinheiro curto, escolha curta", dizia ela, "Escolha um", ai meu Deus que decisão, fascinado com a novidade vermelha que me tentava, mas o algodão-doce todo branquinho de pureza, não, o brilho do vermelho, como a vida é injusta, como Deus é cruel, ai, me concentrei no algodão-doce, nada no universo chega aos pés do algodão-doce, o açucrinha derretendo na boca, fechava os olhos a onda espalhava parecia um morninho até debaixo da pele, humm, imaginando... Firmei: Algodão-doce.

Lutava para não atacar a gostosura daquela nuvem branquinha, tentaria durar um século, feliz da vida com a força de vontade nos ensinamentos de economia da minha mãe. "Os tolos gastam, filhinho. Os sábios se encantam." Sim, minha mãe me encantava, minha mãe era muito sábia e econômica. Eu era apenas feliz, como um sábio, acreditava, como aquelas pessoas chiques na rodoviária de Brasília, quase ninguém descalço, o vendedor de apitos assustou minha mãe, "Ai, meus pecados", quando bateu uma chinelada no "saco de gato". Depois ela riu por um segundo e eu vencia o Demônio da tentação, dava uma lambidinha, reagia, brigava com Ele, mas era esforço demais, o Demônio começava a se aproximar no comando da minha mão, eu não conseguia desviar os olhos vesgos do algodão-tentador de mil ideias diabólicas, o cheiro apertava as bisnaguinhas da saliva, me sucumbia, eu pedia forças a Deus, Ele entendeu que eu queria a boca mais cheia de água, e concedeu; então decidi molhar só uma mordidinhazinha, tá Deus?, derreter dois pedacinhos de nada na boca pode ser?, três?, e a força de vontade capitulou; desviei Deus pro saco de gato, cuspi a concessão — nunca vi minha mãe cuspir, vi se invocar, Péssimo hábito, filhinho, mas se eu sou homem e a gente tá na rua, qual o problema? —, cuspi escondido, cuspi duas vezes porque Deus tinha um pacto com o algodão-doce, abri o bocão pra mostrar quem manda, e quando ia estraçalhar de vez a nuvem-doce, estaquei com a visão de um Demônio de verdade, é, um brutamontes no outro lado da rua, mandando na rua:

Cabeção ele do tamanho dum boi, costas, pernas, impressionante, e que braços fortes, um deles segurava uma... meu Deus — as bisnaguinhas da boca me secaram na hora —, um braço chacoalhava uma mulher pelo pescoço! O outro era uma clava que a mãozona fazia bola de demolição pra rachar testa de herói, se aparecesse algum herói pra salvar a mulher, não apareceu, maior gritaria, o povo juntou, quem não baba?, chama a polícia, Deus acuda, formava roda, de repente a força chegou o furacão de cassetete girando no ar furou o povo, dispersou o povo, "Circulando, povo, circulando", que o povo sempre dispersa e circula, mais é por causa da repelência das autoridades. Passou, fecha e volta a assistir o espetáculo da vida que não pode parar, cru e singelo como deve ser, autoridade batendo e, se há Justiça, divina ou justa, autoridade apanhando. Ah, como é bom a desgraça do próximo, eu apertando o palito do algodão-doce branquinho, a outra mão suave na mão da minha mãe, vi pularem no brutamontes, não vi a cara dele, mas juntarem um quartel com sei lá quantos polícias nos quartos do animal, que não desatarraxava os cascos de cima da mulher parecida uma boneca de pano. Os homens puxavam e batiam, e ele conduzia o *paso doble* sob cassetete, só nas pernadas, só revezando as mãozonas no pescoço da boneca e nos soldados, abertas nuns, bolas de ferro noutros, o Demônio sabia onde bater, onde não levar, aleijava um por um, espantava o povo, que se abria e fechava ao redor como enxame de moscas-sanfona, foi quando aterrissou a segunda radiopatrulha cheia de luzes de alerta, mais chuvas de capacetes tão branquinhos e sarrafos, que finalmente caída largada no chão a boneca imóvel, afundaram com ele e meteram na viatura a sirene gritando embora dali o Minotauro, o touro homem que por toda riqueza do mundo eu queria ter aquela força nas clavas pra bater bater bater! — o palito do algodão-doce tão branquinho tanto apertei que quebrou, caiu no chão —, queria derrubar uma tropa de capacetes brancos, o poder, sonhava, mas — fechei o bocão — sabia, impossível com aqueles meus traços de nanquim, os gambitos, e, Deus do céu, justo a força no que me tornaria anos depois, naquele corpo que crescia para fora de mim, para cima, os talentos de um armário entre os ombros e a leveza das enciclopédias, e também no azedume que já me empedrava por dentro, acho melhor os boçais pararem de me atacar, as provocações:

"Caneta, canetinho, o caneta é pobrezinho, lalalá", Pobre, não, filhinho. Foi-se o tempo. Econômico, dizia minha mãe, "O canetas anda descalço", previne pé chato né mãe, "A gente conhece o teu truque, ladrãozinho" "Tu pisa nas bolinhas de gude e afana entre os dedos de cascão, seu macaquinho" "Vai tomar uns cascudos", Deus, por favor, "Tu vai comer ovo podre" "Arriar as calças", não, não!, eu tou enfurecendo, eles iriam se arrepender, minhas novas guarnições virando lento a grimpa do medo, então vinguei e reescrevi uns passados mais ou menos recentes da época, e por cautelas ainda salgadas de medo e outras fumaças, passei a evitar — podia, era um deles agora — os fortes.

Olhava de lado, nunca mais de baixo pra cima. Chamava de indiferença vigilante: não mostrava os dentes, não precisava morder nem perder nenhum, e deixava os fracos em paz. Mas não por bondade gratuita, vá ter ideias. Apenas me parecia idiotice avançar no lombo daqueles que os outros — e fortes — consideravam sua propriedade, os fracos. Ah, como é tenra a carne dos fracos.

Toda aquela musculatura exigindo serventia, de certa forma disputava com o floreio das palavras, afiado que eu era quando mirradinho, aço de primeira necessidade e força única por muitos anos. Porém tudo no seu tempo. Tempo de fugir, tempo de avançar. Cheio das vontades impossíveis com aqueles canastrinhas meus ossinhos e carninhas que serviam só para correr, não teria chegado ao estirão redentor não fosse — mais lucrativo que a ligeireza das pernas — o gume da língua, que depois com estes argumentos peitorais cegou um pouco o aço. Enferrujei. Mas quem para, e continuei descobrindo o alcance da força, que força atrai força, compra facilidades e alianças. Alianças funcionam. Aliança é a força maior.

Facilidades, interesses, qualquer sujeição desejada ou alianças. E se não procurava aliados fracos, tampouco populares queridinhos, macios esses também, mas igualmente cheios de proprietários. Não. Mirava no meio. Procurava os que até o Amém rejeitou, nem quentes nem frios, forte ou fraco. Médios. Esses mornos sem pátria.

Venham então, mornos, venham todos, 'Ó juventude universal, rejeitados de média temperatura, força, ouro, escória!', e eles vinham, como não, jovens caem dos raios, das moléculas de ar esse mundaréu de partículas desgarradas, rebanho atrás de funduras. Frutificai e multiplicai-vos. Deveria ser assim para tudo, valer para todos, mesmo para os mornos, o senhor concorda?, esses príncipes do nada — cusp! E ocupai seus espaços, porque tudo fora prometido, a todos, a seu preço e a ferros, ah Pregadores, prometido aos que têm o mundo a herdar, concorda?, me diz!

'Vinde ó exército universal de reserva', desgraçados deste mundo a perder por correntes, venham, que te espera a chusma de magos e profetas, os magarefes, comandantes marciais e outros senhores, que te acolherão, não segundo tuas obras ou a benignidade nos teus estandartes, pela temperatura! 'Vinde a mim, gado feliz', dirão alguns, 'Provai destas presas lustrosas' — Ah Pregador, o dia do Juízo te acha — 'Abjurai todas as crenças', dirão outros, 'e torneis a mim, cardume, que vos perdoo o imperdoável. Basta que serreis os dentes conforme a engrenagem, e trazei novas carnes, pois há fome e há serpentes, e é livre o arbítrio'. Aos reticentes, uma ordem: 'Bebam deste cálice de aço o detergente vinho cerebral', e a todos a Lei Inviolável: o ajuste na garganta, mil promessas de lama e a eternidade.

Disso no entanto eu ficava fora, circulava longe, noutras ruas perdidas que esses prodigiosos pescadores de alma, desempregados homens-placa da salvação. Como eles no entanto eu também queria ver divididas, tirar a parte que me cabia daquela fartura cheia de proprietários, porém do meu jeito; caçava com outros hinos e turíbulos, mandava um canjerê pegador, sabe, não o jugo nem essa bobagem de pagar o mal com o perdão, com o bem, isso não senhor; porque depois como pagaria o bem, com o mal?, aos poucos? Fiz o que devia fazer. Nenhum cordeiro faria melhor. Fiz vingar uma espécie de terceira via, a da neutralidade agressiva, quase um nome de batismo.

Tomava por princípio não o ataque, o apoio — que é o cimento da cumplicidade, ou cooperação, se prefere uma linguagem com menos luz do dia —, e pagava na mesma medida: a princípio, ajudado, ajudava; perdoado, reconhecia. Traído ou atacado, retaliação com vigor selvagem, boçal mesmo, que às vezes fica difícil de segurar. Amizade, conciliação e vingança. Era como um lema não planejado, que apenas evoluiu, e deu certo. Tanto que viraria a máquina do fim do mundo, se continuasse crescendo, gostava de pensar. Colhi as primeiras almas. Ok, laranjas meio podres meio largadas no colo. Mas um começo. Independentes e ignorados, do lado de lá — havia um oceano separando —, os outros grupos se canelavam nas galhaduras. Questão de tempo até caírem todos de joelhos. Eu tinha planos para o universo, nenhum fluido nos freios, freio nenhum.

CAPÍTULO 4

Enquanto achava que podia fabricar a própria vida, pescando entre santos e bestas, enquanto isso ela mesma, pescadora, lançava um terceiro tipo de anzol, ardiloso também — mais, talvez —, puro aço perfurante até os músculos do coração, a lei maior das leis de Deus: o desejo das criaturas de fazer novas criaturas. O que move e mói o mundo, por que Fez as pedras, nos deu mãos, para talhá-las, para lançá-las nelas ou por elas, a guerra dos homens, uma garota, um beijo e sem ela ou com ela já não fazia sentido — ou era possível — viver. Fascinado, os pés indo embora do chão, fiquei doido, se bem me lembro — e bem me lembro.

"Não, essa menina ó, se esperta hein, que ela tem dono", alguém disse, palavras empinadas numa bandeira vermelha de perigo burguesinha, vem cá burguesinha, torcidas numa corda grossa — "Se esperta aí me'rmão" — cheia de bons nós para segurar e conselhos, "O dono, a menina, ó, tamo avisando", desce daí, das nuvens cor das sete cores do arco-íris antes delas virarem chumbo-666, conselhos de amigo, pras paredes, aquela menina difícil de vergar, delícia de alisar as carninhas todas do abismo onde continuei me atirando, uma ventania com bocas e movimentos, os cabelos que se balançavam as ondas em fios de seda para mim, o vermelho de fruta nos lábios de morder, de flor de espatódea, toda ela um rodamoinho: pode vir, venha. E eu ia. Só que o vento mudava, como se ela tivesse medo de alguma coisa. Mas, medo, ora, me diz o senhor, quem deixa de avançar sobre esses tacões de prata, violação intimada, 'Não venha por favor estou com medo, venha', irresistível, quem?

Não eu. Então eu ia com mais fome ainda, ela, o meu vento desatinado, violação e medo, pedindo, "Vai embora", assustada. Mas de onde vinha aquilo, que eu não queria, assustada por minha causa, que causa, pelo inferno que fosse, queria *ela*. Toda. Não medo. Medo não. Mas, ela... vinha, ela? Quer dizer, vinha, inteira, ou quase, uma sombra, sei lá, a ponta do arco-íris. Às vezes, real. E quando ela era real acordar era a pior parte, desgrudar seu corpo do meu, tirar suas línguas, bocas e dentes de mim, acordar era abrir os olhos e sentir a inquietação limar os nervos, pensar que se algum dia ela... não, sem ela, isso não podia, as barbaridades que eu imaginava, seria capaz de

Não, como é, medo, *eu*, não senhor, por causa dela? Haha, que idiotice. Tenho medo de nada. Vou ter medo de um fantasmazinho soprando calafrios no canudo da espinha? Talvez uma preocupação à toa, que eu temia, ahn, é, perder, vá lá, o receio de perder, sim, está satisfeito?, as mãos de gelo que subiam numa *impaciência* as garras por dentro da barriga fazendo tremer da morte, de que me fosse tomada ela, e implorava, 'Volta!', rogado aos céus, Deus, tanto, que as horas paravam só para me roer.

Não podia que piscasse os olhos, tempo desperdiçado sem me ver. Odiava sua vida se eu não fazia parte dela, os amigos, que diabos precisou ir naquela festa, inferno de festa, com quem ela foi, por que demora, eu vou no bloco de luxo onde ela mora, vou ficar lá embaixo esperando na grama entre as árvores, ninguém vai me ver, vou olhar pra cima no último andar as janelas enormes cheias de luz e de música praquela gente só na boca fina da champanha, gente de festinhas e conversinhas, gente irritante.

Não, eu vou subir no apartamento luminoso de mil cômodos, vou agarrar alguém no pescoço, arrancava os olhos se encostassem nela, aniversário do pai?, não interessa, pai cheio de amigos importantes e daí, não é importante pra mim, festa de família, que família, que me interessa se a família dela é só ela e o papaizinho queridinho dela?, ela não precisa de pai, precisa de mim, eles são ricos, não, eu não sou teimoso nem tou exagerando, e não quero saber se era só uma festinha, falei com ela depois, não sou otário, eu vi todo mundo se divertindo, tanta gente não é só uma festinha, bobagem esse negócio de família, não existe família, não existia nada longe de mim, nem ar ou as neblinas respiradas nos espelhos dos carros de noite no estacionamento do aeroporto, que eu não tinha grana pra ir nos lugares chiques dela, só perambular pela noite e os buracos da cidade que ela nunca nem imaginava, e ali os espelhos dos retrovisores, embaçava um por um, e ela escrevia com o dedo.

"Não olha, sai. São mensagens para as estrelas, dizia ela, Estrelas são analfabetas, Cala a boca, Vem calar, Duvida?, era invocada ela, e eu: Aposto contra, Aposta o quê?, Aposto um beijo, as estrelas... Que mais?, Aposto que entro nesse carro, ou naquele, entro em qualquer um, escolhe, faço ligação e te puxo você e o carro daqui, Puxa mesmo?, e depois?, Depois te dou um sumiço, Sumiço?, pra onde, aonde a gente vai?, A gente vai beijar, gostosinha, vai olhar as estrelas... Você acha que eu sou gostosinha?, onde a gente vai?, fala, responde, Um lugar, só eu conheço, lá na curva do cerrado, na terra viva onde um dia marcharam uma tropa fantástica de deuses e um graveto, hoje uma árvore cascuda seca forte rude que protege as donzelas em perigo, vai entra logo, donzela em perigo, as crueldades que eu vou fazer com você, entra", depois o vácuo. Era quando ia embora a maldita e levava o meu ar da minha alma com ela todo feliz e asfixiante; odiava sua ausência, suas mãos tratadas para me ver, quem tocou, minhas, aquelas unhas em tons de punhal, quem roubou o meu tempo delas precisadas de rasgar até quebrarem cravadas em mim, QUEM?

Não suportava distância maior que os meus braços conseguissem estender e enlaçar. Odiava se ela não podia sentir a força de que era minha. Amaldiçoava sua roupa, Quero o corpo que me pertence, e arrancava, puxava ela pra eu respirar dentro dela, esfregar o suor, os cheiros, virava, empinava, ela montada os joelhos nas minhas costelas, os dedos rédea e freio entre os dentes agarrada na minha boca, no queixo, machucava a carne, que o amor é feito de carne, ela cada vez mais furiosa e depois imóvel comigo durante horas, esfriava, segundos, menos que segundos, a pele grudada com sal. Quando ela ia embora não levava nada inteiro, não deixava nada inteiro. Eu amava aquela menina com a força do amor quando aparece pela primeira vez, o amor, droga nunca experimentada, que sabia exatamente onde atacar sua fúria acumulada de um milhão de gerações, esse carnívoro alucinógeno, animal com pele, chifres, garras e escamas e sal, metade carne, metade coração, picado de hormônio nos tubos, chispando ácido de fogo pelas ventas, meu Deus, e você com os dentes enterrados no dragão pela primeira vez aos dezoito, dezenove anos

Não, que consequências o quê. Quando ela estava comigo era só prometer e sonhar e depois, exploda-se o depois, depois eu veria, depois eu sonharia mais, acreditaria... no quê, se ela me deixava todos os dias?, e pior, moça rica. Se descobrissem... Aquela coisa cheia de sucções me engolindo e eu no delírio de que ainda podia viver sem respirar nem outras perfurações. Não vai dar certo, eu pensava, Melhor cair fora antes que... Sem saber o que fazer, tentava desligar, me obrigava a desligar, Desisto das nuvens. E desligava. E ia conferir de perto, manobra arriscada, ver se havia mesmo cortado a fiação, nenhum cabelo ou pernas se embolando nas vontades. Precisava olhar, tocar talvez. Não. Vazar. Isso, vazar seus olhos nos meus, *furar* com os meus. Secar, esvaziar seus olhos — azuis quando não havia sol no céu, céus quando havia. Eu cheio de durezas nas intenções calculava todas as pernas, media o tamanho dos cortes e ferros. Mas o coração bebe demais das leis de Deus, trabalha uma esponja nas ideias, nos joelhos, eu olhava e: amolecia.

Não, eu não ia desistir nem desligar o quê, o céu, o azul, tolice. Sabia da inversão: *eu* é que era ligado/desligado pela força daquela fragilidade que eu torturava com amor, seu corpo exigindo se tornear nas minhas mãos, seus olhos suplicavam, como ela fazia isso comigo?, ela apenas um vento desatinado que vem fica vai, nunca se dobra, o *meu* vento desatinado, que quando ia não me levava, impossível segurar, e uma raiva estúpida me punha de joelhos, 'De joelhos, estúpido. Vá embora. Fique'.

Não preciso dela, preciso amarrar uma decisão logo nisso, qualquer uma, Deus Piedoso, sim ou não e no entanto nem sim nem não nem talvez também não. Comecei a pressionar, mas nada do que sabia — e sabia muito – de turbulências, de vigores selvagens, boçal mesmo —, nada funcionava; quanto mais forte ou fundo, quanto mais próximo me sentia de ouvir um sim que significasse realmente sim, ou um não que fosse de verdade não, mais sim e não se esfarelavam diante de mim, se confundiam e se impunham, mais levantavam minhas fervuras.

Impor confundir sei lá, toda aquela ebulição, eu insistia e, porque há mesmo dessas manifestações de Deus em criaturas e pedras, me expunha. A história logo foi pousar nos ouvidos do tal dono, e o tal dono não gostou do que pousou, menos ainda do peso do pouso.

CAPÍTULO 5

Arrepiante, vou te dizer, o dono e eu, quando a gente se encontrou pra falar de pesos e pousos e decidiu e depois — bem depois — mais uma vez pra redecidir mas no definitivo a questão da posse. Coisa da maior tenebrosidade. Na primeira vez fiquei só esperando ele vir pros apelatórios bufando vapor sulfurado no bico da chaleira e bater com toda força minha cabeça. Bateu numa parede. Bateu levou. Veio, e foi aparado na razão, que era minha, bruta fúria, briga de rua, amassei e esfriei a lataria do apelador. Posse é posse — acreditei. Garotão corado ele, desses tipos saudáveis de ginastiquinhas estufados com suplemento, conhece, de borrifar perfume pra ir suar à leite de pato a tarde toda num pula-pula, os desocupados diante do espelho medindo se a barriguinha tá lisa dos porcentos de gordura, se os glúteos, se a panturrilha, se o cabelo, as unhas, o espelho. Faz muito tempo. Mas tenho memória de elefante, não duvide nem um minuto. Lembro do infeliz como se estivesse na minha frente agora. Troncudo, exagerado na sensibilidade dos chifres, se ofendeu comigo e a namorada dele, que ele nem tomava conta direito. Total absurdo.

Pior: só porque era sarado ou corado ou perfumado, não sei, delirou que podia vir me abanar com escrituras de posse, o precário diplomado se arvorando de titular da moça, onde já se viu, argumentar na base da pancadaria o animal engalhado, proprietário mas sem anel de marido, nem o anelzinho de namorado ele usava, apenas proprietário, namorado-proprietário: quebrou os cornos. Bati com método. Acertei na frente, nos lados, mandei bem sortido pra não espantar dele continuar vindo e eu marcando ele na cara, pra ele se lembrar das tijoladas o resto da vida que um tijolo é um tijolo é um paralelepípedo que eu abria e inchava ele todo, fazia escorrer saliva com as gosminhas de groselha e algumas obturações na coqueteleira da boca. Bati com gosto e campeão. Até cansar.

Conclusão, perdeu.

Assunto encerrado.

Acabou. Mas não acabou.

CAPÍTULO 6

Pelourinho passou, pelourinho voltou, no que seria um longo cozinhatório até o segundo encontro com o garotão fortão, ele se restabelecendo das tijoladas — chifres, canais da boca, tudo voltaria novinho em folha, uma beleza —, a fúria e a vergonha um fermento a borbulhar na veia, uma hora acharia em sua cabeça de pirão, achou por bem me jurar de morte o vingador ignorante das leis da rua, que há limites, como há ocasião para seguir e parar, o tonto que não lia os selos da sorte. Não de cara, porque o que sobrava nele ao redor dos ossos, músculos, faltava dentro, tutano, mas algum tempo refogando a farinha de mandioca, jurou. Meteu um amigo no laço — outro garoto à base de gelatina, médio encorpado, caladão — e garantido no dois contra um começou a se espraiar pelas quebradas. Assuntou o meu cadastro de rua, frequentou as minhas frequências, a dentadura rilhava de saudades, o pelourinho, percebe?

Aposto que o sarado-perfumado, foi assim quando descobriu melhor quem eu era: alarmou. Cadê o breque, meia-volta, despedalar, as maiores bravuras; só que daí essas bravuras já era tarde. Não dava mais para ele desfazer nem despedalar coisa nenhuma. Tinha vindo enfoguetado pra devolver os tijolos, que ele ia me pegar, jurou, me ameaçou em todos os buracos que eu conhecia, cheio de maria fumaça na garganta. Fumaça demais. Rente demais. Descarrilhou a locomotiva que ele mesmo encheu de gasolina e riscou a faísca. Depois de queimar as pontes com o próprio verbo, de enfiar uma taturana no entalo da garganta, 'Op! E agora, o que eu faço?', danou-se. Não tinha mais como ele me desjurar da morte que havia jurado, desqueimar ponte nenhuma ou se desculpar de forma alguma. As labaredas na boca furada de gasolina e a taturana, sabe, o verbo põe preço. Agora o caminho dele era em frente sem desvio, ou virava comidinha da guarnição.

Nossos ferros e bronzes nascem todos com a gente, o que usar no caminho, como enfrentar a guarnição, o livre-arbítrio ajuda, atrapalha, a sorte também, se Deus quiser, e cada um forja com eles suas armas, o que mais apetece e merece, correntes, crucifixo. Então. Refugar, ele, seria dar o pé para se arrastar pelas correntes. Essa era a lei e o código.

Sem rumo de como agir se abraçou com a primeira má ideia que teve. Atrelou mais um amigo, um nanico folgado deste tamaninho, cabeleira penteada nos rigores da moda, camisa estampada aberta no peito, colarinho pontudo e um anel caveira com olho de vidro vermelho escondendo o araminho fino de ouro branco do casório no civil uns dias antes, baú que selaria na igreja fim de semana seguinte, cantaria ele mais tarde preocupadíssimo quando entregou os tênis e o caveirão; dane-se o araminho, compraria outro; duas canelas de galinha faziam que eram as pernas de sobra nas calças boca de sino, o nanico da cara espinhosa, olhos de galinha nariz bico, não tinha queixo, uma galinha, impressionante. Outro remendo na tropa. O namorado, cabeça cheia de aritmética, um mais um dois, mais um três, calculou um full house na mão, os três contra um. Mau jogador, aritmética torta. Apenas embaralhou canela de galináceo com geleia e gelatina. O mocotó-chefe, acreditando que via no espelho do pula-pula — vai que pelos cornos, que não paravam de crescer — um poderoso bode e calafetado, continuou a ruminar ideias por onde passava.

Ri. Confiava dar conta dos três. O namorado-sarado, o chefe, moço ele, beirava os mesmos dezenove anos que eu, tinha feito já ele sentir o gosto do próprio sangue arrancado a tijoladas na frente, nos lados, sortido, minando pela raiz dos dentes, não deveria ser difícil repetir, e os outros dois, um garoto nem forte nem fraco, médio, e o nanico do queixo afundado: bastou um lance de olho na radiografia: nulidades. Eram nadas. Eu era tudo. Podia tudo.

Ahn, não era verdade. Gogó. Podia o quê, tudo o quê? Eu não passava de um especimezinho tumultuado das carnes favorecidas e selecionadas na luta pela vida na rua — "Supermaturado na rua", gostava de pensar —, um menino furador de limites, envenenado de rebeldias e vontades, que agia como quem sabe o que faz. Quase sempre errado. Mas e daí, o que é o erro, o que é a verdade? Agia. Bastava seguir meus próprios sonhos, o poder nas mãos, não pouco, justo ou muito, mas enorme, infinito; bater no que aparecesse, derreter e sufocar sob um céu de fogo, que as coisas se apequenam e eu maravilhado arranco de volta; são meus direitos sagrados; também pego algum com jeito por onde passo, recolho na paz às vezes mas sobretudo vem na força mesmo, qual o problema, e lá na altura de um sonho ruim que eu tive uma vez aparece a boneca de porcelana da minha mãe, dos tempos de mocinha, sentada na prateleira a boneca tomando conta dos livros, os cabelinhos cor de incêndio balançando as ondas em fios de seda para mim no sonho, invocada, me desafiava, a boneca de porcelana que a minha mãe me aponta o olho estragado, 'Filhinho de Deus', o bracinho destruído, 'O que você fez!', mas não foi minha culpa mãe, foi a força do poder, foi pela menina do vento desatinado que tudo virou um pesadelo, o poder da força, coisa estúpida, e acordo suado de raiva, dizendo entendi, sei: de agora em diante é nisso que acredito mais que nunca para resolver os problemas: assentar à força — que se não resolve, tá resolvido.

Preparado da única maneira que conhecia, fui e fiz: plantei o nosso destino — quatro garotos ainda —, plantei umas ideias-traíra cor de capim e fiz chegar na inteligência dos três; eles engoliram; cozinharam suas cabalas a madrugada toda enchendo a cara e a língua solta; decidiram que a cidade deveria ter um rei, a noite pelo menos deveria ter um, o bode, bêbado, urras!, todos a favor, esmagariam o inseto, daí que decidiram esbarrigar o meu vodu em tal dia tal hora e lugar, um boteco da minha frequência, fama de ter o pior escocês mijado de Brasília, muito comum isso em Brasília na época, paraguaio falsificado, uma ratoeira semiclandestina no final da Asa Norte.

Chegou o dia, chegou a hora. Meia-noite, hora grande. Eles viriam? Viriam. Vieram. Pararam na porta, cheiraram a ratoeira — avaliavam o toucinho —, fungaram o zodíaco, as narinas sugando as próprias entranhas agourentas; atrevem a ponta do pé, espicham uma cabeça para dentro, duas cabeças, três. Mas o que foi isso, maço de rabanete? Passaram o dia bronzeando a verônica? Estão de sacanagem comigo, eu no ralo o dia todo e eles na piscina do clube, servidos de espetinho de camarão, dos jabás da diplomacia — uísque legítimo, sativa da boa – cultivada nos altiplanos andinos —, eu no sufoco e eles me aparecem com essas caras saudáveis de sol, três cabeças vermelhas que se espicham na porta do bar, medem a higiene das instalações, contam as bactérias e os infectococos, a fauna, pouquíssimas baratas nas paredes, algumas criaturas aladas, no chão meio ossinho talvez da sorte flutua num rastro de formigas porta afora, o ecossistema completo, trocam olhares os rabanetes, fazem caretas de entojo, saem, retornam, discutem suas receitas de angu, desviam os olhos no cortejo do ossinho talvez do azar, silenciam em respeito, ou filosofam, olham em torno, cochicham. Falam das tijoladas do primeiro encontro? Desistem? Não ia ter luta nenhuma ali. Acabou. Vão embora. Querem ir embora. Plantados firme em cima do muro, estavam com medo os três rabanetes. Eu também. Um pouco. Não pouco — mas havia diferenças.

CAPÍTULO 7

Lá de cima do muro, o rabanete em chefe quando me viu sentado sozinho no fundão, garrafa de cerveja, um copo, e ele as intenções ruminantes coradíssimas de sol, ah, o bicho cresceu. Desceu do muro um bode valentão e, outra vez, não a última, berrante; que ia me cortar não sei quê pr'atochar sabe aonde, devia se enxergar seu verme, ribombava ele. "Vem aqui — 'Vem lustrar meus chifres', pensei ter ouvido ele dizer —, vem!" Eu não. Sou besta? Gritou da garota, se eu tinha encostado as patas imundas nela — o parvalhão —, seu filho disso e de cobras e tarântulas, que ele ia atolar o meu nariz de volta no lugar miserável de onde eu nunca deveria ter saído, pobre!, atolar na mer... Ai rasga, boca. O linguajar impróprio, foi a empolgação, digo, o senhor deveria entender, o senhor entende, não entende?

Entende e perdoa? Excelente, agradeço. Aproveitando, poderia também perdoar os próximos desvios, sabe, sou meio difícil de segurar... Eh, obrigado. Não vai se arrepender. Ou vai, hahaha, tá na minha natureza

Consigo sim. Não é fácil ir contra a natureza, bem sei, mas também não é impossível. Acho que o senhor entende. À vontade? Excelente. É do que preciso, as mãos livres.

Atolar de volta, eu dizia, tem razão, o três contra um que o chifrudo, corrijo, olha a linguagem, que o chefe, em vez de dividir as honras com um honesto *nós* vamos te pegar, *nós* isso e tal, não senhor: continuou o gargantaço na coragem do eu sozinho mas escoltado, se apoiando na quina do balcão para não desabar, de costas pra porta. Berrava o fígado na carência de uma dose de complexo vitamínico, rum, coca e gelo. As pernas começavam a bambear. Tinha secado a coragem etílica: "Cuba-libre!", dançou os dedos no ar. "Depressa", a sede urgia. "Copo longo. Enche de gelo", mandão. "Mais gelo." Audacioso da parte dele pedir aquele *Gelo. Mais gelo* sem antes puxar a capivara do tal gelo. O que o tal gelo fazia em tal hora e lugar e sem documentos? "Dá uns chicles aqui pros meus compadres", exercia o poder. Só um dos compadres aceitou. Só um teria o atrevimento de comprometer a respiração e a ignorância de deixar a língua e a mandíbula soltas dando sopa de chiclete numa luta, pra virar pastel, só um deles seria barbaramente perigoso — demoraria anos para descobrir.

Agarrou o copo meio cheio meio vazio, que as doses na casa eram um tanto econômicas, e berrou: "Cadê o limãozinho?" "Limãozinho estar em falta, senhorr" "Que rum é esse?" "Artesanal, senhorr. Extraforte." "Tá, põe. Põe mais. Mais, tá surdo? Inteira com coca". Puxou o copão antes de completar, ainda subindo a espuma e uns emiélis de cuba-libre desperdiçados no balcão. Matou numa talagada: completou o peito varonil de coragem mais o efeito das tubaínas que deve ter cheirado antes de vir me cortejar no meu território. Encharcado de extraforte, sacou os mesmos dedos para dar seus tiros de *muy cabrón*, me despachou um gargantoso *vou* te pegar etc., o líder preparadíssimo, turbinadíssimo, e a tropa.

CAPÍTULO 8

Fulminante, se dá pra dizer em uma palavra. E se o senhor pudesse ver pelos meus olhos como eu vi tudo acontecendo, veria uma avalanche. O besta aqui sentado sozinho no fundo do bar, ninguém me dando proteção, cobertura, nenhuma armação pra dificultar os três, que viriam muito, eles, muito armados, e eu muito burro, só uma garrafa de cerveja e um copo, a garrafa que eu cataria pelo pescoço e quebraria na mesa enquanto o batalhão pra cima de mim e da garrafa já uma faca de mil cortes cheia de espuma de cerveja e os cacos de vidro que se juntariam ao copo espatifado no chão onde alguém pisaria com a sola grossa do sapato, o batalhão a essa hora, antes mesmo de chegarem no raio do meu alcance pra que eu pudesse rasgar um por um na envergadura do meu braço mais a boca de vidro, antes que pudesse impedir que me atacassem organizados, antes disso já me arremessavam mesas e cadeiras que eu aparava com os braços, meu Deus, com a cabeça, com a própria boca da garrafa que diminuiria até virar um cotoco inútil na minha mão ensanguentada e eles e as cadeiras voando pra cima, eu desesperado de tudo desmoronar rápido demais, de lutar sem acertar ninguém, eles por cima e eu sem tijolos nem paralelepípedos nas mãos nem garrafa, nada pra me defender, encolhido atrás da minha mesa e eles com tudo que tinham trazido, faca e porrete, copos, garrafas, socos e pontapés, eu revidando porém mais nas pernas das próprias mesas e cadeiras que eles atiravam e faziam de escudo direto no meu peito e por trás algumas coisas pontudas como pregos, que no começo eu até sentiria os furos mas quanto mais castigassem menos eu saberia o que eram ou se eram furos ou o quê, o sangue a se esvair pela cara depois de uma tesourada no olho, alguns ossos provavelmente quebrados, o som abafado diminuindo quase todo, a pancadaria cada vez mais sem parar e eu sentindo apenas o toque, pequenos empurrões silenciosos na barriga, nos joelhos, os braços já era, as pernas dobrando, a cabeça zunindo em total silêncio, como se me desmanchasse em líquidos, as mãos ainda fariam algum som interno que eu ouviria como pedacinhos de madeira estalando nos ossinhos, os olhos não distinguiriam, não saberiam se haviam apagado as luzes ou se era o sangue cobrindo, se eu estava no chão, parecia, de cara enterrada no chão e nos cacos de vidro que eu plantei, surdo, as pancadas continuam, eu sabendo que eram pancadas, mas distantes, quase um ruído de inseto, a avalanche virando meu corpo mole de um lado para o outro, me moendo com o vidro no chão, me enterrando em cada pedacinho que furava onde eu encostava, as pancadas, as pancadas pararam e agora eu deslizava no chão, suavemente, nos meus fluidos, arrastado, não sentia os cacos nem a boca, a língua, os dentes, algum chute mais forte me joga longe, minha cabeça estala, não ouço, mas sinto, e respiro água, não água, sangue o que eu respirava, engasgava, cuspia um grude vermelho, talvez gemesse, talvez um chute calasse minha boca ou os últimos dentes, ou não fosse um chute, parecia chute, e mesmo se eu sentisse agora uma chave nas fendas das minhas costelas, arrebentando os ossos à procura das tripas pra puxar, ainda assim, não conseguiria gritar, mesmo se me acertassem entre as pernas um vez, duas, três definitivas pra emascular, a dor mais terrível; desaparecem as outras dores, nenhuma dor, não ouço nada, nem o zunido que arrebentaria a cabeça e agora nem ele, pararam de me arrastar, imóvel, nada sentia, só um fio de seda muito fino que eles me envolveram o pescoço e apertaram, Deus do Céu, que desespero aquilo, o sumiço do ar, um horror absurdo no peito puxando o ar que não vem, o corpo estrebuchando, não há dor que se compare na vida, a morte te notificando e já te comendo enquanto o corpo injetado de uma energia talvez de Deus se contorce, não liga se está moído ou sangrando mortalmente, a substância ligada na carga máxima e final da eletricidade em cada célula das pernas, dos braços, dos olhos que saltariam fora, das tripas que se não saem pelas costelas saem por outro lugar, Deus poderoso, que desespero morrer sem ar!

CAPÍTULO 9

Batalha perdida ou vencida, o resultado se faz na verdade antes de começar o tiroteio. Não sei de quem nem quando ouvi isso nem faz diferença, eu sabia, nada de luta, nada de confronto, nada antes de me preparar. O desenlace nesses casos costuma ser rápido, minutos, às vezes segundos, mas a questão: a favor de quem? De quem investe mais e melhor antes. De quem, de seis horas para derrubar um troncão, gasta quatro afiando o machado. Essa eu sei de quem é. E eu afiei. Eu e a voz do povo, a voz de Deus, de grão em grão, nenhum ponto sem nó, nada de confronto ainda, nada de luta. A precipitação eu deixo para os idiotas que não sabem esperar, os afoitos, os ansiosos, os precipitados, os perdedores, isso eu deixei para o rabanete em chefe acotovelado na quina do balcão, deixei que encharcasse de cuba-libre o peito varonil, que desse suas gargantadas de *muy cabrón* pra me pegar, todo nariz-empinado. Mas isto de nariz, garganta e peito — varonil, coca —, tudo santo da casa. Podia escrever na testa dele: não ia ele nem ninguém me pegar ou o quê, o turbinadíssimo e a tropa dele, eu afiado em tudo. Veja:

Nessa hora — preste atenção que é de molhar a batina, o senhor vai se arrepiar ainda mais quando souber o que aconteceu de verdade — a tropa empinada com a coragem de quem vai encurralar um inseto, quando já tomavam impulso na minha direção, eu sozinho sem saída numa mesa lá no fundo, nessa hora, exatamente à meia-noite, hora grande, a luz do poste em frente ao bar se apaga. Hehe, escondo uma risadinha — por essa nem eu esperava, grande efeito. Eles se viram os três em disparada, um ou dois passos em todas as direções, voltam, reagrupam as forças corajosamente agarradinhos um no outro, examinam cada canto do olho um canto do escuro, e nada. Espicham a orelha; só os grilos namorando. Um minuto paralisados, o coração já corrido quantas raias de cem metros, se interrogam: "Viu alguma coisa" "O que foi" "Cadê"?, o velocímetro pirando no peito:

300 bpm, e o cri-cri monótono: 'Passa da meia-noite. Tudo calmo na mata escura, cri-cri'. 'Sossega aí, meu irmão, toma outra cuba extraforte, queima a garganta e derrete o medo', dizia o grilo da consciência, cri-cri, os segundos passando longuíssimos, e eu no poleiro do urubu. Calculei ir de fininho arrebentar as três cabeças por trás. Mas não, é evidente.

200, as raias diminuem, os grilos ainda, cri-cri, 'Relaxa, tropa, só uma lâmpada do serviço público. Bobagem. A Cia de Luz garante a troca'...

100: 'Tranquilidade geral, passou o susto. Todos calminhos e relaxados?...', e as três cabeças de rabanete se voltam inteiras contra mim. Foi quando os grilos calaram. E do breu surgiram duas criaturas filhas do terror, dois achegados meus, os imbeatificáveis Compostela e Evangelista, gêmeos não idênticos, aliás, fora o tamanho das testas, enormes por fora, desengrenadas no microcéfalo por dentro, e a esquisitice de cambiarem um tiquinho pro alaranjado de vez em quando, arroxeados, cinza, variava — naquela noite começaram roxos; pouco; um nada; mas violetas, definitivamente, imperceptivelmente; ou me enganava o receptor e só eu via daquele jeito, a aura, eles, sei lá, vamos dizer, apurpurados —, fora isso de puxarem cada hora numa cor, e magrelos, sim, mestres no trato veloz da bola e das autoridades à distância, ia esquecendo, fora isso, gêmeos *muito* não idênticos, que no vulgo da terra era vasta a titulação:

Testão e Testinha;

Trinta-e-Oito e Vinte-e-Dois, o que denunciava;

Tô-doidão e Tô-doidin', boa essa, ganharam quando deram entrada no hospital cheios de clorofórmio e butano, por pouco o último Carnaval deles, Quanto Riso e Quanta Alegria, os atendentes já rolavam os palpites, Cheirandão e Cheirandinho, Clorofórmio e Butano, apostavam nas inscrições da lápide;

Bucha e Sabonete, Mate-Gelado e Amendoim... O que fazer? Os batizandos se roíam nos ossos de tanta raiva, quer dizer, pediam mais. E eram verdades os títulos, tudo sobre eles era verdade;

Pé-de-Pedra e Pé-de-Valsa... O sacramento não tinha fim.

Pus eu um fim. Numa das minhas últimas passagens no Reformatório — nessa vez invadi; nas outras, outras histórias — dei uns apertos na assistente da secretaria, ela meia banda carente meia orgulhosa, dureza chegar junto, os traumas, a creche, as freiras cuidaram, o reformatório feminino, tudo normal, dali pro masculino, digo, foi trabalhar no administrativo, que eu invadi uma noite e pedi com jeito, sem força bruta; ela regulou, eu insisti, insisti mais, ela gente fina acabou me desviando as fichas dos gêmeos. Em troca do quê, você quer?, perguntei. Ela, Não, deixa quieto, faço por gosto, Gosto?, e ela, Gostei de você, não sei, sei lá. Finquei os olhos duros nos olhinhos dela recatados e disse, Assim não pode, te ofereço proteção. Foi o certo. Pegou, pagou, dívida é bicho perigoso, e paguei que eu já arriscava com estas guarnições peitorais e um resto de aço nas palavras, e pra ela, o expediente ali era desde as ruas ao redor até o último tijolo da administração uma barra bem complicada, ela topou. Peguei as fichas e datilografei uns conteúdos da maior tenebrosidade, inventei à beça. Os referidos internos, residentes e domiciliados — mudei —, antecedentes — barbarizei —, cor — hahaha —, inclusão, procedência, artigo, pura poesia, só não poetei com a idade deles, a mesma que a minha, vulgos Zebedão e Zebedinho, batizei. Eles meio lacrimejaram com a homenagem ao inconhecível suposto pai, agradeceram, e o batismo pegou.

Maçaneta e Fechadura foram enquadrados por posse de mercadoria furtada de um depósito de ferragens...

Perjurei o seguinte no prontuário: Zebedão e Zebedinho foram enquadrados por suspeita — sem provas — de estripar a mãe — razão da última passagem — o pai — penúltima — um guarda o ex-diretor do estabelecimento o ex-cozinheiro semidissolvido num chá de sumiço radical, embora pedaços cabeludos de proteína tenham sido encontrados no caldeirão da sopa de escarola etc. Caprichei no etc.

Ex-Jalapa-e-Malagueta, sabido que o que está escrito está escrito, dali em diante desapareceu a nominalha, não mais Fla-Flu, Casca-de-Pão e Caldinho, apenas dois bíblicos e respeitáveis cidadãos do submundo, Zebedão, o maior — às vezes *senhor* Zebedão, "Hoje NÃO temos sopa de escarola, senhor Zebedão. Temos um suculento bife à rolê com macarrão e taioba refogada. Temos também polenta com ragu. Está servido, senhor Zebedão?" —, e Zebedinho, apenas Zebedinho, que a titulagem *senhor* já tinha dono e Zebedão era o mais forte e "Ninguém serve a dois senhores". "Quem disse?", esperneou Zebedinho, um pescoço abaixo no tamanho e na voz meio como se tivesse um furo na passagem, voz de confessionário, os inseparáveis, os telepáticos gêmeos Zebedeus, velozes canelas finas sempre a um milímetro da marginália, com certeza "nela, não fosse você, meu borozinho", me dizia a mãe deles, mãe e pai ao mesmo tempo, pai nunca visto.

"Sequer existido", emendava o povo quando falava das origens da entidade mitológica, o Zebedeu pai. Dona Salomé, porém, mais interessada nos rodamoinhos da fé que do mito, se abastecia no céu do sagrado coração e na terra vermelha de Brasília da devoção incondicional aos filhos encapetados, Evangelista e Compostela, cheia de fé naqueles dois anjos, os imbeatificáveis Zebedeus, que chegaram maquinados por trás dos gelatinas e ferro na costela:

Parado aê (os três rabanetes pularam como pipocas vermelhas)...

Mexe não (de 100)...

Passa a grana (a 300)...

Assalto! (sem passar pelos 200)... Mas, hahaha, que *assalto* o quê, *passa a grana*, nada disso. Pura marmota. Foi tudo uma velhacariazinha cautelatória que a gente havia combinado para garantir que ali se jogaria "na limpa". Vinham de bom coração-e-intenção, veia boa os gêmeos, pode acreditar.

Pensa comigo. Até compreendo se o senhor vier que isso agora não importa, mas na época, olha, eu devia zelar, sinceramente, que os dois compareceram mais mesmo foi como garis, assim-assim, juiz e segurança, percebe, a gente ia se enfrentar, eu tava pronto mas o negócio precisava ser honesto, é o que eu quero dizer. Alguém teria que preparar o ambiente com muita calma pra receber as visitas, preparar também as próprias visitas, todas as minúcias, tudo antes da festa começar, que aliás nem começaria enquanto os Zebedeus não desinfetassem nos vermes a sujeirada das ideias e dos bolsos. Depois, ninguém ia querer se rasgar numa ponta de aço esquecida, tá certo? Ao menos essa o senhor deve aceitar.

CAPÍTULO 10

Tinham o que fazer os gêmeos Zebedeus. E cumpriram. Com os canos agora na mira do chão, foi o combinado, primeiro meter umas ampolas de respeito nas devidas costelas, depois desviar para não azarar o gatilho, sabe, não é o berro que mata, mas o Criador, o grande Mago de Botas que o prêmio por um trilhão de pontos na cachola da criatura pimbolando bilhas e arruelas de prata é um dedo enroscado, os irmãos se revezando na ação, na cobertura — coisa de cinema —, vasculharam os rabanetes. Descascaram os luxos, relógios, carteiras, tênis, e na sequência o dolo determinado, sacripâncias que os três vingadores traziam amoitadas por todas as dobras. Impressionante.

Facas, socos-ingleses, um porrete de mão... E pra quê esse troço, me diz, um ensacadinho de couro com — acho que — areia e limalhas de ferro; até dói, sem cortar nem furar, limpo, aliás dói barbaridade; serve, quer ver, usa para alertar algum devedor mais pacato por exemplo. Produz ótimos *recuerdos* nas carnes perto dos ossos — na cabeça, nas juntas — e maravilhas de longo prazo na sola do pé. Bom pr'artrite de malandro velho — economiza mão na hora da intensidade — mas ruim de lutar, percebe, o manuseio. E não faz presença. Tem por aí uns instrumentos que bem iluminados numa bandeja de aço, o senhor acredite, é o flash do Inferno. O porrete? Sutil demais. O físico e o psicológico não interagem, não é como o *nunchaku* novinho que apareceu não sei daonde, as duas tesouras, alguns pregos, chave de fenda, depois o pior de tudo: um fio de seda encerado que os Zebedeus acharam num colete, nem grosso nem fino, fortíssimo, umas contas amarradas nas extremidades para segurar com justiça o fio contra um pescoço condenado.

Foram ao baile com todos aqueles trajes a rigor, abotoaduras finas, exército, marinha, aeronáutica e ainda o fio de garrotear, diabólicos os aramistas da morte. Pode imaginar a monstruosidade na intenção? Experimenta, põe as mãos no pescoço, as duas, isso. Agora aperta. Faz que é o arame fatal; e as unhas, crava elas com força, mais força, vê se corta, se arranca um pedaço da pele, assim, vai já conhecendo o gosto. Coisa da maior tenebrosidade, o senhor concorda?

Explico melhor. O fio, as contas. Um punhado de pedrinhas transpassadas e presas pelo fio de seda, preste atenção, importantíssimo, as contas servem como apoio de puxar. Isso, entendeu, não entendeu? Então. Esse tipo de seda, linha curada ouvi dizer que no sangue de Abel, ele mede um perigo, como as virtudes do aço, perigo terrível: de regra, depois que o justiceiro enlaça a garganta dum infeliz e puxa, maldito, puxa!, uma hora a carne abre e liga a fonte luminosa do sanguinho da pele com o vermelhão quente-escuro de algum encanamento mais pesado que o laço dos infernos pega enquanto afunda, e a vítima escavando o pescoço com os próprios dedos, alucinado pra respirar, as medusas das mãos caçando o maldito rabo de rato que some nas cartolinas do gogó, os canudos morrendo por dentro onde um fiapo de voz se espreme para ver se passa como um ventinho de ar pelo amor de Deus perdão por favor, chega!, e nada, tenta um balão de borracha mas a bomba entupiu, nada entra, nada sai, mesmo o grito mais desesperado, tenta outra vez, qualquer rachadura serve, o grito, foge!, foge pelos ouvidos, por onde puder, tenta sair pelos olhos, empurra os olhos, e os olhos saem, acredite, destampam a metade, às vezes mais, as tampas que sufocam de volta o grito, que matam o grito esbugalhadas de medo, que só querem dar uma voltinha para ver afinal de quem são os olhos, os outros, os que comandam as mãos naquele fio 'Carrasco da nossa vida, que nos expulsa dela, nos arranca das órbitas', devem pensar os esbugalhados, e nessas de decidir entre medo e curiosidade vão perdendo a luz, a viveza da cor que vai embora com o sangue que continua a gorgolar no ralo do matadouro, vazando de alguma tubulação hipertensa, talvez a mangueira da jugular. Impressionante. Mas não acabou. Agora são os colaterais que se revoltam lá no rasgo do equador, porque o pendurado, além de estrebuchar, além de chicotear as pernas na terra injusta, a vida, adeus, pega e dispara o último esforço da urgência e o cheiro da morte, os apelos das necessidades fisiológicas loucas para se livrar das entranhas, frenéticas, qualquer orifício serve, e explodem, não tem jeito, os esgotos se evacuando em jorros até o fim, um horror um horror e um nojo e terrível, o senhor não-faz-ideia.

CAPÍTULO 11

Porrete, abotoaduras finas, os Zebedeus fazendo a limpa nas periculosidades e insalubridades, parece que nunca mais na vida iam ter descanso, os dois bons corações-e-intenções na suja labuta extraindo manchas no caráter, o gentil fio de seda, berne e — ora ora: canivetes de escoteiro — três suíços em laca vermelha autenticados pela cruz branca, brinquedos de luxo que os Zebedeus adoraram. Não fariam uso. Trocariam por balas na primeira oportunidade. No fim da lista, protetores. É, protetores! Que inédito, os paladinos foram ao arraial usando: armaduras. Uma demasia. Coquilhas nos vitais e guarda-peitos, umas toaletes de plástico duro embaixo da camisa. Vou contar, os Zebedeus: sacudissem mais um pouco e dariam com alguns dedinhos maternais esquecidos no local, untuosidades higiênicas espalhadas com amor sob os peitilhos, todos cheios de vaporubes para me esfregar ardido até o duodeno. Quem duvida, quem acreditaria, entulhava um caminhão aquela bagalhoça.

Diz pra mim agora: por que não pararam de me procurar ou fugiram quando podiam, e queriam o quê? Tivessem largado mão, pronto: tudo resolvido. Ou me procurassem mesmo, vá lá. Namorassem um acordo, qualquer acordo, arriar as calças, chorassem à vontade. Choro não paga tributo. Mas, jegues, desmiolaram de subir a aposta já esticada no limite do arame; e o que foi, desafio de viola, repentistas agora? Pois rebentou. Não, deixa explicar, foi quase, que até aí, até uma parte eu entendo, questão de honra etc., mas: qual honra naquela porcariada toda — coisa imbecil, amebas —, qual o propósito da tamanha artilharia, me diz. Planejassem o que fosse, usassem todo aquele cangaço contra mim, haveria retaliação. Pagaria a dez por um no troco; cem por um, vingança; mil por um, ah não sei.

Somente deixaria de mandar o troco se as ideias ali fossem, se tivessem conseguido me aplicar uma terapia mais chegada aos domínios da alma, vamos falar às claras, a dita encomendada e desencarnada — se! Mas olha só: cá estou. Quer dizer, o propósito naquilo tudo, eu tinha que reagir com sangue bom e paga justa. Era barulho demais para acalmar o peito com música de elevador e sair com o coração engatado num Francisco de Assis, louvando as sete chagas na pianola das costelas. Não senhor. O que eu queria era os tambores marciais da nossa irmã, a Morte corporal, juro por Deus, juro que esmigalhava o pescoço dos cachorros sem mãe.

Perdoar, como poderia perdoar o almoxarifado de guerra que eles cabalaram de me detonar sem piedade? O senhor sabe muito bem: são as intenções: tudo por que o coração mais bate nesse tribunalzeco de primeira instância que Deus instalou na cabeça da gente, isso e um pouco de cada ministério também, o da justiça, da saúde, da morte, tudo para a consciência denunciar: culpado! Pra todo mundo ver que a gente ficou nu, dolo, *animus necandi*. Sabe o que significa? Eu sei, aprendi faz tempo — e muitas outras dessas causas humanitárias —: *intenção de matar*, eu vi.

Estou dizendo — o senhor não vem prestando atenção, deveria —, era pra terem largado o osso, ou cozinhado, qual o enrosco, fingir, fugir, dar uma de ué não era covardia. Covardia era atacar armados, pior, protegidos daquele jeito, e num três contra um. A intenção. Foi isso que plantou o fumaceiro de rolo grosso cá nas tampas até hoje, Êh Zebedeus, vocês livraram minha pele quando sacudiram esses mariolas, pensei, Aproveita e livra a deles agora porque eu... Passei do ponto de enraivecer, eu espumava. Quem se protege daquele jeito só pode que amarraram uma gilete na rabiola da morte. Vieram pela decisão do fim, a *minha* morte. Nem pense dizer diferente.

CAPÍTULO 12

Rabanetes descascados, Zebedão agora limpava o resto da baiuca. Fez do berro espanador pra cima das criaturas que se fingiam de mortas pra não perder o assalto e o pancadão, na verdade meus valetes de segurança convocados e agora dispensados, três joias da casa, curingas, vamos dizer, o senhor sabe como são essas coisas quando saem do controle — não saíram, não poderiam, então "Cai fora!" —, uma trinca de poeiras do mais fino trato: o dono do bar, um tipo grego, "Trácio!, por favorr", corrigia o trácio, louco a se enfiar em rolo, rápido para fugir de problemas, de polícia, principalmente polícia, dar às pernas o rumo de casa, um barraco de luxo levantado numa invasão perto — e longe — o suficiente para vigiar a quitanda com um olho enquanto mijava seus uísques artesanais. Do artesanato ao mundo, um pulo. Cicatriz tamanho duma esplanada na coxa, falava sem parar, ria e chorava de alegria e ansiedade, não raro as estações todas num dia, histórias assoviadas entre os dentes frontais de ouro no lugar dos quatro perdidos no "enfrentamento do trácio contra regime militar, sim-senhorr, trácio lutar para democracia no Brasil", dizia ele, mas democracia, lutar, o trácio?, isso meio relativo, sabe, os militares mandavam com folga, e aquele memorial dourado na boca, três implantes e uma jaqueta, o enfrentamento, tudo vaidade de herói post factum da resistência contra os regimes, quer dizer, se resistiu mesmo, ninguém sabe ninguém viu — não foi o único. Tinha falido no comércio de vinho, apesar do baixo custo, mercadoria duplamente descaminhada, diziam. Mascate, história que ele contava cada hora de um jeito, começou na construção civil, ia de obra em obra, o couro da sandália no chão empoeirado e o da correia do tabuleiro de vinho barbeando a nuca. Às vezes algum candango demitido por causa dum vergalhão atravessado na cabeça — 'Chefe, tem tacacá no tucupi', diria o engenheiro-subchefe ao engenheiro-chefe da obra onde um infeliz meteu a cabeça num vergalhão, e o chefe ao subchefe: 'Tem o quê?', o subchefe: 'Tem candango no vergalhão. Outra vez' 'Parou a obra?' 'Parou', e o chefe, num brado pujante da vontade de progresso, orgulho e confiança desenvolvimentista: 'QUEM MANDOU PARAR A PORRA DA OBRA?' 'É porque o vergalhado...' 'Foda-se a porra do vergalhado. Tu é comunista?' 'Mas, chefe, o vergalhão...' 'Foda-se o vergalhão' 'O coitado ficou preso, chefe' 'Então desprende, porra, chuta pra fora da obra, demite, vai protestar?, concreta o desgraçado, faz qualquer coisa, mas toca a porra da obra!' —, às vezes um ou outro demitido caía no bico dos urubu de portão de obra, tinha de toda espécie, vendedor de mama-cadela, vem cá freguês, de lotes na Esplanada, bilhete premiado, vem aqui, o vergalhado viu o homem do tabuleiro de vinho, "As garrafas verdes aí, que é?", e torrou o envelope com a verba indenizatória-cala-boca, as cédulas direto da guitarra estalando de novas, cinquenta anos impressos em cinco, evaporou toda a indenização, foda-se a indenização, tudo naquele vinho milagroso pra dor-de-corno, pra cabeça furada com vergalhão, "Sim-senhorr, vergalhão iremos curar por remédio tapador de buraco e antitontura" "Antitontura?", dizia o vergalhado, cachaça na goela desde de manhã e um furo na cabeça, "Sim-senhorr, vinho antitontura direto da metrópole do Rio de Janeiro. Desroda o rodagem do cérebro por o contrário" "Desroda?" "Sim-senhorr, desroda qualquer roda. É garantido, um trilhão por cento garantido", e o freguês, desesperado não do furo no coco, da rodagem, casava outra nota estalando no tabuleiro. Mas freguês coió assim era raro. A candangada no geral passava nem perto. Cheio de vinho encalhado, sem coió à vista, perambulou e descobriu os alojamentos dos engenheiros o trácio. Entrou sem bater — a placa mandava —

e anunciou a mercadoria. Os caras no prazo final do cálculo do eixão da hipotenusa dos revolucionários cruzamentos e esquinas de Brasília, daqueles paraboloides infernais do arquiteto louco de pedra a pendurar concreto no vento e de repente uma cornetada nos neurônios: "Sim-senhorr! Amostra grátis de vinho da Trácia paratodos, olhaê, olhaê, quem vai querer". A cornetada incendiou o clima, e o cálculo desandou. Salvou alguns concretos só e as curvas dos Palácios. Nada restou de esquinas ou cruzamentos ou botecos de esquina para vender vinho trácio. O trácio bem que tentou consertar o projeto, foi no croqui, "M'empresta essa caneta, senhorr-engenheiro", e canetou umas ideias, "Peraí, não precisa enfurecer, senhorr-corbusier", os homens trancados naquele forno vinte e quatro horas à base de cafezinho, mil quilômetros a praia mais perto, sem mulher, tudo na urgência dos cinquenta anos em cinco, e o malandro com esse papo de "Elixir da juventude"?, cataram o malandro, "Impotência, comé?", bateram nele, "Mudar a rodoviária de lugar?", e jogaram o vendedor de vinho trácio de catuaba escada abaixo, de boca nos degraus, ossos e garrafas verdes. Desistiu do setor de construção. Apostou nos hortifrútis em sociedade com um pacífico imigrante importado do Sul. Fez promoção de alface com vinho, ninguém se interessou; tentou bares e bancas de jornal, se meteu nas repartições, mas o povo só tirava do bolso por cachaça, cerveja e uísque falsificado. Daí a dono de bar e artesão de maltados, outra longa história, o trácio, cheio desses passados todos insuspeitos, muito insuspeitos. Chamava-se de um nome tanto inesquecível, Raimundo P. Delfino, como inexplicável, o trácio. O bar: *Paratodos*, mal escrito numa placa esturricada pelo Sol e ignorada por *O Bar do grego* mesmo, como dizia o povo, e ele, "Do trácio, por são Crisóstomo, Bar do trácio!", um tipo branco mais que leite, peludão nas costas, nos ombros, uma forragem negra emendando com a nuca e da nuca aos cabelos ensebados, a barba cortava um cortador de grama, o trácio, o senhor entendeu melhor a figura?, que eu falava da trinca de poeiras que Zebedão espanou pra fora do bar com o berro-espanador, o trácio em preto e branco esperneando pra ficar e dois fregueses esquecidos de Deus, joia e mobília da casa. Um:

CAPÍTULO 13

Garoto ainda, ele. Treze, catorze anos. Cara redonda infantil entre as orelhas de velejar, dentes cavalares branquíssimos, cabeça rapada, magrelo de dar dó e de ruindade, pouca ruindade. Falante, sempre com a medalhinha de São Judas Tadeu, presente da mãe muitos natais antes; esfregava o São Judas nos dedos quando o mundo caía, evocava a mãe, a mãe o São Judas: "Resistir é preciso"; tarimbado em navalha, todo cortadinho, que aprendeu na faina.

Torrava no grego o patrimônio que antes se ferrava em cola de sapateiro. Proibi: "Cheira de novo ô sua malandreza pra tu ver como não te encho um galão de cola pelo nariz e no mastigador de feijão, e engomo essas velas", onde telefonava os lembretes com a mão aberta; impressionante: eu chapava, elas ensebadas de não sei quantos dias sem ver sabão grudavam na cabeça e meio segundo deschapavam prontinhas pra outra, impressionante a orelha do Dentinho, "depois te afogo no lago com tuas tralhas de engraxate, magrelo sem-vergonha. Vai tomar conta da tua velha ô folgado, esvazia os cruzeiros aí do caixote. Como, *Não faturei um centavo hoje*, tenho cara de otário? 'Cabou o cacau o teu rabo, anda, passa a grana, não vou te segurar as peias de graça".

Catava os pingados extraídos do risco daquele cabeção oco, "Dinheiro na tua mão não presta, Dentinho" "Mas Boró, eu não sou comunista", e mandava para a mãe dele, que o brutamontes do pai, ouvi dizer, tinha voado a infeliz junto com as panelas num bofetão que rachou o martelinho do tímpano, "Vagabunda", bebaço, "Cadela!", essas finuras, quando viu ela grávida. E nunca mais. O garoto foi se virando sem pai nem cabresto, porque a mãe só doía e chorava depois que o bofetão foi embora.

Circulante, cheio das molas espertas na cintura, o magricela atrevido levantava uns bons e fífiti-fífiti-honestos dinheiros biscateando nos ministérios, no mármore branco da laje do Congresso, na Três Poderes, levando piolho do Pombal ao colo da Justiça à cabeça do Juscelino e os cisnes brancos no espelho dágua. "Ô frangão bonito, né Boró? Neguin', tão dizendo, vai passar a mão pra fazer espetinho e vender pros namorados de noite na Prainha. Mas ó, a gente cata antes, né Boró, vai e solta eles no Lago. O que que tu acha, topa? Já tenho até o macete. A gente amolece os pescoçudos de madrugada com pão bebido na canjebrina e...", tau!, lasquei um telefone no abano. "Larga mão de ser besta, Dentinho, é burro?", e o elucidativo: "Tá cheio de PM, zona de segurança. E eles no Lago já eram, os cisnes. E não é bebido, é embebido, seu jumento".

Elucidado, Dentinho, que de jumento não tinha nada, rápido se destonteou, porque na rua quem não atende tá pedindo outra chamada, e voltou às gargantagens, o reizinho da Esplanada, que na época era tudo liberado de se pernar por ali, inclusive no Ministério do Exército e no Alvorada:

"Óia Boró, me escuta, tu sabe que eu já ponhei lustro no sapato de muito figurão", dizia deitando bafo nas unhas e brilho nelas pretas de graxa na parte limpa da camisa, "Ministro, deputado. Gente pedaçuda. Até general", se promovia promovendo algum coronel enquanto examinava o verniz. Satisfeito, estendia os azulejos branquíssimos no bocão de caçapa, sim senhor, aqueles dentões que iluminavam metade da cara redonda do Dentinho, já disse, não disse, os dentões do Dentinho? Então. Me adorava o desgraçado. "Tu é o reizão do Lago, Boró, peixe-rei. Mas os PM deixa comigo. Vou falar com o General. Ele me deve uma", garganta ilimitada o meu peixinho sonhador. Dizia que eu era como um pai pra ele.

"Pai legal, né Boró, preocupa com o filho, ensina lição de defesa pessoal nas minhas costas, nem trincou nada da última vez, que tu errou a capoeira e tau! na minha cabeça; um dia mandou entrar pelo alçapão na loja do seu Faquir e ligou o alarme pra eu aprender a se virar sozinho; depois fez o buraco na cerca do Reformatório, valeu; domingo me tira do futebol e convida com essa mãozona de orangotango no cangote pra confessar na igreja; na saída explica o lero do padre, porque eu não falo chinês, é, latim, isso mesmo, juro por Deus, gosto muito, aí me explica da garotinha ruivinha que rachou tua costela na tua infância pr'eu saber como a vida não era essa moleza de hoje, conta as histórias com o Tortuga, as mulheres da Luz Vermelha, tu era o pior capeta do cruz-credo, né Boró, coitada da dona Maria, e agora dá meus cruzeiros pra minha mãe, legal, gosto muito, mas tu é o único fortão que não bate nela nem ni mim, e se malandro quer roubar meu ponto no Ministério a gente faz uma vingança boçal mesmo, né Boró, a gente põe o ácido sufúrido da bateria na marmita do folgado, tu que deu a ideia, não faz essa cara, eu só obedeci, que a gente é uma dupla, né Boró, isso mesmo, sulfúrico, mas tem de obedecer o mais forte, né Boró. Pai legal."

Deferências são deferências, mas o cheiro era de patifaria. Pelo santo pelo diabo, tascava outra chapa na orelha, só para ver deschapar, e o elucidativo: "Larga mão de ser besta". Por um tempo ia deixar que compensasse a cola com a pinga. Depois eu enquadrava. Mas as coisas mudaram. O outro:

CAPÍTULO 14

Velho. Menos do que parecia. O cabelo não um cabelo, um maciço de fios brancos subindo pela testa, orelhas achatadas e o rosto mil vincos de rios cortavam nele um milhão de anos. Professor aposentado, solitário, variava entre o silêncio indiferente e alguns longos discursos reclamões; barba de semana, ateu, abstêmio, enganava que bebia, não bebia — "El Fígaro", alegava pousando a mão num rim, cara de dor, mas nem rim nem fígado a dor, a mão, umas lesões antigas mal costuradas na mão direita, coisa da maior tenebrosidade; ou: "Se não há Deus, por que beber?" —, apenas guaranava um copo com o gelo que trazia de casa num isopor. "Nada contra a transparência nos gelos do trácio, absolutamente", dizia o professor, "ou os dez por cento que o trácio cobra por essas coisas terrosas, a vida aprisionada desde o Pleistoceno, absolutamente; são ordens do esculápio: gelo pH 7.0; estéril." Daí o guaraná com gelo medicinal até a boca e zero de uísque. "Nada contra os maltados da casa tampouco", argumentava ele sobre o "inadmissível", não beber, e o "inexplicável", o guaraná. "Todavia, o seguinte: cuidado com os fanáticos da patrulha ideológico-estarrecida, por Adonai!" E arregalava os olhões meio vesgo meio irritado o professor imitando *ipsis verbis* o estarrecimento dos patrulheiros inacreditantes daquela meritocrática abstinência: "É! verdade! que! o! camarada! não! bebe!?", a militância imperativíssima diante do ultraje, continência etílica, "É verdadiê?", ideologicamente falando, "O senhor, nem uma gota?" "Que que é isso, compañero?" Nuvens de linchamento se formavam, mas logo aparecia a turma do extremo centrão, deixa disso, "*Abba* supremo..." "Perdoai." "Ele não sabe o que faz." "Oh, dios te guíe y te vuelva de esta escuridad a la luz de la vida..." etc. Estava cansado de ouvir. "Ninguém aceita, Júpiter omnipotente!, abstinência é anátema neste país", dizia. O copão de falsidade ideológica, no entanto, o uísque com guaraná e gelo e sem uísque "desata o opróbrio", defendia o professor, "Todos veem o copo e se enternecem, 'Oh, o professor Rocha bebe! Filho castiço da terra', obrigado, o Rocha aqui agradece patriótica e absolutamente a gentileza inclusiva, benditos sejam todos porquanto na santíssima paz do santíssimo cálice de vinho de *Odin* e demais deuses, vice-deuses, subdeuses e o valhalla que os parta. Mas não, absolutamente, não bebo. Não apetece", encerrava. Mentia. A verdade é que não podia mais, nem bombom de licor. Barriga-dágua, havia trocado a cerveja por suco de laranja pra forrar a vodca e subir alguma substância junto com a bile. Amanheceu nas sarjetas vomitado de *halawi* e dissulfiram com formiga na boca. Levei pra casa, me arrependi, me arrependi de ter me arrependido, limpei, o senhor não imagina o fedor, e um dia o desespero do zimbro com glicerina no álcool zulu, com groselha, xarope de codeína, meu Deus, qualquer mistura. Não podia beber, não podia parar, não podia mais com aquele quadro que a morte mui discreta assina: DT, e as enfermeiras, anjos de Deus no nosso inferno, elas sabem: *delirium tremens*. Não, não tem isto de ex-alcoólatra. O que tem é o sujeito cada minuto uma luta, espichando o fôlego entre a dose anterior e a final, que basta um copo. E um dia graças a Deus e antes do copo o advogado mete um infarto no teu miocárdio; um dia o engenheiro erra o cálculo da laje; teu médico: ops!; o meliante: "Perdeu!", nada mata mais que viver, então qualquer coisa menos ex-alcoólatra — conheço esses grotões. Internaram o desgraçado num hospital, a dor terrível da pancreatite, fugiu quando desinflamou; depois numa clínica, ainda tremia quando pulou a cerca; soltaram os cachorros, "Pega fujão!", trouxeram ele de volta com a mão direita rasgada de caninos furiosos e amarrado com arame, jogaram na solitária; desamarraram no dia seguinte, só um quadradinho na parede, na altura quase do teto, por onde entrava a luz e a mangueira do banho despejando nas feridas infeccionadas; passou o aniversário e o Natal apagado com soro na veia; o outro ano ele fechou no manicômio do Gama, quase pirou com os colegas de fortuna; saiu manso, só pra tomar na cara o adeus dos filhos e cair de novo; a mulher se despedaçou, ele outra vez estirado numa rua de chão, e um menino puxando um cachorrinho perneta por uma coleira de corda, Vem, Perneta, para de lamber esses branquinhos na boca do bêbado e as formigas, a mulher tá olhando, pô que nojo, Perneta, vai dormir na rua hoje. A mulher enxotou o Perneta, recolheu o bêbado na viatura que passava, Pelo amor de Deus seu policial, e no DP, Por favor seu delegado, berro no coldre de peito o delegado, camisa com manchas de sangue e sem os botões de cima, Calma, senhora. Não, bêbado é território de cães. Largado num canto da delegacia, ela olhou a última vez para ele, os olhos de vidro do tanto que havia gastado as lágrimas, então o soco mais doloroso que um homem deve aguentar, o adeus de uma mulher com os olhos secos, Os tijolos e os metais da vida, quem se importa, mas aquela mulher... suspirava o professor, dez anos já sem ela, e tomava outro gole de guaraná. Abandonou a universidade, a fé, já pouca, tudo se foi, exceto as dívidas e, da aposentadoria — que ele recusou em favor da mulher e dos filhos – a papelada a última ajuda dos confrades antes de evaporarem —, a parte que ela devolveu — Ele precisa ao menos se alimentar, confrades! —, e a certeza de que, mais um trago, das profundezas clamaria por 'Ti: ó Senhor, piedosamente Vos entrego a carne'. Morria de medo do que encontraria nO undiscovered country, as infinitas impossibilidades *versus* as possibilidades de eterno, dizia. Assim, livre da patrulha, o ex-mata-borrão assistia a seco, sem cachaça ou neblina nos olhos, sem Deus, suprema infelicidade, *Tupã ist tot*, absolutamente, poetava e assistia meio que adormecido às Epítases do mundo, esse novelão patinador, suas palavras. Apresentava-se, Professor Dionizo Rocha, um vosso criado, se puxo absolutamente desembaralhados os nomes da memória, faz muito tempo, o senhor compreende.

CAPÍTULO 15

Então, depenados os galináceos, rasparam-se dali o Dentinho e o professor, que tinham aceitado vir pela nobreza da causa, e o trácio, coração dividido entre ficar — preocupado com a integridade do patrimônio — e escapar daquelas "Periculosidades com cara de encrencas da pior espessuras", como ele dizia, maltratando as palavras. Esperneou para que o encontro não rolasse: "Não quero ver os merdabostas dos Zebedeus darem tiros não-senhorr, nem os três merdabostas filhinhos de barão saírem depenados e furados daqui; sumirem pra sempre também o engraxate Dentinho e o professor", todos "merdabostas", todos que não pingassem uns cobres no bolso do trácio, ou dele tirassem. Esperneou, mas, inútil. Estava demais no negativo comigo para negar as miudezas que eu cobrava: uma arena e sua presença vamos dizer amiga. Tinha acertado com todo mundo, tal dia, tal hora. Ninguém faltaria, ninguém faltou, e não sairiam antes do combinado, os três mais como reforço preventivo que plateia ou combatentes, pelo sim pelo não, curingas. O professor com a cara dele de um milhão de anos e a verborreia dispersaria a coisa com discursos de "Ora pro nobis" e "Vocês sabem com quem estão falando?", o ancião da tribo, se a força bruta nos desfavorecesse; o trácio, responsável pela baiuca, trataria da logística da fuga, se precisasse; no engraxate Dentinho ninguém poria atenção, uma criança, na verdade o educandário do capeta, todos mais ou menos da mesma argila que os irmãos Zebedeus.

Havia o risco de aparecerem os tributadores, o rapa — que iam beber de graça e remijar na pia do banheiro —, a vigilância sanitária — haha! — e demais autoridades, polícia, justiceiro, militar oficial da reserva (como uma vez um major viúvo escrito na cara 'Não tenho amigo, não quero amigo, vai folgar?', comparecia quase toda sexta-feira ali na encruzilhada do Inferno; rijo, devia marchar uns mil quilômetros por dia; caladão, quarenta e cinco no coldre, enchia a cara e chorava. Ninguém se mexia até o major secar as lágrimas. Nenhuma cadeira arrastava, garrafa-briga-tosse-grilos-pulga, ninguém era besta de incomodar a blindagem — que parecia dizer 'Se piar eu saco e atravesso um bueiro no teu peito, se eu for com a tua cara. Se não for, te levo pruma visitinha na Repartição' —, nem o trácio de cobrar quando a armadura se levantava. Só fazia uma vozinha doce de longe, Por conta da casa, almirante. O oficial major puxava a carteira e pagava com notas e moedas, os nove precisos por cento que para ele era o justo incluídos e aceitos sem objeções), o pessoal da Bons Costumes (na pessoa da delegada superintendente, que face ao acúmulo de denúncias vinha em pessoa reprimir, fazia questão, a "notória devassidão" naquele local notoriamente, ora, devasso. Severíssima, saia cinza abaixo do joelho, óculos de tartaruga, é evidente que a militância ideológico-cachaceira caía matando. A senhora gostaria de provar uma purinha? "Purinha?" Os patrulheiros explicavam, ideologicamente falando. "Não. Eu não bebo." Os camaradas, Co-moá-ssim?, olhões vesgos de estarrecimento dialético, Nem uma gota? A delegada superintendente erguia a mão rija em educada recusa, "Obrigada", os estarrecidos viajavam, alguns catalépticos, outros apopléticos, e ela, "Está bem. Só um dedinho", aceitava por educação política, "Menos, por favor", e começava a pregação contra o ócio, condenava os maus costumes... Os revolucionários surdos diante da possibilidade de uma ovelha: A senhora aceita uma danadinha? "Ai, não sei." Aceitava. Recolhia os tartaruga, filosofava sobre o sentido da vida, Uma marvadinha? "Ai, moço...", reconsiderava os maus costumes, ria, Agora uma diabinha?, como era gentil aquela patrulha, felizes da prosélita, que já-já subia no balcão, "Ai ai ai", sapateava, "Só mais umazinha", soltava os cabelos, "A última", pegava na saia, que de alguma forma o cinza se roseava quando levantada acima do joelho, declamava, "Ó fogo que me queima as anáguas — soluço – eu disse anáguas? – risinho —, Ó fogo...", pedia música, "Ai moço, põe mais", rodava a saia menos rosa que vermelha, dançava, "Mais", cantava, tirava os sapatos rubros e as meias e gritava Olé! Foi nessa hora quando um dia apareceu o major com aquela cara zero-amigo. Viu o que viu. Olhos cravados, flutuou até o balcão. Estendeu a mão forte, mas com jeito. Ela hesitou. Ele não tava pra brincadeira. Puxou ela descalça e ofegante direto no colo dele de mil abdominais e levou embora. Nunca mais apareceram), "Tudo uns merdabostas", resmungava o trácio peludão.

Conforme vinha a lei, conforme se jogava. Lei é lei. Quer dizer, valia tudo. Fora nesse caso, eles não iam interferir, a trinca de curingas. Questão de honra. Éramos bastante honrados, sabia? Enfim, depenados os galináceos, tudo seguro, Zebedão enxotou os curingas, "Cai fora", lentos curingas, "Se manda", contrariados curingas, perderiam o pancadão, sumidos na longa noite que viria — sumidos assim-assim. O bar, o clima fechou na hora, uma pasta sufocante de grãos invisíveis, geleinhas minúsculas em vez de ar, visguentas de ansiedade, suores e um pó que subia como vapor do piso imundo, o medo, que ardia os olhos, colava a boca, escorria até o coração e apertava, apertava...

Seis garotos: nós e eles: seis meninos-homens escrituravam o futuro naquela arena sinistra.

Tentava algum acordo com a bateria no peito; controlar a respiração, os sentidos ligados a mil; o cheiro, lembro bem, o trácio com seus juízos limpatórios um tanto... Meio intestinais, compreende, os aminoácidos no purgatório do banheiro, rebeldes, miasmas que fugiam e se enturmavam com os mormaços da vitrine-estufa de ovo colorido, moela, courinho de porco e outras iguarias, com o chão grudento de desinfetante, da pinga do santo, os fósseis estampados há um bilhão de anos; o balcão de fórmica tão limpo quanto o pano gosmento de equalizar a superfície, e o cesto de lixo, que o barman esvaziava e fulminava com esprei de endurecer cabelo de mulher e os germes, cristalizava os que restavam e de quebra perfumava o ar. "Sim-senhor. Ô cheiro saboroso de mulher limpa", se lisonjeava da limpeza o trácio. Depois faria o serviço completo — baratas criogenizadas no esprei, aparas da estufa, lascas de dedos – mentira, de dedos não, brincadeirinha –, tacava fogo nisso tudo nos fundos do bar uma vez por semana —, estas essências aromáticas rebitadas na memória, que me esqueço antes do nome da minha mãe que delas. Piorava quando estava quente. Não estava quente. Não estava frio. Abafado, talvez. Ventilador ou janela, sem ventilador, sem janela; só a porta rocambole de aço descida pelos gêmeos Zebedeus quase toda depois que os curingas saíram, meio trancava o boteco, agourava um açougue. Nenhum rádio ligado. Era o que faltava, a droga dum rádio, e a porra do zunido duma grelha de lampadinha roxa de pegar mosca. Devia ser da Trácia a porcaria, sei lá, falar outra língua. Nunca vi freguesa alguma ser besta de ali meter as asas para fritar.

Continuei fazendo que bebia, mais interessado na minha garrafa de cerveja que nos festejos que pipocavam longe — todas aquelas penas mudando de dono. Agia como quem foge de atrair propósitos. 'Quero distância desse osso', poderiam ler na minha cara de cachorro acuado, porém má leitura. Não estava acuado. Tinha planos. E neles nenhuma obrigação de mostrar os caninos a tocaiado nenhum. Não àquela altura. Depois, o depois viria depois, na sua hora justa. Por enquanto era ficar de olho no destino caminhando leve por ali e sua estrela, barriga cheia, satisfeito, a sorte andarilha dos carris que alinhei na base dos dormentes que escolhi entre os tantos que se assentam na vida, infinitos, em todas as direções.

Começou a chover. Um aguaceiro, na verdade, dessas cachoeiras curtas e grossas que os céus precisam despencar por misericórdia no cerrado às vezes sobre os que não morrem de sede, nos que vota salvar, ou afogar, barragem tropical que ilhava tudo de vez, trocava a secura do mato por um charco defensivo. Talvez fosse melhor. Pior, duvido. Continuei bebericando. Apagado. As pernas entretanto inquietas no molejo dos calcanhares. Acompanhava tudo com os desígnios carnais de um predador — e cautelas de presa também, não podia evitar —, os mínimos gestos, a geografia da arena, os semblantes. Nada escapava, nem as moscas à prova de luzinha roxa. Brasília tinha muita mosca naquela época. Mosca e criança. Não sei como é hoje.

CAPÍTULO 16

Os três ali num cruz-credo de arriar a boca, mais um aperto, choravam; mais, mijavam cuba-libre filtradinho, rum, coca e água. E tubaína. Mas não mijaram nada não. Descascados, os rabanetes queriam — coisa doida — ir embora. Sem juros ou emolumentos de qualquer natureza. Impressionante. Zebedão, impressionado, "Ir embora?", vira e pisca um olhar telepático no irmão, que retransmite em ondas médias, zebedinho-YH, o locutor da pastoral, "Claro", recua uns passos curtos, "Super pode ir, 'magina", para, "Mas", abre os braços e muda a frequência, interdita a entrada, "Não por aqui", adultando a voz de caniço com o berro, com o vinho daquele cálice que passava tão oferecido que ele precisava provar — Zebedinho, bom de faca e bom menino, sei o que digo —, e provou.

Tanto cuidado, se dona Salomé imaginasse quando cismou dos filhos comigo, os Zebedeus enxofrados da mamãe juntos na minha... Gangue? Não senhor, palavra imprópria; ninguém usava, gangue, nunca ouvi; turma, os gêmeos na minha turma, se ela soubesse das missas um terço... E olha: fiz quase de tudo pra barrar o alistamento. Alertei o siso dela, fui escorregadio como quiabo cozido, respeitoso, Olha... acho... sabe, melhor a senhora esquecer, usei argumentos refinados:

"Assim, veja bem"; fosforescências eclesiásticas:

"Ad populum"; incontestáveis evidências medicinais:

"Clavícula desbagaçada", tudo palavra grande, da minha lista de palavras especiais, aprouver, honestissimamente, Botsuana, mas ela à prova dágua: "E inclusive vocês têm a mesma idade. E os cordeirinhos podiam ser chamados de irmãos. E, oh, posariam de trigêmeos, três rapagões, posso tomar conta dos três, alimentar direito, tá magrinho, sua mãe não te cuida direito, meu borozinho, ela tá sempre ocupada com as ideias dela de salvar o mundo, oh Pai de todos, seria uma bênção". 'Bênção? Que porra essa de bênção e trigêmeos, e deixa fora minha mãe. Nada disso adula nem ajuda. Também não estou magro, sou firme, todão de pedra, e ó, esverdeado, roxo, não foi de camaleão que Deus pregou as estamparias aqui na fachada, não senhora, que sou eu lá gêmeo de ninguém telepático nem microcéfalo, qualé, nin-guém!', falei duro com os olhos. Ela ignorou. "E inclusive o bigulim seus é o mesminho, capinha e tudo." Cusp, eca, ô nojo, puta madre que os pariu, dona Salomé, essas liberdades com o meu patrimônio. A senhora é mãe, dona Salomé, falar essas coisas, santo Deus do céu, dê-se ao respeito, não disse nada, só pensei; ela, um muro; eu, a zero de cartas na manga nem outras lições de anatomia, secou a baba do quiabo, que a dona Salomé, se a decisão cimentou, cimentou, esquece. Empacava igual minha mãe.

Gostava de mim aquela mulher. Compreendia os meus desvios — ao contrário da minha mãe —, me iluminava com os cromáticos nas harpas dos salmos de Davi, dos Provérbios, ligada demais ela às vezes:

"Boas notas, meu borozinho?

Disseram que você ralou os joelhos na saída da escola.

Orou brigou desmaiou, me conta.

Saco vazio não para de pé, inclusive.

Biscoitinhos, quer, tá quentinho, 'cabei de fazer", eu enchia a boca, ela — "Quer mais?" — exterminava as manchas de culpa no meu uniforme, inclusive pregaria botão, mas isso, Deus-pai-da-divina-verga, chegasse abotoado em casa, minha mãe logo bispava a flecha do olho ruim em cima do insulto toda autossuficiente e interrogativa, e eu de bate-pronto, Olha, mãe... sabe... anh, ela cravava o coicezinho dela de impaciência, já falei disso, acho, o pezinho esquerdo que ela subia e descia com força no chão, não me deixava elaborar: 'Desembucha!', toda dramática. Minha mãe não perdia chance de ser dramática. E dona Salomé, ela gostava mesmo de mim; beirava como se dos próprios filhos Zebedeus; proprietária e mãe, combinação popular na época. Sem vacilo. Não era como essas mães de hoje, que o motorista leva para lamber vitrina de loja, tudo perereca morta, as bundonas se torturando com as artes do filho, na dúvida se o elemento é fofo, uma peste ou da gota serena.

Sancta pureza, podem cair de pau sem remorso, minhas senhoras, porque se no pilantra não merece calcar umas agora merecerá uma hora, fica por conta, e as contas da dona Salomé tudo em dia, mulher consciente, ciumenta da função, dos cavalões, fuzilava cada tiro forte um mais grosso que o outro apontados com capricho no coração das artes deles, preparar — os tiros —, apontar — muito bem intencionados —, fogo!, fogo! Mas, êh, coração tem asa, se perdiam, algumas orelhas chamuscadas, se tanto, os tiros pipocando culatra afora e corpo liso. Pobre mulher. Quanta vela boa gasta com os chifres do Tendeiro, que eram mesmo do fundo do pioco aqueles dois, sem deixarem de ser, nos beijatórios dela, dois serafins. Dois meninos, uma família, três criaturas. E acabou. Outra mulher solitária.

Está errado. Deveria haver leis que proibissem mulheres assim, devolutas. Nunca vi cristão solicitando entrar nas dependências da dona Salomé, alguém que na rota do sol empoeirado de vermelho batesse por um copo dágua, um indigente, o garrafeiro desdentado, esses avulsos perambulantes de uma terra em transe, o cadavérico dono da funerária, vez ou outra o amolador de facas com sua flauta de pã, todos por um copo dágua e o corpo ardendo de sede, nunca além do capacho, ela vinte e quatro horas aferreirada em sua leitura devocional, folhas protegidas pela capa de cartão azul-escuro puído nos cantos, páginas que escapavam das mãos aos pedaços, infinitamente lidas e ciumentas de alternar com a da capa amarela, igualmente, infinitamente etc. Não havia solicitante que se chegasse livre nela de ouvir os fulminatórios chiarem à pururuca no lombo, sermões escolhidos para assar ou torrar bem torradinho, afinal eram todos pecadores e ela achava pouco apenas tisnar o couro dos infelizes, e abria o gás, as chamas se alastravam, pegavam nela pelas beiradas, as comichões, os calores que incendiavam e cresciam num fogo incontrolável por todos os lados e tão quente que não só nela, mas ela também toda incendiada, subindo pelas paredes com o fogo que desistia de apagar, "Vem" se abria "Sim" arfava "Pode entrar" queria "Mais" e gritava "Tudo" implorava "Forte" "Mais, mais!...", até que se esturricassem todos os pecados, até o rescaldo. E pecadores e verbo perdidos na fumaça esfriavam para sempre, apesar de que toda hora podia aparecer outro avulso no horizonte, um copo dágua, e os fulminatórios reacendiam, subiam as lagartixas nas paredes, sei lá, enfim; o penitente sabe das partes que lhe perdem — ou assam.

Deriva que para mim eram as harpas, quer dizer, não que não fosse pecador: sou. Mas comigo ela tratava no benjoim, mais nos mistérios do perdão e do batismo, do Filho, bálsamo essencial, que da cólera do Deus-pai-quebra-cerviz; eu era da família, digo, pelo tratamento, a preocupação, esses albergues. Por exemplo: passar necessidade, fico pensando. Nunca fui de mendigar por comida nem nada, graças a Deus, mas com certeza dona Salomé ficaria toda feliz de me afofar as pedras do travesseiro ou esquentar um sopão pra calar o bucho se eu me apertasse, boa mulher, mas jamais precisei. Não em Brasília.

Era sofrida ela, sem ser amarga. A vida tinha atropelado aquela criatura, largado na beira da estrada, lambendo as feridas todas até sangrar a língua também, tinha se esquecido daquela filha do Céu, de colocar uma, uminha ao menos, uma impiedosamente pequena colher de açúcar na boca da infeliz. Tinha história a cristã. De uma pensão de miséria, que se esbofava para completar como diarista em várias igrejas, onde gastava as mãos calosas da mania de limpeza, especialmente com o chão, dez horas por dia e *A preguiça é o tridente do Diá / Do Diá / Do Diá*, cantava com fervor, tirava um dinheirinho, reservava o dízimo sagrado e vivia. Fora o trabalho e os filhos, só tristeza, uma engatada na outra, como quem vai aflito de cigarro em cigarro na guimba anterior e daí se gastando até a última brasa, desvivendo e queimando os castelos que um dia — ainda mocinha — construiu, consumindo os gêmeos e suas palhas por baixo, ela no círio da fé, eles fluido-e-pederneira por natureza e pela mesma natureza catadores de lenha, de se abraçar e atear só para ver quanto sobe uma labareda, tudo muito rápido. "Ninguém sabe se o amanhã existe", diziam, Zebedão em voz alta, na altura da crença; Zebedinho, menos. "E se o amanhã for uma lenda?".

Balançados os riscos e os dispêndios, dona Salomé decidiu: "E eles vão ficar com você de agora em diante, como dois apóstolos", seria melhor para todos, concluiu sem miudar o alcance das palavras. Talvez remoesse: 'Para os meus filhos, dos infernos o menos ardido'. Mas não foi por causa dessas marmitarias e apóstolos que abracei os irmãos, algum tipo de paga, não foi isso; ou meio que foi, está certo; ela me tratava nesse modo travesseiro desde que me lembro na infância mais antiga; como ia dizer não, só porque sabia que não era bom para eles de verdade? Calei. E terminou desse jeito que ela quis mesmo e pronto, também que eu não era besta de deixar aquele monte de canela fina cair na mão da concorrência, seria pior.

Cozinhei o que pude antes de enfiar no bolso e levar pros fumos cada dia mais longe do ventre, tudo o que eles mais queriam, distância das ventosas de sete léguas da mãe, livres! Mas sempre voltavam quando engrossava o caldo. Todo dia o caldo engrossava.

CAPÍTULO 17

Eram boa cavalaria os Zebedeus. E perigosos. Tinha que ficar de olho neles, nem cerca nem laço, no raio da carabina. Às vezes pensava são loucos. Metade dos parafusos, frouxos; a outra metade, ninguém sabia da outra metade.

Corria um falatório — ah, o povo gosta de apontar o dedo —, diziam que os telepáticos puxaram o desacerto no bestunto foi da mãe, espanada por se dividir entre os seguidores de todos os santos e santo nenhum — isto um absurdo – a gente sabe que se não têm santo para rodar o giroscópio, os insensatos atacam tudo, até a fila do peixe na sexta-feira da paixão, aliciadores estes, não dona Salomé, que achava (meio) desonesto labiar as ovelhas do alheio —, além de uns outros com a mania de rebatizar os próprios santos, essas variedades que a gente logo descobre se o seguidor é de falar com as entidades, de cantar os hinos ou sacar as Sagradas das axilas, as folhas protestantes ou não de se despegar em pedaços pelo uso tanto, já disse não disse, e era aí mesmo que dona Salomé usava, porque "quanto mais as proféticas ciências consumidas, maior a fé", agarrada com fervor na Boca da Verdade, suas verdades tão misturadas.

Ir a missas e aquele negócio de entender dos livros santos ela, sim, a gente sabe, são tantas as mesas, mas era mal visto servir a mais de um senhor; as pessoas reparavam, apontavam a salsinha nos dentes da dona Salomé enquanto enfiavam a cara na sua própria salada espiritual, para cada necessidade um óleo, uma pimenta, as alfaces de uma casa com os repolhos de outra; quem não se sustenta nesses garfos todos, não se deve condenar, mas era o exagero, percebe, o quezinho de desatino o que pegava. Ninguém fazia assim as misturas e com tanta força, aliás, justo o que os filhos respiravam, os ares umbilicais no boca a boca, mãe e dona, a britadeira cheia de fervores que eles engoliam.

Normal. E daí? Mãe é essa massa mesmo — vai reclamar —, fermento e assadura tudo igual. Por fora mulher, feitio de mulher, curvas e os orifícios todos lubrificados e cheia de expectativas; agora, nas profundezas tem um bicho agarrador, um olho dorme, o outro aceso, vivendo quieto no leite e nos pelos da alma de toda mulher, de Maria mãe do meu Senhor a Madalena à cadela na esquina, que chega uma hora precisa sair, começa a latejar, quer sair, vai sair e um dia a vontade é tanta, o desejo, tamanho, que arrebenta as travas, desabrocha seu colostro fora, nasce e explode de uma vez, um animal que vem pronto e chega junto com o próprio filho, com a boca faminta duma combinação absurda, as fomes dele e dela numa gulodice de cumprir desabridamente os deveres, peito então arrojado, mas intocável, inchado de leite, a morte do resto do mundo, de tudo que não sejam as angulares pedras da edificação dos filhos, o assentamento, sobretudo pelas veredas da fé, muito importante isso, bem serviço de mãe, enveredar a fé e o filho, um a encruzilhada do outro, hosana um do outro.

Homens nascidos de mulher, os gêmeos ouviam e pacientemente despejavam todas aquelas angulares pedras na caçarola da cabeça, mas também o que vinha da realidade, outras glândulas e mucosas, do mundo onde viviam, e repuxavam as palavras da mãe com essas de rua, chão de soque, entrando na mistura ainda quantas riquezas, aço, terra, bosta, anjos caídos do Céu, incontáveis legiões subidas do Inferno. O que saía dali era um barro encaroçado no ponto para o grande forno — a cúpula azul do magnífico, o *Sol Invictus* —, para os altares das tantas crenças locais, dos incontáveis deuses, todos em seu arrimo, cada um montado em sua partícula de pó vermelho, a nuvem pulsante — chuva e seca — sobre Brasília, cidade encantada, tinta e pó de urucum... Zebedeu: eis de onde o pão da alma servido ao teu destino.

Antes porém de enfiar os dois na minha goela da minha turma, ela esvaziou o bitolão pregador, "E quero que no seu caminho estes dois meninos sigam um à sua direita, um à sua esquerda", "os chefes, o poder, servir e ser servido", lembrou os "corações lavadíssimos dos bentos rapazes, limpíssimos etc." e sacramentou a entrega. Os dois envergonhados com os excessos chutavam invisíveis bocas de mãe pelo chão. "E o que foi, não posso falar, envergonhados do quê?", dona Salomé, "Sou mãe; vocês, chupetinha de boca. Posso falar, sim. Mãe pode tudo ouviu bem, escorrimentos do meu útero? Tu-do. Inclusive esfolar vivo, se quiser. Quero ver impedir. Metade desse sangue aí veio do meu choro de mês, suas bestas, vocês nem sabem o que que eu tou falando", justíssimo pai-juiz-de-todas-as-causas!, já logo ela ia dizer aquilo, ia esmagar eles de vergonha, os dois se craquelando e a mãe possuída, descascando a língua, "metade mais o resto, que é daqui também", ela vai falar, "E o que foi, esqueceu onde encheram a pança vocês de colo? Foram nos meus peitos, agora quer desrespeitar?, ouviu!, ô vocês", eles encolhendo, "cada um de um lado nestes braços endurecidos de dor de tanto segurar os esfomeados senão caíam, agora pergunta se caiu alguma vez, seus ingratos, como se aqui fosse braço fraco de homem, é braço de mãe, pergunta!", lá vai, "um mais esganado que o outro, vocês é que se estapelavam pra se completar nos meus peitos, aqui ó, no meu leite, ouviu bem, MEU LEITE!". Pronto, falou. E repetiu batendo com força nos ditos peitos, meu leite, meu leite. O senhor imagine a cara dos meninos. Que vergonha. Que nojo. Eles queriam sumir. De minha parte, desnecessário tanto evangelho, mas eu é que não sou besta de interromper liturgia de mãe; deixa louvar e liturjar à vontade porque o que não vale não vale, mas a insistência aumenta o valor da troca.

Fazia um tempo que eu mais ou menos tava de olho neles. Moravam perto quando a gente se mudou para o Plano Piloto. Havia certa identidade. As mães se cumprimentavam de longe, dona Salomé ressabiada, minha mãe uma geladeira, se conheciam elas, coisas antigas; dizia dona Salomé que tinha trocado minhas fraldas, minha mãe enfurecia e negava; os Zebedeus o pé cada vez querendo ficar mais junto comigo, correr atrás de pipa, jogar futebol na chuva, no Sem Camisa F.C., meu time do coração, ainda com a mania de fugir de casa eles, da mãe... Uma vez flagrei os querubins numa madrugada, véspera de um desses carnavais quando Brasília virava uma festa. Se evadiam de um posto de saúde.

CAPÍTULO 18

Falaê pé-de-lã, abordei a distinta malandragem. Eles: "Ih!". E essas garrafas bojudas cor de garrafa de cerveja, como, "Não é nada"? Humm era clorofórmio, éter. Dou cobertura, mas queromeu. Fiz a festa com a minha parte. Quarta-feira de cinzas, ainda sobravam uns cobres no bolso. A distinta malandragem tinha cheirado, vendido, torraram tudo na hora. Queriam saber como eu fazia, se era o milagre da multiplicação, colocava o que pra durar tanto, fluido de isqueiro solvente acetona? Esprei de endurecer penteado de mulher?!

Quinta-feira me procuraram no bar do trácio. Não fui. Sexta-feira, tava lá... Como? Não, não, essa história foi muito antes da briga. Eu nem conhecia a menina ainda. Os Zebedeus sentaram e começaram a falar, meio azulados de excitação, queriam saber do negócio do esprei, o que eu tinha inventado na mistura, "É fácil", expliquei enchimentos e doses para render mais, eles empolgados, Carnaval, o senhor sabe, festa sagrada, demanda infinita. Tinham comprador firme em Olinda, Podem trazer o que tiver, qualquer quantidade, qualquer dia, liga que a gente pega vocês na rodoviária. Nunca tinham saído de Brasília, inquietos na cadeira, eles não estavam azulados de alguma veia na têmpora como a minha mãe ou efeito da luz fraca do bar, era azul mesmo, tenho certeza, uma coisa fraquinha, mas azul, eu acho, "Como faz pra chegar em Olinda, Boró, onde é Olinda, Boró?, chamaram o trácio e pediram cerveja e ovo colorido. Ecológicos, "Ovo verde". "Ovo verde acabaram." "Acabou o ovo verde?" "Sim-senhorr. Terem vermelho, amarelo...", resmungou o trácio, que odiava atender os "irmãos merdabostas". Eles consultaram a carteira.

Vazia. Pediram uma porção de pescoço de galinha. Queriam me agradar. Tinham um plano pra conseguir matéria-prima.

"Invadir o Hospital de Brasília? O HdB? Tá louco", reagi, "Sou conhecido lá. Esquece", e despachei os dois. Eles insistiram. "Não, sai fora, porra, me esquece". Se olharam, se levantaram e saíram na primitiva, "Pendura!", gritaram pro trácio, alérgico a práticas antieconômicas e penduras. Com os canelas relâmpago já no horizonte, o trácio vira pra mim a cara cinquenta por cento pão-duro falido com vontade de se matar, cinquenta por cento furibundíssimo com vontade de matar, e eu, Não olha pra mim, desfiando o último pescoço. Por consideração, dispensei o guardanapo, item importante no regime de contenção de despesas do trácio. Nas partes mais iluminadas do bar, guardanapo novo, quase papel-jornal, mas novo. No fundão ou para freguês bêbado, folhas recicladas. Desengordurei as mãos na calça.

Dia seguinte os gêmeos aparecem com uma caixa térmica de ambulância, *RIM HUMANO*. "Esquece Olinda, Boró. Isso aqui vale ouro, Boró. Quer de aniversário pra você, quer?" Que porra de aniversário, vai se lascar os dois, quase fiz eles comerem. "Joga essa porra fora". Eles se levantaram, nenhum sinal de mágoa, ignoraram os gritos de abutre do trácio, que circulava de olho atracadíssimo com a mercadoria, "Abre aê, sim-senhorr, abre aê", queria ver trocar penhorar, os Zebedeus cataram a mercadoria, saíram e voltaram de noite com duas caixas enormes de tubos de esprei de cabelo de mulher — zeraram o pendura ao câmbio do dia – o trácio adorou a ideia de perfumar e criogenizar o lixo —, relógios, um frasco de perfume no bolso, francês, filial tríplice fronteira, pra amaciar a mãe, e uma surpresa.

Ares de empreendedores, desenrolam a cópia heliográfica de uma planta. Reconheci o lugar na hora. Maior fortaleza. Depósito de um muambeiro amigão dos políticos, sujeito perigosíssimo. Não se mexe com o poder, falei, É arriscado invadir, totalmente impossível, esquece. "Mas Boró, chegou carregamento hoje. O depósito tá abastufado de muamba fina..." Esquece! Bati na mesa (abastufado?). Botei os dois pra correr. Não sei por que inferno eles sempre entendiam "correr" por "correr-*e*-voltar".

Nunca mais me livrei deles e aquelas despirocagens da porra, os artelhos unhudos ciscando o terreiro aonde eu ia; algum tempo depois, calhou da gente se cruzar numa visita que mais uma vez tinha sido convidado a passar uns dias no Reformatório — que a minha mãe chamava de Deformatório —, os dois lá no banheiro se cobrindo numa retranca de independência ou morte, os companheiros de hospedagem pressionando eles pra virar dama e eles nem com ameaça de faquinha de gilete, "Carne fresca, Carnão e Carninha", sem chance; nem aguentavam mais a pressão depois que o novo diretor mandou fazer a limpa no arsenal e pintar as paredes, e subiu o preço da gilete. Era o exibicionismo dele de mostrar as credenciais, Olha putada o tamanho do meu nervo. Coisa de diretor inseguro; meio também com raiva da assistente da secretaria, que não dava pra ele nem a pau, modo de dizer, o senhor entende, assim, no limite da curra, e o diretor não era besta de avançar, atento aos conselhos da consciência. A assistente, órfã, tinha vindo das freiras a coitada, até canalhice tem limite; e os corredores de um Reformatório têm vida, escutam enxergam sobretudo falam. Ela me pediu santuário e eu paguei a dívida com ela das fichas dos Zebedeus e demais canalhices; criei eu mesmo uns poemas de advertência com o nervo, minha tinta amarelada escorrendo a beleza do verbo na parede recém-pintada que dava na sala do diretor, *Se esperta chefão*. Ele não era tonto. Ordenou uma faxina ampla, geral e irrestrita, e só; enquanto isso os Zebedeus no busílis: um, mandavam apagar brasa de cigarro com a sola do pé — ou desmatar o escroto com cera de alisar madame, escolhe —, outro, sangrar as frieiras dos entrededos correndo as lâminas de papel do prontuário que o diretor descobriu as inconsistências, as fichas, sabe, onde eu tinha inventado à beça, e sugeriu um corretivo. Depois vinham os dois falar comigo, pisando em ovos, haha, sacos lisos e o sanguinho nos pés, hahaha!

"Possa ser nóis na tua turma, Boró, hein, hein?"

Continuariam travessando a minha pista depois que a gente saiu. Zebedão, língua dura, valente, incansável galo de briga, um Moisés, e Zebedinho, bom de cintura e de bico, lapidava a conversa fiada nos brincos de vidro colorido nos gominhos das moças da gafieira, no rala-buxo, forró, vivíssimo, um Paulo, que, rendia gosto de ver, oficiava lindamente aquela noite no bar do trácio. Nem parecia obra de noviço, ou digamos meio noviço, com o poder e o berro, um no exercício do outro. Zebedinho-catecúmeno gostou de beber daquele vinho. Parecia menino com brinquedo novo, rapaz novo na zona, cavalheiro com esposinha nova...

CAPÍTULO 19

Zebedinho, em despacho com os escoteiros, que agora lisíssimos requeriam passe livre, se divertia: Ir embora? Recém--desfolhados e já querem abandonar o acampamento? Acho melhor não. Podem receber um golpe de ar, uma friagem, tem certeza? Ah sim, certeza, seu Zebedinho, toda certeza do mundo. "Então tá", deferiu seu Zebedinho, "Super ok. Pode ir, 'magina", encheu os rabanetes de esperança. "Mas...", proibiu a saída atrás de si, a porta de aço rocambole que ele com o pé terminou de descer, trancando o açougue, digo, boteco, "...por esta porta não", logo amolecendo num coração-e-voz de bom pastor, pelo contraste, ou porque acabou a voz grossa mesmo, "Por, aqui, ninguém, vai, passar", um sibilar no ar visguento de ansiedades, suores e pó, palavras a serpentear na freguesia, procurando os ouvidos, afinal buracos bons de afligir, não dão trabalho, dispensam equipamento, e ergueu o braço e nele o dedo apontador que desviava as atenções para o outro lado do bar, o meu, ao lado da porta dos fundos — que daria no depósito, dali à liberdade. Ainda num papo ovelha, entoou: "Por ali meus queridos. Sai pelos fundos. Vai com Deus".

Parecia um padre comandando mansamente a fuga da igreja em chamas. O que o senhor acha? 'Amados: acautelai--vos; mas esquece a porta da frente, que dela se precipita no Caldeirão do Pé-Cascudo, a hora do juízo e perdição dos iníquos. E nós estamos maquinados, viu? Sai pelos fundos, por bondade, meus carneiros, vão com fé pelo caminho da salvação, aleluia irmãos' etc. Êh padre danado, uma ratoeira, hein, como lhe parece? Enfim, não importa. Aquele era o sinal. Levantei num pronto ensaiado de escoicear a cadeira que capotasse pelo estrado até um encontrão com a parede — garrafa e copo já escondidos àquela altura – numa emergência...

Levantar daquele jeito escoiceado foi para colher as atenções. Colhidas, engrossei a postura fatal, "Por aqui, não". Zebedinho ouviu e arrastou um pé para trás. Dois. Virou meia volta. Desvirou. Deu um passo. Voltou dois. Tinha o que na telha, avançava, recuava, dança de salão? Teriam combinado eles? Zebedão se virou, fez cara de que-porra-é-essa me'rmão, dançarino americano? Telegrafou de.pois.tu.vai.ex.pli.car, desvirou, pisou no medo dos três espaguetes, duros como dente, cheirou o líder e disse com uma voz imperial tão imperial e fundo nas labirintites do petrificado, que no miolo deve ter soado como ordens diretas de algum deus vingador:

"Esperando o quê, vocês são três, vai. Três contra um. Super moleza". Ordens são ordens e a vida um movimentar de membros, mas o diabo da consciência básica é quem manda, e mandou: 'Petrifica!'. Zebedão insistiu, "Pega ele pra gente ver", apontando o queixo na minha direção, 'Despetrifica!'. Apesar da insistência, membro nenhum nem boca dava expediente de vida.

Jalapa-Zebedão fez sua careta de que coçava o capacete. Era mais devagar que Zebedinho. E impaciente. Zebedinho queria interferir, mas, conhecendo o espécimen desde as trompas uterinas, estacionou dois passos à ré. Sabia que Zebedão tinha visto algum tipo de desacato naquele minueto antes, pelo quê, pelo sim, pelo não, incorporou uma de entidade paisagística. Aguardando a hora. Ou se desentenderiam. Olhei, medi, Não, isso não, pensei. Que se desentendessem depois. Zebedinho, no boqueirão, todo pulador de cordas, pés e língua, tudo na velocidade de um chicote; Zebedão, braço comprido, encaixasse uma, e acabou isto de velocidade; outra, com a mão aberta, modo a preservar a faiança, discussão encerrada. Depois fariam as pazes. Tinham seus protocolos. Se desentendiam, brigavam, dias sem olhar na cara, mas as memórias do falópio, a força da gravidade, sei lá, uma hora se atraíam e terçavam os mindinhos da paz, geralmente a pretexto de esfolar algum azarado que lhes atravessasse as esferas gravitacionais, um infeliz carregado nas costas pelo próprio santo, que é o que os santos fazem, carregam fardos, assam-nos em labaredas gravitacionais, fazem de tudo para um coitado seu protegido purgar os pecados, o que às vezes demora, sabemos disso não sabemos?, e as culpas se acumulam, peso, massa, agonizam as lombares dos santos.

Vi que procurava os parafusos, Zebedeu maior. Olhava para mim, remoía o combinado. Voltou à carga: "Vai". Rosnou: "Se mexe", rilhou as bigornas dos dentes. Nada. As bestas insistiam em refugar. Talvez desconfiassem de armação, hehe. Zebedinho, porque tinha chegado a hora ou lido os pensamentos do irmão, avançou, e nisto de pensamentos talvez não sei quê nem a sétima lua do sétimo sol, se ligaram, passos e ondas cerebrais, cronômetros, barômetros, e os mármores desistiram de desistir. É que também foram danadamente diplomáticos os canos dos trinta e oito boquejando umbigos e ouvidos, todos embalados no sinistro dos irmãos em dueto. Ora a voz de um, "Querem o quê, Vossas Iminências: o fogo do Céu...", ora outro, "...ou a caloria do Inferno". De novo um, "consumindo a rabiosca?", por fim os dois: "Anda, porra!".

Aqueles Zebedeus eram uma coisa: os pilastras se assustaram que o alarme acordou o pistão das pernas, horrorizados com os irmãos, com o teatro. Por concessão — não comédia, não pense que rolava alguma fanfarra, não rolava —, foi pela mais lavada concessão ao espírito da arte, e um pouco de safadeza, vai, que os gêmeos deixaram os padecentes escolher: chumbo ou eu. Os três se viraram. Me examinaram. Viram um cordeiro numa travessa, ou a rodelinha do pão ancestral pra dissolver na boca, salvático pão, o biscoitinho que em nome da Salvação parecia tão mais digestivo que o chumbo pelando nos canos dos infernos. Escolheram.

Seria abuso mencionar agora que chumbo ali não havia? Uma das máquinas não funcionava. Simplesmente não funcionava. E as duas vazias. Difícil arrumar balas na época. As forças especiais interferiam nos negócios e os Zebedeus sempre na lona. As últimas cinco tinham vendido. Não. Trocado. Algum rolo, alguma burrada econômica para o Dia das Mães acho, amor, remorso, antecedência precatória. Me incomodei bastante quando soube. Repasso agora o incômodo, se posso dizer desse modo. Aqueles Zebedeus tinham mesmo as abas destampadas. Empurraram a trinca de valentes na minha direção... com paus de vento!

Decididos e empurrados, mui valentes, porém mais um minuto por favor para os aviamentos de última instância. Trocavam olhares nervosos, os três paladinos rabanetes com pernas à procura do destino, 'Cadê o mapa?', "Anda, porra, pro fundo do bar", recebiam a bufada dos Zebedeus e o pé nas ancas, elas perdidinhas, 'Onde fica esse fundo do bar?', mas como o clique no cão de um berro opera milagres, logo se espertaram:

"PeraíEntendiPeraí" "NãoAtiraNão!", encontraram o norte os rabanetes. E vieram. O bode chifrudo — reconheci as tipografias que eu tijolei na cara dele antes, no primeiro encontro —, o mau, um crocodilo patife ordinário, veria, e o fcioso cara de galinha, o nanico do queixo afundado. Ensaiavam uns olhares pistoleiros sobre o biscoitinho digestivo aqui, a trupe de espaguete-mexicano descalça no saloon do trácio, os Zebedeus tinham levado até as meias, podia ouvir o grude dos pés naquele chão de um bilhão de anos, os pistoleiros cortando o ar denso de poeira — tempão sem chuva, só ameaça —, a lâmpada em cima deles pisca, briga com o reator, apaga, acende, e a besta de um Zebedeu metido a morricone, assoviando os passos para a decisão: eu-vitelo. Os pistoleiros, os movimentos no entanto eram mornos, e os olhos, que pistoleiros, nada. Olho tem mistérios, eles exibiam, seus balões de ALERTA ALERTA, os olhos arregalados nas órbitas, eles afetavam umas brumas de força, mas brumas só, que atrás delas piscavam eram palitos de fósforo agonizantes, uns rubrozinhos de pavor. Nunca que eles poderiam esconder de mim: os olhos de cima obedecendo ao de baixo, o olho debaixo, o senhor sabe

Diga. A linguagem incomoda? Pois retifico: falo da paúra braba, o jeito que o medo tem de se mostrar e esconder, de se esgueirar meio secreto pelos olhos, mas secreto como, se chega tão senhor de tudo, se salta para dentro envergando sua fabulosa capa de vilão, o medo, como? E o que poderiam os próprios olhos impedir de entrar nem sair? Não podem. Me diz se estou errado: o olho: não tem barro melhor investido, olho de homem é coisa criada, máquina de enganar, feito para pregar mentira, um tipo de luz repintada que entra direto no coração, mergulha a capa ainda crua nas tintas que borbulham lá dentro, nem deixa secar e já pisca fora, sai toda tingida e a se mostrar de herói, pingando sua película radiosa, seu brilho de embaraçar, de confundir, eu sei, todo mundo sabe, é assim mesmo, mas mesmo assim e por tudo mais, não bate diferente de como eu disse: olho é bicho criado. Serve para pregar mentira, está certo, mas para *pegar* também. E eu peguei, eu vi. Vi o medo, e medo mata, sabia? Medo conta as horas, mata além da morte, às vezes mais que a vida: os horizontes, a seiva que engrossa o caule, que murcha, e a própria vida pede corte. Medo mata.

CAPÍTULO 20

Brigar não é força. É engenho, arte. Força ajuda, lógico, mas técnica e ardileza cavam a diferença mais fundo. Vão como... São alavancas, percebe, e tem a sorte. Sorte é a mão de Deus. Só que estender as ávidas pecadoras na ilusão de que toca dedo com Dedo, me dá um dinheiro aí e Deus é uma flor, nãh. Esquece. Para Deus é recolher entrelaçadas e rezar com fé. Para a sorte, cevada. De resto não tolejar, entender que existe o azar e que o azar é um vírus, isso mesmo, vírus de Deus, que às vezes Ele contamina o sangue e a gente nem vê de onde; se de uma guerra que não é a sua, de um beijo na boca, tudo pode, tudo O edifica, tudo vem zunindo e famigerado. Então precisa saber que o azar se alimenta de sopa, sim senhor, fique atento, qualquer sopa, qualquer lambida na ponta da agulha, que um trisco infectado do nada — os canos molhados, percebe — e ele se encapeta nos arrepios já desde as ferraduras, vem e decide. Mas comigo não decidiu um mosquito o azar: fiz morrer de seco. E a sorte, o que pude cevar, santos, bestas, cevei. Cevei imenso. Foi quando eles vieram.

Vieram desunidos, ainda nas orações, desconfio. Plano algum ou firmeza, só medo, a desgraça deles. Eu, o corpo empinado num arco de canhões, mas também as ideias prontas, esperando na meia truta, de pé, alguns passos à frente da minha mesa no tablado de madeira, um platô que o trácio havia deitado no fundo do bar fazia um ano já. Ninguém entendeu aquela porcaria. "Porcaria não-senhorr. O trácio construiu um palco, seus merdabostas, a ribalta artística. Ignorantes". O peludão sonhava com as glórias do boteco-muquifo: menos moscas, mais fregueses, que viriam como

Ãh, moscas? Hehe, gostei. Moscas. O carpetão-no-peito achava que alguém poderia ser atraído ali por outros encantos que não o de enxugar ou o de descobrir o seu eu mais profundo em regressão até as origens, nos bota-fora das dores de barriga por comer suas borrachas-um-sete-um, umas nojundas oleosas boiando à noite todas pardas, se não verdes, algumas peludas, talvez contraparentes do trácio, o courinho de um tio em sétimo grau, fungos, vai saber, cobradas à tira-gosto. Apostou no estrado que fez com madeira de obra, escoras lindamente pintadas com uma gororoba impermeabilizante, o palco, do que logo desistiu. "O trácio perdeu dinheiro, sim-senhorr", mentia, "Coitado do meu ser", resmungava, "Esta merdabosta de ribaltas não estar a cooperarem", o sotaque feito com os nervos prensados no Setor de Embaixadas Sul. E instável. Uma hora o casaco de urso era grego, "Derivado de Acrópolis, confessarei"; outra, turco-judeu, sírio-libanês, ninguém entendia a porra daquele sotaque flutuante, metade exibido, russo, sei l , "Russo da Ucrânia", corrigia, "Vir do Beirute, já informei", metade invenção; avançava nos erres e nas palavras de almanaque, "Labroste, úmero", que ele gostava de exibir, "Trompa uterina, sim-senhorr, ribalta artística". Mas a ribalta encalhou e o peludão, enquanto o sucesso não vinha, meteu no palco — ausente de astros, cheio de moscas, as fiéis moscas do palco, da gororoba grudenta e talvez doce no chão, das luzes da ribalta – luzes como as da grelha de fritar mosca: fulminantes e às moscas —, meteu ali um punhado de mesas e cadeiras subtraídas sabem os subtraídos de onde. Além disso, custaria avarentos dinheiros sumir com o madeirame desapropriado de uma construção próxima, que ruiria inexplicavelmente algum tempo depois. "Serem desperdícios gastar dinheiros para retirar o palco. O trácio precisa repetirem? Vocês não entenderem nada de arte. Ignorantes", e o unha de fome deixou como estava, "trilhão por cento certo" de que o "povaréu labroste irão" um dia entender a "alegria de dançar com o cantar em grego, o berço das culturas pra Europa do civilizador, o trácio da Armênia, da Hungria, sim-senhorr, porém disso não interessa. Vocês fazerem perguntas demais pra saberem de onde o trácio vir, vir da Trácia, seus merdabostas ignorantes, já disse trilhões por cento de vezes, e se quebrarem outro prato irão pagarem. Juro por são Crisóstomo".

Prato. Nem ouvir a palavra o trácio podia. Atacava a gastrite do dinheiro. E ele chorava, explicava quão preciosas eram as "porcelanas históricas", as louças "hereditárias dos primórdios de Homero", sim, sim, desviadas também, do clube onde entrava pela porta dos fundos para entregar os escoceses artesanais e saía pela frente, aproveitando o olho guloso as moças de biquínis em luta para conter os escorregadios; e pratos, talheres, garrafas vazias de scotch da Escócia, enfiava tudo na bolsa; detestava fazer aquilo, "Istos serem contra o espírito democrático do trácio", mas eram tantos os pratos quebrados exigindo reposição, tão poucos sobravam para troca ou fazer um dinheirinho extra revendendo na feirinha de acessórios automotivos reciclados, "O trácio terem as mãos amarradas", chorava de desgosto, ria, ameaçava, "Meus pratos, meus pratos, por são Crisóstomo", e retomava as "lendárias", que se confundiam com as glórias do civilizador "labroste" e autor daquele palco que me deixava numa ótima posição acima do inimigo, os três vermes que nem desconfiavam do aviário em que haviam se metido, porque escolhi o bar-espelunca do trácio com propósito cavilado nas artes da guerra, e ajambrei a arena:

Mesas e cadeiras tudo arrumado para que viessem em funil, um de cada vez no raio das luvas zero-onça — digo, que eu calçava as mãos de bater osso com osso —, tão separados eles quanto desse, como se uma fila inevitável; é que o perigo do três contra um diminui de caveira negra para vermelha se você consegue plantar um tezinho de espaço ou de tempo entre eles. E pediria mais um chorinho pra sorte: que o nanico viesse primeiro, o ossada chué feito de escudo e boi de piranha, sem-

-vergonhice dos amigos, eu sei, mas era boa rifa contar com a pequeneza deles. Os sacanas esperariam o sacrifício do boi ferir a água de sangue para atravessarem livres, atropelando cadeiras, mesas, as carnes em agonia, as minhas e as do boi de piranha, eles nem aí com o amigo, que se lixe o amigo de piranha, o boi, dane-se.

Prevenido com todos aqueles ajambrados — eles ao contrário só pensando em cair fora pelos fundos, me chutariam de passagem se pudessem, um bônus, me enquadrariam por qualquer pretexto, pela cor da minha pele, por causa do coice-desafio na cadeira ou as sete pragas de Brasília, porque eles tinham mesmo que me dar uma lição, 'Devia se enxergar seu miserável', aquela menina, o senhor entende, coisa mais maravilhosa que aconteceu na minha vida, uma burguesinha linda que mentia pro namorado rico e musculoso e ficava horas se arrumando só pra mim, só pra depois eu pegar ela com força, misturar a boca vermelha com a tinta preta dos olhos e os fluidos todos que ela vazava e eu lambia e mordia, os meus cheiros com o cheiro dela de perfume, os cabelos agarrados nas minhas mãos, meu vento desatinado, 'Ela não é para o teu pasto, seu bostinha, moleque de feira, seu filho disso e de cobras e tarântulas'. 'Ok, sou um bostinha, as tarântulas, entendo perfeitamente. Mas a menina, vamos tratar desse assunto agora', eu, longe de ser tonto —, entrava garantido na arapuca. A montagem do cenário tudo atalaiando foi ideia do trácio.

Lembrava dele com o sorriso largo nos frontais de ouro, a história da cicatriz na coxa, a saga do pioneiro comerciante de vinho, que depois eu soube era um pouco diferente do que ele dizia. Tinha se aproveitado de umas leis pioneiras de incentivo ao desenvolvimento, fez sociedade com um pacífico dono de hortifrúti, foi com o pacífico ao banco de desenvolvimento pioneiro, vendeu magnificamente o projeto, "Cinturão Verde Pioneiro, a força verde alimentando o progresso", voltou ao banco no dia em que a grana do reflorestamento pioneiro foi liberada, sacou tudo, pagou os cinquenta por cento do superintendente pioneiro e sumiu; liquidou as próprias dívidas e foi explicar ao pacífico que "lamentavelmente a grana não saiu, uma pena", deixou ele vendendo alface com vinho, "Pode ficar com o meu estoque de vinhos, senhor Pacífico. Assine estes documentos, por favor", e partiu com que sobrou da grana após acertar as contas com os ferozes traficantes locais de dinheiro, partiu capitalizado para o pujante ramo do uísque artesanal, que ele distribuiria nos inferninhos de Brasília, alguns do próprio superintendente, encantado com o preço do scotch, a cor, a textura, o aroma, dava para servir sossegado a partir do terceiro uísque, ou diluído para as meninas. Foi nessa época de forte demanda por bebida e mulher que me apresentaram o trácio e aqueles frontais de ouro contadores de "lendárias", os dentes originais arrebentados por uma horda de engenheiros assassinos — já falei disso, acho — e refeitos em ouro quando o artesanato decolou, e que, não sei se por encomenda ou acidente — o grego da Trácia gostava —, assoviavam, aquele sorriso dourado anos depois assoviando as "estratégicas" da luta no bar.

"Preparar para fazer guerra, sim-senhorr, fruto por tradição dos generais pras maratonas da Pérsia. Aprenderá com o trácio, rapaz. Contra as tradições de Esparta até a Bulgária. Arapuca é arapuca e o trácio, o rei das arapucas", se elogiava. "Muambeiro de vinho também... rato de aduana e golpista...", emendava um japonês semimorto atrás de uma garrafa de vinho. "Protesto!", protestava o trácio da Grécia, o dedo duro erguido em paliçada, "Aduaneiro do amor. Corrige-te já por favor", dizia, meio luso meio persa, "Agora só trabalhará com produto orgânico", o peludão rei das arapucas, técnico em uísque natural e briga de bar.

"Experiência, rapaz, experiência. Formidável porção de crânios rachados contra mobiliário voador flap-flap nos cornos, já enxerguei vários funerais acontecer", e foi explicando "a estratégica" da tecnologia, "Irei ensinar o macete: precisa prender os trecos sim-senhorr. Reconheço como arrecadar o quebra-quebra", amarrando com histórias, "Agora contarei três lendárias de alegrar o maracatu. Por favor aprender: o frevo martim-pererê contra o serra-osso", descrevendo úmeros partidos a vazar do braço, a voz sumia no depósito, voltava cheia de erres, fios e arames, costurava as cadeiras, falou de substâncias jorrantes, falou muito, os nervos coçando do bolso à língua com a perspectiva de "prejuízios", como ele dizia.

Alinhou as mesas amarradas, relembrou mil vezes, "Três contra um: periclitar nos preparos", orientou, "Aproxima pruma mãozinho por favor, rapaz. Desenrola o arame. Ajuda a prender contra a cadeira por sobre a perna da mesa. Traz por cá", e continuou, "Agora declamarei outra conversa lendárias", umas histórias de voadoras, de saltadores, poetava sobre olhos que tinha visto pendurados em chicotes de nervos, cadeiras rasgando fregueses enquanto quebravam. "Será imperativo — das tais palavras de almanaque, gostei, incluí na minha lista, que era melhor que a dele, imperativo, derivado... — prevenir, rapaz." Falava dos amigos que fez no IML, os amigos que deixou no IML, vai logo, porra!, incentivei, ou ele engatava nas gavetas frias do Instituto Médico, "Peraí, o trácio precisarem amarrarem a cadeiras", amarrou?, acabou?, pressionava eu, que era o sabonete fazer o bicho trabalhar sem margens extraordinárias de lucro, terminou? "Agora perfeito", finalmente — batia o pó das mãos — encerrou o preparatório. "Agora travadas contra a costura o mobiliário, paz com amor. Congratulação pro trácio e pro freguês, sim-senhorr", se elogiava, insistia que dessa maneira era "paz com amor" paratodos, cabeças e patrimônio.

Resultado: a preciosa mobília do trácio afunilando o caminho em direção a minha mesa, uma barreira firmemente aparafusada no chão, para o caso de ter que recuar. Tudo amarrado, eles não conseguiriam me flanquear nem usar nada balisticamente. Sabe, eu tinha alguma experiência em muvucas e objetos voadores, meu antigo cortão no cocuruto como testemunha, esse aqui, vê? — "Agora perfeito", insistiu o trácio. Contudo, olhando para o que aconteceu depois, vi pouca ajuda nessa preparação toda. Só o trácio contando suas "lendárias" cheias de erres e protegendo o patrimônio de "serem estragados" na minha cabeça.

Graças a Deus puseram o nanico na comissão de frente, como eu apostava — a rifa, percebeu? Vinha lá o ebó, o cordeiro pascal todo antepasto de piranha e posudo de valentias, garantido nos dois bons amigos, vale dizer. Usava um colar de oferenda — guirlandas, não sei, devo ter visto —, pronto para o altar.

Posicionado num bom espaço de defesa, todas aquelas amarrações e acima deles, se em vez de esperar eu atacasse rápido com um teco no ossinho do pescoço do vestalzinho que abria a procissão no corredor de abate, a coreografia seria assim: atingido e no rumo de um chão inesperado, 'Que passa com esse chão, por que sobe tão depressa', e sem entender como engasga tão sufocantemente, pediria sufocadas ajudas aos dois companheiros, que, entendendo cristalinamente — vale dizer, encolhidos na sombra da própria covardia, mil milhões de quilômetros longe de mim e dos Zebedeus —, negariam. Deixariam o votivo companheiro apodrecer na rapinagem que sempre acontece com o primeiro a cair, tundas e gentilezas que num três a um devem partir com mais prudência que decisão: uma ou, se for ligeiro, duas marteladas durante o voo até ele aterrissar com a napa no solo rude. O importante é martelar e sair, de modo o bicho não te agarrar enquanto cai, se fornicando nas tuas pernas, isso um perigo. Se você encara mais de um, precisa temer essas defesas carrapato, que travam a guarda no risco. Então bate e afasta. Sem dar chance. O venturoso não iria mergulhar em nenhuma banheira de placenta ou sangue, é verdade; sentiria uma pontada forte no gogó, mais desconforto que dor mesmo, talvez o pretume da martelada, e aproveitaria para se retirar do tiroteio, no mínimo avaliar as tubulações: se entrou um furo, alguma joia quebrada, seus minutos de apagão.

Descansando o cordeiro-guerreiro, eu teria que decidir meio no reflexo se voltava à proteção da minha mesa aparafusada ou atacava. Atacasse, qual couro arrancaria primeiro. Seriam dois contra um; melhor, mas só pelo tempo que durassem as férias do ovelha-sentada. Pouco, provavelmente. E pouco era o que bastava. Num ajuste desses a questão é fatiar o relógio como quem economiza na mortadela. Não podia reclamar. Estava bem servido, os Zebedeus, o bar, tudo pronto e rezado. Ataquei.

CAPÍTULO 21

Ataquei e já numa estilingada entupi as válvulas do vestalzinho todo abre-alas ele no corredor de abate. Mandei um jabe de encontro, quer dizer, não um jabe, um *jabezito nervioso* com a ponta dos dedos direto no ossinho do gogó. Esse ioiô de aço é perfeito para esvaziar valentia de vento: um cutilão nos gorgomilos, assim ó, e lá se foi o cutilado a se esvaziar levinho pelo salão, chamando o ar de volta, 'arfar arfar', a traqueia uma erupção de rolhas, 'tosse tosse', cuspindo clamores aos deuses das trincheiras: 'Ó deuses, cusp cusp, quebraram-me o fuzil e estou ferido, ó Entidades das causas perdidas, devolvei-me as arruelas do pescoço, fazei-me também esquecido dessa besta cutiladora, que em troca largarei convincentes gemidos e os ponteiros de segundos no caminho', as fatias de mortadela que eu ia catar uma por uma. Veja o senhor: mal tinha começado, e o caveirão de três já era um confortável dois contra um. Gostei. Gostei muito. Primeiro talho no cabo da sorte.

Afastado o levinho, ainda que inconcluso — ficaria para depois, numa visita vamos dizer um tanto menos suave, "Se não me concluírem antes", pensei —, despachado o primeiro, calculei o saldo. Eu sabia que se esperasse, os dois viriam juntos; se atacasse um, o outro recuaria. Ataquei o ex-dono da minha menina, o fortão o fígado encharcado de vigores e cuba-libre. Carne dura esse, que eu já tinha batido in loco umas tijoladas fazia pouco tempo... no primeiro pancadão, exatamente. Alguma o coxão duro devia ter aprendido. E não se tem aqueles troncos nos braços e nas pernas sem ser perigoso, toda tarde todo dia diante do espelho, apaixonado pelo muque no espelho, pelo próprio espelho, caçando gordurinhas com a pinça de apertar barriga, comido de ansiedade para o peitinho encher, não, só pode resultar em coisa maligna, quer dizer, eu tinha que ser rápido, acertar mais, acertar melhor, e ainda fazer dele escudo contra o terceiro, que viria lento, apertado pelo funil mobiliário do trácio, "Três contra um: periclitar nos preparos, um trilhão por cento", mas não, o maldito contornou fácil, já quase em cima, fácil demais, encurtou a porra do tempo e eu parei de atacar, dei confiança pro inimigo, que num segundo eram os dois se impondo e eu me cobrindo na ripa, batendo e ajustando as posições. Na frente o tronco, pelo flanco e já quase nas minhas costas o terceiro, o mau, um galho tosco que não conhecia a luta mas que não iria parar de se apresentar, 'Prazer, pau!' no meu lombo, 'pau!'. Era urgente separar a lenha. Mais: não deixar que grudassem em mim, ficar preso... Cuidado! Afasta! E o primeiro, onde se meteu o levinho? Senti um calafrio instantâneo fisgar milhões na pele, o gosto, não sei, meu gosto de cadáver na boca, cadê o maldito levinho, um pulso de adrenalina, me virei e fugi as canetas na direção da minha mesa, bati as mãos estreladas como num cavalete e uma meia-lua com as pernas direto pro'tro lado, plantadas no chão sem chance de falha, um bom campo de visão e a sorte ainda comigo, nada do levinho, só os dois.

Eles não pressionavam, quando deveriam; ao invés, largavam a rédea para eu contar valiosos segundos de fôlego. Vinham em bloco, mais na covardia que na esperteza. Ruim de qualquer forma. Mas eu punha fé na roleta da sorte, na parte que não me abandonava, sorte cultivada, de conhecer a natureza de hienas e ratazanas: apostei que viriam cada um por um lado da mesa, confiantes agora que eu fugia. Boa aposta. Separados, joguei mais fichas: concentrei os nervos emborrachados nos músculos, me virei e parti num grito de guerra pra cima do galho tosco inexperiente de luta, que se encolheu de susto. *Kiai*, é como a sabedoria japonesa chama esse grito, mas foi blefe. Quem luta sabe que se usa muito desses engodos, iscas, a alma do negócio. Fiz que ia trucidar avançando aos berros no traíra-patife-ordinário — o que seria o terceiro na minha lista — e, parecendo descuidado, atraindo o fortão, expondo as costas por um segundo. O senhor entendeu? Então gira a roleta. É claro que o fortão arreganhou os beiços com a oportunidade, é claro que veio e claro que era ele a oportunidade, *ele* de boca na armadilha, porque eu desvirei feito bicho louco, só o tempo de ver a oportunidade crescer em cima ele cheio de músculos e vontades, mas eu também. O choque foi espetacular. Lembro da adrenalina que espirrava direto dos ossos, cada porrada estalava, doía, só pegada feia dali em diante, evoluía que era uma beleza a cavalhada; mas desandou; por trás o traíra-patife-ordinário recuperado do susto voltava aos poucos a me atacar; pela frente o animal aguentava firme; ah, não senhor; eu precisava cortar logo esse risco, o único risco de fato, o animal fortão na minha frente, ou seria o fim; precisava impedir que o tempo continuasse a me esgotar mais os músculos já cheios de ácido que os deles ou seria o fim, e o fim — qual fosse — se aproximava rápido como um muro desgovernado.

Apanhei feio mas bati bonito e finalmente arriei o desgraçado graças ao bom Deus antes do agarra-agarra inevitável do motor que eu já cuspia uns pinos e a energia no fim da reserva, graças a Deus antes de cair na perigosa luta de atracação, que naquele rega-bofe já muito avançado era o meu pior medo, de resto a especialidade da casa, porque no um-contra-um se grudo não largo, se largo não vai longe, é o que eu sempre digo, ninguém escapa destas mãos, mas ali o agarramento não prestava. Imagina os Zebedeus, Tô-doidão e Tô-doidin', Cabeça-oca e Cabeça-vazia, se eles se distraem, não custava nada, pior, se decidissem levar a sério a história da gente ser bastante honrados, que ninguém iria interferir, imagina se montam em mim o troncão e o meio-tronco e me aparece o levinho solto e livre. Não perderia a chance ele de restaurar a valentia, de me concluir com sua força pouca mas soltinho para escolher onde acertar, que é sempre uma combinação de força e alvo: um par de grãos bem colocados derruba um boi. Agarrar não. Seria o fim, *meu* fim.

Danados o troncão e o meio-tronco. A dupla deve ter ensaiado, que o negócio avançava mal depois do kiai, e quando evoluiu num medão de não ver mais saída, apelei pra roleta, dobrei a aposta e foi graças ao bom Deus, como eu disse, que deu tudo certo. Pelas costas vinham os munhecaços do terceiro; pela frente, o troncão; com um olho eu vigiava os braços dele, perigosos, pernas e tudo; com o outro, trabalhava na parafina pra escorregar dos tirambaços que desabavam por trás cada vez mais desencolhidos do susto de antes, e ainda a urgência de achar uma brecha felizarda pra encerrar o ex-dono todo vigoroso antes de eu cuspir os últimos pinos. Foi quando funcionou a aposta na roleta final e o plano: me esquivar dos ataques do troncão e no mesmo movimento atrair ele para uma emboscada. Emboscada, sim, a isca, que eu ia usar contra ele a própria vontade dele e a certeza de que poderia me finalizar com um ou dois diretos em algum ponto sensível, sangrável, mas, sem manhas de briga de rua, sem que ele soubesse, de importância menor. Supercílios por exemplo. "Bobeei" na guarda e esperei uma fração extra de segundo, um pouco extra demais. Ele mandou a mão. Tomei bem aqui, esta cicatriz. Era pra pegar de raspão, ou mesmo não pegar, só atrair, mas bateu que sangrou um Paranoá e o Paranoá verteu no olho, entrou pela boca quando eu respirei, uma bosta respirar sangue, engasguei, cuspi no chão, a camisa — porra a camisa! – pensei no olho da minha mãe.

Pendulasse outra vez confiantíssimo ele porque afinal o sangue que brotava na minha lataria tinha sido obra da mão dele, hurras para a mão dele, "Foda-se a mão dele", pensei, "E a porra da confiança também, que ele vai engolir" esse gás presumido que tão rápido sobe à cabeça quanto encurta a viagem ao chão, gingasse ele de novo na minha frente, assim que relaxasse a guarda pra me abrir o segundo Paranoá, meu punho um calhau iria se encontrar com ele somando as velocidades e pau! cruzei um relâmpago na ponta daquele queixo que procurava o meu pombo disparado sem asa ao seu encontro, feliz encontro, e tudo diante dele deve ter sumido num flash de luz negra dentro dos olhos da cabeça perdida nas luzes da ribalta que apagaram, ele saindo de cena no contrapelo, caía, se desmantelava pela primeira vez naquela noite, mas esquisitamente, caía e não caía, como se tivesse dez pernas discutindo o que fazer, metade serradas no joelho querendo 'Chão, chão!', metade na luz de emergência, 'Aqui não, não cai aqui não, sua besta, ele vai te chutar', o nobre potro num tango-cabeça, "Por una cabeza...", se esboroando no embalo do coice, dançava dois passos pra lá, nenhum pra cá, dois pra lá... talvez inspirado no levinho — que emborcou só com uma dedada no gogó —, e foi se retirando artisticamente da ribalta, nenhum pra cá... até que já bem esboroado e afastado caiu mesmo, esperto, longe desta boca onde ele tinha plantado o gosto do sangue, um erro que sentiu no queixo de vidro e se arrependeu, não sei, apagou. Problema dele. De minha parte, apenas a segunda marca no cabo da sorte.

CAPÍTULO 22

Turbinado, quase histérico de excitação, enquanto eu me admirava de ver o fortão se esboroando, o terceiro escapulia como uma sombra no canto do olho. Me virei antes que pulandinho um fandango ele se juntasse ao levinho, sei lá onde tava o levinho, escondido de mim, dos Zebedeus, nem terminei de assistir o balé do fortão. Encurtei os passos na direção do fandango. Sem pressa. Quando ajustei o olho-no-olho para condenar o infeliz, 'E agora, meu irmão', sabe o que ele fez, o patife inexperiente de luta, não por isso menos carneador na vontade de bater, bater — sei como funciona —, o ordinário que até um segundo era pau! no meu lombo, traíra e uma cara bonitinha, oh uma perfeição o escapulinte, nem grande e forte como o cornudo, nem pequeno e resistente como o levinho, que esse devem ter extraído da mãe lutando, a fórceps, pelo queixo — e o coitado ainda quebraria o nariz mais tarde, mas foi sem querer, mea culpa —, não, não, o patife-traíra-ordinário era muito diferente dos outros, ele... os traços eram delicados, boca, nariz, as bochechas vermelhas do calor da luta, olhos grandes, olhos negros como a cabeleira, ele... "Ele se parece com... Meu Deus, não!", parecia artista, devia fazer sucesso com as meninas, então, sabe o que fez o lindinho? Implorou. Se ajoelhou, é!, ajoelhou, ofereceu a cara bonitinha numa almofada expiatória, cuspiu o chiclete insolente ou para esmerar a dicção e — coisa de doido — pediu perdão. Perdão, minha flor? — embasbaquei —, perdão? Conseguia carpir uma aguinha falsa por amor à pele, à pátria, ação de graças e ainda se deslamber a cara-de-pau numa capoeira de santos, tudo ao mesmo tempo.

Sabe quando a gente varre as ideias da vida inteira à procura de um espelho daquilo que acaba de ver, e não acha nada? Pois é, essa palavra, como se fala, per-dão, escreve, p-e-r-d-ã-o? Nunca ouvi — ouviria muito no futuro... —, quer dizer, na igreja, conchavada ao pé da cruz, sacada pela bandidagem, pelas pistoleiras que te cobram dinheiro *e* amor aí tu aperta elas e elas "perdão perdão!", todos nós pecadores atormentados, vá lá, sim; mas de um rapagão daqueles, mesma idade, direto da garganta à boca, aquela vozinha pedinte na minha cara? Forçou.

Ainda hoje me inquieta essa palavra que eu demoro a entender. Gosta de volteios ela, "perdão", de se exibir no ar, palavra bailarina que vem saltitar seus rodopios intermináveis pelas dobras da orelha, correr os passinhos em sapatilhas de ferro, ganhar asas, depressa, zumbindo, ligando meu tinitus sem fim até hoje. Olha que palavra. Não, nunca tinha ouvido.

Deve ter sido por causa dessas de bailarina, de bater asas e rodopiar como uma barata, eu com os ouvidos cheios de tuins, digerindo aquela porra toda em pé diante do galã, e eles achando que eu me preparava pra perdoar a barata, oferecer a face não molestada à bailarina, 'Vem cá bailarina, sapateia com a sapatilha dc fcrro aqui na cara, batc!', c todos ficariam felizes para sempre, 'Perdão, Boró, perdão', deve ter sido por causa dessas ideias transcendentais ou pela áurea colorida dos Zebedeus, de olho e berro — que o troncão e o tronquinho ficaram só assistindo, aparafusados onde estavam, quietos, dois bandidos com buchas de oito polegadas transpassando os pés como cravos no madeiro — está consumado, 'A gente agora é se fazer de morto e Deus me livre de continuar na trituraria'. Dois asnos.

Só podem ter usado o cérebro para ver naquele joelho de santo uma mesa branca, não sei, a Quarta-Feira de Cinzas do pula-carniça, e que na apoteose eu deveria beijar de língua o patife ordinário apenas porque ele se ajoelhava no meu sangue, no chão que lá uma hora virou sagrado, o lenho de onde clamar, 'Pai, Pai', genuflexório para apelar aos deuses dele com a saliva dele pelos dentes *dele*, aquele rogatório enervante, "perdão perdão perdão".

Apelou aos deuses errados. Enquanto mendigava, despachei uma ira de Jeová nele, uma dessas que bastam e é uma só para rebentar o que pega, melhor se num tesouro. E pegou — tão forte que até os Zebedeus gemeram —, de bico, um canhonaço bem posto num alvo de joelhos pedinte de clemência, o arrependido de que antes me socava era *ele* sem clemência alguma, penitente e crocodilo pelas costas. Não perdi a chance. A Ira quebrou o maxilar dele os dentes a crocodilagem, que eu sentia cada milímetro do pé afundar nas fuças do traíra, o som que mastigava cróc-cróc meu sapato novo de bico de couro na melancia podre, e as prateleiras de porcelanas — já era — na cara arrebentada toda vermelha por dentro. Pegou de jeito, fundo — pegou. Sorte: três talhos.

§

Neste acertei só uma. Ainda assim foi quem levou o andor mais pesado, a boca estrompada devorando a facha pelo resto da vida. Impressionante. O pontaço entrou tão no lugar certo e, o senhor sabe, encapetado, que eu aposto foi o anestesista do Demônio o piloto daquele chute, semelha não assemelha?, benzocaína com enxofre? Dali em diante o condenado era só caldos e sopas e maria-mole sem coco, que a mandíbula, acabou a porra da mandíbula tudo esfarofado, nunca mais iria funcionar ali a moela, nada outra vez, mascar chiclete de novo, cuspir, nem falar direito o desgraçado conseguiria. Nunca mais. E a dor.

Pena que eu não podia continuar soprando as velinhas apagadas do festejado tão solitário de joelhos no meu sangue, *meu* sangue, pobre garotão sem amigos, ninguém ajuda, ninguém vem na minha festa, só a minha mãe, é por causa que não tem brigadeiro, guaraná, o bolo mixuruca que ela faz sem creme, é porque aquela gente falante, "Esse menino da Maria, cruz-credo", as outras mães, "Sabe aonde ela foi buscar o peste dessa vez? De-le-ga-ci-a", as comadres, "*Não-me-di-ga*", as linguarudas, "Má influência" "Melhor afastar" "O meu Chumbinho graças a Deus tem juízo" "Questão de educação" "É culpa da mãe" "Sempre culpa da mãe" "Psst! Olha, a mãe — sempre culpa da mãe —, ela tá vindo", as pessoas cochichavam com medo da sombra da minha mãe, mas eu não tenho medo da minha mãe, ela é tão linda, o nariz fininho a boca os cabelos negros brilham tanto no sol, eu gosto de todo mundo, mamãe, ninguém gosta de mim?, lembrava, "Parabéns pra você /muitas felicidades / muitos anos de vida. *Viva* para o meu filhinho!", nós dois, nenhum amiguinho apareceu, 'Por quê, mãe, o que tem de errado comigo, mãe, fala', pensava sem muita coragem de perguntar, 'É por causa que eu não tenho pai, né, brigo na rua, às vezes falo sozinho, é porque eu sou covarde? Deus desistiu de mim, mamãe?', os anos felizes, apesar de tudo, naquela Brasília onde o tempo corria e o deus bom se transformava em galhos cada vez mais secos, e cada um que passava... não, eu não aceitava manso aquelas mordidas, eu lutava, o destino nas areinhas da ampulheta e na casca grossa em que eu crescia e me agasalhava e as areinhas caíam, o tempo escorrendo, a própria ampulheta caía, girava em câmera lenta... muito... lenta, de repente o estouro, quebrou! Viria a fúria, senti as vibrações do troncão, que se desencravou das polegadas e partiu como uma besta apocalíptica pra cima da minha casca grossa, do meu reflexo de cachorro de briga, não fugir, atacar, retaliar com vigor selvagem, boçal mesmo.

CAPÍTULO 23

Imagine como rangem os portões do Inferno quando abertos, quando arrancados das borboletas e as borboletas dos batentes, do muro, o próprio muro, tudo abaixo a pontapés, imagine os abismos e o que sai, imagine o Inferno. Penso nisso quando lembro da terapia que apliquei no fortão-cornudo depois que ele se desencravou das polegadas e veio defender o bonitinho queridinho dele, que se arrastava no chão à procura da mandíbula, veio todo desembestado na fúria cega, não se luta assim, desviei fácil e acertei de passagem, ele foi e voltou como um touro sangrando, que venga!, e deixei uma na orelha; mais chifre, mais porrada; bati até cansar, é, bater também cansa, bati até que não fizesse mais diferença — ou enxergasse — onde acertava, a cara uma pasta informe, bati até que caísse de novo e pela última vez naquela noite e uma geleia que se coagulava no palco do trácio, a caratonha soldada ao tablado, parte no chiclete cuspido pelo bonitinho parte no estanho do sangue dele mesmo que derretia. Caído ele, encerrei com três chutes, para descarregar a estática da raiva e prevenir qualquer reação. Um nas costelas e dois nas coxas musculosas, nos camundongozinhos dele bombados sob a pele. Dói uma dor inesquecível. Periga também a inteireza do tecido, rasgar os camundongos, percebe, o músculo dá umas encalombadas, fica feia a coisa, mas, colateral de gravidade menor. Não aleija nem atrofia, depois as fibras se remendam sozinhas.

É que o corpo humano, me corrija o senhor onde erro, olha as carnes aqui: esses trajes imundos da alma talvez sejam um sinal mais que uma simples maravilha, um sacramento, como lhe parece?, um oitavo, antes do primeiro, na verdade o primeiro sacramento, anterior e a proteína do batismo, lavrado nos fluidos da própria mãe e mergulhado não em um Jordão qualquer nos braços do Filho; no licor do Pai, sob os Calcanhares a escriturar mais um templo Seu consagrado, outro corpo humano, espécie de eucaristia invertida, pão, vinho e além: o primeiro templo das posses do nosso senhor que o medo criou, o cárneo templo, tirado ao barro somente para a glória do sacrifício, o *templo* sacrificado, quer oferenda maior?, o templo inteiro! Mas veja: com dignidade. Por isso conhece de se refazer, dom supremo no corpo dedicado a um Deus vingador, *Seu* templo, que sabe curar sozinho, limpar as feridas que abre, cicatrizar mesmo sem reza suas pedrarias de ossos, pele, seus músculos encanamentos púlpitos gongás e jerusaléns. É dos colossos da criação, o senhor concorda, de sorte que ninguém precisa se preocupar tanto assim com a guarnição. Não tem problema se a pancada escapole num gesto menos amável e abre os panos de baixo, as coxas, bobagem. O importante é que dói muito. E o indivíduo fica interditado por um tempo, diria valioso.

Sacramentados o coxas e o mandíbula, faltava uma formalidadezinha, o primeiro, o tossinte que emborcou com um *jabezito* de pelica nos gorgomilos, eu e o levinho feioso que a mãe esqueceu de tratar as espinhas na corporatura, de entupir o galináceo com óleo de fígado de bacalhau, encher o nanico de caldo de tutano para o crescimento, enfiar toneladas de iodo cálcio ferro espinafre germe de trigo geleia real que nem minha mãe; olha, não aprendeu ele o que era bom pra tosse. Aposto, nunca fizeram a criança comer nada à força, peixe por exemplo, farelo de osso de peixe com barbatana de tubarão e ginseng — na aveia, com leite e – meu Deus, minha mãe não me deixava em paz – brócolis! Virou um frágil. Dois anos mais velho, mas usando numeração de mãe nas luvinhas, o coitado estava curto de santuário: não correria porque pra onde, pros braços amorosos dos Zebedeus?, não se ajoelharia para pedir clemência em troca da boca, nem se deitaria na praça de madeira para leiloar camundongos e costelas. Restava me encarar.

Valente o tacinha de cristal. Gostei de ver. Tentou alguns heroísmos mal-intencionados, quer dizer, se calcular pelos culhões *dele* na balança, respeito isso, como não, as intenções agressivas, a coragem suicida, meio ridículo, mas respeito, essas bobagens de cinema e virgens indefesas, que não funcionam nos rolos da vida, aqui o latim é outro e nada pega fácil, aqui é tudo lixa, mas, como eu disse, respeito. De minha parte, uma ida e vinda e eu zerava não o queixo — já suficientemente prejudicado, ouvi dizer que de nascença —, o bico de galinha magra.

Vacilei depois do coxas, sabe? Um segundo de filosofia sobre templos e camundongos, senti um trotezinho no tablado, o queixinho vindo a toda para me pegar de surpresa. Virei e meti um rápido olho no olho nele. Flagrei o desgraçado calculando o pé nas minhas alegrias, filho da mãe folgado da porra. Enfureci. Vai chutar o saco da mãe!, seu cobaia de laboratório, que por essa agora te destampo a caçoleta e desço rachando até as amígdalas que eu vou arrancar com as mãos, seu... Não, não, calma, esfriei. Apenas protegi as partes. Avancei invulnerável, absorvi de lado andei um passo desprotegi tomei uma ligeira que riscou a tangente, nem tremeram os músculos, e o cara de galinha na dança comigo, eu avançando, ele recuando. Prossegui no passo lento. Ele bicou mais uma, ventou nos ossos rijos, eu ia, ele bicava e recuava, farfalhou o par de asinhas, levei no peito — a adrenalina-morfina quase gargalhou, mas chega —, respondi com o braço habilitado: num bote, agarrei o animalzinho pela rosca do pescoço. Seu reflexo foi se defender com as mãos de luvinhas, se pendurar na sucuri que mordia. Sacudi a ossamenta dele, que ficou zonzo e arroxeou, sei lá, rareou o oxigênio; lasquei um tapa na orelha e de saideira meti dois socos leves. Um de bulir os dentes, outro amassar o nariz. Um deveria sangrar. Sangraram os dois — cobaiazinha — e ele apagou. Depositei no chão. Tinha ido cheio de cuidados no nariz dele, bati com o punho em martelo, assim ó, meia almofada no nariz meia na face, para minorar o estrago. Deu azar. Quebrou um pouco o nariz, entortou. Graças a Deus, nada grave. A ideia era menos quebrar que concluir. Recomendo, se quiser fazer alguém gritar de dor: nariz não operado como o dele, uma porrada e o bicho ouve um bolerão mui sentimental na padiola, dói que o dono vai procurar o giro das estrelas no olho cego e um tuimm apitando um tempão por dentro; se o tranco vier mais decidido, toda esta parte na região do nariz parece que vai explodir; agora, se quebrar num golpe reto, aí complica; pode afundar a ponte, e, se afunda, puxa sequela: some o olfato asfixia beira-morte morte pode tudo, um perigo. Operei o meu alguns anos depois. Pra não quebrar outra vez, uma bem doída já chega, mas essa é outra história, não ia ficar ouvindo tuimns mais que o necessário, basta o violino no ouvido desde a luta. Ficou muito feio não, o nariz, olha só; e as mulheres gostam de pegar. Me pergunta por quê. Pff.

Mulher tem desses alumbramentos, umas lagartixas misteriosas girando e cavucando a mil por hora embaixo dos tampos. Reclama que naquelas horas tu parece animal, transpira e cheira que nem, mas apesar ela volta, mete o fungador debaixo do teu braço e fica ali sossegada até grudar no teu sal, toda protegida te cheirando, dorme, sorriso de satisfação no rosto, quem entende? Igual com cicatriz: loucas pra pôr dedo em cicatriz, outro negócio que por misericórdia. Quanto pior, medonha, maior a vontade de cutucar e conferir e já chega que decerto perde um siso, não tem noção, parece que pede. Cisma porque cisma de futucar a unha em você, escava, machuca, "Dói?", faz carinho, "Desculpa, amor", beija, mas não se aguenta, precisa mais, torce a boquinha no avesso, faz careta de nojo quase fingido, pergunta, "Como aconteceu?", quer saber, abre olho de arregalo quando você fala, precisa saber de tudo, escuta, se contorce, faz cara de comendo mandioca-brava, mostra os dentes, acho que pede, pergunta de novo se "*Dói?*", porra, já disse que dói, você pensa, e ela insiste em exibir os dentes arrumados, obra do protético, ai obrigada seu protético, beijos, beijos, obrigada de coração, dúzias de beijos de agradecimento, que o velhote safado aceita generoso e abraça aperta examina as perninhas depiladas, mas quer receber, faz questão, ela é honesta, quer pagar, só que está dura, estourou o limite o gerente ligou já mil vezes o aluguel atrasado aquele sapato chiquérrimo que ela amou e comprou e umas bijuterias que ela viu de pedra da lua para equilibrar as energias e uma blusa de seda mortal se usar sem sutiã, ai os dentes ficaram lindos, talvez desse pra pagar alternativamente, cutuca de novo, sorri os lindinhos nervosos em busca de limites, pergunta de novo, "Dói, ui?", então ouve a resposta que pediu urrada no ouvido, "*Dói*, PORRA!", e espalmada no pé da orelha, que mulher quando parece que tá pedindo é porque tá pedindo mesmo, absorve a energia do esclarecimento no corpinho com menos de cinquenta quilos decolando sobre a cama, resvala na luminária, aterrissa nas gavetas abertas do móvel, some — provavelmente no chão —, fica quieta — provavelmente estirada —, você ouve uns minutos de paz, depois o gemido de que a paz acabou, menos de cinquenta se levantando aos poucos, de costas, pernas bambas, parou de gemer, procura na boca, no chão, recolhe os vermelhinhos que encontra, deposita no copo de água fluidificada ao lado da imagem da santa, a água turva uns fiapos de sangue, ela arruma a santa, faz o sinal-da-cruz, arruma as minhas calças no encosto da cadeira, se pega no espelho, reprova, se aflige vasculhando a zona espalhada no tampo de vidro do móvel, acha a escova, passa na cabeleira negra e brilhante, confere escova mede os ângulos ajeita com as mãos escova balança não está bom, mais ou menos, desiste, cospe outro dente na fluidificada, pega uma garrafa e oferece por educação o resto de cerveja choca, ignoro, bebe no gargalo faz bochecho sai pra cuspir, liga no máximo as águas do banheiro, demora a voltar, mas volta, bem lavada e escovada, então olha — ligeiro, conhece os riscos do contato visual —, mãozinha na frente para prevenir algum sapato voador, sei lá, chega ajunta pousa a mão em você alisa um pouco, para, espera, retoma com a ponta dos dedos, as unhas super de levinho pelas bordas da cicatriz, explorando os limites pra não ter que ajoelhar demais quando for renegociar com o protético — "Ai, tinham ficado tão lindos" —, se aboleta, ronrona, inventa careta uma sobre a outra e pergunta sem mágoa as mesmas perguntas, toda satisfeita com o teu pulso que põe limite, rumo, ordem, às vezes protege, às vezes dói, assim mesmo, nem secou ainda; mulher, n'tem como fazer parar. De sorte que sei, conheço esse negócio de lidar com a estamparia, selo e contrasselo, principalmente cicatriz, que venho cheio mais que de pecado. Enxerga daí? Olha essa. E essa. Briga de garrafa. Tem umas outras aqui embaixo, e uma de ácido nas costas, tenho de tudo, facada mordida de mulher fratura exposta chumbo de 12, um furo na altura da clavícula... Não gosto de nenhuma. Gosto dessa no braço. Grande, é queimadura, olha, parece viva. Trago desde bebê, antes de Brasília.

CAPÍTULO 24

Mais uma vez as moscas. Quase se podia ouvir as moscas. Mas não. Por causa do coral de vogais, de "aaah" a "uuuh" e "ais" e é o ar agora que passa espesso e tosse meio sem força nos tubos furados de asma, deles, meus, os quatro uma lindeza, tudo arrebentado. Sim senhor, bati, bati que não economizei amores, mas agasalhei cada pescoção!, pedaladas de categoria, de um tanto e fundo que eu não contava. Pegada firme a do namorado fortão. O levinho não deu trabalho nem quando quebrei o nariz dele, coitado; já o implorante do perdão, o bonitinho da mandíbula que antes d'eu esbagaçar ele só me atacava pelas costas, esses pés e mãos aí me enfiaram foi num belo saco de tristezas, cheio de lembranças nas costelas na cabeça bunda pernas, trincou a cristaleira, mas deixou os rins em paz. Amador. Graças a Deus.

Acabei que no final meti mais um esforço heroico na ficha, heroico e burro, levantei as duzentas toneladas do rocambole de aço maldeslizante nos trilhos empastados de graxa com terra vermelha e arrastei a luz-pouca de dentro do bar e os três para fora, um por um, no breu que aquilo ficou por causa da eletroarte dos gêmeos, a lâmpada subtraída do poste em frente, puro terror. Não era essa a ideia, terror. Era só para vender mesmo que os Zebedeus desmaterializavam as coisas, espécie de pureza dalma para reforçar a pobre das finanças, que eles nunca sentiam esquentar meio centavo no bolso perto do coração voraz em consumir até a última erva que entrasse, mil compromissos e urgências que exigiam pronto atendimento, prontamente atendidas e com um gosto e uma generosidade tão estúpida que me faziam inveja. Gastavam tudo. Daí o senhor calcule o apetite daquelas mãos por artigos intercambiáveis em geral, lâmpadas do serviço público, bicicletas, faisões...

Faisões, pode acreditar, desfalcados do zoológico, péssimo negócio, me contaram. "Dá azar mexer com faisão, Boró." "Por quê?" "Porque se arranhamos todo na hora de embebedar com pinga e ensacar, parecia moleza, ideia do porra do Dentinho maluco, Boró, ele disse que tinha experiência no ramo, conhecia o zoológico como a palma daquela mão preta dele suja de engraxate, que um dia ele vidrou o olhão numa ema" "Conhece, Boró, ema, então, o tamanho do bicho, maior que ele, e essas coisas nunca dão certo, tem também a mãe da gente que a gente às vezes precisa dar uma atenção de vez em quando, o Dentinho né, ele sempre quer agradar a mãe" "Ele é muito esperto" "Aí ele pegou só o ovo e um pato meio verde que ele deu pão bebido na canjebrina e levou o marreco grogue e umas lenhas que ele catou no cerrado pro fogão da mãe dele que eles tavam curtos de grana pro natal" "A farofa de ovo rendeu um mês" "Depois a ema desapareceu" "Ninguém sabe" "Ninguém viu", mas os faisões eram briguentos, disseram, não queriam beber nem entrar no saco de jeito nenhum; tiveram que trabalhar duro os Zebedeus; saíram com o saco nas costas pela entrada principal do zoológico e foram a pé até o Plano; o dono do bistrô abriu a porta do belo apartamento era uma dona de casa radiante, sorriso de estrela gestos parfum fatale — um banho de parfum fatale — pelos oxigenados nos braços pulseiras peruca platinê, todo radiante num lindo roupão lilás.

Toma a encomenda seu Puarrô, entrem, meus queridos, entrem, parecem exaustos, gostariam de beber algo Não a gente não queremos nada, a gente temos um compromisso importante seu Puarrô, só a nossa grana; seu Puarrô engasgou com a frieza, o que aconteceu, meus queridos, foi o perfume?, uí-uí, cest vulgar, eu avisei o abelardinho que esse platinado era um exagero também, gostaram?, não?, meio demodê não é verdade?, e o lilás, preferem o quimono cor-de-rosa?, ai meu Deus o quimono está na lavanderia; seu Puarrô se abanou, pediu um segundo para se repaginar, fiquem à vontade meus queridos, só espera os sapatos, que depois faço questão de ajudar a tirar, u-uhm? A gente veio a pé desde o zoológico seu Puarrô... a pé?, seu Puarrô acendeu os olhinhos miúdos, uí-uí, querem que eu lave as meias? Hoje não seu Puarrô; seu Puarrô insistiu, mas os gêmeos, inflexíveis A grana seu Puarrô; seu Puarrô suplicou, seu Puarrô ofereceu, seu Puarrô eram mil cílios e beicinhos *Não* significa *Não* seu Puarrô, e seu Puarrô magoou; seu Puarrô queria uma festa, seu Puarrô faria um banquete com aquelas galinhas coloridas, embebedaria os "meus queridos" com champanhe francês importado diretamente do depósito do perigosíssimo muambeiro fornecedor do primeiro escalão e do bistrô, fuagrá, parfum, quimono de seda, calça lee, mas eles não queriam beber nem entrar de jeito nenhum, e seu Puarrô, ferido, o champanhe, a visita ao abelardinho, tanto tempo e dinheiro investidos, apertou o laço do radiante lilás, empinou o nariz, acolheu o casal de "penosos arco-íris" com muito amor, os faisões semimortos, prometeu — geladérrimo — cuidar, pagar outro dia Voltem outro dia, rapazes, engordou os bichos, assou e vendeu no bistrô. Guardou as penas mais bonitas.

Outro dia os Zebedeus voltaram. Seu Puarrô acendeu as estrelinhas dos olhos, Meus queridos!, os sacanas eram fortes, sujos, e eram dois, o que multiplicava as possibilidades, também faziam umas coisas interessantíssimas, crueldades primitivas quase ingênuas, uí-uí, mas voltaram dessa vez só pela cobrança. Cobrança? A grana dos faisões, seu Puarrô. Despeitadíssimo, seu Puarrô bateu a porta na cara. Denunciou o furto no departamento de fauna e flora da delegacia de bons costumes, ligada à secretaria de turismo, onde seu Puarrô negociava facilidades para acolher os primos belgas no Carnaval, meio fantasiados de detetive inglês, meio de ave rara.

Passados trinta reformadores dias no Reformatório, saem os Zebedeus nem um pouco reformados e um tom cinza na pele, na áurea, não sei, sinistros. "E daí, os amigos dele no poder?" "A gente não liga" "A gente somos cartesianos no quesito vingança, Boró, não vem não, tu que ensinou, escuta só:" Dali uma semana, o canarinho belga — como os Zebedeus falavam — acorda despojado da riquíssima fantasia, hors-concours categoria luxo masculino, nu embaixo das arquibancadas do desfile na Dábliu-3, o jato dágua do caminhão da secretaria de turismo dissipando os vestígios da folia e uma vida cheia de penas enfiadas um maço nele de bruços. As plumas — metade cortesia da acadêmicos do Pavão, metade da própria fantasia — arranharam o encanamento sangraram complicou deu infecção intestinal chegou na barriga tomou conta do pâncreas espalhou, os dias no hospital foram uma novela, danou-se o seu Puarrô. Impressionante. Não se brinca com a justiça divina, o senhor não acha, tem um gancho em cada coração Ela, que até afrouxa a carretilha de vez em quando, dá linha para o folião se acabar na avenida, samba rebola rasga o pé detetive inglês animais esvoaçantes, tudo liberado; atravessou — no asfalto ou com os Zebedeus —, chega de folia; Ela puxa a linha. Tu não quer ir. Ela só devagarinho na carretilha e tu esperneando, "Ai não, aí não!"; pois esperneia quanto quiser, o fim a gente já sabe...

Faisão, pois é, que eu falava do apetite dos Zebedeus por artigos intercambiáveis. Removedor de esmalte também, acetona, tudo virava dinheiro, gaiola de passarinho — passarinho e tudo – periquitos e bicos-de lacre, soltavam; vendiam os canários e os cobiçados curiós –, bom negócio —, faziam rolo com gelo em barras, que diabos os doidos com gelo em barra?, e a especialidade: imbatíveis eles nos cadeados de porta de comércio, desses de chão. Na época tinham demanda firme na feirinha de acessórios automotivos reciclados. Caía lá, para-brisa rádio placas documentos originais carteira de jacaré esguicho brucutu, caía era boi, tudo aproveitava. Os gêmeos farejavam o comércio de madrugada, pouco antes do sol. Escolhiam o cadeado mais sanhudo e sob a penumbra de Deus extraíam o produto da porta sob a proteção de Deus. Não invadiam nem nada, sequer levantavam o rocambole, só faiavam o cadeado. Mercadoria na mão, metiam no bolso do casaco e se escafediam rumo à feirinha. Chegavam antes de abrir. Procuravam seu comerciante reciclador preferido, o Carioca, um argentino cabeludo metido a carioca, ou Argentino, um carioca metido a argentino cabeludo, ninguém sabia, reciclavam o produto e voltavam de táxi ao local do crime ricos de dinheiros na carteira de couro de jacaré, "Couro lechítimo, me'rmão, pode confiar", garantia o cabeludo, mais um brucutu de fusca pra fazer anel, que o taxista, sujeito imenso e assustador, reparou:

"Brucutu, é? Roubaram meu esguicho brucutu ontem, roubaram aqui do meu para-brisa do meu táxi, um brucutu cromado, é, igualzinho esse aí na mão de vocês", e com a voz de caverna um tom abaixo, "Ai, se eu pego os desabusados, por Nossa Senhora dos Ossos...". Os gêmeos trocaram aquele olhar telepático deles, calcularam um do outro as rijas porém finas camadas de músculo sobre os ossos idem tentando se esquivar, abrir a porta e saltar do carro em movimento antes do bração imenso do taxista já vir atravessando os dois no peito que nem espetinho de frango... Não. Péssima ideia. Triangularam a largura do pescoção da caverna e julgaram de bom-tom mitigar o infortúnio do dono do bração e pescoção da caverna Tó, seu bração e pescoção, pode ficar com o nosso brucutu que a gente acabou de comprar de um vendedor argentino, esses argentinos, daria imenso prazer se o senhor aceitar, obrigado, e adicionaram generosa gorjeta, pelo sim, pelo não, dessas histórias que os Zebedeus boca frouxa contavam tudo no bar do trácio quando enchiam a cara, um entupindo com os mais mínimos detalhes as histórias do outro, o táxi, seu Puarrô, tudo para não voltar para casa; dona Salomé batia neles e enxotava quando eles chegavam tortos. Nem jantavam. Chovia? Dormissem na chuva.

Radiopatrulha, teve uma vez, contaram nos mais mínimos detalhes, foram parar numa delegacia. Acordaram no cassetete. Não lembravam — foram lembrados, tau! — de que tinham sido pegos — tau! — os dois perambulando de olho roxo e molhados no meio da rua, gritando palavras de ordem, abaixo a tirania, queremos liberdade, tamo com fome; chumbadões, os boca frouxa depuseram longamente sobre a infância terrível sem pai — sem mãe a gente até entende e perdoa, mas, sem pai, a vontade é de meter fogo no desgraçado que fugiu e deixou a santa na mão com os filhos. Explicaram que o olho roxo foi da ferocidade da santa; cachaça evaporada, pediram para ir embora, sem juros ou emolumentos de qualquer natureza; o delegado-justo-homem-da-lei: No DP vocês estão seguros. Mandou vir sanduíches — "Pão de fôrma" "Por favor" "Sem casca" "Sem casca", instruíram — e chamar incontinênti a tal mãe curra-onça, que a viatura foi e veio e a tampinha da dona Salomé dois palmos abaixo do justo-delegado já chegou ignorando e querendo atravessar ele, o pau de macarrão na mira dos rapazes, "E comendo porcaria fora de hora, bonito, né?", berrava, "E quem alimentou vocês? Dá. Cospe!"; o da-lei, cheio de dois-palmos e aqui-a-autoridade-sou-eu, se interpôs em favor dos direitos humanos dos cavalões, que enfiaram ligeiros os últimos fiapos de mortadela na boca, o bom-delegado cheio de outras faces para oferecer e os braços protetores na frente de um, "Se acalme, senhora", e de outro, "Calma, senhora". A senhora olhou pra cima e fulminou aquele homão incautamente posto em crucifixo entre ela e os incorrigíveis, fulminou com um olhar de mãe que sabe muito bem onde alojar o pau de macarrão corretivo, onça ou não. O sábio homem da lei então, tomado por intenso amor aos próprios alojamentos, concluiu que tamanha fulminância indubitavelmente pertenceria a esfera jurisdicional outra, cidade tão cheia de egrégios palácios, egrégios maridos, egrégios egrégios, talvez tivesse recolhido os rapazes errados, sei lá, e, pelo sim, pelo não, arredou. Sabe, delegado não tinha vida fácil naquela época.

CAPÍTULO 25

Continuando a história do comerciante faiado, não, não, só para encerrar, os Zebedeus saltaram do táxi ainda a mil com o susto do pescoção, mas, e não me pergunte como eles faziam aquilo, eles faziam, num instante nas caixas intactas do peito já eram dois, não um, dois bons e leves corações samaritanos. Vinham com aquela cara deles de pau duríssima de peroba assistir ao espetáculo na sessão de descarrego nos nervos do comerciante que ainda não sabia ter sido aliviado das travas à prova de arrombamento do rocambole de aço; se instalaram os dois canelas finas no outro lado da rua, dois anjos, asas e auréolas sentados no meio-fio, conezinhos de amendoim — salgado um, doce o outro — e de mate gelado na mão. A carteira de jacaré sem um puto centavo, pagaram o mate e o fiado com ela. Esperavam o dono chegar para abrir o estabelecimento. E lá vinha ele, o caminhar descontraído, chaves saltitantes na mão. Será que esse despiroca por causa do sumiço da tranca?

Despiroca.

Berra!

Vira de um lado pro outro.

Corre.

Volta.

Levanta o rocambole.

Entra na lodjinha, confere, sai louco furioso gritando do prejuízo, arranca os cabelos, puxa o berro, ameaça as nuvens, um espetáculo Alguém vai pagar por isso!, chama os vizinhos o povo os próprios Zebedeus Vocês dois aí, viram alguma coisa? Quem, eu?, eu?, chama todo mundo, menos a polícia; parte do inventário era muamba, parte meia nota, daí que ninguém se prejudicava, ninguém quer confusão; o senhor percebe a nobreza da causa, os gêmeos, era só o impulso incontrolável de levar cadeados, nada mais, ninguém se prejudicava; talvez depois o dono, um pouquinho, por se arder na suadeira de procurar o prejuízo que não encontrava, dividido entre aliviado, em dúvida e a gana de matar, mas quem, filhos da mãe, quem? Instalou uma câmera de segurança caríssima supermoderna importada diretamente do depósito de um perigosíssimo muambeiro fornecedor de metade das lojas da rua, cigarros, canivetes suíços, conhaque, calça lee, veio uma jornalista entrevistar, toda laqueada num curvoso modelito vermelho, e o entrevistado faiado de boca no microfone, eu vi: Tem que bater e arrebentar essa ladrãozada que impede o homem honesto de trabalhar em paz, mão no peito, hino nacional e a câmera pega-ladrão pegando o modelito, ninguém tinha tanta tecnologia na época. Os Zebedeus adoraram saber da câmera, foi uma sensação na feirinha. Eles também lambiam o olho em cima de maçanetas, tinham uma queda por extintores de incêndio, amavam tampas de gasolina, tudo que abusasse do direito de dar ensejo às artes.

Espumava o trácio, ia à loucura com os arroubamentos artístico-patrimoniais dos dois, mais quando aliviavam as maçanetas e as dobradiças das portas do próprio barraco dele, do banheiro do bar, "Seus merdabostas, irem a fazer isto nas superquadras, contra os apartamentos dos militares e os ministros, seu par de merdabostas. Quero ver se terem coragem", eles ouvindo com ares de inocência extravirgem, cabeça a trinta graus, olhos semiabertos, as bocas produzindo nos cantos uma baba extra-inocente que ameaçavam escorrer. "Desnecessário fazerem teatro. Não enganarem o trácio com essas cara de merdabosta. Agora o trácio precisa vigiar os tarugos de merdabostas por vocês largarem sucuris no sanitário sem darem a descarga. E porém levaram a dobradiça da porta do sanitário pra ela caírem no cocuruto do freguês enquanto o freguês faz o serviço. Vão devolverem agora a merdabosta da dobradiça, agora!", e, o senhor sabe, como do couro sai a correia, era dali mesmo, de terras helenísticas — bar, barraco e arredores —, que os Zebedeus tiravam a matéria-prima que converteriam na grana que aplacaria a raiva do espartano comerciante:

Vinte quilos de rejunte, meia caixa de azulejo dourado, algumas dobradiças, maçanetas, folhas de telhas de amianto, um anão de jardim, sorrateavam os lotados depósitos do trácio e iam negociar na feirinha de acessórios automotivos. Havia de tudo na feirinha: chassi reimpresso, motor de caminhão, gelo para conservar presunto a ser desovado fora da zona de segurança nacional, até fantasia categoria luxo masculino com pena de ema e pavão — ideia do marketing o pavão, mas era faisão mesmo. Da parte dos Zebedeus o mais ordinário eram as transações com lâmpadas em geral, como a que tinham subtraído do poste em frente ao bar do trácio, que dessa vez, digo, no dia da luta, o lituano não se incomodou com o sumiço, não muito; é que essa lâmpada não tinha custado nada para instalar, nem os trocados que o engraxate Dentinho normalmente cobrava pelo serviço de transferência interpostes, desinstalar e transportar as lâmpadas do serviço público em frente à concorrência para o poste helenístico. E o albanês acusava que era obra do Dentinho traidor, ou dos gêmeos merdabostas, diante do quê, Deus sumariamente evocado e jurado como prova cabal de inocência — a mãe, nunca —, eles se retiravam indignados. E o trácio tinha que se virar sozinho com o poste às escuras, era perigoso, podia atrair ladrões. Profissionais, os Zebedeus se especializaram em extrações primárias: caía na mão deles, desovavam na feirinha. Já o Dentinho explorava o mercado secundário, de concorrente para concorrente. Capitalismo e livre-iniciativa, percebe? O Dentinho era esperto.

Entusiasta da livre-iniciativa, o trácio naturalmente odiava "um trilhão por cento" a concorrência. Para enfrentar, além do interpostes, encomendava serviços particulares no ramo da vela preta e cachaça. Descrente das afro-brasilidades, despachava assim mesmo. Depositassem a encomenda rente à porta, instruía. Muito rente. Muita vela. E uma toalha preta e vermelha. Se não queimasse a porta e a porta o estabelecimento e no estabelecimento o inimigo, assustava. Se não assustasse, se nem chamuscasse a porta, espantava a freguesia, ao menos os mais crédulos. Se nada funcionasse, denunciava os concorrentes por transviados, comunistas, ateus, falsificadores, larápios, comunistas, mas esquece a concorrência, que dessa vez, quer dizer, a lâmpada que tinha sumido na noite da luta, foi a Cia de Luz que repôs para o trácio uma semana antes, mais os fios de cobre de alto valor de revenda que o Dentinho havia cortado. O Dentinho era o único a deter a tecnologia de extração dos fios sem morrer eletrocutado, como o ajudante anterior do trácio; depois enrolava o produto, etiquetava e armazenava no setor elétrico do depósito do trácio. As reposições tinham sido uma gentileza que a Cia foi autorizada a conceder em troca da alma de algum inocente que o espartano achou melhor dedurar, digo, consignar às autoridades, melhor que a própria alma, tantas vezes vendida, jamais entregue. Se não me engano, dessa vez o vândalo denunciado pelo vandalismo foi um fornecedor comunistoide do trácio, que ameaçava parar de fornecer se não recebesse pelo menos uma das três faturas em atraso — impressionante como o mercado de indicações ao paredón é lucrativo e simples, basta espichar o dedo. E os gêmeos depois da luta de repente colados em mim feito dois encostos, depois de terem raspado as greco-delicadezas, aquelas proteínas de gato, meio pardas meio clorofila fungos, sei lá, que boiavam na vitrine-estufa, pedindo me come me acaba me chupa todo o caldinho, e eles, *cumplidores*, depois de se divertirem de camarote com a pancadaria e as proteínas, depois que arrastei os três rabanetes para fora do bar, os

Zebedeus se materializaram — levemente esverdeados — para oferecer ajuda. Dar umas canivetadas:

"Deixa, Boró" "Experimentar os suíços neles" "Deixa, hein?". Ficavam espaçosos os dois, tendo corda. Testavam o raio da carabina. M'invoquei. Subi a mira nos olhos:

"Desinfeta!", gritei. "Não comecei essa draga, não dei o primeiro tiro. Dou o último", resmunguei um pouco tonto, "O ÚLTIMO TIRO", repeti, quase gritei para ter certeza de que as palavras saíam mesmo da minha boca formigante. Eles captaram meio empenado, trocaram olhares de quem calcula carabinas, alvos que calculam o tiro ao alvo, não sei. Quisessem ajudar, pusessem alguma ordem no boteco, disse, fechassem tudo e devolvessem as chaves ao macedônio, que àquela hora, nervosaço de ciúmes da pocilga, já devia ter passado das segundas falanges, o sabugo das unhas e os dedos roídos até à metade dos dentes.

Todas essas intimidades, eu de conversa com os "assaltantes" sobre "dar o último tiro, O ÚLTIMO", trinchar com os suíços, as chaves do trácio, acho que essas liberalidades todas acabaram rapelando a marmota, digo, revelaram a velhacaria cautelatória armada com os Zebedeus para me garantir, talvez comprometeu a fita. Mas também, e daí? se os riquinhos ouviram ou entenderam o que acontecia, iriam fazer o quê, se queixar de complô, lascou a unha, iam convocar os vidraceiros da Base Aérea de Anápolis? Às vezes isso tudo é só uma areinha no sapato. Às vezes a sabedoria não atenta.

CAPÍTULO 26

Exceto pôr ordem no boteco, irreligiosidade arrepiante para os gêmeos, foi o que fizeram: "Tá certo, Boró", disse Zebedão, "Fechamos tudo", emendou Zebedinho, e trancaram o rocambole na porrada, não queria encaixar, "pronto, encaixou". Depois levariam as chaves "pro trácio-turco" "maníaco-deprimido", completavam as falas um do outro. "Oquei, a gente leva no barraco de luxo do sociopata, opa, desculpa Boró. Não é ele o sociopata aqui, foi mal" "Ele é só o psicopata. Lembra, Boró, o que ele fez com o motorista do caminhão?" "Cabeça de psicopata" "Psicopata com um queloidão na coxa, super assim com o rapa o galileu" "Quem põe fé nele, só tu Boró" "Aquele barraco de luxo que ele mora, meio disturbado o otomano" "Barraco com duas televisões, onde já se viu?" "Jardim com anões de jardim" "Tem até louça marrom no banheiro, acredita, Boró?" "Coisa chique", eram comuns nas casas elegantes da época essas louças inspiradoras. Os Zebedeus eram peritos no barraco do trácio, as telhas de amianto que eles generosamente ajudaram a instalar, os azulejos com faixas douradas no banheiro e uma morena um pouco gasta, mas ainda cheiona nas partes que interessam, que uma ocasião o trácio desviou para ele todo esse farto material de um caminhão que passava toda hora com mercadorias das maiores qualidades. Não era o melhor caminho aquele da curva antes do bar do trácio. Talvez o caminhão estivesse de tramoia com a fiscalização: media, circulava, media de novo. Cobrava duas vezes. Quanto material bom. Os olhos do trácio brilharam em conluio com os dentes frontais de ouro.

Obra de bacana com dinheiro desviado, diziam, perto do Lago, daquelas ilhinhas gêmeas, mas que, por uma tábua cheia de pregos deitada na curva e no azar do proprietário do caminhão e da abundante morena, dado que vinha ele com ela na cabine, ele desse modo tomava conta dela sua propriedade buliçosa mais rente no cabresto e do volante, foi arriar o pneu rasgado nos pregos justo no bico do corvo, o trácio lá na frente só esperando o caminhão parar, e as farturas. O peloponeso tinha um troço por fartura. Maior azar do caminhão, que nunca mais viram ele passar nem a morena esperneou muito de ser desviada do motorista junto com as outras mercadorias, ela que no começo parecia em dúvida se queria ou não o desvio, talvez o motorista não fosse ruim, mas a diaba, ô bicho insatisfeito reclamão da porra. Mal passou a curva, o motorista teve um acesso. Sentou o freio. O caminhão parou antes da hora, na boca do bar:

"Conforto, que questão do conforto? Te dou tudo, mulher; consertei teus dentes, semana passada mandei entregar feijão e um liquidificador novo pra tua mãe", os vidros abertos, eles aos brados, ela: "É? E a questão dos maus-tratos?".

"Maus-tratos? Santo Deus, mulher, o pneu furou nessa quebrada perigosa cheia de gavião — os gaviões só afiando o olho —, eu lotado de mercadoria fina na carroceria e agora essa. Que maus-tratos, criatura?" Sentada no banco do passageiro, a morena abriu a porta pro perigo, nem aí com os problemas dele. Queria ser ouvida. E vista. Coisa de mulher, percebe, o esplendor daquelas camadas todas de carnes trepidantes de gelatina, palpáveis substâncias no caminhão parado com ela de vitrine, a gente o olho e o ouvido espichado, mais o trácio vindo lá na frente e o motorista; cercada de homem por todos os lados, o perigo e os holofotes naquele parque de diversões, foi no trácio que ela pregou mais atenção, cima-a-baixo; calculava o homem viril que se aproximava pela frente, os olhos inflexíveis de homem na caça, peludão até a nuca, 'Aiaiai, quem é, de onde vem, o que ele vai fazer comigo, será que vai gostar do material?', ajeitou recatadamente o vestido — desceu dois dedos, subiu três — e lascou a santa bárbara e um rosário de reclamações pra todo mundo ouvir, ela; o motorista, o são cristóvão; e negou cada conta. Que miséria de conforto, que maus-tratos, mulher, explica! Ela se sentiu desamparada. O peludão já tinha chegado, mas estacou de boca aberta na porta do caminhão, vidrado no esplendor. A vidrada não foi ruim, pelo contrário, firme e descarada, só que ela esperava mais atitude. O motorista puxou a morena pelo cotovelo:

"Fecha essa porta, mulher. O vestido é curto. Vem cá." Ela, mais toucinho, lipídios e glicídios que ele, se livrou fácil. Cruzou os braços e trancou as pernas, uma verdadeira máquina de matar, então suspirou um suspiro desses de mulher que sabe capturar olho de homem, e o trácio — coitado —, se rasgando para desvidrar das pernas e morder os anzóis do suspiro, capitulou, olhou ela nos olhos. Capturado, ela: "Nossa, o senhor está vendo a minha situação?, senhor... Traço? Nossa, que nome mais... ui. O que o senhor faz na vida, senhor Traço? Aduaneiro, é? Aduaneiro do amor? Nossa — ô palavra boa de se dizer no beijinho dos lábios, *nossa* —, que romântico. Como os dentes do senhor brilham, senhor Traço. Ouro, os quatro? Jura? Nossa, tou vendo como o senhor é um homem fino, senhor Traço, não é como certas pessoas que eu conheço, ai, solta meu braço, não calo a boca não, você não manda nimim. Tá vendo como eu sou maltratada, senhor Traço, tá vendo só?", descruzou as pernas, cruzou de novo, ele quicou o queixo no chão, engoliu a saliva, apagou desse mundo cão por um bilionésimo de segundo, acordou com o olho no toucinho como de uma bofetada na cara, rugiu:

"Maltratada?!", efervescendo de testosterona. A morena sentiu alguma coisa aquecer ali na sobrecoxa onde o olhar guloso do trácio arrepiou, e repetiu-quase-gemeu: "Mal-tra-ta-da", agora com beijinho de peixe. O motorista sentiu o perigo, desceu, viu o pneu no chão, não esse perigo, deu a volta, postou-se ao lado do trácio. Impetraria ação possessória para proteger a coisa. Mas era leilão. E deu um lance igual:

"Maltratada?", a voz dele no entanto, enquanto homem, saiu grossa, mas fina, diante daquela criatura irracional, que olhou pro céu, 'aiaiai, homem-carneirinho', olhou pro chão, pegou a bolsa, tirou uma lixa de unha e, pura maldade, começou a lixar. Nem um pio. Como Deus às vezes é injusto na distribuição das forças. O trácio um carneirão babante e ainda atordoado sem saber que estava no páreo, que havia páreo; o motorista, falto de efervescência, e a morena, aquecida, lixando o tédio das unhas: 'Mas esses dois, nenhuma atitude, ninguém desempata?'. Pois tomaria *ela* uma atitude. Encheu os peitões de ar, agora só o mais forte sobreviveria, se sobreviventes houvesse, *Olhai pro céu/Olhai pro chão*, "Ninguém liga pra mim, só querem uma beliscada e vão embora", falou pro céu, pro chão, "Pois eu não sou dessas, viu?", fez um beicinho triste quase imperceptível e verteu duas sinceríssimas lágrimas, duas bombas incendiárias lançadas na praça instantaneamente incendiada em sopapos argumentativos para decidir quem ia secar as sinceríssimas. Enquanto argumentavam, os Zebedeus alienavam anões de jardim — "Ops, caiu um" —, louças cor de bosta, torneiras etc. da carroceria do motorista direto para os lotados depósitos do trácio, que por sua vez, espumando hormônios testiculares, metia a mão na cara e a tábua com pregos na cabeça do motorista já não tão moço e no vidro do caminhão, danos morais e materiais, nada que uma judiciosa compensação pecuniária não resolvesse, o milagre do trácio pondo a mão no bolso — indenizatoriamente falando — pela transferência dos direitos de secagem da morena, rerratificando:

"Motorista! Melhor sumir daqui ou o Traço irá incendiar o motorista por sobre o motorzão do caminhão, sim-senhorr". A morena, excitadíssima ante a visão do sangue por ela derramado, concedeu uma lágrima-bônus ao lencinho do vencedor, concessão com poderes de papel passado, ela consensualmente adjudicada para uso, fruto e crises de ciumeira possessória do novo alfa então mais desconfiadíssimo que nunca dos Zebedeus, de olho em lenços insidiosos, em mim, encanado com a própria sombra, com ela insaciável a ex-porta-estandarte e atual senhoria do barraco de luxo, pernas experimentadíssimas na unidos de Ceilândia, chegadona num cachorrão peludo.

"Oxe, minha santa bárbara, como tu é peludo, aiaiai, e sabe falar matemática, 'Um trilhão por cento', e estrangeiro também, nossa, fala no meu ouvido essas safadezas, 'Made--in-Scotland', ai, 'Antropomancia', ui, 'El-juanito-caminante', aiaiai!", e puxava o trácio pelo tapete do peito toda tremendo e urgentíssima de um animal bem peludo e animal, o motorista já não tão moço, sabe, a proficiência, a questão do jejum, ela alisava o emaranhado do trácio cima-a-baixo, frente e verso, que costas peludas, aiaiai, essa nuca, minha santa bárbara, e untava ele no meio do banho com óleo perfumado de rosa--mosqueta, algumas gotas de arnica, espalhava com os peitões na cara dele, embaixo, mais embaixo, ele urrava ele ficava mansinho ele uivava a noite inteira todo lubrificado e ardido. No outro dia, no *Paratodos*, sim o bar, o trácio era o homem mais com a boca radiosa de ouro do mundo, maior uivador de vantagem, os peitões, beiços inchados de arnica, soltando no ar suspirantemente as palavras compridas que ela gostava de ouvir, ele de falar.

"Traço casará com morena", bateu na lata um dia. Bando avisado, "Traço preparará jantar românticos no barraco" de luxo. Todos foram convidados. A ajudar. Eu fui. Emprestei os Zebedeus; os Zebedeus limparam o chão, as paredes, a carteira do trácio; o Dentinho trouxe dentro dum saco uma galinha d'angola com uma etiqueta amarrada na canela, "Propriedade do Embaixador de Angola", e umas flores. Viu os gêmeos em ação na carteira, "Arrá! Peguei". Ameaçou caguetar. "Quero a minha quota-parte". Zebedão pagou conforme a praxe, um soco tira-vento na barriga; Zebedinho, com uma lampadinha de 5w;

cataram as flores pra dar pra mãe; o professor não foi, tava no hospital, mas escreveu um longo poema cheio de pés e rimas para o trácio "desmelancolizar o coração da diletíssima", *Femina Æterna*; o trácio bateu o olho naquela merdabosta e enfiou na máquina de reciclar documentos; tinha mandado o Dentinho buscar flores no terraço do Itamaraty pra enfeitar a casa, "Frango?", e o Dentinho: "O Itamaraty tava fechado. Despena o frango, seu Traço", e por uns goles de cachaça — que o trácio batizava com água da torneira e dava pra ele, mais por economia que por considerações etárias — ajudou a arrumar a cozinha e a encher de cerveja a geladeira, que estava às escuras; na hora certa o trácio colocaria música grega no fundo, ou libanesa, do Egito, sei lá, não "essas tamboretes africanos" que "morena escutarem o dia inteiro no radinho de bateria, música boa. Agora vão embora, seus merdabostas". Então, quando ela já bem molinha da quarta garrafa de cerveja, ele pediu: "Morena, quer casar com Traço?". Ele contou que "morena endureceu na hora. Olhou pro céu, pro chão", um chorinho saiu dos olhos dela e foi descendo, descendo, pulou do queixo e bateu no chão onde ela olhava. Ele não aguentou aquilo, prometeu anel maior prometeu mesada radinho elétrico aêmi-efiêmi prometeu liquidificador novo e mais um saco de feijão pra mãe dela, como a velha gostava de liquidificador e feijão, "Qualquer presente, minha fofura". Ela "Tá bom", mas, "Vou pensar". O trácio endoidou. Contava já com um filho, "O Traço tutelará a criança com experiências formidável dos generais da Pérsia à Bulgária, sim-senhorr", casava na igreja dela se ela quisesse, e ela: "Vou-pen-sar". Claro que enquanto a morena pensava o trácio não se importaria de comprar uma televisão extra, "Cadê o ursão queridinho da mamãe, cadê?", para ela assistir aos programas favoritos.

"Aiaiai, minha querida ensaboadura, sairá caro dois televisores", porém um pouco de rosa-mosqueta, "Ai, minha tortura", três ou quatro gotas de arnica e, "Claro, dois televisores, questão do conforto, o Traço compreende", leilão é leilão, e anões de jardim também, "Maravilhoso, minha finura, azulejos prateados na cozinha pros teus irmãs irem morrerem de inveja?, claro minha ternura", e assentava logo os azulejos adquiridos no episódio do caminhão. Pretendia vender a mercadoria na feirinha de automotivos, mas, se matar as irmãs de inveja com azulejo prateado era tentador, matar mais bem matado, matar com os azulejos *dourados* era irresistível, e de quebra combinariam com os dentes frontais dele de ouro. Ah, o toque feminino. No fim da obra faltaram algumas unidades, que depois seriam arrematadas lá mesmo na feirinha. O trácio disse "Poder apostar" ter visto os Zebedeus negociando um para-brisa furado de prego, sentados num motorzão de caminhão. Eles negaram, "Juro por Deus" "Juro por Deus" — nunca pela mãe, nunca pela mãe.

Voltou satisfeito o trácio. Os preços eram bastante democráticos na feirinha, foi sorte encontrar azulejos iguais, faixas douradas, caixa e tudo; aproveitou e comprou alguns sacos de rejunte. Pelo agregado das compras, e como não fazia questão de nota, ganhou de brinde um anão de jardim. Estava com o nariz quebrado, mas, "Sim-senhorr", combinava com os anões dele, além de contribuir no plano de contenção de despesas. "Ser precioso da parte do vendedor argentino" os descontos e o brinde, simpático ele, apesar de cabeludo; o trácio até sentiria remorso por ter gatunado alguns sacos de rejunte do pobre comerciante argentino, mas, sabe, havia a questão do leitinho das crianças — assim que convencesse a morena — e o plano de contenção. Enfim, os Zebedeus devolveriam conforme eu pedi, ok, as chaves para o trácio peludão chegado em farturas e dourados, ok, mas antes me levariam, o que sobrou de mim depois da luta, para casa:

"Questão de honra, chefia" "O macedônio espera", disseram por pretexto, honra, quem resiste nessa idade, e me levaram. Estavam preocupados. "Eita, o Boró parou de falar' 'Tá mal"

"No ponto de pregar numa cruz, haha" "desovar no lixão" "fazer isca de lambari" "Vamos pôr ele aqui atrás, no porta-defunto, hahaha!" "Boró, tu tá quieto?" "Tu desmaiou outra vez?" "Boró?" "Ih, não tá respondendo" "Melhor se livrar logo dele" "Aonde, no Lago?" "Não, porra. É o Boró. Vamo entregar na mão da dona Maria" "Na mão, não. É a dona Maria, pensa direito..." "A gente larga na porta..." "...e se pica" "Boró..." "...tu morreu?" Fiz o sinal clássico de que estava tudo ok, com o dedão do meio, esticado. Eles riram meio nervoso, presunto é sempre um inconveniente, ainda mais quando tá vivo.

Desrespeito? Eles? Não senhor, senti nada disso não, a conversa deles, de modo algum; era só o osso que falava mais alto, o que eles temiam enfrentar se fossem pegos. Havia as autoridades, polícia, os interrogatórios naquela época tinham uma certa tendência à autorregulamentação. Depois teriam que encarar as mães. Coisas da maior tenebrosidade.

CAPÍTULO 27

Estavam com um rabecão os Zebedeus. Impressionante. Sinistro. Cortina roxa de pompons dourados e tudo. Mal podiam com a grana do ônibus, ou tinham aonde ir de ônibus, e iam; iam dependurados na porta superpopulosa do ônibus; começava a esvaziar, desciam e voltavam a pé. Iam pelo desafio de não cair, de beliscar alguma bunda sensível, Tira-a-mão-daí, extrassensível, Põe-de-volta, desviar uma carteira de plástico imitação jacaré a ser reciclada junto com os documentos originais na feirinha quando a grana acabasse; apostavam qual desgraçado no enxame da porta iria desembarcar à fina força: ou estatelado no viaduto no final da banguela a mil por hora — o vermelhaço de rebite nos olhos do motorista nem tirava o pé — ou na porrada, que os fiscais sentavam a borracha para desbastar a pelanca da superlotação, algumas iam ter que engolir fundo e grosso mais tarde para explicar a borrachada de um lado e o beliscão do outro, tudo alegria na alma dos Zebedeus, mas iam sobretudo pela satisfação de não pagar, a grana depura o gosto, como o rabecão, que vez em quando eles circulavam de graça, os dois gostosões de óculos escuros se revezando piloto e copiloto no rabo-de-peixe modelo antigo, ofereciam carona para as atiradinhas de shortinho nos pontos de ônibus. Elas meio de través com aquele carrão esquisito. Os raibãs viam a hesitação e matavam no peito:

Veículo militar, garotas. As garotas:

Militar?

Supermilitar.

Hum... Atrás, que é?

Esquece. Inteligência nacional.

Inteligência?

Serviço secreto.

Secreto?

Supersecreto.

Nossa... O que você acha, amiga? Não tinham chance as shortinhos. E as duas ou três ou quatro se espremiam no banco da frente, Hum, que isso rolando no chão, amiga?, isso era uma garrafa de Made-in-Scotland sem rótulo nem corante ainda, semicortesia do trácio, e a festa começava, Argh parece uísque, prova, amiga. A taxa de arremate, se contar hoje ninguém acredita. Às vezes aterrorizavam a vizinhança.

Chegavam no calor do meio-dia, batiam na porta A patroa está por gentileza, a moça olhava a limosine, media os moços Um momentinho, hipnotizada pelos raibã, oferecia Quer entrar e esperar tá calor né? Quer um copo dágua Quer alguma coisa um lanche um abanador Vocês dois são dupla de artista Quer vir nos fundos? Tem banheiro Tem o meu quartinho... Outro dia? Ai tá bom Promete? Tá bom só um segundinho tá? Eles viam o número da casa, negócios primeiro, armavam uma cara pálida de vampiro com icterícia sob o sol do Senegal, aquelas cores meio pastel meio camaleão deles, e a patroa Pois não, se enxugando as mãos no avental, os vampiros geladíssimos, a patroa um toque singelo de arrumação no cabelo desgrenhado da faina doméstica, tirava o avental, sumia o avental, alisava umas mil mãos no vestido, muito asseada a dona polva pegadora Prazer, dona Polva, as mãozinhas esticadas para pegar naqueles rapazes em raibãs de artista, magros e atléticos, enigmáticos, e eram dois, o que aumentava as possibilidades — a polva, percebe? —, e geladíssimos, que ciciavam igual o cadavérico dono da funerária e do rabecão:

"Aqui é o enderessso número tal? Viemoss entregar o decuju, minha ssenhora", apontavam o carrão sinistro-impressionante, preto, lustroso, cortina roxa de pompons dourados e tudo, costuravam umas histórias tenebrosas de papa-defunto na leitura fria do rosto da patroa e daí a fatura. Tratavam desmaios com amoníaco. Se algum passante reconhecesse os descarados — eram conhecidos os descarados e suas histórias, conheço todas em detalhes, nunca duvidei de nenhuma, nem das que desconheço —, se alguém visse e ameaçasse 'Vou chamar tua mãe, seus descarados', os descarados 'Opa' 'Mãe não' 'Mãe não' faziam uma cara de meia-noite mais lívidos ainda, quase azuis, quase cinderelas ao primeiro badalo, e sumiam cantando poeira; depois em plena disparada percebiam a gasolina abaixo do toco da reserva; o bichão andava mas a sede era dos diabos; giro e contragiro rápido no volante, pé no breque e um cavalo de pau na rua de terra aplainada onde iam deitar asfalto no dia seguinte, cento e oitenta perfeitos graus de bomba na veia; o carrão parava com alguma inércia ainda no molejo, banheirona americana, uma antiga ambulância V8 reformada com esmero, quanto freguês não deve ter capotado ali dentro a caminho do hospital com a força daquele motor de foguete. Ninguém à vista. Silêncio, só a cavalagem no motor em ponto morto exigindo ebulição; eles conferiam no retrovisor uma calota que rolava sem destino, metiam o pé fundo na tábua e um grito de guerra, de vaqueiro fisgado no saco, eram doidos, e adeus calota engolida pela tempestade de poeira que subia escavada direto da terraplanagem em direção à mais alta estratosfera.

"Asfalto e progresso para todos", era o lema da Cia que veio no dia seguinte asfaltar o progresso. As máquinas tinham alisado antes a terra uma bundinha de neném mas algum desgraçado andou escavando tanta poeira de cavalo de pau que atraiu a boysada toda da cidade pra deixar suas impressões na bundinha. O engenheiro veio, viu, cadê a bundinha, examinou a calota coberta de poeira, carro americano... O povo tudo de urubu no galho, curioso da reação do engenheiro da Cia, não seria o primeiro a enlouquecer, apertadíssimo no preço e no prazo, como tocar uma obra com orçamento dez vezes maior e noventa e um por cento de rebate, a plateia impaciente, será que despiroca?

Despiroca, berra!, pura vontade de matar, mas quem, filhos da mãe, quem? Depois que a gasolina só no cheiro — e uma nuvem imensa de poeira intrigando a vizinhança —, lá se foram os raibã abastecer a trouxa da namorada em comum mais uns litros de gasolina no posto da mãe dela, uma viúva com as eternidades femininas espremidas em blusinhas botões costuras vergastando as leis da oferta inelástica — como a dona Eterna entrava naquelas calças? —, tudo a ser ainda mais escronchado pelos dois, cada qual uma banda do sanduíche de pernil no escritório dela com vidro espelhado em frente às bombas.

"Ui não rapazes por favor, minha filha pode aparecer, depressa", enquanto a trouxa da filha com a mangueira na mão aliviava o tanque seco, completava o óleo, em seguida no banheiro se adequava rapidinho, doida para sair com os doidos no rabecão, que eles faturavam as chaves em rápidas rodadas de pôquer com o sinistro dono da funerária. Jogavam bem os gêmeos no revezamento de cinco ases, mas o sinistro com aquela cara profissional dele de vida é morte é vida, é pôquer, evidente que deixava eles ganharem de vez em quando; sabe, dona Salomé tinha lá seus dotes, e ninguém conhecia o pai dos meninos, devia ser viúva, necessitada, trinta e tantos, o sinistro se livrava rápido dos rapazes. Eles meio que desconfiavam, o sinistro meio desconfiava que eles desconfiavam, e a coisa funcionava bem nesse meio a meio, na moral meio implícita meio acordada. Mas no dia da luta foi diferente. Eles simplesmente surrupiaram o carrão estacionado em frente à casa deles. Me despejaram esse monte de história na orelha quando passaram no trácio pra gente ver os últimos detalhes da luta, e continuariam depois, nós três no rabecão, como se nada tivesse acontecido naquela noite, eu pagando um osso danado e os linguarudos falando sem parar, não contavam vantagens nem inventavam nada, era uma necessidade deles esse negócio de me falar tudo, como se eu fosse um, sei lá, alguém que aprovasse ou perdoasse, eventualmente punisse, eram doidos, e a inhaca da carga — ô cheiro —, cala a boca vocês dois, vão despejar essa porra toda na orelha da tua mãe, que já deveria estar cheia de fulminâncias e paus de macarrão por causa do sumiço da limusine, ela, que odiava a dona Eterna, aquela mulher toda chupões e solidão. Uma hora dona Salomé ia descobrir mesmo. Mãe sempre descobre. Ou encobre. Mãe são os Recursos Extraordinários da Criação.

CAPÍTULO 28

Voltassem à cena do crime para devolver as chaves ao trácio depois de me despejarem na porta de casa para suplício da minha mãe, os Zebedeus encontrariam o aramaico trancado no boteco tranquilo e assoviante, ele mesmo no final duma faxina bem das neuras dele. Uma coleção de agentes deletérios e espátulas raspadoras de sangues, de chicletes, sabão e esprei de cabelo pra queimar as provas mais resistentes, evidências de delito, corpo, talvez partes de delito, qualquer sinal de encrenca. Tinha chispado antes, é verdade, mas não sumiria no buraco da noite, nem aí com o combinado o trácio. Chefe de família, ele mais a morena usucapiada entupida de filhos — faltava só convencer a usucapiada —, e tradicional defensor das propriedades de que se apossava, o cretense rápido entraria pelo vitrô dos fundos e esperaria no depósito se roendo com as inquietudes até o fim do perequê, contabilizando perdas e danos de orelhada, os frontais de ouro cravados no sabugo dos dedos. Contudo, fora pelo mostruário gourmet, que os Zebedeus, sempre uns esfomeados à beira da morte, não sobrou tripa boiando na estufa, nem uma demão do caldinho morno se não tivesse acabado o miolo de pão pra esponjar, ainda chupavam o brilho nos dedos quando se materializaram ao meu lado depois da luta, os magros Zebedeus comiam as raias do indiscriminado, menos casca de pão e escarola, e espeto de passarinho, então, fora as untuosidades mortas-vivas na estufa e o caldinho que os convivas quase secaram, prejuízo nenhum. 'Ufas, nada aconteceram, nadas quebrados', diria o trácio no alívio, e um estalo nas lombares por levantar o rocambole por dentro, que os Zebedeus, chaves na mão, destrancariam por fora mas não ajudariam a levantar, e subtrairiam o cadeado. 'Quem entortaram os trilhos', perguntaria, 'Quebrou quatro vértebras do trácio', por causa do esforço, 'Quero saber quem foram os merdabostas, quem?', 'Não olha pra mim' 'Não olha pra mim', e não olharia — o trácio às vezes se fazia de tonto, talvez fosse, mas, menos do que eu pensava —, apenas receberia de braços abertos os irmãos merdabostas, principais fornecedores dos lotados depósitos do filisteu, já disse?, acho que disse, tinha até um televisor antigo com a tela de vidro trincada e uma porção de cadeados, todo rindo pelo nariz peludo, pela boca, os ouriços dançando as perninhas na entrada das narinas e os frontais de ouro, rir, inspirar, reluzir, expirar, ufas, rir, inspirar, felicíssimo com o balanço do evento: 'Pureza. Sem rolar crânio fraturado. Graças a São João Crisóstomo a ter previsão do trácio aconselhador da antropomancia. Obrigado rapazes, entram por favor, não ficarem medrosos parado. Irem a comemorar porque cumpriu certo o grande oráculo do trácio. Pureza', diria, já esquecido das lombares e das transfusões raspadas do piso. 'Agora iremos apagarem as tragédias; contaremos lendárias histórias com porrinha, sim-senhorr.' E ficariam os cinco, que o cheiro de sangue sem Autoridades por perto atrairia o Dentinho sempre ligado mais o professor; raiariam o dia no jogo de palitinho, derrubando a galinha frita com farofa de feijão-fradinho, oferta da morena para a santa da devoção dela, a mesma dos raios e tempestades que ele ouviria por ter faltado no respeito, 'Oxe, mas isso é horas de chegar, homem?', o armênio consciência tranquila assoviando por entre o mural de ouro contaria umas histórias para amolecer o coração dela, 'Minha gostosura', pegaria na cintura, animado o poeta, mas ela só ouviria da galinha, 'Comé? Tiramão! O meu despacho pra santa na barriga daquela cambada, aquela corriola?', ele engasgaria sofridamente, talvez farofa entalada, tentaria explicar: 'Q... q... ã-ram — sai, farofa —, q-querida, escutchar-me, minha fartura, o Traço trouxe, sobrou a sobrecoxas, olha, a tua sobrecoxas ser a melhor sobrecoxas...', e ela, diante do corpo de delito, 'Oquêê, isso é os restos da minha galinha?', e ele, esmagado pelas evidências — mais a maldita farofa na dialética —, cumpriria pena cruel. 'Aonde já se viu' 'Q-querida, escutchar-me este teu carneirão, ser o aduaneiro do amor', a querida surda de raiva, 'Aduaneiro do amor uma figa' 'Minha candura, por favor' 'Tu não tem vergonha nessa cara de três dias de barba, eu lisinha de cabo a rabo como tu gosta — a questão dos maus-tratos, do conforto —, e tu hein, tu me avança na galinha da minha santa, seu sem-vergonha descarado, te dou tudo com tanto amor e não peço nada, mas vai, confessa, seu cachorro: que mais tu aprontou?' 'Minha tanajurazinha amorosa' 'Oxe, tanajurazinha? É pra já que tesconjuro' 'Minha fofura' 'Tu me paga' 'Lindura' 'Herege!'. Julgado e condenado por aquela criatura entupida sim, mas de fúria devocional, ajoelharia no milho, o herege. Uma semana buzinado com os despojos do frango penitencial e cabo por cabo ou rabo só o cabo da vassoura, um estandarte que passaria rasante na orelha dele — os maus-tratos, percebe? —, o morcegão uma sombra a altas horas que entraria pela janela depois de mostrar o churrasquinho grego a uma crentíssima senhora para relaxar a pressão das privações domésticas mas na segunda evolução o estandarte-vassoura racharia nas costas peludas do morcegão uma eternidade sem ver banho de espuma com arnica — a questão do conforto — nem sobrecoxa nem ostra careca, o morcegão ali no bar depois da luta, no lucros e perdas do evento: 'Pureza! Quebra-quebra sem quebrar sequer perna de cadeira', jogando porrinha, ainda inocente da fúria, raios e trovões que desabariam logo mais da tanajurazinha amorosa, satisfeito por outra noite sem incidentes, todos felizes, o engraxate, o professor e os Zebedeus, toda a cambada longa jornada de palitinho noite adentro com a galinha devocional, ouvindo as borrachas alegres do espírito do trácio que, com ou sem morena, apenas conhecia dois estados, irritante ansiedade e alegria elástica.

CAPÍTULO 29

Zunia depois da luta o maldito *tinitus* — que até hoje me apita na orelha, às vezes só em hotel de rotatividade para dormir uma noite inteira, parede-parede com inferninho, essas alegrias —, corpo anestesiado, mal distingui o primeiro rabanete que no pós-luta fui e arrastei do bar do trácio para o breu que ficou do lado de fora por causa da eletroarte dos gêmeos, meus olhos inchando, o sangue deles misturado no meu, voltei ao bar, saquei mais um rabanete, e sangue no olho é uma bosta, arde, borra a vista, então o terceiro, arrastei e despejei o pesado saco de carne na lama. Olhei para cima, exausto. Impressionante a obra de Deus, um céu tão puro, negro, a via láctea de horizonte a horizonte e aqui embaixo os três vermes... na lama.

Maldade? Não, não foi por maldade a lama, não senhor — essas impiedades menores eu já tinha parado fazia tempo —, mas por falta de chão seco mesmo, que a chuva, ela veio durante a luta e cercou tudo, ficou o que precisava ficar, pouco, veio sem outro propósito que dissolver a terra vermelha em tinta mole de pasta; e quando se foi levou as nuvens, largou pelo caminho aquele céu de asfalto e as purpurinas brancas jogadas lá em cima, como desafiando, 'Vem me pegar, leva, dá tudo pra ela', pra minha menina, esses patrimônios do céu, 'Mas esquece, não, é longe demais para um menino pequeno demais como você, nem tenta que vai se lascar, esquece', não, não esqueço, 'É alto', não posso, 'É impossível', eu sei, 'Um verme como você', um verme, mas qual verme nunca sonhou chegar aos astros, pôr as mãos na imortalidade, qual garoto não sonha, qual desiste sem tentar o céu inteiro por uma garota, aquela beleza, tão distante... e aqui na porta do bar este merdeiro desta lama peguenta onde a luz é outra e o asfalto uma terra dura, sem essa de estrelas nem purpurina. Buracos. E não, chuva não passa de um nome purinho que a água usa na viagem só para descer bem-vinda, misturar com a terra, cobrir e desaparecer que virou lama, barro de sangue no que vou acabar virando eu também — Deus me ajude —, como as poças que um dia irão embora, logo-logo, quando o Sol queimar de volta o cerrado ao pó, um dia carregado inteiro de céu azul, e aqui embaixo os vermes, nós, o Sol cobrindo magnífico o cerrado, que seca, seca...

CAPÍTULO 30

Tonteei. Quis firmar. Falhou. Caí. Levantei de chofre, assustado, foi como se um deles, será que me acertaram? Consigo reagir? Soquei o vento. Quase caí de novo, xinguei, Zebedão chegou juntou no socorro: "Ei não, espera; você só se tropeçou, calma". Grande sujeito: Zebedão "filho do trovão" morreu numa carnificina com a polícia no presídio da Papuda alguns anos depois que eu fugi de Brasília. Foram degolados ele e um escrivão, tal de Josias, no dia da Anunciação do Senhor.

Morto Zebedão, velado, enterrado e missado, Zebedinho, dizem que numa tristeza sem fim, o último a sair da igreja no sétimo dia, sentiu vibrações do além. Dos pés foi pelas canelas finas a tremedeira nos joelhos e o molejo todo dali pra cima chegou nos ossinhos do pescoço e estacionou; ninguém entendeu aquele gogó que parecia a bomba do coração, que enchia tudo de vermelho, as bochechas, os olhos Sai demônio Cruz nele Defuma o capeta!, o povo nervoso crê com facilidade, teme e se descarrega da mesma forma. Daí a história das mágoas que ele decidiu lavar até se afogarem e o destino providenciou os melhores fluidos: uma caixa de conhaque made in france, encomenda de um senador, afanada mais um maço de dólar, nem estavam no plano as doletas, mas foi meter o pé-de-cabra nas entranhas da escrivaninha de jacarandá-da-baía, e fortuna é para quem se atreve: a Providência entregou de bandeja o prêmio ao espírito empreendedor, o mérito, o senhor percebe? Não havia cadeado ou esconderijo à prova de Zebedeus. Impressionante. E ele que tinha empreendido só pela bebida, veja como se completam Deus e o destino, invadiu o depósito por causa do chamamento do irmão, in memoriam, disseram,

"E se o amanhã for uma lenda?", a voz do além chamando à responsabilidade pela honra dos Zebedeus; porque todos diziam que era arriscado era impossível era uma fortaleza o depósito do intermediário, um iguaçuense poliglota da careca lustrada, puríssimo fruto da terra, três partes iguais de índio, negro e branco; gordíssimo educadíssimo perigosíssimo fornecedor de crédito descontado em folha, desembaraçados alfandegários, garotas e *otras cosas* nos ministérios.

Lascou fogo nos guetos da cidade o iguaçuense. Ameaçou suspender por dois dias o fornecimento de uísque cem por cento escocês nos ministérios — claro, não era louco, os ministros tinham a caneta e iam a muitas festas, foi só ameaça, mas a quarentena de uma semana para os escoceses *massomenos* nas superquadras – fodam-se os *massomenos* das superquadras —, essa foi pra valer —, iria também chamar os confrades encarregados de se fazer cumprir a lei, do combate ao crime, essas legitimidades — mas deve ter feito as contas, quase chamou, não chamou —, furioso mais pelo atrevimento, pela relíquia destroçada que pelos made in france ou os dólares. Chorava de raiva, jacarandá-da-baía, pertenceu ao Imperador a escrivaninha, diziam, presente do confrade que devia no cassino e tinha um enteado que tinha um primo que fazia bico de segurança no museu imperial, lágrimas totalmente perigosas.

Noutro dia Zebedinho voltou ao depósito, cara de pau duríssima de peroba, disseram que foi assistir o espetáculo na sessão de descarrego nos nervos do iguaçuense. Sentado no meio-fio, medo nenhum preocupação nenhuma. Os Zebedeus tinham dessas esquesitices com o medo. Medo de nada medo de tudo. Da mãe em primeiro lugar e, dependendo da arte, em segundo também. Depois, Deus. Na verdade rolava certo rodízio no ranking, um primor de diversidade, entrava gato preto, circo de pulgas, tinham pavor de circo de pulgas, casca de pão, desprezavam e temiam as forças especiais. Comigo, nunca soube ao certo. E agora ali, Zebedinho cara duríssima, a um pé do abismo — conezinhos de amendoim – doce e salgado – e de conhaque francês com mate gelado na mão —, o intermediário imenso vindo perigosíssimo do outro lado da rua:

"Aê, rapaz" "Quem eu?"

"Perdeu alguma coisa, o que tá fazendo aí?" "Eu? Eu nada não senhor."

"Cai fora, ándate!", disse o poliglota educadíssimo trisanguíneo iguaçuense putíssimo da vida, que, sem ter a quem honestamente retalhar — mas quem foi o filho da puta, quem? —, mandou apreender algum desafeto expiatório, um comunista subversivo pederasta comunista filho da puta, justiçou o coitado do filho da puta a céu aberto com o galão de álcool do mimeógrafo que o agitador fazia panfleto cubano na casa da mãe e o livrinho do mao, fazia, não fazia mais, cansou-se, arrumou emprego num conglomerado financeiro, promoção, namorada bonita, limpinha, sem bigode, um amor, diziam, iam casar escondido do sogrão, um abastadíssimo empresário ultraconservador do ramo de importações, que nem desconfiava de nada, o educadíssimo acendeu uma vela depois de entornar o galão no ex-comunista e encerrou o caso. Como eu sei? Eu sei de muita coisa. Daí, capitalizado, foi para ser garçom em Portugal, Zebedinho, ou dentista, dançarino americano na Noruega, sumiu. Deve ter abandonado as velhas cores, trocado pelo vermelho. Já tinha visto os dois, a áurea, sei lá, puxando para o branco, o verde, o amarelo... Vermelho, nunca.

Salomé?, sim o destino. Olha, não sei da dona Salomé. Deprimiu, se perdeu, vai saber o paradeiro, destrambelhada que ela ficou com aquele negócio do filho trucidado pela cachorrada na Papuda. Mãe não se abate com tiro de filho, o receptor no coração descodifica o chumbo tudo em flor se vem do desgraçado; agora, se *vai* nele, opera o contrário: põe turbina com amplificador na farpa do dedo que vira destripagem, sanguinho no nariz a primeira praga no Egito da coitada, piolhos sarna trevas, só cataclismo; e é justo onde Deus prefere mirar quando assiste às reprises da Paixão na sessão da tarde, conezinhos de amendoim nas mãozonas intercessoras e o mate, Gelado, mate! Bastaria Ele um trisquinhozinho do Dedãozão vingador, e já estava boa a justiça, Zebedão afinal incapaz de grandes maldades e a mãe devota, mas cravou logo o Punho inteiro foi um vergalhão de livre-arbítrio no peito daquela mãe; e danou ela; aleijou o cérebro da desgraçada. Se não baniu desse chão que a gente pisa. Escangalhar o receptor, a chance de tomar a dor do filho que implora, que não tem onde fugir, trazer umas pedras de sabão — menos o azul —, kisuco, visitar faça chuva faça sol, todas as mães todos os domingos com a sacola mais ou menos cheia conforme se completam a desgraça e a providência, bolacha de sal, uns bolos recheados de esperança pro desgraçado que padece no pior dos mundos, a cana, isso não deveria, se ele chora ela não pode secar, filho assim, na cana, e morrer, não senhor. Ou talvez Portugal também, dona Salomé, com o filho que Ele não se interessou, tem razão, boa aposta.

§

§

Zebedão — bom de histórias, ruim de caneta, se amigou com o presidiário Josias-pena-de-pintassilgo e escreveram que foi um sucesso, deu jornal, televisão, mas sucesso é vendaval e uma hora complicou, Zebedão passou a régua no diretor, o pavilhão ferveu com os amigos e os inimigos do rei morto mais a revolta com a carne miserável do refeitório que o diretor nem tocava nela, chamaram a tropa e daí ninguém sabe direito, olha, até hoje assombram uns fantasmas nisso —, Zebedão me segurou. Firme, limpou meu rosto uma geleca de sangue e lama, aquela massa tinta de um vermelho que não iria desgrudar tão cedo de mim, se algum dia, das roupas... Não doeu. Nada doía. Mau sinal. Mais ou menos limpo, me virou de frente para os três e, como diante das ruínas do armagedão, pleno de silenciosa infalibilidade, fez com a mão um gesto de 'Está vendo? Sacode o pó dos pés', os paçocas imóveis amontoados no barro, embostelados na nossa terra da promissão. Zebedinho preocupado catou meu outro braço, "Acabou. N'vai fazer nenhuma burrada". Minhas forças eram só coração e orgulho; rijo, "Solta!", raivei. Os dois obedeceram antes de piscar; bambeei; a reação deles todo protetores foi me querer muletar novamente. Sinalizei 'Deixa!' e me aprumei. Estavam certos. Não faria nenhuma burrada. Menos por eles, ou pelos embostelados, ou pelo que fosse, que por mim, porque *eu* acabei: não conseguiria me mover um caracol.

Medi os três volumes sujos de lama. Nem uma palavra. Nessa hora eles eram mais do que eu, e não se mexiam. Graças a Deus. Se decidissem vir, uma pernada de vento e eu caía, vazio de raivas, corpo e mente numas viagens ruins da porra.

Pensava torto. Sentia uma espécie de compaixão por eles, e compaixão aprendi é daquelas flores de espinho que vingam melhor quando a luz é pouca. E tem a questão do triunfo, que pode parecer um jorro de luz, mas não. É sombra. Piora quando se vence acachapante, a sombra vira maldita, o físico o pior de todos, o triunfo da força, que cega de uma de duas formas: ou você afia os dentes na vontade de roer vivo o acachapado, vontade difícil de controlar — eu é que sei —, ou sente pena. Adivinhe o senhor. Pois é. Foi nesse belo sentimento que me abracei aquela noite. Três montes de lixo sobre a terra molhada cheirando fresca e forte, as caixas do peito trocando um restinho de ar, corpos vencidos, o menor deles, o levinho, respirava esse parecia com areia no septo quebrado; o bode-tronco, moído até as costelas, e o Mandíbula. Três vermes.

Travei um tempo no observatório. O que se passava na minha cabeça, e na deles? Os Zebedeus, pedras. Arranhei uma voz de comando, fui um sol nos vegetais ali; eles brotaram; vagarosamente se viraram e acenderam o branquinho mal piscante dos olhos; seis contas de *fiat lux* rebrilhavam na lama, procuravam a direção do comando atrás da vida que ainda existia. Falei uns tostões de nada, que a história termina aqui Acabou Vamos embora etc. Os brotos das vozes demoraram a se levantar, vieram se resfolhando, assim, verdes, queriam se soltar, reavivavam, subiam e logo farfalhantes concordavam que a história, sim, assunto encerrado, reacendiam faladores eles, "Você ganhou" "Valeu", vamos esquecer, acordo jurado, acabou, os vermes se contorcendo no escuro me acendiam e agora era *eu* a brotadura que procurava algum brilho, aqueles piscandinhos de luz, e respondi afinal ao meu próprio comando, ao jorro de luz — o triunfo —, babei meu discurso de justiça, honra, os valores do vencedor, mandei jurar por Deus e as ameaças do Diabo e mais um pouco. Ainda acreditava nisso, que punha quartéis nas palavras, honra — tolice.

Naquilo que juravam — menos o pestilento do Mandíbula, que aparando o saco murcho da boca nas mãos só gemia e chiava, concordantemente me pareceu – devia ter agarrado a atenção era nesse, olhos mais brilhosos de todos, mais até que a minha plumagem de reizinho do galinheiro —, enquanto se ocupavam em juramentados de toda sorte, sussurrei pros Zebedeus: "Vamos acabar com isso".

"Acabar?", se surpreenderam, "Mas, uai", e deram de embaçar. "Olha, Boró...", veio um se minhocando com cem pés e rapapés; "Sabe, Borozão", continuou o outro, "Você é que manda, mas..." "Então, a gente tava pensando uma tabuada cá na caçamba, né, Boró, esses bóis, sabe, quer dizer, tem um deles que o pai falam que tem patente" "Falam sim, Boró, de verdade" "Usa medalha no peito" "Medalha de guerra" "Dizem que é super bom, tem cérebro inteligente, lê livro, é super do mal" "Bico de carcará, Boró" "Isso tem cheiro dos maus bofes" "Viu, pode embatumar o caldo, tem farda no angu,

Boró, pescou", todo metido a esperto, "hein", piscava o olho, "farda, entendeu?", fazia concha na boca, secreto, punha grau de advertência, e aguçava ainda mais as antenas dos vermes farfalhantes, emudecia e arregalava os *fiat lux*, "Melhor a gente não apagar ninguém..."

"Apagar, como é que é?", engrossei já menos zonzo a ladainha e soube no que pensavam: naquilo "que tu disse antes, Boró, lembra, tu queria dar o último tiro". Abriram também a história das balas, as máquinas vazias, e eles insistindo, "Ói escuta chefia, o tiro, apagar, acho melhor aqui não". Mas santa porra do céu, relinchei, que apagar, quem falou em apagar, e por acaso como?, me diz! Ninguém vai atirar nem apagar ninguém — voltaria a pensar nisso muitos anos depois —, e bom e mau sou eu, maus bofes são os meus. Que tenho lá medo de alguém, de farda, de criatura de Deus, livros?, eu leio seus porras de merda, desde antes da porra da escola dos padres, eu leio!, q'cês entendem dessa...? "Vamos!", rosnei. Beliscavam as primeiras dores — ótimo sinal, cruzar os dedos — e, um pouco longe ainda, mas galopando, o medo. Olhei para a minha velha cicatriz de queimadura no braço — medo é coisa ruim. Os Zebedeus acreditavam em qualquer bobagem, se impressionavam com todas as filosofias e quadriláteros cósmicos, nostradamus, chupa-cabra, ciência, mãe. Eu não. Mas o papo da farda, esse me pegou...

Enraivecido e esgotado, cavando uma pá de neura com a história da medalha de guerra que os gêmeos de merda... Armei todos os cuidados, como foi escapar essa, pai de quem, qual patente, as histórias dos porões onde se restilam homens — cuidado: medo alimenta medo —, precisava limpar a mente nalgum saco de pancada, nos Zebedeus, por exemplo, por que não falaram antes, "Mas a gente achou que você sabia, Boró, você sabe tudo" "Tudo é a porra, e acharam porra nenhuma, filhos da puta", e cozinhei umas lacraias na cabeça. "Os canos de vento... Um dia explodo as ervilhas com esses dois", fiquei surpreso com a clareza nas intenções, a cegueira da raiva que vem com o medo. Mas não fiz nada. O que está feito está feito. "O Eterno apenas me segure. Não me ponha uma viga de ferro na mão, que eu esmago esses dois, espremo as cabeças até descobrir de onde vêm as tintas", alaranjados, cambiaram para o laranja os miseráveis, me pareceu, sei lá, "Deus do céu", implorei, "Não me sirva as mãos, não me tente".

Mandei os Zebedeus enfiarem os elementos, de repente túmulos de medo e num silêncio de criaturinhas da noite, mil antenas captando "tiros", "apagar" e "aqui não", que se explodam, colocassem logo os bacaninhas no carro bacaninha-pega-rampeira deles, que também eles compareceram motorizados, evidente, eu que não ia ter um seis cilindros com rodas de magnésio — vi que faltavam algumas porcas nas rodas e a tampa da gasolina – e gasolina, é evidente, os Zebedeus –, não ia ter uma volta suave o carrão — novinho, lataria encerada brilhando como à prova de chuva, muito chique. "Despacha com umas ameaças nas ideias", falei por segurança, pelas aparências, "late um par de latidos e vamo dar o fora. Vai logo seus merdas". O chute que deram na lataria foi gratuito ou reflexo ou desabafo, sei lá, às vezes eu apertava eles um pouco demais. As dores aumentavam. Afundou a porta. Os rabanetes não deram a mínima.

Olhei uma derradeira neles, nos bem-aventurados, nos juradores antes famintos de justiça e agora fartos e tão limpos os corações e mansos que herdariam a terra, tão humildes de espírito que a eles deveria pertencer o reino dos céus. Bastante justo — voltava a tontura —, "Coitados", pensei.

CAPÍTULO 31

(....)

§

Desacomodou? Dormiu mal? Ora, vamos, pare de reclamar. Eu com todos os motivos do mundo estou reclamando, estou? Então, falávamos ontem... A luta no bar, justamente, acabou a luta e tomaram todos seu rumo, me despejaram na porta de casa os Zebedeus, já disse, não disse, que eles me largaram desacordado e a minha mãe no maior suplício? Lembro da confusão que ela só faltou incendiar o hospital. Me deram alta só de manhãzinha. Ela ainda inquieta deixou o hospital requeimando nas orelhas dos médicos, e eu em casa, na salmoura, o resto do fim de semana. Estava precisado. Os olhos ainda não eram dois, mas um e meio na ativa, o direito ok, o esquerdo, o miolo dum repolhão roxo querendo fechar; atrapalhado nos ouvidos, mais que dois; havia agora um interior, sempre ligado num zunido de milhões de apitos a chamar os cachorros oitenta metros cabeça adentro; meia dúzia de pontos no supercílio para enfeitar o roxão, outro zíper na testa, nos tampos, parecia atropelado, a febre que subia — trinta e tantos, não lembro, quarenta —, descia, flutuava com o ânimo, e as dores, loteado de dores, mas na realidade e apesar de tudo, inteiro por dentro, três dias depois estava na escola, para não terminar de matar minha mãe de desgosto. Cumpria o lado oficial da vida na sala de aula, quieto, ligado.

Podia captar as vibrações ao redor, o morninho do reconhecimento que fervilhava num zun-zum de murmúrios, medo, desejo, humm... devia estar medonho, admiração, inveja, serviço completo. Quem resiste, quem não luta por isso, se é mais por isso que tanto se luta e mesmo mata, não é verdade? E o rescaldo da luta, outra luta, que a festa não acaba no enterro dos ossos, não senhor, não acaba nunca; mudam as armas, as carniçarias continuam, todo mundo abrindo todo mundo, se desventrando, mas é diferente: valsas novas vestidinhos mortais pele sulcos pura carniçaria, corte afiado, tentador como um chamado da selva, o maldito calor social, conquistar e manter: não são os mesmos os ferros de abrir e os de assar um boi, mas veja: são ferros.

Ferros, sim, pode acreditar. E o boi, este quadrúpede falador assando gostoso no morninho três dias após a novela da luta, que vencer foi só uma parte — talvez a menor —, não mostrava temperatura alguma; os batalhões que gritavam por dentro, calei; porque o universo se resumia numa aula, às casas... grandes, as senzalas ali expostas, nada mais interessava. Falso. Queria ir embora, precisava da minha menina, que o fim de semana tinha prestado só para esfomear sem ela — verdadeiro —, mas não. Meu vento desatinado podia esperar, tudo podia esperar. Era preciso, mirava o poder, seus frutos de glória, ela sobretudo, e Brasília, *minhas*. Faltava tão pouco. Seguia o protocolo do poder, tomar só para me esfregar nos óleos; depois, o desprezo; bocejar de tédio, cansei; por fim ameaçar, fazer que vai largar a fêmea azeitada, o poder total; e ela não desprega mais, ao contrário; se acomoda embaixo dos pés dominadores e exige — indócil — pulso: vem, monta, bate! O poder, tem vez que é uma grande vadia.

Esse era o tabuleiro onde eu jogava. Jogava pesado, parecia adulto. Mas, adulto: não passava de um fosforozito metido a boca de gás, baforando que a sorte é um fio de aço. É pavio, veria. Menino ainda. Bom menino que, aliás escuta essa, de uniforme — camisa com o símbolo da escola, jeans – privilégio de atropelado –, tênis e a inseparável mochila de lona, um lixo, outro desgosto que a minha mãe fincava o coicezinho dela de toura bufante no chão e "O que este lixo está fazendo em cima do meu sofá? Jogue fora, mocinho, último aviso" —, comportado na carteira escolar, a gente arrancava os rebitezinhos daquela porcaria sem marca, escola pública, fornecedor não deixa rastro, arrancava e fazia guerra com canudo de caneta e a porcaria desmontava, não desta vez. Na mão ferida de bater osso com osso, o lápis afiado nas duas pontas, não usava borracha, tomando notas escravas.

Surpreendeu? Esteja a gosto. Era um bom menino no começo, fui... Não, para ser honesto não era mais, aos dezoito, dezenove. Exagero. Talvez me faltasse a pureza, deixa ver, o lastro da inocência que se foi, pedrinhas coloridas largadas no chão sem volta um pouco a cada dia; as primeiras, lembro doído, sumiram junto com o gosto de trabalhar na feira nos fins de semana, as melancias de xepa e o lastro ainda infinito. Contudo era ótimo aluno. Desde os tempos de menino, quando fui por um tempo bolsista na escola dos padres, tudo material de primeira. Excelente aluno, haha, mas com duas excelentes desculpas: o olho terrível da minha mãe e as bolsas anuais.

Escola particular mista, dessas experiências trato-digestivas que a autoridade da vez é colocar um pé no Palácio e já babam por mentes, corações e verbas especiais, 'Vinde a mim, ó juventude universal...', conclamam os magarefes, reformas em punho, '...para esta bocarra pregadora, vinde, provai destas ideias requentadas, destas presas lustrosas', e que se lixe a garotada; dessa vez misturaram o secular com o sagrado, experimentaram primeiro numas cobaiazinhas, caridosamente, algum menino os olhinhos acesos com a possibilidade de bolsa por desempenho, com a chance de entrar um ano adiantado na escola dos meninos ricos. Escola de menino rico é outro planeta. As carteiras não desmontavam, janelas com persianas, tinha campinho particular de futebol com rede, bola nova, e a comida, uau! Minha mãe me preparou feito doidos, ela me ensinou tudo, eu sabia tudo, tudo!, e consegui, mãe, o desempenho foi impressionante, eles disseram, eles me aprovaram, a escola é uma maravilha, mãe, e os meninos, não tem magrelo como eu lá não, e no entanto que se exploda a porra da maravilha e do desempenho impressionante, a porra do ano adiantado com os meninos mais velhos e não-magrelos, que quer dizer mais fortes que a lei do cão, eles nem falam comigo, que se explodam os meus olhinhos acesos, nunca será o suficiente, nunca será um deles; começava a enxergar as diferenças que machucam, os abismos... e a vice-diretora toda esporas — a gana de desentupir lá seus resguardos com os desempenhos do menino bolsista que não ia ser besta de abrir o bico – sabe como funciona – e com a "gracinha da tua mãe" "Leva esse bilhetinho" "Quero falar com ela de novo" "Ela é tão... dominadora", a gente não era mais ralé como nos anos pioneiros, mas a escola era mundo de rico, e o larjan, a pão-duro da minha mãe sempre iria contar os centavos, todos os anos as bolsas precisavam ser renovadas —, a vice-diretora exigindo empenhos crescentes, meus e da minha mãe, mãe faz qualquer sacrifício por filho, e filho, olha, filho se vira; facilita se tiver memória fotográfica, se domar os números e a palavra — a minha lista de palavras grandes na ponta da língua —, notas necessariamente altas, com ajuda, necessariamente, alguma fraude, cola, esses intercâmbios; latim, meio coroinha, na leitura das sagradas sei razoável quem fala o quê, Ioannem ou Paulus; artes plásticas, encíclicas, pequenos furtos, pela farra, pelo intercâmbio, compreende, hasteamento da bandeira — o hino completo e a mão direita orgulhosos no peito — e, porque o Paraíso deve ser num céu forrado, um campo babilônio de grama bem verde, alegria insuperável com desinteligência inalcançável: futebol, futebol, futebol, garotas só depois, que a testosterona ainda se atrapalhava para subir das chuteiras com trava alta de trabalhar as partes entre os pés e os joelhos de outrem, homenzinhos gabando virilidades em panturrilhas alheias;

não tardava, o panturrilha alheia perdia a cabeça e apelava para a ignomínia mais afrontosa ao sangue que há, algo entre *non ultra plus* e *maximo maximorum*, "o mais taumaturgo dos sortilégios": evocar a digníssima genitora da contraparte que tinha entrado na maldade com um meio-carrinho por trás: o tempo capturado como por milagre chapava na polaroide, congelado diante da bestialidade do golpe — inaceitável, inconstitucional, meter a digníssima no meio —, mil anos até descongelar instantâneo e superacelerado já com os pilares desmoronando o templo do futebol em porradaria geral. E a Providência enviava o aparelho ideológico repressivo, o poeta pugilista autor da tese taumaturga, o valeroso padre-e-árbitro-Sansão ele vindo todo xerife, apitando na velocidade de uma locomotiva, que para separar briga pela santidade da mãe nem a própria inconstitucionalissimamente evocada, mas rezas, e bênçãos: "Dá-me as almas, tira o resto", rezava o padre-locomotiva-Sansão com os olhos piedosos no Firmamento — "O relho é para o cavalo, o freio para o asno, et virga in dorso homunculum" — e a fé inabalável nos "Carneadores", que era como a gente — o resto — chamava aqueles punhos colossais do padre-et-árbitro-Sansão nas nossas costas — o "dorso homunculum" —, Carneadores benzidos antes de usados, assim era covardia, jogar contra o time Celeste, de onde choviam as bênçãos que ele chegava logo distribuindo sete anos de ambrosia: safanão em um, "Deus o perdoe. Para a diretoria, você", banda no próximo, "Deus o perdoe. Diretoria", tunda, tapa, tampão!, "Deus o perdoe da mesma forma, mas fique longe da diretoria você, pequenino pecador filho de Maria", desconfortabilíssimos jabezitos no gogó, um talento na briga o padre-juiz-Sansão; a gente sempre aprendia alguma com ele, um golpe novo, uma dor nova, êh padre cheio de recursos e colecionador de canetas-tinteiro, pai samoano, mãe brasileira, outro mil-histórias; de nossa parte, nada menos que admiração incondicional por aquele homem vigoroso, craque no latim — "A língua dos anjos", dizia – ora, quem não quer ser anjo, si linguis hóminum loquar et angelórum...? — e justo como os santos, mesmo quando — porque merecidamente — mandava os "Carneadores" visitarem nossos fígados et costelas que virávamos do avesso em rino-tosses coletivas com expectorações escarlates, ou olho em flor, tudo muito divertido, os meus empenhos crescentes, desde a memória fotográfica e os resguardos na sala da vice-diretora depois da aula até as travas altas pra rasgar con mucho gusto las canelitas do time dos padres lá do educandario javier celestiano que la rivalidad era feroz, e a minha mãe também no grude para manter a bolsa de estudos — além dos bilhetinhos toda hora indo e vindo, as fraternidades dela empenhada com o pessoal mais progressista da igreja, longas conversas, e ainda toureava o *promptus animi* padre-pugilista-Sansão cheio de halteres nos ombros e uma quedinha por ela, eu acho, o espírito dele tão pronto, mas e daí se ele, ou ela, se há espíritos e espíritos e a franqueza da carne, depende, sei lá —, até o dia em que apesar dos empenhos, ou a seu débito, me expulsaram. Direto para o Reformatório. Sem apelação. Depois, adeus galinha ao molho pardo da escola dos padres, olá pão com mortadela nas escolas públicas, olá escola pública sem pão nem mortadela, onde eu estava depois da luta, a mão ferida de bater osso com osso e o lápis afiado nas duas pontas. Meio coroinha, briguento e ótimo aluno. Haha!, combinação mais divertida.

Pode ser, se o senhor diz. Mas isto de bom aluno, de pedras coloridas: fumaças. A questão era outra naquela segunda-feira na escola, gostasse ou não, centro de tudo e caixa de ressonância, *o* lugar, que eu só faltaria morto, a questão era o poder mesmo: puro: era pelo rabo desta porca-mofenta que eu tinha que ir, o poder, a maldita vadia, era pelos caprichos da ordinária, que ela gosta de se exibir, de aparecer em carro aberto com a boca e os braços comprometidos nos teus, toda lantejoulante de glória. Se eu não aparecesse irradiando triunfo e indiferença, os que sabiam do lustra-fuça na noite de sexta-feira, e todos sabiam de tudo, sempre, eles me crucificavam, 'O Boró não veio', eu tinha uma imagem cultivada na raça, 'O Boró tremeu', não ia comer sapo, 'O Boró fugiu', não, fugir não, nunca, de jeito nenhum. Eu precisava estar ali na sala de aula, *precisava* exibir a cara de vencedor com as marcas da luta e o corpo magoado, mas íntegro, as certidões da vitória, submissão da praça e validação — ou ausência, a perda.

De repente minha mãe aparece.

CAPÍTULO 32

Dezesseis anos de flashes disparam diante de mim, desde a grande festa de 1960, desde a Nova Capital e o planalto infinito, os anguloides, "É seu, meu amor", e eu, que não sinto nada por cantorias, "Xô, pavão malvado", música, nada!, "fique comigo filhinho de Deus", eu ficava em paz com sua voz, "não tenha medo", que eram flautas muito doces, "vou cuidar do seu bracinho", tuudo meu, "Dessa vez você foi longe demais", minha mãe, dezesseis anos em guarda, nunca rendida e ainda se machucando por minha causa, por aquela Brasília quantas vezes assustadora.

Abriu a porta da sala de aula um trator sem freios. Destorroava lantejoulas e certidões com promessas de tribunais revolucionários, "Deus do Céu, o que foi desta vez?". Coloquei a mão preventivo no pescoço. Ela as bochechas vermelhas do calor da guerra — e no entanto, só eu podia dizer, doce — pondo os cabelos já menos negros e brilhantes e um dia enfeitados com uma flor vermelha de espatódea, ajeitando os cabelos atrás da orelha; entrou com o passo firme dela de marchar com as pernas-bate-estacas quando a coisa era grave. E quando era grave, e quanto pior maior a chance, provavelmente, certamente coisa da minha lavra. Eu lavrava bastante. Às vezes era pego. Descobria pelas sirenes que ela atirava de longe o ferro aceso na minha orelha — irritado com o flagra, "Ai, de novo", eu só ouvia – se você deixa sem corda a sirene para, demora, mas para —, toda dramática com o velho carimbo já gasto dos tantos anos de uso: "Desta vez você foi longe demais mocinho. Agora é coisa grave". Naquele dia porém bateu um pressentimento além do pescoço a prêmio, um troço de secar a boca, de fazer o coração se espinhar e junto os vizinhos, o estômago principalmente.

Tinha entrado no modo imperativo da sirene, ela. Muda. Flechou um olhar de com-licença-não-se-meta na professora, outro na direção da sala, engatilhou, me achou e veio. Ignorava as bestas periféricas, só olho no pescoço da mosca, eu. Que bom. Essa era a minha mãe, os nervos plantados do lado de fora da pele, avançava o pelotão de fuzilamento com tão poucos passos quanto a envergadurazinha permitia. Levantou a ponte do braço na fuzilaria dos dedos, que se abriam justiceiros, mal chegou, 'Oi mãe', enfiou a mãozinha no mataréu dos meus cabelos. Era cabeludo, éramos todos na época, não é mesmo? Os dedos agarraram firme no que puderam, rasparam como garfos a trilha dos pontos inchados — doeu e dói até hoje lembrar faz trinta anos, doeu de urrar, mas eu *não* urrei. Depois virou e foi embora comigo catado na mãozinha, um cabeleira deste tamanhão, ela é evidente saiu fincando as estacas, nas tintas com isto de cabeleira ou dois ou três pontos rasgados, que se lixassem o murmurinho na classe e a boca aberta da professora. Filho é filho e vai com a mãe aonde vai a mãe e a vontade de Deus, que ergueu nela um guindaste igual como se eu nem tivesse peso, mais um galho bom para o fogo. Oquei. Eu merecia. Não sabia o que estava pagando, assim, muito exatamente, a lista era grande. Apenas merecia. E o preço um cheque tão comprido que a pelagem se esgarçando e quase arrancada pela raiz junto com os pontos virou a coleira de um cão bem-mandado se levantando depressa para ela não sentir o tranco de puxar o armário cabeludo deste tamanhão, e segui obediente, querendo ganir de dor, preocupado: "Que diabos ela descobriu dessa vez?".

Se na escola não ligou a mínima para os pontos, sequer pensou e já meteu a mão de garfo, três dias antes na sexta-feira quando espetou os olhos neste bolo de alcatra passada num rala-rala, quando me levou no hospital para me costurar, quando pusemos os pés no Pronto-Socorro, tudo foi diferente, comigo pelo menos; já cruzou a porta vai-e-vem com os tiros dela da garganta, ignorou a mão do burocrata, "Por aqui não pode entrar, senhora", espalmada em impedimento, "A ficha, precisa preencher a ficha, senhora. Senhora, SENHORA...!", quase brigou com os médicos, tato e impaciência, discutiu com metade do pessoal do HdB sobre o que iriam me dar ou não, opiáceos não, anestesia local, pouca, ele aguenta, costura, ele merece, ele não vai dar um pio, conheço meu gado, desavisados do quão valioso eu era, que ela era a mãe e eu o filho, o centro do mundo, um lixo que os Zebedeus despejaram em casa havia meia hora, tocaram a campainha e desapareceram; fugiram de medo sem falar com ela, que abriu a porta para ver o mundo desmantelado a seus pés, e o coraçãozinho latejou nas veias das têmporas; porque eu era valioso sim, era o filho no colo da Pietá, era um desgraçado. A vontade que subiu nela foi, eu sei, juro que sei, foi a de pegar o chicote de flagelar cristos e lanhar as partes sãs do corpo daquele menino impossível, imenso, que por Deus como poderia ter saído do ventrezinho dela, tão pequenina, o estúpido ali abandonado, lanhar onde não doesse ver, onde não doesse, pobre criatura, o infeliz, maldito, desgraçado! Procurou. Teria que esperar. Esperaria — mãe — um fim de semana. Comprou os remédios, veio a febre, a testa um caldeirão com o Deus me livre das ideias e os medos, o delírio, tudo tão real. Cuidou de mim. Perguntou nada. Dormiu nada. Ouvia longemente que orava; desgraçadamente, que chorava. Deus, como dói choro de mãe.

CAPÍTULO 33

Entenda, eu era, na verdade ainda sou, hoje mais que nunca, um sujeito... borrascoso, vamos dizer. Grande, forte, o senhor sabe, obras da Providência; mas também olha o estrago que Ela cobrou nesta borrasca, todos esses remendos, nada bonito, hein? O lado bom é que já na primeira encarada a freguesia liga as engrenagens todas direto dos engulhos pra imaginação, a presença gravada como estampilhas na memória, se me compreende o exagero. E nem era muito diferente na época, não é verdade? Cultivava com gosto a funilaria vitaminada, a chapa dos respeitos, percebe, que desaforo não tem lugar melhor no mundo pra parar que numas polegadas de aço bruto, olha o peitão aqui, tá vendo, de forma que a grosseria de ser levado pelos chifres dos cabelos, trotar esta envergadura toda encurvado para caber na pressa e na altura do bracinho da meia tala, os holofotes da escola, parece que mãe não enxerga as cláusulas pétreas, código de honra, papo de macho, sabe, aquela truculência toda da parte dela foi uma humilhação. O poder, o prestígio com os lotes de carne passados no triturador sexta-feira, tudo comprometido. Mãe não capta certas sutilezas.

Aquela mulher tamanhinha e desfavorecida, cruelmente faltada do braço direito, cabelos embranquecendo prematuro já desde os trinta... Não senhor, eu, no olho? Nada não. Só um cisco que entrou... Certeza. Sabe, eu tirava aquela pluminha do chão sem fazer a menor força, enchia de apertos e de ameaças de beijo, ela se debatia, "Pare", atochada no meu sovaco de atleta, "está sufocando", me repelia com o braço vigoroso de trabalhar sozinho, "menino de Deus", me estapeava, eu espremendo contra o peito, ela os pezinhos estrebuchando no ar nervosos de saudades do solo perdido; às vezes eu me distraía e apertava um bocadinho além, "Gases, mãe?", ela se injuriava, menos raivosa que embaraçada; ria, e quando ria ligava alguma tomada nela, começava uma lagriminha a encher junto com o riso; nem transbordava, já tinha escondido tudo na manga, como se fossem pecados a serem guardados para um futuro incerto, como se filho tivesse outra serventia além de fazer mãe rir e chorar, como se eu não merecesse, ou ela, um mistério hormônio de mãe; injuriada, tentava se recompor, me beliscava, "Respeite sua mãe, moleque de Deus", eu nem doendo com as bicadas da canarinho-de-briga; "Solta. Não me lambe, criatura de Deus", ela reclamando tanto, que eu tomava logo uma indecisão de continuar com o aperto ou beijava e lambia ela toda de uma vez, as bochechas vermelhas, a própria mãozinha que tentava me afastar a cara das lágrimas já quase secas, minha língua cheia de baba atravessando entre os dedinhos bicadores, "Ai, para. Que nojo menino de Deus. Me larga, já disse", e punha a resmunguenta de volta no chão pra ela arrumar aflita o cabelo atrás da orelha — como eu achava isso bonito —, esticar a roupa, a mãozinha veloz trabalhadeira se deslambendo e desempoeirando de mim... Sabe, aquela mulher tamanhinha e faltada de um braço, a meio-saco de açúcar me arrastou pela juba porta afora numa vergonha maior que o mundo e me desfilou a escola inteira uma avenida que no fim tinha um carro vermelho parado, o motorista um brutamontes feio da cara feia abraçado ao volante; no que vi o tamanho do tamanho e o tamanho da feiura, o pensamento arrepiou tão de bate-pronto quanto a vergonha — opa, sinal vermelho —, e cambei pruma cisma que iria virar preocupação que iria virar...

Conhecia o elemento de vista algumas vezes ele. Parecia encher o cinemascópio todo no para-brisa o homem do tamanho de um carro dentro do táxi vermelho minúsculo parado na entrada da escola em cima da faixa de atravessar, na bica de uma placa É PROIBIDO, tudo era proibido, estacionar virar à esquerda eleger abrir, o táxi vermelho-sangue ali boiando sossegado na mornidão que subia do asfalto, o Sol magnífico e um céu azul naquele dia que o tempo parou, nenhum vento empoeirado ou carro na rua, apenas o silêncio de alerta, parecia domingo, árvores sempre cantantes de passarinho e cigarras, caladas; êh, cigarra não, que entrava o outono, mas a passarada, evaporou? Que nem as borboletas, nenhuma?, aliás, é um bichinho fascinante borboleta, o senhor não concorda? O sujeito esperava tranquilo, media a gente chegar com os olhos meio desligados, as pálpebras moles baixadas quase na metade do olho, parecia não abalar com nada, nem com o taxímetro desligado, coisa esquisita, o prejuízo, percebe, ela abriu, me jogou como um saco de entulho — não sei de onde vinha tanta força quando a caniço ficava truculenta – e ela nem comia carne —, entrou e bateu a porta com ganas como se fosse na minha cabeça.

"Toca!", ordenou.

Ordens são ordens e o gorila feio, se o tranco mexeu nalgum nervo, dispensou recibo. Deu partida e tocou embora rumo ao... desconhecido? De graça? Não entendi. Ela olhava distante, longe como as avenidas infinitas de Brasília, eu no fim, aposto que me calculava já nos vales do sétimo círculo do Inferno — filho cozido no pez fervente, assado, no cilício, *en su tinta*... O gorila, uma orelha de uma tonelada afundado no banco, capturando respiração de siri, e eu, sem pista das cartas que ela tinha na mão, as piscadinhas no olho do siri; mudo e selado, imprimia também uma forma de protesto, 'Que porra de história é essa, mãe', uma forma de mostrar disposição, 'Quero saber', enfrentamento, 'A mochila, os cadernos; ficou tudo, mãe', exigir explicações, 'Fiz, quer dizer, aconteceu alguma coisa?', sem ter que perguntar, 'Aonde a gente vai, mãe?', sem abrir a boca primeiro, 'Desculpa, mãe', ceder, 'Tá bom mãe, bico fechado', e não abri a boca.

Quem viu o desfile calou. Se tinham algum medo de mim, dela então, vou te dizer. Sabe quando acorda de um pesadelo, quer gritar e nada? É o trava-goela. O medo ancestral escrito no sangue da gente, que ninguém sabe, mas está lá te procurando, já sentiu? Tem razão, exagero. Mas já sentiu? A turma já. Não era um medinho qualquer eles não, tou dizendo, medo e respeito, um o espelho do outro. Mulher forte, impressionante. "Viúva", declarava sem tremer na voz alta para que ouvissem todos os ouvidos que quisessem ouvir, os meus em primeiro lugar, desde miúdo os mais atentos, inclusive para escutar pelos buracos das fechaduras ela quase aos cochichos, seus incompreensíveis bordados de rococó com a mãozinha navegando no ar palavras que deviam ser bondosamente lindas e secretas enquanto falava com os padres dos negócios secretos lá deles; depois eram as mulheres arrebanhadas na igreja, "Venham, companheiras" "Escutem, camaradas" "Unidas, nós, mulheres", sempre divididas entre uma criança no colo e o homem num bar, as contas chegando e os discursos dela, lindas palavras; às vezes na audiência vinham uns moços barbudos malvestidos cheios de apartes e palavras de ordem, vozerios e dedos na cara entre eles, mas eram pacíficos, eram fraquinhos, nem jogavam futebol, só futebol de botão. Calavam quando ela pegava a palavra. Talvez não soubesse que eu ficava na moita só de orelha espichada. Ela sabia.

Viúva, pois é. Mas poderia ser mãe solteira, qual o problema, mulher abandonada, fugida, o que eu realmente conhecia dela ou do próprio umbigo?, que podia ser restolho de estupro, ô se podia; me encanei um monte por causa disso; filho trocado, torrei fosfato nessa história também, rolo de maternidade, catado na rua, na porta de casa, roubado de outra mulher, de outro planeta. O senhor vê o que já me passou pelo casco, e põe na conta que eu lembrava, lembro, assim, devo ter perdido por aí umas memórias talvez da minha mãe com os braços inteiros e um cheiro diferente, havia outra criança, uma... o que sei, depois um escuro assustador, sim, sim, cheiro de fogo, as luzes do fogo, muito quente... meu braço ardendo na água, muito frio, mas acho que não, eu apenas... me engano, confusões, sabe, não lembro não, como poderia? Não lembro, já disse! E no entanto — Deus do céu — ainda passeiam esses arames farpados cá nas ventoinhas. É quando atiçam umas raivas xucras, dessas de abrir vontade de plantar coice em pedra, fazer asneiras uma pior que a outra, cada uma o pasto da seguinte.

Porém chega uma hora, *no más*. Apanhei, bati e levei de volta, cuspi para as estrelas. E porque vai das leis de Deus que o que sobe desce, das do homem rezar em contrário e Dele em resposta ignorar o impenitente, chega uma hora a gente aprende — que é *burrice burrice burrice* afinal —, aprende no mínimo a sair de baixo, a falar essas filosofias empenadas. Então e assim: para as estrelas parei, já me controlo.

Sinceridade? Sinceridade. Não gasto mais tanto ansiolítico e pá nessas minhas origens enterradas, esqueci. Mas elas, tem vez que os pensamentos, essas doideiras voltam, fritam o pé da cachorrada cá no plexo, incomodam, esquentam, não, minto, um pouco, enfim. Sei o que sei e chega de remoer esses atalhos pra lugar algum, por favor. Encerrou. Para! Se fosse intenção da minha mãe eu saber dessas remoagens eu saberia. E o que interessa? Nem do braço o que aconteceu quero saber, nunca perguntei, ouviu bem, NUNCA!

CAPÍTULO 34

Dizia...? Viúva, certo, que talvez não exatamente, algumas dúvidas; agora, sozinha, nenhuma, porque ela remava era só ela e o olhar de Deus, ela mais o vigor e uma valentia difícil de pôr medida, não senhor, impressionante como puxava âncoras — eu sobretudo, tão pesado e, infeliz comparação, assumo: incriável — naquele mar de lama primitiva nem sempre literal. Tino e prumo, não fumava, "Seu nome é Legião", dizia ela dessas coisas, "Não, mãe, é claro que eu não fumo, nem escondido, Legião, eu sei, juro", não praguejava, álcool?, "Apenas como desinfetante", e, por algum mistério desses das misteriosas razões dela, regulava carne vermelha, 'Esturricada para matar os germes', devia acreditar, minúsculos bifes-carvão que pouco repunham do que a rua me cobrava em cacos de vidro e os vergalhões tetânicos das obras, "Chega de carne por hoje, mocinho, Mas mãe, Tem arroz, feijão, Mãe, Termine as verduras, quanta criança passando fome, os legumes, Mãe me escuta, Laranja de sobremesa, leite com groselha, você adora. Assim, bom menino. Agora me dê um beijo, escove os dentes e lição, Mãe, Agora!", e ainda reforçava a auréola de santa com os padres, amigona deles

Padres. De Brasília e alguns de fora também

Apareciam lá na vendinha de vez em quando. Tinha uns meio diferentes

Vendinha, pode acreditar, "Brasília, a capital do progresso. Progresso para todos", dizia ela. A gente não era mais tão miserável como nos anos pioneiros, já disse, não disse, então. Eles vinham na vendinha com roupa normal de padre, às vezes à paisana, um deles mais vermelho que os outros, digo, o tapa-cocuruto e os botões da batina eram vermelhos, a faixa na cintura, tinha um ar de bom velhinho o padre vermelho, usava óculos de bom velhinho, mas acho que usava tipo escondido. Era sério. Chegava de carro. Um segundo, vinha minha mãe trotando da loja, lápis esquecido na orelha e tudo, abria a porta, o padre velhinho tirava ligeiro os óculos, alguns livros no colo, e ela entrava; o chofer-segurança pulava fora, olhar farejador trezentos e sessenta graus, coisa de segurança; desnecessário; estava eu ali de olho vivo já — minha mãe tinha me incumbido —, mas o chofer-segurança ignorava o micróbio de calças curtas, sacava um maço de mata-rato do bolso, o micróbio na porta da loja, um passo à frente, dois, se aproximando com as mãos para trás em sinal de educação e respeito para com o colega, de segurança para segurança, um tanto magricelo ele quanto mais de perto eu media, as carnes da cara afundadas e os olhos num fim de abismo, tinha cabides de arame no lugar dos ombros, não um monte de pneu de caminhão prestes a estourar o terno como os seguranças no clube dos bacanas no Lago ou nas casas noturnas dos bacanas, e o sapato era bem ruinzinho; pensei numa gentileza 'Vai uma graxa aí?' em troca de umas moedas mas a minha mãe 'Ai meus pecados', toda alérgica a eu trabalhar, ela me suspendia os bifes-carvão por cem anos, então me concentrava no serviço de segurança, que fazia de graça, afinal segurança é segurança, merece respeito; talvez o ombro-de-arame tivesse uma arma secreta, soubesse um golpe fatal, será?; cheio de curiosidade, fincava nele um olho-no-olho, de baixo pra cima, "Quer fósforo moço eu vou buscar"; o moço emitia um mormaço de vai se lascar moleque folgado e voltava os neurônios ao maço que tinha acabado de abrir, acho que confiando no parceiro, deixando a segurança aos meus cuidados, e eu repassava o olho de atenção milimetrada em tudo, na minha mãe, no padre vermelho, nele, que fazia uma ginga esperta com a mão e do maço como de uma cartola num grande show "Respeitável público!" emergiam os tubinhos brancos; tirava um com a boca, destreza inteligência confiança, importante isso no "nosso" ramo; sujeito impressionante; guardava o maço e já na mão uma caixa de fósforo novinha, acendia, tragava uma tragada imensa e junto a pólvora e o carvãozinho do fósforo até o pulmão; tava na cara que o pulmão achou uma delícia refrescante a primeira tragada, queria fazer inveja, mas eu não ia pedir as vintes nem implorar 'Me dá as dez', muito menos catar a guimba no chão, sou tonto?, na frente da minha mãe?, e desviava o assunto, sério, mas descontraído, de colega de trabalho para colega de trabalho: "E aí, como tá o molho na diocese?", gostava de falar assim com adulto, meter umas palavras difíceis; ele assoprava a fumaça o mais na direção da minha cara possível, "É, deve 'tar mesmo infernal", deduzia eu no florete do diálogo para descobrir alguma pista do que estava acontecendo, que a minha mãe nesses compêndios ela era uma defunta, o colega segurança firme no código do silêncio; eu queria puxar assunto mas falar do quê, do tempo? Eu não, isso só em velório; minha mãe dizia que quem fala do tempo é porque tem tempo, e se tem tempo pra falar do tempo não se deve perder tempo ouvindo... sei lá, alguma coisa assim, então eu preparava o peito, que nós do ramo da segurança temos a obrigação do peito largo para proteger, ele o padre velhinho, eu a minha mãe; peitoril estufado, disparava um perguntar profundo, "E aí, tu tá armado?", ele engasgava naquela fumaça infernal que saía pelos otorrinos, "Quer água moço eu vou buscar"... Quando a conversa estava no auge e o chofer-segurança no segundo lasca-peito, quarta pergunta e azul quase roxo, quase a ponto de tossir os alvéolos depois que eu falei do nosso Reluzente, se ele queria ver o nosso Reluzente, "Quer?", mas esquece o Reluzente, tem umas histórias boas disso de armas de todas as cores, conto mais adiante se der tempo, ele quase golfando as escamas da traqueia, minha mãe abre a porta e sai com uma sacola na mão, que eles tinham ficado os dois, ela e o padre vermelho de segredinhos com o vidro fechado, ele econômico, piscava os olhos longamente, ela faladeira, navegando o rococó das palavras com o lápis na mãozinha, e depois a sacola; minha mãe era cheia dos segredos mas dessa vez não adiantou, eu sabia que eram os livros, tinha espichado os milímetros do olho quando o padre velhinho colocou na sacola; o chofer-segurança ao ver minha mãe pula, joga quase tosse o toco do rasga-peito no chão, pisa bem pisado para micróbio nenhum catar e aproveitar a última tragada, entra no carro sem se despedir quase sem respirar liga o motor que engasga rateia afoga tenta de novo pega ronca engata acelera, e some; a gente era uma dupla, o micróbio e o chofer-segurança, dois superdurões, dois destemidos, dois magricelos; gostava daquele sujeito de poucas palavras, fiz tchau com toda a educação, mas estava mesmo era ligado na guimba pulverizada. Ô desperdício. Minha mãe com o raio-X que ela tinha naquele olho danado dela entrava na loja sem o lápis da orelha e me passando em revista; eu batia continência, ela ria; deve ter ligado o olhar-X de ler a minha mente. Ligou. Dava pra sentir o raio fritar um ovo no meu rosto avermelhando; mas como ela conseguia fazer aquilo, se eu alegava as minhas melhores caras de não-aconteceu-nada e não-fui-eu?, percebe, vinha esse povo de fora desviar a atenção que ela me dava, os padres, todo mundo, e depois ela ficava mais ainda com o coração tipo doce com amargo por causa daqueles intermináveis assuntos deles, metade o sorriso feliz metade preocupada com sabe Deus que diabos o padre vermelho infernizou ela. Não era justo. Os outros padres vinham depois à paisana. Eles não gostavam de mim. Nunca deram um santinho, nem reparavam no micróbio. Deixavam as caixas de doações da igreja, alguns encostos, pedintes, maltratados de toda condição, inclusive os moços barbudos, que eram da autarquia deles uns moços com os olhos perdidos, e iam embora. Ela recolhia os barbichas revolucionários, escondia, cuidava dos mais coitados; vi uma vez, dando sopinha na boca, de tanto que o infeliz padecia pra segurar a colher; esperava fortalecer e ensinava eles a se ajudar, "Segure a tigela enquanto sirvo", queria ser a mãe deles, tem graça, uma idiota ela, até falava na vozinha de mãe que ela usava só comigo, "Assim, bom menino", enchia de confiança o desgraçado, "Agora me dá um abraço", totalmente idiota, e voltava à triagem das doações, nem me percebia vigiando de longe. Completava as diferenças do bolso, com o caixa da loja, dos estoques da loja, descansava seus quinze minutos, carregava alguma pedra nas costas, vinha por trás de surpresa, me lambia, "Para mãe, que nojo", e tocava em frente cheia de energia a minha mãe, a melhor mãe do mundo; distribuía uns tostões entre os mais desesperados e enfim no corujão da noite despedia os revolucionários — dava alguns cobres para esses também

Candidata a santa, pro senhor ver.

Revolucionários e desesperados, mas não só isso ou um simples santuário quando ela ia na igreja. O ambiente era riquíssimo pra ela.

Pontual na missa aos domingos, comigo, até que um dia desencantei — os fogos da juventude derretem a cruz, o senhor conhece —, depois sozinha, imperturbável. Participava de tudo. Era a leiloeira e a bingueira nas quermesses. Tomava a sério o coro da igreja, sua voz límpida, pródiga nos saquinhos de Cosme e Damião, pedreira com os pecúlios da esmola, "O mais das vezes", dizia, "questão horrorosa de trabalhar joio com trigo", acolher preguiçosos na bacia dos desamparados, "Pecado mortal a preguiça, cabeceira dos males do homem. Nunca se esqueça, filhinho, Deus nos deu dias com vinte e quatro horas. Faça-os valer todos os segundos", pregava, e triava e punha a todos no "Círculo incontornável da Providência, o retorno do retorno do retorno, ahh...", suspirava sua paciência às vezes inacreditavelmente infinita.

Doações particulares, vinha pouco. Ela recolhia com critério, atendia no fundo da loja domingo sim domingo não, cedo, antes da missa. Distribuía tudo.

Dinheiro? Minha mãe travava uma relação com o dinheiro. "Lugar de dinheiro é no estoque da loja, em mercadoria." "Dinheiro que sobra é dinheiro sujo." Viesse Lázaro com os dedos molhados contar, mas para a igreja o dízimo sagrado, "O destino mais honesto que se pode dar ao dinheiro". Ponto final.

Maior pão-duro ela. Extrair algum da arca de ferro, só tarecos, só com pé-de-cabra e muito agrado. Na loja não errava o troco ou o peso — pontaria incomum na época. Não fosse pouco o que lhe sobrava de tempo se equilibrando nos negócios, todos nós enjeitados, pratos e bambolês na ponta da vareta e um tantinho de atenção a cada um, quer saber de outra?

Estudava. Cada hora uma novidade. E falava: o que reprimia de contida no particular, subisse em qualquer empilhado tosco virava palanque, se incendiava toda nos discursos, na verdade um dom. Atacava de curto a longo conforme a necessidade, lia improvisava mandava bonito ela, tinha seus seguidores, homens e — a maioria — mulheres. Assisti de longe umas tantas vezes, de passagem. Bonito sem dúvida mas afinal, mulheres, libertação, excluídos, o que realmente interessava, o que *me* interessava? Ela todas as letras enérgica brandia o punho maciço que era uma clava junto com as palavras afiadas de foice. Dali de um púlpito não aparecia pequenina ela. Vi o gorila do táxi vermelho uma ocasião, várias na verdade, todo aquele naipe e diminuído se misturando ao público, atenção milimetrada nela, se escondia, conversava com os botões dentro da japona, infiltrado no meio dum povo daltura do peito dele, largura duma perna ou sei lá, não me recordo direito.

§

§

Um dia, na escola dos padres, menino ainda, imagina o tanto que despencou o queixo: eles interromperam a leitura, "Com sua licença", entraram na sala, "Obrigado", e anunciaram um pontapé no bucho empanzinado do almoço, a espetacular galinha ao molho pardo com arroz toda última sexta-feira do mês, mal havia cruzado garfo e faca sobre o livro, em plena jiboia e impossível acreditar, acenderam meu acetileno no máximo pra ferver a espetacular de volta com o arroz, apresentaram o novo professor, uma professora substituta na nossa turma. Adivinha quem: ela. Devolvi a espetacular.

CAPÍTULO 35

1968 foi um ano intranquilo...

§

"Ai não não não, minha mãe não!", depois em casa ela queria explicar, "Calma, filhinho" — calma? —, colocar panos quentes na situação, eu arrepiado e a voz macia dela de hipnotizar:

"Filhinho..." — não sou filhinho.

"Escute" — não escuto.

"Sente-se aqui", eu injuriadaço e ela: "Filhotinho querido" e "Vamos conversar". Mentira. Ela vinha era me encerar com as toalhinhas quentes dela cor-de-rosa na catástrofe da tragédia da calamidade; e cor-de-rosa como, se não dizia coisa com coisa, que tinham estourado uma roda-viva naquele ano, gás lacrimogêneo, os estudantes, "Cavalo, mãe? Bolas de gude na rua? Vi nada disso". Falou de um tal acordo com os padres. O poderoso padre vermelho cara-de-bom-velhinho queria mandar ela num lugar seguro, mas ela não foi. "Por que não foi, mãe? Por minha causa? Como assim, se eles são nossos amigos do bem e lugar seguro aonde, como é isso mãe?", eu atarantado com a situação — a nova professora, Deus do céu, *ela* —, e só o assunto eram esses outros egoísmos dela, o que interessavam, o que realmente me interessavam essas palavras confusas?, "Manifestações relâmpago, o que é isso, que movimento de rua, qual problema com estudante, a gente tá o tempo todo na rua, e daí?", ô monte de história irritante sem pé, sem cabeça nem fim.

"Conheço tudo na área mãe, não tem borboletinha lindinha fora da estação, nada, ninguém queima o dedo nas bolhas de piche do asfalto nem abre um bife no mesmo dedo com a linha do cerol entrando até a metade do osso sem eu saber; nem cava búlica de bolinha de gude com esse mesmíssimo dedo misturando a ferida na terra infectada de cocozinho de minhoca, nenhum menino da turma pisa um tomate, que eu sempre descubro. Inclusive quando um deles depois toma cintada do pai raivoso só porque voltou da rua imundo outra vez e não tinha mãe pra apanhar no lugar dele e a fivelona do cinto do pai furioso escapa como um martelo na ponta do bifado dedo do menino e um berro de dor que o dono do berro disparou berrando de dor pela rua e eu corri atrás e alcancei porque eu era um perna-fina ligeiro pra capeta e o Marquinho patinava na banha, dividido entre chorar, gritar e correr, 'Ih!, Marquinho, fodeu teu dedo. Tem que ir no hospital, vem', freamos noventa graus e fomos, eu rezando pro dedo não cair e o coitado urrando juras de amor ao pai, 'Ele vai ver só', e na triagem do hospital gastei toda a minha lista de palavras compridas inclusive algumas especulações acerca das atividades noturnas da mãe do burocrata da triagem, mas a mão espalmada do filho da atividade profissional da mãe recém-contratado pra pôr ordem naquela zona proibiu a gente de entrar enquanto o responsável não chegasse então graças a Deus o responsável chegou, 'Oi pai', sorriu amarelaço de medo o Marquinho um olho no pai um no cinto de caubói fivela de prata já desembainhado e adivinha qual mão o Marquinho usou para se defender e é evidente que caiu, digo, o dedo, voou na frente do meu nariz", agora adivinha o destino do pai do Marquinho de noite dormindo o sono dos justos mais uma paulada na testa pra ficar mais justo ainda e adivinha também o destino do dedo amputado onde foi parar, e agora adivinha o Marquinho, que por causa disso condenaram ele pro resto da vida no Reformatório, não o Marquinho o Deddinho como ele queria ser chamado, "Dedinho com dois dês, Marquinho, que porra essa?" "Nome de artista, Boró" "Mas agora tu é bandido, Marquinho, o que tu fez na honra do teu pai. Nome de artista pra quê, vai fazer show de calouro no Deformatório?" "Deddinho, o artista bandido. Nome de novela, Boró. Pode anotar, Boró: Deddinho, o herói bandido de Brasília. Vou escrever novela de televisão, só palavra grande, como tu fala, vou contar as aventuras da minha vida, vou ser um Star", e fugiu do Reformatório; várias vezes; na última caçaram ele até o Araguaia e o Araguaia devorou ele. O Araguaia devorava muito, "Viu, mãe, sei todos os rolos da rua, mãe. Ninguém cata um cigarro no chão nem opera cirurgia em passarinho, quer dizer, passarinho não, passarinho é pecado, largatixa, ninguém faz operação em barriga de largatixa pra examinar como funciona, que eu sou o primeiro a saber. O anestesista por exemplo é quem tem a melhor pontaria no estilingue-cabo-de-goiabeira, depois o cirurgião quem traz a gilete novinha do pai pr'abrir a pele, alicate de unha da mãe nas costelas feito osso de isopor e pega o coraçãozinho pulsando com pinça filatélica; depois desinfeta a pinça com hipoclorina e cospe três vezes antes de devolver pro irmão mais velho, pra benzer a sorte: se ele descobre o desvio ele cata a gente, sei lá, o mundo tá cheio de fivela de prata e injustiça; fogo não, marca o instrumental, denuncia — fogo reserva pros funerais —, aí costura o paciente com agulha, pena e tudo, que o negócio já deu e tá na hora do futebol; os meninos falam de treinar pra ser doutor nessas medicinas avícolas, sangue venenoso transplante zerbíni quanto tempo demora pra bombinha do coração parar de bater, tem razão mamãe, horrível, passo mal só de pensar na largatixa, tadinha da largatixa, é, la-gar-ti-xa, eu sei, mãe, sei de tudo, se tem cachorro efervescente na rua, qualquer golpe que derem, mãe, a gente fica logo a informação cai no ouvido; leio todos os sinais de fumaça; juro mamãe, fogo é comigo mesmo, vi nada disso. Olha, para de preocupar com essas bobagens da rua, tá seguro, coalhado de polícia vigiando que se precisar eu dou uma ajuda, vou ficar aqui de guarda, é obrigação do homem proteger, aperta o supermuque", e sua voz terna:

"Bendito seja meu soldadinho", entendida, "quantos heróis e gibis", suspirosa, "se você soubesse...", o que nunca saberia se dependesse dela, que me guardava longe alienadamente longe dos subterrâneos onde transitava, nenhuma luz, sequer a brasa de um filamento pra eu ver os gritos, os mesmos gritos que um dia iria *eu* calar; e de repente começa a falar das ruas perigosas que nunca antes, por quê? E as agitações... "Que agitações, filhinho?", perguntou naquele ar ingênuo dela de não-sei-do-que-você-está-falando — às vezes as mães são meio ingênuas e esquecidas. "Mas mãe, já esqueceu? A senhora disse..." Antes que eu explicasse ela veio na goela arrancar as palavras pra longe desses lacrimogêneos e rodas-vivas sem importância, e eu "Tá, tá, não tem problema, vamos falar do importante": ela na *minha* escola. Corta essas caraminholas de calabouço dos cem mil que alguém inventou e ela cortou mesmo, emburreceu no ato — as mães às vezes são meio burras, graças a Deus —:

"Presta atenção mãe, vou te explicar. Lugar de mãe é em casa, sabe, tomando conta do filho, esquece a escola, a galinha ao molho pardo eles põem sangue no molho, eca, nós preferimos brócolis, nós amamos brócolis não é mamãe, vai no cabeleireiro fazer as unhas, depois fica em casa lendo esse monte de livro do padre vermelho", mas ela, "Será por pouco tempo, anjinho", ela não ouvia, toda com a cera dos panos quentes no meu cérebro; pouco tempo?, qualquer tempo era muito tempo; eu não ia desistir, firme na cartucheira, na urgência do meu diálogo superurgente, que ela fazia cara de anjo enquanto ouvia, as mães sabem como fazer cara de anjo, de demônio também; quando terminei ela trocou o anjo por um bando de palavras cristalinas na boca outra boca, um bando com a perna de pau, olho de vidro e a faca mordida nos dentes, "Mas mãe!"; evidente que os piratas eu enchi mil canhões de pólvora negra pra defender meu castelo com o mais indominável de periculoso do horripilante que é uma classe cheia de eus, piores que eus e muito piores que eus, ela vai ver se der aula pra gente.

Ufa... Calou. Calou não. Li as intenções no olhar dela e me preparei — que nem quando eu corto as ideias da cambadinha com o gume de aço do argumento e enterro fundo as idiotices daqueles meninos idiotas; ninguém era tão esperto e "variegado" de recursos como as minhas respostas, que até o Messias – era dele esse "variegado" – quando me catava no pescoço dizia: "Respeito você moleque, tu diz a coisa certa na hora certa", só depois me cobria de porrada —, então chamei na boca as palavras mais compridas e difíceis da minha lista de palavras compridas e difíceis. E elas entalaram. Minha mãe se divertia, eu acho, ou me treinava, espichando o mais que podia esse longo diálogo de força e a dialética, me ensinava como se faz, aproveitava e tirava uma com a minha ferveção, sei lá, eu num esforço de rachar o peitoral e ela com o verbo supermusculoso me estapeando as ideias no chão, minha testa fritava já umas bolinhas de suor, o calor incontrolado... Não, é evidente que eu não podia com aquela força toda, eu lutava, mas estava cansado de perder, meu Deus, quanto mais aguentaria, foi quando a temperatura ensurdeceu e a garganta começou a desentalar e eu explodi como um vulcão sufocado no gargalo com toda a gosma quente do mundo. Tava na vez dela de fritar. Deus me perdoe, como era doce o fogo que me crescia numa besta. Foi quando comecei a perder a governança para o gosto bom de torturar minha mãe:

CAPÍTULO 36

"Para!", atirei furioso. E piorei, "Não quero mais ser seu filho", piorei, "não liga pra mim, isto de cortar as minhas palavras, de se enfiar de professora só pra me doer, os meus amigos, sei no que vai dar, os desgraçados", acho que ela nem deve ser minha mãe de verdade, eu sabia, Deus do céu, de onde vinham essas ideias atropelando, sabia nada, só alimentava o ódio morninho esfomeado, ela cada vez menor quanto mais eu piorava e crescia e ela fraquinha e uma hora enlouqueci de bater com as ferraduras, "Quero uma mãe de verdade", cego de fogo e despeito, "só pra mim", lindas palavras, "vou embora, vou morar na rua", doces palavras, "uma mãe de verdade", provava o sabor do triunfo, da dor imposta, "sem faltar pedaço", podia ver o meio orvalho que brotava nos olhos dela, "uma mãe inteira!", e olhei no braço dela que faltava, o cotoco. Olhei com maldade. O prazer que deu foi instantâneo foi intenso foi o tempo de piscar e me arrepender. Então, com Sua prestíssima *dura lex sed lex*, Deus do céu mandou um raio de gelo fulminante na minha boca e ardência nas orelhas, que Ele fez atravessar junto com o gelo de fora pra dentro pra fora, trocou o sangue por farpas de bambu moído grosso, e eu endureci; parecia um Evangelista de bronze da Catedral, olhos estatelados no infinito, mas era um Judas de carne e de osso apavorado que as palavras às vezes batem de quina, um maldito animal descontrolado, um porquinho-da-índia querendo escapulir, paralisado num barbante enquanto ela devagarinho descascava a pele da cobra e subia um olhar desorvalhado, desossador, as chispas que me lascavam as carnes até a capinha das tripas. Fiquei só os miúdos. E um estrume.

Caí os olhos no chão. Esperei. Queria que ela dissesse alguma palavra boa, ou ruim, qualquer uma — esperei —, catei os olhos do chão, enrabichei um, depois o outro, mas ela não, ela me desistiu, se fechou sem uma palavra e foi arrumar os livros que o padre vermelho tinha mandado outra sacola. Continuei esperando. Talvez ela acalmasse, por favor? Eu escuto. Agora vou entender, mãe. Juro. Acho que juro, ahn, não vou embora, prometo. É que a escola, tentei cozinhar um remendo, me ouve por favor. Ela não queria ouvir. O remendo empedrou. Fiquei ali parado bem fraquinho e infeliz da vida: impressionante, era muito azar: tinha que despencar na *minha* turma, que aliás, sabe Deus por quê, a pior turma da escola. A coisa ia ferver.

Menino, onze anos, 1968 foi mesmo um ano danado. Quando iria acabar... Não que tivesse pressa ou temesse algum desastre ou não soubesse me virar, ou a esperança a última a perder as botas; só achei merecido que os meninos dessem um tempo os desgraçados, rezei, a culpa era da minha mãe, rezei de joelhos no milho, troquei por arroz, tirei o arroz, só o chão frio da cozinha já tava bom, pedi como favor especial, mercê de Deus no céu. Depois eu Lhe recompenso, pode confiar, Deus. Juro. Mas Alguém deve ter consultado o meu contas a pagar, e elas vieram retumbando 'Paga Paga Paga!' por todos os lados. Também, era filho da professora, descobririam na primeira semana; eu num canto a refogar o vermelho pimentão de quinhentos mil graus se ela falava comigo, invisível de medo de ser chamado de meu amor, querido, esses melaços de mãe, e uma hora ela deixa escapar a mais mortal das evocações do aventesma da espinha congelada, Deus Pai do céu:

"Anjinho", me chamou de anjinho!

Danou. Os meninos não perdoaram nem as minhas bochechas em brasa. Meninos não perdoam, o senhor sabe, todos têm suas penugens de galo de briga, tições nos olhos para incendiar lona de circo e empurrar os espavoridos na jaula do leão. Daí a manada de chuteiras, as cortesias tomaram conta feito praga, justas infindáveis no agarra-agarra, asfalto grama terra tatame, quando as couves-flores nas orelhas começaram a crescer. Mas foi bom, sabe, por esses tatames e asfaltos mesmo, porque aprendi tudo de lutas, de briga de rua, especialmente do que podem brutalidades extremas, porém só de dia, que de noite, ah, de noite era a paz, não precisava dividir seus pedacinhos, eu, ela e mais ninguém, ensinando e cantando e aprendendo de flores — não de canhões —, sua voz em flautas.

CAPÍTULO 37

Onze anos e já eu tinha queimado quase todo açúcar das ideias, apesar dela. Não entendo como não perdi o eixo. Passados alguns meses, na tempestade em que veio, se foi. Minha mãe deixou a turma, a escola, deixou um vazio maior que tudo. Eu mesmo engasguei um seco ou dois, mas ó, capturando respiração de siri.

Sonho antigo, ela, esse negócio de professora. Faria o curso, que o dono da vendinha contrariado com o tempo que ela gastava naquela bobagem chamava de Cozinhatório de Professorinhas, fez o curso nas freiras e uma mãozinha dos padres. Aluna mais velha, "Oh, que voz de rainha do rádio você tem, Maria", entregaram o discurso de formatura para ela ensaiar em casa, ela com os furacões dela, o senhor imagine. A maior discursadora do universo "Mas o que é isso?!" ficou indignada com o que leu. Saí de perto, só de longe. Riscou um monte escreveu desentortou guardou, no dia seguinte vestiu a beca pegamos o ônibus e no ônibus "Segure a prancheta para a mamãe, filhinho" deitou os últimos tiros. Chegamos no auditório, "Ai mãe, que vergonha, tira a caneta da orelha", autoridades felicíssimas com mais uma turma de lindas normalistas de sorriso franco encantadoras e apalpadas as mais novinhas todas tímidas ai ui pelas autoridades felicíssimas etc. Minha mãe se invocou com as apalpadelas nas novinhas. Eu gostei. "Vou ser autoridade quando crescer." Anunciaram ela no palco, entregaram o microfone, ela agradeceu franca e encantadora, minha mãe era a mãe mais franca e encantadora do universo Muito obrigada 1-2-3 testando, ajeitou o cabelo atrás da orelha, deu o lindo sorriso dela de furinho na bochecha e cascou o verbo. Foi sensacional, maravilhoso. Fora quando falou das apalpadelas, não entendi um til, mas foi sensacional, maravilhoso, Hegemonia Patriarcalismo, cada palavra, uau!, Feminilidade Submissão Queimar o sutiã — 'Queimar o sutiã, mãe?', ia perguntar depois, mas ó, respiração de siri. Ela terminou, "Obrigada", faltou pouco pra eu assobiar o meu assobio de ensurdecer guarda de trânsito, deu vontade de gritar, quase uivei, mas naquele silêncio de meia-noite no cemitério ela me matava eu acho. Estalou um aplausozinho aqui, ali, eu na moita, parece que as felicíssimas autoridades tinham gastado toda a felicidade antes.

Mandaram um representante discutir certa pendência com o diploma dela no dia seguinte, "Cadê tua mãe, moleque?", me perguntou, eu meio à toa meio segurança na porta da loja. Deu azar o representante. Dia de pagamento do funcionalismo na capital, loja cheia. Minha mãe era de pouco verbo nesses dias: "Freguês tem que ser atendido logo, pagar e liberar espaço na loja. Sem conversa cruzada". Deve ter sentido o cheiro do representante, que ela catou o tamanquinho na mão, e tamanquinho na mão da minha mãe era coisa poderosa, "Tá lá ela, olha o olho dela olhando pra cá, tá vendo?". O homem estacou. Sentiu o olho da minha mãe, viu o tamanquinho, lembrou das leis da gravidade sei lá ação reação e deformação, ficou um segundo meditativo, volveu meia volta e se havia alguma pendência — desintegrou.

Diploma na mão, precisou deixar de lado. A vendinha puxava demais ela, quer dizer, de vez em quando metia um giz na mão — mão difícil de ver manicure, unha no toco, sem brilho — e ia dar umas toureadas com as puras ideologias do pessoal na igreja, "Educação como arma da liberdade" "Cultura popular, opressão, esperança", o plano de alfabetização de adultos, que depois trocou pelas aulas na minha turma, ideia dos padres e dela só para me torturar, de propósito. Agradeço de coração que a divina Providência atendeu as minhas preces, as velas, o galho de arruda na orelha, e destrocou ela de volta com eles assim que virou o calendário.

Resumido, eu continuei na escola dos padres, ela na vendinha, uma ou outra noite como professora de adultos e também um pouco professora em casa, "Estude, filhote, sempre, sempre, sempre" — o filhote preferia a rua —, ela insistia, eu me esforçava, ia e voltava das pernas de Deus ao saca-tutano do Diabo. Sempre. "Todo dia uma palavra nova, filhote, aprenda, memorize um verso, uma poesia" — muito tempo depois ainda ouviria, "Guarde estas palavras: eloquência, oratória, retórica. Estude-as. Aprenda bem a escrever e a falar, sobretudo falar"—, oquei mãe, o filhote entendeu — menos rua, mais estudo —, eu fazia qualquer negócio pra ela não voltar na minha escola, comia arroz com uva-passa, brócolis, nunca comi tanto brócolis na vida, até ajudava com o monte de livro que o padre vermelho toda hora entupia ela e ela organizava que era uma beleza, minha mãe era muito entendida em organização, que nem com as mercadorias na vendinha, "Obrigada, filhote", e me mandava recortar e colar tarjas verdes nas lombadas, tarjas amarelas, vermelhas, sobretudo vermelhas, alguns livros iam pro quarto, outros ficavam na sala, na área de serviço, não digo que ela se alimentava deles, mas discutia com eles, decorava, repetia; eu, pra mim eram tijolos, levantava pilhas e derrubava, sobretudo derrubava. (Pegariam fogo?) Às vezes ela adormecia. Eu chegava levinho para tirar e pôr na estante, descobrir o que lia, ela sempre alerta acordava o olho bom, sorria e mandava já é hora de dormir, eu incomodado, pra quê tanto livro, ela nem consegue ler tudo, livro até no Natal. Não, menos no Natal, mais ou menos no Natal, que chegava dezembro a gente largava o mundo, todo ano, e disparava a correr pelo matagão infinito:

CAPÍTULO 38

Anda mãe deixa de molenguice é Natal corre, e disparava atrás da árvore mais bonita do cerrado todo igual dos tronquinhos raquíticos que os verminhos a gente tirava, e as formigas, problema era o cupim, uma árvore nem grande nem pequena, Essa aqui, gostou mãe?, levar para casa e pelar das folhas, enfeitar os galhos corticentos com algodão de imitar neve; pendurava os globinhos de vidro que ela mesma pintava neles cada ano uma passagem do Nascimento: o anjo Gabriel, a estrela do Oriente...

"Quer experimentar, filhinho?", pegar os globinhos de vidro nessa minha mão, pintar, eu? Deus do céu, eu não. Os globinhos eram pro menino da manjedoura, morria de medo de quebrar e o gosto azedinho da maldade, quero não, um perigo, mas pendurava as sinetas douradas e os guizos que avisariam da chegada do Papai Noel na manhã seguinte, Papai Noel modo de dizer, que eu não acreditava nisso, é evidente, as lampadinhas colocava por último, rezava para funcionar, ligava no transformador e elas acendiam graças a Deus, branco, verde, amarelo, vermelho, apagavam; acendiam, branco, verde, amarelo, e a gente desabava exaustos de mãos dadas no sofá a noite toda namorando aquelas árvores tão lindas todos os anos, verde, amarelo, vermelho...

Te amo mamãe. Também te amo filhinho. Do fundo do coração? Do fundo do coração. Pra sempre, mamãe?, nunca vai me abandonar? Não! De onde você tirou... E cair, vai cair? Vai ficar doente, vai se machucar?, a árvore piscando na sala escura, E morrer?, mais que perguntar, desafiava amor de mãe, "Claro que não, filhinho". Nunca? "Nunca, nunca, nunca".

E eu acreditava meu Deus e jurava em pagamento as promessas todas do mundo, que eu cuidava dela quando ela ficasse velha dali a uma eternidade, sei lá, cinco dez anos, ela nem precisava se preocupar com nada, nem que ia morrer nem nada, eu protegia, comprava uma casa do tamanho de uma superquadra com mil metros de terra pra ela plantar um milhão de espatódea no Dia da Árvore todos os dias, cozinha cheia de ar pra ela fritar as panelas com as comidas saudáveis pra mim à vontade, sem se apertar como a nossa, que sufocava a gordura no ar, juro, e dava um livro de presente, recebido com impressionantes olhões e beições de impressionada. Ela também me dava um livro, e alguns extras para compensar. A mesa de fórmica se transformava em mágica com a toalha de Natal e as velinhas embrulhadas no plástico, "Posso acender, mamãe?", morria de medo ela que o foguinho me tragasse pelos olhos, "Vamos usar no próximo Natal, filhinho", dizia, e colocava na mesa duas garrafinhas de guaraná só pra mim — groselha era bom, groselha com leite demais, guaraná a bebida de Deus – antes de descobrir a cerveja, antes da cachaça, antes da primeira glicose na veia, do primeiro DT, então de volta ao guaraná —, a ceia posta, lentilha, frango com farofa, "Tá uma delixa o arroz com uva-passa, mamãe", trabalhão separar aquela porra no canto da boca cheia "Uma delixa" e cuspir as passas na mão e da mão escondia no bolso, "Nós amamos uva-passa né, mamãe", sagu e a famosa torta de queijo com geleia que ela inventou pra faturar na vendinha e trazia um pedaço pra mim, essas maravilhas do Natal, tudo porçãozita, que na época o espírito ainda era de garfo curto, mas caprichado. Depois me convocava eu felizão dela pedir o meu caderno de redação, "Pode ler um pouco para a mamãe, filhinho?".

Puxa vida mãe, agora?, fingia descaso, "Mamãe adoraria", Tá escuro, mãe — vendia caro —, "Oh conta uma história, meu anjinho. Para espantar o escuro". Espantar o escuro? Tem medo do escuro, mamãe?, eu me deixando capturar pelos brios, Por quê mãe, é coisa de muler isso?, me enlaçava no dever, "Você não tem medo do escuro, filhinho?". Nós homens não temos esse problema. Só assim de vez em quando mas agora não, agora eu e a minha coragem vamos te proteger, nós somos do tamanho do universo, e abraçava ela com o meu abraço de nó e lia uma história bem de protegedor, quer dizer, misturava um pouco as criatividades do herói, parecido comigo, a mesma idade, os mesmos supermúsculos, salvava todas as mães do universo, o próprio universo e a rainha das mães, parecida com ela, salvava das garras das vespas gigantes carnívoras, da baleia do Jonas, do Velhão da bengala preta, mas ela morria tanto de medo do Velhão da bengala preta que às vezes era melhor ficar no escuro, a gente, quietinhos; do boitatá eu podia falar mas aí eu é que medava um pouco, as luzes, o fogo do boitatá nas lampadinhas que acendiam e apagavam, acendiam... ô soneira mais divina do universo, nós dois sós no escuro, Não temerás o terror da noite nem o flagelo do meio-dia, e a vida ia ser boa para sempre, os furos de estrelinhas na noite escura, branco, verde, amarelo, um lindo carrossel que se desfaz nas nuvens macias da cama, o olho cede, um beijo sela, tudo se confunde nos sonhos bons que eu ainda sonhava. Acordo dia seguinte com os sininhos de ouro tocados pelo vento da janela aberta e pulo da cama:

Cadê?, pulo de alegria, de esperança, acreditando que dessa vez

Cadê?, corria por todos os cantos, procurava num furor de felicidade

Cadê?, mas não vinha papai nenhum nos presentes, só a dor que me espremia desse tamaninho, burro de acreditar nos meninos, que eles me obrigaram a rezar muito-muito o ano inteiro, o olho sente um soluço desentalar na garganta empurrada pela costela, querendo transbordar, os meninos tinham... eles não eram só a mãe; por acaso mãe faz tudo, mãe sabe jogar futebol, ensina sordícies? Ninguém me defende dos meninos, então eu pedi no Natal... quer dizer, não sou idiota, nunca acreditei nesses pedidos, hahaha, criancice, e a garganta segurando a lágrima que subia sem convite. Não! Homem não chora, a coragem me lembrava que a gente era do tamanho do universo e que lágrima de homem fabrica no saco, chorou murchou, por isso menina chora à toa, diziam os meninos na minha sala, eles eram mais velhos, mais fortes, e tinham irmãs — quem não tinha irmã era porque pediu pra não ter, é evidente —, eles exibiam a sabedoria, eram ricos, falavam que a gente podia pedir o que quisesse no Natal.

Qualquer coisa?, eu meio desconfiado meio querendo tanto acreditar. Qual-quer-coi-sa, respondiam. Jura? Juravam. Mas tem de ser obediente. Obediente...? Ahn, hum... Eu sou obediente. Com o pai?, acrescentavam. Pai? É, pai. Mãe não conta. Por quê? Porque mãe é mãe, seu retardado, mãe qualquer um tem. Entendi. Tia conta? Seu burro, por acaso você tem tia? Tu é um sozinho. Pena tu não ter amigo, amigo conta. Serve cachorro? Tá doido. Serve enfermeira? Não. E Deus? Se você for muito-muito obediente com Deus o ano inteiro... Vou ser, juro, muito obediente. Sabe, eu até que tenho um pedido pra fazer, bobagem, mas é só um, sabe, só um...

Ano que vem talvez as luzinhas coloridas, talvez seja diferente, que raiva, ô tristeza, ela já de volta arrumando os livros, de volta na vendinha. Me deixou sozinho com os meus livrinhos porcaria e a gaita que ela me deu uns natais antes e eu não tocava só de raiva, só depois que fugi de Brasília. A vendinha e os livros da minha mãe eram muito egoístas, ela ia esquecer a promessa de não me abandonar "Nunca nunca nunca" nem morrer, ela não liga, até se eu empacotasse debaixo de um ônibus ou afogado no Lago, se eu defuntasse com um relâmpago puxado do céu por um dedo, ela nem se importava. Eu queria que ela morresse. Quantas vezes medi com raiva esse descabimento das atenções dela na vendinha e ainda os livros inúteis que eu vigiava de longe invisível e mudo o ritual, o brilho ela nos olhos a devorar as páginas que os dedinhos umedecidos nos lábios viravam e expunham ao seu interesse inesgotável. Anos depois faria eu isto de ler, de rituais, e nos gestos a lembrança que não apaga, ela sentada na poltroninha de leitura e de alisar o nosso cachorrinho vira-latas no colo, o abajur amarelo enchendo uma bolha de luz no canto da sala perto da janela à noite como um espelho, ela nem me via, minha presença fiscal escondida que um latido entregava e ela levantava a mão que tinha para livros e tudo o mais — perturbador pensar nisso, o senhor tente, visualize: as páginas de um livro e uma mulher assim, o esmalte roído, a vendinha, um único braço para abraçar e tudo mais —, levantava a mão devagar, buscando meus olhos pedintes e chamava com os ganchinhos do fura-bolo, diâmetros pulsantes, venha, venha. Como eu gostava daquilo. E ia, crescendo os dentes felizes um passo depois do outro.

Ela dizia alguma estrofe bonita Senta no colinho você também meu pequenino pequeno médio grande imenso cachorrinho, ignorando o quanto um dia seria esmagada, o quanto eu malabarava para segurar parte do meu peso com as pernas, me fazendo (ela) de virador de páginas, lambedor dos próprios dedos, me incluindo. Quantas vezes mandou Levante-se, vá lavar as mãos de criança menino moço rapagão, antes de meter os dedos imundos na boca: asseio — com os livros, desconfio.

§

Firme, bufava se chamassem a vendinha de armazém, achava "Pretensioso"; mercearia também não, "Fica para a concorrência". Secos & Molhados, "Pior ainda. Colonialista imperialista limitado péssima ideia. Vendinha", batia o pé. Porque gerente, sargento, capataz, ou é firme ou é pasto. Ela não era pasto. De ninguém. Simpático o estabelecimento. "No futuro talvez seja nosso e possamos chamar de mercadinho, depois mercado, depois, quem sabe, filhote." Para quem reparava, aquelas geometrias todas faiscavam os olhos. Eu reparava. As latas em pirâmides matemáticas, as etiquetas com a letrinha dela inconfundível em lápis de cera vermelho tirado do estojo com uma dúzia todos novinhos e apontados.

"Freguês não tem que decifrar, tem que gostar. Gostou, comprou", passava o dedo no pó vermelho universal nos balcões e nos ombros dos empregados, que não duravam, no chão impecável, ideia fixa com o chão ela, "Imaculado, terso à laia de cama e mesa, de sobre ele poder-se almoçar, jantar...", dizia às vezes uma voz antiga de algum lugar antigo do coração.

Guardei estas palavras — cada uma delas —, cuidadas com a força dos anos. Ela não explicava, eu não perguntava, "chãos limpos de neles se poder almoçar, jantar...", repetia distante, seria um tipo de penitência o senhor acha, sim, parece; mas não; era mais um hino de louvor em voz de lamento, coisas da minha mãe, ela sentada no piso frio, mãozinha de menina e esfregava, "Mãe, levanta", esfregava e chorava sem lágrimas, sem implicar com os meus rastros de lama e chuva pelo chão limpo. Zangava por muito menos, se inflamava comigo por qualquer miudeza, mas desses meus passos sujos, *esses*, sobre chãos imaculados, nem uma palavra. Nunca.

CAPÍTULO 39

Cadeado nas palavras e nas emoções, minha mãe com as tristezas dela, ô potinho duro de abrir... Mas na vendinha mesmo quando empedrava o beiço com os elogios das freguesas não me enganava a satisfação que batia por dentro toda querendo se badalar para além do pote de feliz orgulho, toda ratinho de pilha na *Nova Três Poderes – Secos & Molhados*, nome difícil de esquecer, o senhor concorda, ela atendendo no que o povo quisesse comprar, afinal estava ali era para vender, sorrisinho invisível no canto da boca, que logo metia um pano seco e voltava à carranca, mas 'Eu vi mãe o brilhinho, não adianta esconder'. Tinha começado como burro de carga, moça, dezenove anos, meio escrava meio faz-tudo, já disse?, o patrão mais querendo uma doméstica que uma intrometida que "sabia ler e escrever com caligrafia", é, já disse, a única pessoa desempregada em Brasília, lá nos tempos da inauguração quando a vendinha era ainda num acampamento de candangos, uns cabras do Norte, mineiros e goianos, do sul-maravilha também mas pouco, sonhadores cravando a posse no mundão sem dono do cerrado, os pioneiros dos anos da construção, como ela. "Pioneira? Oh filhinho, candanga, fui, somos, e com muito orgulho, candangos", dizia, sempre o motor engrenado para qualquer serviço no emprego-esmola escorregado de um céu desses que a gente não sabe, migalhas do colo de alguém na mãozinha dela com uma carta de recomendação em 1960, uma candanga.

§

No que regulou aquela obra urgente da universidade, "Chamam-na a espectacular universidade de Brasília", explicou, "Raio de construção tão imensa, tanto operário abarrotado dos cobres porém sem tê-los onde gastar, nem uma cachacinha a preço de oiro. Pois seja. É o sítio para o qual nos mudaremos em breve", prometeu o dono da vendinha, "É o *meu* Plano de Metas", um cabo-verdiano, timorense, mentia-se trasmontano, dizia-se português, "Honestíssimo puro-sangue português, sem uma gota da mistura deste misturado Brasil onde ninguém e todos têm cara de brasileiro", só que português ele não era nem cheiro nem coisíssima nenhuma, minha mãe descobriria anos mais tarde, chocada, "Ai meus pecados" — não muito chocada —, "Ai meus pecados" — não muitos pecados —, enquanto regularizava a papelada do estabelecimento, ele nem uma gota de sangue português, somente implicante e cobiçoso. "Não me alcunhes de portuga, ouviste?", dizia-me, sabendo calculadamente que não se briga com apelidos. Contava com isso para a cidadania pegar, "O povo cá deste Brasil brasileiro aprecia muitíssimo renomear ruas, viadutos, gentes. Necas portanto de me chamares de Portuga. Alto lá hem?". Mas eu não tinha entendido direito, ele falava tão empolado, achei que fosse "Tortuga", não sei, alguma coisa a ver com o casco liso dele igual tartaruga, então espalhei Ó, não chama o homem de Tortuga... Tortuga deixa ele mordido... Tortuga não... Etc. E a bosta da alcunha grudou que nem, enfim, bosta. Foi mais ou menos na época da mudança para o novo ponto, que um dia ele quase me atravessa quando chega de caminhão na vendinha, para um centímetro do meu pé e salta afobadíssimo e chutando a bunda de todo mundo, conta do "lugar estupendo que adquiri às cercanias" das obras da universidade, tinha acabado de negociar "honestissimamente" com o ex-proprietário, houve "tão-somente um pequenino desentendimentozito" quando "não sei por que raios" o tal ex cismou de chamar ele de *Tortuga*, "Cartas na mesa, seu Tortuga", e o seu Tortuga chegou de volta com o negócio "Resolvido. Honestissimamente resolvido". Todos atiçados, foi no esconderijo, que era um buraco na parede, vi pela fechadura ele pegar a caixa de balas e recarregar o tambor do revólver puxado da cintura, girou aquele barulhinho de minibicicleta, conferido o niquelado, se livrou das cápsulas vazias — depois catei uma, humm, meu primeiro cheiro de pólvora queimada no ferro, a ideia de tiros... —, esvaziou o esconderijo, enfiou as riquezas num saco de farinha e partimos, trouxas e samburás para a obra da universidade cheia de fregueses ricos, "Vamo-nos, sobe tropa. Cansei-me da pobreza deste acampamento".

Subimos. Aonde ele ia a gente ia. Móveis engradados caixotes a cachorra Pançuda todos nós, o inventário completo do Tortuga amontoado na carroceria do "camião", como ele dizia, domingo de sol e um vento morno descabelante; minha mãe adorou eu adorei a língua da cachorra Pançuda adorou, a gente ali em cima na aventura adorando proteger o patrimônio de quebrar, cuidando pra não cair nos pés nem precipitar do caminhão a gente junto. O Tortuga dirigia feito doido naquela buraqueira dos infernos, como se fossem ocupar o ponto dele se demorasse um segundo e as balas insuficientes. Teve uma hora, minha mãe virou para mim, ligou meus olhos de admirar o quanto ela era linda, o vento nos cabelos ainda negros brilhando no sol, batendo no rosto, sorriu seu raro sorriso — sorriu sim que eu vi até a covinha da bochecha —, piscou, virou para frente e, que coragem, essa era a minha mãe, soltou a mão. Fechou os olhos. Sonhou que voava. Deus, foi o passeio mais emocionante da minha vida, o caminhão, o novo ponto, era o progresso em marcha na linda Brasília, desperta e proclama a capital da esperança, nosso exército em marcha, o Tortuga, minha mãe, a cachorra Pançuda e eu. E a esperança. Depois a Pançuda continuou a inchar que acabou pondo cria. Não lembro quantos, um monte. Mas complicou. Morreu, coitada da Pançuda. Minha mãe se lembrava dessa história com muita tristeza. E eu vi a primeira grande injustiça da parte do Criador.

CAPÍTULO 40

Pançuda, ô cachorra feia. Mas não merecia condenar, não senhor. Rabo torto, faltava um pedaço da orelha, tronquinho coberto de calombos, mancava, parecia mostarda, o pelo cor de mostarda, um troço, Deus que me perdoe. A gente pegou quando ela se roçava inteira de sarna. Lá em cima, no meio do céu azul sem um pingo de nuvem, o Sol, uma secura do cão, ela sozinha e no rabo a ferida preta de um baal de moscas, benzadeus as ripas das costelas aparecendo a fome, eu gritei Mãe! olha mãe, ela olhou suspirou oh levou os joelhos à terra e chamou:

"Totó, venha cá meu amor, fiu-fiu-fiu". Pançuda levantou as pestanas remelentas, pensou com um olho triste — o direito, o estropiado – sinal dos tempos de cachorrinha — e o outro, descorçoado de quem já provou toda decepção na vida, 'Não deve ser comigo', e recalibrou as expectativas. Minha mãe não ia desistir:

"Fiu-fiu, totó", e Pançuda: 'Estou ocupada, deixe-me. Milady já tem sua mascote', guinou os desalentados em mim, 'Deveras sujo, aliás', reparou no cabelo grenhudo, 'Também vira-lata esse. E, Totó, francamente'. Baixou a orelha e continuou a escrever as impressões filosóficas no mel do esfrega-e-coça com a poeira que subia do chão de terra batida; minha mãe com a mãozinha experiente chegou devagar e carinhou a cabecinha sustada na hora foi de nunca ter visto cafuné, 'Humm', chapou, que a minha mãe era entendida, esse assunto de cafuné nas cachorrinhas era com ela mesmo porém tive que meter a inteligência, Totó não mãe, francamente; totó lembra pebolim, e qualquer cachorro é totó; ela é a Pançuda; olha a barrigona;

e tem de tratar que nem da família. Minha mãe fez um ar de "Sim, menino buana", se levantou, tirou uma bala de framboesa do bolso — framboesa! —, mostrou na palma da mão e tentou: "Venha, Pançuda". A Pançuda mirou o piteuzinho vermelho na mão de milady, capturou dos ares algumas partículas olfativas com seu faro de cadela morta de fome, 'Hum, açúcares. Quais intenções esses dois?', se aproximou, 'Não me parecem do mal', arriscou a língua nos dedos da minha mãe, 'Não tem gosto de humana do mal, au contraire', enfim, pode ser, encompridou a língua na framboesa, conquanto preferisse algo mais proteico, 'Teríeis?', procurou na outra mão; se impressionou que faltava, 'Briga de cachorro grande. Impressionante'; virou o focinho, farejou melhor o filhote do coco peludo inextrincavelmente abundante, 'Sim, vira-lata esse também, fruto da terra brasilis, da terra cor de sangue indelével das patinhas às feridas, e no rostinho de anjo a marca das feras, a marca dessa vastidão ignota, Uti possidetis, água fogo terra, tooda sua', e finalizou: 'Um elemental, sem dúvida'. De volta à madame, atentou nos olhos e se arrepiou, "acreditante que era das cousas chamadas augúrios", piscou três vezes para clarear, 'Que a trinitária insubstância se apiede das mães...'. Então, como se atingida pelo esplendor das luzes celestiais de Damasco, despertou o rabo de espantar as moscas e: 'Pelas rachaduras das minhas tetas! Basta desse vale de lágrimas, chega dessas igualdades mais iguais para uns que para outros; nasci livre, não leio jornal, não sou deveras objeto de testamento, enfim, talvez haja vida para os meus caninos amarelos além das novelas de galetos e demais assados nas televisões das padarias, e, sim, menino buana, chamai-me *Pançuda*, chamem, tratem, por que não', e foi, veio; minha mãe à frente do batalhão, eu em pinotes de felicidade e quinhentos volts, chamava Pançuda Pançuda!, obedecia às ordens da generala:

Compra sabão preto e iodo, corre ali filhinho, põe na conta do Tortuga, eu voava, Traz remédio amarelo de enxofre,

E vegetais, É evidente que ela não deve comer só carne, Não se deve comer só carne, Não faça essa carinha, Vagem e ervilha nós temos, precisamos de espinafre, pimentão verde — coitadinha da Pançuda —, Agora leite de magnésia e vermífugo, ia e voltava com asas nos pés, Senhora, sim senhora!, batia continência, aproveitava a generosidade com as contas do Tortuga e perguntava se osso também, pra Pançuda roer, se ela queria que eu fosse buscar, Osso também, claro filhinho, e disparei na Casa de carnes e rações white chapel ltda:

"Embrulha um osso bem mal limpado faz favor seu açougueiro. No capricho. Jornal novo hein. Obrigado. Cortesia?" Comé malandrinho cortesia? "Por favor" Que favor pi-pivete espaçoso tenho cara de otário? "Hum..." Quer tomar uma mu-muqueca no parlatório? "É que eu tô meio desprevenido agora sabe seu franquissinatra..." Fran..., esganiçou o violino, rã-ram, afinou o baixo, FRANQUISSINATRA eu? a-vá também não é tanto assim, bondade do menino o que o menino tem pra esvaziar do bolso diz aí menino "Do bolso? Esvaziar, hum, este barbante cheio de grilo gordinho pra pescar dourado no Lago serve?" Hum "Olha que sorte eu achei no bolso seu frânqui! meu santinho superpoderoso pra livrai-nos do mal e falando nisso fiz uma doação imensa gorin'há pouco o santo vai pagar em dobro a cortesia seu Jack", um mulatão metido a cantar inglês nos cultos à prosperidade e ao enriquecimento terrestre lá na igreja dele, vegetariano cósmico, negócio hindu-sideral do calendário Maia, vegetariano cósmico ele, alguém disse, vegetariano e açougueiro, como iria prosperar? Espalhavam que tinha matadouro próprio, fazia ronda para o comércio na calada da noite por amor à justiça, era louco por justiça ele, o povo dizia uns boatos sobre o trabalho que aquelas carnes davam, o tal matadouro, pensando melhor tanto esforço devia prosperar mesmo o seu Jack, ainda por cima se era devoto e educado, Agradeço mas os santos me acerto eu com eles na calada da noite saravá meu são Bartolomeu cá-cadê a grana

"Escuta seu Jack" Anda passa logo o cacau que de graça nem pro dragão de São Jorge "Mas seu Jack..." Vai devolver a mercadoria? "Devolver a mercadoria, ave maria mãe da encarnação!", agarrei forte no osso contra o peito, imagina, embrulhado num jornal novíssimo em folha e meio molhadinho com a suculência da mercadoria, devolver porra nenhuma. "Sabe doutor Jack", ia negociar, "Vou espalhar pra todo mundo parar de falar mal das suas carnes maior injustiça" Hum "reparar nas manchas de sangue lavado com coca-cola no chão da porta dos fundos" Hum-rum "nas suas botas sensacionais de couro uau! couro de jacaré com biqueira de aço quando o senhor volta da missa domingo tarde da noite rolando dadinho jogando bilhar e a mesa de pôquer veja bem" Vejo e entendo bem mas o menino devia tomar cuidado com o tamanho da boca e passa cá a mercadoria. Tava difícil tirar o açougueiro Jack da ripa, nem com aquelas chantagenzinhas disfarçadas, inflexível ele. Tentei que devia "Cantar samba de breque — sei lá que é isso — nos desfiles do Rio de Janeiro, seu Jack. Vai ser campeão, bicampeão, tri...", de repente um fantasma botou o pezão bem aqui ao pé do meu, instantâneo, dois-três passos, o desgraçado do caveirão, tinha cara de caveira o seu Jack, não era só magro, era cara de caveira mesmo, ele chegou, bruta susto congelante que eu tomei, e me arrancou a mercadoria da mão, quase fui junto, então logo em seguida não passou nem alguns segundos foi a vez dele congelar; arregalou os olhões de caveira na minha mãe ela se aproximando suave como os dragões da independência e uma desmilinguida cã de guarda, É a su-sua mãe a dona Maria ela tá vindo ela o que ela qué-quer? "Uai", pensei rápido, "Ela quer o osso da Pançuda seu Jack" Pelo amor de-de Deus, o caveirão vaporizou do meu pé instantâneo como o Diabo, dois-três passos até o interruptor e desclic! na luz vermelha de realçar a tez natural dos croquetes da vitrine mal refrigerada para economizar na eletricidade que a Companhia flagrou o bichano dele no poste, Escuta mê-menino, ele dois-três ligeiríssimos ao meu lado de novo, não sei como ele fazia aquilo, Tó o ô-osso vai some daqui pé-peste "Ôôa também não precisa empurrar", eu agora flanando na carne-seca enquanto as legiões da minha mãe atravessavam o córrego que acolhia a vazão da comunidade a céu aberto, em frente à Casa de carnes e rações white chapel, "Calmaê seu Jack", a cavalaria dela tremendo o chão das estepes desde a Mongólia e eu fazendo corpo difícil de empurrar, "Peraê", abraçado firme com o embrulho. Na saída a ligeireza de catar dois chicletes na mão.

'Põe na conta do Tortuga', falei olholabiogesticulando e chispei com o butim antes que ele acordasse do transe de horror. Às vezes tinha vantagem ser filho da dona Maria — às vezes.

Vitorioso, tornava à nobre causa; salvávamos uma alma, uma ovelha recauchutada vale mil saudáveis. Que alegria cuidar da Pançuda, compartilhar as pulgas — ô pinguinho preto esperto da porra —, dar banho, aviar os mata-lombrigas e ver se funcionou, de olho na caixinha das necessidades, mas não, que se lasque a caixinha, a Pançuda preferia a rua, como eu; a gente amava a rua, Você é a Pançuda, a sábia das ruas, e eu sou o Buana heroico e destemido, vem, sábia Pançuda, ouve, a rua tá chamando, a gente se metia em todo canto e em cada canto a nossa marca — a Pançuda enterrava – sabiamente, uma lady –, eu não, eu era heroico e destemido demais para me preocupar com essas coisas, e o cheiro, sabe, o meu era um tanto danado —, a gente traçava de norte a sul, de península a península, do deserto a oeste aos perigosos limites da Papuda às cidades-satélites, tudo nossa possidetis, correr pra reforçar os músculos e cair abraçados na cama de noite exaustos dos imensos chãos de terra, banho de chuva, cobrir de lama

'Cobrir de lama não, amigo Buana; brincar de garimpeiros do Eldorado', secar preguiçoso, o Buana indomável e a sábia Pançuda estirados ao sol, depois entrar em casa craquelando a estátua, Mas mãe a gente é estátuas

'Corpos de Pompéia, Buana menino; homens e cães de Pompéia', Tá bom mãe, a gente vai tirar a lama

'Purificar-se no Ganges, amigo Buana; qual os brâmanes, nas águas do santo Rio', cada vez mais saudável a Pançuda, como era nobre ajudar na alimentação balanceada com sanduíche natural homeopatia soja brócolis e própolis, essas buchas nutritivas que eu escorregava tudo no prato da Pançuda, enchia com resto de comida, mais duas coxas, mais os ossos da galinha do almoço, incluí no cardápio dela escondido pra fortalecer as forças da cloaca na hora do parto, que a primeira providência depois de sarada foi engravidar, imagina, sozinha, ninguém sabia quem era o pai; de repente ela começa a ficar histérica, berra a coitada, se contorce, então eu vi Deus do Céu que nojo sair uma trempa de pançudinhos e corri desesperado — Mãe-mãe —, fui e voltei — Mãe —, destripando o almoço no caminho até o último naco da galinha — Mãe! —, depois não conseguia tirar o olho vidrado dos paridinhos todos cegos nadando atrás das tetinhas pra beber leite. Minha mãe trouxe um balde com faca tesoura panos cruz-credo, mandou Segure a Pançuda, a barriga da Pançuda cheia de dor, minha mãe sabia sempre o que fazer, minha mãe era foda, dei uns passos meio tonto, as mãos, lembro de ver que elas resistiam de ir na barriga da Pançuda, e desmaiei. Quando acordei, era o fim. A Pançuda guardou o último olhar para me dizer alguma coisa, a língua dela pingando fora, suspirou duas vezes e entregou o paletó ao Criador:

'*Adieu* amigo Buana. Cuide da generala', o pelo nem chegou a remediar tudo cem por cento da beleza, as manchas, compreende, cachorra mais feia do Centro-Oeste, filosófica meiga coitada, e os filhotinhos chupando as tetinhas mortas, como ia fazer quando secasse, e agora mãe, apavorei num pânico geral de choradeira, jurei vingança contra Deus, nunca mais ia rezar, Deus é injusto eu odeio Deus. Dona faz-tudo pegou seco no tranco, chorou junto o que batia infeliz dentro de mim, a perda, a injustiça, Quero que Deus *morra* mãe, pobrezinha da Pançuda, como Ele deixou ela morrer daquele jeito mãe, e agora mãe? Ela separou os esgueladinhos um por um, Me ajude a lavar, Traga o cobertor filhotinho, e mais pano seco, depois celebrou as exéquias, ensinou que às vezes a dor se pode enxugar, Não existe problema sem solução se você mantém a fé em Deus, opta preferencialmente pelos *misérables* e arregaça as mangas mocinho, e provou com ações; cuidou, esperou que ficassem "peludinhos e fofinhos", catou o livro do FIADO SÓ AMANHÃ e fomos o batalhão completo, mãe filho irmãozinhos peludinhos, apertar os maiores devedores, extrair deles seu quinhão de mora: É da piedade cristã adotar um órfão, pegue, e notificou a cada um sua lista de obrigações, leite, cama limpa, vitaminas — minha mãe acreditava em todas vitaminoterapias sais minerais cálcios biotônicos gengibres fósforos — e, da maior importância, batizar: Dê um nome bem bonito; faça o favor; estou esperando; vou anotar — mandona e cobradora. Entregou todos, menos um, nascido perneta.

CAPÍTULO 41

Passou um tempo, nova mudança. O senhor sabe, a cidade crescia que era um canteirão de obras alucinado como se o mundo fosse acabar se parassem de despejar concreto, tudo melhorava para os negócios. Partimos das obras na universidade rumo às asas do Plano Piloto. Não o luxo das casas no Lago, evidente, mas um marzão de edifícios muito altos ao redor, cinco, seis andares, cheios de funcionário pioneiro, calçada de cimento, postes com a lâmpada funcionando, só coisa fina, as aventuras nas construções, cada hora um buraco novo, cada buraco um prédio, uma lenda — como a da assombração no teatro nacional, que só eu sei o começo da história... —, e o cerrado: um pulinho, e a-lá o mato pedindo 'Vem, me decifra, me devora', todo virgem ainda. Tinha livraria na rua e até passava mulher de salto alto — maravilha, mas como consegue andar, e dirigir, como pode? —, a minha mãe no chapadinho dela colado ao chão, o sapato, às vezes recaindo na mania de se ajoelhar, "Levanta mãe, agora tem gente pra fazer a faxina", ela sobre os trapos de saco de farinha cada vez mais inquieta, olhando para cima com aquele gênio dela, as atitudes de um pescocinho que não vergava, esfregando e dizendo o que vale a pena o patrão comprar, esfregando e o que compensa parar de vender:

"Pinga no balcão dá boa margem, mas atrai freguês ruim, patrão. Os bons caem na concorrência, cada hora abre um mercado na região. E a gente amarrado nessa situação, o dia inteiro pinguço com a pança no nosso balcão pedindo choro e fiado, cuspindo no chão, ai meus pecados, dosando pro santo; tá, entendo, o do santo é sagrado e bom pros negócios, bebe menos, paga mais. Daí, pronto. Fica de espantalho na frente da nossa loja atraindo mais espantalho. Qual mulher honesta vai gastar o dinheiro honesto do marido no nosso balcão cheio de barriga dágua, pisar na dose do santo? Vender pra dona de casa moderna é a nova onda, patrão, e se eu falo assim, sabe, é só uma falação pro patrão lembrar a voz da razão. As madames têm dinheiro, patrão. Elas são o progresso, têm máquina pra lavar a roupa e empregada fazendo o serviço delas, aí elas com tempo saem pra gastar; têm criança gorducha gastadora; vira mês, o governo despeja outra montanha de salário no bolso dos maridos funcionários; pode fazer fiado que elas pagam; esses bêbados nem trabalham, e temos nossa cota de culpa no vício da pinga, as autoridades podem criar problema, incomoda a vizinhança, o patrão concorda? Tanta mercadoria moderna; não entra mulher de salto alto na casa, freguesa boa, patrão, educada, uma conversinha e eu descubro as carências, cera pra alisar a perna, bóbi, elas economizam primeiro no bife do marido que na beleza. Dá um dinheirão. Basta encomendar com prazo e faturar antes do vencimento. Depois, com os cobres na mão, repõe tudo à vista com desconto, conforme o patrão diz: 'Tem dinheiro tem desconto, não tem dinheiro tem prazo', material de limpeza pra empregada gastar quanto mais melhor, passar o nosso óleo de peroba em todos os móveis; e vender bebidas sem gelo, patrão; os fregueses compram mais, de engradado. Vão beber em casa. Desocupa o balcão e gasta a eletricidade da geladeira deles; acabou, volta com os cascos vazios, troca, faz isso a vida toda, aproveita e leva as ofertas, as compotas que eu mesma faço por exemplo se a mercadoria for estragar, cocada, marmita, tudo fácil e lucro bom

§

(Coisas mais impossíveis de fazer, me coloca pra estudar na marra, que eu estudo e aprendo", dizia ela submissa como ele gostava, submissamente as vontades dela se alojando onde *ela* queria: "Paga o estudo, que eu aprendo direitinho", e ela cumpriu, faça-se justiça, di-rei-tin-nho; aprendeu a fazer bolo de mandioca do jeito como ele gostava, calulu, pastel de fruta-pão, torta de queijo com geleia; como também a conversar melhor, a comprar e vender, descobriu os humores do comércio. "Essa máquina de café ela está pela hora da morte seu vendedor de máquina de café, máquina de butique. Não, senhor vendedor, nada vende o que vende a pinga. Por mim, só venderia pinga. Facilitar? Se custasse a metade... Ele não está, o patrão, aquele senhor português que acabou de entrar, calvo, sei, bigode, não é quem manda aqui, e não se engane, não é português, já o café eu mesma faço, aceita? acabei de passar. Os fregueses gostam, até o meu filhinho uma criança o senhor imagine ele adora o meu café. Vejo que o senhor gostou, não tente me enganar seu vendedor espertinho. Quer provar das minhas compotas? Adoçadas naturalmente com o mel que o meu guri traz do cerrado junto com outras maravilhas. Olha ele ali. Bolso cheio de arte, o rostinho... Mal-humorado, o meu menino? Ora, impressão. Olhar de demônio? Controle-se, senhor vendedor. Vejamos, as compotas. Leve esta, de pequi. Cortesia. Depois volta e me diz se a patroa gostou, leve umas cocadas... Não, o meu filhotinho é um anjo, de modo algum está te vigiando desde que o senhor chegou; não, é evidente que ele não está maquinando nada, senhor vendedor, o senhor é muito impressionável. Mais um cafezinho? Pronto. Agora, me desculpe, esse devo cobrar, o patrão, o senhor compreende". Minha mãe aprendeu a gerir. O patrão também cumpriu a parte dele — sob o olhar vigilante dos padres —: pagou os cursos dela, não implicou muito com o tempo afastada da loja, sim, cumpriu direitinho, e se arrependeu, faça-se justiça da mesma forma, di-rei-tin-nho),

§

lucro era uma palavra que ele ouvia com orelha de guará, mas os cálculos dela sobre o crescimento da concorrência, qual o sentido de se apostar sem as garantias do niquelado na cintura — "É preciso dar um sumiço no revólver, patrão, pelo amor de Deus" —, apostar contra a estupidez da cachaça que sempre nos sustentou graças a Deus, isso deixava ele meio surdo, "Hem, como dizes?", ou totalmente surdo, "...", dependia de como ela martelava. Uma hora, sufocado pela insistência dela, mordia os dentes de ouro lá no fundo, ruminava umas pedras, "A moçoila está a enlouqueceire?", cuspia, "Abdicar do lucro da cachaça", xingava, "dos pacóvios que cá vêm encher-me os coletes de dobrões? Onde com os seiscentos diabos já se viu tamanha parvoíce?", olhava cismado, torcia as ideias dela nas dele uma semana, pensava nas madames de salto alto, outra semana, as pernas lisas das madames de salto alto... Quer dizer que o dinheiro está na "nova onda", hem? Um dia acordava se batendo na testa, atordoado com a própria genialidade, e se punha a reclamar da bursite, que tinha de fazer tudo sozinho, pensar em tudo...

"Ó mulher chega de vender o bagaço no balcão, é desde já hem, escreve no papelão, proíbe o santo no chão... Ora pois não, faze como tu quiseres, apenas para de aborrecer-me com detalhes, apressa-te, não tenho o tempo do mundo para instruir-te". Imaginei os nervos dela cascando o bacalhau nele, mas engatou num intrigante meio rosário meio mantra, ela, ummm... doois... trêês... ciinco... e acalmou a bacalhoada. No fim apenas expedia algumas recomendações purgatórias pelos olhos. Ele desviava. Fingia-se ocupado, completa e invulneravelmente incapaz de ouvir de falar de ver, inatingível. Era um bravo. Ela fuzilava, ele "O que foi?", batia em retirada e — desviando-se dos ricochetes — escalava ligeiríssimo o engradado de cerveja reforçado, de onde podia reinar como de uma câmara de invulnerabilidade energizadora dos superpoderes dos super-heróis, avante supertortuga! Eu observava na maior inveja de como ele conseguia deslizar dos tiros da minha mãe, ele era o máximo, que uma vez eu arrisquei uma subidinha ligeira no engradado. Fui demovido por um supercroque na cachola em plena decolagem dos sonhos, nem deu tempo de energizar supernada, fiquei tudo zonzo e uma bola de fogo ardendo na tampa do coco Ó vermezito duma figa, apetece-te o poder hem? Pois luta por ele, disse, e se instalou suspenso pelos bigodes apontados para cima, dali, de onde comandava com sua poderosa risada exibida a toda hora e por qualquer motivo na boca abertona cheia dos molares em cordilheiras de "oiro dezoito quilates" supersatisfeito com o progresso até ali por causa do vigor e da ambição dele e a partir dali, de certa forma pelos mesmos motivos, mas dela, da minha mãe, que ficava na ralação cada dia mais dos queijos e dos tamancos e corria inesgotável, se virava sozinha com fregueses e fornecedores; ele se oferecia para atender as freguesas de salto alto, mas, 'Repita, se queres arder no Inferno, se engraçar com as *minhas* freguesas, repita!', ricocheteava minha mãe sem dizer uma palavra, só o olhar dramático — minha mãe era muito dramática, já disse? —, às vezes doce — isso eu já disse —, de um jeito ou de outro, de acordo com o comércio: "Chegaram umas ervilhas em lata simplesmente di-vi-nas madame. Na salada ó, daqui". A madame: "Ai, não sei, o meu marido... Salada, é?". Duas palavrinhas, e saía com uma receita de paio com ovos à alentejana, macarronada de salsicha, sopa e três latinhas na sacola. Tinha vez que eu achava covardia minha mãe nas madames. Fazia as contas de cabeça, lápis maior parte do tempo atrás da orelha, controlava os papagaios, ia ao Banco, voltava, reassumia, nos enxotava a cachorrada "Xô, fora" que eu acolhia e alimentava na casa e com o bolso alheios, meus olhos rasos de dó, todos nós cachorrinhos murchos debaixo da água fina que começou a cair, aguardando o magistrado malvadão o Tortuga encerrar a sentença, os processandos nada além das murchezas pingando nas orelhas e dos coraçõezinhos tolos de esperança, parados.

"Parados, por quê: surdos? Querem-me que repita? Pois repetirei: NÃO. Querem explicação? Pois explicarei: ene-a-ó-til. Não, não alojarei um circo de pulgas sob este tecto! Cães desocupados a farejar as salchichas das freguesas, oras, saia esta alcateia daqui, toma uma providência dona Maria, despacha-os duma vez. Que se me importa o frio ou se chove", gritava à flor dos nossos tímpanos sensíveis de cães o Tortuga. Despachados, continuava os berros da sentença nela: "Ó raios senhora dona meio-figo, dize para este teu filho raquítico cortar as amizades caninas, aproveita e corta-lhe os tantos livros inúteis que lhe inutilmente dás; para tu também disto de leres; olha que pões ideias na cabeça e na cabeça do miúdo; queres que aprenda ele do bom e correcto português? Solicita-mo, pois já cá dei eu próprio umas quantas lecionadas, inclusive nas altíssimas letras portuguesas. Tens os diplomas dependurados à parede graças a quem, não negues, e agora basta d'ideias, que nesta casa ninguém não precisa de terideias, precisa é de trabalhar e de comer mais feijão. Sai da chuva menino infeliz duma figa, entra cá, para de tremer esta boca roxa. Oras, que frio? Não entendes néria de frio, não negues, acha logo um pano de chão para te secares, tó este jornal, seca-te ou apanhas uma constipação porém escuta-me antes, basta desta estulticе de fincares borboletas e mariposas atrás das portas, esquece os cachorros de rua também, diabinho duma figa, apenas ponha-te imediatamente a mastigar uma boa morcela, tua mãe te faça um caldo verde, é para os modos de cresceres duma vez ó pinto molhado que pelos Três Pastorinhos! passa-me cá a fita métrica dona meia-braça. Ainda estás nas mesmas polegadas, ó fedelho duma figa! És afinal uma rapariga? Responde-me cá, dona meia-porção: não alimentas o putinho saudavelmente? E quando se desbravará esta grenha de cabelo", me agarrava por eles se eu moscasse, "Juba dos infernos, quem há de compreender esta sebentice", dizia, "estupefacto" do que me sobrava e a ele faltava; não fazia por crueldade, as regras é que eram um tanto duras naquele velhoeste, o couro acostumou; soltava-me, "Precisa de maturar logo este finoriozinho, dona Tampinha. Não podes desempenhar tudo assim tão só e desmembradamente ou confiar nestes funcionários mui brasileiros demais e ávidos por salário, agora vai conferir a contabilidade, não, o dinheiro do caixa conto eu antes de o levares ao Banco, depressa tu, que à noite urjo eu de resolver um negócio dumas mercadorias numa outra loja, anda", me incluía e reindeferia a petição canina, "O que disse, disse: não! Basta destas tontarias de sacar alcatifas de sarna às ruas", mirava a abóbada celeste, "Ó chiça de país que como abunda de tanto cão vadio. Às minhas custas senhora", mirava o dedo — ele, o panteão da justiça — na cara da senhora, "basta-me já este teu filho, o grumete do Demónio na terra a incendiar postes e limoeiros às escondidas, ó demóniozito duma figa, pois este meu olho cá nasceu irmão destoutro aqui, a senhora dona meio-olho é que não enxerga; e o aleijadinho da Pançuda, alcatifinhas cor duma sujeira que nem com creolina, pulgoso dos infernos, onde está ele para abanar-me o rabo quando necessito, onde? Ai ai ai, olha que não tarda e já cá dou uma solução ao Pé-coxinho, olha lá hem", e ela cravava dois olhos diferentes no muita-testa, raiva e desprezo crescentes a cada olhada, porque pegava gosto pelo negócio, cada dia mais na ralação, mais em cima e a frente de tudo que ele, ela.

CAPÍTULO 42

Enxotava os cachorros sim, menos porque o Tortuga implicava que pelo negócio, vamos dizer, minha mãe capataz. O senhor imagine como a cachorrada se multiplicava. Sumidades em teatro, mandavam umas caras de vira-latas tristes-famintos nas linguiças das freguesas, quem resiste, nas pernas fornicantes das freguesas, e a minha mãe só no tamanquinho, "Xô cambadinha, fora, todos", menos o meu amigão *pulgoso* e alto-astral, o incrível Perneta; escorraçava qualquer traste que atrapalhasse os negócios; cachaceiros mais empedernidos eram sumariamente bem-vindos com a palavra de ordem "Vou contar até três"; ela tirava o arranhado da garganta e: "Um" chamar a polícia "Dois" os bombeiros "Três!" sua mulher. Nem precisava terminar, que o um-dois-quase-três sob o empedernido fogo etílico instantaneamente se destilava em xilindró, água, camisa de força, e o tome-juízo, tomado por instantânea lucidez, "Abrenúncio!", resvalava noventa graus à esquerda aturdido como diante da corneta na tropa, 'Virar-à-direi-tá!', opa errei a orientação comandante, desculpa general, meia volta vol-ver!, e marchava tortamente paralelo, praguejando inalienáveis direitos civis contra a muralha invisível erguida pelo olhar daquela generala dura-mole com pedidores e ambulantes: "Quer regularizar a papelada, quer ajuda, vamos ver; quer ficar na minha porta, NÃO" — como dominava essa palavra, *não*, mil formas —, ela quem madrugava para abrir a loja.

Anoitecia, sintonizado o rádio na hora do ângelus, entrava em comunhão universal. Fazia suas orações e dali rachava a estudar, berrasse quem quisesse, o quanto "aprouvesse", como diria ela baixinho imitando o Tortuga, furibundíssimo porque "se nos interpõe esta porta. Estás a ver, ó pentelho duma figa, tua mãe, ignora-te ela, isto compreendo, és um filho mui sofrível, mal vales um chavo furado, mas e eu? Berro-a e a criatura muda, deito pontapés à porta, surda. Só faz o que lhe apraz, a ingrata". Dormia depois de todos, uma oração à meia-noite, acordava primeiro, às cinco. De segunda a domingo. Um reloginho. Se o Tortuga contratasse substitutos para fazer o serviço dela, acontecia que, ou o gajo — ou a gaja — roubava, minha mãe descobria, afinal quem passa a perna em uma mulher que não dorme?, dava um jeito do dinheiro voltar ao caixa, pedia aumento e ele ficava vermelhão de raiva, "A moçoila está a enlouqueceire, onde com novecentos diabos já se viu, moras e comes de graça, róis-me o bolso com tanta mezinha para este teu filho sub-raquítico duma figa que gosta de frequentar hospitais, com as lombrigas do Pé-coxinho, outro ingrato este, e os cursos que me extorques, os cobres que *eu* honestíssimo quase todos os meses lhe concedo algum salário, os impostos estes pela hora da morte que se os pagasse era a minha ruína, e tens tu o topete de falar-me em aumento, ora deixa de ser disparatente", ou a gaja — ou o gajo — invertia os respeitos com ele para ela, como se fosse ela o Álvares Cabral naquela nau, a exigir as tintas daquele brasil, terras lucros capitanias hereditárias, qualquer negócio, ele já roxão-apoplético de ver a mãozinha dela exigente como uma espada na barriga, que para ele se livrar só indo na meia presa com cinta elástica, troço esquisito, meia com cinta — que os anos se encarregariam de mostrar as variantes em outras ocasiões e pernas, longas, lisas, arrastões – tudo, menos esquisitas —, ele catava o maço de dinheiro e uns grossos pelos inevitáveis, lambia o polegar, selecionava as cédulas mais velhas, "Onde com mil e duzentos diabos já se viu?", engolia um colherão de orgulho mais talvez uns pelos e depositava uuma... duuas... trêês... quaatro na mão da minha mãe, lentamente, para ter mais tempo de se despedir, o Tortuga, olhos marejados de ver as notas que "partiam para áfricas qual filhos conscritos".

Todos os dias eram os dois cada vez pior se medindo: o pastel de bacalhau a se equilibrar na plataforma de se fazer super, a iludir as marcas na fita métrica, a pavonear-se da basta fiação capilar penteflamengamente puxada num arco orelha-orelha de um preto-vinil cristalizado à brilhantina a esconder o sinteco, ele a reclamar de tudo, a dar ordens, a pilotar a caixa registradora por mares nunca d'outrem navegados, a respirar os ventos que brandamente as velas côncavas inchavam, "EU, O PEDRO CABRAL; MINHA, A NAU", ele a singrar barra afora, a sonhar com os muros de Marrocos, "MEU, O ENGRADADO, meu precioso...", e a minha mãe engrossando, perdendo a paciência; o berrador começava a ouvir o estalar do chicote que lhe cabia ouvir, seus quinhões crescentes até ao fim indesviável, que ela empurrava ele para frente mas para fora também, invadia o que por direito era seu — ah os dúbios possessivos, propriedade e justiça – um à sombra do outro – disputando minha cabeça de menino. O Bigode deve ter descontado a alma quando partiu de maleta na mão e deixou o negócio com ela, que seguiu como se ele nunca tivesse existido, como se fosse possível, ou imperativo, apagar-lhe a existência.

Levou o impensável. Móveis, quinquilharias, o precioso engradado ficaram; também ficou o revólver niquelado, que a minha mãe tinha sumido com ele séculos antes. Isso quase ele endoidou na época. Xingou, acusou: "Foste tu que surripiaste o *Reluzente*", apontava o cano do dedo à queima-roupa, ela completa e invulneravelmente surda tirando latas de ervilha da caixa, montando a trigonometria das pirâmides, como encantar a freguesa, e sem uma mãozinha para ajudar, nem minha — porque embora eu ralasse o queixo por um punhado de dólares, na verdade por qualquer cascalho, sempre morria no maldito "Criança não toca em dinheiro. Criança não trabalha. Criança estuda e brinca", então só me restava a calada da noite — nem dele, doía se fizesse força levantando uma lata de ervilha coitado, a bursite, ela trabalhando, ele insistindo no sumiço do Reluzente: "Não negues", a gritar, "Eu sei", mais alto, "Foste tu, não foste?". Ela parou e colocou a última lata não na ponta da pirâmide, no balcão, suave, mas firme. Vi uma gotinha de suor paralisar na testa dele, só esperando o que iria acontecer. Ela olhou um raio X na tal bursite do ombro direito hoje, amanhã o esquerdo, cruzou um longo meio segundo até os olhos dele e respondeu com um N-Ã-O muito calmo, e tão convincente e profundamente ultrajada que os varões assinalados encolhemos de volta no tamanho do verme que às vezes a gente era mesmo dois vermes de categoria, ainda mais ali, dado o concluso da minha mãe, a gente cheios de jurisdição para condenar: 'Eh pá, quer dizer então que foste tu', convencidíssimos de parte a parte, a categoria, percebe, quer dizer, não tinha esse negócio de barbaridade inalcançável com a gente, mas, me diz, cadê a certeza-certeza, cadê o crédito para apontar o dedo na confusão daquele sumiço tão bem sumido que cheirava a obra do além, como acusar, como se defender, quem fala mais alto ganha, *FOSTE TU NÃO NEGUES* EU? *VOCÊ* EU? *FOI SIM* EU? *FOI*... Eu nem sabia onde ele guardava o Reluzente, quer dizer, sabia, mas não alcançava, quer dizer, subia num banquinho, dava um jeito, só que eu não peguei, nem ele eu acho, não ia ser doido pra tanta confusão. O pior de tudo é que uma hora a gente não tinha mais como não parecer duas minhocas esperneando de culpa diante de tanta inocência ultrajada, a virgem maria e os barões da casa, sabe, dois santos cheios de passado. E o silêncio matou a história do Reluzente — que ressuscitaria tempos depois.

"Reluzente"? O senhor veja, Reluzente foi ideia do Tortuga pra batizar o revólver que ele trazia desde os acampamentos, impunha respeito o niquelado, cromado na verdade, o brilho, "Reluzente" foi só um nome de guerra. O Bigode era rei nessas titulações. Envenenava tudo com a boca de urutu, boca de ouro, como o povo dizia. De ouro, sim senhor. Além da riqueza no verbo, ele e o trácio fariam uma rica dentadura: os dezoito quilates frontais do trácio e os molares do Tortuga, conhecido como Tortuga-enciclopédia, enciclopédia do diabo, impressionante, sempre a batizar pessoas cães presidentes meias...

§

"Andas com peúgas de barro nos pés ó estrupício duma figa, a flanar na lama das construções, cada hora num buraco; viram-no a espreitar a construção do Teatro Nacional, bonito hem, confessa, mui prudente subir naqueles tarugos de concreto e as câmaras da pirâmide do egipto. Tua mãe recriminou-te? Aposto um par de moedas das tuas economias — se perderes são minhas, se ganhares são tuas — que ao invés de corrigir-te dona possidónia limpou-te outra vez os passos sujos, limpou-te? Todavia se me palito eu após o bacalhau ao murro que ela tão gentilmente me prepara e esmurra, aprecio e agradeço, vem-me a mal-agradecida pronto e queda aos tímpanos com sua brasileiríssima educação bronquear-me a deselegância, *eu*, uma pessoa fina, europeu da gema, eu-ro-peu. Gê-má. 'São os maus fluidos', inventa-me ela, queixa-se de mim porque *tu* me copias ó fedelho duma figa em tudo de ruim que há. A malta lá fora a rifá-lo, e é a mim que copias? Onde já se viu tamanha torresmada, e quanto a este sangue misterioso a te aquecer as veias, as maravilhas que trazes para amolgar o coração duro da tua mãe quando voltas da rua e dizes "É mel do cerrado", eu é que bem sei donde seu patiforiozito duma figa, tu, solto neste Federal Distrito cheio de brasilidades. Agora confessa o que aprontaste no Teatro Nacional, vamos, desfaz esta cara de não-aconteceu-nada e não-fui-eu, conheço-te as patranhas, ensinei-as todas; ah compreendo, és um túmulo qual tua mãe, esta educação bossa-nova que ela te ministra, a educar-te numa liberdade sem medo, sem excessos, sem excessos uma ova, sem limites, onde já se viu, és uma criança, *Teus filhos não são teus, mas da vida, são flechas disparadas*, estas invencionices inglesas que ela está vira e mexe a ler às escondidas, ademais não posso eu também ensinar minhas flechadas, se me preocupas putinho duma figa, e só porque não sou bossa-nova ou inglês? Pois quem t'assegura se não sou inglês, bossa-nova garanto: canto-te tão desafinadas umas atlânticas histórias num capítulo vindouro, que te maravilharás com a minha bossa-novidade, da gema, uma verdadeira bossa, dona possidónia é que me não compreende, em verdade persegue-me injusticeiramente a ingrata. 'São os exemplos, nhé nhé nhé', insiste ela, 'Poupe meu filhinho dos maus exemplos, por favor'. Ora pópilas, como se tu miúdo metido a sonso duma figa precisasses de maus exemplos, como se luz ou falta de fizessem diferença ao futuro que te aguarda com as correntes mais terríveis, como se negasses teu sangue de filho do Capeta na terra do sol. Quem poderá, ó céus por piedade, abrir os dois olhos a esta mulher meio-cega?"

§

...oceanos alicates revólveres, "Estás a se enamorar do Reluzente, ó pequeno duma figa? Fica longe, hã", disse quando me pegou uma vez com o nariz no cano, cheirando a pólvora, o mesmo Reluzente que iria sumir e tempos depois eu veria fazendo calombo no casaquinho da minha mãe, ela saindo apressada da loja. Que que tem no calombo mãe? Ela parou, olhou o olhar paralisante da morte, "Você não sabe você não viu você já esqueceu, está me ouvindo bem?", congelei que sim, quase mijei, nossa!, ela tornou o rosto na direção do infinito e foi, só a minha mãe pra ir no infinito, bate-estacas ligado, nem aí com as poças de chuva na rua. Foi a única vez que eu vi minha mãe pisar na lama. Talvez tenha sido obra da mão garranchosa de Deus, que a gente nunca entende a tortura das linhas. Talvez o Reluzente fosse o pagamento de uma graça que Deus descontou pra gente pela alma do Perneta, o preço para ele cumprir o destino dele, por isso o Tortuga levou o impensável: levou o meu amigão do peito. Deve ter sido. Não sei. Só sei que Deus ficou de braços cruzados quando o Tortuga botou o Perneta na mala, eu acho, e foi embora. O meu amigão querido de abraçar, de deixar ele balançar o rabo na minha cara viesse o que viesse, norte sul leste oeste e boroeste, chuva e sol, mesmo quando a gente sentia aqueles bichos de adulto na barriga, uns apertos de tristeza querendo subir a garganta, como na minha mãe tantas vezes, mas não dava tempo, o Perneta energia pura a balançar a língua de um lado pro outro e o rabo do outro pro um, 'Vamos não para não pensa não chora, a vida chama, *vamos*, menino'. Então a gente engolia um cuspe, matava os bichos e saía atrás do sol e da chuva rumo a boroeste, que rapadura não é mole e o que viesse a gente traçava naquelas ruas meu Deus onde tudo era tão duro — mas era doce. Vai com Deus amigão. Não é culpa minha se a gente cresce, se essa dor na barriga também, que chega na garganta, falha o cuspe, não foi culpa minha, juro. Adeus, amigão.

CAPÍTULO 43

Deus!, alguém viu o Perneta, dois dias já que o pobrezinho, cadê? Fui nos lixões, rondei o seu Jack, norte, sul, todos os lugares, cadê, meus gambitos doem de procurar, Perneta!, fiu fiu fiu, o que aconteceu, um vidro de água embaçando os olhos, as vidências no estômago só catástrofes — Brasília, sabe como era, território de perigos, um o *tu es petrus* do outro, o senhor concorda, o canteiro de obras um do outro, as subestações que os meninos invadiam como bando de macaquinhos elétricos doidos pra fritar, o cerrado uma selva, a Represa, Brasília às vezes era bom demais. De tarde voltei na vendinha, mããe, "Ela foi no banco". No banco? Saí, fui procurar mais o Perneta, passei na igreja, voltei, minha mãe também, ela: "Não sei do Perneta, filhinho", e sem tremer na voz disse que o Tortuga tinha ido embora. Embora? Voei atrás, fui me despedir, talvez ele soubesse de alguma coisa, ai Perneta onde você se enfiou amigão, tá encrencado?, conta comigo amigão, vou falar com o Tortuga, ele vai me dar uma lição, "Homem não chora, ó chorãozito duma figa", e eu não vou chorar; aí, 'Ei, menino!', alguém vai dizer que eles só foram comprar um osso e voltam logo, depois a gente vai rir muito do susto e do choro, que eu não chorei de verdade, verdade verdadeira, não, homem não chora...

Borbulhou uma tontura esquisita quando do outro lado da rua gritaram: "Menino, ei, peste...", as mãos em megafone, "O Tortuga mandou avisar que foi embora. E levou o cachorro aleijado, hahaha!". Foi um raio. Desmaiei. Quase. Sentei no meio-fio as pernas servidas aos carros, pode buzinar, isso, buzina seus idiotas, xinga que eu não escuto, "É a tua!", olhos cosidos no chão quente do verão, nas bolhas do asfalto, nalgum bicho com os pezinhos em brasa pulandinho, qualquer vida ao lado das minhas pernas mortas séculos a fio, e as borbulhas na cabeça diminuíram, trocaram por uma semente de raiva, que cresceu com o calor, um ódio e daí a fúria. Machíssimo, levantei e na pressa devo ter batido a cabeça numas nuvens, sei lá, as borbulhas voltaram, tonteei, amoleci, era melhor reduzir de furioso para injuriado e sentar a bunda segura no meio da calçada, longe das minhas borbulhas e dos carros.

Durante um minusculozito instante desses que duram uma piscada de olho eu viajei tudo que pude, por que não me levaram na aventura, calculei uma grande aventura, eu, o Tortuga e o Perneta livres pelo mundo, de avião até as florestas de Botsuana, e pilotar camelo torrando o sol do deserto escaldante no boné da legião estrangeira, papo de homem, sabe, acampar com os Tártaros num oásis; depois ajudar os reis das areias vermelhas na caçada aos leões, conhecer a "Denodada Nazaré", que ele disse que ia me apresentar a tal *Nazaré*, ele prometeu, mais as sete maravilhas do mundo antigo, ninguém mandando tomar banho nem brócolis ou gramática, decorar palavra, eloquência oratória vírgula VÍRGULA VÍRGULA, me proibindo de filar as bistecas de boi nos churrascos clandestinos que o seu Jack reunia com o pessoal lá do ponto antigo, a camaradagem do bilhar e rolando dadinho, e eu de penetra, eu sentia de longe cheiro de boca-livre, não perdia uma; se tentassem me enxotar eu metia a mão na cartucheira e tau!, estampia na orelha deles com o verbo infalível: "Vou chamar a minha mãe" "Os padres" "O tenente-coronel do Exército amigo da minha mãe". Eles se olhavam um no outro, faziam as contas, 'A dona Maria, os padres *mais* o tenente-coronel?', viravam as costas e me esqueciam eu roendo meu osso num canto. "Quero outra, seu Jack. Bem sangrando dessa vez, seu Jack", comia até a barriga endurecer, "Tá uma delixa, seu Jack", o caldinho escorrendo pela boca xeia. Nunca falhou o verbo infalível. O segredo era ameaçar ao ponto: tosta umas intimadas bem tostadonas no couro da orelha pra selar o negócio enquanto sangra à vontade, chora, se mija, mas por dentro.

"Deves meio fingir que finges, meio fingir que não finges, que as gentes são todas um pôquer", dizia o Tortuga, ensinando como se lê olho no olho de modo a um par de nérias na mão fazer um ful-rêndi dar o pira, "Um dia vais saber melhor das cartas e das carnes, ó miúdo ignorante, por enquanto rói os ossos; e cuidado com o Jack e os seus comparsas", a churrascada com os amigos das rondas noturnas de justiça e cantorias do sexteto musical *Golden Jack in the Pulpit*, seu Jack, A Voz, arrasando no púlpito da igreja — *Nai tendei...* — e a minha mãe: "Afaste-se. Não é flor que se cheire"; eu ignorava os avisos; não tinha medo deles; nem quando de brincadeira me catavam no pescoço e ameaçavam jogar eu um saco de gravetos bem ossudo, não no poço, como da vez quando eles me deram uns tênis velhos com o cadarço amarrado um pé no outro e me empurraram sem querer no poço, mas rebentou graças a Deus e eles se invocaram do Rudíni aqui nadar melhor que peixe, eles não sabiam que o Rudíni aqui às vezes engolia peixinho vivo pra desenvolver as habilidades: "Cadê a porra dos tênis que a gente te deu pra tu não pisar descalço nas brasas que a gente espalha no chão pra te ver dançar ô Rudíni seu ingrato, vai buscar", e taparam o poço, maior breu mas o Rudíni é o Rudíni, o Rudíni tem pulmão de peixe pra escapar de qualquer poço, o Rudíni também não tem medo do escuro, e se o Rudíni tiver o Rudíni pensa na minha mãe, ela é mulher, mulher é que tem medo do escuro, o Rudíni não, o Rudíni tem olho de gato pro escuro e cascão de aço no pé pra chutar e escalar as paredes de pedra cortante do poço, o Rudíni é o Rudíni, então a camaradagem quando me viram sair do poço de novo desistiram das brasas e do poço e ameaçaram jogar o Rudíni no canil do seu Jack cheio de cão Fila; seu Jack tinha uma criação de cachorro que ele era fornecedor da polícia penitenciária; mandava junto umas almôndegas de fabricação própria lá do matadouro saint pantaleon ltda dele, cortesia; mas era coisa ruim; os residentes odiavam as almôndegas do seu Jack. Um dia isso iria acabar em rebelião.

Fila é bicho corajoso, uma cachorrada forte e dentuda que o seu Jack vitaminava com bastante farinha de osso, mas boba, d'eu fazer deles bola de futebol totó; chegava perto se o seu Jack não visse e brincava com os bobões; enfiava o braço pela grade e dava uns tapinhas na cabeçona deles, uma festinha, eles balançavam o rabo, babavam a língua suada cheia de alegria, coitados, tão solitários presos naquelas jaulas Nai tendei sem conhecer a rua; eu levava uns ratinhos de bueiro pra fazer companhia; e uns outros pelados do laboratório não sei o quê radioativo da universidade; eles tremiam de emoção, todos se divertiam à beça; depois a cachorrada latindo, pedindo mais, pareciam energizados; eles me adoravam; eu mandava ficar quieto senão o seu Jack ouve e já sai dando tiros com a lurdinha dele, Quieto, eles obedeciam, Senta!, eles sentavam, mas só o tempo de me dar o gosto do poder e se levantavam; pediam mais ordens, queriam cumprir, obedecer, umas bestas; latiam naquela linguagem entusiasmada de cachorro na hora de sair na rua, mas eu não tinha a chave nem vento na cabeça de deixar uma saidinha, por causa do Perneta; o Perneta grudava em mim igual os ratinhos de joelhos diante dos brutamontes; o Perneta não confiava nos brutamontes; os brutamontes ficavam sangue no olho por causa do Perneta, arreganhavam os beiços, rosnavam o faqueiro pra ele depois que lambiam a minha mão, que eu acarinhava o Perneta antes só pros Filas ficarem com inveja. Não precisa se encolher de medo, Perneta, explicava, eles não mordem, quer ver?

Colocava a mão de volta pelas grades, ia no pratinho do grude, eles rosnavam, eu, Quieto!, eles diminuíam obedientes, Calminha... eu pegava um punhado daquela beleza de paçoca no pratinho, eles bufando desconfiados, Shhh!, trazia de-va--ga-rin-nho pro Perneta e tirava uma da cara deles, Arrá! Eles enlouqueciam. Eles eram muito burros. Evidente que o Perneta não resistia, o troço assustava, mas era bom pra cachorro, o desaforo, o gosto, eu mesmo comia um pouco de vez em quando. Dava o bom exemplo. Viu só Perneta? O segredo é não mostrar medo. Mas o Perneta era ruim de pôquer, "Medroso qual uma rapariga", como dizia o Tortuga, "Não, ó idiotíssimo duma figa, não como a tua mãe. Onde há de se ver tamanha asnice. Dona possidónia não é nenhuma anja nem criatura de se encolher ou contentar com pouco, como conviria a uma rapariga, e nem sequer muito rapariga é, como por exemplo certa menina ruivinha que o putinho conhece, conhece, não negues, esta sim, sempre vestidinha de cor-de-rosa e femininíssima, apesar de o narizinho torto. Contudo, não está mal. Somente com tuas mãos atadas verás uma gaja inatacável. Aproveita ó marialvazito que esta lhe arrasta as duas asinhas", o idiota do Tortuga implicando por causa de uma ruivinha que morava numa Quadra perto da nova loja, uma chata ela, "Noossa, como você é um menino corajoso, Borozinho — 'Não sou Borozinho, tá, sou Boró', uma chata, não dizia nada eu, só o meu olhar de demônio —, ai Borozinho, você colocou a mão na toca escura do rato?, ai meu coração. Que nojento. Mas muito corajoso", cusp!, eu não ligo pro que ela diz que eu sou nojento, ela é que é uma criança, eu tenho mais que um ano que ela, sei lá, a ruivinha tem uns dez, menos, nove anos, não sei, tou nem ligando, e ela é que é toda medrosa, toda limpinha e nojentinha, garotas. Mas não é ruim quando elas falam da gente ser corajoso...

Coragem era assunto sério, coisa de homem. O Perneta acho que não concordava. A coragem dele ia, vinha, ficava, sumia, tive que disciplinar. Disciplinava com os Filas. Oferecia o rango deles pro meu amigão, "Vem, Perneta, coragem". Ele vinha devagarinho, cheirava, lambia, recuava um pulo, ia e voltava, um olho no grude outro nos Filas; no fim comia tudo e se afastava lambendo os beicinhos, o rabo indeciso entre satisfeito com a sacanagem e prevenido no meio das pernas; só quando a gente ia embora já longe é que aquele monte de cálcios e nutrientes pegava na veia, batia e ele destravava o rabo valentemente — 'Eu tenho a força!', devia pensar —, se virava — conferia a distância se era seguro, era seguro —, empinava nas patinhas de trás e latia e rosnava os canivetinhos pros babões; os babões ficavam loucos, latiam, queriam estraçalhar, bombados nas gengivas, uivavam até ficarem roucos, até a gente sumir no horizonte, rumo a boroeste.

CAPÍTULO 44

Todo mundo me adorava e respeitava, os amigos do seu Jack me respeitavam, eles mesmos se respeitavam bastante, eram educados com as palavras que diziam entre si e as mesuras. "O distinto justiceiro justiçou um ontem à noite, que devidamente moído com carne de segunda foi parar na vitrine do Jack? Excelente. As sobras reforçaram a ração superespecial? Parabéns" "Ora", respondia o outro embaraçado com as congratulações, "não foi nada, fiz a obrigação" "Mas soube que na semana passada por sua vez o Meritíssimo, recém-empossado e chegado de São Paulo, mandou aliviar da cadeia algumas altas periculosidades, depois judiciosamente desensacadas lá na pedreira, dispensou a magistratura em pé, em pé mesmo?".

"Podem apostar as batidas do coração nisso" "Congratulações, um poderoso homem da lei", e o homem da lei, farejando medo entre os louvores e a gordura aos deuses imolada — humm... os t-bones, como o seu Jack chamava os bistecões gotejando divinamente a gordura da fumaça na churrasqueira —, o homem se afastou, mas para erguer os braços messiânicos sobre todos; parou, silêncio, imprimiu um riso sinistro desses com os olhos, só os olhos, que o riso mesmo ele escondeu no cavanhaque, e com um movimento de cabeça agradeceu as palavras que os amigos louvadores: "Longa carreira à frente, vida longa ao nobre juiz, à sua esposa... Ela não sabe do senhor aqui, da gente, sabe?" "Ela não sabe de nada" "Como está ela, a saúde, estimamos melhoras" "Sim, obrigado", e emendou profético e tenebroso, "Logo retorno a São Paulo, antes porém limpemos um pouco mais as ruas de Brasília", hurra, data vênia, duralex, hábeas, corpos!, eu escutava os homens da justiça festejarem atrás da porta grossa, quietinho, olho e ouvido enfiados no buraco da fechadura.

Meio milésimo de segundo e quase fui pego quando chegaram as amigas do seu Jack, as mulheres da casinha da luz vermelha no fim da rua, lá perto da Casa de carnes e rações white chapel do seu Jack, duralex hurra corpos, todos iam comer as carnes selecionadas pelo seu Jack, só gente fina. Eles se divertiam à beça naquelas festas. Mas o juiz não comia. Nem o seu Jack.

Elas também me adoravam, digo, as mulheres da casinha da luz vermelha. Impressionantes de lindas, cheias de maquilhagem e penduricalhos na orelha pescoço anéis, a pele macia dos braços, das pernas com os pelos tingidos de loiro, daquelas curvas que afinavam a cintura, como essas coisinhas caem bem numa mulher, mesmo se elas eram já meio velhas, dezesseis dezessete anos, tinha inclusive uma de uns vinte e tantos, verdade. Quando os homens amoleciam o interesse nelas, elas vinham falar comigo. Davam presentes sem eu pedir, prefiro moeda, notas quanto mais zeros melhor, esclarecia, faço coleção. Contava as minhas histórias mais espetaculosas da rua pra sensibilizar a atenção delas, fazia olhar de demônio, as mulheres adoram quando a gente faz olhar de demônio:

"Psst, vem cá menininho mau". Intimado, ia. "Sua mamãe sabe que você está aqui?" Ultrajado, respondia mui macho que a minha mãe não manda ni mim, as mulheres adoram quando a gente é mui macho, e provava com as histórias dos meus incomensuráveis gols e as vidraças todas deste tamanho. Sabe, uma vez capotou uma camionete de granja no Eixão e explodiu, as senhoras ouviram falar?, deu no jornal, a turma impressionou de ver cheio de fogo nas galinhas com as asas frenéticas sem chance da gente salvar nem comer depois porque virou carvão, uma tragédia, inclusive saiu minha foto do lado da cabeça torrada do motorista, verdade, só história de primeira, escutar peito de passarinho — eu treinava que ia ser médico, ia consertar o Perneta —, explorar riachos, colocar açúcar no capim do elefante magrinho-maltratado do circo, que uma vez a gente deu um saco inteiro e ele ficou tão elétrico, olha, fez um estrago, maior trabalho enfiar de volta na jaula; depois ele cismou com o capim sujo que alimentavam ele, ficou nervoso, deu os gritos de rei das selvas dele; mudaram para um capim verdinho reforçado com ração superespecial white chapel, rica em cálcios e nutrientes, e ele acalmou; acho que piscava com aqueles cílios de piaçava quando via a turma na fila do show, parece que chamava de lado, e a gente ia, ué; saía da fila devagarinho, um olho na jaula outro na piaçava do olho, *Brava gente brasileira*, entrava na jaula que os tratadores morriam de medo depois que ele ficou um elefante esperto e fortão devido os nutrientes; a gente atravessava e batia um oquei-legal-valeu pra ele antes de entrar por baixo da lona; se tentassem barrar ele gritava. Olha, dava impressão que tava se humanizando; a gente chamava ele de formiga; grande Formiga. Esperto, nunca mais ia passar fome.

CAPÍTULO 45

Domingo era dia de circo. Um dia não foi. A gente chegou e lona, Formiga, respeitável público, terreno vazio. Deu um buraco na alma, mas boa sorte Formiga, Deus te conduza, a gente não vai chorar, a gente é tudo destemido, aperta o muque, tem hora que até voa de tão destemido, assim, de galho em galho; as senhoras conhecem o rei das selvas? Não, não o Formiga — elas eram meio taquara às vezes —, o verdadeiro, o de Botsuana. O Tortuga tinha esclarecido umas histórias sobre Botsuana, o lugar mais tão incrível do planeta que foi onde enterraram todos os tesouros dos piratas do caribe, em Botsuana, sim senhoras, as selvas mais selvagens e os animais mais sanguinários, as mulheres mais bonitas também, as senhoras conhecem Botsuana?, evidente que elas não conheciam, tava só esmerilhando, Botsuana, todas com lindas cintura as mulheres, rios imensos pra nadar e pescar uma tonelada de peixe, inclusive o terrível crocodilo comedor de gente de Botsuana, lá a gente come carne todos os dias depois do futebol, Botsuana, ô nome bonito, tava esperando a chance de exibir a inteligência, as mulheres gostam que a gente é inteligente, as senhoras sabem onde fica Botsuana, quer que eu digo? Ia contando essas parábolas pras mulheres da luz vermelha lá na chácara do seu Jack, que ele chamava de Tara, haha, que nome, e junto as devidas caretas, conforme necessitava convencer, mais, menos, pôr umas curvas nas verdades, percebe, gostava de ouvir os suspiros oh ui ai.

"Lê as palavras correctamente, sim, ó seu putinho, e os semblantes ainda melhor, nomeadamente o das raparigas", elas se emocionavam, "Oh", me abraçavam, tão cheirosas, beijavam, eu era a única fonte pura na vida delas, diziam, as tolinhas; pura o quê, sou da rua, a rua corre esperta, suja, pergunta pra ruivinha, uma menina toda nojentinha de sapatinho cor-de-rosa e ferro nos dentes que ela mora numa Quadra perto de casa, toda ai meu coração e uiuiui d'eu pôr a mão na toca imunda do rato, d'eu ser o menino mais corajoso do universo, medo de nada, nem da minha mãe, pode perguntar; queria explicar essas coisas, sabe, tentava ser meio sincero de vez em quando, mas elas só acreditavam no que elas queriam acreditar, cara de demônio, anjo, agasalhavam qualquer conversa de boi mole. E riam. Riam gostoso.

Dançavam agarradinho, fingiam que uma delas era o homem se faltasse homem na casa lá da luz vermelha, se beijavam de mentirinha, isso nas tardes que os funcionários todos a goela seca antes do pagamento, uma fraqueza o comércio, e me usavam. Como era doce. Eu amava umas duas ou três, fazia promessa, jurava casar. Elas riam muito e chamavam as outras, iam contar a novidade, eu gelava, tinha feito pedido firme também pra mais uma ou duas ou três antes, mas elas só me esnobavam e riam mais, nenhuma mágoa, impressionante, "Gracinha de menino". Agora explica: mudava o dia a hora a pressão barométrica, e uma resolvia chorar. Contagiava outra. Algumas se descontrolavam. E todas se dependuravam nos meus ombrinhos largos. Como é bom ver mulher rir. E chorar. E se descontrolar. Muito divertidas elas. Me mandavam fazer cada coisa legal...

"Cerveja, você quer, meninhinho falador, coquetel de fruta, tá fraquinho", ofereciam, nã-nã-nã, caio nessa de novo não, sou besta, um dia minha mãe sentiu o bafo um trilhão de quilômetros e me fez apodrecer a semana toda sem rua, decorando os lusíadas, "O castigo daquele que o merece...", *Repita*, "Mas o alto Deus, que pera longe guarda...", *Outra vez*, "Agora lhe não deixa ter defesa...", e escovando os dentes com sabão de coco, inclusive os perfumes a cautela devia ser imensa, e o cigarro, ai-meus-pecados, chupar umas gasolinas dos tanques dos carros com mangueira de chuveiro, nadar no Lago, defumar as evidências nas fogueiras que a gente a turma fazia com toda segurança no cerrado, mas isso as senhoras é melhor não contar pra ninguém, tá, que uma vez a segurança não sei o que aconteceu e a coisa alastrou, quase pegou fogo em Brasília. Deu no jornal e tudo. Fogo em época de seca sempre dá no jornal. Até me procuraram as autoridades porque algum cagueta mentiroso me viu evadindo que nem um louco do local e a fumaça saindo do cabelo, quase morri assado, Eu? Eu não, não era eu não senhor, doutor delegado, pergunta pra minha mãe, bonito berro no coldre de peito, é trinta e oito né, posso ver?, tá bom, desculpa por existir, já tou indo (hehe), eu fazia de tudo pra tirar o cheiro delas de mim, inclusive abraçar cachorro molhado. Olha, mulher dá um trabalho do caraças, como dizia o Tortuga — mãe também.

Casa sem freguês às vezes a tarde toda, enfastiadas de dançar mulher com mulher, me convocavam, "Vem cá menininho divertido", aconselhavam ficar só de cueca, modo o cigarro não furar a roupa, e tinha os perfumes, as bebidas, se preocupavam comigo elas, o batom, "Sabe senhoras, melhor não, tou meio desprevenido hoje, a cueca. Mandei lavar", mandei porra nenhuma, eu nem uso essas porcarias, "'trapalham a liberdade, o direito de ir e vir, de balançar livremente, a democracia", mas elas, desinteressadas na democracia, "Homem de verdade usa cueca". Mulher às vezes não adianta explicar, quer porque quer que o homem tem que ser "assim e assado", tem que ser cada hora um capricho, "homem santo, chique, superpoderoso, homem-filho, homem-filho-da-puta". Um dia fiz uma surpresa:

"Cueca!", anunciei superpoderoso, fiz muque e tudo. Mas o dia parece que era o dia delas estarem naqueles dias, vai saber que porra de dia, ô criaturas de Deus e do Diabo, segunda, terça, nunca o mesmo dia nem a pressão barométrica, raios e trovões, eu só queria agradar, e elas vieram um pandemônio meu Deus do céu, me amassaram inteirinho, a cueca de usar domingo na missa, coitada, batom, até sangue, olha, minha mãe depois, foi uma péssima ideia agradar as mulheres, "Pois agradá-las ou desagradá-las são variantes sutilíssimas da mesmíssima bala, ó paspalho duma figa. Aprende os tiros e reinarás". Da outra vez — antes —, quando eu tinha falado que tava desprevenido, elas, "Ui, sem cuequinha?", *Humm, carne in natura*, dizia minha amiga a cozinheira-segurança da casa, uma russa vermelhona deste tamanho, pura robusteza, nariz de lutador e peruca loura o tempo todo, diziam que ela era careca, que tinham tirado o escalpo dela na Rússia, câncer, mentira, ela me mostrou uma vez, chamava Maria, como a minha mãe, mas graças a Deus que ela, *Maria? Niet! Nome ruim para os negócios. Dona russa, prazer*, e me cataram direto no pelo as boazinhas: "Quer um cigarro menininho malvadinho?", começavam aquelas mulheres lindas enquanto me depenavam e enfiavam "as vinte" do cigarro cheio de batom vermelho na minha boca. "Sabe tragar?" "É evidente que eu sei. Sou da rua, a rua corre esperta, suja cof cof..." "Engasgou menininho tossindinho?" "Não-não, foi a gripe, nós da rua cof..." "Oh quer um uísque pra molhar a garganta menininho peladinho", a intenção era boa, mas o diabo, e elas conheciam, é que eu ficava doidão com a porra daquele uísque que a minha amiga dona-russa-cozinheira-alambiqueira fazia com milho e fermento de padeiro, depois eu desguelava o tubo digestivo suflê por suflê até chegar em casa.

"Previne-te palerminha: mulher é um estágio a te roer a alma, o fígado ou o bolso. Se calhar, os três", ô frutinha complicada mulher, e todo cuidado era pouco na lida com elas, e com a minha mãe, com tudo, ô mundão danado, com a turma lá do churrasco na Tara do seu Jack, eita nome, a chácara, que uma hora eu me distraía nas parábolas com as mulheres, o destino do Formiga, as superaventurosas selvas de Botsuana, e os justiceiros gente fina colocavam pimenta na bisteca pra eu chorar; eu não chorava, é evidente, homem não chora, embora que era duro de segurar todas aquelas lagriminhas querendo furar a fila da saída; uma ou duas escapavam, é evidente, escorriam e juntavam com um pouco do nariz, ai meu nariz, que derretia também.

Ficavam indignadas com eles, as mulheres. Ameaçavam de trancar as pernas, onde já se viu uma maldade dessas com o menino, e vinham consolar. Impressionante, ô bicho pra gostar de lagriminhas mulher. Eu dizia: "Não se preocupa", não precisa defender nem vingar com as pernas, por favor. Sou da rua. Nós da rua sabemos que tomar porrada do mais forte a gente leva uma, sai da frente e eles amansam, dureza se você pesa um peso de mosca, mas eu me viro, esquece, n'foi nada, elas todas condoídas brincando de boneca comigo, "Vem cá, assopra nesse lencinho perfumado menininho ardidinho, vem na mamãe, põe a cabecinha no peito, esses brutos malvados, se quiser pode mamar", diziam de brincadeira, eu acho. Era bem confortável ali no meio, agradeço, mas só conseguia mesmo era emporcalhar os perfumadinhos delas e pensar no fogaréu da garganta, nos ferrões de marimbondo na língua, os lábios como dois paios latejando, e que depois seria o término ardente, o equador, percebe, as brasas do Inferno saindo junto na hora da bisteca desincorporar.

Evidente que isso eu morria de bico fechado. Chegava na loja, o Tortuga saindo, não falava nem com ele, senão tomava na orelha e um rápido discurso moralizante de mil horas me proibindo de voltar nos estupendos churrascos do seu Jack. Nem boa noite então, e ele, "Boa noite, putinho...", de longe, paternalíssimo, provisionado de um moralíssimo maço de dinheiros cheios de zeros na meia presa com a cinta de elástico, me garantia em casa com os sermões do ilustrado padre Vieira na mão. Ia às namoradas na casinha da luz vermelha. Devia fazer coleção o Tortuga. Elas contavam que ele aparecia e já era o galo:

"Tu só não, rapariga. És demasiado magrela, não negues, falta-te cintura para uma pegada firme. Chama cá tuas primas violão, a mulata e a mamuda. Apetece-me as três. Traze os dadinhos do pôquer. Não te esqueças do amendoim e do licor de damiana. Põe um bolero".

"Bêçame..."

CAPÍTULO 46

Ponta garantida, as mulheres da Luz Vermelha me davam cobertura se as minhas "lavras" derrapassem no controle, o senhor entende? Quando era arriscado mostrar a cara na rua, ou mesmo aparecer em casa, se talvez alguma a minha mãe descobriu e eu não quisesse muito saber qual alguma, era na Luz Vermelha que eu ia. Pulava o muro dos fundos, acalmava as galinhas ali de prontidão, alarme e matéria-prima para o banquete de sábado após o expediente, na hora normal do jantar; sábado os fregueses iam pra casa mais cedo, os que sobravam eram tudo do lar; a equipe folgava até domingo depois do futebol; proibido assistir futebol na casa, só novela, regras da casa; os "do lar" eram enxotados e iam se esfaquear com os amigos diante da TV nalgum boteco a um pulinho da Luz Vermelha, muito divertido, mas eles nunca me deixavam entrar; as meninas aproveitavam pra limpar a casa, enfeitar e chupando os ossos do banquete de sábado, inclusive aprendi a fazer, digo, a galinhada, minha amiga dona-russa-cozinheira--e-tia das meninas me ensinou como sacrificar, controlava ela firmona os planteis, como despenar com água quente, abrir, limpar dos miúdos, negócio meio sanguinolento mas útil de saber por toda a vida, então do muro quando eu aparecia já saudava o cardápio: "Có-có para a senhora também, desculpa senhorita galinha, frango, desculpa de novo", chegava em frente à janela, dava um pulo e gritava: "Tá limpo?" outro pulo "Tem movimento?" uma perereca "O Tortuga..." saltitante "... apareceu?" insistente "Posso ficar?". Minha amiga dona-russa--cozinheira-e-fiscal-da-retaguarda vinha meter o olho duro no perereca irritante, que, humildemente, olharzinho suplicante de cobertura: "Sabe, estourou um acidente lá na Cia de Luz e meia cidade tá sem luz, não sei como aconteceu. Não senhora. Juro. Posso entrar?", ela abria a porta e eu um relâmpago pra dentro, "O Secretário mandou a polícia investigar, é?", porta fechada, "Disseram no rádio que foram os subversivos?", porta trancada, ufa, "Noossa, esses subversivos hein, aqui também tá sem luz?, nooossa, essa foi legal, quer dizer, terrível, esses subversivos... Não senhora, Deus me livre, eu?, pode anotar aí na caderneta dos assuntos da casa, eu tava aqui o tempo todo com as galinhas, digo, desculpa, modo de dizer, não, juro, nada a ver, posso ficar?". Liberado, entrava e moscava umas horas agradáveis na segurança do harém da Luz Vermelha.

Existiam dois mundos naquela casa, duas dimensões na verdade. A primeira, o meu mundo, que era desde as gritarias da rua, pulava o muro e conferia se tinha ovo debaixo das galinhas histéricas, comia um cru "para endurecer-se la ternura", como dizia o Tortuga, que misturava com cerveja preta antes de ir na Luz Vermelha, eu era direto da casca pra boca, depois limpava as mãos nas roupas úmidas do varal, entrava na cozinha da bateção de pratos com as mil garrafas de pinga e cerveja — as de uísque eram recicladas —, do panelão que fervia os panos servidos das mulheres no fogão a lenha... "Sutiã isso?, nossa, de quem?", recebia um olhar de advertência da minha amiga dona-russa-cozinheira-e-gerente-geral ocupadíssima porque a assistente para assuntos domésticos tinha fugido com um freguês e ela jurando escaldar os pombinhos fujões quando pusesse a mãozarra neles, despenar, abrir... e eu, de longa data imunizado contra simples olhares de advertência, "Este negócio esquisito, que é?" *Passa daqui menino. Entra logo* "Ei calma, a mão limpa, ó", as sinagogas que na cozinha chegavam e dali não passarás; a segunda era passar, contando os passos, terminar de atravessar a cozinha, metendo o nariz em tudo, abria a geladeira, "Que tem hoje pro jantar, macarrão, bife? Não quero carne dura hein", ela, *Entra senão te ponho com as galinhas*, na cintura as costas das mãos fortes de estrangular o almoço e no olhar a receita do meu pescocinho de frango à putanesca, "Ei calma", fazia uma vênia, passava, abria a "porta social" e entrava todo cerimonioso na segunda dimensão, um beijo aos que ficam e o sinal-da-cruz ao porvir:

Oba, que bafo gostoso na cara, cheiro de mulher com perfume de sabedoria oriental, aqueles queimadinhos que elas queimavam uns palitos e as velas, o som flutuante no ar, tudo parecia cor-de-rosa, não enxergava as manchas e os buracos nas paredes, as trilhas de formigas era normal, os móveis com almofadas meio desfiando, de oncinha, negócio muito chique, cobriam os furos no plástico do sofá, e o tapete de rodapé a rodapé uma delícia de andar descalço, coçar o descalço passado no galinheiro, limpar o descalço naquela forração já meio, nem dava pra perceber, meio esgotada e as marcas de cigarro, a gemeção toda do trânsito no assoalho do corredor que ia para os quartos, e nos quartos... as mulheres! Não é que era um paraíso, era outra dimensão mesmo, eram aquelas coisas uma poesia dentro de um sonho. Mas sem moleza. Elas toda hora espichando o biquinho vermelho do batom cor de espatódea vermelha, como se ansiosas por um beijo a distância, as lindinhas solicitando algum empenho. Negar, como?

"Vem cá menininho empenhado", trocar a lâmpada que um freguês destrutivo, mas com dinheiro, meio manco duma perna se de noite esfria, e ele tenta disfarçar, como se coubessem mistérios em corpo de homem, para nós?, tricotavam elas, ótimo freguês o magistrado, quebrou a bolha de vidro quando deu com o abajur na cabeça de uma das meninas e pode eletrocutar, toma cuidado, aproveita que a Cia de Luz cortou a luz.

"Vem cá menininho corajoso", exterminar animais perigosos. Gambá — nunca vi, vi gato, gato não faz mal, mas perturba as galinhas —, morcego — era raro —, aranhas — inofensivas —, as formigas, hahaha, elas tinham tanto horror de formiga que trancavam o pote de açúcar na geladeira; eu pegava algumas dessas invocadinhas e deixava me atacar; tirava com os dentes elas ainda me mordendo, e comia, só de vingança, "Viu, não precisa ter medo. Precisa ter medo das vespas, tem uma caixa...", mas elas alertavam, "Deixa em paz, menino, a caixa de vespa", que era reserva de mercado do corpo de bombeiros. "As senhoritas apreciam deveras quando os gajos da brigada comparecem pelas caixas de vespa delas, compreendes?, ó miúdo bocó duma figa, chegam a suspirar ideais de matrimónio", se divertia em contar as histórias da casa o Boca de Urutu, o Enciclopédia do Diabo, que se estivesse in loco, o Tortuga, é evidente que por uma questão de cavalheirismo, pelo merecido respeito para com os mais velhos, eu dava meia volta incontinênti. E também pelos memorandos extramoralizantes que ele me passaria se me pegasse de novo cheio de culpa na crista, in loco, tau!, com a mãozona aberta meio dura meio de resvalo na cabeça. "Isto para lembrares que meio sei eu o que tu lavraste, meio sabes *tu* o quê. Memorizaste bem ou queres que te passe outro memorando?" Então era melhor prevenir que remediar esses vis memorandos da minha moral frente às boazinhas, e chispava dali com as minhas culpas e saudades dos biquinhos-assim-beijandinhos-vermelhinhos:

"Vem menininho talentoso", trepar no telhado, limpar a calha, "Que é calha? Calha é um tipo de rego, um sulco onde escorrem líquidos. Você vai gostar."

"Vem conferir o receptor. Agora desce. Apara o matinho. Vem dar uma olhada nos ralos."

"Privada, não senhoras. Não desentupo" — o esgoto sei lá quebra a poesia. O resto dava um pouco de trabalho, mas tem "Fé em Deus e arregaça as mangas", que tudo se resolve, como dizia a minha mãe, "Até para as menores criaturas de Deus", como eu, eu acho, daí me empenhava e resolvia todos os pedidos delas, não conseguia dizer não, elas eram tão... frágeis. "Mas se trabalhas deves receber. Ó raios, nem cogites tu de tais pecados. Ganhar sem o suor ou labutar de graça, jamais seu putinho demente duma figa, é crime e dá cadeia", excepto no caso dos bombeiros, com estes era gratuito, mas eu não era bombeiro, então decidi cobrar. E caro. Só aceitava moedinha graúda. O Tortuga tem razão. Elas que se virassem pra pagar. Ficava escondido nelas faturando e me divertindo até a enfermeira Otelina, uma amiga íntima da minha mãe, ir me buscar porque o clima na Cia de Luz acalmou.

CAPÍTULO 47

Otelina. A enfermeira, vou te dizer, essa foi complicado conquistar. Orgulhosa ela. Resistiu alterosamente às minhas histórias, desprezou as fieiras de grilos gordinhos que sempre eu tinha alguns no bolso pra pescar ou fazer negócio ou assustar as meninas, nem as minhas poesias, que funcionavam tão bem com a minha mãe, com ela, pff. Só faltei meter o olhar de demônio nela pra dominar, mas, se não tinha medo de nada a enfermeira Otelina — "Nem do Capeta", diziam, "Tá frito Ele se aparecer no plantão dela" —, foi muito nobre da minha parte não ter arriscado. E descobri a fraqueza dela:

Sangue. Eu me cortava, ela vinha correndo cheia de esparadrapo e desinfetante; arranhava, e a-lá ela de novo toda preocupada como, quando, onde. Deus sabe quanta hemoglobina investi nessa relação. Quando finalmente conquistei, ela nem tinha percebido a técnica, só disse — tolinha — que "Foi teu sorriso que me pegou, meninin", os dentões branquinhos no meio da cara suja do sol, das marcas da rua e do grude daquele pó de terra vermelha da porra, que só saía com bucha, aquele pó de Brasília, não é verdade? Uma vez ela me deixou em casa todo assim, sem bucha ainda e cansadaço, me arrastei pro quarto, larguei a roupa no chão, a preguiça, encostei na cama e apaguei. *In natura*. Dia seguinte minha mãe acende a luz uma hora antes da escola, maior madrugada e eu injuriado de ter que levantar e tomar um banho puta frio junto com o lençol e as roupas, no tanque. Foi uma experiência, ah foi. Tiritando de frio, ainda bateu a fumaça que o Tortuga às vezes fazia fogueira com os papéis dos negócios dele de madrugada atrás da loja e o cheiro de queimado e a água fria no tanque acenderam uns riscos na memória, eu acho, luzes de fogo e o meu braço doeu na água fria, gritos de crianças, uma mulher com os dois braços se afastando do tanque... ou não, é, não, me enganei, foi só um sonho que veio com a tontura de ter acordado de madrugada, o senhor... olha, não importa isso, esquece. Esquece!, já disse. Mas falávamos? Sim. A enfermeira Otelina. Sanguinosamente conquistada, toda vez que eu via iluminava nela o meu sorrisão que ela mal sabia graças a quanto sabão de coco e Camões a brancura e a quanta intervenção do meu querido anjo da guarda pra me proteger e a inteireza dos meus dentões enfileirados no sorrisão, mas um escapou, perdi um pedação de um incisivo, foi quando ele cochilou de tão cansadaço o pobre do meu anjo Custódio do trabalho que eu dava e *in natura*, depois conto melhor essa história. Se der tempo.

Passado um mês, eu e a enfermeira Otelina a gente ia já na maior cumplicidade matando umas bistecas de boi pra repor as hemoglobinas que Brasília era doida pelas minhas hemoglobinas e a enfermeira constituída de puro ferro, tudo, é evidente, longe do olho da feroz integridade, digo, da minha mãe, que a enfermeira Otelina fazia a melhor bisteca de boi do universo: sangrando e a gordura bem tostada. Sal grosso, meio dedinhozinho de pimenta vermelha moída. Batia um dez a dez com a bisteca do seu Jack açougueiro, que era vegetariano cósmico, papo hindu-sideral ele, sem carne vermelha, só farinha ovo peixe, já falei não falei? Mas era o povo que dizia, sabe, falavam muito do seu Jack, cada história... Evidente que ele também dava munição, aqueles troços verdes demais pra ser comida natural de gente, falavam de "injunção de promessa", o seu Jack, o senhor entende, a dieta cósmica, os fervores pastorais dele, ovo com leite alfafa peixe empanado, quem aguentaria um troço desses sem um Deus a quem prometer os ex-votos, sem garantia firme de um paraíso post-mortem, e dá-lhe o povo falando:

"Maquê promessa o quê", conhece o gado o pastor, e a balança. Tinha inclusive uns maldizentes, à boquinha de jacaré, que ele era ex-carnívoro, sabe, meio canibal meio tupi, ou não tupi, guarani, não sei, daí assava umas sardinhas passadas no ovo com farinha de mandioca pra disfarçar o gosto do peixe e do alface, que ele tava num tratamento psiquiátrico com o doutor Lombroso, dá-lhe povo, um médico austríaco muito sério e temente a Deus, chefe do manicómio judiciário, tratamento tomado a sério pelo seu Jack, seriissimamente a sério — é o que diziam. Sabe, a tentação da carne podia ligar os instintos.

"Parvoíces", garantia o Tortuga. "Regenerou-se o gajo". Mas o povo falava mesmo assim. Espalharam que a ex-mulher do seu Jack tinha desaparecido pouco antes dele inaugurar a white chapel corporation ltda, uma santa de mulher, vítima, santa imaculada vítima das barbaridades do calhorda do seu Jack, que um dos ex-cunhados, um sujeito grandalhão metido a campeão nas lutas clandestinas a dinheiro em Luziânia, o grandalhão foi lá interpor o dedo na cara dele, do seu Jack, o lutador na orelha do seu Jack: "Calhorda, a minha irmãzinha Imaculada, a pura e inocente Imaculada, seu calhorda, tu abandonou a Imaculada passando fome, a Imaculada sumida faz uma semana etc. Cadê a Imaculada?, seu calhorda..." Ok: o grandalhão, um espetacular bucéfalo com um metro e noventa de músculos e carnes em geral, o dedo carnudo ecoando na cara do seu Jack, "calhorda, calhorda...", o seu Jack prevenido, todo o instrumental do açougue que ele tinha acabado de negociar, quase sem uso na mala, o mercado em plena entressafra, uma verdadeira, por assim dizer, carnificina, os estoques no vermelho... Ok, sumiu o campeão também. O outro cunhado, o menos músculos e arrobas em geral, porém mais juízo, foi morar no interior do Acre, ou Santa Catarina. Impressionante. E se o povo gostava de ouvir essas histórias exageradas, gostava mais ainda de contar, de espalhar ao vento, de aumentar o próprio vento, e tudo se sabe, tudo vibrando nas energias e derivações sincréticas das verdades irrefutáveis. Por exemplo:

CAPÍTULO 48

Falaram uma vez de um óvni, do seu Jack abduzido, ele mesmo confirmou a história. Desconfiei, ele jurou, eu "Jura por Deus?", ele "Minha igreja proíbe jurar por Deus" "Proíbe?" "Proíbe" "Jura?" "Juro" "Por Deus?", ele fuzilou o olho na minha cara, eu opa, "Então tá", ele a história: "...veio as luzes piscando em zigue-zague pê-pelo céu", ele acampado no morro são jerônimo na chapada dos veadeiros depois que o paredão iluminado de vermelho com o pôr do sol escureceu, o pisca pisca descendo no céu e ele atiçando o fogo para o churrasquinho que ele fazia com um ex-sócio na chapada, a luz chegando, eles que iam naqueles confins o seu Jack e o ex-sócio iam caçar uns caboclos garimpeiros solitários pra vender pra polícia fazer recruta; tiravam do garimpo, ficavam com o ouro. O caboclo tinha vez que empinava:

"Daqui ninguém me tira. Não saio", apitava, "Pau vai comer", e cantava a borduna nas negociações, pisca pisca, seu Jack hipnotizado pelo fogo do churrasquinho esqueceu da luz que descia, a luz já em cima, seu Jack com a cabeça no ouro do caboclo, no churrasquinho, quando viu... Maior suspense, seu Jack sabia contar uma história. Ele tinha uns caderninhos com capa de couro para anotar, couro esquisito, pálido. Sugaram ele caderninho e tudo por um facho de luz. Entrou na nave e os canos gelatinosos cuspiram ele numa sala cor de luz-negra, prenderam com o raio paralisante numa cama que flutuava, furaram e enfiaram uns tubos nele. Fizeram "experiências abdutivas da maior tenebrosida-dade", impressionante. Transportaram o seu Jack para uma cidade terrível de 1888, Londres, que "Os seres dominam a tecnologia do tempo, Rudíni", me explicou o seu Jack, "Noossa"; trouxeram ele de volta coberto de sangue e uns floquinhos de miúdos; tiraram o cérebro os ossos o caderninho e depois largaram ele mal remontado em são tomé das letras; foi como o seu Jack ficou pra sempre com a cara de caveirão. Agora, olha, isso, só porque "Está no caderninho, ju-juro, tá-tá escrito. Pode ler", isso, sem achar o ex-sócio e cadê o caboclo para extrair o testemunho, na sinceridade, pensando bem, quem engole um tijolão desses.

Tijolão por tijolão, nem o namorado-advogado da ex-mulher do seu Jack botou fé na história quando foi cobrar a pensão acompanhado de um guarda-costas deste tamanho, que — só o advogado-namorado não sabia, até o seu Jack sabia — também namorava a santa Imaculada de vez em quando e deixava ela insensível, revezava com o Tortuga e os PMs da Academia, "A gaja era um sorvedoiro, menino Boró, mais apetites que a equipa completa da senhora Moscovo. Todavia, o tempo tinha se esgotado para ela, velosíssimos que são os relógios no ramo. Resgatou antigos bilhetes, escreveu alguns, trocava-os por dinheiro, a Imaculada, íntima de homens importantes, e perigosos, como o senhor Lictor", ex-leão de chácara na Luz Vermelha, ex porque foi expulso a tiros de sal na bunda pela minha amiga dona-russa-cozinheira-linha-duríssima por ser ele muito grande e abusava das meninas, esgarçava as meninas, elas até não achavam ruim, ruim, percebe, todas, dependendo do local da prospecção, mas a dona-russa tinha que preservar o património, a clientela era exigente, gostavam eles mesmos de prospectar e as dolorosas vias, agora pense nessas histórias todas fora do meu raio de testemunho, eu ainda não era abituê, nunca tinha visto o Lictor, imagine o senhor a imensidade dos ventos que sopravam e o que batia nos meus ouvidos sempre atentos, sempre atentos, e tudo se sabe; o Lictor era da época que o seu Jack havia tirado a inocente Imaculada daquela vida cor-de-rosa; agora tava lá ele, o mesmo Lictor, o ex-leão de chácara corrido da Luz Vermelha pela minha amiga dona-russa-atual-leoa-de-chácara-e-espingardeira, o mesmo Lictor que se graduaria detetive particular por correspondência depois de abrir uma firma de cobrança depois que a minha amiga dona-russa-pederneira-bacamarte traumatizou a bunda dele, o Lictor escoltando o advogado-namorado da Imaculada, o Lictor-comborço-e-guarda-costas e detetive particular que tinha detivado as atividades do seu Jack e levava os músculos e um caderno grosso desses de espiral com o relatório completo para municiar a cobrança, os dois em diligência inglória: extrair dinheiro do seu Jack face ao atraso na Alimentícia da referida Imaculada, ao que o seu Jack viajadíssimo em são tomé ajuizou ser impossível de viabilizar, digo, o pagamento da referida pensão dadas as circunstâncias atenuantes. O advogado objetou à materialidade das tais circunstâncias e o seu Jack depôs esses álibis marcianos "abduti-tivos". Jurava dizer a verdade nada mais que a verdade, só que o advogado tava um osso de engolir. Seu Jack insistia na chicana, "Mas está-tá escrito, ju-juro", enquanto tentava escapar pela janela. Doidão, entrou no armário.

"Quo vadis", bufava o advogado para o corpus intra armarium. "Corpus alienum?, como o senhor deixa sua ex-mulher à míngua, seu calhorda, e pior: meus honorários!", socava a porta, "Vai pagar ou prefere uma visita ao moedor de carne com o Lictor aqui, está ouvindo?, seu caveirão calhorda..." Aquelas palavras fazendo eco, "Calhorda...", elas fissuravam os nervos do seu Jack mais ainda, coitado do seu Jack, cheio de larica nas ideias, resistia como um bravo, "Calhorda... Moedor de carne...", socavam e chutavam, uma hora seu Jack sucumbiu, calhorda?, moedor de carne?, e rompeu do armário empunhando aos gritos objetos estripantes seminovos, souvenires de uma galáxia muito, muito distante, ou de Londres — ou do açougue que ele ia montar e só faltava resolver a questão do enxoval; loja nova, sabe, alguém tinha que bonificar o estoque inicial.

Dizem nessa história exagerada que o advogado e o Lictor estavam no primeiro lote que sumiu, seguidos por alguns indultados de Natal, outros do dia das mães, da Pedreira... Abastecido com meliantes, digo, fornecedores locais, os negócios prosperaram, "Bom dia freguês bom dia freguesa, carne moída de primeira, sim, temos; de segunda também; está caro?, gostaria de experimentar uma de terceira?". As salsichas vermelhinhas penduradas igual serpentina no açougue do seu Jack eram uma perdição. Minha mãe proibia, é evidente, "Ai meus pecados", toda dramática. Minha mãe proibia tudo que eu gostava. Aí teve os boatos da máquina de fazer salsicha do seu Jack, presente de um gringo misterioso da pestana desbotada que frequentava a igreja dele de vez em quando etecétera e tal, generoso, viajado, a máquina dizem que ele trouxe de lembrança de los países hermanos, não precisavam mais, sabe, tudo resolvido por lá; as botas de jacaré com biqueira de aço que o seu Jack não tirava do pé, presente também, lustrosas, sensacionais, nem pareciam de segunda mão; trouxe ainda um chapelão imenso de caubói americano sem uso, na caixa, mas isso o seu Jack "Não senhor, tênquiu", dizia que não usava chapéu de caubói americano porque ele era caubói brasileiro o seu Jack, do Mato Grosso, Nai tendei... "Então tá". A cláusula única das generosidades do pestana generoso era que o seu Jack nunca praguejasse, por isso seu Jack e os outros do quinteto musical *Golden Jack* eram tão educados.

§

Jacks sausage, dizia a placa na porta do açougue. As salsichas multinacionais fizeram a festa dos carrocinha-de-cachorro-quente. Vinham de longe abastecer. Correu uma história de que um deles havia reclamado dumas indelicadezas que às vezes apareciam no produto, sujeito detalhista, meio idoso, sabe como é idoso, idoso mas muito robusto e trabalhador, honrado, sabe como é, complementava a aposentadoria com a carrocinha de picolé que camelava de dia uns mil quilômetros de escola em escola e outros mil de noite, metade picolé metade sachezinhos de erva embrulhados em papel de bombom, nos pontos efervescentes da juventude insaciável da capital. Mas a fiscalização apertou depois que um dos insaciáveis efervescentes ferveu demais e passou com o carrão do pai em cima de um ponto de ônibus. Coitado do moço, ficou traumatizado de ver tanto sangue, os pais também ficaram traumatizados, a namorada ficou traumatizada, os criados, a professora de francês, o alfaiate, todo mundo ficou traumatizado. Mandaram o pobrezinho se tratar na Europa e caíram de pau na fiscalização para encontrar os culpados, custe o que custar. O honrado aposentado foi abordado um par de vezes na porta da escola, 'Tou limpo' 'Tou limpo', se ligou e mudou o comércio, carrocinha de cachorro-quente de dia na Esplanada, de noite cachorro-quente com erva, serviço 24 horas, é o puro hot-dog americano, entregamos a domicílio, fome e mata-fome num só produto etc. A erva era de primeira, cultivada pela filha, mas as salsichas... Aquilo não podia continuar assim, onde está o serviço de inspeção de qualidade, reclamou, pois não, vamos tomar enérgicas prô-providências, doa a quem doer, isso não vai continuar assim. Continuou. Reclamou de novo. Vieram as ameaças anônimas, cu-cuidado aê, fica esperto. Cabra valente, não tinha medo de ameaças, mas despachou a filha e o genro com as crianças e o cachorro pros parentes no Norte. Diziam que tinha deixado uma carta cheia de histórias antes de sumir. Talvez. Ninguém sabe, ninguém viu. Nenhum outro carrocinha piou. Tudo boato, o senhor entende.

CAPÍTULO 49

Seu Jack era engraçado. Ia na igreja — nada a ver com a nossa — minha mãe explicava as diferenças entre água e vinho, intolerância e fé, eles, nós — e cantava que era um milagre, "Com vocês, doctor Jack, operando nos corações o milagre do amor" "Nai tendei...", chegou a cantar no rádio, disparado a melhor voz do quarteto musical *Golden Jack in the Pulpit*. As moças desciam lágrimas quando ele gorjeava as canções celestiais. Saía do culto, desafinava as cordas. Alto, magro, "Bacalhau de porta de venda", dizia o Tortuga, magro mas atlético, dava pra ver os feixes de músculos trabalhando no braço dele que nem na enfermeira Otelina, seu Jack corria e pulava como ninguém, ex-jogador de futebol no Mato Grosso, dalguma reserva ali na serra do roncador onde adotaram ele bebezinho ainda, dizia ser meio-índio da terra, de bater o mato na sola do pé muitas léguas e nos rios atrás de capivara pra comer "ao dente", sem tirar o couro; seu Jack tinha os dentes muito saudáveis, caninos imensos, "Bons pra comer carne crua", dizia de brincadeira; é evidente, ninguém come carne crua; cuidava dos dentes como se fossem joias, sempre uma escovinha a mão, ele com as histórias dele emocionantes do Mato Grosso, de uns acontecidos no rio das mortes, na ilha do bananal, tinha inclusive uma lagoa que era um portal alinhado com os astros, muito importante, levava ao eldorado no centro da Terra, os rituais de fogo que ele aprendeu a fazer com os xamãs, com os irmãozinhos, foi expulso pela própria família, que diminuía; andou a região toda; chegou a pé em Brasília e ajudou a fundar a igreja dele, todo obrador e mavioso lá dentro. Botava o pé fora, se transformava, o míster Jack. Exibia distraído a navalha com cabo de osso. Não sei osso do quê. Osso.

Mui valentão o seu Jack fora da casa de Deus. Afinava num segundo se visse a minha mãe. Ele dizia que ela era o olho do Capeta, a Otelina a enfermeira. Ela trabalhava no hospital, tinha experiência com as anatomias a enfermeira Otelina, enfiar nos tubos, espetar, ossos e cérebros, o hospital. O povo falava que a porta de saída por trás era maior que a de entrada na frente, não sei se me entende.

Boato? Boato. Mas o seu Jack era cismado, vai que ele dava entrada um dia desses, o gado pode reagir, e ninguém é de ferro — só a enfermeira Otelina. Ele devia imaginar a enfermeira no final de um plantão de setenta e duas horas bem-humoradíssima, esperando ele chegar na poderosa V8, a super-invocada-ambulância do serviço de emergência, que tinham passado um rádio:

'Elemento recolhido, câmbio. Elemento a caminho, câmbio. Necessita de atendimento especial, câmbio e desligo', ela de braços cruzados, pezinho-42 tamborilando no chão, impaciente para dar um atendimento superespecial, anestesiar uns pozinhos de papoula no seu Jack, cortar as partes sobrantes como se fossem excessos dependurados de uma bisteca, coisa da maior tenebrosidade, percebe, de maneiras que era melhor o seu Jack cuidar superbem da saúde, se alimentar supernatural e nutritivo, e ficar longíssimo desses boatos do hospital; afinado com a consciência, mudava de calçada se ela vinha na direção dele com aquele passo pernudo dela; talvez de volta do trabalho trouxesse serviço para casa a enfermeira Otelina, ela inteira de ferro, puro ferro, na bolsa alguns opiáceos, desses que ela dispunha aos montes no hospital e o freguês só acorda no dia seguinte, faltando uma parte; sabe, se alguém olhasse com medo na cara de árvore da enfermeira Otelina, conseguiria imaginar uma porção de coisas; e ela usava aquelas bolsas grandes de mulher, podia caber a serra de osso, um bisturi com o brilho do aço novinho, doido para ser usado, e bisturi todo mundo sabe corta dez vezes mais fino que navalha, precisa até tirar porte, essas coisas. Ela desprezava o seu Jack pior que fosse um pelo de caruncho em bosta de vaca.

Tentou se engraçar com ela certa vez ele e ouviu um *Não* educado, de lady. Insistiu. Levou um *Não* firme. Reagiu, sacou das mais machas sordícies, e o *Não* virou muro intransponível. Seu Jack se irritou com a intransponibilidade. Mostrou o cabo da navalha, "De osso, a princesa sabia?", achava que ela era princesa — era puro ferro, já disse —, pensava que ela era desentendida de osso, *daquele* tipo de osso. Coitado, a menor chance. Minha mãe se invocou de saber das investidas do seu Jack — eu de ouvido colado na porta —, mas riu com a resposta da enfermeira Otelina pro calhorda: um discurso imenso com o dedo apontado nas fuças do calhorda, no pacote das calças do calhorda, no nariz, na mão sobre o pacote, imagina a postura de ferro da enfermeira Otelina mais a boca cheia da espuma da verdade e da razão, "Escuta aqui seu calhorda, é, calhorda sim, por quê?", espinafrando algum procedimento de decapitar o prepúcio e "a sensualidade egoísta do homem", o calhorda subitamente c-congelado e surdo, ocupado em calcular quanto é dé-dez vezes mais afiado um bisturi ou cinco vezes ou se fazia alguma diferença. Pensei nas bistecas...

Bistecas, sim senhor. Eu falava do

Bisturi. O corte do bisturi, dez vezes mais afiado, e uma bisteca suculenta... Na época a ideia de somar dois mais dois me capturou irresistivelmente.

CAPÍTULO 50

Sexta-feira santa era churrascada garantida na chácara do seu Jack, pecado, eu sei, dia de comer peixe, mas a carne é fraca. Depois eu me confessava. Cheguei com um embrulho na mão. Falei que a enfermeira Otelina tinha emprestado. Primeira vez que eu não comia bisteca com as mãos. Faltou experiência. Seu Jack entortou a cara de caveira quando viu o aço na minha mão. Também detestei. O troço cortava que era uma maravilha, mas difícil de operar, de segurar aquela porra daquele bistecão imenso com uma das mãos engorduradas e com a outra deslisar o corte na parte mole e na parte nem mole nem dura que Deus coloca na bisteca pra fortalecer os dentes da gente. O primeiro corte desceu no talho direto até arrancar uma lasca do osso da bisteca, aí seu Jack voltou a graça: "Vai comer osso, Rudíni?, hahaha"; então num outro corte a vacilada que a porra do bisturi resvalou e quase me arranquei os dedos, taquiuspariu, sangrou igual pescoço de boi a porra do corte, vê esta marca no pé do dedo?, não fechava, chupei um monte, não adiantou, a porra do gosto de sangue na boca, isso demora a sair, eu já quase engasgava com tanta hemoglobina, soltei tudo numa cuspidaça imensa no chão e peguei o pano de limpar a mão e a mesa do seu Jack e os espetos e limpei a boca e enrolei os dedos e apertei e pedi pra dar um nó rápido e outra bisteca pro seu Jack, "Rápido, bem sangrando, seu Jack", mas o seu Jack tava hipnotizado noutro mundo, olho vidradão no cusparaço, devia tar puto que respingou uns sanguinhos na bota dele de jacaré, "Foi sem querer, seu Jack", ele nem ouvia, a bisteca extra, "Presta atenção seu Jack", falei, era pra repor a gasolina do sangue até chegar na enfermeira Otelina e inventar umas histórias de derreter o coração dela, que ela resolve logo o meu problema. Seu Jack só acordou quando falei a palavra mágica "Otelina", ele deu um pulo e xingou a porra sanguinolenta no chão. 'Desculpa seu Jack o cusparão respingar na sua bota sensacional de jacaré com biqueira de aço, desculpa, desculpa', pensei. Só pensei. Às vezes o silêncio é uma boia de salvação. Depois, cheguei na enfermeira Otelina todo chorandinho, "Enfermeira, enfermeira! Olha o que fizeram no meu dedinho. Foi com o cerol da pipa", ela fez uma cara de surda-zero-fé, desatou o nó do pano metade seco-preto metade pingando duzentos-litros-vermelhaço, e me assustei eu com o susto dela e a puta bronca engatada no ato por causa do pouco pouco muito pouco que faltou pra perder o dedo, Deus-Pai das alturas. Na hora deu vontade de abrir mão do dedo, a bronca. Mas aguentei, era o ritual dela. Alguns minutos e as mãos de anjo da enfermeira Otelina já tinham plantado ali um curativo sequinho e sensacional. Ela ficou muito aliviada, "Mais uma que passou perto, meninin'", suspirou. Mas eu não tinha tempo pra ouvir suspiro. Abracei ela, "Obrigado, Otelina", dei um beijo, "Tchau Otelina. Você é a melhor enfermeira do universo. Sensacional", e fui correndo exibir o meu heroísmo de que por pouco pouco não tinha perdido a mão, "Fiquei de coma, olha que curativo sensacional", e teve um engraçadinho outro dia "Que coma o quê", emputeci com o desaforo, meti a mão, e voltei na Otelina, "Olha o que fizeram...", mas isso, outra história. Falava da churrascada, do bisturi, foi a bisteca que me salvou, graças ao bom Deus, a minha esperteza — a gasolina, entende —, graças à intervenção do meu anjo da guarda, graças à enfermeira Otelina. Sabe, as técnicas dela de espinafrar eram diferentes das da minha mãe. Com ela não tinha esse negócio de discurso pra você já pegar no sono antes, não senhor. Com ela era olho no olho, cara de árvore e na orelha a dura espuma da verdade. Quem aguenta a verdade? É evidente que não contei tudo, pura nobreza da minha parte poupar a orelha dela das cenas mais chocantes, que antes de eu quase me amputar esgrimindo com a bisteca, uns segundos antes, quando o seu Jack ria da minha cara, hahaha, e a bisteca já nas carninhas do osso que a gente só tira roendo, tentei me livrar do equipamento com educação: "Quer experimentar o bisturi da enfermeira Otelina no seu peixinho, seu Jack?". Seu Jack perdeu a graça de novo e piorou mais ainda a cara de caveira de quando eu mostrei o aço no embrulho. Encarnou umas de Capeta encurralado no Céu, pegou a navalha do bolso, abriu num zás tipo super-profissional, manejou duas piruetas incríveis, uau!, o cabo de osso, a lâmina rebatendo um brilhinho rápido de sol, fuzilou com os olhos espremidos a minha cara, passou o lado cego no meu pescoço, lembro do geladinho, e zás!, fechou a navalha de volta no bolso, tudo na velocidade da luz. Também fechou a cara. Seu Jack às vezes era meio enigmático, metade mau, metade triste. Mas compreendo. Eu lambuzado de carne e o coitado na sardinha com alface. É evidente que aproveitei a fraqueza dele para exibir minhas piruetas cortantes também, mui macho, adestrado na arte quando vi desossarem um boi num frigorífico, super-rápido. Pois é, resvalou. Depois minha mãe, diga-me Deus como, ela descobriu o bisturi, ela farejou a porra do embrulho na porra da minha mochila de artigos secretos escondida na porra do meu esconderijo secreto embaixo da porra da cama, mãe tem esse maldito faro com as coisas que a gente faz de suspeito, e me chamou daquele jeito de mãe que soa como alarme antiatômico da gente sumir do mapa na ponta dos pés, alarme que no entanto ela só avisa quando já está a caminho, cobrindo as rotas de fuga, e a gente é flagrado na última cidadela, debaixo da cama — cadê a porra da mochila? É evidente que antes de mais nada ela mandou falar com a enfermeira Otelina, eu de orelha baixa na missão de entregar o brinquedinho e contar a verdade nada além da verdade; a enfermeira Otelina tranquila, não brigou comigo, "Uma bronca tá bão", mas parasse eu com essa história de "brinquedinho", agora volta e acerta o resto do prêmio com a sua mãe, que a tromba da dona possidónia me aguardava para mais um fim de semana de pura felicidade. A mãozinha dela firme na minha, de casa pra missa, "Mas mãe", da missa pra casa, "Não dê um pio, mocinho", eu e o meu coração suspirando pelos filhos da puta da turma, eles lá em pleno futebol, sábado e domingo o dia inteiro até morrer, paravam só no milésimo grito das mães, *Almoço, Jantar,* e nos biscoitos secos de alguma tia sem filhos matematicamente necessitada de beliscar bochechas e beijar, tchau tia, não tia, tá gostoso o biscoito, não precisa beijar tia, tou com gripe, é contagioso, não, não!, e fugiam rápido as bestas todas pro gramado chutar bola e me ver passar mortinho de novo na mão da minha mãe, tudo cara de 'Hahaha, se fodêêu!', filhos da puta, e eu, "Manhê!". Que poder terrível têm as mães de provocar dor na gente, e me depositava na cadeira em frente à mesa, hortaliças, água, hortaliças, brócolis, pura felicidade, estudando até apagar sobre os livros. Não fosse o Tortuga me passar escondido umas batatas fritas e a página central da revista dele de mulher pelada para estudar a geodésica...

CAPÍTULO 51

"Revista de mulher pelada pode, né enfermeira, minha mãe nem precisa saber", ela ria um fiozinho dividido em graça e cúmplice.

"Egoísmo de calhorda eu não tenho, né enfermeira", a boca no meio da cara de árvore, mesmo quando ela sorria era assustadora um pouco. Eu não ligava, ela era justa, quase inocente de tão justa, eu só via o coração dela sorrindo. O coração da enfermeira Otelina era o coração mais bonito do mundo.

"Calhorda eu não sou, né enfermeira, sou?". Eu não tinha muita certeza, era, de vez em quando. A enfermeira Otelina nunca reclamou, assim, ela não era de muita conversa mesmo, nem os boatos do hospital ela falava comigo, e eu atrás da porta ouvindo as duas cheias de segredo, de conversinhas e carinhos; eu também tinha os meus segredos, a vida na rua onde tudo e a própria Brasília, que a minha mãe uma vez pregou um título no chão e me deu de aniversário, tudo era meu, céu incluído, e as artes que eu fazia com a graça de Deus, isto de pedir santuário na Luz Vermelha, por exemplo, minha mãe nem podia sonhar, "Ai, meus pecados", eu lá esperando a enfermeira Otelina sem a menor pressa, aos cuidados das namoradas do Tortuga, uma delas sempre me agarrava se ele não comparecia, eu com pimenta, sem pimenta, me botava no colo esfregava ensinava Faz assim, gostoso né menininho, ai assim não, para, sai, vem cá menininho malvado, continua — essas novidades. Era muito legal. Mas acabou. Fecharam a Luz Vermelha, e ele foi embora o Tortuga e levou o meu amigão Perneta. Fiquei sozinho.

Dei então de ensaiar uns pensamentos de raiva, que sangue chama sangue, não, raiva chama raiva, é, vai ter vingança, jurei morte lenta, justiçar com as próprias mãos — como brotavam fácil essas ideias —, resgatava o Perneta, abria o Tortuga com pinça filatélica e alicate de unha, sem hipoclorina. Mas Deus com seus truques mete umas borbulhinhas dissipadoras na cabeça da gente pra desenraivecer, puxa e solta, empurra devagarzinho a mão da gente na rédea da justiça, a gente nem percebe; mais que mexer as pedras no tabuleiro, Deus troca o tabuleiro, torna as pedras em pão, cola a bunda da gente firme na calçada, Ôa potrinho!

§

Levaria um tempo pra descobrir o que tinha de fato acontecido com o Perneta, e Brasília, sabe como era, território de conquistas, legiões de garotos vira-latas, canteiros de obras entulhados de oportunidades perfurantes esmagantes evisceranres, vastidões de um cerrado tentadoramente selvagem e parque de diversões e de vadiar, tenebrosos labirintos nas tubulações de águas pluviais, lixões, usina de asfalto, a pista do aeroporto, o mantra das subestações eriçando os pelos no braço, na jujuba da orelha, eram os pacotes turísticos do paraíso, tudo energicamente satanizado pelas mães, plantados por Deus; as próprias mães subprodutos de Deus e agentes de viagem:

"Afaste-se filhinho desses antros" "Fique longe dos bombons do velhinho do picolé, amorzinho" "Promete" "Jura por Deus" "Não dependura no teto da jaula do zoológico, por santa brígida, não interessa o que esse tal de Boró disse, não é gatinho, não é macheza, é burrice" "A Imaculada? Mamãe nunca ouviu falar, mas essas mulheres, distância, viu?", cheias de dicas e as maiores promotoras de Satã as mães, percebe; tão farto esse mundo, é evidente que eu acabaria esquecendo a inconfidência do Tortuga. E se fosse medir ruim por ruim nas balanças da redondeza, o gajo estava longe de ser o pior. Quer dizer, mais ou menos, que ele bem circulava com a fina flor nas sombras que os meus olhos aprendiam rápido a seguir, que não achavam difícil seguir, ou ruim — às vezes, e cada vez mais, bom.

Reabria o padre Vieira em cima dos lusíadas em cima dos meus gibis assim que ele voltava da rua, o Tortuga sempre cheio de astúcias, e eu preparadão, ansioso pelas histórias que viriam, "as mais assinaladas do engenho humano que jamais houve ou havê-las-á, as histórias d'minha vida, senta-te e escuta, chalupa duma figa", diferentes das histórias da minha mãe, que eram caprichadas também mas amorosas demais, e lições; quem quer isso?; ele as cousas cruas das terras sem mel que cá temos e dalém-mar, "das gentes possantes, belígeras, gentes incógnitas e estranhas", e um pouco embaralhadas, me pareciam, como as histórias do Atlântico, que ele contava quando vinha da Luz Vermelha, "O Atlântico", peito cheio de orgulho, como de um filho prodigioso, "Ah! O nosso imenso Atlântico, menino Boró", nas veias os rastros do licor de damiana generosamente servido pelas namoradas na Casa da Luz Vermelha, e, sacados à gaveta, o copo e a meia garrafa de Porto de cuja boca a rolha desenroscava maciamente silenciosa e enchia o copo até entornar a "ebrifestante mágica" daquele "oiro líquido dos deuses".

"Queres?", oferecia impudente. Só uma porta nos separava do tamanquinho na mão da dona fúria.

Sou besta?, eu ainda pagando juros na conta do bisturi respondia com a minha cara de 'Tá besta?'. Ele então virava um gole pra betoneira das ideias.

"Tens a certeza?", me tentava enquanto com muita classe passava o dedo no caldinho entornado na mesa e lambia, lambia o copo também, e os beiços, depois secos nas costas da mão. Tudo pronto. Língua devidamente estalada e o ar quentinho nas cordas vocais. Vinha cada história...

CAPÍTULO 52

"Atlântico, ora então o parvinho não conhece o Atlântico, e implora que lhe faça *eu* a lição da professorinha amada, ama-a, não negues. Sei-o. O Atlântico, ah o incomensurável Atlântico... Não se trata duma banheira para quatro tábuas, hem, esquece o Vieira, explico-te, se cá rachares teu cofrinho das moedas. Quanto me pagas por esta excruciante empreitada, seu usurariozito duma figa?, e não alegues estar o porquinho vazio, acabou o cacau, corta as patranhas que eu não sou otário. Sei o quão mão de vaca és, pior que tua mãe. Não importa. Fá-lo-ei graciosamente, vai, põe-me dois dedos de Porto no copo, escravinho, que está bem. Acomoda a bunda seca no engradado d'ouvir histórias e escuta: a saga do Atlântico. Dissipa da cara suja o ar de espertinho. E cala este sorriso néscio. Besta. Atlântico é o nome que demos, eu e meus ancestrais, senhores da navegação e do comércio, da Etiópia à Índia, a um rio muitíssimo imenso que nos alimenta e atrai, pertence e divide, diante sempre a morte, como diria o Albuquerque da nau santo António, parente afastado, um dia conto-te a tragédia, rio tão caudaloso que o dizem oceano. Oceano Atlântico. Há mil anos salgado e conquistado a partir da ocidental praia, conforme escrito, embora mereça reparo o batismo: Oceano dos Navegantes. Ou do Gama. Ou ainda, a valer as inscrições na gruta de Maquiné, eu as vi, Oceano do Tortuga. Nem cogites de interromper-me, entendes tu de nada, seu pentelho encravado duma figa. Que tiras de útil das lições da professorinha querida — *Aquellos ojos verdes...* —, hem?, destes livros grossos que tua mãe te enfia pela glote, da Enciclopédia, que não foi para devorá-la nem decorá-la que te dei, não quando falo. Olha cá menino avoado e diz o que tanto vês aí nestas páginas, foguetes espaciais, matemáticas, que asneiras folheias afinal? És um tanso para as matemáticas, uma nódoa para quaisquer ciências ou histórias, e o português que insultas, pensas que ignoro as aulas que dás ao ingrato do Perneta, e cão fala? Dois pacóvios. Já disse mil milhões de vezes, não ouças tua mãe. Ouça-me a mim. Ela ensina-te tudo atamancadamente, a desobedecer-me, a cometer estes desprimores de 'me dá' 'me isto' 'me aquilo'. Silvícolas. Escuta-me cá, silvicolazinho ignorante, explico-te dos oceanos, porém fecha a Enciclopédia, dado estares diante de um enciclopedista. Fecha a Enciclopédia, putinho desobediente, ou tomo-te de novo. Dei-te tudo, tomo-te tudo. E não anota, memoriza. Deves endurecer esta bostinha cinzenta que tens mole na cabeça. Serve-me outra dose, lacaiozito. O Atlântico. O Atlântico pertence às lusíadas-gentes, isto pública e notoriamente sabido. Se a professora lindinha dos olhos verdes não o sabe, proteste, sempre pertenceu. Por isto existem coisas tais o Brasil e as fortificações em Elmina, sem mencionar a proverbial Penúltima Flor do Lácio — a Atlântida perdida, nossa também —, terras viciosas desbravadas pelo valeroso conde de Vidigueira, descobridor da China, onde comandou as cruentas assepsias da Santa Cruzada contra Khan, o Terrível Javanês Devorador de Criancinhas Cabeludas que Desrespeitam os Mais Velhos e Queimam lhes os Limões do Limoeiro! Khan, o Grão ferreiro sórdido de Vulcano e rei dos Unos, e os Unos, flagelos de Deus. Como tu. Avexa-me tua ignorância. Se não os conhece é porque não decoraste direito a Enciclopédia, pedaço d'asno. Lê tudo novamente e desta vez presta atenção. Se te apetecer — olha o copo vazio, seu distraidozito duma figa — conto-te um dia as peripécias destes bárbaros escritas originalmente num papiro enviado ao Caminha, um tio afastado abatido com uma flechada no olho, tua mãe entende do assunto. Falar nisto, disponho eu duma cópia legítima da correspondência do Caminha. Coincidentemente estou a ponderar se a troco por um pergaminho de minha autoria que hora se encontra em posse do alheio. Faz anos, o escrevi: 'Quando cá cheguei, havia na grande extensão deserta apenas o silêncio e o mistério da natureza inviolada', por acaso exposto no Catetinho, protegido por uma caixa de vidro com a sigla JK, minhas iniciais na forma cifrada, segredo, hem? Se porventura fores sorrateiro ao museu e providenciares a troca, sim, mera substituição, basta levantar a tampa e pegar um pelo outro, seria qual um donativo, sabido que a minha cópia mimeográfica é mui mais valiosa. Faz este favor à pátria — mão no coração e uns Ouviram do Ipiranga, entoa, antes —, e desinteressadamente escorrego-te vultosa comissão. Mas sejas discreto. Se fores pego, berra pela dona possidónia, ameaça-os com o tenente-coronel, grita socorros! aos padres, pois me não conheces. Quanto ao Caminha, chama-se, o conjunto da obra, As Aventuras Submarinas de Marco Polo... Não faz essa careta de sonso. Chega mais a cabeça aqui. Não vou bater, podes confiar. Tau! Besta. Pois contava-te da epístola do Caminha, que escrevera sobre donzelas resgatáveis, inclusive, se calhar, alguma parenta daquela ruivinha magrela do sorriso blindado que proclamas detestar, a grudenta do narizinho torto mas simpaticíssima; toda vestidinha de rosas, elegantissimazinha, vem à loja por balas e chicletes, pretexta ela, na verdade a procurar-te, e somes, 'Ai meu coraçãozito', suspira ela por maltratá-la, isto não são modos dignos de um verdadeiro cavaleiro espacial, como te dizes, desapareces e a expões às garras do famigerado Marco Polo, na verdade leal amigo do peito. Professor de línguas, honestíssimo. Quase tanto quanto eu. Larga de parvoíces, o tema é sério, põe-me outro dedo, criadozito, vamos, espreme a garrafa, não põe a língua na boca da garrafa vazia!, esquece a garrafa e busca uma cerveja gelada se não me matas a garganta de secura... No mesmo copo não, seu desmiolado duma figa, mas está bem, enche. Senta-te. Fomos à China Marco Polo e eu e da China à América, ah a América... Conheces a América?, tira o dedo do nariz, não limpa na roupa no balcão no engradado, no chão pode, tira o dedo da boca, miúdo aloprado, ah a América... Deixaram-no entrar, ao Marco Polo — hoje procuradíssimo lá —, porém não a mim. Por quê, me pergunto, qual desfeita fiz eua eles?, eu, cuja índole bem conheces — chega a cabeça cá, não? —, um coração no fundo honestíssimo. Vê, espalhaste-me a alcunha de Tortuga de tal forma grudadíssima, que hoje sou eu em todas as paragens assim conhecido. Nem por isto te enforquei inteiramente antes de os vizinhos acorrerem aos balidos: 'Ai, Deus do céu acuda, tão matando o menino! Seu Tortuga, para, solta o garoto, seu Tortuga, a mãe tá logo ali, seu Tortuga, tá ficando roxo o pobrezinho, seu Tortuga, seu Tortuga!', pelo quê, te larguei, a contragosto, reconheçamos, todavia larguei. E não deste um pio quando tua mãe chegou esbaforida e te ressuscitou no chão, pois não és dedo-duro, graças ao suprajustíssimo Deus. Dizia-te... deixe-me ver... quieto, ou tomas uns cascudos. Vamos, levanta e molha-me já o copo, que ele seco e tu de braços cruzados. Onde estávamos?, ah, perfeitamente, nos cascudos, tau! Besta. Estávamos na América, sua besta, quando à lá me dirigi soprado pelos Elíseos que vinham suaves da bendita praia ocidental, fui-me mais algumas caixas de mercadorias ocultadas no porão. Encontraram-nas. Recusaram-me os chás. Confiscaram-me os azeites. E exigiram lhes outorgasse o segredo da rota das Índias, a salsa via, salso mar, o Atlântico, percebe, primeiro o Atlântico, depois Mombaça, Calicute, os incomensuráveis tesouros de Cochim. Pois escusci-me a ceder-lhes a outorga. É tudo nosso, inegociavelmente nosso, bens de raiz, disse-o amparado em mil anos de tradição. Nós que os abrimos aqueles mares, nós, os portunautas, que desbravamos a larga via para as Índias. Não dou. Mas insistiam, queriam o segredo rinocerontemente, a rota, mais, queriam o Atlântico inteiro para eles. E tomaram-mo. Raios, centenas de vezes raios!

Pergunta-me se reagi, não, não pergunta, pois reagi. Primeiro emputeci, depois reagi. Tal qual os vietcongos. Conheces os viets, uns amarelos pai dégua, que se deixar conquistam a galáxia, ferocíssimos, valentíssimos antípodas cabralinos que lutam há séculos pela 'Independência ou Morte!' debaixo do planeta no outro lado, na extensão Pacífica do Atlântico, conheces, já não contei? Contei. Não recontarei. Agora desabunda do engradado de ouvir histórias, que necessito de alcançar uma mercadoria, levanta, é evidente, os vietcongos, vivem eles de ponta cabeça, história que te vai eletrizar. Constam bastantes atrocidades. Explosões, mutilações, e, sim, helicópteros, que nome doidivanas para autogiros, e não me inventa que vistes nas primeiras páginas dos jornais e revistas em manchete fotos enquadradíssimas de bolas de fogo e crianças despojadas a correr por entre a guerra, tu não sabes nada destas cenas apocalípticas agora nem do coração das selvas, és um lorpinha, pois atenta-me lorpinha que te atualizarei das notícias mais alvissareiras: lá em terras viets a estas horas é o fim da noite, então se fores visitá-los cuidado com onde pisas, ou varam-te as botas lanças de bambu afiadíssimas lavadas com venenos intestinos, atente também a corpos que despencam de autogiros estalados à granada de mão e pernas e braços a voar, a voar, sim, a voar à dinamite aos milhões bem-vindamente e à guisa de cortesia por parte dos catrabuchas da estratosfera, os bê-fifti-tchu; verás plantadores de arroz a rezar por água e sol, a recebê-los misturados na forma duma chuva que perfura os chapeuzinhos em cones achatados na cabeça e gruda na pele quente como as entranhas do Sol; se reclamam, a água que buscam ao rio, tornam-na em roxo sangue sobre a terra e os arrozais, descem praguicidas laranja, pura poesia, quase um *Exodus*, senta-te — ai o mundo que te aguarda, criança infeliz... Disse que emputeci, não disse?, pois emputeci. Qual os vietcongos. Levantei-me diante deles os rinocerontes e ameacei: devolvei-me o Atlântico incontinênti, ou darei eu uma festa de rachar o sino com tudo o que me restou nesta caravela de vela latina, chá, pois os azeites, conforme disse, já os haviam escorregado, silvicolamente falando. É evidente que um sino assim rachado repercutiria ruidosamente na história daquele bravo povo guerreiro. Sentiriam a fúria colossal do mundo a erguer uma tocha em defesa dos pobres, dos fatigados, dos miseráveis arremessados pelas tempestades, eu, por exemplo. E lhes raspariam de volta os bonapartes as terras impagáveis da ilha de Ellis à Louisiânia. Isto lhes seria incomensuravelmente insuportável. Semi-roxos de ira e vencidos pelo desdobrar dos acontecimentos, pois sabes quanto me desdobro quando emputeço — anda, outra cerveja, esparrinho preguiçoso —, semi-roxos portanto seus atrevidos generais atreveram-se a mostrar-me a língua, como tu às vezes, às escondidas, ou pensas que não sei de tudo, e malcriados e respondões como tu: 'Quer de volta o Atlântico, quer mesmo, a sério?', insinuavam-se perfidiosos, 'Mas é sua de verdade essa Tordesilha?', questionava-me a burla às 370 linhas do Tratado o doutrinador monroe, estás entendendo, menino Boró, o alcance da batalha em curso, a Batalha do Atlântico! Abre os braços. Mais. Abre até se rasgar. Do tamanho do mundo, maior que mil Brasílias, pois desafiavam-me eles, os rinocerontes, por onde vês quão vítima fui dos tramoias, que no entanto logo se arrependeram, 'Toma', submeteram-se, 'Fica com ele de volta', renderam-se os macarturs, receosos de enfrentar-me a oitava frota no paralelo 38 e bufaram, sopraram e bufaram seus Elíseos furiosos sobre as casas de palha e madeira e nas águas do Atlântico, passaram pela Atlântida Perdida, acharam-na, sopraram-na e bufaram-na também, inútil, posto que assopravam pedras, afundaram-na então, perderam-na enfim, a Atlântida perdida — incapazes que são de passar por onde seja sem os delivery do Inferno, os B52 — e, incapazes de andar pelo mundo sem bufar, continuaram assoprando e empurrando as próprias águas do Atlântico até à ocidental, razão pela qual ainda hoje se nos precipitam as marítimas águas, erguem-se em paredes imensas a açoitar-nos noite e dia, montanhas de águas que vêm rebentar dezenas, dezenas não, centenas, milhares, mil milhares de Paranoazitos sobre as rochas da Nazaré, onde a terra acaba, rochedos temperados com o Atlântico sal, o Atlântico malho a forjar de azul tantos nobres corações, fortíssimos Pachecos, Almeidas e Castros, e Azevedos — estes, da maior tenebrosidade, acredite —, a palpitar no ilustre peito duma gente que — inigualável — faz versos para 'dizer à guitarra', lindo isto, não?, e os chora, mas não soçobra, acolhe vagalhões, porém não cede nem amassa, jamais se submete, resiste... Ris do quê, menino idiota, estás bêbado?, rega o copo e dissipa da cara suja esse ar de quem sabe dalguma coisa porque sabes tu de nada, és um pateta... Ehr... Onde estava eu?, que Inferno — esvazia essa garrafa, ô descansado —, as verdades todas que te disse... e porque disse, sólidas, solidíssimas... Ah sim, falava do Atlântico se precipitando nas rochas ocidentais, agora pode anotar, juro, tu que gosta de fazer marolas nesse Paranoazito de peixinhos de aquário, juro: ponho-te numa mala, levo-te junto comigo qualquer dia desses e depois, se ainda respiras, tiro-te da dita mala, mostro-te e despejo-te eu nas ondas da Nazaré, e verás com esses teus olhos que a Nazaré há de comer se águas podem ou não ser paredes imensas e precipícios, e surfarás com teus ossinhos moídos uns jacarés nas denodadas da Nazaré. Talvez nem de dia: de noite, já que tanto exibes essa ousadia de Príncipe Valente. Está decidido. Será na calada da noite que o levarei embora, quando é mais assustador, huhaha! Agora chega de Atlântico, cansei. Sai. Apaga a luz antes de sair. Se não anotou, anote depois. Se anotou, esconde da tua mãe. Traz uma garrafa nova de Porto, anda burrinho, e um travesseiro..."

CAPÍTULO 53

Complicado apontar o dedo e dizer o Tortuga era mau sujeito. Eu acreditava, queria acreditar, o gajo só estava ressentido com a minha mãe, toda hora uma espiga, e com o desprezo do Perneta na partilha dos abanos de rabo, econômico pra ele, generoso comigo, o meu amigão Perneta-Pé-coxinho Boró da Silva Botsuana — todo mundo merece nome completo, "Da Silva Botsuana?", minha mãe adorou, "Que nome... criativo, filhinho", e eu, animado com o *criativo*, levei o pagãozinho na missa pra batizar sob o rigor do rito, até tomei banho espontaneamente antes, o senhor sabe, aquelas histórias de que paga dobrado quem morre pagão, coisas da fé, a gente se disfarçou de irmão mais velho e bebê no colo, mas bebê é ímã de mulher e logo atraiu uma beata imensa que veio como uma locomotiva toda se derretendo ó-uh-óóh doida pra fazer bilu-bilu, e a solenidade... fodeu —, então, com o amor-próprio ferido de espigas, que eu ainda fui esquecer de convidar ele para a cerimônia batismal, coitado do Tortuga, também filho de Deus, foi daí que o filho, de Deus, vamos dizer, inventou de levar o Perneta, foi como sucedeu, pensei.

Odiei, é evidente, mas sabe como funcionam os ódios nessa idade, mais as vastidões de Brasília, tudo de novo sob o sol; embaixo, quilômetros de galerias pluviais; a garotada e o futebol nosso de cada dia e a invadir pelo buraco da cerca o arsenal da marinha sem medo do marinheiro fantasma do Lago Norte, "O pantagruélico devorador de alvarinhos cabeludos que fazem cocó nas raízes dos limoeiros dos outros e acham que daí nascem dinheiros. Não nascem, ó putinhos dementes, já vos disse mil milhões de vezes, não nascem!" "Ó dona meia-criatura, vem cá ver o que o criaturinha-cabelo-de-grenha fez ao meu limoeiro desta vez, sim, sei, não posso provar, mas posso medir o serviço, com tais dimensões só pode ser dele, que tanto come e nada retém, não cresce o putinho, apenas passam-lhe o feijão com arroz pelos ductos, misturam-se, fermentam-se e nada fica, ah sei, tens mais o que fazer, tampouco vais limpar, ô raio de criatura respondona. Onde estava eu com a cabeça quando te acolhi e ao putinho, aquelas supinas cartas que tanto te recomendaram, 'Maria tem dezenove anos. Lê, escreve e fala otimamente bem. Maria quer ser professora, mas aceita qualquer serviço ... lava, cozinha ... moça inteligente, trabalhadeira... contenta-se com pouco ... Maria é um anjo', anjo, vírgula. Acrescente-se a cara feia dos padres que tive de aguentar, eles que te pré-educaram, catequizaram e insinuaram-se-me com a excomunhão caso não vos desse eu uma chance, não fosse EU o anjo nesta história. És uma ingrata, sabia?", e lá fora as vastidões impressionantes daquela cidade tão cheia de desejos, 'Vem, me consome', o solzão derretendo em bolhas o asfalto ruim das ruas e cadê na turma quem é macho e besta como eu de esparramar o grude quente com o cascão do pé, ou ficar deitado no final da pista do aeroporto vestido de branco em cima da faixa branca, sentir o avião decolar no nariz da gente e um geladinho na barriga, é óbvio que eu vou ser piloto de avião quando crescer, a pivetada toda amarrada um no outro pra ninguém fugir, se fugir eu mato. Mas foi só uma vez, que além de ficar surdo de não conseguir tapar o ouvido, o geladinho na hora falhou. Foi da gemedeira do medo. Nenhuma roupa saiu branca dali. Depois pegaram a gente.

Chamaram minha mãe na delegacia. Achavam que eu era o responsável, imagina, queriam me camburar direto pro Reformatório. Mas o meu amigo confidente e anjo da guarda Custódio, sempre ligado — quase sempre ligado —, trouxe ela antes do camburão chegar, eles ocupados na diligência de capturar uns subversivos que andavam quebrando vidraças pela cidade. Bem na hora que me berraram com a terrível palavra REFORMATÓRIO, o Custódio desceu do Céu e depositou ela na entrada da delegacia, deve ter chutado a porta ele também pra abrir caminho, depois bateu asas, que quando olhei tava lá ela parada um passo adentro, cara de bíli-de-kid, toda cheia de cartucheiras e um cavalo branco, na garganta o famoso colt-45 dela que ela já sacou metralhando todos os índios e o djon-uêini pra me salvar. Essa era a minha mãe.

CAPÍTULO 54

"Reformatório?", minha mãe. O doutor delegado:

"Calma, senhora", tentava controlar a senhora mas a senhora:

"Deformatório, quis dizer o senhor", um senhor com autoridade, "Assunto de segurança nacional", intimidava, e assoprava, "A senhora há de convir", jogava umas cartas de negociação, procurava ser razoável, como se ela estivesse ali para jogar razoável ou ser assoprada ou intimidada. Achou que ia controlar minha mãe, ele. Essa eu queria ver. Meio que torci pelo doutor delegado. Fiz as contas:

Firmão, podia ser meu novo amigo, me levar de viatura no futebol. Ligava a sirene e arrepiava os fortões da turma. Eles iam ver. Eu e o meu amigo doutor delegado a gente arrebentava tudo por vingança da covardia dos mais fortes que eles me atacavam porque eram mais fortes, é óbvio que eu vou ser polícia quando crescer, caçar e matar bandido, ligar a sirene no máximo pra assustar o povo. Em troca, eu ensinava uns macetes de rua pro doutor delegado.

Levava ele nos amigos do trio musical e das bistecas sangrando do seu Jack, solicitava uma diligência pra encontrar a ex-mulher dele extraviada, coitado do seu Jack, devia estar sendo uma experiência; e o ex-advogado-namorado dela, e também o vizinho da chácara do seu Jack, plantador de cigarro, outro que evaporou, fazia cigarro e uns produtos em pó o tal vizinho, mas a química assanhava os Filas, seu Jack furioso, seu Jack tinha um ciúme lascado daquela cachorrada; prestou queixa; não adiantou, o agricultor de cigarro tinha umas imunidades de diplomata; aí o seu Jack soltou a cachorrada pra despenar as galinhas d'angola que o sujeito havia comprado do próprio seu Jack a preço de ouro pra elas comerem os *scorpions* que infestam a região, explicou o seu Jack pro vizinho quando ele chegou no pedaço e eu e o seu Jack fomos dar as boas-vindas. Seu Jack meio que me levou pelo pescoço com ele pra bisbilhotar a propriedade "infestada de *scorpions*". Não saíam barato aquelas bistecas.

"*Scorpions*?", alarmou-se o vizinho.

"Pergunta pro-pro menino aqui. Tá cheio de picada de *scorpions*, ele. Só não mó-morre o pobrezinho porque Deus não permite, ninguém sabe por quê", ah *scorpions*, entendi, pura mentira, eu tinha picada de tudo, carrapato, formiga, mosquito, pulga, abelha, marimbondo-cavalo (Deus do céu!), aranha, cobra, bundinha-queimada, lacrainha (dói nada), morcego, agulha, tudo, menos escorpião, fiquei na minha, seu Jack era mesmo muito esperto, "Esses *scorpions*", continuou o seu Jack com aquela voz de *Nai tendei* dele de suspirar as moças e o Demónio, "É uma espécie minúscula e mortal, vermelhos, pá-parecem carrapatos", e *são* carrapatos, são parasitas, "Deveria tentar a política, o gajo", dizia o Tortuga. Os parasitas endoidaram o vizinho — de vez em quando o seu Jack me mandava jogar uns carrapatos lá – tudo por uma bisteca —, o vizinho agricultor diplomata adorava os parasitas vermelhos mas no final da cadeia produtiva, não no começo. "Outro alérgico a cô-comunista", dizia enigmático o seu Jack, um tipo de alta periculosidade esse míster Scorpions; negócios na Colômbia, em Miami, era adido cultural numa embaixada; eu concentrado roendo minha bisteca, ouvi o pessoal da churrascada dizer que ia na Pedreira arrumar a cama prum assunto que vinha fazer uma visita daqui a pouco, "Tá uma delixa, xeu Jack", mas quem apareceu foi o próprio míster Scorpions. Trazia um jacaré deste tamanho preso nas costas, aparecia o cabo, é, um facão.

Botas de couro até o joelho e um chapelão de caubói americano, rosadão, parrudão, gritava desde longe com o seu

Jack, xingava o seu Jack de tudo que é nome, de macaquito — "Macaquito...?" — a calhorda — "Calhorda...?". Chegou, parou uns dez passos do seu Jack, pernas abertas e polegares na fivela do cinto, como se fosse rolar um duelo, "Oba!", olhou pra mim que eu era só um cão que tinha parado de roer o osso pra assistir a matança, virou pro seu Jack, "É seu?" "É. Quer?" "Não." "Vinte dólar." "Não." "Dez?" Depois teimou de recusar também o convite de ir na Pedreira. Seu Jack me jogou outra bisteca e foi chamar a Lurdinha pra ajudar a convencer o teimoso chapelão. Nunca mais viram o chapelão. Teve ainda o casal de auditores do serviço de zoonoses e o caso do concorrente lá de Santo Antônio do Descoberto, era esse infeliz malvadão que antes vendia aquela comida desumana pro Formiga; o filho-da-mãe perdeu alguns contratos de fornecimento, circos, zoológicos, times de futebol, e começou a fazer perguntas. Tudo desaparecido. Fica sossegado seu Jack, eu e o meu camarada aqui o doutor Delegado nós vamos abrir um montão de inquérito; a surpresa curava a gagueira do seu Jack na hora, então, eu e o doutor Delegado na delegacia, e a minha mãe correndo por fora:

Largou na frente ele algumas cabeças de vantagem no interlocutório com ela, que vibrou com a macheza dele, percebi. Ele a voz grossa, barba de trasantontem, sangue uma ou duas horas na camisa, conheço, o cabelo meio desengomado das diligências na madrugada era preto como graxa de sapato, e lustroso, igual o da minha mãe na época, antes de eu esbranquecer de preocupação metade deles; treisoitão no coldre de peito o doutor Delegado; vi duas marcas de furo no pescoço; foi um tiro que atravessou, ou buraco de antena de TV, como eu da vez que numa guerra de canudo tropecei e fui com a antena de alumínio de boca no chão e a enfermeira Otelina, enfim, esquece; esse doutor Delegado era dos meus, a catrevagem respeitava. Mas só.

Olhando de perto notei umas telhas de vidro nas atitudes; podia se levantar ele cheio de balas no tambor e o vozeirão com aquele queixo de tijolo na cara da minha mãe, mas ficava só nas educadas preliminares, "É um desses apreciadores de hortaliças e amantes dos direitos humanos, o doutorzito Delgado, nem sequer esborralha a bandidagem, acreditas menino Boró? Lê-lhes páginas do Código. Os valdevinos preferem a via direta, três estalos bem dados logo duma vez, cara, barriga, tostão na coxa, e pronto, cela, cama decente e café da manhã", me explicaria o Tortuga. E não usava palavras grandes pra enfrentar minha mãe o doutor. Palavra grande faz incomensurável diferença. E ainda se rendia antes da luta.

"Enfrenta. Jamais ó putinho, nunca jamais sob tempo algum jogues a toalha antes do primeiro round", dizia o Tortuga quando me levava para assistir às lutas clandestinas em Luziânia. "Sugiro que esta noite o miúdo aposte tudo do cofrinho no lutador mascarado Sansão. Punhos colossais, cruzado, uppercut, jabe. Ágil qual o Diabo; e lê das Escrituras, como tu, seu coroinha do pau oco, que só dona possidónia não enxerga. Barbada. O de calções encarnados, observa o medo nos olhos".

Frouxo. Sem chance. Ele não fazia o tipo honestíssimo-Tortuga, o doutor Delegado. Aposto que nem apreciava uma boa bisteca sangrando. Minha mãe: "O assunto do Reformatório está fora de cogitação, já disse. A propósito, conheço muitíssimo a sua mãe, senhor delegado, [Que arruma o colarinho. Sentiu o chute nos furos do pescoço,] da mesma paróquia, o padre [investiga o pescoço dentro do colarinho, talvez o pé da minha mãe ali encravado,] e o tenente-coronel, [encravadíssimo, abre o colarinho, respira, 'Calma, senhora'.] o meu filhinho num reformatório? Por favor, senhor delegado, não insista. Pretende insistir?", porque ela ainda conhecia a dona Gumercinda, tia dele, acho que minha mãe conhecia todas as mulheres de Brasília, ele já desistido da autoridade, a avó dele, de ser razoável, e ela ainda na inércia parental, a prima, que, minha mãe não sabia, dava o expediente na Luz Vermelha; muito boazinha por sinal; peitões incomensuráveis que eu adorava afundar a cabeça quando dava o meu abraço de nó nela, ela nem percebia a malandragem; e o sutiã uma vez foi capacete na guerra de canudo, a prima:

"Criatura, o meu sutiã americano!, vem cá, menino da peste", gritava ela segurando os gelatinões na mão enquanto corria atrás de mim, eu *in natura* com o senado e o congresso meio beges seguros por uma alça elástica, como uma pipa relutando em levantar voo, 1964, 5, 6, não tenho certeza. Depois dos parentes em revista, a minha mãe, a mais mamífera mãe de todas as mães, profundamente indignada com a postura do doutor Delgado, que driblava fácil a magna caterva, mas mãe é obra de Deus com o sinuoso da Serpente, ela, a essa altura mais mamífera que o necessário: "Esta frágil criança num reformatório?", pôs a mão na minha cabeça, examinou a mão, depois em casa me fez uma pré-lavagem de mangueira, os cachorrinhos adoram banho de mangueira, e "Já para o chuveiro", os cachorrinhos odeiam chuveiro, "O senhor fique sabendo...", minha mãe multitarefa, que me defendia e calculava o doutor Delgado enquanto esfregava o royal straight na cara dele, sabe como é, ela quebrava o cabo do freio de vez em quando, não fazia por mal, mas também esquecia de tirar o pé do pescoço às vezes; eu com a minha cara de auréola e o doutor Delgado já grogue, ela não ia perder a oportunidade de ser dramática, de enrolar e apertar um pouco mais, tava gostando, percebi. Engatou um discurso leve: "A segurança dos ricos é protegê-los dos pobres. E a dos pobres?" "O orçamento da união" "Invasões sem saneamento básico", o doutor Delgado já dando por concluído o inquérito, engavetava o carbono e o bê-ó discretamente no lixo.

Sonhava em cair fora dali o doutor, respirar umas pólvoras refrescantes de escopeta com a catrevagem sanguinária, bater uma carniça, um polícia e ladrão, matar dois três quatro, esvaziar o tambor, preservar o resto da dignidade perante os malacos e demais autoridades presentes, mas a senhora nem no meio ainda da descompostura, "Porque nós, mulheres" "A liberdade" "Igualdade", liturgia da braba; vai jogar com amor de mãe pra ver o que acontece; estava com pena do meu amigo mas, evidente, antes no dele que no meu; o coitado já nas vascas, quando uns outros na plateia desacataram uma risadinha imprudente. Ela se virou — aprendam —: não se interrompe liturgia de mãe.

Carcereiro escrivão detento causídico, "Todos vocês aqui têm culpa, todos têm mãe!", disse ela. Começou bem. Discurso de mãe sobre mãe. Quero ver nessa hora quem é o sangue--grosso que não afina. Ergueu o indicador, gostava quando ela fazia isso, parecia uma questão de ordem, *ela* a questão de ordem, e dominava a plateia, o dedinho em riste de procuradora geral das sete esferas e seguiu descascando os cebolas. Estava inspirada aquele dia.

Quanta força nos dão os argumentos, a razão, Deus e a indignação "retórica e eloquente", a mãozinha da maestra regendo as palavras e os ouvintes, os olhos dos ouvintes no olhar dela, que para uns enfeava, para outros assustava e mesmo aterrorizava, faltava só um engradado tosco pra subir de palanque; mandou a carga direto no fígado deles — se é direto mesmo, dói pra capeta —, reevocou as respectivas, e o doutor Delgado, que sumiu de fininho, cadê agora pra zelar pela nossa segurança nacional, todo mundo ó, maior silêncio na delegacia, uma torcida ensurdecedora praquela mulher levar de uma vez pelo amor de Deus o marginalzeco do filho embora; e o marginalzeco pelo amor do mesmo Deus rezando que ela descascasse eles mais um pouco, pimenta nos olhos *deles*, está tão bom assistir, depois vai ficar tão ruim... E ficou. Pior. É que deram uma prensa na turma e eles me entregaram sem piedade; todos inventaram histórias, menos o Chumbinho, o Chumbinho não era dedo-duro nem debaixo do cinto do pai;

que eu tinha amarrado o bando pra ninguém fugir, imagina, e no final eu que fiquei com mais medo do aviãozão:

A-lá ele vindo, oba que emoção, ele tá chegando, "Brava gente brasileira", é muita emoção, "Longe vá... temor servil", tá perto, "Não temais...", tá perto demais, ai-ai-ai, sobe meu Deus, "...ímpias falanges...", decola por favor, vai esmagar, vai tudo morrer, mamãe, gritei e chorei e mijei. "Mentira!" Não fui o único. Só o Chumbinho não se borrou. O Chumbinho era muito destemido.

Acontece que bateu o pânico, sabe, metade da turma queria correr, metade desdar os nós, que nessas horas, é evidente, cegam. Os guestapos do aeroporto apareceram num relâmpago, antes que a gente uma fieira de palitinhos brancos em disparada sobre o fundo de terra vermelha, "Corre" "Olha a cerca" "Falta pouco" "O Chumbinho caiu" "Levanta, Chumbinho, dá a mão". Fodeu. Pegaram a fieira e foram separando e disciplinando um por um a caminho da delegacia, "O pivete vestido de leite de coco, que porra essa, invadiu área de segurança nacional, ah quer ver avião de perto, quer ser chupado pela turbina, o que foi, tá nervosinho, quer aprender uma lição? Não quer? Tau! Não? Tau! Sim? Tau!".

Estapearam todos, menos o Chumbinho, que tava com a cara e o cotovelo tudo esfolado da queda. Aí ficaram com remorso. E estapearam o Chumbinho também. "Aprendeu?" Lição aprendida, entregaram a gente todo calminhos na mão do doutor Delgado. Depois os pais recolheriam e concluiriam o serviço.

CAPÍTULO 55

Levantou dessa vez um princípio de incêndio na comunidade. Dessa vez a coisa foi um tanto grave. As comadres e mães dos outros canalhinhas, penal 288, quadrilha ou bando, as linguarudas da vizinhança, elas *sabem* que o Demônio são os filhos dos outros, 'O meu Chumbinho é inocente', e começaram as faíscas pela boca, porque o que as comadres falam na igreja fica na igreja, vamos dizer, mas nem sempre, às vezes sai e se espalha incontrolável. Lá fora o mato seco da estiagem, eu, correndo de boca em boca, 'Esse menino da Maria' 'O olhar dele de diabinho', e o incêndio, 'Sabe aonde ela foi buscar o peste dessa vez? Aonde comadre? Na de-le-ga-ci-a Não-me-di-ga E a comadre já reparou na cor do pé o cascão? Serviço de mãe preguiçosa Falta de marido Metida a fazer discurso nas outras paróquias A Maria? *Opressão e esperança* Opressão e esperança? *Saneamento básico* Nãão saneamento básico? Política é assunto de homem Aquele menino da Maria é o espirro do Capeta Não tem pai Um pingo de educação Culpa da mãe Sempre culpa da mãe', ordem e progresso, ouviram do Ipiranga, tava quente o negócio. Iam me fritar.

Voltamos do evento de ônibus eu e minha mãe os últimos a serem liberados na delegacia, todos em transe, "Vamos filhinho, antes que acordem", ela atulhada de serviço, que o Tortuga apertava ela mesmo quando ia na Luz Vermelha, e a língua quente das comadres no meu calcanhar. Depois do banho, "Fique em casa, mocinho", ela foi ter com as outras mães para me escovar do resto da sujeira, "Porque o mal", como dizia o Tortuga, "é um fogo recorrente, ó mafarricozinho. Apaga-o se puderes, ou não o deixes crescer, senão controla-o, senão Deus que te acuda".

Flagrou as comadres em plena linguaragem, que a crepitação, só de ouvirem o bate-estacas dela no chão de tábuas da igreja se aproximando, baixou. E calaram. Umas covardas. Minha mãe mirou o olho no olho das comadres,

"Olá comadres", as línguas grossas mal-respondiam,

"Olá comadre", os olhos ricocheteavam,

"Olá comadre", desviavam que nem o Tortuga, ela com as rédeas na mão e um punhado de palavras compridas, solidariedade, comprometimento, nem precisou de um engradado tosco, que do sapatinho raso no chão ela fez a plataforma de onde apagou o incêndio; voltou — parecia calma —, rosnou meu nome completo — calma relativa — e um "Sente-se" — ai meus pecados. Concluiria o serviço. Começou descascando as comadres, "Tem razão mãe, sim senhora, olho no olho do ricochete, entendi, essas comadres hein, posso ir agora mãe, sabe, tenho um compromisso importante, muita lição", ela respondeu com o silêncio dela, "Prova de matemática, mãe, vou na escola", silêncio que significava NÃO quando eu queria um sim, "Vou na cozinha comer uns brócolis pra ficar inteligente, posso?", e SIM quando eu precisava de um não, "Posso ir caçar borboleta pra minha importante-sensacional-impressionante coleção de ciências?", ou nenhuma das anteriores — só o silêncio. Minha mãe fazia as caras perfeitas para não dizer com palavras exatamente o que ela queria que a gente lesse da mente dela. Daria ótima jogadora de pôquer.

§

Retornou algumas vezes ao DP, ela. Foi conferir o doutor Delgado, examinar a papelada do meu caso, dizia; até discutiram, ela e a enfermeira Otelina, por causa do "Doutorzin Bonitão", como a enfermeira Otelina chamava ele, toda melando na voz: "Vai-ver-o-Bonitããão-de-novo-é? Unhas lixadas, poliu, vai parar de roer também?". Cada artilharia... As duas batiam boca em qualquer lugar, no hospital, qualquer motivo, o seu Jack, o delegado Bonitão, no final sacavam a cartilha dos rótulos e disparavam, a:

"Luta de guerrilhas" não funciona nas cidades, dizia a minha mãe, o:

"Caminho pacífico" é ilusório, dizia a enfermeira Otelina, o:

"Suicídio armado" não é resposta, o:

"Imobilismo político" também não, tampouco a:

"Militância ingênua", um repertório sem fim para discussões sobre precipícios e cordeiros saltitantes, ô verborreira dos quintos dos infernos; no futuro o Araguaia iria separar elas; eu detestava essas histórias malucas, quem tava com a razão, as brigas, no fim as duas sempre entristeciam; então por que vocês brigam, mãe, enfermeira Otelina, faz como eu faço, fico calminho, não brigo, não entristeço e não choro nunca, entendeu? Elas se olhavam, riam, se abraçavam, me chamavam de "anjinho pacificador" — anjinho? — e me espremiam no abraço delas eu desviando das aguinhas que caíam dos olhos, do nariz, um nojo, às vezes as mulheres são meio nojentas, como na Luz Vermelha, que se eu tava distraído quando a prima mamuda do delegado acordava, ela me catava e era direto a língua cheia de bafo na minha axilinha, na orelha, meu Deus, sem escovar os dentes, e a minha mãe e a enfermeira Otelina não dando resposta igual nem dizendo coisa com coisa dez vezes eu perguntasse o que foi, chora do quê, ri por quê? "São móveis as raparigas ó miúdo, são esfinges e pântanos. Desiste de desvendá-las", dizia o Tortuga, "Porém nunca jamais sob tempo nenhum desiste *delas*". Está certo, entendi. E ficava naquele tiroteio quente-frio meio sem desistir nem saber por que tanta bala zinindo na orelha, assoprando as feridas depois, maior apoio. Mulher dá mesmo um trabalho do caraças.

Quer dizer, cheio de todas essas mil preocupações, acabei amolecendo, percebe, esqueci o pobrezinho do Perneta.

Dias meses anos, minha mãe não esqueceu. Não era só que ela não perdoava. Ela não esquecia mesmo, nem uma palavra, um gesto — nada. E eu... eu sempre gostei da praça dos três poderes. Ela também. "Tomemos de assalto o coração do país, filhotinho", dizia ela. Me levava aos domingos, ia mesmo se ameaçasse o tempo, só eu, os pombos e ela, que dispensava os bancos de cimento, ia direto sentar na rampa da Justiça, aonde eu disparava na frente, no esconderijo ultrassecreto de ver embaixo se os ovinhos de pombo nascia algum; ela esticava as perninhas sobre a toalha, cruzava, um livro, linda e protegida do sol no chapéu dela de palha e uma pomada branca no nariz se o céu tava naqueles dias de azul celeste muito lindo e luminoso como só tem em Brasília do solzão magnífico vingador reinando lá em cima pra mim e pra ela... o nosso lanche ela embrulhava numa cesta de plástico — o meu sanduíche de bife xadrez à milanesa impressionante de tão bom e as frutas dela, jabuticaba, maçã, ela adorava maçã —, a garrafa térmica do café com uma tampa vermelha que também era copo, e eu corria livre pela praça com as asas abertas, caçando rá-tá-tá-tá os aviõezinhos que arrulhavam. De longe notava que ela erguia a cabeça. Eu parava, fazia pose de guerreiro nas pernas dos guerreiros, mas ela não me via; olhava atravessando a praça, os pombos, os três guerreiros invisíveis, o palácio na direção das nuvens escuras, distantes ainda. Daria tudo para saber os pensamentos. Que nem quando ouvia ela desligar o chuveiro e ia espiar pela fresta da porta, ela diante do espelho enrolada na toalha, a escova na cabeleirazinha negra e brilhante, ajeitava com a mão, pressa nenhuma; conferia, escovava mais, via os ângulos; me hipnotizava esse negócio que ela fazia de me ver sem me ver, meu olhinho que brilhava na fresta; ela sabia de tudo, controlava tudo.

Daria excelente juíza, ou legisladora, ou presidenta. Ou ditadora.

CAPÍTULO 56

"Perdão"? Como assim, "Perdão"? O que o senhor quer exatamente, que palavra à toa essa pra sair por aí clamando e apregoando, esse discurso ancestral de perdoai e sereis perdoados e as vossas ofensas? Não funciona assim, o senhor deveria saber; não é olho por olho nem dente nem muito menos "pagou-levou"; não se presta a todas as ofensas ou a qualquer um, opulentos pecadores, vis pecadores, afinal quais pecadores? Esquece. Perdão é palavra forte, cheia de implicações e pretensões, às vezes audácia. Lembro de um discurso uma vez, minha mãe, "Perdão é da jurisprudência Divina", ela, "Se não o Dele, por meio Dele", quando perguntei — muito tempo depois — se perdoaria o Tortuga. Ela parou o que fazia, me fincou os olhos bem firme como parte do argumento e mais que responder me ensinou: "Não deve ser concedido em vão", sempre haverá um Perneta, um sofrimento injusto a clamar por justiça, o justo sofrimento, o "perdão impenitente" e Deus te pague, não senhor, chance nenhuma, perdão algum.

Mandava o dinheiro dele num envelope todos os meses, acordo é acordo, mas dentro de um saco plástico, parte das notas copinceladas com lembrancinhas dos colegas de rua do saudoso Perneta, combatentes irmãos talvez, da generosa herança de Pançuda. Usava o mesmo saco como luva. O povo conferindo a minha mãe na coleta, curiosos, ela toda comprometida com os valores, sei lá, na moral, e a coisa virou moda, o povo, recolher a cocção ainda fresca num saco plástico compreende, correu mundo.

"Estou-me nas tintas com as higienes do dinheiro, ó mulher. Limpo ou sujo manda em dinheiro, dinheiro vivo", tinha exigido o Tortuga. Oquei, acordo é acordo, mas uma hora ele se encheu daquele acordo-é-acordo que ela não falhava, "Raio d'mulher que não esquece nem perdoa uma vírgula", e despachou quilômetros de pautadas reclamações. Ela achou um pouco cobiçosos os quilômetros. Passou a mandar somente a parte sem os brasões da comunidade coirmã Pé-coxinho. O resto viesse buscar. Olho no olho. Trouxesse de volta o Perneta. Nunca mais teve notícias deles, ela.

CAPÍTULO 57

Livre e prosperando, "Levíssima", dizia-se minha mãe, um dia vieram os padres novos. Com eles um novo tipo de pedinte, fugidos e as órbitas sem norte, algumas feridas incuráveis demais para serem vistas, homens e mulheres estragados por toda a vida, e o comércio diminuiu a força. Não que tenha afundado, nada disso; minha mãe era muito esperta; apenas foi perdendo importância o sonho de que "no futuro talvez isto seja um mercadinho, um mercado, o futuro é dos grandes mercados, filhote, sempre é". Mas não foi. Andou de lado até o fim, em 76. Ao todo, dezesseis desde o início, dezesseis anos de Brasília, e éramos remediados, não miseráveis.

Tempos difíceis nos acampamentos dos pioneiros. Depois o ponto na universidade rapado pelo Tortuga num carteado de varar a noite e a manhã com a fina flor, que a páginas tantas, moralíssimos, furibundíssimos, 'De onde saiu esse ás?', os cavalheiros calçaram as ferraduras e o peito honestíssimo de perdedores ofendidos, matrissaudações de parte a parte exigiam navalha, jacaré, e o chumbo ficou com a última palavra; por isso o Tortuga chegou tão esbaforido, a gente esperando quieto na vendinha do acampamento e ele de longe com o pé na buzina, chegou aos gritos, "Vamos embora desta pobreza destes acampamentos. As tralhas, sobe, tropa", ele os olhos vermelhos a mil por hora no camião dos sem-terra da pastoral dos posseiros pra gente ir tomar posse do ponto na universidade antes que o ex-proprietário, olha, só sei que se esvaía em sangue quando deu entrada no Pronto-Socorro do HdB o tal ex, contaria essa história tempos depois a enfermeira Otelina pra minha mãe toda antena, meus ouvidos atrás da porta mais antena impossível; bati tudo pro Tortuga e ele explicou melhor "a verdade insopitável" dos fatos, "Não ocorreu exactamente assim o episódio, ó vassalozito crédulo duma figa. Abunda-te no engradado de ouvir histórias e te alumio com as insabidades de praxe. Antes porém as cordas vocais, caruso-as no Porto, como bem sabes... O que está a fazer o lesminha duma figa aí parado com a boca aberta? Anda, dois dedos. Copo limpo, hem? Agora senta. Dissipa da cara suja o ar de espertalhão. E cala este sorriso néscio. Besta. Para de roer as unhas pelo amor de Deus, putinho nojento. Traz a mão aqui, despreocupa-te, não vou bater", sim, as verdades do Tortuga, mas a enfermeira Otelina contando também não era mau, tinha menos Atlânticos e tenebrosidades, é evidente, e zero de floreio em compensação:

"Abriram a porteira do Inferno", dizia ela pra minha mãe e pra porta colada ao meu ouvido. "Aconteceu no fim do plantão. Ara, sempre no fim do plantão". Olha, se a enfermeira Otelina, que nunca reclamava de nada, capaz de fritar o dedo sem piscar, se ela começou com um "Ara" é porque a coisa foi danada. "No hospital", não bastou que "despejavam um trem de bestas mutiladas, uma penca sobre a outra", não bastou ela se ralando pra juntar as partes, alguns pedacinhos escoados nos ralos, gritos de desespero, "Meu anel" "Meu dedo" "Meu marido!", ainda tinha que aturar — na verdade precisava — as barbaridades do cidadão que havia descarregado o ex-proprietário se esvaindo no P.S., o cidadão no caso um médico particular companheiro de carteado na fina flor, boca torta, ria como uma hiena, hihi-haha!, médico, cidadão e hiena, chegado numa cachacinha, nem aí com o fina um tanto esfuracado ou o pandemônio que se instalava no hospital, só de olho na enfermeira Otelina, ficou louco por ela, pela potência férrea dela, pela intransponibilidade, ela meio morta do plantão sem fim e ele mordendo o cangote dela com a força do poder dele junto às autoridades, o superintendente do hospital, por exemplo, parceiro na fina flor.

"Segura aqui, enfermeira. Um pouco de ferro não faz mal a ninguém, hi-haha!", ela se divertindo horrores com as mordidas do médico hiena, com as prestações atrasadas do apartamentinho na Asa Norte e o salário apertado, sem esquema nem padrinho, que o hi-haha podia demitir, promover, fazer o que quisesse, e as ambulâncias que não paravam de chegar com o gado semiaberto, descarregavam e já disparavam com o berrante ligado; porque o pôquer na fina flor foi no mesmo dia da Corrida Anual de Carro no circuito da rodoviária, quando um bólido desgovernado atravessou a fita vermelha de isolamento embaixo do viaduto, voou na plateia e ceifou de uma réstia de espectadores pernas braços e cabeças a rodo chegando ao hospital, e para o meu azar — alguém deve ter pisado no despacho, mas não fui eu, juro, eu respeito —, justo nesse dia, que eu adorava aquela corrida e talvez até conseguisse ver a ceifa de camarote bem ali onde eu costumava ficar, justo aí o Tortuga proibiu a gente de arredar o pé da vendinha, ô azar, no Grande Domingo da Corrida Anual que eu contava os dias pra ver o superincrível show de velocidade nos carros coloridos de branco, verde, a barulheira infernal dos escapamentos abertos voando o cheiro de excitação da gasolina e queimado na cara da gente, o carro amarelo, o vermelho, apostava quem ia capotar em mil pedaços, conferia no calendário secreto de mulher peituda do Tortuga; devidamente autorizado, entrava devagarinho na privacidade soturna daquele ambiente soturno do escritório-dormitório dele e ia direto levantar a saia das folhinhas dentro na porta do armário; examinadas com atenção soturna, dava uma lambidinha nas curvas mais perigosas e marcava um XIS nas datas, o dia da Corrida, quantos dias faltava, a estreia de algum filme pra assistir de graça, filme de guerra, a gente adorava filme de guerra, ele ia com a autoridade de uma carteirinha falsificada, "Documento bom se faz com papel bom, putinho. Papel é tudo nesta arte, não te esqueças. Corta aqui. A foto. Cola. Aprendeu? Boca de siri com tua mãe", e eu levava a nossa pipoca que a minha mãe fazia pra mim, entrava pela tampa do esgoto e me encontrava com ele lá dentro, "De graça é mui mais divertido, concordas putinho? Passa a pipoca", também a Corrida era de graça, é evidente, não sei se era mais divertido, era mais barato, não perdia uma — foi a porra do despacho —, e quando eu tava contornando minha mãe pra sair escondido, o Tortuga aparece num camião velho e gasta o último milímetro da lona do freio até parar bem no meu nariz, enquanto a porra da Pançuda latia a porra do alarme de me dedurar a tentativa de escapar da prisão do prisioneiro de guerra de Alcatraz — porra Deus não fui eu o despacho, já disse —, então furou de vez a porra da Corrida, que o meu lugar favorito era sentado no meio-fio, embaixo da fita vermelha de isolamento embaixo do viaduto, chegava cedo e tudo, levava o chapéu de palha da minha mãe, que ela me obrigava por causa do sol no parque da água mineral, eu ia na Água Mineral, ela acreditava, "Chapéu, mãe? Tenho couro grosso, mãe. Couro de homem. Homem não tem medo de sol. Para mãe, essa pomada branca no nariz. Eu vou de ônibus mãe, as pessoas, não mãe, só o chapéu", bandeirinha e o espetacular sanduíche de bife xadrez à milanesa que ela fazia:

"Mãe, a turma vai na Água Mineral, posso ir, mãe, hein, posso, faz um espetacular pr'eu não morrer de fome, mãe, o seu sanduíche espetacular é o melhor sanduíche espetacular do universo, mãe", labiava (eu) ela, que tinha horror àquela espetacular corrida sanguinária que todos os anos ceifava um monte. "Mas se quer a malta se divertir, cabe às autoridades permitir", poetava o Tortuga. "E um poucochinho assim de lataria nas carnes, confessa, que mal tem? É evidente que podes ir, se não és alérgico a latas." Sentava no gargarejo da pista, os carros alucinados como foguetes a um milímetro, "É óbvio que eu vou ser piloto de corrida quando crescer", ovo, q-suco, e o ex-proprietário azul de tanto se esvair na maca do hospital. Assim que chegou a vez dele na Emergência, eu teria enfiado logo o dedo pra entupir o buraco de sair sangue, mas nele já era tarde, só depois da enfermeira Otelina deixar o médico fina flor ferreamente exaurido na sala da administração é que ela foi atender; bateu o olhar dela de ferro na mosca que bebia o sangue dele antes de secar o buraco e desenganou o coitado — questão de tempo o ex-proprietário —, suspirou — pouco tempo —, ungiu, sei lá, a enfermeira Otelina tinha seus próprios rituais, e foi salvar os salváveis, "Não vou esperdiçar tempo fazendo unha de pé-na-cova", dizia ela. Se tinha gente pra consertar, ela se penhorava toda. Se não tinha, não tinha. Minha mãe se horrorizava, "Vida é vida até que se extinga", "Mesmo? E morte? E se tiver de escolher? Escolhe o primeiro da fila?, riqueza conta?, se é homem ou mulher, assassino matador, se tá vivo ou se tá morto, quem a gente escolhe, Maria, QUEM? Depois vêm as tábuas da estatística, sabia? Sim senhora. É com essas tranqueiras que eles batem na gente no fim do mês, não com lata de ervilha, não tem choramingo de português fingido, tem O NÚMERO; precisa baixar O NÚMERO, 'O NÚMERO tá muito alto este mês, enfermeiras; esquece os surtos e as rebeliões, não interessa a polícia; vai baixar O NÚMERO de qualquer jeito, ou baixa ou esconde, ou a coisa vai ferver', aí a gente ou ferve ou nunca mais na vida se salva". Acho que a Otelina salvou a estatística naquele dia. Perdeu só uns numerinhos de nada, incluído o desesperançado que serviu de pasto pras moscas, "Ara, 'vida é vida'... Larga mão de ser tonta, Maria, ô idealismo ingênuo", minha mãe não gostava de ser chamada de tonta, acho que menos ainda de ingênua, ingênua e tonta, acho que a Otelina sabia. A Otelina falava pouco, mas no pouco ela rodava a navalha, quer dizer, o bisturi. E partiam as duas em mais uma jornada de guerra e paz. Tem que ter paciência.

CAPÍTULO 58

Hospital fervendo, enfermeira fervendo, superintendente fervendo a testa para explicar números inexplicáveis, "Agradeço a pergunta, senhorita estagiária de jornalismo. Os óbitos na verdade não ocorreram no hospital. Foi tudo na Corrida", e a secretária particular do superintendente da Corrida chegando toda se desamarrotando de uma audiência particular na sala particular dele, Domingo, "Mentira! Meu marido tava vivinho quando deu entrada, saiu de casa com o anel no dedo, cadê o dedo, cadê o anel?", etc., e a gente no outro lado da cidade em cima do caminhão — adeus Corrida, olá ponto novo na universidade —, a essa altura o Tortuga cheio de álibis para refutar as sórdidas calúnias que sacariam contra o seu modus operandi na aquisição do novo ponto, o céu tomado e a todos por testemunha, a Pançuda, eu, minha mãe, "Sim, senhor investigador, o português estava no caminhão com a gente naquele dia, tenho a certeza" "Português, sim senhor, ele" "O que o senhor está dizendo?" "Ah, tá. Mas isso não importa agora. O que importa é que o português... o homem estava lá e ponto" "Por favor, senhor investigador, sou uma mulher honesta, não insista. Pretende insistir?", os cabelos ainda negros, ela empinando o rosto, desafiava o vento em cima do caminhão, Deus como era lindo o perfilzinho da minha mãe, o nariz perfeitinho, queixo e pescoço no esquadro, as covinhas na bochecha quando ela ria — do lado certo e com a luz certa minha mãe era uma artista de cinema —, ela também achou o passeio emocionante, e aí se apoderamos do ponto na universidade; o negócio faturava uns bons cobres; depois, no outro ponto, lá no Plano, se eu perguntasse como o Tortuga tinha abiscoitado coisa tão fina, minha mãe fincava umas placas de advertência nos olhos:

'Diminua a Velocidade' 'Animal na Pista' 'Desvie' — captei, mãe, obrigado, e mudava o tom —, como que ele conseguiu essa vendinha tão supersensacional no Plano, uau!, impressionante, só o supertortuga com os superpoderes na manga e enciclopedista superinteligente, e a minha mãe:

'Animal Amaciado' 'Pode Pedir', e eu pedia — todo ardido de curiosidade — pra ele contar como foi a honestíssima--inteligentíssima dessa vez, que com o Tortuga, minha mãe aprendeu, o negócio era amolecer antes e não abusar depois — uma bola, uma viagem, uma vez ele me levou num passeio turístico a Cristalina, "As incomensuráveis crateras donde brotam os cristais. Vê este aqui. Valiosíssimo. Esconde no bolso". Amaciado, mas não tocou no assunto. Acho que minha mãe conhecia a história. Eu perguntava, e ela me mandava amaciar o Tortuga mais um pouco, e nada. Um dia ele saiu sem nem falar comigo, apenas foi embora. Logo era ela — "nas tintas" com o supertortuga — assumindo o voo sem dificuldade.

Vivíamos decentemente a amaciadora de animais e eu. Sem essa de miseráveis. Minha mãe não tinha feito voto de pobreza nem acreditava na vocação. "Os estoques filhinho, jamais perca a capacidade de repô-los", ensinava-me os ouvidos, embora surdos a essas pequenezas, interessados apenas em conquistar o mundo.

Estava sempre certa ela, menos talvez no dia em que elevou o punhozinho ao céu em oração e mostrou a Deus, 'Admira Senhor, vê como luta a mão que não levaste', desceu com toda a força do espírito e pregou um título de posse no chão, minha posse, me deu ao chão e a mim o próprio chão, deu tudo, Brasília inteira, céu incluído: "Não tenha medo, meu amor", uma santa a ave maria cheia de graça e dureza, aquela mulher irreal, que eu não conseguia ver de outra forma, ninguém conseguia, duvido, sei que o senhor entende, o caráter e as boas inclinações do coração, das crenças intransigentes, o trator sem freios... Não, eu não era demente de chutar palavra e as portas das casas dela de marimbondo, de jeito nenhum, nem quando ela me arrancou da escola e enfiou naquele táxi cheio de silêncios, destino, aonde? Mesmo se ela desandasse a bater nas roxaduras, rasgar meus pontos na testa depois da luta, raiva, podia vir com qualquer coisa, que eu nem com as hidrofobias dela restiladas em "ácido de derreter prego vou abrir o bico". Quieto. Ficaria, fiquei, quieto.

CAPÍTULO 59

Quietíssimo, é evidente. Como *por quê*? Porque, já disse, não queria ceder, enfrentar a santa maria mãe de deus rogai por nós, ela armada com a artilharia das minhas culpas até as tampas, borbulhando na cabeça as lavras todas do inferno que eu trazia uma por uma pra calcular como quando qual ela descobriu, se ela descobriu, evidente que descobriu, mas nem uma palavra, o táxi, o motorista mudo e eu investigando o inferno sem pista nenhuma; só podia ser... ou não, a incerteza fazia suar, punia, como se o motorista gorila e a bandeira do táxi e um clic-clic mudo contassem o meu tempo de cumprir pena, riscando os ponteiros do relógio um segundo a cada clic que eu não ouvia, revolvendo os miolos debaixo dos couros clic, bola de capotão, a costura arrebentando clic, os ossos do cérebro explodindo, "Mas essa pressão eu encaro fácil, passa logo".

Clic. E outra: desse modo, quieto, pagava só com a tortura do taxímetro silencioso pau-de-arara, ou um beliscão raivento — mas pinhé-pinhé da polegarzinha. "Pode ser que esse dramalhão todo sem fala", calculava eu a loteria, "vai que desemboca numa outra escola, um castigo novo", uma dessas lições que ela gostava de me dar junto com as olhadas mormacentas dela de 'bela bosta esse corpo definido de lutador' 'essas infantilidades aos dezoito, dezenove anos' 'todo músculos', e 'descerebrado'; força por força, não puxava pouco, mas menos que aquele gorila com jeitão de entalhador de corretivos; minha minúscula mãe, mãe de bolso, minha mãe — além da feroz integridade – às vezes eu pensava que *por causa* da feroz integridade, às vezes se confundiam causa e efeito —, minha mãe tinha uns conhecidos que o senhor sabe: todas as laias palácios casernas e cavernas. "Um corretivo", apostei, "Pode ser. Pode não. Acho difícil", tanto faz. Se o gorila tivesse partido no tranco pra cima de mim, fosse uma patada, biaba na moleira ou umas ensinadelas mais na zona do fígado, qual o problema? "Dor de porrada eu seguro no para-choque esses frutos da rua, sei aguentar no tranco também, cresci aprendendo, cruz leve, que ninguém não carrega das suas, e vive".

Dor, isso no entanto vou te dizer, dor de verdade já é outro departamento, porque... glória a Deus e paz na terra aos escolhidos, algumas ovelhas agraciadas com a vaidade maior da carne, chagas — sempre abertas — e dores — as mais pavorosas —, dessas que não se deixam diminuir, homens e mulheres além do que podem, sei, conheci, filhos que eleitos no entanto nem Ele quer de volta nem o Diabo que os carregue, ninguém quer, ninguém!, porque... Olha, esquece isto das dores pavorosas, depois a gente fala, foi só um desvio, esquece. Então. O táxi recortava a cidade e minha mãe calada, o gorila, é assim... O que me arrepiava eram os sermões dela, sabe, a fábrica de palha de aço que ela sabia onde esfregar quando se destemperava, me ralar por exemplo que eu não deveria ter "tacado fogo no rabo do padre"

Opa, escapou, não é isso, coisa mais antiga de se dizer, "tacar fogo na saia do padre", minha mãe não falava assim, eram as comadres de cabelinho branco que cochichavam quando eu passava, "Esse menino da Maria é de tacar fogo na saia do padre", mas eu nem ouvia... Ora, vamos. Falávamos? Destemperada, ok. Tudo que eu fazia ela achava errado; e se fosse das lavras especiais, espremesse eu não tomates, calos no sapatinho da arcanja vingadora, ela empenava o bico da chaleira e castigava pior que nos palavrórios: nos olhares. Era um tormento, batia uma aflição pra esconder a cara e as mãos estúpidas — mas onde meu Deus — cada vez maiores quanto mais eu implorava — Deus! — para sumir, e quentes. Aquele olhar de ministério público que me fervia a vontade de enlaçar ela com o meu abraço de nó, gastar os beiços em beijos, essa prontidão boba de se desculpar cumprir penitência se expor amar ser feliz perder e vencer; porém isso, a menor chance; eu não era desses derretimentos. Até hoje me incomoda lembrar. Não aborrece, incomoda.

CAPÍTULO 60

Já falei que as leis da rua não valiam em casa, falei? Não valiam. Certo ou errado na rua, na rua ficasse. Se ela soubesse de alguma das minhas "lavras" e discordasse, mandava "Desfaça" "Desculpe-se" "Limpe-se", inexpugnável — impetrar um *Mas mãe...* era pedir fechamento de questão: "Preciso repetir?". Aconteceu algumas vezes. Poucas. Poucas não porque tomei um breque na descida do morro ou amadureci que determinadas pinturas devem ficar no pincel, cores indelicadas, nhenhenhéns, não senhor, mas porque — moleque ainda — tinha já percebido que o que não pode mesmo é ser pego, que a charanga toca livre se ninguém te vê para te cortar as pernas do que você fez, e o juízo, quando estala, 'Ah, é assim?', baixa uma lei que daqui em diante certo ou errado é uma questão de onde bate a luz e despacha ordem para fixar jurisprudência, quer dizer, vai na primeira escuridão, mete o pé e vê o que acontece. Acontece tudo. E não acontece nada. Vai de novo, e de novo tudo e nada. E de novo.

Tava na cara que praticar dessas artes escondido ia coçar o positivismo na cabeça da gente, brava gente, a vontade de testar o elástico até onde iria, se até arrepiar os pelos-mestres da espinha: a nobreza, o orgulho e o destemor. Arrepiou? Positivo. A gente experimentava tudo. Viajar bilha de aço com os superestilingues de goiabeira — madeira duríssima para aguentar o elasticão naquelas formidáveis bolinhas de aço carbono — no vidro da escola americana por exemplo, a vidraçona mais cobiçada do universo, metidos nos brios pelos barbichos e barbichas, fervorosos catequistas:

"Desafio ô pivetada, duvido se vocês *Brava gente brasileira*", os bravos todos nós presas fáceis do amor à pátria e dos pelos-mestres, eram sabidos os barbichões, tarimbados, tudo já uns vinte anos e nenhum serviu o exército, motivo religioso ouvi dizer, "Desafio se vossos peitos e vossos braços destemidos têm coragem de efetivamente furar o vidro sem espatifar" no barulhão que quase nunca a vidraça não explodia em trilhões de cacos pelo chão, positivo; a gente estilingava o desafio e ó, lascava distância dali e do misterioso míster Míster da pestana branca, o restaurador fantasma que assombrava as madrugadas naquela região discretamente militarizada da Dábliu-3. Manhã seguinte *...já com garbo varonil...* os cristais reapareciam inteiros e polidos. "Uau" "Milagre" "Impressionante!" "A gente viu espatifar, juro" "Viu sim senhor" "Meia-noite" "Ninguém na rua" "Mistério misterioso", mysterium tremendum, como dizia o padre Sansão desses prodígios da vida, além e as gretas a meio caminho, "Não a gente não espatifou nada não senhor, doutor delegado, a gente só viu, juro", coisa da maior tenebrosidade.

Descrentes, os barbudos se emputeciam com o milagre e se transfiguravam de vermelhos em roxos, puxavam a barba roxa um do outro, a flora do sovaco, roxa igual, ficavam efetivamente roxos eles, dava quase medo. Inclusive uma moça quatro-olho membra do grupo, pelos nos mamilos, no queixo, roxa também essa, mas de nascença, diziam os barbichos, Deus que me perdoe. Roxos, acusavam o vítreo restauro de vandalismo, de "insurgência estratégico-imperialista" da parte do imperialista Pestana e retornavam ao QG deles para inteligenciar a contrainsurgência regados à pinga até o dia seguinte, um pouco de fumo e uma montanha de frango a passarinho bem crocante, urgente, com alho, por favor. 'Sem alho', aparta a camarada. 'Com alho', contra aparta o camarado. Impasse. Alguém do baixo escalão pede a palavra, dão-lhe ouvidos, sensibiliza-se, ah o calorzinho da atenção... Sensibilizado, abre com jargão incendiário mas é solapado por uma avalanche de questões de ordem. Altas horas, elegem uma comissão, a comissão examina efetivamente o caso passarinho, passa a bola ao comitê, o comitê faz uma análise científica dos prós e contras do frango em pauta e relata ao presidente em exercício — o 1º vice-presidente, dada a ausência do presidente, sem verba para o ônibus, que a mãe tinha cortado a mesada, 'Na cama a essa hora do dia menino! Mas mãe Ressaca outra vez menino? Mãe, efetivamente... Levanta daí, tabefe! Ai, mãe Vai procurar emprego menino, tabef Para, mãe Vai ser médico, vai ser advogado, menino Mãe... Vai estudar, tabeff, quando eu tinha a sua idade...' —, e o presidente em exercício propõe: 'Um terço com alho, dois terços sem'. Rejeitado após acalorados debates. 'Dois terços, um terço'. Idem. E o 'Meio a meio' leva por aclamação. Efetivamente. Quem faz a entrega é o irmão mais velho de um dos *Brava*... Trabalhador, estudante de administração de dia e de noite entregador de pizza, fumo, frango a passarinho, que chega três terços com. Dias depois, de volta ao tom normal, reaparecem vermelhos-fissurados para renovar os votos de confiança nos *Brava*...

"Ô pivetada, hoje à noite sem falta. A gente leva as bilhas e entrega lá. Vêm uns camaradas da liderança, eles querem ver perderem os vossos grilhões do astuto ardil os *Brava gente*, entendeu, sem falta, hein?", falavam difícil eles, "Depois cerveja e frango à passarinho com pimenta" "Sem pimenta" "Com pimenta". Mas o nosso santo era forte, efetivamente falando, e também o negócio perdia a graça. A gente com a bomba da adrenalina exigindo arrepios, vamos nas vidraças hoje? Negativo. Demos o bolo neles e saímos pelas ruas vazias meio entediados meio a fim de esvaziar a caixa de bondades. Foi quando as autoridades apareceram e encanaram os barbichos com um monte de evidência no bolso, haha! A gente ficou com a parte boa de quebrar as vidraças e eles que se foderam, quer dizer, coitados, tem graça não (hahaha!).

Chutando areinhas no chão, a porra do tédio enluvando o anzol do Demônio, a gente viu um monte de rato morto daquelas campanhas de verão engana-trouxa de que desratizavam alguma coisa, e alguém deu a ideia, acho que o Chumbinho. O Chumbinho paria essas trutas depois amoitava. Se desse rolo, quer dizer, se a mãe descobrisse, ficaria mais fácil de defender se ninguém soubesse quem era o pai da truta, aí a mãe dele vinha lá do horizonte justificar aos berros a santidade do santinho, O meu chumbinho tem juízo, O meu Chumbinho é inocente — acho que da turma o Chumbinho era quem melhor fazia cara de auréola. A ideia era pegar pelo rabo os presuntos da família da dona Ratona e r.i.p. nos caixões da agência funerária que o cadavérico papa-defuntos prestava serviços especiais a autoridades, a mulheres solitárias, "Às suas ordens Ssenhores, Ssenhora", e os Zebedeus anos depois ciciavam de imitação meio ssinistros, meio zombavam, meio putos da vida descontando uns cavalos de pau no rabecão sinistro e os sulcos na terraplanagem uma tempestade de poeira rumo à mais alta estratosfera, enquanto o sinistro queimava a borracha num pururuca em pleno dia na casa deles, com a mãe deles; depois, em consideração aos restantes membros da família roedora, a gente depositava uns tios no cemitério, perto de covas frescas, nos velórios, missa de corpo presente, um primo miudinho recém-nascido-e-morto foi parar no empório-da-meditação--transcendental-ltda, a loja do seu Faquir, um indiano que não era indiano porra nenhuma e meio tarado, incenso canela desodorante para os pés — ele ficava doidão com pés, pés e peitos — sabonete de lavanda chacra ioga:

"Artigos importados do oriente longínquo, namastê, venerável freguesa. Se manda, *Brava gente*. Note a qualidade, preciosa freguesa prima do delegado, sim, darei desconto, sim, respeitarei. Faquir é comerciante sério, sim. Qual número honorável senhorita calça? Sóóó? Huuuh, sim, sim. Faquir dará mais desconto ainda se adorável freguesa quiser experimentar nos fundos, huuuh, quer experimentar nos fundos, sim, nos fundos da loja. Não? Olhe para isto sim, creme rejuvenescedor flor de lótus, a famosa flor do mar Morto, sim, mercadoria excepcionalmente rara, não acha, sente a fragrância, a suavidade do toque nas mãozinhas de seda, 'Ai pelo santo vaixá, essa prima do delegado me mata, porra; se caio de nariganga nessa peitaria...', huuuh!, perdão, sim auspiciosa freguesa, não entendi, Faquir estava com a mente nas brumas da cachemira, sim, cheiro, que cheiro?"...

Rendeu umas alegrias a operação de reassentamento. Até que na funerária a fresquíssima viúva de um velho cavalheiro político bateu o chilique por causa que enfiou o salto nas costelas de um primo peludinho, tosquiado e meio ressecado pelos dois ou três dias do óbito e o presuntinho não desgrudava do salto da fresquíssima de jeito nenhum. A viúva do rato ressecado gritava feito louca. A segurança rapidíssimo apinhou o recinto de músculos óculos escuros paletó-e-gravata, copiado, e mil prestimosas mãos pularam nas pernocas maciíssimas de madame, no presuntinho de madame, que após prestimosos segundos de assédio eriçou-se "Uêêêi!" com o gangbang em pleno velório e rodou a bolsa um milhão de cacos na cabeça dos seguranças mas os animais nem com aquela chuva de batons e escovas, a correia da bolsa menos chicote que os verbos fresquíssimos da viúva, nem com pé-de-cabra, tão bem-intencionados estavam quanto ao peludinho da madame. O resto da equipe, que dava cobertura fora do recinto, hidrófobos por não poderem chegar ao tosquiado da viúva, adentrar a muvuca da viúva, coitada da viúva, tão frágil, tão desamparada viúva, sem ação e doidos para agir, copiado, faziam cara de ah-é-assim?-então--vamos-fritar-vivos-os-responsáveis, copiou?

Após rápido comitê deliberativo olho no olho, os *Brava gente...* votou por unanimidade a favor de se evacuar do recinto, mãos no bolso, assoviando desinteressadíssimos desses modi operandi relacionados a frigideiras, todos *Alma intrépida e viril*... um olho no Céu, "Livrai-nos de todo o mal Senhor", outro nas sábias palavras do nosso anjo coletivo, nosso Custódio, santo e protetor: 'Enveredai pelos caminhos da justiça, *brava gente*... Prometei mil e uma ave-marias, porém se escapardes incólumes do ambiente frigicida *...parabéns, já somos livres*... renegociai o "prometei" e o "enveredai"'. Quem sabe, no lugar das mil e uma, converter alguns hereges; colocar santinhos debaixo da porta da embaixada dos estrogonofes incréus, missioná-los, tocar a campainha e sair cacarejando foi o vizinho que mandou, foi o vizinho, juro, aquele beato do fim da rua; torcia pra ver um jogar uma bomba agá na cabeça do outro. Dessa a gente não escapava, dessa vez eles depenavam a gente, ou Deus ou o Vermelhusco, "Não" "Por favor" "Deus", a gente em pânico riscava a rapadura atrás de segurança, que de repente em Sua inacreditável generosidade Ele manda "Olha lá" em frente à Catedral, vai passando "Uma procissão!", e a gente voa, se mistura, agradece pelo espírito e o couro mais uma vez desarrepiado, salvinhos da silva, "Graças a Deus", e já umas pontas de enxofre brotando nas ideias. Positivo.

CAPÍTULO 61

Enxofre, o couro e o espírito no limite do elástico, e a tropa sempre a farejar por algo mais eletrizante, mais também — o céu que nos vigie — nos respeitos da sagrada ética das selvas, da natureza, essas coisas de ecologia, percebe, assunto mui respeitado em todos os lugares que conheci nas andanças da minha mãe pela cidade ou minhas — e eu andava bastante —, veja: o menorzinho da turma, por exemplo, o inocente jogado aos lobos pelo pai insensível, "Vai, filho, procura sua turma. Jogar bola? Comigo? Olha, quando eu tinha sua idade...", sempre haveria carneirinhos assim para os serviços vamos dizer mais ingratos na turma, um guri qualquer que mal conseguiria gaguejar "n-não v-vou" antes de receber a chavascada supressora do desejo de dizer afinal "Aonde o folgado pensa que não vai?", com que direitos se insurge contra a sacrossanta lei do mais forte, daqui a pouco ia querer dizimar as baleias, a Amazônia, sei lá, um bárbaro, e matriculava o Átila num curso noturno de ética silvícola — ecossilvícola.

Noite de pesadelo, dia seguinte diplomado, o Átila recebia instruções de como obrar seu primeiro serviço, ecosserviço. "Vai, Átila, seu pirralho de merda. Pega o arame e sobe aí", num daqueles postes de luz que eram um "L" de ponta-cabeça, dois três corpos de altura, subisse e amarrasse o tetânico de arame, "Vai logo". O Átila obedecia, fazer o quê. "Não, Átila, que explodir o poste o quê, tu vai morrer nada" "A gente tá aqui bem longe pra te proteger" "Vai logo, porra", e o Átila antes de subir no poste metia a mãozinha trêmula de medo no rolo de fio de aço que sobrou do pneu desfarelado depois de varar a madrugada queimando e vulcanizando, o pneu mais uma galinha preta sem cabeça que alguém pensou em celebrar junto com a torração do desfarelado uma cerimônia ecumênica, "Já que a borracha precisa torrar pra sair o arame de aço", foram todos mui respeitosamente trasladar a ofertada do despacho acampado ali perto num bambuzal pro pneu, cerimoniosamente marinado com a pinga-combustível que tava dando sopa, a garrafa, uma vela preta, galinha idem, tudo arriado direitinho no centro geodésico do gira, digo, do pneu deitado no conforto de uns galhos secos retorcidos; acendia a octanagem e esperava sete passos curtos para trás pra ver ansiosíssimos os mistérios revelados da expiação da galinha, ansiosíssimos, afastados, é evidente; de perto era capaz de tolher o ectoplasma, ou explodir — mais sete passos médios —, ou baixar alguma autoridade — mais sete passos longos — para dar flagrante de associação com essas manifestações mundanas, incendiar pneus tumulto passeata Satanás idolatria, recolhidos no desacatamento da ordem política e social — e isso dói —, todos vidrados no círculo de fogo que ia fazer a pomba-gira incorporar o ectoplasma e bater asas encarnada na galinha votiva, porque ela ia decolar, "O ectoplasma tem poder", deixa subir o fogo, "Tem poder", todos ecumenicamente unidos pela fênix, o Messias foi que batizou a galinha vulcanizada de fênix, e ela ia voar; fé e torcida têm poder, têm poder; o Átila chegou a entoar uns hinos que a mãe tinha ensinado, quietou com um chute na bunda. Sempre haveria um Átila — mesmo quando o Átila um dia foi embora levado naquela tragédia toda na família dele, sempre haverá um Átila, trágico e coitado. O fogo subiu, subiu, desceu; ninguém viu nada; só o frango assando, assando. No dia seguinte o pneu, a pinga, o frango carburante, tudo carbonizado até os ossos, ecologicamente falando, então favas ao voo da fênix, no outro dia o Átila já era um graduado ecologista, toda a tropa de olho na sua livre e espontânea vontade, ele com a mãozinha mole de medo nos restos mortais do pneu e das cinzas da galinha-fênix extraindo o rolo de arame sujo nojento infeccioso, coitado do Átila, fraquinho, adoecia fácil, o Átila tinha pavor de micróbios, queria amiguinhos, não a manada, amava a mãe, mas a mãe tinha dono, coitado do Átila, que amarrava o tetânico na ponta de um poste, descia, olhava pros lados pra ver se dava pra fugir, não dava, nem teria para onde ir, então subia no outro poste e "conectava o circuito", como se dizia.

Maquinações do Messias essas lindezas mais da pesada. Depois, quando eu conheci o Messias ele me contou as histórias do Átila e outras tantas nas noites frias de fogueira de são-joão e pneus; pneu era o ano todo, menos quando alguém teve a infeliz ideia de vender, de sair à cata de pneu usado pra vender e alguns novos ainda nas rodas, até o borracheiro descobrir e sentar a borracha na gente por desviar a mercadoria dele; negociante, ele riscava uns ferros quentes na careca do pneu e dizia que eram meia-vida, abria o sorriso embaixo daquele bigode fininho tipo lápis, faturava fácil as madames, "Pode confiar, madame, quase zero" "Fazemos troca de óleo também" "Se manda, molecada" "A madame é manequim de calendário?" "Não? Tem certeza? Sabia que...", e a gente retornou mansinho ao nosso ramo, "Não, a gente não tirou pneu nenhum de carro nenhum não senhor, doutor delegado, a gente só viu, juro", o Messias de longe, rindo da burrice da gente. O Messias era muito esperto, conhecia cada palavra, variegado, ectoplasma, devia ter uma enciclopédia melhor que a minha que o Tortuga me deu, geodésico, fênix, o Messias era mil vezes mais inteligente que todo mundo e as nossas maquinações junto, ele gostava de charadas impossíveis, e de me chamar de Eliseu, "Vem cá, Eliseu" "Já viu cavalo de fogo, Eliseu?" "Rodamoinho. O Eliseu já viu?", pura demência, eu nunca fui o Eliseu, e o Átila depois de descer do segundo poste na velocidade do pânico sentava na grama calculadamente perto-longe da turma, perto pelo aconchego da manada, longe pelo receio de ativar o reflexo (in)voluntário das bestas de responder ecologicamente à proximidade do mais fraco, coisas de pele, sabe, instinto, a manada toda babando pelos fogos de artifício na hora de acenderem as luzes. Então, bum! E a patuleia "Uau!" se boquiabria de emoção, babava um litro. Parecia reveiom.

§

Até que da poeira surgiu, de um pé de vento ali que ia e vinha e um dia catou a mãe do Átila, o motorista da mãe do Átila e o próprio Átila e levou embora do eminente homem público que desviava uma verbinha pra bancar o apartamento da mãe do Átila, aquela ingrata, a mãe do Átila, o Átila e o próprio motorista da mãe do Átila desde a velha capital, o eminente cidadão que batia na própria amante, batia no motorista, no filho bastardo, "Átila, sua bichinha medrosa", como dizia o eminente cidadão, "Saia daqui antes que eu perca a paciência com você também, não, sua mãe não está chorando, vá procurar sua turma, mas não deixe abusarem de você", veio o pé de vento, "Seja homem, Átila, seu bastardo! Quando eu tinha a sua idade...", e o pé de vento e um dia o pai bastardo do Átila — após demorada visita às bases e demais atilazinhos e mães — desesperou de encontrar desocupado o apartamento funcional que ele tinha arranjado com tanto sacrifício praquela ingrata, Quadra boa, escola boa pro viadinho, agora portas e janelas escancaradas, ainda podia ouvir o pé de vento levando a ingrata da mãe do Átila, o filho da ingrata e o motorista da ingrata. Ultrajado, o Eminente passou a mão na espingarda de caçar voto e mulher fujona e foi atrás do vento, que também soprou nos ouvidos de uma jornalista apertadíssima em caríssimos vestidinhos curvosos — anos mais tarde frequentados por poderosíssimo homem público —, dona do próprio jornal, na verdade filha do dono, um velho raposo que farejou os ventos, "Segue a notícia, minha filha, crava as garras na notícia, não deixa escapar", e a curvosa jornalista passou a mão no Couro de Avestruz, o molesquim pra capturar notícias de espingardas e mulheres fujonas, e foi atrás do vento também, grande história, viraria livro anos depois, livro de jornalista, sabe como é, ganhou prêmio e tudo, mas caçaram o prêmio, e descaçaram, fizeram filme, dizem que tudo com o raposão por trás, então, no meio daquela poeira toda que ia e vinha, que tinha levado a sofrida família do Átila e o Eminente e sua espingarda para os confins do sertão, e que depois da jornalista nunca mais foram vistos, um dia surgiu um guri metido a explorador, falante e destemido, muito falante e muito destemido. Puxava majestoso em sua coleira de corda um cachorro perneta, que parou pra cheirar faminto os branquinhos que escorriam na boca de um bêbado estirado no chão, "Vem, Perneta, para de lamber essa nojeira", um menor novo, caminhar desengonçado nas pernas de graveto que sustentavam como palafitas os calções largos ridículos cor de... sei lá, fincadas nos pés desproporcionais encardidos cor de, cor da terra encardida, joelhos ralados ossudos que emparelhavam com os pés, cotovelo ralado e, acima da testa ralada, um cabelo incomensurável ameaçava regurgitar os brandos pentes engolidos no mataréu sem ordem, sem água nem sabão nem nas mãos nem em lugar algum, aquele menino da voz fina se fiando de enturmar, vermezito matraqueador recém-chegado de uma expedição à Estação de Lixo. Tinha enchido uma latinha de leite condensado, muito disputada em tempos de caramuru e são-joão, encheu com iscas pra peixe, iria vender na rua, fresquinho, duas moedas grandes a latinha. O cavalheiro elegante de gravata xadrez na altura do umbigo vai querer?, topo negociar. Pô, duas latas por três? Mas eu só tenho uma, senhor. Dois dinheiros médios então, pegar ou largar, qualquer negócio por uns trocados, a madame vai querer? Leva pros filhos. Criança adora esses verminhos da natureza, olha, tudo vivo se mexendo, o que foi, a madame tá passando mal, vai vomitar? Madame, madame! Ninguém interessou. E o Perneta ali na corda, sem almoço, o canto do olho namorando as iscas vivas...

"Vai, cala boca, moleque viadinho de merda, quem é você, que tanto tu matraqueia, pega aí o arame, sobe no poste e conecta o circuito", diziam os reis da manada. "Que porra essa na latinha de leite condensado, moleque, deixa ver, é boró!, tá cheio, tá vivo, legal. Agora sobe logo, ô da lata cheia de boró, vai, ô... borozinho", cortaram os ecossilvícolas o discurso do menino que tentava sem chance se enturmar e que entendeu nas instruções metade convite, metade desafio. Não precisou repetir. Deus, puta alegria um montão de amigos assim de cara e me solicitando por uma bostinha à toa, imagina, subir num postinho desse com um arame encarvoado de pneu na mão, conheço tudo de pneu queimado, bruta oportunidade, deve ser um bônus do querido santo Custódio para o melhor trepador de coqueiro do universo, das jaulas do zoológico antigo, do leão bestão que é só mastigar um pedaço de gordura de porco e cuspir lá de cima na juba dele que ele se invoca todo o bestão, olha pra cima com aqueles olhinhos amarelos dele de revelar sinceros votos de interagir as espetaculares arcadas dentárias com qualquer coisa que corra ou se pendure ou cuspa gordura de porco, berra grosso ele, tão forte que chega a tremer a jaula, como se fosse uma reza brava pra gente escorregar na baba da gordura e cair de almoço, que as grades eram bem espaçadas em cima — olha, balançar, balançava mesmo, escorregava, mas o pior foi quando caguetaram pras mães, tudo umas covardas, graças a Deus nunca ninguém caiu —, essa turma nova não sabe de nada, eles vão conhecer o fodão, o invencível de correr atrás de pipa e pegar todas, de brigar por elas até nas subestações de um bilhão de volts e sem triscar nas máquinas que fazem HUUMMM nem se eletrecutar. Eles vão ver com quem estão falando...

Amarrou o fiel Perneta ao pé de uma mamoneira, "Toma conta da preciosa lata de leite condensado amigão", e foi executar o serviço. O segredo de trepar ligeiro era uma cuspidona repuxada com todos os "erres" do fundo da caixa e esfregada na mão cheia de cortes de cerol e galvanizada nas coxas e nas canelas grudentas de lagartixa, miguelão no poste. Subiu que o rosto ardia de felicidade por se sentir aceito, como um sagui numa árvore alvoroçada de consanguíneos, mas o pessoal da Cia de Luz tava ligado, queriam saber qualhé a daqueles foguetes pirotécnicos subindo do que não eram árvores nem fogos de artifício bum!, uma pinoia: postes; eram postes de ferro que se torravam de pegar fogo, como é possível, um depois do outro, o acrílico de proteger as lâmpadas caía quando eles pipocavam em voláteis amarelos alaranjados, se espatifava, os cacos sumiam, derretidos, lixados, beques de futebol de botão colados em camadas, o pessoal da Cia de Luz se invocou com os pivetes, o tal fogo amarelo-alaranjado, o povo furibundo com a incompetência do serviço porque quando estourava um poste apagavam duzentos, mandaram o pessoal da Cia resolver o tal fogo amarelo-alaranjado e eles resolveram foi ligar os postes antes da hora pra que esses moleques vão ver só e adivinha quem foi que explodiu dez metros a voar como se um cometa incendiado cruzou o céu e foi aterrissar no hospital — minha mãe quase morreu de susto com essa história, depois quase me matou, o pessoal da Cia de Luz opa, viu a m... meleca que tinha feito e ó — semimorto, tostado como um fusível, o guisado de cérebro que, se cá em cima queimava e conseguia piorar o cabelo, embaixo fazia pular o coração mais feliz ainda que no poste dos saguis, mandando a própria boca abrir uma gargalhada de emendar com as orelhas na hora que acordou no hospital, já acesão da consciência.

CAPÍTULO 62

Tontão, gosto de sangue na boca, e sangue na boca o senhor entende, cruza de pé-frio com sexta-feira 13 e gato preto... 'Ai de ti, churrasquinho, quando a dona Maria souber de mais essa tua visita ao hospital, a segunda só este ano, sem contar o que a rua te cobra em cacos de vidro e os vergalhões das obras', deviam ser as vozes isso, mas eu só ouvia as vozes quando via lá no fim do túnel as luzes me chamando; não tinha luzes; não tinha túnel; então eram as ladainhas do neurótico do meu anjo Custódio todo se mijando de medo da minha mãe descobrir a gente dando entrada no pronto-socorro do HdB. Cagão...

Reconheci o lugar. O tranco da maca igual corrida de bode, "Cuidado com a cabeça do menino. Ele já caiu em cima do braço depois que a ambulância recolheu o coitadinho fumegando embaixo do poste", o povo SOCORRO SOCORRO, o menino virou cometa, chama a ambulância, ambulância a caminho com a sirene berrando desde longe e chegou, 'Resgate o.k. Menino fumegante recolhido. Câmbio', resgate em disparada, 'Menino fumegante a caminho. Câmbio', mas o resgate montado naquele Vê-Oitão furioso patinou na primeira curva, 'Ooopa', tirou tinta do meio-fio, 'Porra, não afivelaram o menino?' 'Repito: menino fumegante *e* com o braço quebrado a caminho. Necessita atendimento especial. Câmbio e desligo', e agora TUM! na grande porta de vai-e-vem que chiava indo-e-vindo como um filme de terror, as luminárias brancas acima da maca, passaram uma, duas, o cheiro de clorofórmio, arrá!, estava conscientíssimo — o coco rachado na vai-e-vem me acendeu mais que doeu —, estava em casa:

"Oi, técnico de enfermagem", ia cumprimentando a classe trabalhadora, o segurança no cafezinho embaixo da quinta luminária, "E aí, meu chapa", oitava, "Gostei do penteado, supervisora", ia distribuindo pra todo mundo meu sorriso branquinho sem cárie nenhuma — graças a Deus e à minha mãe —, felizão da vida, hahaha! É porque, mesmo se a manada do poste relinchasse e uns coices, "Tu é pequeno demais" "Cabeleira demais" para entrar na nossa turma, "seu viadinho, como que tu foi voar do poste, o que aconteceu, tu tá aqui faz três dias, não abriu o bico, abriu? Tu dedurou a gente? Tira esse riso da cara ou vai tomar porrada com atadura e tudo, seu borozinho de merda, a gente vai..." "Quem são ocês, meninos? Entraram, como? Tão brigando? Vou chamar a segurança" "Não, não senhora, dona enfermeira, a gente não somos de briga, a gente somos amigos, né borozinho, (Fala alguma coisa, filho da puta), a gente tava com saudades do nosso amigo (A gente vai te pegar lá fora, borozinho), amigos, ouviu borozinho?", hahaha, "Ele está convalescendo, meninos. E está sedado. Agora saiam" "Mas dona enfermeira..." "A-go-ra", mesmo assim eu sabia que entrava; e na moral de ouro; sim senhor, moral de ouro: se caguetasse eles eu tava frito, é evidente, mas o silêncio desde a UTI, bico lacrado sem dedurar ninguém, entubado de tubos logo no primeiro atendimento, aparelhos que piscavam uns, bipavam outros, batalhão de gente de branco toda hora entra um, sai cochicha me dão remédio liga anota desliga cafunga, opa, que cheiro esse, o batalhão olha o teto, paralisa um segundo e cravado o segundo espanam a gritaria num pandemônio da porra.

"Virgem do céu nos proteja!", é Pai nosso de todos os santos, é que entrava uma fumaça escura pelo vitrô acima da porta na sala de emergência, uma terrível esfumação ondulante, parecia viva, soou o alarme, aquela visagem negra que penetrava os longos dedos terrificantes da Morte se minhocando no teto, queriam agarrar o batalhão de enfermeiros, aposto; eu é que não ia ser; nessa idade, não, a Morte não se interessa muito por criança, prefere velho, e eu não tinha mais medo de fumaça nem de fogo, lidava bem com a coisa, não sei se o senhor já percebeu, "Pode vir, se quiser", desafiei a fumaça escura; ela aceitou na hora, começou a descer e tão rápido que engoliria a cama junto comigo se eu já não estivesse caído no chão, ela veio, a fumaça preta, sufocou o travesseiro, o lençol, chegou no meio da perna de ferro da cama, tentou descer mais, não conseguiu; hahaha, assanhei as bases, "Vem, fumaça, sua covarda", ela se esforçava, parecia um céu de cobras pretas com dor de barriga de ter engolido a cama até a metade da perna, mas a outra metade jogava na minha zaga: 'Daqui não passarás, fumaça maldita', o alarme de incêndio no talo, eu lesado e no pelo, quer dizer, enfiado no camisolão de serafim, bunda de fora no chão gelado, achava a maior graça naquilo tudo, e a seringa de vidro espetada e meio injetada daquele liquidozinho que dava barato pela veia.

"Uêêêba, ô doideira legal." O batalhão quando viu os dedos da Morte caçando eles pelo vitrô decidiu além de gritar mais alto que o alarme largar tudo pra bater em retirada. 'Ei, m'espera, também vou atrás desse trio elétrico barulhento da porra', gritei, acho que gritei, 'M'espera', que eu tou cheio de folia na alma e no pé mas o pé uma gelatina, a alma incorpórea, e desabamos da cama; minha testa queria participar da alegria, só que no meio do caminho tinha uma, tinha um negócio brilhante bem no meio do caminho da cama ao chão, uma mesinha-bandeja sei lá cheia de quinquilharias de enfermagem. Fomos direto nela, eu e a minha testa no trio elétrico, não era o trio elétrico, e caímos no chão. Espatifamos tudo.

"Uêêba", o ombro estralou assim que chegamos no piso duro, eu, o ombro e os outros foliões, minha testa e a chuva de bandeja de aço e vidros e etecétera que a gente fez um estrago danado indo atrás do caminhão de luzes e o sonzão que é do outro lado lá do lado de lá da porta do vitrô que eles foram e os meus ossinhos ficaram estatelados no chão, ô piso frio da porra, 'Vem, menininho', se insinuavam as tripas de fumaça preta, 'Tu tem coragem?', parecia um ninho de cobra de cabeça pra baixo, me desafiavam, 'Levanta daí menininho' 'Aí tá frio' 'Vem respirar a gente' 'A gente é quentinho', tá, tá, suas bestas, não enche, é evidente que eu tenho coragem, mas não conseguia me mexer; as lâmpadas de emergência no chão e as outras misturadas com a fumaça começaram a brincar, apagam acendem desligam os equipamentos vai-não-vai um apito piscam e tudo apaga de vez; a escuridão durou um tempo que não dava pra saber se o relógio tinha andado um segundo ou uma eternidade, eu nadando com os vidros e as quinquilharias de aço no granito molhado.

"Uêba", depois volta a luz e com ela o intrépido batalhão de enfermeiros, a fumaça escura foi embora com medo da luz, ficou o cheiro, foi e levou o alarme, aparelhos religados e rabos e demais equipamentos tornaram a piscar ou não piscar em conformidade aos parâmetros hospitalares mais rigorosos, mais excelentes, mais, opa, cadê o menino, alguém olha na cama, ao redor, bate a mão na testa quando vê a lambança, tudo que na correria foi ao chão, eu e o crac! no ombro inclusive, sem contar os outros estragos desde o poste.

"Êba", eles me pegam e colocam de volta na cama, os tubos, a bolsa de soro vazia, alguém ajeita o meu avental de anjo e, "Deus do céu a seringa", se assusta de encontrar a seringa espetada no meu braço, nem toca, sai correndo, tinha começado a recuar um sanguinho pela agulha, a fitinha vermelha que dançava na aguinha da ampola, ô soneira gostosa, o vermelhinho... é tão bonito...

Do nada encosta um homem de azul com ar de urgência. Examina o meu olho com uma luz — besta, o olho tá inteiro, sua besta —, aperta meu braço com força — ai, porra —, mais força, mais força — porra, porra! —, se vira e fala duro com os enfermeiros, homem que eu nunca tinha visto no hospital, interrompe a dar ordens e acaba com a festa, desaperta o braço e pega o outro, que tava embaixo do avental, vê a seringa, "Porra", tira a seringa, examina, tá pela metade, tem sangue e alguma outra coisa nela, "Porra, porra!" "Ninguém coloca mais porra nenhuma na veia desse menino", e a veia já com saudade da sensação veludosa de quando colocaram; o médico enfermeiro de azul devia ser parente do meu anjo Custódio, algum primo encarnado que assumia enquanto o Custódio escondido num canto roía as unhas, 'Ai meus pecados', todas essas lambanças que ele deixou acontecer, 'Ai meus pecados', nem doeu quando o enfermeiro médico encarnado tirou a seringa com um puxão decidido sem dizer olá como vai dá licença vou retirar a seringa que esqueceram no teu braço menininho, essa roupa de querubim está imunda, troquem o avental do menino por favor, limpem tudo, esse chão molhado, os cacos de vidro, rápido. "Como tu foi cair da cama seu menininho, a agulha poderia ter atravessado a veia infeccionado gangrenado amputado, tens um santo forte hein, seu menininho", forte, tá, sei. Tudo arrumado, o médico enfermeiro de azul me beliscou camarada a bochecha, "Se cuida hein, seu menininho", e foi embora.

Menininho então, finquei o olhar no enfermeiro médico de azul, calculava ele enquanto ele saía. Torci pra esbarrar na minha mãe, podiam se conhecer. Eu era o único anjo custódio na vida dela. Fora os padres — mas esses, sei não se despesavam ou pesavam mais ainda nas costas dela —, ou o tenente-coronel, ou o padre vermelho de óculos, não, esse não, é muito bonzinho pra dar conta de ser anjo custódio dela. O médico enfermeiro de azul podia dividir a carga comigo, o primo do Custódio, podia, minha mãe era um peso danado; ele me ensinava uns macetes de salvar vidas, como arrumar o olho e o braço da minha mãe e pôr umas polegadas na altura dela, que as outras mães eram tudo cavalonas, ela a única mãe linda e bonita de verdade, narizinho arrebitado, peito bom, cintura, mas o corpinho era de adolescente, "óbvio que eu vou ser anjo custódio quando crescer, usar uniforme azul, gosto de ser anjo custódio", ele me controlou sem pedir licença, se preocupou comigo, chegou a esculhambar os enfermeiros que passavam uma outra seringa do braço de um avariado pro outro, até injetavam um pouco neles mesmos antes de botar o freguês pra chapar, tudo por culpa do hospital sempre cheio e a pressa de atender que ali foi tanta que na hora que eles saíram gritando de medo da fumaça negra terrificante do vitrô, frenéticos com o trio elétrico, eles nem tiveram tempo de me espremer o bagulho no tubo da minha seringa de vidro, sobrou um pouco de aguinha e uma bolha de ar no meio.

CAPÍTULO 63

Naquele dia tava lotado pior que a peste o hospital. As autoridades devem ter concedido alguma bondade para a malta. Depois dessas concessões é garantido, entope o hospital. Maior espetáculo de luzes e de gentes por todo canto, captava a confusão meio acordado meio sei lá, sinos comemorativos nos aparelhos amontoados com os fios que saíam daonde, deixa ver, de mim? Coisa louca, me fizeram um monte de gato.

Lembro os corredores quando voltei da Ala de Operações, sim senhor, um resto do cheiro da fumaça misturado com o do gesso novinho em folha nos braços, não, um engessou foi só o antebraço devido os movimentos de estudar, escrever, minha mãe fez questão, o outro encasacou tudo, a costelinha rachada, a clavícula, que palavra engraçada, *clavícula*, no braço esbagaçou o *rádio* e o *cúbito* esses nomes de osso, haha, eu parecia um iglu, tou vestindo um iglu no peito e a clavícula virou um iglu, hahaha!, não iglu, gesso sua besta, gesso limpíssimo, ainda salvo dos batismos de caneta dos *brava gente* e da manada do Messias, do lustra-móvel com o cheiro do óleo de peroba, do serrote pra ventilar um pouco, de coçar com régua e gastar o desodorante da minha mãe com água de pinho e um pouco de cal por causa do chulé do gesso — virou ferida. "Gesso pega fogo, será?", caminho de rato com pólvora e tiro com a espingarda de chumbo do irmão da ruivinha, "Vai logo, ruivinho, seu covarde, atira. Não tem medo, eu tou com a minha armadura de gesso. Atira!" — outra ferida. A cabeça eles só costuraram o rachado e enfaixaram; na testa, um curativo; os gambitos canastrinhas nem isso, talvez passaram um formiguicida, que as palafitas estavam meio insensíveis devido às formiguinhas que passeavam por dentro e elas pararam de formigar quando eu morro não morro na Ala de Operações do hospital, "Nunca entrei aqui, como será?", minha mãe se descabelava em aflições medonhas pelos corredores e eu curioso com a cama, "Humm, parece rolimãs de cetim, roda maciiio", entro numa sala, coisa mais do outro mundo, mais ou menos como imaginei o disco-voador quando o seu Jack contou a história de São Tomé das Letras — prometeu me levar um dia pra conhecer – outra história. Quanta novidade. Troco de cama, acende uma luz forte mas sem o túnel e as vozes, quer dizer, tem vozes, só que é diferente, estão ao lado do Sol. Uau!, vão me bronzear no sol. Ouço distante:

"Intravenosa, "

"AB positivo, "

"Desfibrilador!"

Arrá! Dessa vez ouço as vozes, tenho certeza. "Venha, menininho", umas borboletinhas amarelas voando e falando no fim do túnel, "Chegou sua vez, menininho". As luzes no fim do túnel são mais macias, diferente da luz forte na sala de bronzear. Agora é o meu anjo Custódio, ele aparece com um bruta porrete na mão — fodeu —, mas ele olha pra mim, balança a cabeça que não, 'Ainda não é a tua vez, menininho', olha pra luz, dá um grito de shao lin e dispara com o porrete pra cima das borboletinhas de luz. Deve ser dor na consciência. Tudo aconteceu no turno dele. Parece que... Ué, as luzes, apagou?

"Voltaram os sinais", graças a Deus os sinais. O médico barbudo desalmado se ofende. "Graças a quê? E o anjinho aí esturricado dona Maria, graças a quem isso, me diz." Ela ignora a cretinice do ateu desalmado cuja alma Deus haveria de esquartejar — e pôr sob os cascos do grande Satã no Inferno —, me olha condoída e compensa num cafuné pra me parar de doer.

"Parou a dor, meu anjo?" Se parasse ela executava as cobranças de explicar direitinho a história dos postes piroplásticos, "Piroplásticos mãe? Que palavra. Não, juro mãe, lembro de nada, piroclásticos?, juro, nada", se não doesse ela me espinafrava as responsabilidades; eu preferia cafuné; então era pra parar de parar de doer que eu tanto gemia e doía e fingia ais de chorar na cebola, o bico fechado pois não darás falso testemunho, e — se Deus quiser — mais umas réstias até uma semana depois de sair dali, onde ela se chegava toda santa, toda navegando uns pégasos cor de arco-íris pelas nuvens do hospital, punha a mão de Virgem Santa no bolso, tirava o terço, fazia o sinal da cruz, desfiava, rezava... De repente virou uma gata arrepiada que brandia com ele uma espada em cruz na direção da moura infiel que entrava na tenda armada para mim pelo Errol Flynn nos confins do deserto do Saara, cheia de lindas odaliscas trajadas com branquíssimas sedas brancas esvoaçantes, meias brancas, tênis brancos, soro e um narguilé escrito OXYGEN, a chefe das enfermeiras embaixo de um turbante feito com uma touca branca de enfermeira, o crucifixo vermelho em forma de cruz pregado de banda mostrava que acabou de passar o Guga Din ao fio da espada, mas minha mãe vai vingar; a moura empunhava uma cimitarra com jeitão de estetoscópio, gritava neurótica de guerra que não aguentava mais saber da minha mãe a dar ordens ali nas mil e uma noites dela — as odaliscas saindo de fininho —, que ela não acreditava em terços tampouco.

"Moura não, rapazin'. Nem Otelina. Não quero mais que me chamem assim. Para de se mexer. É a quarta entrada sua no hospital só este ano", pensei que fosse a segunda, devia estar meio chapado, ou era exagero educativo dela, ela... as duas gostavam muito de exagerar pra me educar. "Fica quieto. Depois que essa senhora se retirar...", falava sem olhar na minha mãe, e um mormaço na voz, "Olha esses chamuscados. Vejo que essa senhora ainda não aprendeu a cuidar de você...", o mormaço, percebe, "E ela sabe muitíssimo bem que eu sou cristã, graças a Deus."

Cristã, sei. Só que não desfia os cinco mistérios. Minha mãe desfia. Desfia e me segreda: "A enfermeira Otelina, sabe filhinho, ela não desfia"; não desfia mãe?; "Não, não desfia"; nossa!; "E come carne vermelha"; noossa! Hehe, gostei de ver as duas resfregando; elas tavam brigadas naquele dia, a enfermeira Otelina era da paz mas também uma árvore de ferro de teimosia e à prova de bala, ela sabia a força que tinha, e a minha mãe, o senhor imagine, uma de um lado, outra de outro, achei natural elas me quererem usar e disputar, eu ali dando sopa, meio tisnado e lindão, acho desta vez que por causa do fogo amarelo-alaranjado do poste e o bronze com o sol das arábias, que um dia depois que chutei um sábado inteiro de canelas num futebol a céu aberto e sem juiz a ruivinha, "Ai, você fica um amor de camisa amarela e vermelhinho de sol, e limpo, e penteado, unhas aparadas, um olho roxo, você brigou?", disse que nem me reconhecia quando eu ia na missa a idiota da ruivinha, "Olha, comprei essas roupas lindas para você, borozinho. Camisa de seda e todos os botões eu reforcei a costura, eu sei costurar, e você usa as suas roupas tão, sabe, com muita força, e os botões a dona Maria, os botões, ai eu amo a dona Maria, sabe, também sei cozinhar, sei fazer cocada, ovo frito como você gosta, sabia, olha essa bermuda de linho, ai-meu-co-ra-ção, amei, vai ficar maravilhosa em você, meias novas, cinto combinando, dois pentes. Quer ir lá em casa tomar banho e experimentar, não se preocupa, papai tá no trabalho, quer, hein?", vai se lascar — cinto de linho, cocada —, tou nem aí com a ruivinha, e ninguém cozinha melhor que a minha mãe, e eu não tenho medo do pai dela, m'squece. Mas compreendo, é evidente. Eu devia estar mesmo uma beleza naquele hospital das arábias, acho até que os olhos tinham ficado azuis igual o Lorde Jim, enxergava tudo azul e bonitão, por isso a minha mãe versus a enfermeira Otelina, elas no maior escaramouche para ver quem cuidava melhor de mim e levantava a taça de melhor cristã.

Duas mães, sim senhor — olha: tem nada melhor no mundo – nem pior —, as duas, ô fôlego do cão, impressionante, mas uma hora, porque estavam exaustas, ou empacadas no zero a zero, decidiram contratar reforços. Chamaram a segurança. *O* segurança.

CAPÍTULO 64

"Segurança!", evocaram as duas o capitão Kim da Cavalaria da Brigada Ligeira pr'atropelar o zero a zero. Primeiro a Otelina, depois minha mãe. Mais alto, é evidente: "SEGURANÇA!". Mas o Jim das Selvas conhecia as bicudas. Calejado, chegava não chegando, parava no cafezinho, o lugar mais descansado do hospital, o pessoal alertava, "Tão chamando", ele agradecia com olhar de 'Beleza. E tua mãe, faturando muito?', tomava um gole, um fôlego e ia. Camarada simpático o segurança. Chamava ele de *meu chapa*. Antes eu chamava o *meu chapa* de Alemão, "Alemããо, voltei", recebia alta, "Alemããо, tou indo". Ia no cafezinho me despedir, minha mãe no rastro já gritando pra gente ir embora daquele hospital que eu gostava tanto e ela detestava. Um dia o Alemão pediu pra parar de chamar ele de Alemão. "Por quê, Alemão? Tu sabe. Não sei. Sabe sim. Não sei, ué. Escuta, eu não sou Alemão. Não? Não. Jura? Juro. Mas o pessoal diz... Me chama só de *meu chapa*. Tá bom, *meu chapa*, então." Com as bicudas o negócio era mais delicado. Se tivessem calminhas ele era o segurança Carneiro, "Bom dia, segurança Carneiro" "Boa noite, segurança Carneiro", se não, preferiam Schnauzer, "SCHNAUZER!", dois andares de puro tônus muscular. Chegava milimetrando o terreno. Olhava para uma, para outra, olhos deste tamaninho e os vincos ao redor ansiosos pra saber de onde meu Deus viria o tiro, as bolinhas de suor brilhando no rosto acima da barba rala, debaixo do sol infernal, mas não tinha sol, o calor, mãos hesitantes na cartucheira, o branquinho virando de um olho pro outro, quem atiraria primeiro, minha mãe, a enfermeira Otelina, ele?, não, não ele, sem chance, bala nenhuma na agulha, media as duas, calculava e recalculava no pingue-pongue dos olhos cada gesto, cada olhar, elas e um cornetão de silêncio na orelha dele, o bom, bruto e — coitado — cativo, o meu chapa num conflito danado. Sentia que era disputado também, sentia parece que no cóccix, zona de segurança máxima, percebe? Um desastre na tecnologia de lidar com elas, ele. Desconhecia que as mulheres gostam muito se a gente antes mostra a inteligência; um desastre chegar na mão-mole, pior ainda dando soco; às vezes não resolve, elas choram e você tá frito. Inteligência. Expliquei mais ou menos pra ele mais ou menos essas sabedorias que eu tinha mais ou menos aprendido com a minha mãe e a dona russa, minhas professoras na matéria feminina. Mas parecia que o meu chapa a inteligência dele era dessas de sorvete; sabe quando o medo congela a gente, com ele era no cérebro, ele fazia aquela careta de sorvete no cérebro só de ouvir a voz delas disputando o cóccix dele:

"SCHNAUZERRR!", intimado agora a pulmões marciais. Ele esperava alguns minutos o sorvete derreter e ia todo posudo, 'Pois não, senhora.' 'Senhora.' 'Em que posso lhes ser útil?', não dizia nada, só pose, só o pingue-pongue dos olhos calculando e recalculando quem daria meu Deus o primeiro tiro, olhava para uma, para outra... 'Senhor Carneiro!", e o senhor Carneiro, "Pois n-não, enfermeira", acatava incontinênti a enfermeira chefe Otelina, que jogava pesado como a minha mãe, pesado não porque tinha sido promovida a enfermeira chefe ou só porque tavam de mal naquela semana, que a minha mãe tinha acusado a enfermeira Otelina de se vender num acordo com o médico hiena hi-haha! e com o superintendente do hospital deixados ferreamente exauridos na sala da administração uns meses antes — minha mãe sabia do hi-haha, a questão é que ela descobriu que também o superintendente havia participado exauridamente do evento, e brigaram feio, ouvi tudo, caracas!, olha, choquei de saber que a minha mãe conhecia certas palavras de uso exclusivo das forças da rua —, não senhor, ela jogava duro, a enfermeira Otelina, era porque ela era de ferro já disse, puro ferro, e se agora ela era chefe ela era chefe e pronto, e eu gostei, e o incontinênti ali em posição de sentido, o meu chapa quase batendo continência sorria pra ela a facção mais à esquerda dos dentes, enchia o peito musculoso, o conjunto da obra tórax-suspensão-jamanta, maior segurança, esvaziava-enchia, esvaziava... mas era só a respiração, que encurtava, como quem aumenta o medo, encurtava, e o medo, a respiração, já-já virava um chiuaua, era muito ansioso o meu chapa. Ansioso e tenso diante das duas ainda quentes da sessão de tapas de língua, minha mãe com as bochechinhas vermelhas e a enfermeira agora chefe bombeando mais ritalina que nunca no coraçãozão dele, o coitado travou. E telegrafou — com os olhos, é evidente, nada mais funcionava —, telegrafou o chiuaua o suspiro extremo:

'S.o.c.o.r.r.o.' na direção da minha mãe, uma giganta que dispensava salto alto para aumentar as duas lajes de ficar na altura dele, sapato reto de menina do grupo escolar tamanho míni, que em poucos anos eu calçaria nos polegares, aquela criaturinha sem cerimônia de falar com as pessoas ela de baixo para cima, o dom de se entender no beijin-beijin, como dizia a enfermeira Otelina, ou desentender, ninguém passava neutro pela minha mãe:

"Metade das pessoas usa de si mais a metade que não presta", dizia ela, e capturava o pedido de socorro do meu chapa desmoronado sob os pés de jericó da enfermeira Otelina. Respondia com um meneio de sim-oh-sim, salvaremos tua alma, capitão Cóccix.

Levantou-se, pegou delicadamente nos meus dedinhos chamuscados cobertos de pomada e gaze, me olhava puro amor de mãe, avaliava o meu cabelo, desistia, avaliava mais um pouco, é, me amava de verdade. Saiu com a marcha dura dela em linha reta, não sem antes me mandar uma piscadinha dupla das pálpebras. Que amoroso da parte dela marcar tão indisputado território tão pacificamente devolvido. E a enfermeira Otelina, de costas, a picar os restos mortais do desmoronado com o indicador um pica-pau na caixa torácica cheia de tônus, quando percebeu o ambiente desempestado da presença da minha mãe, alforriou o meu chapa, "Pode ir". Ele nem piscou. Voltou a respirar, encheu a caixa, esvaziou, encheu e se mandou de fininho, cheio de oxigênio atrás das odaliscas no outro lado lá do lado de lá do deserto do Saara. Ela se virou e veio falar comigo toda alterosa e inspetora a enfermeira Otelina, a enfermeira *chefe* Otelina.

Inspecionou chefemente o lençol. Esticou umas ondas mínimas com a imensa palma da mão cheia de dedos imensos — menos o anelar esquerdo, que ela perdeu quando pulou de um caminhão em movimento e o anel e o dedo ficaram para trás, história antiga —, pinçou do lençol branquinho um par de execrandas partículas invisíveis e, com um gesto de descarrego, expulsou os micróbios remanescentes, os piores germes das aulas de ciências e das areias escaldantes do Sheol dos infernos, o espaço contaminado onde a minha mãe-pluma havia sentado 'inda agorinha. Tudo limpo, assoprou para esfriar, se acomodou na mesma beirada que a minha mãe, deu um suspiro reapossante, pegou nos meus dedos chamuscados — parecia um ritual, as mulheres gostam muito de rituais — e perguntou com voz de suavidade pra vencer a piscadinha doce da minha mãe, mas nesse departamento de doçura a minha mãe — quando queria — era imbatível, e a Otelina ali sentada era a Estátua da Justiça, não de pedra, de ferro, ferro até na voz grossona do pescoço veiúdo e com ossinho no gogó:

"Quantas vidas você 'inda tem, meu menino-cometa, os cavaleiros espaciais, os tarzans, quantos voltarão para serem costurados, quantas vezes, quanto tempo te resta, meu menininho encabritado de Deus?". Passou a outra mão no mataréu frito do meu cabelo, tentava pôr alguma ordem — as mulheres gostam muito de pôr ordem no nosso cabelo —, desistiu, examinou a mão, fez uma cara meio nojo meio científica, depois deve ter puxado alguns pensamentos de caboclo na minha mãe, pude sentir, mas desincorporou, estremecendo com o desembaixe do dito. Concentrou nos meus olhos. Suspirou o fim do ritual, fez um ar triste de vencida e se levantou embora. Um, dois, três passos pernudos e ocupados de enfermeira ocupada, um, dois diminuídos em passos de enfermeira na dúvida se errou a vacina, caranguejava, ia não ia, e torceu o pescoço para me olhar de rabeira. Arrá! — peguei. Eu sabia, as mulheres sempre se viram pra olhar — a ruivinha faz isso toda hora. Aproveitei e tasquei nela o meu famoso sorriso abraçante irresistível de sol com a felicidade maior que o tamanho do sol do Saara. Ela sorriu, mas fraco, se aprumou e saiu.

CAPÍTULO 65

Engraçado, achava que as mulheres gostavam mais de sorrisos de sol. Mas compreendi. Estava chateada a enfermeira Otelina. Deve ser dura essa vida, calculei. Todos os dias no matadouro, passa boi passa boiada, nenhuma alegria. E sempre tem os fracos que tombam. Mais tarde ouviria ela de cochicho com o médico barbudo:

"Ota, garotin'. Não tarda, chega a hora dele" "Chega a hora?", m'espantei, "Que hora? Não mesmo", pensei, "Sou criatura de Deus e o corpo fechado, e quem cochicha o rabo espicha, mas não, calma, entendi, não é nada disso. Já-já tou sarado novinho em folha, foi o que ela quis dizer — corpo fechado com banho de alho —, e vou embora daqui; uma pena; também acho; fazem uma comida de qualidade eles, me dão bife grande, um sorrisão de sol na enfermeira da comida e ela traz no capricho, suco de caju com groselha, bolo de aipim..."

Fiquei triste pela tristeza da enfermeira Otelina, esses pensamentos. Talvez ela não entendia, é o meu espírito, sabe, eu era livre. Não digo como um passarinho, que gosta de piar só pra se exibir as asas de livre e solto sobre a gente, 'Liberdade, liberdade', e a gente vai e estilinga ele bem no meio da testa pra ele largar mão de ser besta de ficar chamando pedra. Daí que eu era livre e pronto. Não podia continuar preso só pra ela ficar me costurando e transfusando qualquer porcaria no meu AB positivo. Tinha compromissos, uma turma nova de saguis, isso é coração quando a gente tem sangue da rua, ela devia entender; mas está certo, compreendo, sou muito compreensível. Me amava a enfermeira Otelina. As mulheres são esquisitas com esse negócio de amar; elas detestam entender a gente quando elas amam a gente; tudo 'É proibido' 'Faz mal' 'A Imaculada é uma vagabunda'; de que adianta explicar pra elas as histórias mais recheadas de criatividade se elas desacreditam logo na primeira linha; a enfermeira Otelina às vezes parecia a minha mãe, que ela ia encontrar lá fora para me disputar mais umas sodas cáusticas — as mulheres disputam e amam com muita facilidade. Olha, aconteceu de tudo naquele hospital, foi uma experiência, até banho eu tomei, mas o mais incrível, como eu dizia antes desse rápido desvio, foi a moral de ouro.

Moral de ouro, sim senhor, que eu entrei por cima na turma, na manada do Messias. O silêncio durante o hospital, aquilo que eu e o poste fritamos no torresmo, "Não, doutor delegado" "Lembro de poste nenhum" "Escureceu tudo no cérebro" "Se uma vez na pista do aeroporto, eu, de branco, eu?" "Não, doutor Delgado" "Chamar a minha mãe? Pelo amor de Deus, digo, não precisa, ela foi na loja, esquece a minha mãe", fala com o médico barbudo amigo dela, ele tá por aí pelo hospital o ateu cretino desalmado, vai dar umas coça nele, neu não; minha mãe tinha uns conhecidos que vou te contar, todas as laias, "Ai a cabeça tá tonta, tou no céu, quem é o senhor?", só lembrava de coisas importantes, e postes e torresmos eram muito incrivelmente desimportantes.

Desimportante que nem a chata da ruivinha, a impressão que eu tive, quando fumegava caído no chão, de ter ouvido aquela vozinha irritante dela vindo de pinote pra se atirar nos meus despojos, cair com aquele joelho pontudo dela na costelinha, estralar a costelinha — rachou a costelinha —, me abraçar apavorada de que tinha visto eu subir no poste até o cometa e aterrissar; daí tirou o joelho pontudo de dentro da minha costelinha me agarrou me virou chacoalhou, meteu um boca a boca na minha boca molenga com a dor na costelinha doendo pra caramba por causa daquela chacoalhação toda, já quase sem fôlego desembocou pra respirar um pouco e abocanhou de novo, chacoalhou de novo e, "Socorro, chama a ambulância!", desatou a berrar como se fosse o meu anjo Custódio me chamando de volta da luz, mas eu já não ouvia a boquinha vermelha dela:

"SOCORRO Socorro Soc..." diminuindo no túnel, as borboletinhas de luz cada vez mais perto, 'Vem, menininho', então ela montou na minha barriga igual uma peã boiadeira, a ruivinha era meio magricela, fraquinha sabe, meninas, mas me catou com uma das mãos na camisa, levantou a outra, empinou e desceu uns tabefes! na minha cara, uns socos no peito, me puxou de volta com as unhas metidas metade em mim metade na infeliz da camisa, rasgou a infeliz já meio esfuracada, abraçou, arranhou, apertou tanto que eu comecei a ouvir os gritos dela em vez das borboletas, mas foi impressão, é evidente, ela se desgoelando SOCORRO e tabef, SOCORRO, tabeff, sozinha, porque a manada dos valentes ecossilvícolas se esmerdiou no pânico diante da carne fumegante e ó, deram — manadamente falando —, deram no pé. Quando a ambulância chegou cantando um quilo de borracha no chão e a sirene no talo, ela graças a Deus parou com a cavalgada na minha barriga, me deixou a cara em paz, quebrou só um dente, e depois:

"Pivete recolhido. Câmbio", depois que eu fui embora no liquidificador da ambulância que cantava o resto do pneu e quase capota na primeira curva, "Ih, sabe o pivete torrado?, câmbio" "Também costela, braço, dente" "Sumiu um pedação do dente. Deve ter engolido. Ou respirado. Chapa do pulmão" "Tá lascado, o pivete" "Necessita atendimento especial. Câmbio e desligo", depois o povo atraído pelo cheiro de sangue da sirene só falava na coragem da ruivinha, nada do coitado do cometa, nenhuma piedade, que "Ela ressuscitou o coitado" "Ela fez respiração no cometa" "Uma heroína" "Desamarrou o cachorrinho perneta preso por algum malvado ao pé da mamoneira" "Boa menina", o animalzinho feliz da vida com a língua de tamanduá no fundo de uma lata de leite condensado cheia de potentes vitaminas, mas estragadas, sabe, o mau cheiro. A boa menina toda elegantezinha cor-de-rosa ainda enquadrou destemida o feroz animal:

"Perneta seu porquinho, larga essa lata fedida, o que tem aí, ai que nojo, Perneta, que nojo!", desamarrou o porquinho, ele todo abusado de energia e vigor, sabe, não é só peixe, qualquer bicho adora esses verminhos gordinhos, pura vitamina, "Sai, Perneta, ai, desengata da minha perna seu nojentinho, não, solta, para; ai, tá bom, só um pouquinho; chega; tem gente olhando. Larga. Depois". Ela se desembaraçou do nojentinho e correu em casa pra caguetar o incidente que eu quase morri, o nojentinho no encalço abusado e viripotente do vermelho no pintinho exibido como troféu, o inequívoco atestado de posse, "Oh ruivinha, obrigada por avisar, boa menina". Minha mãe ligou o modo emergência, "Tome conta do Perneta, por favor", pedido acatado com tirania, evidente que se fazia de moça honesta, boa pra casar, "Desgruda Perneta. Te dou um chute, hein" "Tchau ruivinha, obrigada novamente", e chispou pro hospital pra concluir o serviço.

§

Num outro dia, uma sala com noventa milhões de avariados em retorno ao hospital para se recuperar dos serviços da ida ao hospital, "Posso ir no banheiro, mãe", na verdade buscar o precioso bisturi que eu tinha desviado durante a confusão do hospital no dia da fumaça negra terrificante, fui, senti uns arrepios de que as paredes todas tinham mil olhos, quilômetros de corredores, Oi supervisora, a sua personalidade está linda, Oi meu chapa, o segurança era seguro, sem problema, fui e voltei, missão cumprida, escondi o precioso na sacola com as tralhas de saúde e me acomodei na minha mãe, fingia dormir pra ela não ler os meus pensamentos, ouvi ela reclamar do bagulho que eles tinham colocado em mim com a seringa de vidro, um veneno. Em casa, "Deixa que eu guardo a sacola, mãe", enquanto perguntava de longe:

"Veneno, por que veneno, se é tão bom, mãe?" "Afaste-se dessas drogas, amorzinho" "Drogas?" "Promete. Jura por Deus. Sabe a ruivinha, filhinho?", e contou os heroísmos da chata da ruivinha desde o poste, a ambulância, até chegar em casa com o Perneta, minha mãe toda mancomunada com a nojentinha, que de repente aparece e quase me dá um flagra no bisturi. "Oh ruivinha, você veio ver como está o nosso torresminho Oh ruivinha, um chazinho, um biscoitinho?", é evidente que elas já se adoravam, e a ruivinha puxa-saca não perdia brecha, olhava cheia de piedade no meu iglu, cheia de admiração na minha mãe, que foi quem me salvou no hospital, acreditava a ruivinha, "Ai meu coração", suspirava, aposto que pra imitar o 'Ai meus pecados' da minha mãe. E ainda colocava a mão no coração, a fingida, "Oh como a senhora é inteligente dona Maria Oh como fala bonito Oh tadinho do Borozinho", oh vai se lascar *as duas* que eu vou m'embora pra Botsuana.

§

Postes piroclásticos, as borboletinhas amarelas, minha mãe e a manada do Messias mais ou menos na rédea, meu bico lacrado para assuntos postais, mesmo se as autoridades desconfiadíssimas dos piroclásticos, dizia eu, minha boca de siri calava tudo, valia ouro, valia mais que espatifar vidraças ou disparar rojões no caminhão de gás e outros enxofres eletrizantes, essas caridades, que encorpariam com a passagem dos anos.

§

Veio um dia e Deus e o diabólico Diabo sem terem por quem mais inutilmente esgrimir — Jó, o impressionante, fazia um tempão — se combinaram de me antecipar nas regras de virar homem: o desejo move, o destino provê, o Diabo premia. E o Senhor pune. Os Dois decidiram acabar com todo mundo, tornar prestes ao pó: enviaram um anjo flamejante desceu suas asas na escola, a professora C. A melhor professora do sétimo céu de todos os universos. Pode crer.

CAPÍTULO 66

Loirona de rabo-de-cavalo, o nosso mais boquiaberto UAU de boas-vindas à professora C., ela espalhava calafrios e comichões desde o cangote duro da gente até a gente não aguentar mais, todas as vezes que de repente parava e a nossa respiração: posicionava as pernas, "Ela vai fazer aquilo", soltava os cabelos, "Ela vai", fechava os olhos, acionava os músculos do pescoço, do torso Ó Divina Verga*, açoitai-nos sem clemência* e chicoteava os dourados no ar, os braços a compensar o equilíbrio como uma dançarina sobre o fio e a gente de bocão no gargarejo, UAAU, ela espalhando tudo, alegrando a atmosfera com seu perfume, com seus átomos desprendidos, abaixava subia descia espanava o ar ocupava o ar parava o Sol lá fora flutuando meio besta de ver UAAAU! ela enchendo a sala de estrelinhas palpitantes, uma festa a professora C. Depois empinava o torso — ô, torso —, prendia a festa com elástico atrás e acabou a festa, um solavanco que por santo Antão ela nem se tocava da turma ligada numa atenção que no segundo em que abria os olhos verdes mais verdes que uma piscina de turmalinas verdes e grandes, as longas vassourinhas pestanando como asas de colibri, filtrando o ar feliz em frente à piscina pra gente ver os azulejos verdes nos olhos dela até o fundo, num segundo o pessoal toda tropa hipnotizada despertava ao mesmo tempo que o Sol e olhava para os lados em manobras evasivas das mãos, que se deduravam sem saber aonde se enfiar logo no bolso e coçar cada um o seu nobre pensamento elevado pelos fartos esplendores da professora C. Éramos todos unidos e desunidos por ela, cheia de promessas de divertimento, uma boia no rio bravo a serpentear toda boa de tudo e apaixonante.

§

Inspirou muitas drenagens artesanais a professora C. E brigas, é evidente, que só paravam quando vinha correndo sua índole dadivosa pelos corredores da escola, o rabo-de-cavalo em cinemascope nas pradarias longínquas onde acontecem os cigarros, as cervejas e os caubóis, galopando a aurora por sobre a vastidão do deserto e as ondas espumantes da praia, as curvas em câmera lenta, livre, solta, subia e descia, as curvas, que ganas de mergulhar de cabeça, ela vinha a nós e por nós, "Parem meninos, parem", seguia os anúncios de júbilo *Porrada* trombetas convocatórias *Porrada* vinha correndo separar a briga, toda conciliadora, árbitra e troféu do vale-tudo, "Parem com isso, vocês dois", e, conforme esperado, pois que Deus não falha se carpido com fervor, lançava as mãos cheias de dedinhos mimosos deliciosamente pegantes, catava na gola do litigante mais próximo para separar rasgar matar, ela podia qualquer coisa com a gente, seu toque — luta e glória para nós, combatentes da terra – o dedo de Deus devia tomar umas lições com os mimosos da professora C., mesmo se os padres rosnavam quando ela pintava as unhas, mas, se hasteavam umas bandeiras aí de progressistas, a enxada com o mesmo peso da pena, aguentassem, então ela pintava, e de vermelho, porque Deus é Deus —, o toque mágico que fazia a gente os punhos nossos congelar instantâneo.

Estátuas. O mundo virava estátuas. O litigante mais próximo, extraído de cima do semimorto estirado ao chão, o litigante socador virava estátua de pena de galinha, indefeso, pendurado pelos deliciosos mimosos da professora C., sacado longe sem dificuldade pelas mãos enérgicas de anjo carnal da professora C., porque, além do autoevidente da nossa encorpadura de meninos abaixo de peso pluma, a gente também arriava fácil, de torpor, de indefesos sob os mimosos poderosos e as unhas vermelhas, ai, que eles treinavam, os vigorosos dedinhos da professora C. eles jogavam vôlei num time de bacana num clube de bacana aonde a turma ia de noite assistir escondido a professora C. treinar vôlei. Dava um trabalhaço chegar nos bacanas do Lago, atravessar o mato, ir pelo riacho, subir e descer o barranco de argila, meter a cara na argila, no escuro, puro amor, valia cada centímetro da matéria-prima das feiras de artesanato na cara só para ver a professora C. desenvolver a carnal musculação de lidar com a gente pela gola, pegar com vontade e sacar longe dez metros. Ela pulava na bola que a gente queria ser aquela bola, ela batia com toda força na bola que a gente rezava "Quero virar couro, Deus", trinava de alegria se acertasse, treinava que ia estraçalhar a nossa dignidade, fazer picadinho, a gente mal podia esperar, ela se torcendo numas dobraduras impossíveis, alongava, ela transformada em mulher de borracha, e aquecia, aquecia o quê, meu Deus, fazia coisas inacreditáveis com aquele corpo... inacreditável, os shortinhos tarados agarrantes que ela toda hora operava os ajustes básicos, um puxão com uma reboladinha discreta para entrar e realçar e a pontinha dos dedos para os encaixes milimétricos, delicadamente, por misericórdia, que partes ela aquecia?, os gritinhos extasiásticos, as axilinhas nuas brilhando de tão lisíssimas, abraçava e beijava a cada ponto, o suor untuoso, como não apaixonar?, como não atravessar a noite o artesão se profissionalizando com aqueles planos esfregantecidas e as untuosidades que na minha opinião a gente devia pensar primeiro nos filhos, encher o mundão de filhos, nada de economizar como na família do Messias — coitado, só meia dúzia de irmãos, ele o menor – hehehê —, começar imediatamente... e a esplendorosa professora C., depois de ter apartado a briga, toda aquela flexuosidade muscular quase apalpável, piscava as janelinhas de anjo, arfava com as almofadas da Perdição que apertavam o desfiladeiro da nossa morte a dois palmos do nariz, a vontade de me perder naquele sulco, Deus do céu por favor chega ela perto, vem, mais, mais...

"Tadinho você está, ooh...", condoía-se do combatente semimorto estirado ao chão, punha uma das mãos espalmada nos arfantes — cobria o desfiladeiro da nossa morte a um palmo, 'Deus, tira a mão dela da frente, tira, tira...' —, a voz da Perdição entre sussurrar e gemer, "Dói, meu amor?" 'Ai dói, professora, dói, dói...', respondia com a cabeça — olhos rasos dágua, anos de prática na cebola, dói porra nenhuma —, ela de biquinho vermelhinho: "Ooh", ansiosíssima para me cobrir de beijos reparadores, "Pobrezinho", passava a outra mão no meu rosto, "Dói muito?", depois nos cabelos penetrados de fluidos hematológicos e dos cinco elementos, dignos do amor que ela sentia por mim; eu delirava por ela, ela achava que era por causa dos hematológicos que vinham em cascata do racho na testa, desciam pelo rosto e no chão um sanguinho de nada, bobagem, "Coitadinho", falava apertandinho a rosquinha da boca vermelha de espatódea. 'Ai Senhor, crescei-me logo e uns bigodes, piedade Senhor.' Que delícia o sangue a minar pela testa e a certeza do amor da professora C.

Imorrivelmente, era como ela me amava, eu sabia. Casava comigo assim que me crescessem os pelos do corpo caçados todos os dias com a lupa de assar formiga e eu vou entrar no time de vôlei, meio coisa de boiola, mas por ela, e reinava a paz. Ou, médio. Durava só até que eu — o litigante socado —, o outro — o socador —, nós, todo mundo descobrisse que ele, eu, todos éramos signatários do mesmo pacto antenupcial.

§

Das leis da vida, escuta essa: desgraçou? Vai piorar. Nem firmou direito o calendário da feroz primavera, das disputas de acasalamento com os signatários que arreganhavam os dentes para o que era meu, nosso, a matéria ainda sub judice, e um magnata com a mandíbula quadrada de quem almoça perna de leão e que ri com a boca e o olho ao mesmo tempo igual artista de cinema, e canalha, o desgraçado filho da mãe que vinha buscar ela de carro luxuoso cada vez mais frequentemente, mais irritantemente pontualmente na porta da escola na hora da saída, justo quando a gente melhor podia exibir os dotes de cão de rinha musculoso, assim, uns fiapinhos de músculo, porém de rinha, super de rinha, ele extirpou ela da gente. O desgraçado pediu ela em casamento na nossa cara. O desgraçado interrompeu a aula pra isso. O desgraçado pedia pra morrer. Levou um anel deste tamanho e um abração de flores da floricultura com todos os cheiros da floricultura, sei lá que raio de flores aquelas, oras, horrorosas, rosas.

Bruto azar. "E agora, a surpresa" que eu ia dar pra ela?, as espatódeas que eu tirei a ideia enquanto dava o meu ombro de rocha pras dores da prima do delegado lá na Luz Vermelha, ela: "Tu sabes, menininho, tem dois tipos de cafajeste", dizia e soluçava uma lagriminha, "Os que usam navalha e os que usam flores" "É?" "É". Fiquei esperando, ela tristinha — preocupei —, soluçava, será que ela me descobriu alguma lavra, "Eu sou cafajeste?" "Bah, não, gracinha de menino — sorriu —, só adulto", desapontei um pouco, "Ah, tá", mas aliviei também, "Graças a Deus, né?" "Graças a Deus", suspirou ela, tadinha, tão distante. Aproveitei e acomodei a cabeça nos geleiões dela humm mui confortáveis dentro do sutiã tamanho impressionante-GG. Perguntei se ela gostava de cafajeste, e ela "Buáá!" de amor, gastou meio litro de nariz no papel higiênico. Arrá, entendi, "Desculpa, boa história, agora preciso ir. Lembrei da minha mãe no hospital" "Oh" "Tchau", dei meu abraço de nó nela, "Depois eu volto, prometo", e fui correndo procurar a maior árvore de espatódea pra no dia seguinte meter o meu supercanivete presente do Tortuga num galho cheião de flor aberta bem vermelhinha pra dar pra professora C. na hora do recreio, pulei a cerca antes da escola abrir, fui no W.C. e escondi. Tirei os bichos, teia de aranha cobras ratos marimbondo — mulheres não gostam dessas coisas —, plantei numa das privadas pra hidratar, dei a descarga antes, evidente, pela higiene, depois uma mijada de leve, fortalece o caule, dizem, marca território, e quebrei a lingueta da porta pra ninguém entrar e pegar. Tava um osso competir. E a porra da espatódea, nem vi que não tinha perfume, devia ter tacado o desodorante da minha mãe.

Desgraçado. Ela fazia uma cara, as mulheres são meio distraídas com esses assuntos de casamento. Não examinam a gente com atenção, esquecem a inteligência e escolhem o primeiro cucaratcha dono de uma rede de hotéis que aparece, os turmalinas arregaladões, os colibris lavando as asas naquela água cristalina de vontade de beber, brotando nas garrafinhas que se abriam em aguaceiro pro desgraçado, a mão na boca de espanto impedia ele de ver os dentes dela todos no lugar, medidos com régua quando plantou cada um Deus, pastilhinhas escovadas perfumadinhas com frescor e alvejante, lajotinhas de açúcar sabor hortelã, que mais posso dizer, lindo, que me davam um badagaio, ela ria e chorava os lacres das garrafinhas rebentados, lindo, fazem muito disso as mulheres, chorar de alegria de tristeza de raiva, mas de raiva a professora C. era impossível: ela usava uma tiara de flores desse tamaninho as flores, não, não eram flores, eram pintadas, ou desenho, não sei, usava uma tiara primaveril quando não tava de rabo-de-cavalo, e brincos grandes de argola de metal, as unhas, sapato de mulher, superlimpa ela e cheirosa, devia tomar banho todo dia — ficava imaginativo nesse departamento, conhecia o bloco que ela morava, o banheiro dava no corredor de serviço, janela basculante acima do chuveiro, vidro bem polido e reflexivo... Devia então ser a infelicidade que fazia ela sofrer de chorar. Eu sabia, era comigo que ela queria tocar aquela cena, mas de felicidade, descendo o fio de cristal salgadinho pelas bochechas cor-de-rosa, to-din-nha cor-de-rosa a professora C., eu sabia; ô vontade de comparecer e secar tudo com a língua.

Ao menos os bigodes me tivessem chegado a tempo... E ela aceitou ele. Ela disse sim pra ele. Ela abraçou ele na nossa frente. Ela beijou ele na nossa frente! Agora era ela que pedia pra morrer. E saiu de licença já na semana seguinte. Maior traição. Acabou a geometria, o perímetro, a área e o vértice — ah, o vértice... —, as esferas, a bissetriz, a bissetriz agora tinha outro dono. Diziam que o desgraçado, mesmo depois de ter extorquido malignamente o SIM! dela na escola, que ela emendou com um Sí cucaratcha pr'ele entender e ainda repetiu Sí! porque ele devia ser meio burro, SÍ!, tudo por causa do poemeto chocho que o maldito declamou do Sol, o ouro sei lá o quê, brunido em vão por "competir con tu cabello", como se fosse a mais tremenda novidade, e poesiazinhas assim de batatinha pelo chão também sei fazer, e em espanhol se quiser, que eu aprendi umas falas de tanto ouvir escondido as conversas da minha mãe com o padre vermelho, ele cucaratcha também, mas me pegaram e me interromperam o curso, agora o espanhol topetudo da professora C., disseram que só pra ela continuar as torneirinhas a irrigar, o *desgraciado* ainda pediu ela outras duas vezes: no time de vôlei e na casa da mãe — mas o que pretendia o artista, marcar território? – *Pelotudo!* —, e aumentando as flores e outro anel com o dobro dos quilates a cada pedido; é evidente que ela não ia resistir a esse jogo sujo; aposto que as mulheres em Botsuana são mais espertas que a Professora C., diziam que ele estourava champanha no jantar com luz de vela, uma besteira muito sem graça, lua de mel em Paris, quem acredita, o filho da mãe vendo ela inundar os turmalinas, ouvindo oh amor oh amor, jogava um mel no perfume de hortelã, maior astúcia ele:

"Con su permiso", posso pegar *en los mimossitos*? — era assim de alçapões o *desgraciado*, o *pedazo de atún* —, encher *los mimossitos* de anel, passar chantili nos *mimossitos* e lamber um por um, depois morder tudo, "Ai, machuca amor", com força, FUERZA, que absurdo, queria beijar e praticar tortura na professora C. toda frágil e inocente e necessitada da minha proteção, qual mulher gosta desses abusos, consegue imaginar?, que raiva, as outras professoras também ficaram com raiva, a vice-diretora deu um puta chilique de ciúmes, quebrou o retrato da professora C. no vidro da diretoria, disse que fui eu, "Vai ter que pagar, seu vandalozinho", me chamou pra acertar as contas no sábado de tarde sem ninguém, "Nossa, que calor. Senta aqui, menininho destrutivo", os bacanas e as bacanas do vôlei o pipoqueiro o sorveteiro a mulher da banca de jornal o guarda, todos odiaram, "com su permisso", *los mimossitos*, tentava ser romântico o pelotudo. De onde tirou que mulher gosta de homem romântico, panaca. Mulher gosta de homem homem!

CAPÍTULO 67

Será que ela não entendia os nossos berros, a cabritada numa petição incomensurável por turmalinas, o senhor sabe como é, não que alguém chegasse a chorar ou dor de barriga, los hombres não devem essas coisas por una mulher, mas poderia ela dar meu Deus ao menos uma atençãozinha nessa hora da nossa morte amém, agonia e desprezo, por favor Deus, prometo o que o Senhor quiser, a bezerrada com o nó atado na ponta do gogó, rezando em grupo, Pai nosso criador do Paraíso... Saravá meu Pai das causas justas e impossíveis... Ó Santa Catarina aumenta as minhas nota por favor senão eu vou chorar por favor e o meu pai vai me cortar a minha mesada por favoor... porque rezando em congregação nossa voz chega mais alto, enquanto eu num canal à parte com as Alturas, os outros meninos esquece, Deus, que se explodam os cretinos, mas eu, eu tenho sangrias desatadíssimas a dizer, faz ela me dar uma chance, 'O galho de espatódea no banheiro, foi mal, professora C.', eu vou explicar pra ela, Deus, vou ser sincero, vou dizer que eu não tenho anel numa caixinha preta de veludo nem posso pagar a escola, a minha mãe se rala toda e eu sou um pouco mau de vez em quando, desculpa aí Deus, vou falar que eu dou muita despesa em casa, mas se eu ajudo ela corta na hora: "Criança não trabalha. Estuda. De resto liberdade, liberdade sem medo nem excesso", vou contar que 'A escola, professora, foram os padres que arrumaram pra mim; até matriculei um ano adiantado depois de um teste idiota cheio de perguntas idiotas; minha mãe — boa de bico — tinha convencido eles, eles iam me colocar numa escola pública mas ela fincou pé, insistiu que eu era "Um mocinho muito inteligente, educado na altíssima palavra de Deus", eu com a minha cara de auréola, "Sem dúvida, uma excelente aquisição para o novo programa Escola Particular Mista", eu só ouvindo, "Corações e mente, o Sagrado e o Secular", lindas palavras, até derrapar na trilha, "Um anjo de menino". Engraçado mãe, parece que faz sentido, mas é um bicho sempre com um pezinho na Lua, a senhora concorda? Eles deram a chance do teste e eu compareci com as minhas consultas particulares anotadas em letra de formiga num papelzinho, escavei e enrolei dentro da borracha, sozinho na sala da vice-diretora, ela cruzando e descruzando as pernas, e passei como bolsista, professora. Minha mãe ficou muito orgulhosa'. "Aprovado com louvor, filhinho? Parabéns. Agora, responsabilidade e perseverança" "Deixa comigo, mãe." Mas o senhor sabe, o que vem fácil... As aulas, oquei, era só não faltar e estudar um tiquinho, o teste idiota, a comida era impressionante de boa, galinha ao molho pardo, carne cozida com batata, livros de graça, um por mês era obrigatório, depois podia jogar futebol à vontade no espetacular campinho de grama e o musculoso padre Juiz Sansão na conferência dos obrigatórios: "Se errardes as respostas, haver-vos-eis comigo, multa flagélla peccatóris. Então já escolhe aí, ô catervinha: brócolis, jabe no ombro ou voltar para a biblioteca", hahaha!, eu escolhia ombro roxo, moleza; mas a moleza cobra o seu preço, concorda, as farpas da responsabilidade e da perseverança, que já nas primeiras semanas eu queria matar aqueles meninos cretinos; minha mãe explicou as ideias dela de justiça, "Tá, deixa comigo, mãe. Matar, modo de dizer. Responsabilidade e perseverança. A bolsa é importante, sei, já entendi", fiquei com raiva da minha mãe, não devia, ela não tinha culpa; afinal, quanto poderia uma santa mãe, brava ou doce, saber de meninos, saber que o que me arrastava mesmo eram os encantos da rua, aqueles seios da rua nunca lá essas coisas de bem escondidos, saber que aquela escola poderia ser mais furiosa que a rua, e me arrependia de ter colado no teste, desarrependia,

"Responsabilidade e perseverança" "Tá bom, mãe", 'E os meninos-cretinos, sabe, professora, eles detestam isto de chamar eles de meninos-cretinos, aí eu chamo mesmo, às vezes eles me cercam, dão soco, mas eu não ligo, quer dizer, não posso falar nada, abrir para a minha mãe; boto a culpa no futebol os roxões; e desconjura se com a vice-diretora sou doido de piar, marcado com xis vermelho em todas as listas negras dela' "Mais uma, brigãozinho de Deus, basta uma, e você irá ver. Agora ajude a desabotoar a blusa. Nossa, que calor. Ai, assim não, calma, afasta. Senta. Fica olhando. Calminha, senta! Me dá a mão. Que mão suja, passa devagar, assim. Gostou? O que o demoniozinho está pensando, demônio, demônio!, você sabe que é, esse olhar, vontade do quê, fala, quero ouvir tudo, seu menino mau", um fogo acendeu quando a voz profunda da vice-diretora *menino mau* e nunca mais apagou. "Vem, essas mãos ossudas, grandes demais para um menino da sua idade, seu brutinho. Mãos más. Vem, menino mau, vem, não, isso não, não, aai!", e os cretinos ainda diziam que a minha bolsa era esmola do pai deles.

"Porra, a nossa mesada diminuiu por tua causa, seu bolsista ralé" "Tu vai pagar" "Se correr a gente manda o motorista te seguir" "Ele te atropela seu ralé" "Tá não corro prometo mas para de bater na barriga e dinheiro tou desprevenido" "A gente sabe da tua barriga e do dinheiro seu ralé", e tapa na cara; eles riam da minha cara suja de ralé, meus olhos inchados de segurar a vontade de espremer as lagriminhas, só que eu nunca na vida iria chorar na frente deles, não senhor, eles faziam de tudo, riam do meu sapato, mas eu não ligo, relinchavam que era proibido entrar na escola com o sapato furado, "Tira o sapato seu ralé" "Tira senão ó", eu tirava, e eles zurravam de rir do dedão fora da meia, minha mãe bem que me mandou consertar, mas eu não ligo, eu não iria mesmo fazer esses serviços de mulher; eles uivando, eu aproveitava e, antes de me encolher do tamanho de um micróbio, catava o sapato e fugia com o pé de foguete no asfalto, mais de vergonha do dedão que de raiva ou medo; dava a volta, coitada de quem iria consertar aquela meia e o pé em brasa; calçava o sapato antes de entrar pelo refeitório; a dona Maria que era Maria como a minha mãe ela me dava santuário; desviava uma canjica e dizia uns conselhos, um arroz-doce com cravo, "Você deveria reagir, menininho", polvilhava o pozinho mágico de canela com açúcar e uma raspadinha de casca de limão no curau de milho que ficava uma delícia e contando as histórias mais cruas desse mundão de dor, do povo sofrido carente de justiça na terra de onde ela tinha vindo metade escorraçada metade fugida do homem dela bêbado que batia e tomava o dinheiro pra beber mais, pra aguentar aquela vida com a mulher atarracada sem os dentes da frente de tanto apanhar e o pé de couro grosso no chão de terra que nem um nem outro queria largar, as crianças barrigudas de verme, não de comida, que não tinha, nem emprego, só tudo seco sem gado nem planta nem esperança, e o Diabo vendia o Paraíso em doses. Ela fugiu mais os filhos um deles de peito, esse não vingou, eu ouvia calado, comia mudo, capturando as lições, saindo de boca cheia pra não ter que dizer nada — que os filhos são a cachaça da mulher – ouviria anos depois –, como a cachaça é a cachaça do homem —, o filho dela teria a minha idade, eu sabia disso, ela sabia que eu sabia, eu não iria reagir, não diria nada pra ninguém, a vice-diretora, os meninos. Também não diria que antes de dormir anotava no meu diário secreto da justiça, depois das histórias da dona Maria e do filho dela, "Morreu de ralé", ela dizia, eu anotava o nome de cada menino-cretino, a data, a hora da boa ação e o meu código secreto de uma ou três caveiras ao lado, fechava o diário, fazia as orações e apagava num segundo, amanhã era um novo dia. Viu, Deus, eu não ligo.

Esmola, eles diziam. Esmola é a bunda deles, os carros de luxo deles, as mães de luxo, que uma delas, o senhor soube do bruta escândalo anos depois?, uma das mães resolveu jogar uma partidinha de roleta-russa com as amigas do Clube de Chá enquanto o marido trancado no gabinete com uma jornalista embalada a vácuo num caríssimo vestidinho abordava a delicadíssima e apertadíssima abertura, um escândalo, soube?, enfim, a verdade é que passados os tempos difíceis nos acampamentos não éramos pobres mais. Econômicos, "Sem esmola e sem cabresto", dizia minha mãe, "Somos do comércio." 'Sim senhora, professora, do comércio. A gente é até um pouco importante, a gente ajuda muita gente, uns necessitados filhos de Deus, a minha mãe ajuda, eu só que nunca vi anel de joia na vida, vi o colar velho dela com uns cristaizinhos coloridos e pérolas mixurucas que ela guarda como um tesouro: "Ah filhinho, custaram tanto..." "Custaram, mãe, quanto?", ela um suspiro, "Muito...", e muda de assunto; a gente mora na parte do fundo da loja do Tortuga; ela trabalha pra ele desde a pré-história quando inaugurou Brasília, e eu sou livre, sabe professora, sou filho da rua, tem nada melhor que rua, banho de chuva com roupa e tudo e óleo de carro pra correr e pular e deslizar na grama do congresso que os capacetes brancos nunca vão atrás da gente quando chove, só a mãe, depois, sei todos os mistérios da rua, mulher é que anda complicado de entender como agradar sem fazer fungar no ramalhete; minha mãe fala que um dia um rabo de saia vai me perder, difícil, não sei, não sabe ninguém, "O único difícil na vida é ganhar dinheiro", diz o Tortuga, deve ser, vou alistar na Marinha pra ver o mundo, vou escrever um livro com todas essas palavras que eu aprendo uma por dia, sanguinosa, aprouver, decoro fácil e tenho inclusive umas importadas, quer ver, Armstrong Woodstock Elbrick, vou ser o rei de Botsuana, ficar super rico', ela *vai ver* a professora C., mas pelo momento estou na draga, Deus; calharia se caísse daí do Céu uma turmalina de verdade, quem sabe duas por favor, bem verdes e enormonas como os olhos da professora C., em vez dessas moedas leves na minha carteira de pano; o que fazer, meu Deus, se estudar não paga dinheiro nem um tostão? "Deves suar. De mola mole cobre escapole", garante o Tortuga, "E não te fies em milagres". 'Então às vezes eu ajudo ele nuns negócios que à noite ele atua no ramo de transporte de mercadorias, coisas estrangeiras, a senhora sabe, calça jeans, cigarros, um casaquinho de lã preto uma vez, do tamanho da minha mãe, que ele "Será que ela vai gostar, putinho?" separou de lado mais um supercanivete americano sem misturar com as outras mercadorias, isqueiros, caixa de lança-perfume, levamos de um depósito para a outra loja que ele tem no centro e ele só deixa ajudar por causa da bursite, a senhora conhece bursite?, como vai fazer tudo sozinho ele, "Cuidado, ó patinho duma figa. Bursite é coisa da maior tenebrosidade. Contagia", por isso ele fica longe, pra não me contagiar, vigiando eu puxar a carga pela janela dos fundos. "Pois como não é totalmente honesto, seu tratantezinho duma figa? É sim. Agora volta, e se calhar de aparecer alguém vê se imitas o latido dum cão. Não perguntes *que cão*. Que importa o cão? Qualquer cão. Na dúvida late feito tua saudosa Pançuda, mãe do teu irmão Pé-coxinho, late com aquele latido esganiçado de alarme dela de quando intentavas alguma estultícia, latido dum cão a arder de fogo, como se tu na pele da Pançuda mãe e ela nas tuas dores de filho, raios, afinal quantas mães supões ter além da legítima rua? Aposto que preferes imitar o Pé-coxinho. A Pançuda não, a Pançuda era a mãe dez, ou pensas que não sei da Salomé a te cerzir as meias, da matriarca russa e suas galinhas, das quantas putas que te pariram na Luz Vermelha e te não podem ver sem te levar ao peito, mães, iludidas mães, a preta Otelina também, sempre maternal a te costurar das mil aventuras perfurantes esmagantes eviscerantes que a cada triquete te metes, mãe tu respeitas, *Mãe é mãe*, dizes, essas bergamotas brasileiríssimas, é evidente que mãe é mãe, seria o quê, lombrigas? Por mães e cães guardas as tuas considerações, hem, seu aldrabão? Pois guarda e considera a rego cheio os teus considerados parentes e late como melhor te aprouver, contudo repara: se vires um gajo gordíssimo e carequíssimo a menos de mil jardas, esmera-te carusamente no latir. Se for dona possidónia, grita, e pernas para que vos quero. E tu não me viste." Depois ele quase sempre m'escorrega uma grana pelo serviço. Ela nem desconfia. Minha mãe é pura das malandragens e da força da rua, até me proibiu de trabalhar o meu suor honesto; ao invés, a mania de ler, pra que serve a gramática, "O vernáculo", ela insiste, eu me esforço num trabalhão, ela em cima, toda hora uma redação na Olivetti, e se piso numa vírgula, tudo de novo; tenho inclusive uma enfermeira particular, puro ferro, sabe professora C., a saúde eu garanto, pode dormir sossegada numa montanha de travesseiro, que se acontecer *alguno contratiempo* de eletricidade, por *exiemplo*, vai que um poste, ou *alguna* picada de cobra...'

CAPÍTULO 68

Picada de cobra, sim senhor, tomei uma vez perto do cemitério. O pé virou camaleão, marrom verde púrpura preto, doeu à beça. Graças a Deus espertei o reflexo e caí de pau na cabeça da jararaca, trucidei com o meu taco de bete e anti-assombração, que não dava pra ser besta de comparecer no território dos pés juntos desarmado à meia-noite numa sexta-feira, 13 ou não. Tirei a camisa num segundo, embrulhei *el minhocón* empastelado *y sus tripas*, sentei no chão e me torci heroicamente e chupei o sangue venoso pelos furos no meio da esporcotice do pé graças a Deus. Todos ficaram de boca aberta, o irmão gêmeo da ruivinha principalmente, nariz um pouco entortado e a grade de aço nos dentes igualzinho ela; o ruivinho logo se inverteria, de bocó a capeta, assim, médio capeta, que ele não levava muito jeito na lida com o enxofre, mas era fascinado com a minha macheza; a ruivinha dominava ele, "Cala a boca, cabelo de milho!", ele baixava a cabeça e ela olhava pra mim pra conferir se eu tinha visto, se aprovei, eu nem aí com ela, só o meu olhar de demônio; ele adorava quando eu fritava ela com o meu olhar de demônio. O ruivinho era um menino legal. E o mais importante, tinha uma lanterna americana superluminosa. Recém-transferido pra Brasília o pai, os coitados eram órfãos de mãe; eu me afogava numa dúzia, eles nenhuma, dava pena, ou inveja, mas mais pena que inveja; eles se enturmavam com a gente num grupo pequeno que eu era o líder é evidente mas se desse rolo o líder era o ruivinho, "Combinado?" "Combinado", o Chumbinho, o primo do Chumbinho e os ruivinhos, nós todos numa excursão da maior tenebrosidade no cemitério. Mas o ruivinho não durou, digo, algum tempo depois da excursão ele quis imitar a minha coragem — 'Foi peso demais pro anjo custódio dele, sabe professora, eu entendo de anjo custódio, anjo custódio precisa ser assado no fogo lento da rua, treinar a musculação, a esperteza, não pode assim de repente, pá!, não aguenta' —, o bocó quis ser mais corajoso que eu e entrou na jaula dos Filas do seu Jack. Foi estraçalhado num segundo. Quando cheguei já era tarde. Fiquei uma semana matutando sem falar com ninguém, nem com o Tortuga, vai saber — diziam que o pai dos ruivinhos era um perigo, quer dizer, homem da Lei, estava de olho no seu Jack e no parceiro dele no duo de cantoria deles lá na igreja deles, e o Tortuga também não era das flores mais cheirosas —, e boca de siri não papa mosca. Mas antes da desgraça nos Filas rodei um monte de turismo de aventura com o ruivinho, com a ruivinha parei logo, que ela era meio grudenta, então, o assunto da picada de cobra, eu fazia a maior cara de valente, e ia mijando frio pela testa quanto mais aproximava do cemitério, todo mundo sabe que as almas penadas vigiam os túmulos de noite, eram elas que faziam aquele silêncio de eu quase mijar por baixo também, só não desabalei na rastaquera por causa da ruivinha, sabe, a macheza, e Deus que tudo vê me recompensou os brios: enviou a cobra e adeus assombrações; eu lá sentado chupando valentemente o veneno do pé, a honra intacta e a ruivinha: "Nossa, como você é corajoso. Nojento, mas, ai meu coração, que coragem". Cuspi à beça. E apaguei. Depois a enfermeira Otelina com um bafo de onça de quem acabou de sair da cama, esfregando os olhos pra desremelar, eles boiando de sono, "O que você obrou a essa hora... menino encabritado... de Deus...", a voz empastosa dando as boas-vindas quando a turma me depositou já acesão na porta de um quarto-e-sala na Asa-Norte, "Apartamento número... duzentos e tal. É esse?" "Melhor vocês se mandar, pessoal. Ninguém abre o bico pra minha mãe, hein?", o apartamentinho com vista do Lago, que a enfermeira Otelina, sonhando com a casa própria, sangrando no carnê das prestações, ela ia tratar da picada, ela sempre adorou tratar desses acidentes em mim, "Pai Nosso!", desempastou a voz quase histérica no que viu a roxadura empretecendo no meu pé, ou se lembrou duma prestação atrasada, e se apertou de urgências naquele capacete que eu acho que ela com uma puxada arrancava a carapaça toda de bobes e cabelos, a cara na beirinha de ficar histérica, cadê a calça que já ia colocar sobre o pijama pra gente ir no hospital, ela pulando de um pé prum lado e pro outro, "Não se mexe, meninin. O que aconteceu? Não sai daí", e eu de minha parte um milorde iluminava a situação com o meu tranquilizador sorriso de sol, cheio dos mil dedos para ela me resguardar da ira dos deuses, a minha mãe, pra ela não me dedurar depois, aí bateu um calafrio. Ferrou. "Ela taí, né?" Recalculei ligeiríssimo a situação, minha mãe versus os meus créditos, que andavam um tanto depreciados naqueles dias, calma enfermeira, não se assusta, aumentei o tato de milorde para um milhão de dedos, um bilhão de lordes, fiz SHHH, que a fúria da jaguatirica podia ouvir, "Olha", fui engatando um mel de primeira qualidade na explicação, "Já purifiquei o sangue", vi que faltava um microlímetro pra enfermeira Otelina desabar na histeria, "Chupei o veneno", fiz ar de inteligente, ela os olhos arregalados já sem os farelinhos de sono — impressionante como mulher se limpa rápido às vezes —, "Olha, enfermeira, não se preoc..." "CHUPOU O QUÊ?", interrompeu ela pra cima do meu sorriso de sol a essa altura mais amarelo que a pepita mais amarela das minas do rei Salomão, e já metralhando os bilhões e bilhões com um carro-pipa de infestações verbais inauditas, minha lordeza com a sirene inaudita do carro-pipa, com a buzina o pneu o rádio, com a própria pipa do carro-pipa rachada na inteligência, olha, cada palavra fina me recomendou a madre enfermeira, porém mais um décimo de microlímetro e instantâneo como veio desveio o carro-pipa. "Essa camisa. Dê", mandou — como era excelente quando a enfermeira Otelina toda durona de ferro assumia; ela era imune ao sorriso de sol, à cara de demônio, o SHHH, o meu abraço de nó, ela era a supermulher de ferro, mas com as minhas hemoglobinas, arrá, ela derretia na hora. Então ela era a minha enfermeira e a minha zaga; minha mãe é evidente era o juiz; os *brava gente* o meio-campo; e eu fazia os gols, hehe; nunca esqueceria a enfermeira Otelina, "Um dia vou te ajudar, enfermeira", prometi, "Vou salvar o teu couro, que nem você salvou o meu tantas vezes", jurei, em pensamento, é evidente, "Juro pelo cajado de Deus" —, ela pegou a camisa, "Senta", mandou de novo, e desembrulhou a cobra. Vi escorrer uma gosma. "Hum", examinava sem nojo, ar de entendida, superintendida a enfermeira Otelina — quando ela enchia o peito a gente todo mundo baixava a trunfa na hora —, "É jararaca. Filhote", disse. "Vejo que Alguém lá em cima continua entre cravos e ferraduras com você, jumentin'-de-Alguém." Encerrou que trazer a cobra foi boa ideia; *trucidar*, imprudência; chupar o veneno, tolice: apenas havia enchido a boca de infestações... "Infestações?" "Enchido?", interrompi na hora, indignado com a ignorância dela nesses domínios da natureza selvagem, "Tolice? Como *tolice*? Não senhora", evidente que eu não fui besta de falar, só pensei. "Talvez a enfermeira Otelina ela não sabe que o rei das selvas faz isso o tempo todo em Botsuana, com os pigmeus, no safári dos canibais, domingo mesmo eu vi, de tarde, com o Tortuga e a minha mãe, e um balde de pipoca, a gente vidrado na TV, torcendo pro rei das selvas, o rei das selvas sabe tudo, a gente sempre torce pro rei das salvas, ele salvou aquela mulher idiota quando ela torceu o tornozelo no meio da selva em Botsuana e a cascavel deu o bote..." Raciocinava meio zonzo enquanto que nem precisou chamar minha mãe; ouvi os passos dela levinhos, talvez descalços, ou era um fantasma que vinha entregar o recibo da minha laje final, ai divina verga, a feroz integridade também estava de bobes, cruz-credo que visão, ligar a força de emergência e a estratégia, ai mãe dói, como você está linda, vou desmaiar, cebola, cafuné, por favor mãe. Teatro de primeira. Depois a boa e velha batida da maca TUM! na vai-e-vem do P.S. e os trabalhadores do Brasil, "Alemãão, ops, meu cháápa, voltei!" "Ah, supervisora, linda como sempre" "Ei técnico de enfermagem, novo por aqui?"...

'Tenho alguma tarimba nesse ramo, sabe, pode ficar tranquila, professora, sou dez, nota dez no quesito saúde; legítimo sangue AB positivo, *sangre muy matcho*, entendeu dona C., de modos que não precisa se preocupar com nada; pessoas não vão chegar com liberdades mais na senhora, morder na covardia a nuca e lambuzar de chantili, dona C., prometo, é obrigação de homem proteger; e não repara se às vezes eu erro a fala do dicionário, uma vírgula ou duas, é a propósito, que esse negócio de usar a prosa muito na linha dos trilhos, C., isso é só instinto de professora, mãe, mulher enfim', não precisa ela se preocupar, Deus, tenho tudo no controle, o Senhor sabe daí das Alturas que ninguém é tão amadurecido na rua e independente como eu, olha o muque, mas a minha mãe era melhor não saber por enquanto, me dá só um dia, no máximo dois, estourando três, e o assunto tá resolvido. E fui atrás do assunto, fui consultar os especialistas em barba, os antideus, uma no cravo outra na ferradura, os barbichas fissurados da escola americana, como eles faziam pra ter efetivamente tanta barba, até a moça da turma, uns pelos nos mamilos, bigode ralo mas bigode, efetivamente falando; eles nem tavam com raiva por causa da vidraça, tudo gente fina; ensinaram uma "técnica cubana infalível", um empreendimento homeopático--científico à base de loção de barba com toques de amoníaco pra dar crocância ao aroma, encorpado, buquê mineral de pó de grafite e notas de carvão, e um tufo de pelo de pastor alemão capa preta, "Efetivamente preta, pastor alemão, não esquece, ô menininho *brava gente*", tudo macerado com rolha de cortiça queimada; tiro e queda, faz nascer um fio de barba bem preta e bem proletária no buço, garantido, a vitória é inevitável, o imperialismo, alguém do baixo escalão começa um discurso, "A insurgência efetivamente...", mas é solapado por questões de ordem. Caí fora, eles votando o comitê pra decidir efetivamente se a pizza ia ser calabresa ou muçarela, e arregacei as mangas. O problema deve ter sido o pelo do pastor alemão, que eu tive que fazer uma gambiarra com pelo de rato. O fim-de-boca, digo, a bocona daquele cachorrão, era mais seguro convencer o rato, ratinho na verdade. Aposto que pagou a maior vergonha na toca do bueiro o ratinho tosado: a família dele reunida pra janta, alguma talvez cerimônia póstuma em homenagem ao ramo da família dizimado na última campanha de desratização, que até foi parar um primo no velório de um velho rato político; a mãe, a dona Ratona na cabeceira da mesa comandando tudo engatilhada nas orações, cara fechadíssima, e os irmãos, ratio sanguinis, mudíssimos, ansiosíssimos pra ver o pau cantar em alguém e o alguém rateando na explicação, a tosquiada que havia tomado no lombo, o por assim dizer caminho de rato nas costas, 'M-mas mãe foi obra do curumim, f-foi o cabeleira inextrincável, chanfrado de super-homem, o bem e o mal — cheio de explicações, mãe gosta muito de ouvir explicações do inexplicável —, o da pá virada, a vontadc do poder, uma tragédia, foi o anticristo...', e tau!, quietou-se com a colher de pau na moleira. Coitado.

§

Nenhum convite de casamento a professora C. Nem *eu* fui convidado. Doeu pior que dor de dente, pior que a broca maligna do dentista doidão da escola sempre rindo: "Haha" "Vocês querem sem dor?" "Hahaha!". Imperdoável. Um entristecimento se alastrou pela turma, desânimo geral de adeus mundo cruel, breve luto e uma semana até o clima de guerra voltar a ser apenas fraterno, machinho e gratuito, além de cruel. E divertido.

CAPÍTULO 69

(....)

§

Demorei? Fome, sede, o que foi, sentiu minha falta?, hehe. Falávamos hoje de manhã...

Verdade, é, a "pivetada amorosa", gostei da palavra, o chão vitaminado onde cresci, onde estudei...

Nós? Não. Perdi contato quando fui expulso da escola. O segurança: "Tira esse animal daqui! Leva pro Reformatório e acorrenta numa jaula por toda vida". Olha, foi uma experiência. A generala espumou roxo. Partiu com as mangas arregaçadas para negociar a expulsão direto no pescoço dos padres. Mas o negócio, eles convenceram ela, não tinha negociação, eu a meio caminho da filial das selvas de Botsuana. Ela redobrou as mangas e foi salvar o que podia. Passou no DP, catou o doutor Delgado e se embrenharam no coração do Reformatório para resgatar o buanazinho. E o buanazinho, cercado por carcaças espetadas em estacas, digo, bem à vontade com o morninho dos adoradores da selva, digo, na moral de ouro pelo que tinha acabado de obrar na escola, não entendeu a operação de resgate. "Resgate do quê?"

Impressionante a truculência do doutor Delgado durante a extração, pior que a minha mãe, gostei, ele abrindo espaço entre os hóspedes todo altivo e senhor entre os moscas, 'Cadê o buanazinho', e me extraiu com a mãozona de garrote no pescoço, pior que a minha mãe, não gostei, os moscas não gostaram, o clima esquentou, a gente pelos corredores e ele o vozeirão constituinte da autoridade armada — alegria dos homens —, "Se afasta", os internos enxameando, "Se afasta, por favor. Ninguém precisa se machucar", educado, mas firme. Agora calcula o cheiro que a tropa de alimárias sentiu daquela autoridade toda cheia de vozeirão e conquistador, mas educado, as fibras se esticando no bandolim, nos cascos, nas veias dos pescoços, que a honra é uma realidade coletiva, e um dos coletiva, o interno mais parrudão de todos, um palmo acima do resto da garotada, na verdade uma lady, a gente chamava ele de lady robertão, ou só robertão, ou lady, dependia do uso, o robertão parou de braços cruzados em pose de constantinopla no caminho do conquistador; o doutor — 'Não se puxa a capa dum super-herói' — acelerou discretamente, senti a pegada no cangote, e foi com a testa no nariz do robertão, é evidente que o robertão espirrou como absorvente encharcado; alguém veio em defesa do robertão, tombou com uma cotovelada de encontro, "Eu avisei", outro, chute no joelho com a ponta do sapato social preto engraxado e brilhando que nem o cabelo dele, que nem o da minha mãe, "Se afasta", distribuindo porrada o doutor Delgado, "Afasta!", bom de briga, não briga de rua, não parecia, tinha método ali, gostei, o vozeirão no mesmo tom, firme e alto, sem gritar, o doutor sabia lidar com a turba, "Afasta, por favor"; quem não se afastou sentiu o joelho dele enfiado na barriga, "Levanta. Se manda", ele a mão esquerda me mantinha na linha de tiro e escudo, a direita no berro, meio como para garantir que não escapasse do coldre de peito, meio prometendo que puxava se qualquer besta se metesse a besta com ele de novo, muito pior que a minha mãe, gostei muito. Mas a coisa engripou na saída do pavilhão. Um grupo comandado pelo robertão puro sangue ficou na frente, outro por trás, vinham me salvar. O doutor parou, calculou a situação sem largar o meu pescoço nem o coldre, não tinha bala suficiente, 'Fodeu', deve ter pensado. O robertão sentiu o cheiro da foda e começou a avançar devagarinho, a honra pode ser uma realidade coletiva, mas a vingança uma bem pessoal. O doutor Delgado: "Afasta, por favor". Ninguém afastou. Mas diminuíram o passo, cercavam. "Vou pedir pela última vez. Afastem-se." Achei graça. Ninguém tem medo de bala na honra coletiva. Aí o doutor delegado super-herói foi a maior foda que eu já vi alguém fazer na vida. Avançou, eu ia acompanhar mas tomei um totozinho esperto no pé. Ele me empurrou e eu sem apoio fui caindo na direção da parede, ele firme com a esquerda no meu cangote e as pernas flexionando a queda pra eu não bater forte no chão, muito gentil da parte dele, e fui de cara na parede até o rodapé, minha primeira cicatriz no queixo. Estabilizados e protegidos por uma parede, a esquerda ainda no cangote e um joelho nas minhas costas imobilizadas, puxou o berro com a mão direita, meteu o cano com força de furar a minha têmpora, engatilhou — clic!, puta barulho apavorante no pé do ouvido, caralho, fodeu! — e gritou: "Quem vai querer a segunda bala?". MEU DEUS! A garotada travou. Passaram dez bilhões de anos até o robertão assumir, "Calma gente, o Boró, afasta todo mundo, limpa a área, môr de Deus". É evidente que nessas horas o pessoal da administração tudo residência fixa em outro planeta. O doutor se levantou comigo e o meu nariz achatado de sangue do chão, do queixo, graças a Deus nenhuma lasca de dente, saímos e me enfiou na viatura. Antes dei uma última olhada na realidade coletiva, o robertão pingando nos panos de sangue do nariz, alguns mancavam, outros gemiam, a garotada toda inconsolável, "Sequestraram o Boró" "O Boró vai pagar como maior (de idade)" "Que injustiça" "Que incrível" "Bó-ró! Bó-ró! Bó-ró!" — Tora! Tora! Tora!, uns babacas, mas gostei. Desvirei pra viatura e dei de olho com o olho da minha mãe, Deus do Céu, o inferno não tem fim?, ela no banco da frente mas encolhida e quietinha igual boneca de pano, que ele proibiu de sair, de se mexer, de dar um pio — hehe —, e nos despejou em casa. Ela ainda tonta da pressão dele foi lavar o rosto, molhar os nervos da nuca. Voltou reclamando da truculência desnecessária dele, do sangue na testa dele e na camisa, das mãos imundas dele, o meu sangue menos importante e já seco deixa pra lá, porque o estado de direito e o aparato policial, tanto sangue, ai meus pecados, olhou pra mim — a força animal do doutor tinha mexido com ela —, lembrou que eu estava ali: "Sente-se, mocinho". Cascou um discurso magnífico, e eu queria voltar para o Reformatório. Mas a turma da escola, eu dizia, não senhor, nenhum contato mais, fora uns dois ou três cretinos, que eu precisava fechar a contabilidade das caveiras. Depois, nunca olhei para trás.

CAPÍTULO 70

Uns poucos anos, de bando em bando e as empresas cada vez mais fora da claridade, me distanciei da minha mãe, os hormônios, o senhor entende, as histórias que ela não deveria saber, como aquela do meu vento desatinado, metido com uma burguesinha, com os Zebedeus, que ela, "Esses gêmeos da Salomé, pff", e eu, quase dezenove anos e a cara arrebentada mais uma vez, agora na briga no bar do trácio, eu era o atestado de estupidez. Só desgosto.

Confessar o quê, não entendi.

Ajoelhar, como é que é? Acha que se tivesse contado *tudo* pra ela... Eu, soltar o verbo no trato liso com a minha mãe, ficou ruim da cabeça? Deixa explicar uma coisa; duas: primeiro, *tudo* era um pouco demais; segundo, Deus perdoava, minha mãe não esquecia. Então, se eu pudesse escolher entre os juros perpétuos que ela cobrava por ajoelhada e a graça espiritual do sacramento com umas treliças decoradas com barras de ferro para segurar o pecador na clausura e a absolvição sacramental, toda a vida confessada na pouca luz, sem medo, percebe, se pudesse escolher... Mas a questão ali era outra; eu não ia dar corda na língua para ela vir dançar o quê, valsa de corneta nos tímpanos? Se tinha cheiro de lavoura própria, a gente mofando no táxi do gorila, ela a tromba do mastodonte, eu entupia logo um concreto de secagem instantânea no pigarro, cê besta que eu chamava a corneta mais o olhar desossador de alguém com razões de sobra, que piora quando é santo o alguém e desaba de perder a medida se o santo é santa e a santa calha de ser a mãe da gente, que ama a gente do jeito que ela me amava. Eu não.

Amava, essa mulher, minha mãe, amava e me protegia com o amor do tamanho dos tentáculos dela, que não adiantava cortar, multiplicavam; os *brava gente* cresciam e o olho cada vez mais torto naquela esquisitice de filhinho vem cá nas ventosas, "Escovou os dentes direitinho?" 'Para, mãe, *os brava* tão de olho', não dizia nada, ela apelava, "Mostra!", mais o coicezinho dela de impaciência no chão, coitado do chão, "Agora o cabelo", vinha consertar o cabelo, ô mania de cabelo mulher, molhava os dedos na língua e engomava dois três fios soltos na testa, um nojo, e tinha que ser na frente deles, exercer a titularidade: 'É meu esse potro, esse filho, entenderam? Vem, potrinho, deixa mamãe examinar as unhas encardidas'. Pelo amor de Deus, mãe às vezes, olha, ô bicho complicado, difícil de desmamar. Acho que só esganando. Desde os dezesseis eu já tinha parado com as poesias pra ela, de dar a mão por assuntos menores, as festas da cidade, a segurança, chega, que ridículo, acabou. Dezesseis anos, ela deveria aceitar. Todos os merdinhas da rua eu já metia um olho roxo quem folgava, tinha passado ela na ponta dos pés aos doze por aí. Qual mãe ia regular, calcula, qual? Ela. Ela não aceitava. Não por inteiro. E piava? Pensa que a bicuda piava?

Piava nada. Tudo na base dos beiços mudos de *você é um filho mal-agradecido* e suspiros de *você não me ama*, ou: "Mamãe sabe o que faz" "Sente-se" "Fique quieto, campeão de futebol" descalço no campinho de chão meio batido meio grama meio morta, "Essa camisa falta botão, pregue" "A Olivetti enferrujando...", tá mãe, chega, mais as mãos, menos os pés, entendi, mas pra quê, a concorrência não são doutores —, eu, dezesseis anos, tomava largura nos predicados, e ela aos gritos na frente da tropa, "Filhinho", todos com barba e espinha, "Filhotinho!". Às vezes era amor demais. Um exagero que cobriria o cerrado quarenta anos de fartura onde os *brava gentinha* um dia ralou o suado atrás de rato-do-mato e camaleão. Tinha hora que sufocava, hora de querer... de nunca esgotar a vida inteira.

Parecia que se alimentava, o pão dos anjos enfiado direto no sagrado coração dela, Maria, não minha mãe, de Deus, filha de Deus, mãe, como pode Madre de Dios quem sabe afinal o que é me diz pelo amor de Deus esse negócio de mãe com filho!

CAPÍTULO 71

Saímos da escola — um bloco imenso normalmente boca de formigueiro alma nenhuma àquela hora —, eu, boiando nas ideias, o táxi, uma barata vermelha rodando cheia de detefon nas cascas, fugia de um chinelão, sei lá, entrava nas Superquadras, ia no Cruzeiro, Éli-2, Dábliu-3, 'Que porra, essa?', minha mãe, olhando longe, e o gorila no retrovisor, deferindo instruções que eram ordens, cheio de caverna e contrabaixo na garganta, "Sim senhora" "Sim senhora", fazendo eco pra ela, econômica, "Toca" "Vira" "Para", entre silêncios dramáticos, sempre dramática e econômica a senhora, vidros fechados, só os quebra-ventos, e o fim da linha a rodoviária. A cabeça despirocou de vez, tapa! no vespeiro.

Chegamos no limite da plataforma. Dali em diante, os ônibus. É PROIBIDO ESTACIONAR, ameaçava uma placa. O gorila manobrou que eu não sei como ele conseguia enxergar tudo milimetrado se as pálpebras a meio pau, aquele olhar neutro de esconder as intenções, fez da placa baliza e estacionou milimétrico em frente. A rodoviária antiga, sabe como é, encruzilhada surreal, cabia despacho do tamanho dos palácios, os guardas linha dura capacete e cassetete infestavam feito vespas, ferroavam a todos igualmente perante a lei, sem distinção de qualquer espécie de taxista, cachorro louco ou particular. Não apareceu um para infestar a gente. Minha mãe ainda econômica — se viu ou estranhou, nada percebi — saiu do táxi, me cabeceou um 'Venha' — expeditamente acatado —, olhou pro gorila, pra maleta, pra ele, "Ah. Sim, senhora. A maleta" — expeditamente entregue —, virou-se e fechou a porta com um coice; bateu, a gana foi tanta que vibrou no ar um 'Continue expedito'. Continuei expedito. O gorila era uma pedra fechada de não entrar mosca, nem aí com o coice ou a propriedade, só me calculando com os olhos escondidos nas pálpebras meio mortas, olhava, desolhava, um vai-e-vem esquisito, cara de sono e tocaia, coisas de Jah, o senhor conhece?, ervinha?, como pálpebras de Jah, olhos de Jah, irritante naquela cara imensa. Não incomodava minha mãe. E o diabo da maleta, não conheço essa maleta e não interessa. Nunca é bom o que levanta das sombras.

Também falhava o tino de quem afinal, qual era a desse gorila manso que de repente se ligou de algum dever patriótico a ser cumprido, abriu a porta e a manivela da garganta de falar solto, botou o pezão de lancha pra fora e piou no contrabaixo que tinha porque tinha que ir junto, mas ela: não senhor. Nem sair do carro. Ele insistiu, esvoaçou argumentos com seus braços e mãos albatrozes que se multiplicavam do interior do táxi, escalavam o vozeirão pelo É PROIBIDO, subiam as colunas da rodoviária e rebatiam no teto envelhecido por séculos de infiltrações; reclamou das pernas enfiadas naquele carro um ou dois números abaixo do dele, seus ais uis e nossas senhoras, a manivela da garganta, compreende, metido ali mais seus calos havia tanto tempo e suplício como um galileu no sagrado madeiro; ela ouvia sem arredar pé, o jeito sombrio de quem cala a baioneta na língua, o gorila no meio do discurso quando ela zás!, estripou as ideias dele que "Não" e o golpe de misericórdia "NÃO!".

Malferido, outro que entregava a bússola num galão de sangue para as mordidas dela de aço, fez as contas do patriotismo, calculou quantas linguiças caberiam na baioneta e achou — coitado — que conseguiria se levantar na base da truculência, que podia arreganhar os dentes. Essa eu queria ver.

Madame não apreciou. Endureceu além que a baioneta e olhou de fuzilar as porcelanas dele com seu chumbo quente e possuído. Ele, joelho ainda se desdobrando do táxi, 'Epa', nem chegou a ficar de pé, tapou o guarda-louça com a mãozona de se calar, 'Muito quente', proteger, 'Muito possuído', devia conhecer o gosto, e aquietou: engoliu os esmaltados, recolheu vísceras e albatrozes e se calçou de volta no táxi, que chiou na sola, enquanto se desentendia com a porta, com o banco, as pernas abertas num vê que esmagava a geometria do volante, empenava o câmbio, e os braços, os braços não podiam naquele volume, em lugar nenhum, era legião além da conta, pois somos muitos querendo reentrar, resmungando registros de protesto em murmúrios incompreensíveis o suficiente para não reacender os olhos da minha mãe, porque a minha mãe era a minha mãe, o senhor sabe, ele o jeitão apalermado de não quero mais brincar, ô gorila feio da porra. Eu era grande, bem forjado, mas ele a Pedra da Gávea. Queixo-pescoço-ombros, uma única peça, peça que dizia nesta cara aqui em cima que mamãe beijou e passou açúcar e encheu destes grandes dentes de azulejo branco mais branco que sabão em pó com dentifrício de televisão, aqui pessoa nunca bateu, nem conseguiria se fosse louco de tentar, ou incomodaria um bilu-bilu se conseguisse, aquele cupinzeiro descomunal de minério com pernas e dentes; mãos grandes, calosas nos nós, mãos com cicatrizes, com veias que eram uma rede de nervões nos braços até os dedos lanhados, grossos, unhas de brita. Mãos perigosas. Sei o tipo.

Desconfiava do gorila. Algum fio naquele sujeito das pálpebras de Jah e abobalhado — ou sonso —, que de uma hora pra outra se liga num vozeirão táxi afora, bate no muro da minha mãe e se engole de volta, que vinha todo subordinado desde a escola, o rabo do olho só contando as pitombas na minha cara, desviava se eu olhasse, o que ele tinha comigo, qual era a dele com ela, o respeito ridículo por uma mulher dez vezes menor, valentona e tal mas pulga é pulga, esmaga nas pedras das unhas, algum fio corria desencapado nessa história. Não podia estar certo. Não. Na verdade podia sim. Com a minha mãe tudo podia. Talvez eu apenas preferisse meter uma cisma naquilo a enxergar o que de fato acontecia, seja o que for não fui eu mãe, a culpa não foi minha, juro, mãe. Também, onde caberia pendurar mais desconfiança, no táxi? — uma barata fumada que se enfiava em todos os buracos da cidade, por que não tocou direto para a rodoviária? —, nos dois a tricotar aquele silêncio agourento?, ora. Nada realmente sabia do gorila, ou queria saber, nem daquela rodoviária enervante. Desconfiei outra vez na maleta. Desacreditava com todas as forças naquilo do que eu não podia mais me esconder, qual o fim agora? [O que pensar,] Por que atravessar a rodoviária tão afastados do olhos-de-Jah, ele proibido de vir, [se não há o que pensar,] tudo isso tão depressa, [se nada vejo,] os ônibus estacionados nas baias, João Pessoa Recife Maceió Aracaju, [se no entanto convidavam, portas e janelas, 'Vamos, garotão brigador, você não pode ficar nesta cidade, você é um estorvo, para onde gostaria de ir, escolha, suba, tenha a bondade', e um grande Demônio de ferro,] e por que esse último ônibus, destino Formosa, Unaí, Caldas Novas? Não. Goiânia! [assobiando como um saci?]

Tampinha de mulher, que o motorista esperava sem chiar sequer um olho enviesado, quanto tempo mais, minha mãe uma caixinha de música, me falava e o motorista polia o raibã. Dá-lhe betume de estranheza no caldo, *eu* o caldo, um garotão com as lonas abertas metido num embaraçoso meio-uniforme escolar, atolado em culpas no rodamoinho da barriga, lá, eu, sem chão nem corrimão... Logo embarcaria. Mas não nesse ônibus. Na verdade, nem no seguinte.

Solene, ela se aproximou a distância de um sussurro e evocou dos piores alertas o augúrio dos augúrios: me chamou pelo nome completo. O nome da besta pronunciado pela última vez, meu nome que ninguém fala há trinta anos, chamava o fim e um ácido a corroer sua voz letra a letra até o silêncio, nós dois, até o ônibus ir embora. Sondou meus olhos em busca de algum espírito que pudesse apalpar. Desviou por um instante.

Ajuntava palavras. Antes de sacar a boca-de-fogo pronta na forja, me sentenciou com o olhar, mas não, um outro, o sofrido, que só ela e a bendita sois vós entre as mulheres sabiam pregar. Doeu. Entendi. Fechei os olhos pelo tempo de puxar e ver sumir em um o ar de dois fôlegos — lentamente. Aceitei.

Deu a maleta. Viajar leve: roupas menores e farmácia; camisa boné óculos escuros; esta gaita esquecida de muitos natais antes, sempre detestei essas bobagens, música, cantorias, mas esta belezinha, ouça, (...), acabei aprendendo; além da gaita, duas cartas gordalhudas, uma Ave Maria — o meu Livro das Verdades da cabeceira até hoje, a palavra imutável, está vendo?, surrada do uso, tava novinha no plástico quando me entregou — e o colar dela desfeito num punhado de perolazinhas e cinquenta e cinco cristais coloridos "para serem usados com sabedoria. Sabedoria, ouviu bem? Eles são... Custaram tanto...", suas únicas joias, cascalhos de valor duvidoso, e seus olhos conseguiram ficar uma ruga mais tristes. [Fica assim não, mamãe, não chora. Quer que eu leio umas poesias, quer, hein? Tudo vai dar certo, mamãe. Deus ajuda e eu sou forte. É obrigação de homem proteger. Aperta o supermuque.] Depois, sacado do bolso do casaquinho de lã preto, o relicário de sobrevivência, nome que os nervos demorariam a se acalmar do mau agouro, *O relicário de sobrevivência*, foi como ela chamou o dobradinho de pano branco, um lenço grampeado no tamanho de caber como se fosse lenço mesmo, caber no bolso da calça.

Dentro do *relicário* um bilhetinho, dinheiro — pouco mas suficiente, veria —, documentos e instruções de como chegar, quando e especialmente como me virar em São Paulo, para onde iria depois de me perder desde Goiânia, depois de passar alguns despistadores dias no Rio de Janeiro, disse, "O Rio, um biombo a ser logo descartado". São Paulo, ela determinou — o "lenço" caberia melhor no bolso da camisa, mas nem camisa nem calça eu amassava ele com a mão agarrada como num algodão-doce e a mão dela.

Sabendo o que eu já sabia pelo tanto que seus olhos me haviam maltratado, ainda que afagassem, buscando enfim da forja também o jeitinho de acomodar o cabelo atrás da orelha, como se apontasse armas e não ternura, disparou:

CAPÍTULO 72

"Sábado foi em casa a responsável por aqueles... Zebedeus", disparou como tiro de advertência minha mãe. Fez bastante espuma, o senhor pode ter certeza. Antenei na hora. Boa de pontaria, se não espatifou direto no meu peito é porque planejava um cerco longo e cozinhatório ela. Começou com a carne dura da dona Salomé, que tinha aparecido já toda descabelada, disse, aflita para conversar assuntos de gravíssimas revelações. Levou os biscoitinhos da paz: 'E a senhora aceita? E é de polvilho, olha, posso entrar, posso pôr aqui, obrigada. E a senhora precisa saber de uma coisa' "Ela falando pelas beiradas", disse minha mãe, "vinha anunciar o fim do mundo. Falou dos filhos, 'E filhos são fardos' 'E o sal da terra' 'E uns ingratos', o rosário completo, até que desentranhou o assunto: você. Reclamou de algum nevoeiro seu com os gêmeos adorados do ventre dela, pff, os enxofrados na sua turma. Falou de brigas por causa de uma garota rica do Lago Sul, não era o que ela esperava de você, porque os enxofrados deveriam ficar um à sua esquerda outro à direita, 'E os dois vieram. Ambos arrastados pela força do Senhor!, então vieram, Compostela e Evangelista. E estão lá fora esperando, se a senhora quiser fazer uso', você de cama com um febrão de 38-39, nem-um-pio, e ela as palavras pela metade, esclarecesse logo a história da tal garota rica, Compostela e Evangelista esperando o quê?, 'Oh não, isto foi um mal-entendido, a senhora sabe, não aponto culpas no seu filho, oh Pai Sereníssimo', falava porém mais aos céus, às paredes, aos pés que a mim, ai meus pecados", minha mãe sem paciência com a dona Salomé, "Que desembuchasse de uma vez", mas não, dona Salomé tinha velocidade própria,

'Oh pelo pai de todos, os nossos meninos, em verdade e verdade bons meninos, a senhora não acha? E é em verdade que digo que tudo foi obra do Malino' "revelou, ligando a ladainha a uma briga com três grã-finos: 'E o seu filho não disse? Os meus disseram. Foi no bar do trácio da Grécia, a senhora sabia?, mas Grécia uma ova ele, perdão, aquele trácio falsificado cantador de umas palavras bonitas, *Crismado no amorr um trilhão por cento, o trácio ao seu dispor*, aquela conversa dele, *O senhora possibilitaria o aduaneiro do amorr comparecerem na senhora*, se insinuando, *Como o povaréu labroste, quer?*, que petulância, *O senhora gostará de quebrarem os pratos do amorr?*, eu?, *O trácio permite*, imagina, *Pega, assim-senhora, no churrasquinho grego. Agora quer pagar o prato? Assim-senhora, paga um, amarrota os grãos-de-bico do trácio*, criatura mais desavergonhada, *Quebra com amorr, assim-senhora, ui, paga, aiaiai*, daí a gente fica zonza das intenções daquele homem, o sotaque dele, e que costas peludas, aiaiai, mas esse Demônio peludão não me engana mais, não senhora, cruza de capivara com Satanás, o bar dele um covil de malinidade, ELE o culpado de tudo, a senhora precisa saber. Tem inclusive uma morena gorda velha que ele roubou de um caminhoneiro infeliz conhecido meu. Mulher sem vergonha', maldizia, 'joeirando homem de arrimo, onde já se viu, quer luxos pra ficar com ele, a senhora acredita, barraco novo, jardim com anões de jardim, enlouquece o coitado, exige chuveiro a gás com água pelando e mesada!', todo esse luxo por uma mulher velha e gorda? Você conhece essa mulher, filhinho?" 'SimNão! Lógico que não, mãe', pego de surpresa, quase respondo, mas ela já tinha reengatado a história. Falou do ar perturbado da dona Salomé, que olhava de lado pra ela enquanto se costurava com mil sinais da cruz: 'E esse grego-armênio irá recomendado à cova dos leões no dia do juízo final. Oh tomara Deus em Sua Altíssima Justíssima vá ele mais um certo professor bêbado junto, outro condenado, a senhora sabia? Um pervertido que prefere o vício a me solicitar redenção pela carne, nem sequer um copo dágua pro corpo ardendo de sede, o ateu com mil vincos de rios cortando a cara de velho depravado, a senhora não imagina. Sem falar num engraxate orelhudinho com dentões de azulejo branco na boca e cheirador de maconha, a senhora com certeza já viu o engraxate Dentinho vadiando solto pelas ruas, outro perdido que me falta ao respeito nas redenções ele tão safadinho, todos pecadores que se farão em cinzas sob os pés do Senhor vingador, aleluia!' "e tome sinal, dá-lhe que a história se estendia em culpas e culpados, mas basta. Iria às fontes, os gêmeos Zebedeus. Saí e gritei o convite para uns polvilhos. Não se moveram. Pedi que Salomé nos deixasse. Ela travou. Olhei que faria bom uso dos moços, sossegasse, ela quieta, conferindo o esmalte três meses nos pés. Toquei seu rosto e olhei mãe com mãe. Ela se acalmou. Quando saiu mandou que entrassem os cachorrinhos no aguardo lá fora embaixo de um céu negro, trazidos de casa pelo aziar da mãe nas orelhas."

CAPÍTULO 73

"Aziar? Pois ignoras o que vem a ser um aziar, ó putinho metido a sabichão?", falava comigo o Tortuga mas com a freguesia principalmente, eu ainda criança, todos na loja de queixo arriado com as histórias daquele grande homem em cima do engradado de cerveja, tão... europeu ele, tão prodigioso falante, e "Esperto como um alho. Entendeste, menino desmiolado duma figa? Vai, espalha pela malta. Toma uma moeda e meia". Consciência regiamente comprada pelos míseros cobres — eu era muito barato na época —, saí em campanha, esperto como um... como o que mesmo?, "E honestíssimo, é evidente, não te esqueças, hem, putinho briguento. Sem brigas. Cérebro. Se no entanto as altercações inevitáveis, alterques por causas dignas. Em defesa da minha honra, por exemplo, pressuposto que uma mão lava a outra e a tua sempre mais suja, e por dona possidónia também, é evidente, não que mereça, mas mãe é mãe, bergamota bergamota", então o aziar e um pouco mais de veneno do boca de urutu, "Pois adiciona à tua lista de palavras difíceis, aliás mui inferior à minha, é evidente. Aziar é um tipo de torniquete de metal. Usa-se para apertar os beiços duma cavalgadura bravia e tê-la segura a fim de ferrá-la, tratá-la, sangrá-la, quais os morsegões que aquela senhora mui solicitada em redenção e copos dágua, e quente, oh quentíssima, vive a aplicar ao pavilhão auditivo dos rebentos, no que faz muitíssimo bem pois são uns arrenegados. Sorrateiam-se cá os grandessíssimos a subtraírem-me quando tua mãe me ingratissimamente abdica pelo ângelus, atazanam-me os fios capilares, tu não te deves acamaradar com estes bardamerdas, compreendeste miúdo duma figa, ou queres experimentar nos pavilhões também? Tens a certeza? Não te faças de mocó, hem? Olha, q'stá a senhora Salomé a se exibir diante da malta com um cavalíssimo à mão, a educá-lo publicamente com o aziar, olha bem." E o batismo — o *aziar*, como os dedos da senhora Salomé nas orelhas dos gêmeos ficaram conhecidos —, o batismo pegou. Quer dizer, o povo ama a verdade, adora tricotar com as agulhas do imperativo moral que habita as tripas da gente de expor as verdades do alheio, ela com esses quindins de aziar nos filhos desde pequenos. Se eles empacavam na retranca, duros e quedos, como dizia o Tortuga, a sola de argamassa nos pés rejuntados com o chão, ela puxava no peito um ar do tamanho de Taguatinga até Planaltina, E ah é?, falava um óleo diesel pregando fogo na ventoinha e arrastava os meninos pralgum cadafalso purificador, capturados quase sempre pela enorme língua, que a dona Salomé era escolada em fazer dar nos dentes aqueles dois ambos. Bastavam duas gotas bem gritadas do azeite quente do alibabá no ouvido e eles cuspiam metade da pasta cerebral: que foram eles sim senhora que tinham dado sumiço no rabecão sinistro do sinistro dono da funerária, levaram o sinistro estacionado na porta de casa enquanto o sinistro dentro de casa solicitava redenção para a mãe sem parar, ciciando por redenção na porta da frente, "Ssenhora", em cima, "Ssenhorah!", na porta de trass, olha a situação. Eles chegaram em casa e uma parede invisível. Deram meia-volta, dado o risco de ouvir a santa mãe mordendo as paredes; se revoltaram com a porra do carrão ali dando mole descaradamente, higienizado a rigor, a barca um brinco negro brilhandíssimo sob o sol do cerrado, se emputeceram com o descaramento, a porra do sinistro na própria casa, no sofá da TV, na mãe, porra! Foram na porra da banheira, invadiram — mais ou menos, tinham cópia da porra da chave — e desapareceram; os pneus faixa-branca novos, recém-adquiridos pelo sinistro na feirinha de acessórios automotivos reciclados, eles mesmos com o suor do próprio rosto haviam retirado o substrato pisante ao rabo-de-peixe novíssimo em folha e à prova de bala do embaixador americano — medo de sequestro, sei lá — e negociado com o compadre argentino-carioca da feirinha, os faixa-branca de volta aos gêmeos agora no comando do imenso rabecão acelerados furiosamente a mil juntaram metade da borracha e da rua de chão numa imensa nuvem de pó vermelho que subiu e se foi e encheu daquele vermelhão que a gente só vê nas mais altas estratosferas de Brasília, ô motorzão bom de carro americano, brilhando e higienizado, então cheio de poeira e, mais tarde, porra.

Possuídos, foram no posto da trouxa da namorada deles, sequestraram ela, ela adorava quando eles abordavam assim possuídos e sequestrantes, chegaram num tom rosado, ela doida por rosado, nem abasteceram, arrancaram ela à bruta da mãe — que tentava defender a pobrezinha, que respondia com olhos de dardo quente — e foram dar umas bandas no sinistro; a viúva dona Eterna desconsolada a ver navios partindo do cais, a imaginar o diabo que fariam com a moça nas quebradas do Seminário, e a moça: Por favor, no Seminário não, tou com medo, mas tinha levado a corda. Amarraram a coitada no capô, na árvore, debruçada na janela com as mãos atadas ao câmbio, as pernas pra fora abertas quase rasgavam e ela aos gritos de dor, implorando, ai, dói, mais. Se esgotaram no rodízio eles, voltaram, devolveram a donzela energizada no cais, à mãe que esperava com as unhas nos dentes, será que eles sobrou alguma fome?, se não queriam entrar, talvez, ela dava pra fazer um sanduíche de pernil, aquelas calças justíssimas da dona eterna, a filha no banheiro talvez percorrendo as marcas da corda, querem?, rapidinho?, eles, que antes rosados, agora acinzentando, agradecem à viúva, Não senhora, Tamos servidos, e vão se encontrar comigo no bar do Trácio pra contar essas barbaridades todas — os linguarudos me contavam tudo, sabiam de tudo, mais uns goles de cerveja com uísque e viravam a gazeta da cidade, impressionante. Também tratamos dos últimos detalhes para o evento à meia-noite. Eles saíram para algum compromisso inadiável, voltaram à meia-noite e a briga, E a briga?, interrompeu dona Salomé de chicotada enquanto apertava eles pelo sumiço do rabecão, eles chegando em casa depois de uma noitada de porrinha com o Trácio, o professor e o esperto Dentinho, nada de mais, depois de me deixarem em casa, nada de mais, e a briga... Ela arrancou até o último pelo deles e foi plantar na minha mãe. Sobrou no meu. E que história essa agora de briga? — dona Salomé em cima deles. E desembucha, fala — mas Compostela, Evangelista, duros e quedos. E não *vão falar, vão falar? — não vão falar.* Fincaram posição, argamassamente falando. Acontece que mãe, tudo titulada nas demoníacas artes da maternidade, fura fácil o concreto na boca da genitura, um amaciador de bife bem batido na língua, na testa, onde precisar, algumas vêm de fábrica inclusive com saca-rolhas de titânio, resolve fácil. E agora, os amaciadinhos gostariam de falar?, gostariam, é evidente, e lascaram o bico da seriema: falaram um pouco da briga e, no embalo: 1- que eles também foi que cegaram as tesouras da vizinhança com o equipamento e semidissolveram na aguarrás a flauta do homem amolador de facas de pã; 2- instalaram também eles uma rodinha nos freios da carroça do garrafeiro meio banguela estacionada num canto que ele foi de boca na descida da rua entregar os últimos dentes e as garrafas moídas depois de sair de uma redenção na casa deles; 3- empastelaram cola de madeira com peixe morto do liquidificador pras tralhas do indigente... a lista era grande. Os frouxos se entregavam tudo na conta só de um azeite fervidinho de mãe prensando eles que esgoelassem o purê.

Réus confessos, ela aguardava a última letra pra cair de pau na disciplina, eucaristicamente falando, como se fossem um, faraó, outro, a jumenta de Balaão. Ia na primitiva ela: do enxoval dos Quatro Cavaleiros apanhava o que tivesse mais à mão, um tamanco, a peste, o escorredor de macarrão, macarrão e tudo, a ponta em brasa viva da espiral verde de defumar pernilongo que uma vez um dos impenitentes enlouqueceu ela e ela enterrou a brasa intempestivamente na saboneteira do outro mesmo, porque estava mais à mão; mas a ponta quebrou dentro e o covardão bateu pânico Tira mãe peloamordedeus Tá vivo Tou queimando Tem veneno Ai-ai-ai-ai-ai!; depois de extra o carvãozinho afogado na carne, o inseto ficou tão feliz de ter sobrevivido que achou super oquei a expiação em equipe, Tá tudo super certo mãe, Nem relou no osso mãe, Foi justa causa; trabalho em equipe, o outro se aproximou, preocupado com a preocupação da mãe com o cheiro de carne queimada e o intempestivamente, Ele mereceu mãe, Não se preocupa mãe, Obrigado mãe. Nada de novo debaixo do céu, que quanto mais arrocha mais o desgraçado respeita, amor matris, amor certus, essas verdades celestiais que as mães adoravam, tudo aliás regulamentado na doutrina do padre Sansão, o árbitro-teólogo-e-enólogo Sansão, que não bebia, as mães bebiam.

Bater em mãe é pecado mortal: o substractum da Doutrina Sansão; filho parrudo acolher chumangaço de mãe semente de mostarda: lídima bênção; defender-se — trovoava ele —, defender-se covardemente enquanto ouve o esfola-gato e ela torce a orelha, enfia o titânio no microcéfalo, queima, arrocha e arranca pela raiz o sicômoro pecador, defender-se? JAMAIS. É pecado venial, grave, excomunhão, depende: a mãe chega possessa, quer justificar a tampa da panela de pressão no lombo do infeliz, e o desgraçado se defende? E se com a velocidade da culpa o crápula desvia o lombo do amor manifesto na pesada tampa de tantos feijões?! E se a doce mãezinha escorrega, e quanto à frustração de errar o alvo, não o lombo, o vento deixado pelo vulpino pecador, e se a veneranda se machuca!

Aí, meus filhos... danou: acendeu a cólera do Senhor nosso Senhor de todas as venerandas mães, que voltará as faces contra vós, espalhará terríveis flagelos entre os vossos: a tísica e a febre, enviará as feras que devorarão vossos filhos, infligir-vos-á golpes sete vezes sete vezes piores, fará vir sobre vós a espada da vingança, tirar-vos-á o pão, mandará o terror ao vosso reino — ninguém tinha chance quando o Sansão se atracava com um pilar —, e a mesma Cólera que fará comerdes a carne dos vossos filhos confiscar-vos-á os perfumes et caterva, mas antes disso catervinha, haver-vos-eis comigo — nessa hora tremia os vitrais com um soco dramático na palma da mão, aquele soco do padre Sansão que ele pulava o muro da igreja de madrugada e ia amassar um monte de queixo nas lutas clandestinas a dinheiro em Luziânia, corria o boato. Alguma dúvida? — como se alguém fosse besta de duvidar do soco do padre-juiz-Sansão-pantera-negra, como ele era conhecido, corria o boato —, nenhuma dúvida, catervinha? — homiliava com sua voz radioestereofônica duas ou três oitavas abaixo sempre que sentia cheiro de mãe – quantas suspiravam, Oh, com suas liras fortificantes. Filhos — impostava ele um mega-hertz e a mãozorra apostólica em direção ao além —, filhos são cicatrizes do amor. Elas, orelhas espichadas, capturavam alguns hertz e Ooh. Ele, o faro ecolocalizador dirigido aos suspiros, Já as senhoras — conduzia os suspiros, como no coral com a minha mãe, ela apenas a voz doce, ele o vox ferrea bombando, *Uirapuru, cantador das matas, uirapuru-u-u* —, as senhoras são — enchia as senhoras de tensão o uirapuru —, são a fonte — elas a respiração suspensa —, são — gravíssimo, uirapuru-u-u, elas em pleno antegozo, ele enfim —, as senhoras são a fonte eterna do amor. E a fonte, Oooh, zeravam a sanfona, alguns copinhos do encorpado vinho canônico-digestivo sangre del toro, lágrimas, lencinhos, mão no peito palpitante, serviço completo.

Sensíveis as mães naquela época, mesmo dona Salomé, sensível do jeito dela. Como quando, desarmada de tamancos, saca-rolhas e demais educandários de guerra, os ambos cheios de malícia de correr atrás de bola, perna comprida, magros de canela fina, impossível pegar, então ela preferia um que ambos voando, também que galinha de casa, sabe como é, e se agarrava no mais à mão, o filho preso que tentava fugir no rastro do filho livre, mas fugir como, se tava pego e ela não ia despegar do perna comprida nem com água fria, como?, se forçava um passo e mal evoluía, outro passo, meio passo, arrastava ela pelo chão, reclamava Não adianta mãe, puxava a perna atolada num barril de piche de mãe Eu não vou mãe, esquece, ai mãe poxa vida isso dói, não quero ir batizar no Lago, não vou devolver a chave da limosine, não vou falar com aquela mulher do meio-braço outra vez não, os olhos dela de cruz-credo, um danado, da parte do Capeta, e um que atravessa o raio X nas privacidades íntimas da gente, o olho grandão e negro que parece de boneca japonesa, boneca japonesa não, da Virgem Maria, vou não, para mãe, desgruda, a mãe nem pondo ouvido, agarrada às pernas do menino, a gritar, escalando pernas de filho com ferramentas de mãe alpinista, mais uma criatura miúda com os cavalões que criou; imagina espremer os potros da barrigona um no vácuo do outro, esgarçou o canal depois difícil de esfriar, ela a puxar o menino agora pela roupa, rasgava a roupa — ou o menino, tanto faz – treze em dezessete das marcas deles pelo corpo eram de origem materna, a menos cega das justiças —, uivava um responso completo, de resplendores a cascos fendidos; o outro já longe que fugia mas não fugia tanto, os passos indecididos do galinha de casa, e ela com o chofar ajustado nos decibéis de Josué, cravando através da pele as unhas no que tava de posse — treze em dezessete, compreendeu? —, o infeliz com o barril de mãe atolado no pé resistia bravamente, mas sem triscar num fio de cabelo da veneranda, o substractum, a Doutrina, percebe, os punhos do teólogo-Sansão-pantera-negra nos vitrais da eternidade, mãe portanto devia arrastar com cuidado, Olha mãe, cuidado com o formigueiro, o meio-fio mãe, o Sansão lá em cima ao pé de Deus, vigiando, a fábrica de trovões agora sob nova direção, Cuidado com o deserto o rio as muralhas, tudo pr'ela não bater a cabeça ou arranhar muito, mãe e cria se arrastando de judá a jericó, o hexateuco inteiro e além; a malta, a plateia, nada de novo sob o sol que nos alumia; até que, finalmente, porque tudo tem seu tempo, o filho livre, arrepiado com os tufos não rapados debaixo do braço da mãe aparecendo, os berros, gritos histéricos que já-já ela batia no peito, a vindicar *Meu leite Meu leite!* que vergonha, Deus-pai-todo-poderoso, enfim, comovido pelo ar de Deus-pai-todo-poderoso-por-que-me--abandonaste do irmão supliciado, se entregava. Quem viu, viu. Nada de novo.

Vencidos então, os dois galinhas, tempo de fugir, tempo de voltar, porém juntos, que mãe gosta dos penuginhos é debaixo das asas, mãe sempre vence, os dois com a cara meio amarelada, Tá mãe, A gente vai falar com a dona Maria, Mas ó, Última vez, Última vez hein, A gente já é grande, Super grande, Ficam as pessoas reparando, Olha a vergonha — como se mãe ligasse para essas folhas de parreira nos filhos —, Depois a gente vai juntar os pertences, A gente vai simbora super longe dessa casa pra sempre, Volta nunca mais, Casa de maluco, Etc., Etc. Tomavam uns cascudos pelo desacato em dupla de viola, e qual é que iam embora o quê, esse papo de não voltar e última vez e etcéteras o caraças. Os cavalões só iam e voltavam era o óleo quente quem dava as ordens, e o aziar, os dedos de tenaz que o Tortuga batizou de *Educadores intimoratos*, que intimoratamente conduziram as cavalgaduras bravias e suas orelhas desde o Pretório até o Gólgota, onde os dois-ambos desacatantes não queriam nem ficar de jeito nenhum nem biscoitinhos de polvilho, mas petrificados debaixo de um céu negro e a dona Salomé acenando para eles do cadafalso, coitados. "Pálidos cor de leite quando entraram", disse minha mãe centurião, cravos e martelo.

CAPÍTULO 74

Compostela e Evangelista, filhos de Zebedeu, pouco me disse minha mãe da conversa com eles.

§

Imaginei os cuícas de papel, ela tocando eles com o abridor de latas dela de titânio e o couro roncando solto, quanto abriram o bico? Eu olhava pra ela, pro ônibus — outro ônibus, ANÁPOLIS – hoje impressionante Anápolis, conhece? —, o motorista se levanta, desce, resvala meio rabo de olho nela, ou em mim, não sei, em ninguém, vira, confere os bagageiros, martela meus ouvidos e os pneus da frente, tum-tum, durinhos, tum-tum, os de trás, volta pro raibã, e eu me lembrava dela havia muitos anos, "Cotovelos na mesa, filhinho?" "Postura", depois era ela pequenina, os ombrinhos que eu gostava de apertar, postura mãe, "Quero não sobremesa, mãe. Tou atrasado. Senti cheiro de cocada, mãe? É de coco queimado?", catava duas na mão, duas na boca, "Humms", socava no bolso, puxava ela, esvaziava a pulmãozinho com o meu abraço de nó, beijava o olho e uma lambida esfarelenta e doce, "Para, que nojo mocinho, respeite sua...", eu nem ouvia, apertava mais e largava ela meio sem fôlego, "Tá uma delixa a cocada, mãe", falava de boca cheia e um gole de café do copo dela em troca de umas comidinhas boiando e mais outra espremida de braços e músculos na caixa dos pulmõezinhos, "Poshtura mãe", ela tonta com a sanfona enchia o fôlego pra resmungar, mas sorria, algum mistério desses da minha mãe às vezes difícil de entender, feliz, sei lá, apesar dos apertões. Eu gostava de torturar ela de vez em quando, sabe, tão delicadinha, já falei muitas vezes isso, delicada, não falei? Vou continuar falando.

Capitalizado com os créditos daquele sorriso, "Tchau mãe, volto tarde", saía pra gastar, "Não espera acordada", e a cabeça que ela na rodoviária sentia o peso enorme da dor, eu podia ver, ela afrouxava a postura, o tronquinho do pescoço duro de dobrar, dobrando, enquanto apagava os olhos no chão. Cansada, remoía as mentiras que os boca frouxa dos Zebedeus com certeza tinham inventado para livrar a própria pele que eu ia destacar deles cada retalho, fatiar qua-dri-cu-la-din-nho e tirar a palito no fio dos pelos, um por um. De repente se ligou ela, um motorzão de trator puxou os olhinhos dela do chão pra engatar nos meus. Nem debreou:

"Gente-de-Deus o que você fez, menino-de-Deus?", oquei, entrei no clima, nada grave por enquanto. Esses convocatórios-de-Deus, criança-de-Deus, as suavidades-de-Deus eram buchas do dia-a-dia, percebe? Para lavragens especiais, castigo-de-Deus; em caso de incêndio, moleque-tinhoso-de-Deus, como da vez, eu ainda criança, que ela chegou furiosa do comitê revolucionário das comadres na igreja e esvaziou a cartucheira: "O que você fez, criatura-de-Deus, como teve coragem de matar os Filas do seu Jack, os nove com veneno de rato, foi não foi? Recolheu veneno na rua, não foi? O que acontece com você, moleque-tinhoso-de-Deus? NÃO. Nem tente negar, não minta, não diga uma palavra. Eu sei que foi você. EU SEI", o raibã de olho no infinito, esse era outro que já devia ter ouvido seu par ou dois das manifestações-de-Deus, eu esperando ela despachar um 'castigo-de-Deus', talvez um 'não-negue-moleque-tinhoso', que eu não ouvia fazia tempo, o raibã vidrado no infinito, mas juro que vi ele escapar um sorrisinho de pimenta nos olhos dos outros, e ela suave. Cismei. Suave não era bom. Ela suave não era nada, nada bom. "Quer dizer", continuou, o braço bom cruzado sobre o ruim, como quando ela escondia o toco ou estava nervosa ou algum ardil na agulha, os olhos direto segurando os meus, "Por causa de uma...", descruzou os braços num gesto de desprezo quando falou dessa *uma*, quem quer que fosse, "Por um rabo de saia você se meteu", se abanava com a mãozinha um leque, "Gente-de-Deus!", ofegava, mediu o coração pelas veiazinhas azuis na têmpora esquerda, "Você desancou três belos filhos de três belos... pais: um militar, um político e um funcionário chapa-branca. Aleluia aleluia, concórdia e a inteligência dos homens na Terra. Agora responda, inteligência dos homens, você conseguiria, raciocine com calma, use todos os músculos do cérebro e a inteligência a sujar essa cueca que *EU* lavei, diga: conseguiria escolher cidade melhor para tão fina arte, momento e fregueses melhores, conseguiria mocinho, fale, ou ainda não processou, quer ajuda?...

Pense com os punhos. Use-os contra sua mãe, eu mereço, acaba comigo de uma vez, pisa, mãe é lixo mesmo; chame os teus amigos de arte para te ajudar a pensar, consulte a sorte nesses machucados novos", avançou a mãozinha no meu rosto, examinou, "Quanta sabedoria", eu paradíssimo, que não sou besta, e bateu três dedos na minha testa, quase no zíper que me costuraram no hospital, aqui ó, consegue ver a marca, bonito não?, bateu pra doer, para abrir, isolar, três vezes, "Vamos, responda, reizinho dos brutos, você e aqueles seus amigos, grupelho de, de... desqualificados", esses os seus limites de baixar o calão nas artilharias; sinceramente, uma gentileza para com a parte que nos tocava. "O que você fez", a mãozinha explicando pro ar, "a selvageria, deve ter agradado muito às mães dos três rapazes. Pode imaginar o agrado, a preocupação, preocupação de mãe, já ouviu falar, ou não, ou você julgou que eles não tivessem mãe apenas porque você age como se VOCÊ não tivesse?", a mãozinha desceu com um dedo acusador que espetava cada palavra no meu peito ainda cheio das dores da luta, "Pois vou lhe dizer uma coisa — recolheu o espeto —, moleque-tinhoso-de-Deus — opa —, e nunca, nunca —

retornava o espeto —, nunca se esqueça — agora um aspersório mil vezes furioso na cara deste pecador —: vo-cê-tem-mãe! Eles também. Faço ideia dos pensamentos que elas agora, quais providências...

Fique sabendo, olhe nos meus olhos quando falo com você, mocinho. Não o criei para isso. Um valentão contra o mundo é errado, tolamente errado, compreende, ouviu bem?", desviou os olhos, "Cruz-de-Deus", vasculhou os ônibus e os viajantes invisíveis no perímetro da rodoviária, retornou, "Ai meus pecados, o que fazer com você?", e suspirou fora todos os seus ares aspersórios-de-Deus num último sopro tão longo e forte que veio junto o outro lado, a besta-fera virada ao avesso e novamente a minha mãe preferida, de açúcar-cande, embora umas raspas de vidro no permeio.

CAPÍTULO 75

"Mocinho. Olhe para mim", disse quase num sussurro, "Vamos", difícil fugir daqueles olhos, o bom, "acalme-se", e o ruim, que era doce se ela estava doce, terrível se a consciência me entregasse, ela me varrendo com eles, mas estranhamente, como uma santa procurando nos horrores de um desfigurado a fé que se esvai, que eu não podia mesmo ser filho seu, sangue do sangue, carne da carne, essas desfigurações menores, como se quisesse copiar aquele meu último rosto em sua memória. Continuou:

"Nervoso, tudo confuso, não é filhinho, aquele taxista abrutalhado que você já deve ter visto por aí se esgueirando entre a loja e a igreja, olhos murchos de bobo", que eu chamei de olhos de Jah...

"Jah? Não sei disso de *olhos de Jah*. Preste atenção: o Gorila é tudo, menos bobo. Fotografe o *olhos de Jah* na memória. Não se aproxime dele nem deixe que se aproxime, entendeu? Esse ônibus para Anápolis", colocou uma passagem na minha mão, "Esquece", ajeitou duas alças de cabelos rebelados na testa, "Deve estar complicado aí dentro", sem cuspe, voltaram os rebeldes, "porém confie: tudo necessidade, tudo mudou", estremeceu quando o ônibus abriu o ar do freio, virei e conferi a ameaça, ameaça nenhuma, só o ANÁPOLIS e uma borboleta amarela que voava perdida por ali, fugia...

"Olhe para cá rapazinho-de-Deus, escute. Escute!", bateu o coicezinho dela de toura bufante no chão, punha ordem no clima, e alguma graça, Deus que me perdoe. Ela do tamanho menos de um touro que dos bifes secos do almoço, chapando o sapatinho esquerdo no chão enquanto martelava o ar com a mão direita, que não existia. "Você nunca me deu ouvidos; toda a vida soprou e seguiu seus próprios ventos; basta; fortaleça o corpo se lhe agrada, mas aqui...", tocou-me a fronte, falou de eloquência, oratória, retórica, "Leia. Em primeiro lugar as sagradas escrituras. Todos os dias ao menos um versículo: se há trevas, *há* luz. E leia de tudo. Leia. Leia. Leia. 'Que nunca fique um livro longe dos teus olhos' 'jamais apenas um, próximo'", dizia já invadindo a mãozinha cheia de intenções no bolso da camisa e uma lista dos livros que ela dizia essenciais, "Leia todos". Bateu umas apalpadelas por sobre, não ajeitava ou conferia, empurrava o recomendatório costelas adentro. E me conduzia para fora do ninho, que a vida, os desafios, ela mesma já tinha sido um bicho do mato, e, antes de tudo, foi, "oh filhinho, fui — além de outras coisas — uma coitada, uma ignorante medrosa. E um dia um parto, Brasília, você, essa história interminável. Você saberá". Segurava um soluço, maremotozinho orgulhoso na queda.

"Dê por encerradas as valentias. Heróis", continuou, nem sinal de águas, "heróis só diante da face mortal de Deus, e os valentões no final sempre perdem. Você perdeu. Nós perdemos. Quem ganhou?" Olhou ao redor, o jeito dela desconfiado do mundo.

"Garotinho tão esperto você era, e agora essa musculatura de cavalo. Trocou o secretariado, excelente começo...", cada ideia, minha mãe.

"Excelente, sim. Não faça essa cara. Um ofício honesto trocado por amizades sem futuro. Pois olha o futuro", tá mãe, entendi, "seu novo caminho", na verdade tornado a ele, mãe, o caminho traçado desde pequeno, do graveto impotente na feira da cidade livre até — olha só, mãe — um tronco também — goste ou não —, que a senhora não sabe nem nunca vai saber, meu corpinho frágil antes do estirão, enquanto a senhora namorava de noite os seus livros, seu Jack me cobria de porrada pra confessar dos Filas; confessei porríssima nenhuma; a enfermeira Otelina disse que um carro preto do Judiciário me depositou os restos no P.S., apagado, não lembro; semana seguinte seu Jack sumiu, visto pela última vez depois de um solo muito triste na igreja dele, *Nai tendei...*, entrando num carro preto com o atencioso motorista do tenente-coronel, visto pela última vez nas imediações da Pedreira, conversando com aquele juiz tenebroso que tinha vindo de São Paulo para discutir a limpeza nas ruas de Brasília, visto pela última vez saindo do açougue do seu Jack, visto pela última e derradeira vez num costume cor de carne estraçalhado em mil pedaços e alguns ossos pra fora da caixa mais os restos de uma bota sensacional de couro de jacaré com biqueira de aço, gostei do que vi na derradeira, quase engulhei o almoço com a visão dos ossos pingando, mas gostei, não nego. Deus atendeu minhas preces, ver o filho da puta encaixotado daquele jeito.

"Basta de truculências, disse minha mãe, Não sei o que vem pela frente, você... você *é* o meu filhote, consegue entender? MEU! Do sangue e do pó dessa terra que apesar e acima e por causa de tudo ergueu esta cidade maldita, esse lugar abençoado, o pó de onde viemos, o pó que nos fez e separa, que te leva e seguirá por toda a vida até o dia em que o trará de volta pelos justos e retos caminhos de Deus — eu sei. Olhe para mim, valentão. Não se muda o passado. O futuro, talvez."

Tentei falar mas a voz era um barbante; as pernas inquietas; ela precisava entender o que tinha acontecido; um vento desatinado; foi o poder, mãe, a senhora fala sempre do poder; o fio de seda encerado, eles vieram me matar; tinham uma flor de espatódea plantada nos olhos de sangue; toda hora ocupada, escuta, mãe, nossas luzinhas de Natal, nós vencemos a luta, mãe, o Gorila e os três rabanetes, ninguém vai tomar nada da gente, entendeu, mãe? As ideias emboladas na garganta, ela viu que eu, ela cortou:

"Shhh, me encostou a ponta dos dedos nos lábios, Assim não, filho". Filho? — lembro bem disso. E o filhote, o filhinho, o que foi, me liberou das fraldas, ela?, eu?, , justo agora?, agora eu preciso dela, 'Mãe! Mãe!', e ela, "Sh-sh-sh", para que eu nem tentasse, apenas ouvisse, como se quisesse que eu bebesse a sua força — pelos dedos.

"Pare um pouco", disse, que se eu quisesse falar fosse ao menos senhor do argumento, e as palavras viriam, de outro modo, "cale-se. Sossegue as pernas. Pare com isso. Quieto!", 'Senta! Bom menino', e eu parava de latir, 'Bom menino'. "Escute com atenção. Não acenda luzes vermelhas. Daqui em diante discrição e orelhas espichadas de alerta." Espiou atrás de mim, ninguém. Me tocou no braço e saímos andando pela rodoviária sem pressa nenhuma. Continuou falando.

Palavras, palavras: apalpa uma luz nelas para ver como são, essas baratas roedoras da alma.

Harpinhas de anjo, não senhor, ouvir minha mãe me mastigar os nervos como chiclete e os sonhos, eu nem dezenove anos; no entanto, honestidade: quanto poderia doer, quais palavras tirar na gaita se ela com a mesma idade, dezesseis anos antes, enfrentava sozinha a cidade e os pioneiros do fim do mundo, ela sim desfavorecida. Sofreu religiosamente aqueles dezesseis anos, um abotoado no outro.

Penso nisso — em parte — remoído pela ironia do paralelo, digo, ela se acreditava protetora quando me cortava de participar nem seguir suas pegadas — aliás serpentina para missa inteira —, ela, avalia isso um pouco mais: dezenove quando chegou, dezenove quando fui embora; Brasília numa das pontas e cada um com o seu destino, a goela do Diabo ou o futuro a Deus pertence, me diz, quem sabe dos passos de quem, o senhor sabe? Ela ficou. E eu desde então... hoje sinto diferente, três décadas de espinheiros nas costas, não comparo com os dela, é evidente, mas posso dizer: não gastei a vida cavando mansinho a campa final, morada e inscrições dignas para qualquer cidadão, não senhor, mas um sem número que perdi a conta, sei como vivi, cair, levantar, tomei nos ossos e as pirambeiras que apareceram — devo ter um pouco de óleo de trator nas veias também, e na cabeça.

Essas coisas todas tiveram seus momentos de foguetório cá dentro. Bom ou mau, um dia apagou, o excesso quero dizer; obra do tempo, o trabalhador do cinza e do pó, não sei se me entende, de operar nas terminações da gente, ele funciona... às vezes penso no tempo como ele o relojoeiro dele mesmo, não esse tempo que anda pra frente, anda, é lógico, quem sou eu para desdizer, mas o outro, o verdadeiro, o que anda ao contrário, daí o relojoeiro do tempo, que traz o passado cada vez mais perto e as cores da ferrugem dos séculos avivadas num brilho que não existe mais, o cinza e o pó no passado da gente colados com sua cola especial de colar e envelhecer, e quanto mais ele avança no trabalho dele mais o passado revive e amarela as páginas na lembrança de um lugar que ninguém sabe verdadeiramente, *eu* não sei, só sei que é como eu disse: hoje sinto diferente e não penso mais nesses assuntos, quer dizer, se não me matou robusteceu, que o tempo gosta é de escavar pelas partes moles e adocicadas.

Faz ideia do rochedo amargo, a dureza que sobrou de todas essas escavações que os anos roeram só para me piorar? Pois multiplica daí, que daqui eu conto. O destino, os justos e retos caminhos de Deus, vamos, multiplique, não amarre a imaginação. Deixe voar.

CAPÍTULO 76

Andávamos pela rodoviária. Ela olhava para os lados, eu também, parava, continuava, eu também. Me sentia uma besta mesmo muito besta, calado. Ela:

"Anteontem, depois da Salomé e dos querubins dela faladores, fui conferir a história." Disse que um dos três bóis convalescia no Hospital dos Oficiais. Os outros dois, sólidos derretidos no ar. "Um bastaria por enquanto: fui ter com o paciente hoje de manhã na primeira hora. Disseram que o quadro era estável, tinha dado entrada sábado, transferido do HdB." Fiz as contas. Continuou. Disse que ficou "encantada com a coincidência", que a gente podia ter se cruzado os dois cãezinhos de rinha na emergência do hospital para quebrar um do outro o que o outro não tivesse ainda quebrado. Já pensou?

"Mandíbula em cacos e parafusos, completamente enfaixada a cabeça, o amoreco não podia falar", disse ela. "Contudo podia ouvir. E ouviu. Respondeu com flechas de ódio nos olhos, fez gestos. Dei-lhe um beliscão. Não tomasse liberdades comigo, não tolero, não permito, NÃO SOU SUA MÃE, gritei. Ele ficou histérico. Mal se movia com tantas faixas e cordas, tentou gritar; chorou. Reagi... difícil explicar. Aquele choro me perturbou. Reconheci, não sei, duas crianças indefesas perdidas, quanto disso tudo por minha causa, meu Deus, dois rapagões, mas era *você* em perigo. Chorasse ele em outro colo. Sim, destemperei um pouquitozinho. Deus me condene.

Falei também com um sargento, imediato de um dos pais, aparelhado no saguão do hospital. Me aproximei tão viúva linha-dura quanto pude, ele todo 'Pois não minha senhora', me examinava, sabia-não-sabia quem eu era, mortificado com a história da briga, 'Pois não minha senhora, perfeitamente', e já cantando que os três bezerros deles haviam sido atacados na manhã de sábado no estacionamento da igreja, 'Ô situação', espantava-se. 'Pois não minha senhora, da igreja se encaminharam ao hospital do povão. É porque as drogas que eles consumiam, quer dizer, no sentido medicinal', o rapazola da mandíbula reclamou que pararam de funcionar, daí as dores, daí o hospital, queria morfina, não testemunhas, e os amigos largaram o reclamante na porta do P.S., nem saíram do táxi. 'Pois não minha senhora, ele deu entrada só. Total nobreza de vítima liberar os amigos para em vez de ficarem à toa no hospital irem resolver a situação do carro deles largado no Eixão, que eles tavam perfeitamente vindo da igreja quando um rabecão de cortina roxa com pompons dourados ultrapassou voando pela faixa presidencial; o seis cilindros relinchou com o desafio e pisou fundo, mas o rabecão torrava gasolina, o seis cilindros no talo, o rabecão sumia, de repente engasgou o seis cilindros, justo quando tentava decolar na saída do buraco da rodoviária, as rodas queriam voar mas aterrissou e quando aterrissou as quatro se cuspiram fora, e o seis cilindros novo em folha se esmerilhou de barriga no chão, o cárter, o motor, todo aquele aço num fogaréu de faíscas que rasgou cem metros de asfalto no Eixão. Sorte o zero-quilômetro tar com o tanque vazio. Tava também sem a tampa da gasolina. Eles queriam que eu fosse resolver a situação. Me ligaram depois do hospital e eu falei que ia mandar recolher a lataria, me contassem tudo. Contaram mal contada a situação e eu instruí eles, de volta para o HdB, me espera, tou chegando, cheguei, ouvi e mandei dois deles sumir dos mapas e transferi o Mandíbula, quer dizer, o filho do Coronel. Aqui o hospital tem mais condição. A senhora conhece esses lugares, tudo gentalhas e germens... O que aconteceu? Perfeitamente. A situação foi a seguinte, minha senhora: os três jovens foram abordados pelas costas por parte de seis marginais tocaiados no matagal. Os referidos elementos adentraram um a um o recinto do estacionamento da igreja e após acirrada luta os mesmos, numerosos e munidos de revólveres, navalhas, pé-de-cabra e outras ursadas, por exemplo um fio de seda para esganar, equipamento da maior periculosidade esse fio de seda, minha senhora, eu é que vou querer nunca na vida ser enforcado para estrebuchar pendurado nele, morte tão terrífica, ô situação. Após renderem as vítimas os meliantes efetuaram a limpa: relógio, tênis, canivete suíço presente da mamãe, respeitaram nada, levaram tudo, inclusive as meias, inclusive uma aliança de ouro branco, e se evadiram em desabalada carreira, tomando destino ignorado. Os três pimentões, quer dizer, assados do sol que eles tinham passado o dia exercitando a saúde no clube, quer dizer, os três valentes alegam a impossibilidade de reconhecer os bandidos devido o fato de estar ainda escuro no referido local, muito escuro, Imediato, me disse o primeiro valente, um minifrango leve de nada que os meliantes tinham embolsado a aliança dele do casamento passado no papel uns dias antes para garantir, rapariga já fertilizada, sabe como é, faltava só o religioso, o minileve tava arisco para escapulir e repor o anel de ouro branco que levava ao bolso largo do sogro, septo quebrado e nariz entupido, roxo, fanhando, engraçado a situação, hahaha!, mas triste, claro, a situação, tem razão Coronel, expliquei, o bico de galinha mais o filho dele e o garoto fortão, os três valentes pimentões amassados, extremamente triste, mais triste impossível, perfeitamente, senhor, sim senhor!, depois o segundo, um pimentão muito musculoso, minha senhora, ele, ai, esquece, sargento, a história termina por aqui, Imediato, ui, reclamava sem parar, minha senhora, o rapaz, vulgo Bode, cara inchada, pernas, costelas; fortão, e apanhou feito cachorro; ainda agasalhou uns chifres da namorada, filha única de um desses altos escalões que moram no Lago, moça bonita pra-chuchu, dizem que desfila nas passarelas e enfeita capa de revista com o olho azul de gata, uma pintura, mas cheia de vontade própria, o Bode abatido e chifrado, ô situação. Por último grunhou o terceiro rapaz, o Mandíbula, quer dizer, concordou em vez de grunhou, perfeitamente, e quem disse Mandíbula?, o seu filho, expliquei para o Coronel, senhor, desculpa senhor!, mas deixa que eu resolvo a situação. É que me ligou o Trácio da Albânia lá da Asa Norte. O Merdabostas caguetou, perdão, modo de falar, senhor!, o Merdabostas in-for-mou que ocorreu uma situação e no meio da situação o seu bondoso filho, Coronel, expliquei para ele com educação, minha senhora, que eu nunca ia dizer que o santo filho dele, o Mandíbula, que tá lá em cima numa suíte cheio de cordas e parafusos, esse é um crocodilo, é um patife, um ordinário, pois não senhora, o garoto maníaco furioso e do pó, de jeito nenhum que eu ia falar essas malvadezas do santinho, perfeitamente, minha senhora, Coronel, não senhor, sim senhor!, mas agora está tudo ajeitado, eu disse para o Coronel, já transferi o Mandí... o bondoso para o nosso hospital, então se o senhor, senhor!, autorizar eu efetuo as diligências, até jurei pela memória do saudoso avô do menino, minha senhora, jurei que eu ia pessoalmente descobrir tudo, mas o Coronel me cornetou, perdão senhor!, perfeitamente, esqueci que o senhor! quer nem ouvir falar do Velhão, o senhor seu pai, entendi perfeitamente, calar a boca, estou proibido de diligenciar no caso, mas senhor... e ele me explicou *Isso está fora da tua alçada, soldado*, entendi a situação, o Coronel vai tomar conta do caso pessoalmente, minha senhora, *Dispensado, sargento*, perfeitamente senhor, respondi, já estou me dispensando daqui imediatamente, obrigado senhor, perfeitamente, boa noite senhor...

Felizmente, como a senhora pode ver, a situação está sob controle. Esses terroristas subversivos, nós vamos chegar nos pelintras num abrir e piscar de olhos, perfeitamente, eles nem sabem com quem estão falando'.

Nessas horas, ah meu filho, ver o Imediato erguer o punho coberto de pelo animal, tanta raiva, o suor a escorrer enquanto delirava com dezenas de cabeças de subversivos esmagadas nos dedos um dia quebrados e agora horríveis, aquela mão de dedos tortos que ele passava na imensa boca toda hora, babando os poderes dos três poderosos pais, as leis de segurança nacional, que a repressão vem a galope, tem gente importante tomando conta da situação pessoalmente, pode ter certeza absoluta minha senhora, A-BI-SO-LU-TA, disse, o aparato, clarins de chumbo, imagino o que mais diria se não o interrompesse, os olhos inflexíveis dele, como se ameaçassem: pois não minha senhora, ele a mão esmagando a minha cara, a senhora quer conhecer a situação dos porões, sua criaturazinha insignificante?, imaginei, as pernas indo a falhar, enfim consciente da magnitude do desastre, os pais, um deles do terror especial, conhecido de muitos anos, o Coronel, mais um virtuoso que sucumbiu às forças do mal, afeto e desafeto... Nessas horas o medo faz a gente recuar. Ah meu filho, dei um passo à frente. Falaria de sacramentos."

Sentindo porém a temperatura do meu espanto, ela parou. Suspirou uma doçura de cansaço com piedade, conferiu meia rodoviária de um lado, de outro, acariciou meu rosto com sua mão de acariciar e aguou os olhos um tiquinho. Mais no grandão e bonito como olho de menina, o olho esquerdo. É que o outro, o senhor sabe, não é que ele não funcionava, funcionava, é evidente, mas um pouco mais ou menos, ele emendado com aquela cicatriz terrível ao redor, a pele fibrosa e escurecida do queloide que para uns enfeava, para outros assustava e mesmo aterrorizava, a cicatriz que se fundia com o olho direito da minha mãe, o olho do Capeta, dizia a ignorantalha, a carne em que Deus resvalou com os esplendores das luzes de Damasco, ali onde quis iluminar, onde quis deixar Sua marca mais terrível, e criou um forte. Havia gritos naquela cicatriz, campo de guerra que ela trazia dos tempos de menina e repuxava a pele viva ao redor, o olho direito — meu preferido. Apertou os dois para expulsar a lagriminha, o maremotozinho que por fim saía, mas não saía, embaçava, ia em passeata, o povo unido, e porque saía de onde saía saía desconfio que gritando, protesto, descia despejada a lagriminha, recuso esse destino arbitrário, manifestações, reinvindicações. Parou ainda longe de cair ou salgar a boca, parou menos por teimosa que fraquinha o pingente à procura de assentamento. Foi desterrada com as costas da mão na face lisinha, a pele macia da minha mãe. Minha mãe tinha sido muito bonita, e ainda era. Bonita e mignon, como se dizia, mignon; apenas que não se cuidava tanto. Roía as unhas, não pintava o cabelo, não ligava. Mas olhando bem o perfil esquerdo, lembro no caminhão do Tortuga, o vento nos cabelos dela ainda negros brilhando no sol, cílios longos, um belo narizinho, o pescoço fino que em mais alguns anos eu apertava uma torturazinha fácil, ela tossia, me beliscava e eu soltava só pra ouvir seus ternos discursos sobre a fragilidade da estupidez, depois, mais calma, um sorriso de covinha na bochecha ela, os lábios, dentes bons, peitinho de laranja, minha mãe era perfeita. No entanto o bracinho e a cicatriz terrível no olho, e ninguém enxergava mais nada. Ela ainda se recompunha da aguinha constrangedora quando comecei a puxar um fôlego, cortado no meio com uma advertência: "Sem perguntas". Andamos pela rodoviária, paramos, continuamos. Voltávamos à mesma baia, ótima visão de tudo, ali. Minha mãe era muito esperta. Na verdade, metade esperta metade noia, medo da sombra, todo mundo na época se achava dono de sombras imperiais, que o ar tinha olhos, que faria alguma diferença. Retomou fundo o assunto do Imediato:

"Disse a ele que não se preocupasse comigo, apenas uma mãe, e que os pais dos rapazes eu mesma procuraria para uma conversinha. Aguardassem. Até lá, se tivessem qualquer intenção contra o meu filho, palavra de mãe, disse olhando o mais duro possível nos olhos dele, que se mesmo Deus do céu abrisse uma voragem sob seus pés, pois bem, apresentei-lhe uma visão digamos orgânica de algumas passagens bíblicas das mais orgânicas." Parou. Tremeu a cicatriz e piscou o olho direito, o que não era comum. Nem raro — s vezes minha mãe era uma tampinha muito atrevida. "Sendo quem é", encerrava o assunto do Imediato, "duvido que tenha se impressionado. Não importa: fiz o que fiz, faria de novo. Sou tua mãe. No mínimo pelo respeito, para não desistir antes da luta — e ganhamos um tempo – assim espero."

CAPÍTULO 77

"Você embarca neste ônibus para Goiânia", disse — a borboletinha amarela tinha voltado, pousada em cima do ônibus. De Goiânia vá para Belo Horizonte. Belo Horizonte, Vitória. "Tenho conhecidos em Vitória. Este número — deu um santinho com a imagem do são Dimas – aah mãe, o são Dimas? –, no verso, um número —, ligue em caso de urgência". Tudo calmo em Vitória, circulasse pela rodoviária, entrasse em um ou dois bares, discutisse bobagens de futebol e saísse assobiando uma música bem popular e brasileira, "Você escolhe.

Faça-se notar, meu filho. Compre uma passagem para Salvador e continue circulando, seja visto, é importante, entendeu? A seguir inverta. Comece a se esconder. Peça a alguém que compre uma passagem para o Rio de Janeiro. Agarre um bêbado de botequim e ponha no seu lugar para Salvador, e fique longe desses antros, hein?". Depois trocasse de camisa, o boné, óculos escuros, e pegasse o ônibus do Rio. "Tudo muito simples, meu filho: seja visto indo para onde você não está indo, não seja para onde está. Vá como João da Silva, seu nome a partir daí; JOÃO DA SILVA, nenhum outro. Está claro?

Preencha a ficha de embarque com o seu novo nome: João da Silva. No futuro acrescente a esse nome um outro, uma espécie de sobrenome, mas espere. Não fale. Pense. Algum tipo de palavra-chave que um dia ao ouvir saberei, só eu saberei. Isto é essencial. Algo que me faça dizer 'Filho-de-Deus, é você?', João da Silva da Palavra-Chave, compreendeu, preciso repetir?

Deixe de ser metido. Você não é tão esperto assim. Tudo isso e algum dinheiro, documentos e instruções de como se virar em São Paulo, seu destino de fato, já disse, tudo está anotado nesse relicário de lenço branco de sobrevivência que, por que ainda não pôs no bolso?

Ponha. Não vá perder.

Há um bilhetinho nele junto com as instruções, uma folha de papel lembrete, ideias bobas de mãe", fiquei curioso, acomodei a maleta entre as pernas, no chão, "o papel lembrete, uns dois ou três, pequenos, palavras à toa", à toa, ela, e embaraçada?, [Voltei ao bolso,] "poemas que sua mãe rabiscou", poemas?, impressionante como minha mãe fabrica tempo, [tirei, queria ver.] "por favor, [Ela tentava cortar,] pare, [conciliadora.] espere. [Sem acordo, fechou o congresso,] Depois. [reforçando com um cutilão.] Depois! [Cutilado, mais o coicezinho dela de advertência no chão, parei.] Guarde. [Guardei.] Se quiser, leia na estrada. Vai ter muito chão, meu filho."

Apontou a maleta, que peguei de volta, tentei abrir, fui no fecho, ela fez um gesto de tire as patas do fecho, tirei as patas do fecho, falou de dois envelopes lacrados, um azul e um vermelho; neles, duas cartas gordalhudas, isso mesmo, as cartas gordalhudas, dois calhamaços em papel de seda escritos com letra de formiga fazia algum tempo, e um par de canetadas, Retoques dos últimos dias, disse, Leia a carta do envelope azul primeiro. Azul, entendeu? A-zul, repetiu pro bestalhão aqui não esquecer — como se o bestalhão aqui não tivesse memória de elefante, como se não estivesse tudo detalhado no maldito relicário, até usar banheiro de estrada, pelo amor de Deus. Depois, decidisse eu o que fazer com as cartas, queimar, guardar, não tinham importância no curto prazo, O curto prazo é você, ela disse, O longo, plantaremos, colheremos — nós, Deus, nosso Juiz – quem mais acudir.

Desembarcado no Rio de Janeiro, deveria me esconder por um tempo. A cidade diria quanto — dias, meses. Tomasse cuidado com os rastros, Ouviu, João da Silva Não-sei-quê, registrou? Pousou a mãozinha no bolso com o relicário de lenço branco e o são Dimas na altura do coração, Vá para São Paulo e desapareça naquela vastidão missionária de Deus, ela falava e eu media os traços lindinhos dela, ombrinhos firmes, 'Bela postura, mãe', Você precisa entender que eles são caçadores e serão implacáveis, meu filho, ela vulnerável ao alcance do meu abraço, pequeninha, que vontade de apertar, Nem pense em conhecer os porões do horror, feridas incuráveis demais para serem vistas e sopinha na boca, como os moços que os padres traziam e ela cuidava até que ainda semimortos sumissem pra sempre no corujão da noite, 'Eu sei, mãe' "O poder, meu filho, são as verdadeiras tábuas de Deus. Respeite-o" 'Sim, *mãe'* "Mas não o tema, desconfie. E, meu filho: esqueça a garota...

§

(Esquecer a garota? Não! Ajoelhado diante de todo aquele aparato que se abria na minha direção, era dela o meu pensamento, as piores dores esfregadas contra a terra, a pior solidão, um bicho de viver enjaulado, como seria a fome da solidão? Desconhecia esses assuntos mas podia já sentir uns pés-de-garrafa na jaula me desorientando, o abismo que o chão desmoronava diante dos joelhos, porque ela era o sonho e eu acordando, caindo, a imagem dela e o futuro se esfarelando rápido como um tombo que eu não acabava nunca de cair, a terra nos joelhos, nas pernas, engolido até a boca, esquecer?, não senhor, aquela garota boa de laçar pela cintura, que resistia, "Ai, para, seu estúpido",...)

...Entendeu? ... (...fazia o sangue bater nos canos, "Vem", sua força frágil de cimentar a tubulação, "Com força", injetando, parece que vai quebrar, ela, o encanamento, a fantasia mais linda do mundo, mal vi a primeira vez e os parafusos saltaram dos ossos, as mãos precisaram sentir as curvaturas e uma corda me puxando pelos olhos, que entrou furando por um lado, desarrumou os cascos do camelo e saiu pelo outro, como resistir?

Nem pensei. Fui e pronto queria me fundir com ela, me enfiar *eu* nos olhos dela azuis do céu pelo resto da vida, ela por quem e por pouco não matei ou morri, que era minha por justiça, *minha justiça*, e de quem no entanto, ora: tinha que desistir. Paguei uma dor lazarenta nessa história,...)

...Compreendeu? ... (...fiquei só com a ponta da corda, o chicote que estalava na cabeça e vergalhava as mãos com sua ausência, mãos viciadas em apertar seu corpo empinado, a boca vermelha que me respirava furiosa, ela montada arranhava e batia uns soquinhos de algodão na minha cara, no peito, mas fraco sabe, garotas, ria da algodãozinho, o que eu podia fazer, ela se invocava, "Ah é?", me catava com uma das mãos, batia com a outra, eu ria dos bofetes, ela gritava, ela metia os joelhos nas minhas costelas, as mãozinhas me chacoalhavam pela camisa, suas unhas arrancando a camisa e um pouco da pele para me amar, e agora pedaço algum, nada que lembre, mas esta foto, consegue ver, roubei dela. Era tão linda e colorida...)

§

...preste atenção rapazinho. Ouviu o que sua mãe acabou de dizer? Essa moça não é para o seu pasto — bela postura, mãe —, eguinha de sangue azul — sim, mãe —, eles jamais permitiriam — eu sei, mãe —, e esqueça Brasília também. Agora suba e suma. Não volte. Não me procure, entendeu? Ouviu bem? Quando o inferno que você acendeu esfriar, *eu* te procuro.

CAPÍTULO 78

Foi quando ela perdeu. Nós perdemos. Apenas não sabia — eu, ela, ainda — o quanto. Começariam ali meus anos de fuga. Coloquei a maleta no chão. Tentei um abraço de nó meio sem jeito pra ela me impedir de ir embora. Desviou, desviozinho de nada ela, invisível, mas desviou. Disfarcei emendando que inclinava era para beijar, ela um pezinho atrás, Basta, falou com sua voz de paredão, Sem abraço, sem beijo, disse, olhos quase secos, eu me endireitando esticava os panos da camisa, os ombros, a dignidade, Não funciona mais. Por que acreditar nos seus gestos, se tudo é culpa, culpa, culpa — a dignidade nos meus ombros a murchar —, seu beijo, minhas lágrimas, meu perdão, para quê, para você penhorar novas barbaridades — a murchar — porque afinal é da sua natureza, e mãe... mãe o que pode senão se curvar diante das próprias culpas e fraquezas, meu Deus do Céu, culpa? Fraqueza?! Pois não perdoo, disse que eu nunca mais iria fazer ela chorar, que isso acabou, Vá. Deus te guie e guarde. E não se afaste da Igreja, ouviu bem? — murchei. Essas palavras, como posso tirar elas mordendo os dentes afiados daqui de dentro, como esquecer, procurei a minha mãe no rosto dela, uma lápide, não era a minha mãe. Abaixei na sua frente, em si um gesto, dei a mão à maleta companheira nessa longa viagem e nos levantamos já virando, vencidos por aquela mulher que desistiu da gente. Alguns passos o ônibus subimos corredor poltrona número?, janela, dá licença, e desabei o peso de uma tonelada na poltrona — maleta no colo. Acenei sem o comando da mão, era como um duplo que via de fora o corpo sendo abandonado — o ônibus suspirou pela válvula do freio —, uma tristeza confusa —

começou a andar —, o moço perdido ali não era eu não senhor quem arriscava um sorriso tolo, puro, que amarelou na cara de capacho, era sim. Mas ela nem me reparou. Veria minha mãe pela última vez, o velho casaquinho de lã preto que eu ganhei do Tortuga mais um supercanivete americano pelos meus serviços de transporte noturno e dei de presente "do fundo do meu coração, mamãe" "Pois se quebraste o superamericano a serrar espatódeas para tua professorinha dos olhos turmalina, ó menino apaixonado e tonto duma figa, fura com cigarro" o casaquinho que era pra minha mãe não desconfiar que ele era novo, era de lã, era desviado, "Lã legítima, juro-te", que depois eu e ela costuramos juntos o buraco, a garganta tremia de vontade de confessar o ilícito, mas o Tortuga mirava com olho de pederneira, 'Tu não me ferra, hein, moleque retardado', e que numa noite fria de são-joão ela tirou pra me fazer passar vergonha dentro dele, casaco de mulher, entende, pior, mãe, agora tão pequenina, tão água e vinho eu e ela, água suja e vinho, minha mãe olhava para os lados inquieta, o ônibus se afastava, ela sozinha, o ônibus já longe e ela parada no mesmo lugar. Como ela me aguentava, sozinhos naquela cidade que é sua, filhinho de Deus, fique, não tenha medo, é apenas o planalto infinito lá fora, o povo dos acampamentos despejado pelos caminhões, cada alma um sonho, como nós, domingo no parque, longas noites estudando e as luzinhas da árvore de Natal, catando os mendigos pra ir na paróquia no são-joão botar uma sopa quentinha na barriga, tá frio seu mendigo, tó um agasalho da campanha do agasalho; esse aqui é meu, seu mendigo, dá pro seu filho, maior geladeira que Deus mandou do Polo Norte aquela noite, tou com frio, mãe; a gente com a mão patriota sobre o coração no dia da Pátria, o enterro da Pançuda, quando vi minha mãe chorar pela primeira vez e entendi: se pode alegria tanta que vaza, dor também. Se um dia os cabelos negros e brilhantes igual caroço de melancia, se me chamava na poltroninha da sala, mãe e filho juntos, vou te proteger mãe juro por Deus não vou deixar você morrer nunca, então a realidade que engordava no paralelo, ela fincada no chão da rodoviária, monstruosa encruzilhada. Nem olhou para o ônibus, que saiu por um lado, fez toda a volta e reapareceu do outro — ela ainda parada. Nunca me afastei da igreja. Mas e daí se nem pelas obras, se o sangue de outra lavra que o dela, no fundo, na pele, o destino é o vendilhão da alma e eu valho pior que um cuspe de tuberculoso, não presto, cruz negra enterrada no meu crânio, fui o pústula maior filho do mundo. Abandonei ela sozinha. Eu fugi.

§

Foi no início do outono quando enterraram minha paz, quando me prometeram e acorrentaram o ódio e o medo à dor até que a morte nos separasse.

§

Foi no início do outono de 76. Porque vivíamos uma época um tempo infeliz, tempo feliz, porque ainda faltava aprender o gosto da caça, de incinerar ossos em carne viva e espalhar as cinzas, e porque Deus havia se retirado — ou posto sobre aqueles anos Seu Dedo de Chumbo, nunca saberei —, no mesmo dia em que me tomaram a cidade e os sonhos, não só uma trava ou um pedaço do fruto plantado no peito mas ele todo, no dia em que rasgavam certidões lavradas na terra dos homens e de Deus, nesse mesmo dia caçavam minha mãe. O que fizeram com ela, crueldade bestial, padre. Caçaram e embrulharam num lençol aquele toquinho de gente, machucaram tanto ela, santa maria mãe de deus misericordioso, o bracinho dela, o olhar, os desvalidos e as mulheres da igreja, Cosme e Damião, calaram os discursos, os livros dela, a doçura, mataram a minha mãe.

CAPÍTULO 79

Como Deus permite doer tanto assim uma dor, padre, me diz, a febre indecisa e o corpo moído que o ônibus só piorava, eu me palitando as ideias perdido ali dentro queria acreditar em alguma coisa, não sei no que poderia acreditar, se quase rezava que fosse desvario de remédio, amarração de pesadelo com delírio, qualquer coisa, menos o puro real que era, uma prisão, a caixa para viagem me levando embora, e todos os sonhos e passos cravados no meu chão, adeus, rodava por aquela reta do tamanho de uma avenida no céu azul de Brasília, eixão sem fim, a Via Láctea deserta e nela as fileiras de postes paralisados em flagrantes de estupidez, árvores que andam para trás, quantos garotos pulantes como pipocas, sumiram, ninguém se importa, minha *mãe* não se importa, Deus inclemente, ela virou um casaquinho de lã parado no mesmo lugar por todo o Eixão, um cupinzeiro de sal pelos *meus* pecados, doía acreditar naquela caixa rodando e tanto que até a Via Láctea acabou, agora é esse umbilical negro, a estrada depois do Eixão que o ônibus engatou com marcha de viagem e desaparecemos, a maleta e eu, bolso cheio de recomendações, atravessamos a distância onde Brasília termina, onde é só o mato rasgado vivo, distante da encruzilhada central plantada de concreto e de asfalto em todas as direções, de gramados, da flora invasora com o seu verde macio e os chafarizes para a vadiagem segura da molecada longe das árvores retorcidas infestadas de bichos no mato invencível da terra vermelha, a imortalidade sob os tapetes de grama e as catedrais de espatódea, de sibipiruna, mongubas, eucaliptos, coqueiros, flamboaiãs, essa mistura onde cresci, com espinhos para furar insetos e os próprios insetos, expulso da cidade que vejo encolher na distância de uma porção de caixinhas de brinquedo alinhadas sobre o tabuleiro inclinado que espeta uma Torre e desce o Plano para desaparecer no rumo do Lago, minha menina onde estaria, nunca mais as patas imundas nela, vai-te daqui, provador de frutos proibidos para o teu bico, pecador dos limites com mandíbulas em lascas de vidro, fora!, volta para o lugar miserável de onde saiu para quê, pisar os calos da gente graúda?, pois agora nem aos restos posso voltar, às sobras no meu carrinho de pau e pregos, meu troféu, que troféu seu miserável ralé de feira, uma melancia?, vai embora desta cidade que não acredita mais nas tuas histórias, tudo é culpa, culpa!, ela te odeia, não odeia não, odeia sim, seu miserável, culpado desta força mercê de Deus e pecador, não!, tudo aquilo era meu, ganhei de aniversário, *Parabéns pra você*, mas fiquei com medo e eles atacaram, foram os meninos maus, a culpa, eu só queria trazer uma fruta imensa pra minha mãe e a minha menina, então um dia Deus mandou aquela fome de leão de leão de leão! e arranquei tudo de volta na bruta fúria, briga de rua, o *meu* mundo, que mais uma vez desmorona, e fugi sem lutar, porque o medo, o poder, o poder escapou, porque era uma vadia, estava escrito com as letras em tintas de chuva na terra da Providência, não, o que entendo de porquês, das cores do Destino ou dessa realidade que voava lá fora em casas isoladas, rápidas casas-mansões muito bonitas que cruzavam a janela do ônibus com seus jardins enormes e os campinhos particulares pro futebol particular, piscinas, talvez um dia possa voltar e colher como flores de espatódea uma dessas casas-muito-bonitas pra minha mãe, que logo-logo morrerá, saberei, mas por qual, meu Deus, qual das Tuas leis, *ela*, no rigor das tábuas de quais infernos, não aceitava compreender, queria dormir na paz do braço dela, e até isso roubaram, porque pequei, acho que pequei, Deus me perdoe, eu não queria, nem sabia de nada, do preço, coisa estúpida e covarde, e a dor, a dor era um caminho para sei lá onde estou fugindo, essa avenida que se transformou numa longa estrada vazia sem Guará, Catetinho, Gama, nada mais, apenas mato semimorto de sede por todos os lados, o silêncio murmuroso que vibra nas rodas do ônibus que avança como se houvesse destino, como se soubesse da estrada aonde ir, preciso respirar, abro a janela, o vento forte destampa os nervos do rosto e mostra aos olhos outro mundo, entendeu, seu infeliz, aprendeu como se foge?, não conhecia essa dor que empurra as delicadezas fora e não liga para a vergonha das lágrimas de criança, quanto mais poderia chorar, não é só que dói, cansa, faz o corpo — e a gente — diminuir a vontade de funcionar, de resistir às faixas brancas vivas que hipnotizam os olhos na estrada, e as lágrimas esfriam com o vento furioso da janela na cortina que estalava como a bandeira da Três Poderes, seu barulho de tapetão batido do pó esfarelando a lembrança e a própria bandeira sob o Sol cumpridor, sem mais lágrimas, pela janela agora essas casas do fim do mundo, de onde vieram aquelas cobertas de palha, feitas do quê, barro?, algumas caiadas, porcos, galinhas, crianças ignorantes dos limites correm ao redor de uma placa furada de balas entre as letras de advertência PRESERVE não sei quê, outra agradece BEM-VINDO e à frente edifícios nada monumentais nessas ruas com cruzamentos, com sinais luminosos, como chamam, farol, semáforo, fiações por todos os lados, guardas que apitam para um enxame de lambretas loucas, confuso na pequena rodoviária de Goiânia, último a desembarcar, o que fazer agora?, tonteava, sentei num banco de ripas, as cartas gordalhudas, "Leia a do envelope azul primeiro", abro e as folhas são azuis, todas menos a última, amarelo-claro, um anexo, que organizadinha essa minha mãe, é quando começo a entender quem era ela realmente, uma vida longe dali, difícil imaginar minha mãe com quinze anos, mais quatro, 1960, Brasília aos dezenove, ainda uma menina, então leio espantado que também ela fugia, como eu nesta rodoviária onde anoitece e já deveria ter partido, no bolso cheio de cautelatórios o Relicário de Sobrevivência, dinheiro contado, um papel lembrete — meia dúzia, na verdade, o senhor está vendo?, envelheceram —, uns bilhetinhos com "Ideias bobas de mãe" sobre materialismo e fé, "palavras à toa, poemas" de amor, igualdade, luta, anistia, chega, vou azular no rumo, esta cidade não se importa comigo, não quero ficar nem seguir adiante, quero voltar para casa, qual o primeiro para Belo Horizonte por favor seu moço que está no guichê, vejo a tabela na minha cara, pergunto as horas, um relógio deste tamanho na parede do guichê, cansado, voltei para o banco de ripas com a passagem na mão e as escrituras, "Toma e lê", parecia ouvir, qualquer página, "Toma e lê!", tomei, cheiro bom de livro novo, e abri na metade, há luzes nestas páginas, "Não te esqueças da minha palavra", leio, "Nem dela te apartes", tento continuar, "Adquire sabedoria e inteligência", mas a febre, "Ama-as, e elas serão tua guarda", o sono, "A palavra, a sabedoria", sinto apagar, "elas serão tua guarda", um sobressalto e acordo, onde, quando, com medo da realidade, pareceu um cochilo o tempo de baixar e levantar a cabeça e ver no relógio central, procuro a passagem, perdi a hora, que inferno, perdi a porra da passagem, não importa, me vê outra seu moço que continua no guichê, caneta por favor, a ficha, opa, nome errado, outra ficha por favor, guardo tudo no cofre bem apalpado do bolso cheio de prontidões e atravesso inquieto a rodoviária, os pensamentos e os pés cada um numa direção, vejo casas e construções quase coladas à rodoviária, saio, dobro as esquinas, tem nada disso não em Brasília, construções escondidas em tapumes de madeira, ô porra de cor essa, rosa?, cobertos de panfletos e contrapanfletos, todos querendo todos, magarefes e comandantes marciais, vinde a mim, ó gado, em troca mil promessas de lama e a eternidade, venham mudar o selo quente na carne, venham, pastem, explodam-se, gado, e isso nas emendas da calçada, o quê, ramos de bananinha!, humm, bananinha-azeda, nem lembro a última vez, fui criança em Brasília, é que horas faz favor seu moço que passa na rua, meu Deus, o ônibus, aonde a rodoviária?, vou perder, essa esquina, aquela, como achar se é tudo igual, segue pela esquerda, errei, vira na rua seguinte, a bomba da adrenalina nas pernas calava as dores, empurrava o tempo, um minuto, o ônibus vai sair, depressa, um segundo, não!, está saindo, corro na direção dele e grito, para, aceno com a passagem na mão, para Demônio, o Demônio me vê e bufa na suspensão hidráulica, quer atacar?, truco!, desafiei o Demônio de ferro, fui, ele veio e eu parei na frente apostando a passagem numa carga de ataque e rendição com as mãos ao alto, ele freia em cima, tenho dúvida se o que eu queria, parou, abriu a porta o monobloco ainda oscilava com o em cima da freada, subi num pulo, obrigado, passagem, obrigado, a ficha, tá na mão, obrigado, mas que tanto agradeço?, engata para a estrada, para longe de casa e adiante o monobloco, marchas curtas de andar na cidade à noite por ruas estreitas, azedinha adeus, pelos postes de luz, conheço, cresci debaixo disso mas a luz era diferente a cor, o quanto, digo, essa vida que eu não conhecia ou interessava ou os brilhos desta cidade que desaparece distante numa gosma de inseto, mais um esmagado nos vidros da caixa escura — retornavam as dores —, o farol da caixa recolhendo a estrada e a noite cada vez mais negra na imaginação e vivas as sombras no mato, as vastidões que não se vê, monstros a tomar forma no pensamento, nos reflexos fantasmas da Lua desde as nuvens avançando escondidos, não monstros, formas simplesmente, a escuridão — do que minha mãe desgostava com todas as forças —, a escuridão no contorno das sombras, até que os primeiros sinais do Sol cor de liga incandescente, ouro e cobre, todos os gritos do Vingador e seus tesouros anunciam a vida, o dia incandescente sobre as retas nos planos menos imensos no que aos poucos deixava de ser o único chão que eu conhecia, a cicatriz negra sobre o vermelho da terra das árvores retorcidas que se endireitavam cada hora menos inertes, começavam a rarear os cupinzeiros, a estrada corria e de novo as faixas brancas urgentes de irem cada vez mais embora de Brasília já distante demais, a carta, a interminável carta azul da minha mãe, páginas numeradas, essa é a minha mãe, menina ela nestas letras perfeitinhas não é quem conheço, ainda não é forte, somente uma garota, olho pela janela, serras em torno da cidade, bê-agá, como eles falam, outra rodoviária, outro ônibus, embarco nesta caixa para Vitória em um dia morno de mil horas sob o Sol que se movia indiferente, subia, subia tórrido máximo, quinhentas horas, preparava que ia se recolher, e desce atrás do ônibus atrás da sombra que avança na estrada vibrando macio, a pista vencida pelo rápido ônibus cinza e branco, expresso federal incansável na estrada toda ela cada pedaço devorada por milhões de minúsculos galguinhos corredores, suas mordidas de pneus velozes na BR triturando um motor de invadir o som que enganava meus apitos por dentro, acordo na rodoviária de Vitória, resta um pouco de dia, tem praia, pergunto como chega, quero conhecer a praia, e conheci a tristeza que o mar aperta ainda hoje, o cheiro da primeira vez sempre vivo pinçado de algum nervo exposto das lembranças de Brasília, sempre vivo, e ela quinze anos quando chegou a Vitória fugida de uma fazenda, das tragédias de bicho do mato, uma ignorante, disse, só que, não, tinha outro nome aquilo, sei o que ela fazia, entendi perfeitamente a carta azul, mas acabou, entendi, ela se alforriou com a própria mão, depois Vitória ela, se ocupava do quê nesta cidade, morou no porto, me diz camarada que passa na rua como se chega no porto, obrigado camarada, uma pequena comunidade de estivadores, fui na igreja local, não se afaste da igreja, ouviu bem, eu queria saber tudo, morou aqui mas sozinha?, quem é esse Jorge, que diabo de história, não senhor, esquece, não quero saber deste porto, entendi claramente, perder mais da minha mãe, apagar mais ainda a cidade onde eu era alguém, a vida que eu pertencia e finalmente catava nas rédeas, perder tudo, por quê, e por que fugir tão planejado assim, não conseguia justar no senso — Um dia quando o inferno que você acendeu esfriar, ela explicou, Agora fuja, ela disse, Mamãe sabe o que faz, fique quieto, e eu fugi quieto —, voltei do porto à rodoviária, abri a maleta com os remédios e trocar de camisa, antes discutir um futebol bem popular e brasileiro, assobiar, sim senhora, passar nos bares, seguia as instruções, comprar passagem, comprei, está escrito, não precisa repetir, mãe, já esqueci alguma vez?, compro outra, pra Bahia, catei um bêbado farrapo de botequim, toma esta grana bêbado farrapo, tira a mão de cima de mim farrapo, "Quero-mais" porra nenhuma farrapo, entra aí farrapo que te arrebento outro chute na barriga, entra porra!, a seguir o Rio de Janeiro, óculos, boné, o Rio essa viação?, e o próximo, atrasado?, sem problema, nenhuma pressa mas toda pressa, sem relógio, não uso relógio, espero, chega o ônibus, uma senhorinha ligeira com licença seu motorista oh também você dá licença meu rapaz as minhas pernas sabe posso entrar na frente?, ajudei a subir, dá a mão senhora, cuidado o degrau, oh obrigada meu queridinho — queridinho? —, passagem e ficha, João da Silva, eu mesmo seu motorista, João da Silva o meu nome, está escrito, sim senhor — escrito e batizado, João da Silva – pra sempre —, pernas fortes, subo ligeiro, e quem nas primeiras poltronas ocupa o meu lugar, não me importo não senhora, fica, oh obrigada quer um café eu mesma fiz sabe, serve da garrafa térmica num copinho duplo de plástico, cuidado está quente sabe vou visitar minha filha e os netinhos, obrigado pelo café senhora, oh eu que agradeço você é um doce meu rapaz — ? — mas esses machucados oh você está com dor oh está triste quer sentar aqui?, não, está tudo ótimo senhora, oh graças a Deus obrigada mais uma vez Deus te proteja meu rapaz sabe eu não sou de errar no juízo das pessoas e digo que você é mesmo um docinho de coco oh dá vontade de beliscar a bochecha mas tá machucada não é?, suas últimas palavras, e segui pelo corredor até o lugar que me cabia nesta nova vida de doce de coco, mulher doida, o fundão protegido da mão pesada de Deus, ao lado o banheiro, que já cheira, lembra o bar do trácio, mergulho no copinho, o cheiro dominante do café, tomo um gole, sento, ninguém na poltrona do lado e me esparramo, pego a carta azul, estendo e aliso aquela montanha de páginas sobre a maleta, como minha mãe gosta de escrever, entorno o resto do café e um fiozinho escorre entre o copo e o canto da boca, desce o queixo, três gotas batem em cheio na carta, se abrem em rodelas e somem chupadas como pela sede impressionante do cerrado, três manchas de café, três carimbos no anexo amarelo, minha mãe iria escandalizar com a lambança, se visse, "Criança-de-Deus, que manchas são essas... de café... de restos de peixe da feira... Ai meus pecados, sangue!" na roupa de cama toda limpinha antes de eu voltar das selvas da rua que uma vez na noite anterior havia muitos anos e mais inocente que um anjo aboletado entre as almofadas de oncinha da Luz Vermelha assistia a uma sen-sa-cio-nal porradaria de mulher superfelizão com o maior espetáculo da Terra e o saquinho de pipoca na mão quando uma taça de licor de damiana estourou no meu cocuruto, lembro de chegar em casa e enfiar um saco plástico na cabeça para proteger a fronha branquinha com cheiro de fronha branquinha mas pro meu azar o saco abriu no meio da noite por causa de um sonho agitado de sufocar e debater eu acho e o caldo vazou — manhã seguinte minha mãe – "Castigo-de-Deus!" – se descabelou com a lindeza do açougue, "Ai meus pecados, tira isso, vai sufocar", sufocar?, e a mãozinha dela eu senti a puxada do plástico pela parte do sangão que tinha coagulado na cara, "Pro hospital a-go-ra", agora?, "Mas dormiu sem pijama outra vez, peladinho-de-Deus, o pintinho está...", está, "Vá fazer xixi, e apaga esse sorriso do rosto!" —, mantenho a carta e o copinho de café nas mãos, saímos de Vitória destino Rio de Janeiro, anda rápido na estrada sinuosa a caixa negra com rodas, lá fora tudo corre, entorno uma gota fria, tiro com a língua um filete do fundo do copinho, lambo as bordas e esmago no cinzeiro, é noite, acima o canhãozinho de luz aponta um facho amarelado na carta, papéis escapando das mãos doloridas, à frente as poltronas, pessoas, cabeças que são marés obedecendo aos gestos imensos do motorista debruçado num volante deste tamanho, os faróis, do teto os pontos de brilho despejam sua luz de vela em colunas que se cruzam na fumaça dos cigarros gradeando o interior da viação, a carta nas mãos estúpidas de calçar luvas de zero-onça, por que ela nunca falou dessas histórias minha mãe, o ônibus joga de um lado, de outro, eu entenderia se ela dissesse, talvez entendesse, depressa, calor, a porta do banheiro só fecha na porrada, entra gente, sai gente, comecei a enjoar com o cheiro, tentei abrir a janela, emperrou, forcei na mão machucada, machucou mais, vou quebrar essa porra dessa janela, quebrei a trava, e ainda fechada, vou destrocar lá pra frente, o lugar é meu, chega, levanto e a porta do banheiro abre na minha cara, como a dizer senta aí seu miserável e cheira, sentei e cheirei, e meti uma porrada definitiva na porta, fedor da porra, o expresso balança muito, depois dessas malditas curvas eu vou pra frente, e ninguém mais entra no banheiro, tonto, febril, a minha mãe, as letrinhas na carta, se ela, se o ônibus segue rápido e a luz difícil de ler, se as curvas que nunca acabam e todas essas biografias descritas na carta, duvido que tenham acontecido, ela é a minha mãe, não posso, não acredito, tá corajoso esse motorista, seguro as folhas sobre a maleta, tranco a maleta, se de repente um barulho, então a caixa gradeada balança numa curva bêbada federal, vira de lado, conserta, parece que desvia, desconserta, inclina, entorta, perde a razão e salta encabritado pior que num barulho e um coice tão fortes que eu dou de cara na poltrona da frente e me abraço de medo nela como um afogado, o ônibus levanta a parte de trás, vai despencar, vai descer as escadas do barranco precipitando como uma grande caixa de papelão gritante que bate nalguma coisa estrondosa e começa a girar em cambalhotas lentas pelos degraus do barranco, rápidas, voam folhas e gentes e as tralhas do bagageiro fatiadas pelos fachos de luz, a maleta, presos todos na batedeira que desce furiosa misturando bolsas, malas, a barriga, que bate seu próprio gelo, braços, pernas e a minha mãe, senti o que faziam com ela, foi nessa hora, uma dor aguda, essa mesma hora!, ela e o ônibus, um inferno onde tudo girava, os gritos e a respiração que acabou no último golpe, uma pancada seca, esvaziou-se o último gemido e parou, os gritos pararam, o senhor está me ouvindo, padre, os gritos pararam, ela!, agora e na hora da nossa morte, amém, o senhor compreende?, OUVE O QUE ESTOU DIZENDO?!, uma quietude profunda — uma fração, meu Deus —, o silêncio, e do silêncio emerge o desespero, ...

CAPÍTULO 80

...um despertar enlouquecido atropelando por cima de corpos e luzes em curto nas faíscas que anunciavam o fim dos tempos naquela caixa da morte de onde todos fugiam, menos quem mais fugia e rastejava por um pedaço da minha mãe numa folha da carta aqui outra lá, quem transpirava como animal e em cada gota um visgo que descia dos pontos abertos na testa sem a porra do boné, perdi, os óculos também, um fio vermelho a intrometer minha história nas folhas azuis da minha mãe, ela ainda menina no magnífico par de asas da juventude com a cor do céu de Brasília e eu proibido de voltar as patas imundas naquela cidade mil vezes desgraçada, mãe, o ônibus, como se eu precisasse de novas dores, ouço a vida responder com gemidos que alguns acodem, outros o silêncio na carne, tinham retirado a porta do banheiro de cima de mim, obrigado, estou bem, é a minha mãe que está em perigo, agradeço de novo já fora do ônibus, não, não preciso de ajuda, peguei a carta, essa maleta, dá, obrigado, e o senhor, a senhora, alguém viu minha mãe, ela chora baixinho, a febre subiu, mãe, vem me cuidar, que sangro, como dói choro de mãe, os gritos esmagados nas primeiras poltronas do ônibus parecem uma mulher, conseguem ouvir o corpo nas ferragens?, ela, não, não, mas os cabelos brancos cheios de sangue, a senhorinha!, não conheço essa mulher esmagada até a altura da boca, nunca vi a garrafa térmica com café ou os docinhos de coco, meu Deus, me larga, preciso sair daqui, o covarde que a minha mãe expulsou de Brasília neste demônio de fumaça e ferro tudo retorcido e faíscas atrás do cheiro da morte farejando o combustível que escapa do tanque, porque não viu luz nem escuridão nenhuma filho pior que eu, e ela a mão de Deus, veja, todos esmagados nas primeiras filas, devem ter suas culpas, ou sou *eu* o culpado?, afinal em que fúria você mirava a mão, me diz, mãe, nessa gente?, no quê, Senhor, fala, essa Mãozona onipotente numa caixinha de papelão, erraste, não erraste?, era em mim, confessa, e agora culpado disso também, sou?, por quê, e ela, o que o Senhor todo-justo-poderoso fez com a minha mãe, quem outros pagarão pelo que fiz, se é que fiz, ou faz diferença, Senhor, se por misericórdia livra-me da minha prisão!, se por inclemência o declive do mal, se já não basta dos eleitos o que tiras, tira de mim, porque daquele que não tem é que será tomado, Tua Lei, mas POR QUÊ MEU DEUS, o que Te falta, Senhor nosso Deus e fogo abrasador, fala!, as pústulas de Jó, os chifres do Diabo ou mais do sangue que verte deste animal que Te pertenço, e para quê, aplacar o orgulho, a gula, que não é dos não-hábitos dos deuses devorar seus filhos, pois seja feita a Vossa bondade, a graça de que para mim já não vale o não-matarás-nem-cobiçarás, entendo bem, ciúmes, é evidente, vingança e luxúria também, que são quase a mesma coisa, e a preguiça?, a raiz de todos os males, largar infinitamente-ausente a criatura à própria sorte?, difícil crer, inveja, avareza, a Criação poderia ser... ingenerosa?, o que em Ti acusaria estoques rasos de carcaças, quanto mais dos Teus filhos no *Teu* açougue, quais, e a culpa, e pagar com o quê, tudo, a vida?, pois toma, colhe o que Te pertence, pisa-me de vez as cascas e os sucos fora, ferve mais deste vinho da Tua ira que nunca bebes o suficiente, quem se importa com o que escorre nestas primeiras filas, pois leva, esmaga-me também, que imploro, porque "as grandes dores terminam com a morte", como iria ouvir de um juiz um dia, só que Tu não levas quem pede, oh não Senhor, sequer escutas, sabemos disso eu e o juiz sabemos como ninguém, meu Deus, e por que o ônibus torna a girar, onde está o ônibus se vejo apenas essas luzes vermelhas que gritam e piscam ao meu lado e despejam uma voz macia, o senhor como está?, macia mas firme e a mãozinha delicada sobre a minha cheia de memórias recentes — mãe? —, sente-se, preciso examiná-lo, a maleta e a carta giram nas mãos, sente-se por favor, largue a maleta, sentei, tentei abrir a maleta, fui no fecho, [Tire as patas do fecho.] é que eu preciso guardar a carta, mãe, [Depois.] mas mãe, [Depois!] as sirenes diminuem as luzes e a voz e desperto com um brilho forte, é o Rio?, que lugar esse que tou numa cama, cheiro de hospital!, já é dia, vem a noite, como chama esta cidade?, zonzo, levantei e vi meio borrado a doutora chinesinha sentada numa cadeira, segura alguma coisa na mãozinha delicada, "Que bom, acordamos", se levantou, "Como estamos, parecemos muito dispostos", curiosa de tudo, da minha cicatriz de queimadura no braço, quantas marcas novas sobre as antigas, inquieta, saiu, voltou, "Precisamos preencher sua ficha", toda cheia de assunto, não preencheu nada, pegou uma bandeja, despegou, olhou firme para mim, não se meta comigo doutora chinesinha, avisei com os olhos, ela entendeu, arrepiou os pelinhos mas seguiu arriscando, fechou a porta, se aproximou, o tamanho destas mãos machucadas, disse ela, coisa bruta, percorreu os dedinhos curiosos no meu avental, abriu o laço, examinou o peito, não tinha nada no peito, auscultou, auscultou nada, deixou aberto o avental, quantos anos mesmo o senhor disse, dói?, precisamos saber, o senhor está com fome?, melhor parar de perguntar, doutora, vi a maleta ao lado da cadeira, zonzo mas alguma fome sim, olhei para ela, olhei diferente, ela se afastou, vem cá doutora, chamei com um meneio, ela hesitou, vem, ela veio, examina agora a pressão doutora enquanto afogo teu pescocinho, engasgou?, doutora, lágrimas e a mãozinha de boneca, delícia as unhas perfeitinhas, sentei ela na cama e ela me afastou com os pezinhos no cachorro-quente, não sustentou, me encarava enquanto recolhia os perfeitinhos, as unhas combinadas no mesmo esmalte dos dedinhos da mão, uma delícia, depois, cantante e um sorrisinho vingativo, "Vamos trocar os curativos", por quê?, se estão novinh... zás!, porra, que porra essa, a ferra do gado bravo?, alisou as bordas com dedinhos carinhosos, assoprou, pronto, já passou, agora você é meu, riu, baixou a cabeça, falei nada, grunhi, levantou, perguntou se eu tinha onde ficar, vamos te dar alta, chamou a enfermeira para o curativo e uma comidinha calórica, na verdade duas, nossa, estamos com fome, hein, a medicação, toma as receitas, dispensou a enfermeira, se eu não queria passar a noite, a cidade é muito agradável, gostei sim doutora chinesinha mas preciso ir, procuro uma pessoinha deste tamanico, cabelos acinzentados de tanto que já não aguenta perdoar o filho estúpido e acabou, minha culpa, minha máxima culpa, não posso, doutora, minhas coisas, dá, tenho um destino, foi traçado, já são, não, o Rio de Janeiro, a Providência, sinto muito doutora, já são dez horas, a rodoviária, sai um trem daqui uma hora?, nunca andei de trem, é caro?, obrigado doutora, um dia te pagamos, adeus doutora, não sou chinesa!, gritou ela, e eu de longe, oquei, adeus, comprei o bilhete para o Rio com o dinheiro da doutora, uma borboletinha amarela subiu até o teto da estação, bichinho fascinante, o senhor não concorda, padre?, saí e me despachei, senti o tranco da composição acelerar tão macio que parecia flutuar nos trilhos, gostei dos balanços longos no vagão, um cabineiro gente boa e gozador picota o bilhete, o que aconteceu nessa cara rapaz, te pegaram?, tu é comunista ou deu com ela nos chifres dum marido sanhoso?, hahahá!, puta gargalhada, sorri, se precisar de sossego, ofereceu atencioso, tenho um goró que mata a bicharada toda no primeiro gole, no segundo tu apaga, sente dor?, gostei da valentia, garotão, sabe, estou na Companhia faz um par de décadas, já vi de tudo — continuava ele no verbo —, cara senhora, falava e picotava, caro senhor, acontecimentos extraordinários, certa feita, cavalheiros, não há muito tempo, havia um fidalgo... a cadência da ferraria nos trilhos, o cabineiro falador já no outro vagão, acordo com o silêncio infernizando o meu ouvido no trem parado e as luzes só o risquinho das brasas nas lâmpadas, desligou o ar-condicionado, parecia nem ter e agora essa porra desse calor grudento mas não o Rio ainda, disseram, paisanos do lado de fora procuram não sei quê, gesticulam umas desinteligências no cabineiro gente boa, que ouve atencioso, dá de ombros e aponta lerdo para o vagão à frente do meu, eles engolem e o cabineiro gente boa vem com sua ligeireza de um par de décadas restaurada, me pega decidido pelo braço, esses machucados, rapaz, e acamaradando a voz, tu aprontou com o poder não aprontou, ou tu é valente ou é doido me'rmão, escuta, se te pegarem, essas marcas na cara só é pouco, vem, traz a maleta, e me enfiou num cubículo no último vagão, finge de morto, volto já, disse, o silêncio zunia no forno do cubículo e o suor um batalhão de tatuzinhos na pele, alguns minutos ansiosos e ouço barulho do outro lado da porta, parou, os tatuzinhos infernais escorriam, agora são passos no vagão, afastam-se, respiro, vejo pela janelinha os paisanos saírem pelo vagão à frente, tropeço nos baldes, agarro um cabide e desabamos com tudo — *shhh* —, vem junto uma jaqueta com a garrafa de *Fogo na Goela* em um dos bolsos e no outro o catecismo, o *Livrinho Vermelho*!, o cabineiro sai levado pelos braços decididos, soltam, ele acompanha os paisanos, gente boa o cabineiro mas a vida dupla, *não* voltaria ele, o trem apita, a composição responde com um tranco quando destravo a porta e paro, até passar a estação, olho, escuto, saio e atravesso cauteloso o primeiro vagão, mais um, no terceiro o trem apita, sento por reflexo, vejo casas e ruas de terra, sinto o nó da impotência, nada fiz pelo gente boa, coitado, o último apito do trem foi para ele, faço uma oração entre os longos balanços, desperto com o trem chegando lento entre casas novamente porém milhares, suave, fechava os olhos e era como se velejasse no Paranoá, abria, muros erguidos há mil anos e fiações sustentando postes meio mortos ao lado dos trilhos e as conexões e os desvios, *jacarés*, como se diz, tudo torrando no sol, graxa e mato, quantos trens imensos de gente-sardinha, chegamos, abriram as portas, da plataforma até a saída a estação parecia um filme antigo e no murmúrio das ruas o cheiro do Rio, o centro e em algum lugar a imensa baixada, não queria ver o mar, sua lembrança tão recente, mas flutuar na atmosfera o resto do dia e na noite morna do Rio entre as luzes dos hotéis baratos piscando 'Amor', 'Bocas', 'Vem' contra ruas e gentes neutras, nos rostos as marcas do invisível, dos gatos pardos, mulheres desfilando as carnes de néon e afundo num desses buracos, cheguei onde eu não queria nunca ter vindo, o Rio, procurava um lugar para apodrecer abandonado à febre que voltou, dissolvido no néon piscante, 'Vem', 'Amor', o quarto uma nojeira da porra e saio, outro quarto em outro hotel, deito abraçado com a maleta, olhos no teto filmando as luzes brancas e verdes que vinham da rua amarelas, pálidas, vermelhas, fechei a janela para as sombras da noite e os sons que desapareciam de uma sirene a uma batucada cardíaca nas longínquas selvas de Botsuana, de manhã o sol penetrante nas lâminas da janela, a camareira uma menina magrinha de lenço branco nos cabelos quando voltei ainda dormindo do banho batia o pó do travesseiro na janela escancarada de vida, arrumava a cama, rearrumava, movida a quê, o rosto alegre, cordão e crucifixo entre os peitinhos de laranja, como poderia saber do verme de olho nos seus vigores, não falava ela, um passarinho, cantava, sorria algum tipo de felicidade indestrutível, pele envernizada de adolescência e a lãzinha de suor, a minha presença que ela não podia ficar no quarto se tivesse hóspede e o hóspede de pé num canto medindo a formiguinha atarefada que me vigiava no perpendicular do olho distraída e atenta e uma hora virou, fez um dedinho de silêncio shhh nos lábios carnudinhos — e com a mãozinha um 'Peraí' —, saiu e voltou sua vitalidade trazendo sobras do café da manhã escondidas num balde e um aviso de alerta num pedaço engordurado de papel, *Come depreça*, shhh, talvez escrito sobre a coxa, catava farelos e caroços, eu comendo, ela catando, "Depressa", sussurrava ansiosa, o bilhete apertado na mão, rapidinha, se divertia nervosamente, colocou os restos num guardanapo e saiu cantando, a canarinho, voltou de noite, trocou os lençóis, Shhh, depressa, no outro dia, fita vermelha nos cabelos e lençóis novos, desembrulhou de um paninho úmido uma cestinha com pão careca e biscoitos, frutas, um vidro de água boricada, esparadrapo, ovos cozidos descascados, usava brincos de argola, de metal, ah bem feminino isso, gostei, o brilho de carambola nos carnudinhos parecia batom, vai se lambuzar, o brilho vai derreter nesse calor, imaginei, pego a carta azul lida sete vezes quantas vezes sete, os carnudinhos hesitam uma meia palavra, não entendo, ela cobreia um dedo no cabelo, quer mais laranja?, sorri, as cartas e as escrituras sempre comigo, menos a folha que sumiu no acidente, o anexo amarelo clarinho com as manchas do café da senhorinha, coitada ela, saio e ando solto pelas ruas cheias de gente e do calor sem vento atrás dos morros atrás das praias da zona sul maravilha, choro uns rasos de piedade pela carta azul da minha mãe, por egoísmo, continuo a ler, dezesseis anos, menina, mãe, mulher em tão pouco tempo, uma casa modesta no porto de Vitória — "Tenho conhecidos na cidade, ligue para este número" – não liguei —, toda a gênese da condenação divina da mulher, de multiplicar as dores por filhos a se arrastar no desejo da dominação do homem, ela a três anos da grande festa de inauguração, abril de 1960 e a Capital da Esperança, terminei a carta azul tantas vezes confuso de como agir, sem coragem de ler a carta vermelha, fui às escrituras, "Eis que a mão do Senhor caiu sobre ti", "E naquele instante as trevas o invadiram", todos os dias um trecho, "E saiu à procura de quem o levasse pela mão", enquanto um céu negro no céu enchia e aproximava, foi quando eu vi na rua, no alcance destas mãos degeneradas gritando Maria-de-Deus! vi minha mãe e o coração veio bombar tão na garganta, que secou instantâneo, e tão forte que distraiu a firmeza das pernas e me fez agarrar na carta querendo escorregar das unhas nela cravadas de horror, era ela nas páginas dos jornais do Rio, minha mãe, morta!, eu vi a foto dela, não foi delírio de febre, doideira, não senhor, juro, e no entanto como?, se ela era uma santa, conheço a minha mãe, eu vi, estava escrito na carta azul que tremia nas mãos, um anjo, ela moça ainda na letrinha de formiga contava de quando havia chegado em Brasília, o pessoal de Vitória encaminhou, tinha um estrangeiro que explorava uma daquelas oportunidades de negócio sem impostos na Cidade-Livre e outras facilidades no interesse do povo da novacap, uma inflexível carta de recomendação, "Maria tem dezenove anos ... lê, escreve e fala otimamente ... quer ser professora ... qualquer serviço ... inteligente, trabalhadeira ... contenta-se com pouco ... Maria é um anjo", os padres se mexeram para que o sujeito moçambicano, sul-africano, ninguém sabia ao certo, acolhesse ela com emprego e acomodações decentes, então — aos dezenove — a vida recomeçava para a minha mãe, promessas de mel e riquezas jamais vistas, uma santa, mas os jornais de 76, dezesseis anos de Brasília, impossível acreditar naquelas tintas terríveis de lama, sei que deveria pensar nela primeiro, pensei em mim, fiquei com medo, não um medrincas qualquer que arrepia galinhas na pele, o medão monstruoso, desses de grudar a língua e empretecer o que eu não falava nem via mais direito nada ao meu redor, e todos os tambores do Rio de Janeiro enlouqueceram no peito, cego, surdo, são os caminhos por onde avança a covardia pura, que perturbação esse monstro na alma da gente, o senhor concorda, padre, que umas vezes mata, acredite, o medo, às vezes parece coragem, pular do alto de um prédio — vi, foi impressionante —, atravessar uma lagoa salgada e podre numa noite escura, essas coragens alucinantes do desespero, outras vezes esperta, e eu duro na coragem do medo, taquara encravada no chão clamando por um raio, tanto medo que apontava no céu as presas da fuga absoluta, a morte, eles viriam me pegar, o céu medonho, tinha que fugir, se ao menos parassem com a gelatina os joelhos, ela sabia do medonho, minha mãe sabia da escuridão que se aproximava e me tirou de perto dela, ela preparou tudo, maldita, ela não era a minha mãe de verdade, era sim, era uma impostora!, ai meus pecados, eram apenas os nervos que se embaralhavam e eu avulso demais, uma serra gemendo o disco no estômago, quase dezenove anos e sem as fraldas, o que devo fazer, eles são poderosos, tema-os!, enfrente, preciso fugir antes do céu negro que vai despencar, são caçadores implacáveis, voltei ao hotel, catei a maleta e uns trapos e uns restos de comida tudo num saco, adeus menina da boquinha de carambola tremendo de sede, de chamar as lágrimas fora, não vai querer mais laranja?, os olhos borrando no lápis e duas trilhas molhadas com farelinhos pretos verniz abaixo, gostei, um dia volto, menina canarinho que nunca mais cantaria, ...

CAPÍTULO 81

...pulei a janela e fugi pelo telhado um gatuno saltando de laje em laje com o saco nas costas, depois me livrava de tudo, das perolazinhas e os cristais coloridos da minha mãe, "Use-os com sabedoria, ouviu bem? Custaram tanto...", são pistas, queimaria a maleta antes dos caçadores chegarem, as cartas, antes do temporal que se anunciava e desapareci junto com o meu rastro nas ruas invisíveis do Rio, os olhos, o medo, essa praga das trevas com a colher de sopa alavancando os bolotões enxergantes como eu nunca havia sentido nada assim, o medo inflamava todas as vontades das profundezas, até a de funcionar ao contrário, a de enfrentar, mas como enfrentar se corria atrás das próprias pernas incontroláveis no desejo de fugir e viver, tão aceso que ligava junto o próprio medo da morte, que é a decisão pela vida isso, é ou não é?, lixar o calafrio da pele, então a chuva, um viaduto e — protegido na sombra e cansado demais para histerias – os nervos namorando a chuva quente do Rio — desisti de queimar as tralhas valiosas, estupidez, é evidente, ninguém me segue, só a chuva que o calor deu um rachadinho no viaduto e desceu numa goteira ao lado entre o pé e a trilha de formigas apavoradas de ver os céus desabarem numa água do tamanho de Deus, o nervo estendido — a mão — e cortei o dilúvio daquelas criaturinhas ignorantes das leis do universo, de que por força de alguma força maior que o próprio universo deveria haver um senhor do dilúvio também, o poderoso braço que poderia recolher simplesmente, ou esmagar suas cascas e os sucos fora, mas isso faltava sede, escorrer da vida a morte, não, eu não era deus de formiga nenhuma, faltava raiva — a anfetamina dos deuses —, não sentia dor nem vontade, estava — apenas — vivo e no saco de lixo as coisas tudo que sobraram, sim, vivia, ou antes um vegetal, meio bicho, morei na rua, cauteloso naquela cidade aquecida pelos trópicos do inferno e santuário bom de dormir sem teto, cidade encantada cheia de mil deslumbramentos, ver os arcos, dependurar no bondinho sem pagar, por que o morro admira mais ou menos que assusta, a confusão dos cheiros vivos dos fins de feira pra gente comer de graça, valas e esgotos abertos inacreditáveis como as ladeiras com torrentes de chuva em ruas... de pedra!, sardinha na brasa em plena calçada com tanta gente no passo da bateria toda um par de caixas de fósforo, nunca tinha visto, cheguei, abri meio sem jeito um sorriso cada vez mais brilhando no meio do rosto imundo e tiraram uma bem bonita da grelha, ofereceram numa folha de jornal, quer?, senhor indigente do saco de pano velho nas costas e a cabeça rapada por causa dos piolhos, assustei com a generosidade e saltei fora meio correndo, entrei num beco, pulei o muro, atravessei jardins — dormi embaixo de árvores de cem anos em casarões de cem anos — e um túnel imenso, que povo alegre, quilômetros de floresta e você fascinado com a mata luxuriante de enfiar a mão na terra escura e úmida de pequenas vidas, de me embrenhar sufocado no calor, o nariz aprendendo o cheiro bom de árvore com maresia, "Deve ser assim em Botsuana...", lá em cima o redentor iluminado impressionante me abençoava e os colchões de cimento pra dormir e os bancos das praças nas noites mornas do Rio, noites perigosas o Rio, melhor escondido em bueiros ou embaixo de jornais, entocado atrás de uma igreja, fugindo por quanto tempo, mas foi um dia eles me encontraram, eles iam justiçar, atacaram o saco de trapos dos meus preciosos, eles queriam a maleta com as perolazinhas, com os cinquenta e cinco cristais coloridos e a gaita que a minha mãe tinha me dado de Natal e eu detestei mas aprendi a tocar pra enganar a solidão nos cantos escuros ou por uns trocados ou um prato de comida nas ruas do Rio, o medo voltava, as cartas, as escrituras, eles vieram, nããão, por favor, sou só um coitadinho agarrado com a sombra da minha mãe num saco cheio de lixo, eles me cercavam, o que tem nesse lixo que tu não larga, ô simpatia da mesma laia da gente, é de comer, perguntou o mais bêbado, é de beber, tem dinheiro aí me'rmão?, vai, abre, solta essa merrda, ameaçavam eles, e ela, "Não tenha medo", eles mandavam, larga, era a minha mãe pequenina que eles queriam, por isso ela as perninhas aflitas na rodoviária vigiava de um lado pro outro esperando a grande luta contra aqueles que ela ia perder tudo, o ônibus me levou e ela ficou ali pregada como uma bailarina de chumbo pronta para me defender, "Fique comigo, meu soldadinho", ela e o casaquinho de lã, dá, eles atacavam, "É tuudo seu", dá!, larga tua mãe sozinha vigiada na rodoviária, seu pústula, nós vamos levar o casaquinho de lã, se desencrava embora daqui, vamos matar, vamos colocar tua mãe em todos os jornais — foge —, com todas as tintas de lama que cabem à santa das serventias especiais dela na fazenda — foge! —, a santinha da carta azul, hahá, tinha outro nome aquilo, hahahá!, eu com estopa na voz queria gritar para eles irem embora, foi um engano, mãe, deixa eu ficar pra te proteger, preciso seguir meus ventos outra vez, xô, pavão do medo, meu Deus, foi que uma hora senti, começou devagarzinho uma eletricidade a beliscar o vai-e-vem a correr nos cobres e uns avisos de raiva xucra na direção das ferraduras ainda sem faísca, upa upa cavalinho, vou curar o seu bracinho, mãe, vou te proteger na força destas mãozonas estúpidas, o único modo que sei, fugir?, fugir não, eles me atacavam, foi um erro, eles, que terminou esse negócio de vagabundo vir tomar minha mãe nem pedaço nenhum meu mais de jeito nenhum, agora é o corredor da morte, força respeita força, tenho desses sonhos que arrebento e arranco *eu* os pedaços, mas foi um engano isso também, hoje sei, a minha reação brutal aquela noite no Rio, padre, foi um erro, foi porque eles não me acharam nem atacavam nada não, esses nem eram os caçadores implacáveis, ele era só outro perdido no ofício de viver das ruas do Rio todo dia conforme o dia mas se meteram a roubar meus valiosos, Deus me perdoe, eles vieram partilhar o ponto de dormir não em colchões de concreto ou bueiros, atrás da igreja, e desde quando que eu era uma campanha da fraternidade e iria me afastar da igreja, da *minha* igreja, tem cabimento?, agiram mal e o azar foi dele, uns malditos pior estropiados que eu, mas como eu ia saber, estava assustado, na cabeça ainda umas bolhas de sabão, e ele me desacatava, eles queriam tirar as minhas... tirar?, ah, não, carga máxima agora toda chutando a funilaria vitaminada, toda, veio, chutou, foi e bateu só Deus sabe onde bateu que vibraram os coices como nos sinos da Catedral, tacou um incêndio — tirar de mim? —, um choque de estremecer o corpo e o instinto num pavor tão agudo que se afinou e sumiu nele mesmo, xô, pavão do medo, queima no suor imenso que eu transpirava era um querosene e o ar quente que eu botava do Rio no peito e pra fora como respiração de cachorro, os glóbulos com água-brava cada vez mais batendo no parasita cacarejante dentro de mim, 'Por favor', sai de retro parasita, 'Sou um coitadinho', vai-te'mbora destas costelas, covarde, e o que sobrou foi o sangue puro da minha mãe quem me revivia na forja — batendo —, bebe minha força — batendo —, fique de pé — batendo! —, uma raiva imensa que eu espumava para desacumular tudo neles, no infeliz que me desafiou onde eu dormia protegido embaixo de um monte de jornais com as tintas da minha mãe, "Daqui em diante, discrição, meu filho, não acenda luzes vermelhas" — tirar? —, vem pra cima, mostra o que tu tá na mão, gritei pro infeliz, beijo de vidro, o quê, pescoço de garrafa, acha que conheço medo?, vem, canalha, as primeiras cicatrizes na carne profunda, a primeira morte que eu lutei com as minhas mãos, atrás de uma igreja, Deus me perdoe, uma igreja!, eu gritava a voz do trovão, ele o horror, as pernas, como esperneava o canalha que desesperado com o abridor de vidro agora na minha mão implorava pra eu não arejar as tripas dele, eia!, nem abrir outro caminho pro pulmão respirar na flor da pele, zás!, eu berrava com ele, para de sacolejar, desgraçado, e rasgava o desgraçado, para de gritar, batia, atravessava o desgraçado e os nossos músculos e os fios da vida abertos em talhos como este aqui na cara, consegue ver daí, padre, os dele foram no pescoço e onde mais houvesse ódio, na barriga, quer levar, arrancar algum, quer?, pois toma outra no gargarejo da cachaça, "Afaste-se desses antros de farrapos, meu filho", o rosto enlameado, ele devia parar com os berros de porco torado vivo, cuspindo a própria goela, "Quieto. Sossegue as pernas, meu filho. Cale-se!", e ele se calou, pois é dando que se recebe, fincado torto de beiços num travesseiro de cimento atrás da igreja, ele já não se mexia, afogando um dos olhos e metade da boca — tirar? — mergulhados abertos num travesseiro de sangue, a outra metade cheia de dentes vermelhos e o olhão vidrado nalgum infinito das almas perdidas que era meio cego esse e eu não sabia, foda-se, tinha os olhos leitosos como duas contas de *fiat lux* sem luz o desgraçado em decúbito lateral, vala comum, mas o querosene ainda tinha muito incendiário nos poros e os coices nos sinos mandavam sair da escuridão que eu vivi tanto tempo perdido nas sarjetas do Rio, sair e no entanto fortalecer com a própria raiva enfurecida de fome, muita fome, e quando vi estava em cima dos outros dois eles com os olhões acesos onde houvesse ofensa me olhando petrificados e rendidas as quatro contas de *fiat lux* a procura de alguma clemência, perdão, perdão... quer perdão, tem certeza?, então toma, ó, um perdão na cara, apaga esse brilho, desgraçado, toma outro no peito já perdoado pelo sangão que descia da orelha rasgada dele mais o meu, pois é perdoando que se é perdoado, ele não me compreendia, não era respeitoso sair de quatro pelos degraus da igreja comigo pisando o rastro dele, para de sujar os degraus da igreja seu desgraçado, mas o desgraçado não escutava, achava que podia escalar o sepulcro e entrar na *minha* igreja se arrastando daquele modo já no fim e eu salgando as ofertas, *toma*, para!, toma desse perdão do meu suor que derretia batizado com sangue num gosto maldito que me tentava pelo canto da boca exigindo mais a cada grito de oferta e cobrança, devolve!, acaba logo de morrer, suplicava, mas ele nem aí, apenas se acomodou em decúbito ventral o surdo e parou de se mexer, cara aberta como um mar vermelho — tirar? —, ele de atravessado na escadaria, o caldo de lama suja maculando a entrada da minha igreja, e mesmo que não levantasse mais sopro algum dali eu não parava, não senhor, o incendiário tropical não tinha se fartado de consumar as criaturas cada uma na sua instância e mandou continuar até o fim da escuridão do medo, onde houvesse trevas, que eu era então o deus das cascas, o deus dos sucos e da ira, esmagar, esmagar!, e entrei na igreja e o terceiro ele se achava que era algum tipo de santidade ali protegida, devolve, é meu, bati, devolve!, ele rastejando agarrado na minha maleta e o terror nas duas continhas de *fiat lux* quase no fim, não dizia nada, gemia, eu no grito e ele mudo e eu batia e suava e o cheiro como de bicho nem bicho nenhum, pingava misturado com a tintura vermelha até que — tirar? — mais um parou de se mexer ele mole o corpo e a boca endurecida de um cristo misericordiado ao pé da cruz, decúbito dorsal no interior sagrado da igreja e eu dando na carne morta, Deus me perdoe, as artilharias todas escorrendo suco de melancia, toma o que te cabe, [Ele olhava mudo o teto da nave,] toma!, valentão, [ele ria,] e essa, [ria abraçado à maleta,] verme, [tão alto que eu só escutava o meu *tinitus*,] pecador das patas imundas, [tão alto que nem o *tinitus* mais.] vai-te embora desta cidade, seu miserável, pobre, a maleta da minha mãe, eles tinham atacado aquela mulher doce como o açúcar-cande, que os nervos corriam do lado de fora da pele e ela mandou reaja filho, aquiete o terror nesse homem, amorzinho, leia nele o terror, leia, leia, leia!, e "Orelhas espichadas de alerta", ela disse, "Você está em perigo", percebe, padre, "Não grite, sh-sh-sh, nem tente, apenas ouça", e quando terminaram os gritos eu fui e arranquei o que ele se abraçava com a fiação pra fora do corpo esfriando pelo tanto tempo que eu fiquei ali vidrado na obra, a guerra de melancia e o altar todo sujo e grudento, a igreja, Deus me perdoe, mãe, só peguei o que era meu, e sangue no olho é uma bosta, avermelha a vista, esse vulto borrado, não sei, quem é esse pesado saco de carne, não importa, eles não iriam se meter na história da minha mãe nunca mais na vida até o além, os seis branquinhos piscantes dos olhos de medo que eu apaguei e encaminhei eles pra lá, que é na morte que se vive a vida eterna, ninguém vai tirar mais nada meu, nem o pó vermelho encravado nas unhas e na respiração da árvore seca da garganta crescida no solzão vingador magnífico, nem uma flor de espatódea, nada!, porque tinha vida nestas mãos outra vez — note, não tremem – elas não pediram para conhecer o sangue, e conheceram as marcas na carne profunda —, peguei a maleta, abri e fui na minha mãe na carta vermelha, mas apavorei de pegar, não posso, o sangue puro dela não permita Deus que misture com estes nas minhas mãos de demônio, nossos sangues diferentes, não consigo, mãe, não tenho coragem, meti a carta na maleta no saco e as tralhas, estava sujo, impuro das mãos aos pés, das roupas à alma com essa cor de vida e morte que nasce dos bifes de qualquer desgraçado, ...

CAPÍTULO 82

...essa cor vermelha que não desgruda de jeito nenhum, maldita amarração essa demônia que Deus soprou de vida foi pela boca descosturada de uma rã sem couro, a carne exposta, maldito encosto essa cor encarnada em vozes que um dia me bateu nos gongos, apontou a menina, meu vento desatinado por onde tudo isso iria começar, ordenou, 'Olha!', e me emparedou os olhos naquela criatura cheia de maciezas e difícil de vergar, olhares que chamavam mais que olhavam, venha, serpenteava, afaste-se, acenando com os cabelos no modo xampu da melhor qualidade, *Baba, cachorro, vem pegar*, ela sabia sem precisar ver que calculavam as partes e devoravam toda ela dois olhos carnívoros esnobados fervendo por outra chance, faz a cabritinha bandida olhar mais uma vez, Senhor, meu pastor, que bastam duas agulhadas para criar dependência, e ela olha, obrigado meu Senhor, pelo desejo e demais perturbações da alma feminina, ela olha, entorta o salto e se desequilibra que te encontra não em estado de adoração nem desodorante nos radiadores dos braços, você pouco se lixando com essas perfumagens, só pronto nos cascos, 'Olé!', se reequilibra e te dá *ela* uma chance, boa fêmea, se diverte quando sente as bandarilhas no lombo, diante da capa escarlate e a espada presumível, teus gestos imitando os dela fingiam também tropeçar, a juba desgranhenta no modo sabão sem pente e o sorriso de lado em desafio por mais daquelas maciezas, 'Olha!', você chapado de malevolências pra cima da bandida e imune a moléstias do tipo, Se esperta me'rmão, Criatura fina toda cheirosa desse jeito tem dono, E tu é um duro, E tá sujo, é sujo, e nem tenta esconder a unha encravadona, a sola de couro de crocodilo no pé descalço engrossado no campinho de futebol sem grama nem lei e a camisa, sem camisa, só o torso meio fosco meio brilho de suor com óleo de motor e o vermelho da terra e nas calças rasgadas, você um animal tão sensível quanto os próprios músculos definidos em pedra e muita, muita fome, saído feito relâmpago de sob um carro para vasculhar cima abaixo a dona daquelas pernas — 'Olha!' — que passavam sem respeitar o óleo no motor do teu peito e a fome de um animal visto pela última vez desafiando todos os cantos da cidade onde pudesse faturar algum, fazendo agora bico de mecânico no carro de um coroa cheio da grana capturado pelo torso que mordiscava o conversível uma isca sensacional na ponta da linha, depois o coroa deixava dar umas voltas para testar, Já estou por aqui com esses trapinhos asquerosos largados no porta-luvas, Por-a-qui de marcas de mulher no meu estofamento de couro vermelho, Ai pelo amor de Deus rapaz, sim senhor, prometo, não vai acontecer de novo, posso?, pulava no conversível, saía e devolvia a obra assinada, se limpa aí putinhas, esfrega no volante, larga a calcinha quente no porta-luvas, elas doidas pelos erros que adoravam me cometer, rebola, espalha minha porra no couro vermelho, putinhas, depois o coroa lambe os teus e os meus, e se dessa vez dona Maria te pega, como pegou num prédio de bacanas quando você foi peão de obra e ela sabe lá Deus como ficou sabendo que foi direto no último andar e se plantou na tua frente pra te catar já com o dedo apontado na tua cara embostelada de cimento até os cabelos e uma peça de mármore pesando nas tuas costas, um aparador branco tão branco que parecia de cal lustroso, coisa finésima, carésima, vai peão, sobe e desce a construção que dona Maria nem aí pra porra da construção, lugar de criança é na escola, seu mestre-de-obras, "Criança?", quase dezessete anos, seu mestre-de-obras, "Criança?", passar bem, seu mestre-de-obras, vamos filhinho, "Filhinho?", se ela te pega você hoje uma criança com quase dezenove e a mão na graxa, pior, de olho espichado num rabo de saia, burguesinha ainda por cima, dessa vez dona Maria te mata antes de te mandar de volta pros Lusíadas, "Ai meus pecados", você um porco imundo saído de sob um carro, 'Olha!', e a burguesinha bandida sorri, te mede inatingível desde o Olimpo ela, faz meia boquinha com um asco distraído na ponta do sorriso, lindo como elas sabem isso para endoidecer a gente, ela olhou, a burguesinha toda limpinha, nojentinha e deliciosa, você um porco metido, e ela te deu bola, meia bola, vá lá, meio orgulhosa, está bom, está ótimo, deve ter se enganado que você era inofensivo, lavou tá novo, um pente e uma gravata, que uns lírios no sovaco, e ela aceita o desafio, repete a performance do xampu feito de ondas de fios de seda da melhor qualidade e toda exuberante nos movimentos e nos olhares das poderosas forças do poderoso universo, ela sorria os lábios com dentes tão perfeitos que precisavam te morder, e depois pisa, mulher, te despedaça, a bandida faz que sai do jogo, diz adeus, diz não oh não venha me pegar, diz esqueça minha boca vermelha de espatódea, esta eguinha de sangue borbulhante, não sou para o seu pasto, e você — recolhendo o queixo e a alma em cacos espalhados no chão —, como, *esqueça*, se já criei dependência, se gritam os bifes do teu destino reagem a isto de sair do jogo, *adeus*, adeus porra nenhuma, e mandam zerar a mira na caça, 'Olha!', é hora de soprar seus próprios ventos, de descobrir quem ela é, não trate com flores ou se ocupe em gasolinas, ali a salamandra queima diferente, encante, conquiste, despreze, não deixe respirar, e se for pouco — sempre será pouco —, ofereça a ela o que jamais, faça como a nenhuma outra garota, além do máximo, sim, procure por ela, mas não, não já, não hoje, nem amanhã, só depois de um pouco torturado, não antes de perceber que o tempo corre agora em outra raia, ela, só quando parecer tarde demais, então vá e ouse o impensável, 'Olha!', ela se encantou com a surpresa, está linda e fácil no alcance das suas mãos, pegue firme, traga suave, avance nos olhos, na boca, encoste, beije um beijo devagar, mais devagar, menos devagar, a salamandra, percebe, force, continue, controle-se, não a machuque, só um pouco, aperte, machuque mais, domine, perca-se, triunfe, empine-a, solte-a, 'Apaixone-se!', esmague e ame com a força do amor quando aparece pela primeira vez, essa droga nunca experimentada, que por ela você penhora as árvores todas do Planalto e entalha cada uma no fio do teu canivete a tua marca para sempre no coração dela e o teu, junta um maço dessas estrelas que tu jura roubadas do céu pra enfeitar os xampus feitos rédeas luminosas e a Lua toda pra ela, promete que vai mudar, levanta o braço antes de sair de casa e entorna uns desodorantes da dona Maria na camisa, dá uma cafungada, é, disfarça bem, despeja tudo — mulher fina gosta de perfume, e dona Maria de longe, "Troca a camisa, lágrima-de-Deus" —, promete largar os descaminhos, as untuosidades nos bancos de couro vermelho, os preciosos amigos, conciliação e retaliação brutal, a máquina do fim do mundo, largar tudo por ela, antes no entanto precisa se garantir, 'Olha!', os malditos chegaram no bar do trácio, acabe com eles, com o levinho, o fortão chifrudo e o Mandíbula, os três, então, gostou da arte, gostaram eles, as mães gostaram?, eu gosto de todo mundo mamãe, por que ninguém gosta de mim?, oh não fale assim filhinho, eu queria tanto ser um bom menino, venha soprar as velinhas, parabéns pra você, mas só nós dois, nenhum amiguinho apareceu no meu aniversário, por que mamãe, o que tem de errado comigo, Deus desistiu de mim, mamãe?, 'Olha!', sua besta, parabéns pra você que arrebentou o nariz de um e as costelas de outro, dois filhos do poder, o terceiro também, o Mandíbula filho da puta, o pior dos três, o da boca triturada com um chute um canhonaço bem posto na cara bonitinha do filho do coronel, que felicidade, ganhou a luta, aleluia irmão, perdeu a luta, parabéns pra você, entendeu agora sua besta, no final os gêmeos Zebedeus foram de rabecão desovar a besta meio morto-vivo na porta de casa, sua mãe e os atendentes no hospital, a escola, os olhos de Jah do Gorila contando suas pitombas pelo retrovisor do táxi vermelho, esqueça a eguinha e fuja pra sempre dentro de um ônibus, 'Olha!', os jornais do Rio, fuja dos jornais, fuja da sua mãe, eles te encontraram na igreja e vão justiçar, reaja, eles pegaram sua mãe, nããão, lute, 'Mate!', ordena a demônia da cor encarnada nas vozes que Deus soprou de vida na tua sorte, pegue o que é seu, largue os corpos, deixe esfriar na igreja, eles, sujos, 'Os malditos chegaram!', disse a demônia pingando das minhas mãos, mas foi ela, foi a cor vermelha da espatódea quem mandou rasgar os bifes dos três desgraçados na igreja e depois acusou como se a lavra fosse minha, 'Olha' o que você lavrou, seu animal imundo, quem vai limpar esta merda toda, vá embora daqui, paralisei, 'Obedeça!', e eu obedeci, liguei no vapor imediato, 'Corra!', e eu corri, fugi de medo sem rumo pela noite morna do Rio e tão longe da igreja das mortes que uma hora deparei não sei aonde, era o mar, não era o mar, uma lagoa, madrugada alta, as luzes da cidade brilhavam nela um vidrão negro e mole que me chamava com os ganchinhos do fura-bolo, vem, vem, e eu obedeci, larguei o saco molambento num encostado de areia e mato na beira da lagoa e fui crescendo os dentes felizes um passo depois do outro, fui roupa e tudo lavar as mãos, remover da alma as tinturas vermelhas gravadas na pele, e mergulhei, queria ser um espelho de água embaixo do espelho de peixes inchados, salgado aquele gosto de uma lápide de prata boiando quantos metros de peixe morto ao redor e o horror que deveria subir das águas profundas na noite e me puxar pelas pernas — não subiu, não puxou —, uma lagoa com a cor da podridão, seu cheiro da peste e no entanto limpa e mais limpa que você em dúvida se deve afundar, não queria morrer, tinha matado um homem, precisava me limpar, sai, esfregava, sai, imundice que ainda trago comigo no sangue vermelho de Brasília, sai, demônia que retalhou aquele homem na igreja, não sei quem eram, dane-se o infeliz, eu queria viver, problema do defunto, foda-se, 'Enterre-se, cadáver!', ouvi, não, isso não podem os mortais dizer, sequer pensar, e pensava, quase dizia em voz alta, quase acreditava, tal a força do medo, que cheguei no meio das águas negras da noite, e agora, como vou fazer, parado no centro da lagoa, boiando desse jeito, onde seria o mais longe para fugir?, acima uma estrela cadente riscou por trás das nuvens que se fechavam, ao redor a visão impressionante de um cercadão de prédios, mil quadradinhos iluminados de vida, talvez devesse retornar, talvez o relicário, "Há trevas, meu filho, mas luz sobretudo", comecei a nadar, algum bilhete, as braçadas, respostas, tudo estava no relicário, e nadei vigoroso da escuridão às mil janelinhas de vida ao redor da Lagoa, braçadas de nadador criado no Lago, nascido de ovo de peixe atravessador do Paranoá em corridas disputadas na maior reta de largura, vinha a lembrança do Lago, de quando desviava as guelras na direção do Alvorada e do Jaburu até a coragem acabar num *meia-volta volver* de alerta por causa do desgosto das mães se a gente tomasse uns tiros de canhão — o Messias jurou por Deus que os pretorianos tinham canhões camuflados para atirar em criança que tentasse invadir o Alvorada pelo Lago — ou por causa dos pedagogos Camões e Vieira que me seriam enfiados guelra adentro caso sobrevivesse — meu santo era forte, mas —, "Melhor não arriscar, vambora", todos os anos nas barbas do verão, a catervinha caçadora de aventura, de camaleão a rato-do-mato, que a gente caçava pra assar mas caçou tanto que o juscelino extinguiu, coitado, quer dizer, a gente chamava eles de, a gente batizou eles de rato-do-juscelino, ideia do Messias, o Messias era o autor intelectual número um, o Messias era muito inteligente, era o chefatura e o filho da puta número um também, pegava pesado ele — normal – ou firme ou pasto, essas as opções —, graças a Deus o Messias era da turma dos idosos, dois, três anos mais de sabedoria e punho de marmita no queixinho nosso de vidro, mas lentos, que a gente corria fácil deles e atrás de tudo que tivesse pernas e medo, menina, rato, acabou o rato, bacurau, e assombração em Mumunhas, não, esquece as assombrações de Mumunhas, mas a gente é muito corajoso, os impavidus colossus, como dizia o Sansão latinista, padre e bom de briga, "Ide, Legião, evaporem, sumam da minha frente. E lembrem-se: tudo vejo, tudo sei e a prece é inimiga da perdição", a turma comemorava num frenesi de doidos o início das férias de fim de ano, todas as promessas de "O verão da minha vida, ai meu coração", como dizia a ruivinha toda melosa, que o antes de tudo era a gente os boçaizinhos apostar quem atravessava mais rápido o Lago sem a chata da ruivinha que a idiota cismou naquela cabeça dela pornográfica que a gente era idiota de nadar no pelo com todos os peixes do Lago caçando minhoca, e ela doida pra querer mostrar o esqueletinho dela pelado mas ninguém se interessava, e também que meninas não têm lugar nessas virtudes masculinas, é evidente, distribuir coices embaixo dágua, caldo, vale tudo na disputa pra ser o número um, quem tem o maior pau, o melhor da turma nisso ou naquilo, o pai mais fortão, opa, foi mal Boró, tu é desfalcado nesse assunto de pai, né Boró, né não, o pai do Boró é a enfermeira Otelina, hahahá!, sacanagem, farra, pulamos todos e eu atravessava o Lago disparado na frente, que se explodam eles, não vou brigar por causa da Otelina, é porque eu não sou de briga, e eles são muitos, como da vez que a gente inventou de mergulhar na boca da Barragem, profundeza da maior tenebrosidade ali, sabe, papo de macho, quem tem peito de atravessar cospe pra cima, desafiaram, e o batalhão, defendida a hombridade, correu da chuva aos gritos de guerra, *Brava gente brasileira*, a *Mão mais poderosáá*, e se atirou no Lago — ah sou peixe vivo, lembro quando eu era peixe —, então algum quatro-mãos lá na casa das máquinas resolve abrir as comportas, todo mundo se mijou quando sentiu a tragada, mamãe, socorro, Deus!, e turbinou mil por cento as escamas e nadadeiras mas o Chumbinho costumava ter cãibras na perna boa, não gritou um pio, o Chumbinho era muito macho, ele tava na retaguarda quando aconteceu, tentou desesperado, bateu, espumou toda água que pôde, e era mais tragado que chegava na turma já distante, no fim parou, virou pra gente, todos no talo da goela, vai Chumbinho pelo amor de Deus pedala força vem Chumbinho!, o Chumbinho ergueu a mão, bateu continência firme que nem o pai fortão dele que ele adorava e queria ser igual e sumiram, *Brava gente brasileira, longe vá...* eu no puro terror de ver o fim do Chumbinho, eu queria ajudar o Chumbinho, juro por Deus, queria fazer qualquer coisa pelo Chumbinho, foi minha a ideia da Barragem, e não fiz nada, abandonei o Chumbinho, o resto quando viu a água engolir o último dedinho branquelo do Chumbinho disparou apavorado, bateu na terra santa e com o fogo do horror subindo por uma das pernas, a culpa mordendo a outra, desarvorou cada um prum canto, vagiam e chamavam por Deus, o Chumbinho, alguém acuda pelo amor de Deus, socorro, o pequenino Chumbinho, socorro, socorro, eu não, eu fiquei na margem calado, eu não ia sair dali nunca mais na vida juro por Deus, na água ninguém ia me ver chorar, ninguém sabia o que se passava na minha cabeça naquela hora, nem tantos anos depois e há muito tempo na Lagoa do Rio de Janeiro, ninguém, adeus Chumbinho, ...

CAPÍTULO 83

...meu lugar não é aqui para terminar como você, Chumbinho, não com as pernas que Deus te plantou e as minhas — fortes — de ficar longe Dele, adeus Chumbinho, fica — você — com Deus, e nadei até sentir a pisada no fundo pegador da Lagoa, 'Fica, pernas fortes, vem se juntar ao Chumbinho', não, Lagoa, fico não, não posso, fugia daquelas águas perdidas como as da represa, vou me agarrar nas palavras da minha mãe, onde há luz, mais perto, as janelinhas cheias de vida ao redor, e saí vigoroso do vidrão negro com as pernas fortes de menino criado no Lago, fôlego de peixe e peladeiro, saí da água, catei o saco, a maleta, pronto mãe, diz como se faz agora que escapei da lápide de prata da Lagoa, como se vive só, a senhora sabe, fala, e ela quieta, igual depois do infeliz que eu soldei ele com sangue num travesseiro de cimento nos fundos da minha igreja, o primeiro homem, livor mortis, coitado, as instruções, onde está escrito, me diz, mãe, tinha matado, e ela, a paladina das assembleias proletárias, ela só me enfiou os recomendatórios costela adentro na rodoviária e "Some daqui, ouviu bem?", por quê, por causa desse melado de solda nas mãos?, mas a Lagoa limpou, mãe, me olha, mãe, no são-joão fui eu que consegui catar o leitão azeitado muito difícil e ainda quebrei tudo no tiro ao prato no clube dos bacanas, fui o campeão, mãe, olha só o prêmio que eu escolhi, uma boneca!, pode jogar no lixo aquela sua do cabelinho cor de incêndio e a porcelana toda quebrada soltando a cola que antigamente as infâncias deviam ser muito chatas, só uma boneca mixa pra brincar, essa aqui ainda tá na caixa, a caixa amassou por causa duma complicação à toa mas a boneca ó, novinha da fábrica, ganhei no primeiro lugar mãe, a ruivinha quando me viu no puro bagaço e vitorioso — a ruivinha gosta de me ver assim, quanto mais roxaduras e vitorioso melhor, quer que eu cuide de você, Borozinho, pergunta ela nas vezes que eu volto de-sossado das guerras, quer, vou ser médica quando crescer, sabia, igual o meu vovô querido, papai diz que ele ri que nem uma hiena de boca torta, "hihi-hahá", papai persegue o vovô o tempo todo, tadinho do vovô, nossa, como ela fala, e fala do algodão do vovô, do vidrinho de iodo do vovô, quer?, aí eu meto ordem na casa com o meu olhar de demônio, 'Cala a boca', quero ajuda de ninguém —, quando a ruivinha me viu saindo expulso do clube dos bacanas agarrado de morte com a caixa suada que os seguranças, dois irmãos muito imensos e iguais, eles até quiseram recapturar a caixa com a boneca das minhas mãos de aço e do verbo que eu exercia a navalha dos meus direitos, comé, moleque, que direitos, seu folgado, penetra tem direito porra nenhuma, tabefe, devolve o prêmio, sopapo!, etc., mas sentiram o aço do cão, que o cão matava ou morria antes de entregar uma mosca, e me enxotaram sem extrair nada nem carimbar tanto pontapé assim na bunda, meio cavalheiramente até, eram educados aqueles irmãos de chácara com o queixo de mármore lustroso sobre um barrilzão de paletó e gravata preta e o relojão-cebolão dourado, eu saindo um bagaço do clube dos bacanas — bagaço mas de cabeça erguida — e ela chegando de mão dada ao pai, a ruivinha toda laço cor-de-rosa no cabelo e conversadeira, meu Deus, quanto assunto, a nojentinha numa saia pisada de vincos perfeitos na maisena, sei lá, bolsa cor-de-rosa, tamanquinho cor-de-rosa, perfumada que nem um morango meio-doce-enjoativo, eu reto e puto fincando as pernas bate-estaca, 'Sai da frente senão passo por cima', ela surpresa de me ver, eu com o gosto da porrada e o sangão nas gengivas, os musculinhos da bunda magra travados de dor, ela parou de matraquear com o pai, vidrada na porra do cuspe vermelho que eu cuspi junto um caco de dente na entrada do clube e bem na frente deles pra todo mundo ver que eu não tou nem aí, uma réstia de cabeças na mão, cabeças humanas, certamente, como voltam da guerra os mais temíveis guerreiros intergalácticos do universo e de Botsuana, a sádica da ruivinha num sorrisinho de maravilhada que eu ia dar o troféu pra ela, 'Oh, meu herói. Cabeças!', e quando ela foi com os olhos do chão nojento do meu cuspe de sangue ao prêmio, ô caixa disputada, foi também trocando o sorriso pela cara de chorandinho feliz de sonhar que eu ligava a mínima pra ela, que a gente ia se casar na igreja, ela dentro da porra do vestido de noiva planejado até inclusive o branquinho do véu e a minha roupa de pinguim, porra, tou nem aí, nós homens não casamos, só mulher, já disse, ela parou pra arrumar o cabelo meio de perfil que ela ficava ajeitadinha assim, meio de perfil, a boquinha, os olhos acesos, sei lá, ou ela parou foi com medo de eu passar por cima, depositou a mãozinha cheia de unhas pintadas, a nojenta já confiando de ser adulta naquelas uinhas cor-de-rosa que ela comia escondido, colocou a mão na medalha de santa Rita, um soluço e perguntou, mas só com os lábios — morria de medo que o pai feroz tão feroz que dava caça ao seu Jack e à turma dele, temia que o pai promotor exterminador de exterminadores e feroz tão feroz desconfiasse da minha existência antes dela fazer os ajustes necessários, viu, Borozinho – odiava quando ela dizia assim, viu, Borozinho, a gente era quase do mesmo tamanho naquela época, mas eu era mais forte, eu era intrépido –, papai é da lei e você às vezes um tantinho, não fica brabo, viu Borozinho, é só um pouco, quer dizer, rebelde – não sou rebelde, sou intrépido, pergunta pro Tortuga –, viu, precisa consertar, Borozinho, desbastar o cabelo, as respostas que você dá, nunca sei a cara que você vai reagir, Borozinho, se vai rir ou ficar brabo comigo, e os seus amigos são uns imprestáveis, sua mãe concorda tudo comigo, dona Maria é muito inteligente, e você, olha a unha roxa no dedão do futebol, feio uma coisa dessas, posso colocar uma pomada, quer?, não faz essa cara, não vai doer, ai Borozinho, tá machucando, você bem que umas coisinhas de nada podia mudar, viu Borozinho, meio à milanesa de suor com terra, se quiser usar o meu xampu, olha os meus cabelos como são sedosos, quer passar a mão?, ai você ainda rói as unhas, Borozinho, mas não me preocupasse, viu Borozinho, um dia ela me consertava, a tonta —, mandou com os lábios, 'Pra mim?', e mudou a mão fraquinha de menina da medalhinha pra sobre o coração, a idiota sonhando que a caixa da boneca era pra ela, fuzilei uma resposta com o olhar de demônio II pra ela ficar sem fôlego, desviei — não disse nada — por causa do buldogue feroz tão feroz, chega de pontapé na bunda por hoje, e segui embora sem olhar pra trás, viu mãe, a boneca que eu ganhei, essa faz beijo, quer ver, eu vou apertar os bracinhos, ih, depois eu conserto, gostou?, ah, não mãe, a ruivinha não liga pra isso de chamar ela de idiota, e eu até joguei limpo dessa vez pra ganhar o prêmio, não furei o porquinho e nem ameacei de dar um soco no outro primeiro lugar só porque ele era fraquinho, não, não foi por isso que no clube dos bacanas os di mármore, bofete!, o olho já tava roxo antes, não lavrei nada desonesto mãe, juro, a mão limpa, ó, não fica braba, mãe, ninguém notou, sabe, na rua se alguém não faz alguém faz, tá bom, mãe, só queria que se orgulhasse, não dá sermão, por favor mãe, os meninos estão de olho, maior vergonha, por que a senhora prefere brigar que bendizer um elogio, só faço tudo errado?, sim senhora, prometo, também não atravesso mais escondido o Lago, na Barragem, nem perto do palácio do general-presidente, a lagoa do vice você não se atreva rapazinho-de-Deus, é perigoso, é proibido, ouviu bem, tá mamãe fica tranquila, juro por Deus — atravessar a lagoinha do Jaburu, que bruta ideia, que formigamento – alguns anos depois, na cara de uma perplexa guarnição de segurança, Zebedão encasquetou na louca de que tinha porque tinha que se desformigar, e foi nadar no Jaburu, sunguinha, toalha e sabonete, "O amanhã, quem garante se o amanhã existe, e se for uma lenda?" –, mais ou menos nessa época sumiram os cisnes do espelho dágua do congresso —, tá, mãe, não caço mais jararaca pra quebrar o sovaco da peçonhenta, sei, quero morrer não senhora nem matar ninguém de susto, juro, diz que me ama, mãe, como naquela história que eu sabia de cor do prego enfiado por curiosidade num 220 e a senhora e a enfermeira Otelina me ressuscitaram sem precisar ir no P.S., de tanto que as duas pietás soluçaram e me abraçavam, se lamentaram e gritando que me amavam, me desenrolaram a língua, beijavam minha boca, socaram a costelinha, choravam, até que o alívio, voltaram os sinais, "Menino de Deus, os sinais!", e uma chamada suave às responsabilidades do ressuscitando, "O que você tem nesta cabecinha, fusivelzinho-de-Deus", mas ressuscitar era só o começo, que quanto mais ressuscitado mais melão-de-morcego nas broncas, daí teatrava um apagão de revirar o olho pra São Pedro e garantir que elas se preocupassem com problemas de verdade, eu, que ainda era cedo para ir habitar no Céu dos Anjinhos — Choque de 220 é coisa séria, anjinho, e o anjinho em pleno apagão, sem luz no fim do túnel nem borboletinhas brancas, "São Peedro..." —, ou pior, cair nos Abismais domínios dos Subsolos, é evidente que o Chefia lá embaixão montado nas mil parelhas atropeladoras do entreposto de almas não iria desertar do páreo, conheciam bem este nobríssimo couro e disputariam a Deposição com as pietás até o disco final, aquelas mulheres que apenas amavam, porque eu era valioso, era o centro do mundo, por favor, diz pra mim, eu sou obediente, mãe, juro por Deus, tem um bilhete no relicário, não tem?, que fala o que fazer depois de lavar os dedos imundos na lagoa da mortandade, eu nadei, os mil peixes boiando prateados, olha o asseio, já posso ler a carta vermelha, olha, mãe, a marca vermelha da morte, posso?, ela sumiu, não, não sumiu, menino-de-Deus, isto fica, isto é imortal, pare de choramingar do que plantou e é merecido, quem te liga afinal?, sim, compreendo, que verme sou eu para incomodar aquela mulher toda virtuosa, "Filhinho, álcool apenas corrompe. Fique longe. Promete. Jura por Deus", minha mãe na opção dela preferencial com os mais desamparados de dia, e de noite nos discursos incendiários para as mulheres da igreja e meia dúzia de barbichos e barbichas, um deles correligionário fugitivo dos PMs que pegaram o correligionário em flagrante delito, pedras voando efetivamente das mãos do correligionário à vidraça da escola americana, fizeram o correligionário cantar um monte de hino nacional e religioso com Deus pelas liberdades e abriram a porta dos fundos pro herói sair correndo e escrever uma epopeia sobre a gloriosa fuga e graças a Deus que o que interessa é que não bateu nada da minha coparticipação no ouvido dela ou eu taria efetivamente fritandaço da silva, dona feroz integridade e as conjurações com o padre vermelho e na vendinha era comigo meio atrás escondido no batente da porta eu com um olho cravado nos empenhos dela toda atarantada, esperando a hora de ser atendido, que ela piscasse uma piscadinha, 'Pode vir', um meneio, 'Vem', para então garantido do amor dela não ir, virar e sair sem olhar pra trás, chispado de alegria, que a vida na rua era dura mas uma festa e me chamava, e eu vivia, a rua, o Rio, eu tinha que sobreviver, precisava tirar do meu caminho aquele homem que eu agricultei um lamaçal vermelho na cara dele, coitado, o segundo homem, rigor mortis, o caldo grosso descendo a escadaria em frente à igreja feito a goma do sangue que se dissolvia na chuva enquanto minha mãe corria e gritava, porque um dia ela também fugiu, ainda menina, pingando de dor na mãozinha estraçalhada, sei como foi horrível, o "guisado tenebroso de ossinhos, pele e tendões", tava escrito, ouvi minha mãe chamar, juro que ouvi, faça-o calar-se, filhinho, o medo, a jugular dele, depois *ela* se calou, e *eu* é que era o assassino e proibido de voltar para casa, ela fez isso comigo hoje o que sou, um pedacinho dos seus interesses inesgotáveis, depois pediu, ela mandou, minha mãe mandou bater nes-se-da-qui, nesse e nesse, tramava de me ver com estas marcas terríveis nas mãos, e eu bati, a Buana fincando o coicezinho dela de toura bufante no chão, "Visitei um dos três meninos no hospital", mate-os, "O rapazola da mandíbula me olhou com flechas de ódio", mate-os!, "Fez gestos, o insolente", mate-os, palavras dela, só fiz o que ela mandou, os três desgraçados no Rio, que não passava de um biombo, filho, Deus nas alturas, tinha perdido tudo, a culpa foi dela, e caí fora, São Paulo ela mandou, São Paulo está oquei, a gente vai, mãe, não se preocupa, e quando saí da água, quando voltei aos meus lixos na beira da Lagoa, quando procurei nos envelopes e relicários as palavras de como viver, quais os passos, quando achei que não havia respostas — mas havia, ao contrário, tudo estava previsto, inclusive o Juiz, veria —, quando fui embora, quando ficou para trás a Lagoa e depois os galos um por um nos terreiros e poleiros, sei lá quantos nem onde, por aí, todos, não muitos, cantando precipitados no breu de noite, quando subiu um carro pela rua onde eu ia atravessar e em seguida um ônibus, uma imensa lanterna chinesa sobre o asfalto ondulante que iluminava e ondulava e barulhenta crescia na minha direção, um passageiro de terno escuro na imensa lanterna em câmera lenta brilhando mais perto, mais lento, vazia, recolhi um passo de volta à calçada e um clarão de flash de luz como se uma foto, não sei, quando o ônibus passa e estica a segunda marcha, não vazio, ainda o terno escuro em pé me olhando, qualé a desse desgraçado, e quando o brilho desaparece no último declive, moendo a caixa de câmbio enquanto engata a terceira no restinho de motor, quando o ônibus mergulha na noite outra vez silenciosa e os latidos e logo os clarões no céu me desviam as lentes de procurar por Deus no chumbo cavernoso que roncava lá em cima, quando então: a chuva, rachaduras de luz que despencam magníficas por detrás dos morros, chuva de Deus, e aqui embaixo nossas luzes poucas nos postes que mostram tudo aonde cair, lâmpadas que apontam com sua cor inaceitável, panelões de bronze luminoso, uma luz... suja, diferente das luzes puras de Brasília e dos raios, círculos vazando água ao redor nos postes, uma luz como a luz do dia, que atrai a chuva, chove chuva, chove neste falso pedaço de dia, enche a boca seca desse rapaz, pique seus olhos, chuva, limpe os rastros que seguem o infeliz desde a igreja com o sangue das criaturas, do terceiro homem, frigor mortis, que ele foi se exaurindo do pórtico até cair ao pé do altar, profanado no interior da igreja, o coitado olhava mudo para o teto da nave, o que virá depois, seu monstro imundo pecador, "não se afaste da igreja, meu filho", pois é, mãe, o caldo vermelho um véu imenso da igreja à Lagoa e aonde forem estas pegadas nos meus dias, então a chuva, limpe-me os pés chuva, lava-me Deus, manda Tua água purificadora, glória nas Alturas, põe-me sem máculas no caminho de São Paulo, peregrino de uma nova era, sem chuva, firme, amanheceu e eu fugia também daquela cidade a ser esquecida nos Braços desde o Corcovado redentores sobre o santuário, Deus me perdoe, o Rio, que imundei com estas mãos impiedosas que já mataram demais, minha mãe sabia que era uma questão de tempo — o coração dirá quanto – dias, meses — até que eu mesmo me condenasse no Rio, "Vá para São Paulo, filho", somente naquela vastidão missionária de Deus você realmente desaparecerá, segue o seu caminho em paz e peregrino a pé do Rio a São Paulo, só eu e ela, e a maleta, andei com a pressa que o Sol frearia quanto mais subisse, eu e a meio-saco de açúcar, ninguém tivesse ideias de encostar, olha estas mãos, padre, olha com cuidado, elas aprenderam a matar, mãos fortes, mãos que sabem e não esquecem, escreve aí, são a sorte de Deus, põe nas estampilhas da memória, e sigo no chão duro da estrada, o Rio — adeus — cada vez mais para trás e o calor me cozinhando no meu próprio suor, o sol tão diferente do invictus vingador e sua vontade absoluta de secar, secar... a maleta nas mãos doídas de tanto bater, temperadas nos cortes e no sal, o calor, uma hora encosta um carro vermelho, cem metros, dá a ré e oferece carona, quem pediu, quem sabe das gavinhas do destino?, ...

CAPÍTULO 84

...por que não, o homem oferecia, Pra onde tu vai, e eu, vou proteger minha mãe, Entra aí, vou embalar as coragens de enfrentar o mundo na segurança e na macieza desse carro, cheguei a abrir a carta vermelha, Entra aí, não quero fugir o resto da vida, mas lutar, vou nos brincos daqueles três que eu aliviei a mão na espelunca do trácio e descasco um por um os malditos, *deles* a culpa, Entra aí, ele abriu a porta, entrei cheio de coragens de papel e a carta vermelha nas mãos, o balanço do carro, estou cansado, sim senhor, encostei, o murmurinho da estrada, acordei sem noção de quando e que lugar é esse posto com um milhão de caminhões espalhados sobre o chão de paralelepípedo e a placa de pernoite acesa alta, sigo filmando até enquadrar uma pequena cachoeira no outro lado da rodovia, um véu que parece dançar aquelas águas e ainda elas cantam?, Fiu!, assobiou o homem ao lado com uma cara meio brilhosa do calor e a minha maleta imunda no chão entre os pés, lia folgadão a carta vermelha que eu tirei do envelope e apaguei num sono de pedra antes da primeira letra, Menino!, as histórias que essa mulherzinha conta aqui, ai minha mãezinha do Céu, tem um general, o bispo que usa óculos escondido, cada figurão, fala de um político fugido em outro país, mas é vero?, esse Gorila enorme, mãezinha do Céu, que geladinho de arrepio, tem até subversivo, baita história, mas não acredito, é vero, hum?, me fala gurizão, tudo isso aconteceu mesmo de verdade, a Maria, não sei se entendi direitinho, ela é tua mamãe ou não é?, ai menino, conta essa história que eu só dei umas lidinhas assim pouquinho, tem moral da história não tem, hum, com final feliz, hum?, ai meu paizinho orixá, a-do-ro final feliz, choradeiras não, brutalidades, total ojeriza, minha mãezinha do Céu, que idiotice essa de mãezinha, mãezinha do céu, um homem feito daqueles, me olhava ansioso, ia e vinha com um polimento esquisito por cima dos óculos de perto, segurava a carta na mão esquerda calçada numa meia-luva, a direita nua sobre o banco, encostada quente na minha perna, eu ainda zonzo do sono de pedra e a cachoeira dançando no outro lado da rodovia, aqui menino, não tenhas medo, vem se purificar do coração sujo nas minhas águas cristalinas, menininho de Deus, mas o homem ao lado exigia atenção, recolhi o zoom, ele, Não tenhas medo rapaz, largou a carta no colo, Necessitas de algo, quem sabe um dinheirinho, esses machucados estão feios, e o cabelo rapado, é piolho os pontinhos brancos e as inflamações?, falava amaciado, Queres ir ao pronto-socorro, tem um pertinho daqui, isso pode infectar, é vero, és um gurizão tímido, leio em teus olhos grandes, tenho roupas boas que te servirão e pilhas de remédios aí atrás, retirou a mão imprudente encostada na minha perna, enfiou os dedos de tragar no bolso murado de canetas e pegou, Tó o meu cartãozinho, representante comercial, disse com pose de bilhete premiado o vendedor de remédio, dedos marrons de dois-três maços por dia, me examinava se via algum epilético de admiração na minha cara de chumbo, Entendido?, entendido o quê, porra, não falei nada, Todas essas admiráveis pilulinhas novas, tenho umas bateladas de amostra grátis, posso te ajeitar cem por cento se tu quiser, é vero, tens fome?, vejo nos teus olhos gulosos e nessa boca grande que és um gurizão de muitos apetites, és um lobo mau?, hahahá!, que achas de uma ducha nesse calorzinho baita gostoso, lobo mau, hum, aplicar uma subcutânea, ou preferes intramuscular, hum?, reparei que tens uma gaita, toca pra mim?, mas falas tão pouco, veja isto, mostrou a mão fechada, cuidava que eu ia dizer o quê, só vi, abriu como se oferecendo com gosto, Surpresinha!, são remédios importados muito poderosos e moderninhos, tão novos que nem no país deles eles usaram ainda, tem analgésicos antibióticos estimulante depressão febre ansiedade, bolinhas psicodélicas cem por cento, fígado, intestino, esta vermelhinha eu não lembro mas cura quase tudo muito bem curadinho, é vero, podes tomar sem medo, e eu tomei, catei da mão dele, abri direto do saquinho plástico e engoli com saliva, mastiguei alguns, baita gosto da peste, ele gritou, Ai não, espera, não põe tudo de uma vez gurizão, mas está bem se queres, sorriu, esperou que eu terminasse de moer e desentortasse a cara, Tenho mate geladinho, hum?, toma, tomei, O que dizes de umas bolachinhas, preferes do tipo doce ou do tipo salg..., arranquei os dois pacotes da mão dele, Ai meu paizinho orixá, disse ele meio espantado meio feliz de dar de comer à besta que talvez o devorasse, Que brutalidade essas mãozonas, deixa ver, dá!, nossa, que mãos, e eu — devolve! — doendo umas areias com ácido nos músculos ainda cheios das lembranças do Rio, febre um pouco e uns torniquetes de fome e na cabeça e a sede era a porra duma sede do inferno que o mate desceu e evaporou, as bolachas desentortando o gosto da peste daqueles mágicos remédios admiráveis curandeiros de tudo e que vão me ajeitar cem por cento as carnes e assentar a cabeça se Deus quiser, o homem esperava ansioso que eu devia reagir alguma coisa ou, sei lá, agradecer, puxar assunto, mas a boca preferia bovinar a pasta de bolacha, ele suspirava, cadê os meus assuntos, me media, desistiu, o assunto então seria a vida secreta dele na estrada, Sabe, gurizão, sinto que posso me abrir contigo — o gurizão nem aí, só no mole mole da pasta interminável —, conheço cada centimetrozinho dessas estradas, teve uma cidadezinha há muitos anos — eu no fim da pasta lambia os dedos inteiros enfiados na boca e as embalagens atrás dos últimos farelos já meio difíceis de descer que uma das admiráveis secou tudo na garganta, e ele pilotando os próprios assuntos —, teve uma vez um rapazinho numa ponte, as vicinais são lindas na primavera, sei de um riachinho de água bem geladinha que é um arrepio, não tenhas medo, te ensino a nadar, quer?, e escorregou a mão agora nem perto do banco ou encostada, apostou no eisbein, espalmada para baixo, e travou, talvez contasse o tempo, *dez*, *nove*, sem pressa, *oito e meio*, até a lavagem fazer o efeito que ele nem desconfiava que já tinha começado aquela farmácia toda e o calor infernal de cozinhar os pacotes de bolacha meio chocha mas um espetáculo pela fome de um século e o chá muito doce na compostagem da barriga vazia e entupida, *sete, seis*, ele a pálpebra tremendo uma só, vai que enchia de coragem, lembrei deve ter uns restos de matadouro lavados com peixe morto aí onde ele insiste em rifar a sorte no joelho do porco, sol e suor um bocado também, talvez rezasse, mirei a lembrança da mortandade ali nele que pressionou de leve arriscando a inteireza dos dedos, e eu começava a soar o arco desafinado, *quatro, quase três*, a sentir um cheiro amargo não sei se pelo nariz, é lógico que pelo nariz, e no entanto pela boca, que de repente virou talco a boca e um pedaço do cérebro também, o violino zunia estereofônico de um ouvido ao outro, aquela porra toda batia legal, olhei a carta no colo dele, olhei para ele, pesei a mortandade que eu ia encomendar naquela cara de manteiga, voltei a medir a carta vermelha, o tempo do relógio enferrujando, *dois menos um quarto*, os dedos dele queimavam no meu joelho, medi a garganta dele, calculei minhas mãos que enfiariam os ponteiros no pescoço lustroso, e a engrenagem na cabeça — hora de desenferrujar — gritou, *um!*: senti os ponteiros riscarem a ferradura e os raios de cobre no leite dos olhos, bombou a respiração, o sangue ruim transbordou o suor dos poros e eu fedia, o homem assustou do eisbein, pude sentir os dedos recolherem apressados e inteiros enquanto os papéis voavam, no que percebi sabe daonde ele empunhava uma barra grossa de ferro, acabou o polimento no olhar por cima dos óculos, suas pernas tremiam de vontade de me matar por causa da perseguição dos poderosos, ele veio num carro vermelho igual o táxi do Gorila, era um complô, ele ofereceu carona com intenção de matar, ele tinha os chifres do profeta de pedra, *cornúta esset fácies*, não os tema, lembrei, eles me vigiavam, nunca poderia voltar para casa, não sem cortar esse homem do fio da vida, eu ia viver e ele agora ia ser o fim dele, minha boca não gostou mas gostou, ninguém vai encostar em mim, eu apagava ele num segundo com estas mãos que o senhor vê, não vê?, desgraçado, eles queriam matar, queriam a carta vermelha, são os poderosos, ele devia morrer, o caçador implacável disfarçado na máscara de manteiga que pingava como suor nos olhos, era uma conspiração, o bolso murado de canetas intracutâneas, e por que o medo gravado no manteiga, por que tanto se mexem as pessoas nas pernas e tanto gritam quando vão empacotar, precisam me fazer levantar a força destas mãos de bater, furar, derreter e sufocar, descarnar a máscara do caçador implacável, ele, tudo, precisam?, se quisesse usava a própria barra de ferro que eu tirava assim, ó, e batia, espirrava os pedaços desse vermelho que me enlouquece e arrancava o devido que é meu, batia, ele pronto, meu!, eu pronto, batia!... não, pelo amor de Deus, chega dessas ideias, o que faço com esta barra de ferro na mão, que homem é esse afinal os olhos dele me olhando assustados desde o fundo da alma, assustados por quê, se não faço mal a ninguém, larguei o ferro e saí correndo do carro vermelho, do calor infernal que puxava um troço novo na cabeça admirável, a cabeça encolhia, êêh porra, a compostagem e eu fugindo do céu em brasa no carro que derretia junto com a alma daquele homem de cera e manteiga, todas aquelas pilulinhas admiráveis é a porra, e vi claramente, Deus do Céu, que doideira, um ninho de lagartos embaixo da pele do carro se embolotando na tinta das bolhas imensas com criaturas de fumaça negra que estouraram e lançaram seus longos dedos terrificantes tateando até encontrar e chuparam o homem de dentro do carro e se transformaram numa pedra do tamanho do Gorila do tamanho do táxi vermelho do tamanho da Pedra da Gávea, ó Deus, livra-me do homem mau, tão viva a aparição do Gorila que o coraçãozão dele veio trovoar no meu tantas bombas retumbando entre as costelas quanto a medula uma sanfona de descargas embaixo dos músculos do abdome, e as tripas — molhadas de medo — se esvaíram pelas pernas numa urgente vontade de correr e apostar, correr para onde, apostar o quê, no quê, a cachoeira, ela te chama, vem, ela te limpa, corre, joga a sorte na cachoeira, joga tudo, mas é tarde, o Gorila que a minha mãe impediu de sair na rodoviária e agora da altura das nuvens e passos de légua em légua ele vai se vingar, sangue procura sangue, a cor de Exu nos olhos dele de Jah no tamanho da Câmara e do Senado como discos-voadores no céu e na terra que ele tremeu e me derrubou na calçada de gigantes em frente aos caminhoneiros com suas bocas de elástico a despejar palavras de nojo porque eles não me entendiam, eu golfava palavras inequívocas de ugos no chão, na camisa, como eles não entendiam se tão claras?, se cobertas de escamas prateadas e com o cheiro da Lagoa, mas cuidado, calaram-se as cigarras, isso é coisa do olhos-de-Jah, a passarada, eu sei, é o Gorila?, levantei, os bocas de elástico não correram, corri eu, atravessei uma estrada que gritava como buzinas de vento, parei, outra vez o calor infernal, o que aconteceu?, à frente uma pequena cachoeira, sim, lembro, olhei para os lados, atrás um muro de caminhões que passavam velozes nos dois sentidos, havia mistério naquilo, como atravessei o muro de caminhões, e por que esse cheiro que levanta das roupas, de quem, quem me seguia?, ninguém me seguia, mas o perigo espreita, a dor insuportando na barriga, talvez a dor seja o perigo, e caminhei em direção às águas como aos braços da Virgem e as minhas chagas, Santa Maria mãe de Deus, as dores, venha, pisava as pedras lisas, a água que rebentava nas placas de ardósia respingava agulhas frias como ganchos, venha menininho, e mergulhei naquela piscina vertical melhor toda vida melhor que bica dágua para a minha garganta sempre seca, o calor, o barulho, tapei que latiam os ouvidos oitenta metros adentro, forcei encontrar as mãos uma na outra até esmagar a cabeça, porra Deus, para esse barulho maldito, porra, porra!, os zumbidos de fora mais o interior apitando para a cachorrada morder a barriga, sai, porra, o sangue latejando na base do pescoço, e verguei com o peso das águas abençoadas que lavavam os peixes, a morte, tiravam os cheiros do suor vermelho e do mole vazio da barriga, limpavam as minhas feridas, a água viva, fonte do justo suplício, expiava sem parar, água, por favor, ÁGUA!, a chapa finalmente esfriava, eu sentia a puxada da corda, sairia dali fortalecido e a mente clara, aquela água benzedora me fazia puro, fria, esvaziava, supliciava as costas, e pedi para chorar, dai-me lágrimas Senhor, supliquei, inútil, acabaram-se as lágrimas, secaram com as águas que então queimavam nos ombros e saltei fora da cachoeirinha "Obra do meu pastor", a inscrição *Si vis, potes me mundare* pintada em azul nos azulejos ao lado enegrecidos das velas apenas os tocos agora, agradeci um sinal da cruz por estar limpo e inteiro, as lágrimas perdidas para sempre na água viva, mãos livres enfim, olhei da cachoeirinha a intensa estrada de mão dupla, no posto ainda mais caminhões, lembro do homem da carona, cadê o sujeitinho, cozido aliás na mesma fôrma do carnavalesco Puarrô amigo dos Zebedeus, só pode, os mesmos olhinhos miúdos e as bochechas, aonde foi o vendedor de remédio?, dei uma última olhada na cachoeira, não dançavam, não cantavam, águas apenas, as ideias reacendiam, *si vis*..., 'Necessito de algumas coisas sim, roupas, dinheiro', calculei, 'Estes cortes', onde está o fornecedor de remédios, a carta vermelha, atravessei a estrada, o chão vibrava com o tráfego das absurdas tonelagens no asfalto esburacado, passei pelos caminhoneiros do posto numa roda animada eles mais um sujeito de terno que a gravata e o ar abafado dos quintos dos infernos deveriam ter sufocado e não sufocaram, mandei um soslaio especial nesse, deve ser o chefe ou autoridade ou fiscal ou sei lá que porra de apito o filho da mãe apita, mas apita, calculei, todos ligados no farrapão que havia pouco se derretia no paralelepípedo o animal denunciando o céu de discos-voadores e Exus e disparou depois na direção da estrada sem ver que os caminhões quase passariam por cima, agora vem todo ensopado e espreitoso de uma audiência de descarrego no *Si vis potes*, vem pisando um decidido bate-estacas nas pernas, vai que herdado da mãe junto com os sinais de perigo nos olhos que vasculharam os caminhoneiros um por um — nada viram de interesse — e desviaram, fui em frente, reconheci o carrinho já meio gasto, "Deve ser o Flôres de tocaia no carrinho vermelho dele caçando veado, hahá, esse mendigo doido e o Flores, dois veados, hahahá!", ouvi claramente o que inequivocamente disseram, mas segui adiante — não, não esqueci, nunca esqueço – nunca! —, fui direto no carrinho do Flores e as minhas coisas, entrei não disse palavra, mudo o vendedor e boticário Flores, as folhas da carta bem dobradas no envelope sobre a maleta no colo dele engraxada e polida, que porra essa, a barra de ferro no assoalho do carro, encharquei o banco, virei na direção dos caminhoneiros, tinham sumido, e o Flores, medi o homem ansioso de quem nada havia tirado, ainda, a vida respirando pela boca plantada com dentes apianados demais, brancos demais, um bichinho empalhado, o ursinho Flores me lançava os olhos miúdos como se quisesse implorar permissão para implorar, para fugir, se ajoelhar, algemas de pelúcia no porta-luvas, paralisado de fascínio e pânico o Flores, entenderia melhor dessas paralisias no futuro, mas, ali, que se lixasse o bichinho implorante, e apresentei a conta do ar que para ele não era mais de graça porra nenhuma, acaso gostaria de continuar respirando, Flores?, e o Flores vidrado, total desapego desses interesses mundanos, dinheiro, total ojeriza, roupas, remédios, 'Sim gostaria sim de continuar respirando', respondeu com a cabeça velosíssima, tó a maleta, a carta, dinheiro, tudo, "Sim, tudo o que quiseres", peguei e saí. "C-como te chamas?", perguntou com um barbantinho na voz o Flores de joelhos no banco encharcado, patinhas e cabeça para fora da janela. Parei. Virei e apontei a barra de ferro balançando na mão por um ou dois segundos ameaçadores, encostei nele, empurrei, quase furei as bochechas do Flores, marejavam os olhos miúdos do Flores, imóvel, coitado do Flores, coitados dos olhos do Flores, olhos que aceitariam morrer se eu mandasse, afastei a barra da bochecha macia e rosada do Flores e rosnei, "Um dia te pago, Flores", o Flores murchou meio sem vida, puxei meio corpo o Flores para fora pelo colarinho, quase sufoquei o Flôres quando prensei um boca a boca forte da minha boca na boca dele, "É vero", pisquei e fui embora. O ferro, voei longe no mato. Não deixaria rastros. Dali partiria na certeza do meu destino, São Paulo. Honestamente. Tranquilamente. Lavadamente. E cairia nas mãos do Juiz.

CAPÍTULO 85

Cairia nas mãos do Juiz, pode apostar as batidas do coração nisso, porém não tão rápido. Se dona Maria foi por fé ou conhecimento ou qualquer dos seus extraordinários quando disse que São Paulo seria melhor, "Vastidão missionária de Deus", etc., se fosse verdade, nunca duvidei, aí mesmo que eu devia continuar em movimento. Não ia exibir as costuras na Ipiranga com a São João com o II Exército, encarar fuzis de caça todo cru e uauá precipitando o pescoço nas cordas do meu destino, sou besta? Não senhor. Antes era cevar a sorte, embrutecer o espírito, percebe, "Esconda-se, meu filho", "Não se muda o passado. O futuro, talvez". Como, não tinha ideia. Nenhum plano. Ainda.

Reativados os circuitos na cabeça já quase boa, enquanto aguardava ser atendido pelo doutor açougueiro-drogas-e-suturas — um tipo com o cabelo pretíssimo esmerado na brilhantina, lábia de encantar encantador de serpente, sorriso portenho, vestido de um branco muito branco vincado em ferro de mãe amorosíssima, bancado pelo pai, importante político da região, dono do Auto Posto Querer é Poder, de um alambique, fornecedor exclusivo do posto, dono também do único hospital nas redondezas, "Tem um pertinho daqui, é vero", e negócios com o laboratório onde o Flores, "Tó o meu cartão", apenas um vendedor, tudo devidamente superfaturado ou subfaturado, diziam, conforme o faturamento se público ou privado que tudo alimenta o "Inegável desenvolvimento da região" ocupada até o acostamento da estrada ali rica em acidentes com os velozes caminhões da Si vis Transportadora e Corretora de Seguros que trafegavam acima do limite de peso entre uma e outra das intermináveis obras de recapeamento a cargo da construtora registrada em nome de uma caríssima portenha, mãe e amante amorosíssima —, enquanto esperava o jovem doutor que me costuraria — ou retalharia, não lembro, drogadão, legalzão, nem senti alinhavarem a cicatriz que o futuro se encarregaria de emendar com esta aqui, vê?, o doutor que logo depois, eu nem havia esfriado ainda, gentilmente dividiria comigo, "Quer outra? Gostosa essa, hein? Aquela, experimenta juntas, vem cá amorzinho conhecer meu paciente de poucas palavras, juntas elas são de-li-ci-o-sas", diria ele, diria muitas coisas das farmácias e residentes in-dis-pen-sá-veis aos mais ótimos procedimentos —, enquanto aguardava ser atendido pelo doutor milongueiro e sua jovem e — vamos dizer — apaixonada equipe, um antigo pôster de Vila Velha mal se aguentando na parede em frente ao infeccioso banheiro do pronto-socorro, e tudo clareou. Nada conheço do Sul; aliás, o quê, além do chão onde cresci, ou minha mãe, o Paraná, nenhuma ligação.

Manhã seguinte, depois de um inacreditável plantão no ambulatório das costuras e das ótimas delícias, mais ou menos restabelecido, algum suprimento na barriga e no bolso e antes das irritantes formalidades do convívio social, caí fora pela janela. Na ficha do P.S. o nome João da Silva e outras desinformações. Dedão na estrada.

Carona até a segunda, até a terceira saída na rodovia. Mamava uma latinha o piloto do carrão com as laterais flamejantes. "Tira o entojo", dizia, "Já teve numa vbl-48?", "Dois dias de vaquejada boca livre, sem pagar, carne e a mulherada tu-do-lou-ca em cima do caminhão de birita e os touros com a língua de fora, certo, fortes emoções. Tá uma loucura. Saí pra pegar mais ingredientes, vou e volto, ô! Tá convidado", e jogava a lata vazia pelo teto solar. Tocado a cerveja e o pé nas fortes emoções, "Prejudicial à saúde dormir no volante, certo, pre-ju-di-ci-al. Então, fortes emoções, diz pra mim, estou certo ou estou errado?", pilotava só com uma das mãos o flamejante.

"Certo ou errado?", gritava na ventania, eu ligado nas ribanceiras, no velocímetro, as ultrapassagens a débito de Deus, Ô!, certíssimo, gritava também, abraçado com a maleta, fazendo contas de desaceleração instantânea na carne, nos ossos, concreto, hambúrguer, chegamos na segunda saída nem percebi o tempo. "Não quer mesmo uma geladinha João, ir adiante, a prosa vai boa, as fortes emoções, hein, um meio-irmão tem sociedade numa cervejaria clandestina uns trinta quilômetros, sou o provador, uááá!, e a cerveja preta garanto é fe-no-me-nal, bate com ovo cru no liquidificador e o pau a mulherada cai no osso", a gente parado em cheio na mira de algum outro bói que viesse alucinado por trás, porra, no meio da rodovia, porra, o calor da miragem subindo do asfalto lá longe, porra!, vou saltar, "Olha o motor, João. Sente como é invocado o gorgolejante da (marcha) lenta", Invocado, sim, gorgolejante, "Agora escuta como limpa a garganta da onça", subiu o giro, "Olha o ronco", deu umas bombadas no acelerador, o flamejante balançava no virabrequim, ameaçava sair do chão, "Olha só", engatou, "Uááá!", disparou, "Nitro, nitro!", voou, o carro planando nas bancadas dos cilindros, nas marcas de quilometragem da estrada, o barulho encorpado da alta compressão nos dois escapamentos, "É bruto, é bruto!", alguns quilômetros e a saída à frente, ele diminuiu, parou, chegamos na terceira saída, "Fortes emoções, hein?", Claro, claro, "Vai ter arrancadão esse fim de semana. Costela de chão e cerveja", Oquei, "Sentiu?", Ô!, senti, senti, "Dez minutinhos voando baixo e a gente chega na cervejaria. Tem destilado também se quiser, fornece exclusivo pros postos da região, alambique de cobre batido e tudo, qualidade cem por cento, imposto zero por cento, ze-ro, melhor só obra de Deus. Quer experimentar?".

Abri a porta mui educado e tonto com a porra das fortes emoções cá no peito em dúvida se enchia a orelha do filho da mãe ou saltava apenas. Saltei, "Não sabe o que tá perdendo", agradeci, "Certeza?", Ô! — 'Pode ir, adeus, vai, vai se atomatar no viaduto lá na frente', não disse nada, nem olhei para trás. Peguei a perna de escape da rodovia, saída oeste, não interessa, voltei pela de acesso. Me sentia leve. Decidi andar o resto da manhã no ar puro, na paz da estrada sem ronco nem gorgolejo e o céu todo azul, os músculos pediam chão, quilômetros de chão, silencioso e imóvel chão, até o sol a pino, menos sol por favor, menos chão, de longe um punhado de gente e de perto o flamejante prensado nas ferragens quase fundidas com o concreto do viaduto. O povo curioso da desgraça alheia, enchia de polícia, continuei pelo acostamento uns dez-quinze minutos, quando ouço uma explosão. Me viro. Fumaça no viaduto. Reconvoco o polegar. Puro reflexo. Sigo andando de costas, de frente para a fumaça negra que se eleva à procura de Deus, e uma alegriazinha desconfortável na pele, um arrepio que sobe a nuca, puxa a boca e se desfaz num arco. Sorri.

CAPÍTULO 86

Encosta uma camionete. No reboque um barco de alumínio faiscava meus olhos, motor de popa e o nome PEIXARADA III pintado em amarelo sobre a faixa vermelha. Impressionante.

Gostou, garoto? De pesca o meia quilha aí atrás, explicou o senhorzinho bem-apessoado, feliz proprietário.

Reparou o motorzão? Impressionante.

15HP, viu garoto, dois tempos. Tou levando para o fim de semana com o grupo da peixarada.

Fisgado o audiente — impressionante —, parvo, queixo mole — coisa linda! —, soltou a linha na estrada o senhorzinho e as histórias de barcos e peixes, versado no assunto. Teve ano passado um peixão fenomenal, cachara, peixe de couro, já viu, garoto?, treze quilos bem pesados, foi no Guaporé

Rio Guaporé, Mato Grosso fronteira com a Bolívia, Rondônia...

Antigamente, na minha juventude, as águas cristalinas do rio Tietê lá em São Paulo...

Garotos ainda, invadimos eu e uns primos uma fazenda com lagoinha no Rio Grande do Sul, minhoca boa para peixe menor; metade a gente assou defumado, metade trinchamos dc isca no espinhel de quinze braças lançado de noite. Para esquentar e os mosquitos, fogueira de bosta seca de vaca. No outro dia entramos pra puxar o espinhel e tomar banho, água morninha cor de chá. Pegar não pegamos quase nada nem mosquito, que fumaça de bosta de vaca é de lascar, viu garoto, agora ó, a perna toda preta de sanguessugas, uns bons litros de sangue foram parar naqueles chupões gordos deste tamanho...

Noutra ocasião, história antiga essa, viu garoto, muito antiga, um marujo mais chegado em pescarias de gabinete que em façanhas a pé molhado se lançou ao mar no comando de uma caranguejola

Caranguejola ou balsa, jangada, presente dos amigos, A Medusa... Agora ó, situação mesmo, viu garoto, aconteceu quando o Peixarada I começou a fazer água numa pescaria noturna de traíra lá no rio Urucuia

Urucuia, nunca ouviu falar? Fenomenal, fenomenal, agora ó, não é para calça branca não. Tem pesca de barranco, de barco, pacu-caranha, pirá, tem dourado assim ó, peixe de respeito, viu garoto, piranha, mandi-chorão, de respeito. Numa noite de escuridão sem lua nem estrela, no meio das águas mais fundas, uma tora arrancou o motor e abriu a emenda na popa. O barco afundava sem solução. Mas o infortúnio não era esse. Era o par de olhos luminosos que se aproximava na linha dágua. O barco afundando, a coisa vindo — coisa grande, que ondava as águas. Então sumiu. Ninguém num raio de quilômetros pra gritar socorro, nenhum sinal de vida, o som granuladinho da chuva na água e o Peixarada I indo a pique em silêncio, a lanterna acabava a bateria, de repente uma boca estupenda com dentes pré-históricos... Impressionante.

§

Paramos à tardinha a camionete na entrada de uma cidade sem nome, estacionamento mal cascalhado, poeira e um restaurante entre um hotel miserável um dia pintado de vermelho, cai não cai, segurava só na tinta, só para os viajantes dos vales das sombras do Senhor, que é o nosso pastor, e um posto entupido de gente. Acontecia algum tipo de feira, babilônia geral, só que não vai dar, senhorzinho bem-apessoado, conhecer o grupo da peixarada, agradeço, bailão, farrear, deixa quieto. Agora, viu garoto, tem umas escamosas de respeito esperando a gente.

Escamosas?

Peixas, compreende, umas sereias que a gente pesca numa banheira de cerveja preta e depois bebe tudo, é fenomenal, explicava o senhorzinho os olhos numa excitação trinta anos mais vivo. Porque há peixes e peixas, ele versado no assunto — 'Está certo, senhorzinho, a "peixarada", entendi' —, fica pra uma outra, adeus, vou comer, obrigado pela carona, adeus, já disse — 'Cuidado, senhorzinho, não força' —, adeus. Sujeito pegajoso, devia entender que eu tou fora dessas de farra, peixas, cansei da história, quer dizer, nada contra, é que agora ó, preciso acalmar esse monte de leão rugindo na barriga. Ah, o restaurante.

§

Traz o menu aí, amorzinho, pedi sem vontade de levantar os olhos do avental cor-de-rosa da guria garçonete, o estômago colando as paredes dói menos se você se encolhe, taporra, fome do inferno. Um imenso bife a cavalo com ovo no ponto certo, crocante tostado embaixo, meio mole em cima, arroz com feijão de pouco caldinho, fritas dispenso, arroz com passa?, tira da minha frente, traz galinha, peito e coxa, e o curanchim azeitado, maionese, farofa de miúdos, uma coca, porco!, macarrão eu quero, berinjela chuchu agrião, jiló acebolado, o que aparecer, enroladinho de alface com açúcar, manda, doce de abóbora detesto, queijadinha, pudim de quê, maracujá?, cabe, melhor não, tá ficando caro o negócio e pode um revertério. Vê a conta. Levo a mão ao suprimento cheio de pílulas e comprimidos, mato o restinho da coca com gelo derretido e limão e vou como um ganso para o hotel ferrar doze longas horas de sono, tou morto.

Comé, quanto custa o pernoite? [Ladrões.] Quero o quarto mais barato, [No sótão? "No sótão." Continua caro. "Pegar ou largar." Mas só vou dormir. "Serventia da casa." Qualé, os filhos da puta me apertando a essa hora com um dá-ou-desce?] pego a chave rumo à porra do mais barato e chiam a madeira reumática os passos da escada até o corredorzico do sótão [Vai ter retaliação,] e no piso do quarto estreito com forro descaído no grau do telhado, estufa dos infernos, [mas o sono,] uma cama estreita embaixo do ventilador e a porra do espaço que era meu ou das portas do armário para ventilar as traças puxadoras de naftalina, [na barriga uma jiboia,] todos nós filhos de Deus nesta beleza de hílton, [a cabeça no fim do gás,] abri a janela [mal ouvia a babilônia...] e caí de chapa no colchão de crina e pedra, que eram plumas.

CAPÍTULO 87

(....)

§

Muitíssimo bom dia, um esplêndido dia! Dormimos tranquilos desta vez, posso ver. Café? Torradas, figos frescos, o cambuci está ótimo, não faça cerimônia. Chá? Vai querer chá na hospedaria das sombras? Hehê, tem razão, do vale da sombra da morte, umbrae mortis, gostei do reparo, e o chá, vou ver o que consigo. Ontem paramos exatamente... Chapado na cama do hílton, isso mesmo, crina e pedra. Acordaria um século depois com a janela aberta e as cornetas do Sol berrando na cara, 'Desperta e luta', a luz que me dissolvia de um sonho da maior tenebrosidade, 'Não senhor, Coronel', ele mandou lutar, 'Sim senhor', eu luto, 'Sim senhor!', desperto com a claridade perdidão das quantas mil horas de sono e a porra das cornetas do Coronel mais um gotejamento distante. Procuro uma pergunta na boca para saber onde estou, a boca entende que deve mugir, ummm quarto, o hotel, umm, que hotel, que boca, esquece a boca, esquece a língua colada nos dentes apodrecendo o bafo de trilhões de bichos mortos selados numa cola nojenta. Sei onde estou.

Levanto e escovo os dentes na piazinha gotejante. Saio do quarto o cérebro borbulhando que acordou mas não acordou, cadê a porra do banheiro, na virada do estreito corredor a escada nem percebo uma viga de madeira — porra! —, dou de cabeça e meio que aterrisso um quilômetro abaixo no piso do primeiro andar cheio de portas e no fundo a porra do banheiro finalmente, desses banheiros antigos com louça de usar acocorado, abro a torneira da pia imensa e vem um mundaréu de água gelada do bocão quadrado na cara que eu mergulhei e a porra da toalha depois o meio metro de pano fino espalha mais que enxuga, foda-se, joguei a toalha no lixo, vai molhado mesmo que é melhor para acordar, na porta a maçaneta só por dentro e a mão derrapando na distinta bola de bronze e porcelana polidíssima que deve ser da estimação de alguém a sólida maçaneta, sigo até os reumáticos da escada sem mais viga na testa e longe do corrimão à espera de um pretexto para desabar, desço, ô geleca de moleza no corpo que não acorda nem com água gelada, e da recepção:

"Boníssimo dia!", saúda uma voz sorridente auspiciando "Um lindo dia de sol, o Sol que desperta o dia" e os passarinhos pipilantes. Quem pode em nome da porra com uma fritura dessas de banha de porco de manhã tão cedo, grunhi um bom dia é pra tua mãe e pra essa guria do teu lado aí, hum, jeitosinha ela mordendo o lábio, as mãozinhas inquietas nuns panos cor-de-rosa, deve tar me achando um idiota encharcado desse jeito, que se lixe, foda-se ela, fodam-se todos, porra, não, não disse porra nenhuma, só vibrei bem vibradas as intenções de torcer uma dúzia de pescoços e saí. Dei com o nasal no cheiro neblinoso da estrada cheio dessas porras de natureza nessa hora de mato e capim serenado, cadê o sol, cala a boca seus malditos pipilantes! Tivesse então uma doze cano duplo cerrado para abrir bem a roseta... E o vento mudou.

Humm. Beliscado nos neurônios, o cheiro de café rebate na envergadura das pupilas e me argola o nariz na direção dos pratos do restaurante tilintando talheres para mim, 'Vem, cachorro, vem comer', outra puta fome colossal, [Onde foi parar a jiboia de ontem?] entrei. Uma chusma barulhenta de caminhoneiros, café, ô cheiro de energia nas veias, cadê o café, me dá uma xícara pra limpar o gosto da pasta de dente na porra das gengivas, agora um curto pr'ajustar as faculdades e o copo de leite que escapou um fio da boca entupida de pão com manteiga derretendo, eu ainda no balcão pra me forrar antes de sentar numa mesa vazia, cara de fica-longe-de-mim. A forrada só provocou mais a barriga, não venha ninguém com assunto a essa hora ocupar meu espaço, tou rosnando à espera da fritada completa que pedi pra chapeira garçonete recepcionista ela também na recepção do hotel, acho, Põe linguiça toucinho queijo minas, enche de alho, não tem alho nem cebola, sei, que troço é isso?

Tremoço, hum, quero experimentar, e tomate picadinho, azeitona, tira o caroço, guria, "Quer que eu ponho pimenta, moço?", Gosto, [Humm, essa guria,] quero, "Do reino?", Ahn, ruim pras tubulações, [sorridente, boca cinturinha molejo, gostei, todinha.] coloca pimenta vermelha moída junto com sal, capricha no sal faz favor guria boazinha. Esse bolo...

"Bolo de fubá com erva-doce. Especialidade. Vem gente de longe."

Fubá e erva doce, deixa num prato separado.

"Suco? Hoje nós temos..."

Guaraná.

"Guaraná, moço?"

Guaraná — metade matava a sede desobstruindo a válvula do elogio chinês, metade misturava geladinho no cereal, "Leite no cereal é invencionice da dona possidónia, uma papa com açúcar e leite quente como leite da mãe na boca sempre seca do brasuquinha", dizia o Tortuga, "Toma cá um guaraná, brasuquinha duma figa, bem geladinho, como te apetece, adiciona ao cereal e dize, gostaste?", "Nossa, nossa!" – também fica bom com cerveja mas guaraná é insuperável –, e a minha mãe lotada de furores vitamínicos vinha correndo me matar toda vez que ouvia, "Nossa, nossa!", Criança-de-Deus, quem te ensinou essa mistura?, o senhor calcule a espuma da caçulinha.

"Fruta, olha essa aqui. Tá madurinha, moço", ajeitou a presilha com lacinho cor-de-rosa no cabelo.

Mamãozinho, dá meio mamãozinho. Coberto na cesta, isso é o quê?

"Bolinha de queijo. Quentinha."

Quentinha, quero.

"Alguma outra coisa, docinho, moço?"

Coalhada com geleia de uva...

Examinei ela — todinha coberta de geleia de uva, imaginei. Ela corou. Gostei.

"Cê tá com fome, moço?", ô, "Muitinho?", cê não tem ideia, "Quer uma carninha?", Macia? "Todinha." Suculenta? Ela sorriu, "Instantinho. Pode ir sentar, já levo." Saiu o instantinho as curvas todinha me atazanando, voltou todinha igual. A fritada num prato e a carninha nadando numa pequena travessa com borda rendada, tive que secar um pouco antes de comer, depois engoli a medicação com o resto do guaraná sem gelo derretido nem limão, uma visita monumental à casinha [Arrá! Te achei, jiboia filha da puta. Hum, impressionante.] e fui me encontrar com a *todinha*, eu só harmonia depois do café, quando a gente havia combinado: Não importa se não encerrou o turno amorzinho, eu falava com aquele grave profundo nas veias do pescoço e a letalidade da palavra aprendida no sorriso portenho de encantar encantadores de serpentes, "amorzinho", ela tomada com firmeza na mãozinha que segurava um monte de facas e garfos, tudo preso nas minhas mãos, Espera um pouco e vai assim mesmo de avental cor-de-rosa do trabalho — sujo, limpo, não importa — me encontrar na estufa do sótão, apertadinha e divertida. Estreitei os dedinhos dela até doer, até cortar e um "Ai, moço" gemido baixinho. Soltei. Meio molinha, caíram os talheres no chão. Catou no avental e saiu chupando o dedinho. Me faria esperar um bocado.

Tamborilou de leve, eu na piazinha, ela na porta, arranhou com as unhas, abri, medi ela parada, meneei que entrasse, ela arfava — os dois lances de escada – devia ser —, conferiu o corredor se havia alguém e entrou. O rostinho brilhava um sorriso tenso, ainda era o turno do café, não deveria estar ali de cabelos molhados, gelo no avental novo e o sorriso agora de moleca, mas estava. Um bandêidi. Descalça. Uma delícia. O sorriso. Uma delícia. Tirou o gelo, embrulhou numa fronha, me empurrou jeitosinha pra perto da cama, "Nossa, como cê é alto. Senta", disse. Parou de pé na minha frente, no alcance da minha vontade de enlaçar forte — cheirosinha de banho, gostei — e passou o gelado no meu rosto, "Cê não usa toalha?", e no calombo da testa. Me pegou desarmado. "Foi a viga, né, cê é alto. Graça de Deus que não pegou nos pontos. Nossa, cê tá todinho machucado. Deve tar doendo né, tadinho. Que aconteceu isso tudo, tem ninguém pra te cuidar?", falava ela quase gemendo no pescocinho de menina a dois palmos pedindo pra sufocar nas minhas mãos que eu atolava suave aquela vozinha doce meio ansiosa por causa das mesas que precisavam ser tiradas e os últimos fregueses e os mesmos fregueses babões velhos todos casados e sujos das mãos de graxa e ela varrendo e lavando e ouvindo crueldades tudo sempre o mesmo. Dane-se, deve ter pensado. Sentou no meu colo e me empurrou devagarzinho as costas na cama. Gostei...

Depois, meio molinha feliz, franziu um ar enigmático e se levantou. Desfilou o lindo corpinho nu até a janela, abriu uma fresta, procurou o que acontecia lá fora, nada, se virou, conferiu se eu devorava os meus olhos nela e continuou se exibindo e espiando o nada pelos dois dedinhos da janela onde uma borboletinha apareceu pra levar ela de mim e perguntou, "Cê toca gaita?", e gemeu e cantarolou afinadinha alguma coisa que soava familiar, que nunca mais ouvi.

Preciso ir agora, falei enquanto juntava as tralhas. Não, Todinha, não posso ficar. "Nem pro almoço?" Almoço? "Tá na hora." Não dá. "Quer que eu frito uma carninha pr'ocê?" Escute... "Cê é casado?" O quê? "Cê vai voltar?" Não, olha... "Me leva com você?" Parei — desarmado —, olhei o teto, não estava aborrecido ou sei lá, só calculava que não, é evidente, não posso... Mas podia ser uma ideia, desci os olhos nos dela agora brilhandinho e perguntei o que aconteceu. Ela — já vestida — desviou, "Nada, um coisinho no olho", disse e correu para o turno do almoço, o avental cor-de-rosa nervoso na mão, nos olhinhos, ela sumiu.

Segui tudo meio difícil de entender nem reagir. Que inferno, eu precisava ir embora, "São os caçadores, meu filho. Mantenha-se em movimento", peguei o lençol e fui tomar um banho gelado. Remoía o custo do pernoite na porra da estufa — "Serventia da casa", filhos da puta —, a guria naquele lugar horrível, 'Cê é casado?', a porra da viga latejando na testa, 'Cê vai voltar?', e rachei um par de louças na privacidade do banheiro. É evidente que usei a sólida maçaneta, tirei, fiz de martelo, evidente que subtraí do hílton o distinto-pesadíssimo quase uma arma e uns novíssimos riscados, meti na maleta junto com a presilha de lacinho cor-de-rosa que ela tinha esquecido, essa aqui, está vendo, fechei a conta, 'Me leva com você?', e segui estrada. Um pouco torci que viessem cobrar as benfeitorias. 'Querem cobrar, pode vir, vem daí que daqui eu pago na inteireza dos ossos de quem aparecer e capturo a Todinha vam'bora na garupa do meu destino', livres e longe daquele buraco — aonde voltaria muitos anos depois dela ter sumido – grávida de algum aventureiro de estrada —, pensava nela quando parou um casal de estrangeiros.

"¿A dónde vas?", chilenos, peruanos, juro que não entendi, Ferdinando e Rute, prazer, "Sí, sí", João da Silva, do Rio eu?, o meu jeito de falar, "Sí", entendo, parece, mas não conozco o Rio, Brasília, misturei as histórias, minha madre, os militares, falei um monte, falei demais, eles já pouco falantes, "Sí", então, "No, no", não queriam mais conversa, se olhavam aflitos. Encostaram, "Salte", não entendi, "Saia, por favor", está biém, "Saia", pois non, grácias, e desapareceram. De novo a sola no chão e ruminoso, 'Que diabos foi aquilo?', não importa, grácias de qualquer forma. Vaiam con Diôs.

Esfreguei o dedão na camisa e beijei para dar sorte antes de lançar na estrada, e de primeira outra carona. Nunca tinha andado de caminhão.

CAPÍTULO 88

"Curitiba?" Curitiba está ótimo, e subi meio estranhando a altura. "Primeira vez num caminhão?" Primeira, sim senhor. Na cabine. Na carroceria já fui carga um par de vezes. Ele achou graça — não fiz graça — e engatou pela estrada aceso em prosa e cigarros de palha intermináveis, muita palha. Não, fumo não senhor, agradeço. Incomoda não senhor, menti. Queria era pôr aquele fumo no destino mais justo, aceso e tudo, mas não, carona também tem etiqueta, sem essa de apagar o cigarro do motorista, assim, no motorista.

Seguimos em paz naquela cabine pulmonar entulhada por uma romaria de santos e simpatias em figas e fitas com a memória da terra nos quantos quilômetros rodados por este paisão cheio de continentes, que um graveto como eu ninguém me encontra. Uma hora, "Acorda! Olha o que temos pela frente". Sonolento no balanço gostoso do caminhão, vi e despertei. "Já pensou se perder no meio disso tudo?" Que história essa de entrar na cidade, me cercar com essas placas de São Paulo em todas as direções, sei lá onde a porra do Norte, do Sul, Leste, Oeste. Se a gente parar não vai ser bom pra mim, não vai ser bom pra você, para a sólida maçaneta no máximo um risquinho extra, não disse nada, e um arrepio de alívio quando o susto morreu no Norte, sempre agradeço a Deus, passamos por Embu das Artes, por Juquitiba, também não faz mal uma rezinha de respeito a cada cruz na estrada onde alguém aqui jaz, Deus respeita quem respeita, mais ainda se continuar em movimento sem vacilo por essa rodovia do "Cafezal dos japoneses", de "um velho caminho dos bichos na Mata Atlântica. Rapaz, tudo tem história nesta serra", diz o motorista, "Cada curva. Está vendo aquela cruz?", várias, Deus respeita e põe um alerta amarelo nesse aventuroso trecho de Juquitiba a Miracatu, "Tenho esposa em Miracatu", contou umas histórias dali até um posto em Registro, "Comida excelente, diesel honesto", de volta à estrada, Jacupiranga mais adiante e Cajati, "Tenho uma esposa em Cajati", como é?, atravessamos a divisa, os últimos cigarros, prosa, esposas e Curitiba finalmente, "Capital das araucárias", tá bom, "Passagem dos antigos tropeiros de gado selvagem do Sul", oquei, valeu a carona, fica com Deus.

Salto próximo à rodoviária. O frio parece uma roupa de gelo. Um casaco largado numa cadeira de bar implora por transferência de titularidade, passo a mão e vem junto o cachecol. Pernoito em Curitiba. De manhã a rodoviária, onde o guichê?, e me entoco no ônibus para Ponta Grossa, que faz uma parada em Vila Velha, toda essa erosão vermelha impressionante, e agora, seguir para Ponta Grossa, desviar o rumo?, não sei, mas saberia, porque conheci um gringo desvairado, "Caminhante ledo", se apresentava com um sorrisão, "Sangue intrépido e fervente, meu caro" — muito despachado o gringo.

Viajava um mundo, jeitão de sábio-universal, medo de nada, me impressionaram no começo os dois pê-agá-dês, não sabia o que significavam, ele explicou, desconfiei, mostrou as carteirinhas, "Meio cara de coruja nessas fotos", falei falei como elogio, soou o contrário —, ele riu e concordou, nenhuma ofensa, imune a ofensas, mostrou o país dele e a rainha, a família grande, vivia bem o 2-pê-agá-dês e no entanto mochileiro, erva na capanga e chapéu, que tinha perdido, que encontrei e devolvi e engatou uma amizade — meio amizade. Agradeceu iluminadamente. *The grey hat*, queria ensinar, *Grey*, cinza, *hat*, precisava ensinar, mania de gringo, sei lá, *Thank you*, obrigado, *Thank you*, tá, coruja, entendi, "Entendeu? Isso é maravilhôôso, meu caro, splendid!", deu uma tossidinha para mudar de assunto e tornou ao assunto, chapéus. Contou a história do chapéu, chapéu de homem, de mulher, marinheiro, turbante, bretão, solidéu, fechou com uma versão divertidamente suja do *terezinha de jesus* na garganta assim chegada em trinados como em defumados, o sotaque uma rebarbazinha de gringo com português de padaria.

Troquei de ônibus e — mais que continuar em movimento, entrei num voo meio doido de mosca — fui com o caminhante ledo conhecer os três Caldeirões do Diabo, fica longe? "Longe? Veja neste mapa, meu caro. Norte Sul Leste Oeste, entenda do solstício e do equinócio. Saiba aonde ir, descubra o caminho do Sol e as estrelas do Hemisfério Sul. Não é difícil", as três furnas eram uma natureza bruta impressionante. Dali, de cidade em cidade, segui ouvindo e aprendendo de tudo com o gringo em seu confortável orçamento de gringo, a nobre família numas fotos já meio consumidas, surpreendente mestre que cantava "as riquezas incalculáveis desse idioma filho do zarolho de Macau", levezas que fazia questão de ensinar. "Quer ouvir os cancioneiros, ou talvez a régia língua na pia batismal?" Pegava um livreto e lia solene, "En'o nome de Deus...", imbuído da intrepidez saxã, de "quando íamos pelos mares às colónias aos povos como ao nosso quintal vitoriano, meu caro, o vigor do fleumático homem branco nessas terras pitiguaras, caingangues...". Dava uma tragada de dois palmos, prendia, avermelhava, a cara enchia, já-já estourava, o vermelho arroxeando é de que vai explodir, ó, e explodia mesmo, de rir. Tentava segurar:

"Fleumático, eu disse?", e se perdia:

"Homem branco?", soltava a chaminé, ria e gargalhava até se dissolverem as forças na moleza dos ossos, tossia, engasgava, tossia dos bofes às tripas e os músculos chapados na gelatina; depois devorava o jantar, *The dinner*, o maravilhôôso pintado na telha que chegou como deveria chegar, "Pontualmente e pelando", recheado com uma maçaroca de *thanksgiving*, farofa de pão com vegetais, ovo, manteiga, a cabeça num caldo à parte nadando em pimenta — visual meio nojento mas uma beleza pra molhar o pão —, receita secreta dos tios do Canadá, "Uns galochas esses tios canadenses. O país, maravilhoso. O segundo melhor do mundo, meu caro, pode acreditar", dizia enquanto ensinava a fazer, "O macete está no tempero, understand?". Para acompanhar, "Outro *pint*, digo, chope, por favor. Cremoso é maravilhoso". Fazia questão do colarinho, "Grande, por favor", que nos países lá da região dele, mais ou menos pequena mas cheia de países, tudo chegados numa guerra, o povo pegava em armas os *meia polegada de espuma* contra os *duas polegadas*, tudo pela maravilha de acompanhar o peixe frito cinza deles com jornal num inverno de pinguim, dizia chupando os dedos fleumaticamente, recolorido de saxão, e, completamente saxão, recolocava o chapéu — o gringo, talvez um lorde – tirava o chapéu quando comia, coruja educadíssimo –, um inglês.

"Cercar-te-ás de conjunções, meu caro", recomeçava a catequese já no café da manhã seguinte, eu de ressaca, ele nem sinal dos tantos chopes, digo, *pints* da noite anterior, "preposição e outras dessas palavras tão abomináveis que ouvidos cristãos jamais haverá que te ignorem", declamava, não ensinava. Nada de remoer infelicidades, mantinha-me a cachola ocupada, "Corta essa de urucubacas empoleiradas nas barracas da sorte, bah! Isso acabará no manicómio dos brazungangas", dizia. "Escute atentamente: verbo e advérbio", mestre persistente, "Nós estamos sós: concorda?", tá, mas eu também não sou um completo quadrúpede, podemos mudar de assunto? "Of course. Pronominais: O camarada me enrola mais um cigarro?"... Ele parava. Refletia. Puxava um "Você disse 'completo', meu caro?", engolia o pensamento, soltava, tossia e piscava um olho maroto. Eu já nem respondia. Por alguma razão, aceitava bem as estocadas do míster professor, que erguia a sobrancelha fleumática direita, "'Míster professôr', você disse?", e ria de leve, "Francamente. Não sou professor, I suppose", sim míster mestre, eu suponho também, tudo era engraçado, ele oferecia, "Quer?", não, thank you, "Ok", não insistia, puxava uma no fundo da alma, prendia, inchava direto em escarlate, não resistia, largava e tossia, puxava, ria e chorava de rir.

Laricava a tempo de servirem a entrada do almoço à beira--rio numa palhoça mal segura da chuva fria, "Fria, meu caro?", filé de piapara cortado nas faixas da pele, alho sal orégano vinagre e vinho tinto, passado na farinha branca, frito, "Simples and excellent aperitivo" para a caldeirada de bagre vermelho defumado cozido na panela de ferro com o tempero secreto da casa e bananas verdes inteiras, arroz e pirão, "Splendid". Lambia os dedos todos até o ferro, sem sobremesa, apenas umas gotas de graspa no café preto "daqui mesmo. O Paraná tem o melhor café do mundo", jurava em voz alta, "Cultivo, torrefação, preparo e aroma, oh Lord, o aroma é maravilhoso, por favor bem quente", pedia ele com educação — era tão educado o míster que eu quase aprendi um pouco da arte. Depois, dedos ainda lustrosos do molho grosso e chupado, mandava pro caiçara um ok brasileiro, polegarzão pra riba, não os chupados sardentos fazendo rosca, mandando o caiçara tomar e nessa pedindo para ser pilado em ração de alevim às margens do Iguaçu ou fatiado em iscas para o rei do rio, "El Dorado, el Tigre de los ríos", isso ele já tinha brasileiramente entendido, "Bloody well".

Revigorado, tossia para limpar a garganta e retomava:

"Compreenda, meu caro, de grão em grão... reticências", e dizia das águas de março neste país em que chove essa chuva sem parar nesses rios quase infinitos e raios e trovões como em nenhum outro lugar no planeta. E por falar em escamas e piranhas, "*Tu*: já comeste pirarucu? Nem dura nem mole, branca ou escura, rósea; a carne intermediária, resistente, de um distante cheiro reto-vaginal absolutely splendid, embrulha fresca com sal e raspas de limão numa folha de bananeira e deposita na brasa, acompanha arroz caldoso no tucupi e farofa de jambu, não? *Você*: observe o imperativo. Não faz assim. Saiba falar correctamente. Quem o sabe, domina o argumento. Mas cuidado com a verdade. A verdade é imperdoável".

CAPÍTULO 89

"Aprenda com os poetas, meu caro, não com o alferes da tropa paga da capitania de Minas que se deixou capturar e pela forca morreu de morte natural para sempre no corpo dividido em quatro quartos, aprenda não pelos mártires mas a poesia desse povo dessa terra com mais vida, mais amores e de tal sorte graciosa e tantas águas que, empreendendo-se com vigor, dar-se-á *nela* tudo, inclusive espatódeas, of course, meu caro, africanas tulipeiras, porém olhai, senão já os lírios, os hinos que têm palmeiras sem adjetivos e, hilário, adjetivos após o substantivo, essa maravilhosa Terra de Santa Cruz, o vatapá, o ouro, a dança, meu caro, splendid", dizia, "Essa gente do norte de Minas", de onde ele vinha, mas de antes também, da Bahia, do Pará e de mais antes ainda Angola e Moçambique, Dadra and Nagar Haveli, Goa, Macau, "a voz desse povo maravilhoso" que "encheu o mar de sal, de lágrimas", inesgotável o gringo. "Em terras estranhas, sobreviver é aprender a falar", dizia, "Então aprenda", que os tempos ainda eram de paz nas terras estranhas do interior do Paraná, Irati, Luz Vermelha, "A formosura da carne costuma ser um véu sobre um laço, um visco, e você tanta vida pela frente, meu caro", Pato Branco, Guaraniaçu, todos esses lugares para se chegar e de onde sair sem aviso nem rastro, gosto disso, Ivaiporã, excellent, Fernão Lopes, aquele mundão me alargando os horizontes deste tamaninho, Goioerê, Umuarama e em cada lugar uma ida aos correios, ele, "Ninguém a quem dar notícias, meu caro, nenhumas girls? Não as deixe a ver navios", atencioso, "Quer registrar suas pegadas, *João da Silva esteve aqui*?", eu nem respondia. Continuamos até Cesário Verde, Sete Quedas, Foz e adelante para uma fezinha nos cassinos e outras nos inferninhos binacionais, que são os the best — agora ele fazia sinal de rosquinha, malandramente —, muamba e cansei do gringo, da paz nas "flores portuguesas do Lácio" e cânhamo, a grana no fim, "Dinheiro, meu caro, dont worry. Dinheiro não significa tudo mas o amigo já comprovado ata-o ao coração com laços de ferro" e umas ferraduras mirabolantes na orelha...

"Pantanal, meu caro, caçar onça-preta, tem coragem? Fulminantes qual um raio, atacam até cowboys montados. Dizem que na retirada da Laguna, antes do nascer do Sol, Guerra do Paraguai, you know, matavam e bebiam o sangue da soldadesca na retaguarda. Bloody cat! O macete é usar um pelego reforçado nas costas, forquilha numa das mãos, facão na outra e coragem, a good deal of courage. Já nos pantanais propriamente os perigos são o terrível jacaré-amarelo e o bloody candiru, um peixinho como uma espécie de lampreia vampiresca que imperceptivelmente penetra os orifícios e se instala para chupar o sangue da vítima. Believe it or not, impossível retirar sem cortar na própria carne. As aves são muito coloridas, há o maravilhoso tuiuiú, um passarão de cabeça preta e vermelha e quatro metros de asa muito branca, não se come tuiuiú; come-se macaco, cozido com banana-da-terra; o cérebro, retira-se e faz-se purê com farinha dágua e coco ralado; serve-se no próprio coco; metade cumbuca, metade tampa, para manter o creme quentinho. Ousaríamos? Já, peixe, é o Pantanal o paraíso dos peixes maravilhosos, simbora", tossia de emoção. Nem ouvi.

"Xingu", mas de onde baixou a ideia?, umas histórias primitivas que eu fiquei com elas na cabeça, o Xingu. Iria no futuro. Cismei de conhecer o huka-huka, uma luta lá deles cheia de rituais de enfiar o dedo na goela e sulcar a pele com uma escova de dentinhos de peixe cachorra para se purificar no sangue que escorre fino como de uma seringueira, sim senhor, me machucaram um bocado, estas marcas, vê? Depois alguns anos conheci a luta marajoara. Luta marajoara, o seguinte: ou tem a casca grossa ou fica longe.

"Rondônia, garimpar cassiterita. Cassiterita *dá bom dinheiro, meu caro.*

Amazonas!, of course, porque, se navegar é necessário, navegue-se pelo maravilhoso rio do maravilhoso encontro das águas negra e cor-de-madeira", tossia uma tosse emendada na outra, "Dizem que o Amazonas encapela qual um mar e as margens se perdem no horizonte.

Manaus, então. Não podemos perder a oportunidade. Vamos encontrar o raríssimo cacto da lua, que floresce apenas uma noite por ano.

Parintins. Parintins, terra de um rico folclore, e vibrante, ouvi dizer, descemos o rio, meu caro, e Parintins já *é uma festa*, jovens como você, que dançam e suam em bicas em rodeios de bois coloridos e desintoxicam os alvéolos com o esplêndido ar oxigenado da floresta, depois conheceremos o ultrassecreto Jari Project e partiremos em busca da pororoca de dez metros de altura no indómito rio Sucuriju — Sucuriju, a porra!, tem é que meter um chá de limão com mel nessa tosse braba, tu vai morrer, meu caro inglês – não disse nada —, conhece o pozinho Ianomâmi?, já viu uirapuru preparado por mão de pajé para dar sorte, senão o canto que a mata silencia...

Churrasco de búfalo na Ilha de Marajó, você que aprecia carne sangrando em bicas, macacos me mordam, topa?" [Peguei a maleta,] Preciso ir. [abri,] "Well, vamos ao menos à Garganta del Diablo, procuremos o fim do arco-*íris nas espetaculares* nuvens das Cataratas, meu caro. [pesei as lembranças,] Suponho que consigamos descrevê-las melhor que as Niágara de Chateaubriand e de misses Roosevelt, [viajar leve,] alcançar o inalcançável ovo de taperuçu-velho, as Cataratas do Iguaçu, deve ser maravilhoso, splendid." Preciso. [tirei a maçaneta.] "Come on...", sem mais o que dizer, engasgou e cuspiu um pouco de sangue. Olhou para mim, brilhavam diferente os olhos vermelhos agora uma capinha fina de água, sei lá, havia algum tipo de medo ali. Toma, tem uns riscados nela. É do tempo dos quintais vitorianos, a maçaneta, inventei uns pedigris. Agradeci pelas aventuras vividas e prometidas — anotadas em papel fino de seda e despachadas onde houvesse correio —, aquele inglês desvairado foi uma experiência, maravilha o interior do Paraná, splendid. E basta. Adeus míster Dárvin, se cuida meu caro.

CAPÍTULO 90

Sabia que os bolsos já uns dias depois eu estava liso e a fome um problema. Saí da pensão janela afora, sem rumo, lugar frio demais Foz no inverno pra dormir na rua, soprei um bafo quente no copinho das mãos, esfreguei, e serviço, grana, onde arrumaria, fazem muitas perguntas, de noite até encarava albergue, sei como funciona e me garanto, mas não vale o risco, e viver de esmola nesse clima de Rio menos quarenta graus, tou fora, pé na estrada, que a estrada é vida e é longa. Circulei antes meio à toa meio farejando oportunidades, ouvi falar de uns boias-frias que se organizavam para a colheita mais ao norte, ou vaqueiro no Mato Grosso, aprendo rápido, Mato Grosso é quente; tem Urubupungá, uma represa que estão construindo em São Paulo, nem precisa de registro, é chegar e trabalhar... Então um moleque atravessa os meus passos rápido como o diabo e me deposita um santinho na mão: "COMPRO - VENDO - PENHORO - JOIAS - OURO - $DINHEIRO A JATO - Endereço tal", ei espera, onde é... Sumiu o desgraçado.

Cruzei a cidade, procurei o endereço tal, tinha passado por uma igreja, voltei, no altar um padre forte no verbo com sotaque nordestino, "Não sereis tentados acima de vossas forças", sempre tive problema com esse trecho. Se há culpa, e sempre há, como apontar o culpado, não é verdade? Mas dá azar falar nisso. Ouvi o suficiente para o calorzinho na igreja requentar as mãos e saí. Gostei daquele padre. A tarde escurecia trazendo um frio úmido da porra e eu acabei de rezar de joelhos quando, não havia necessidade nenhuma de Deus materializar uma poça na minha frente, 'Olha como Somos poderosos do teu destino, ó jumentinho confiado', pisei um mau jeito no tornozelo e o pé congelou esplendidamente. Cheguei tarde no pendura.

Porta de aço rocambole fechada, o cadeado de chão reconheci do outro lado da rua era do tipo que os Zebedeus mais comercializavam, negócio pesado, cor vermelha pra espantar os predadores da alta madrugada suponho, muito bonito, arrombariam em dez segundos, desenrolariam o rocambole um palmo ou dois — dez segundos cronometrados — e esconderiam o bonitão no bolso. Acabavam com o bolso esses pesos pesados lambidos de substâncias próprias de chão e lubrificação. Dia seguinte dona Salomé E o que é isso que vocês fizeram no bolso outra vez, criaturas?, eles calejados Fizemo o quê mãe Fizemo nada não mãe Impressão sua mãe — sim, me contavam tudo os boca frouxa orgulhosos da (segunda) mãe mais jaguatirica de todas —, e ela cem por cento justiceira, cinquenta desconfiada e emputecida, cinquenta mãe, quebrava o pau de espichar demônio nos querubins?, escalava a perna deles com dentes de mãe alpinista?, não senhor, apenas aumentava uns decibeisinhos no grito e o espanador no pé da orelha. Mole desse jeito, pedia era pra não saber mesmo.

Dez segundos em ponto, mercadoria no bolso, sairiam levíssimos flutuantes rumo à tradicional casa de panificação serafim, o único com culhões de trabalhar sozinho os lucros da alta madrugada Duas médias faz favor seu Serafim Dois pão com margarina e açúcar seu Serafim Margarina à beça seu Serafim Crosta bem crostadinho na chapa faz favor Hoje pagamos à vista Dinheiro vivo Aceita cadeado seu Serafim?, depois flanariam no ócio digestivo ou passariam na feirinha de acessórios automotivos reciclados e voltariam a tempo de ajudar com a maca na ambulância o comerciante enfartado por amor às muambas que se foram quando na verdade não foram, os Zebedeus nunca levavam nada; talvez o cadeado não dez segundos, recalculei enquanto atravessava a rua, um minuto, cinco, que uma pedra — procurei —, um ferro em algum lugar e tá resolvido. A mão dura de frio gritava no entanto, 'Arromba essa porra logo duma vez, esquece o cadeado, tem grana no negócio, ouro, entra e pega tudo, não, pega só o da necessidade, necessidade confortável, aproveita a chance', e parei na calçada, 'Peraê. Que porra essa, a porta de aço no meio do rocambole parece que, um centímetro de luz, ela... está aberta?'. "Não serás tentado acima de tuas forças", lembrei. Êh, padre bocudo.

Aproximei, ninguém na rua. Aumentei as orelhas com os olhos sintonizando as faixas de um lado a outro, aumentei mais ainda com a concha da mão; alma nenhuma; virei e concentrei no centímetro de luz; esbarrei na porta, ôa, que a maleta bateu sem querer e o centímetro virou polegada; bati duas três vezes com os ossinhos dos dedos, Alguém aí?, enquanto o pé mais pecador empurrava e entrava e eu seguia e cá fora o vento frio assoprava, 'Vai, tá aberto mesmo, e estômago vazio pode uma gripe, um pneumococo, entra'. Como me dizer não? Curvei pra caber e entrei. Fechei a porta. Uma luz no teto iluminava mal o lugar, não abandonado mas tinha cara, e antigo, chão de madeira boa. Corri o dedo no balcão e grudou uns restinhos poucos de poeira tipo farinha sabe-se lá, sinistro. Deu arrepio de cair fora. Chamo com voz de freguês. Silêncio. Bato no balcão, grito. Essa máquina registradora exige atitude, se ninguém aparecer, se o padre bocudo não interferir de novo.

Ouço um ranger pesado de dobradiça, coisa de ferro; em seguida uma porta cor de parede se abre da parede atrás do balcão. Duvido de fantasmas, mas abria sozinha ou o quê, uns dedinhos, pálidas minhocas cheias de unhas pálidas surgem no canto da porta e depois um sujeito pequeno cara meio de índio e ossudinho muito fino das canelas ao pescoço e a cabeça grande telhada com uma puta cabeleira amarela, esbranquiçado, olhos transparentes com um pingo preto de pupila no meio, baita calafrio.

"Vostedes, vem cá", diz ele. Olho pros lados. Eu? "Mas non fica empacado aí nas quatro como un burro. Vem logo". Fui. Tentei não mancar. Ele conferiu sei lá o que atrás de mim, fechou a porta e bateu a grade de ferro. Correu a tranca.

CAPÍTULO 91

Trazes algo para mí na maleta?, esfregava as mãozinhas. Mas o que foi, nunca viu branco com cara de índio?, eu abestado o olho naquela criaturinha tão... Mas vostedes es surdo, ablas espanhol? Tu não tem cara de brasileiro. Mas ninguém tem cara de brasileiro. Todo mundo tem cara de brasileiro. A maleta es o quê, negocias documento e passaporte? Passaporte pago em dinheiro, mas o que foi, quem te mandou, mas você é da lei? — ô criaturinha. Vostedes não é da lei, mas juro que se for não tem nada aqui meu, o patrón viajou e eu sou só o segurança, não é da minha conta nenhum aduaneiro nessas caixas que eu nunca vi na minha vida inteira tantos pacotes de chá de colômbia, vi?, não vi, mas você não é da lei, mas se veio comprar mostra cadê as pila porque se quer fiado esquece, se foi o padre cearense que me persegue y te mandou vir cheirar los pecados da casa, se manda, agora diz alguma cosa, es mudo, miércules!, es una mula? Ôa calmaê, desipnotizei incomodado com a crueza das palavras. Estômago sensível da fome, compreende, mesmo se um serzinho tão inofensivo, tão... Abri a maleta sem pressa, valorizava o patrimônio e fazia a criaturinha esperar. Mostrei o patrimônio. O pequeno de certa forma encolheu. Pegou de um rolo de papel-higiênico meio metro e assoou o nariz. Puxei o cartão que o diabo rápido como um moleque, "Compro - Vendo - Penhoro...":

Quanto pelas joias?, falei. O criaturinha mui nerviosa riu os dentinhos amarelos limados até quase a metade e não, ele não pendurava o que eu tinha ou comprava, trocar sem chance, consignar esquece. Foi jogar o papel no lixo que ficava do outro lado da sala rodeada com prateleiras do chão ao teto e cortinas de plástico transparente que barrariam qualquer impureza mais atrevida naquela sala limpíssima dos penhores organizados em evidente rigor, mesas novas, duas portas recém-pintadas, iluminação de lâmpada fria e sem janela, conferiu com um olhar rápido de dono ou supervisor se tudo em ordem, tudo em ordem, calçou luvas de médico, abriu a tampa de um bule de barro primitivo e fungou nas emanações. Pela fechadinha de olhos, devia ser inspirador.

Inspirado, passou a mão numa trena e veio examinar o restante patrimônio. O folgado me olhou de cima a baixo, estendeu a trena, mediu os flancos da cavalgadura imóvel como uma besta, recolheu a trena. Nenhuma cerimônia. Pedia uma porrada no meio da estamparia bicultural. Inclinou a cabeça para encontrar o melhor ângulo, suponho, desenclinou, me rodeou com passos curtos e as mãozinhas de látex nas costas segurando a trena; mandou relinchar a dentadura, relinchei, digo, mostrei; me apalpou o esqueleto, estendeu a trena sério, cara de entendido em carnes e bestas de carga, mediu mais algumas medidas, recolheu a trena. Finalizou com tapinhas cá em cima no meu ombro e beiços de aprovação. Impressionante. Pedia una porrada bem demolidora.

Virou-se e foi até a mesa devolver a trena. Despejou do bule um líquido esverdeado numa taça de martíni. Ofereceu, declinei. Mas por quê? — pareceu ofendido —, es maravilhôôso, una vitamina que jo preparo com muito amor y sustâncias cem por ciento naturales das províncias desertas dos bosques de araucária em los cafundós de judas, sorriu insistente. Vou te mostrar, apagou as luzes, o verde brilhou fraquinho, e acendeu. Entonces? 'Tou fora, porra'. Decepcionado, brindou sozinho e bebeu. Seriam os dentes dele assim gastos de dissolver naqueles paludes verdes? Roeria ossos? A criaturinha, impossível despregar os olhos dele, punha um azedinho na rapadura, sei lá, dava ganas de torcer os couros, de guardar no colo. Só não viesse fazer graça com as luvas nem com os semidentes amarelos dele pra cima do meu ossuário, que eu rachava eles e o bule na cabeça dele.

Olhou todo senhor nos olhos pra cima desta cavalgadura varada de fome, esquecido ele das minhas valiosíssimas-preciosíssimas — "Custaram tanto...". Largou a taça vazia. Mas se queres trabalho o patrón tem un servicito para rapaces grandes y cara de sururu-com-aparición como tu, mas tu es feio hã, essas costuras na cara, mãos grandes y fortes, as chicas devem gostar de ti, mas responde, estás saudável aguentas peso es fugitivo, bebes cheiras jogas matas, por que estás mancando — não estou mancando —, por quê — por que o quê —, por que estás mancando? — 'Tu tá pedindo, hein, pequeno', adverti com o velho e reto olhar de demônio. Mas as perolazitas, quanto mesmo disse que queres por élhas?, não disse, diga entonces, então disse. Mas es mutcho diñero, non, mas non, non insista, jo non compro nada não penduro nem troco, sem chance, consignar esquiece, jo non lo comprendo su língua brasilenha, sai e pergunta ao meu primo na pôrta ao lado, es una pequeña loxa de facemos-qualquer-negôcio, mas quem disse que a loja tem número, non tem número a l a, já lo disse, ela es colada parede-parede, y nem placa, mas non deixa de ir, viu, foi tirando as luvas e me expulsando com uns tapinhas cheios de gentilezas e de pó branco nas costas, mui condutor, vá, abriu a tranca, vá logo, a grade de ferro — a pressa de repente, os olhinhos todo-senhores agora inquietos vazavam um tremor, uma suave, não suave, escondida, não sei, medo talvez, como se me tivessem captado alguma tenebrosidade que eu não conhecia, *ainda* não conhecia, nãh, bobagem, aquela criaturinha tão... —, abriu a porta da parede e me encorajou que o primo tem aquecedor — Aquecedor? —, armários — Armários? —, cadeira — 'Que porra...' —, vá, por favor, ele puede con teu destino, vostedes non me serve, a lôdja es logo ali, estás vendo?, adeus, e fechou a "portinhola", como eles chamam a porta no meio do rocambole de aço. Deixou um centímetro aberta.

CAPÍTULO 92

Largadão no meio da rua, puta fome — tinha que esquecer a fome, percebe, ruim mostrar fraqueza —, bati na porta do primo e esperei um monte de aguinha miúda caindo como se furassem os gelinhos a minha cabeça, 'Tu veio de tão longe, tudo aberto e luminoso, sua besta, e acaba morto de frio nesse buraco escuro' em frente à loja do primo que nem ele nem ninguém aparece nem pra dar satisfação, e eu protesto uns dois três murros, grito 'Abre a porta, primo filho da puta', mas não grito nada não, 'Vamos fazer negócio, primo', e chuto — burrice —, chuto com o pé ruim — esplêndida burrice —, enfio o pé no aço como se na cara dele, porra, tudo mentira essa história de patrón e de primo que o pequeno inventou foi pra se livrar de mim, foda-se, acho que vou embora, e eram um só, o patrón e o primo, um sujeito enorme, veria, calmíssimo, primos ele e o pequeno quem sabe por parte dalgum prolífero degredado cá trazido pelo navegante Cabral.

CAPÍTULO 93

"Cristais coloridos, hum, deem uma toalha para o rapaz", agradeci, mas não iria me deixar amolecer, "Seque-se", me sequei, negócios são negócios, "E um gorro", obrigado, "O sereno é grosso aqui, rapaz", coloquei o gorro, "Vejamos", continuou, "Cinquenta e cinco pedras, humm...", ruminava de tédio o tal primo, a boca descaída na cabeça que balançava um impenetrável sim-não de pura manha profissional, o patrón, primo do Pequeno só se por parte do Capeta degredado, "Não interessam", concluiu e devolveu.

Fulminado — como 'Não interessam'? — mas firme na cartucheira, coloquei a toalha na mesa e abri a maleta meio pose de nem-aí, meio de que trazia mil e um tesouros das arábias. Guardei calmíssimo os cristais — os cinquenta e cinco cristais coloridos que ninguém interessou e que cumpririam nobre destino num futuro ainda distante —, peguei as valiosíssimas pérolas mixurucas da minha mãe, se o Pequeno perguntou, "Quanto queres por élhas?", deve haver interesse, fechei a maleta e com sobrancelhas de xeique intimei: "Pérolas?". Depositei as esperanças na mesa. Ele olhou sem piscar, "Essas perolazinhas?", suspirou, fechou e com o imenso esforço pelo imenso favor de não dormir na minha frente abriu os olhos, "Tampouco me servem mas se insiste pago tanto por elas".

Engatada a negociação, avancei, "Nem a pau", emputeci — quer dizer, só uns dez por cento – noventa era pôquer —, "Minha mãe disse que custaram tanto... Quero pelo menos tanto", "Meus respeitos para com a senhora sua mãe, mas tanto não consigo. Pago tanto", "É pouco", "Na verdade, muito", "Muito pouco. Tanto", "O senhor bebeu algo exótico no Pequeno, seu

João, um martíni esverdeado, possivelmente brilhoso, talvez?", oquei, entendi, travei a negociação; preciso continuar; insinuo algum ás na manga, ele no fundo inabalável da poltrona e eu já por aqui da diplomacia, então a cartada infalível, levantar por exemplo num pronto ensaiado de escoicear a cadeira que capotasse barulhenta para trás e a postura fatal, ameaçador-firme, apesar dos protestos da parte do pé descongelando e com gosto de aço. O sujeito impenetrável se mexe, 'Eu sabia!', põe a mão embaixo da mesa, 'Opa', inclina a cabeça alguns milímetros, 'Fodeu', e amarra um olho gelado na cara que diz para bom entendedor senta aí garotão atrevido, tu não tá na tua casa, tem um gatilho nervoso no dedo cá embaixo e dois armários de músculos — ok, ok, os armários que o Pequeno falou — chegando nas tuas costas com a cadeira — Pequeno filho da mãe, a cadeira — aparada sem capotar nem barulho em pleno voo e colocada rapidamente de volta no lugar pelas mãos de chumbo agora nos teus ombros, "Sente-se", impressionante.

Sentei, digo, sentaram-me as toneladas amaciantes daquele chumbo amigo espremidíssimo contra a cadeira, 'E sem essa de postura fatal, que na verdade não sou de briga, patrón, sou da paz, posso inclusive sentir a paz assentar nos meus ombros até cortar a circulação na bunda tão firmemente achatada contra a cadeira dura por esses dois armários filhos da puta que se eu deitar as mãos neles arranco os ovos pela goela fora e penduro o mobiliário num poste amarrados pelos cordões dos próprios bagos, vermes lazarentos filhos da puta, enfim, muita paz. O senhor dizia, patrón...?'. Ele catou as perolazinhas, reafundou na poltrona, examinou, subiu os olhos, leu as bolhinhas nos poros do meu rosto e as revelações no tamanho das pupilas, leu a minha alma no Inferno com aquele aquecedor que o sacana deve ter mandado colocar a porra no máximo pra me pasteurizar o tutano congelado no pé e voltou às perolazinhas, eu só na mira, precisava da grana mas a impotência e uma fome de grudar as paredes da barriga, duas agulhas assim é o cão, a gente fica trincado nos eixos, o foco, percebe, e acaba transpirando as cartas que tem na mão, a cor do suor que ele viu escorrer, mas não senhor, eu devia engolir as tintas e encontrar o meu próprio dedo nervoso no gatilho que eu não tinha gatilho porra nenhuma nem armários, só um maldito par de quatro pra pôr na mesa, ajustar o foco e do suor fazer o azeite mais fino que der para as molas da cabeça, enxergar, subir a aposta, 'Limpa o suor da cara, sua besta, olha, vê!', e vi o primo num gesto invisível mandar os armários saírem das minhas costas, eles submissos como eu. Braba força poderosa — as circunstâncias enfim clareavam. Havia mais que perolazinhas em jogo — o primo-patrón atento demais nos meus cascalhos —, havia dinheiro na casa, dinheiro grosso, mas medo também, e o poder.

Dizendo melhor — agora *eu* com os olhos gelados calculando ele, sujeito impossível de esquecer – e as circunstâncias —, não é que *havia* isso ou aquilo, dinheiro, medo, não. Havia *ele*, força e único senhor; *ele*, o poder e seu quinhão de miseráveis, porque é assim que deve ser, precisadamente assim; desde a primeira pedra, sempre alguém para assentar a gente e as pedras uns sobre os outros, todos de cerviz mole, que não se pode nem não querer porque na verdade também quer, sabe que só tem valor num rebanho e sob a vara, zebus, daí aceita, zebus!, a cerviz de borracha, percebe, um céu que nos proteja do medo à custa apenas dumas perolazinhas, de uns litros de sangue mais ou menos bom, agradece e pede fervoroso, obrigado senhor pela espada que me atravessará e que uso em defesa do teu poder, põe a gente no bolso, por piedade senhor, as joias mixurucas da minha mãe, toma, põe no bolso a minha mãe, oh Deus lhe pague senhor, Deus me esmague mas abra a chance de uma segunda rodada, havia mais do que as perolazinhas da minha mãe em jogo, e eu agradeço a Deus que ele me capturou e arriado nas quatro nem percebi:

"Isto", meteu a mão no bolso piedoso, "Isto, pelas perolazinhas", bateu um dobrado de notas sobre a mesa. Paralisei. Ele viu meus olhos babarem, tirou o elástico e espalhou os bifes, o frango, batatas assadas, pratos fundos de feijão com arroz, pousada e mulheres em leque, era um dinheirão; "Isto — pôs outra baba igual na mesa — é por ter gostado da sua atitude", mais e melhores mulheres e suculentos bifes de chorizo, batata cozida em rodelas com molho branco — uma bosta —, pousada com aquecedor no quarto, "E isto", puxou o terceiro maço do bolso — êh bolso de capitalista, adoro bolso de capitalista —, "Isto é um empréstimo".

Empréstimo tou fora, interrompi na lata. Conheço o fubá desse angu, pratiquei o ofício umas raras vezes — os Zebedeus faziam a cobrança, adoravam os espertalhões, os coloridos Zebedeus abriam qualquer lata, qualquer bolso ou trava, qualquer boca. Agradeço mas duas babas me resolvem bem, 'Tou fora, primo', dinheiro na mão é tempestade, nenhuma ideia do que fazer da vida, se consigo pagar, se não consigo, 'Tou fora', eu cara a cara com o patrón e ia pôr o pescoço debaixo do pé dele?, sujeito cheio de um mel viroso no argumento, como arrebentar a cara do desgraçado se ele vier com uma cobrança de sabe-se lá quantas letras miúdas no contrato, como?, se antes me mandava o Pequeno enfiar um suco verde na goela ou esses armários me fariam *eu* de cavalo, quantas espadas cortariam em nome do poder, em defesa do primo, o patrón todo-poderoso? Desconfiei — não, temi —, esquece o empréstimo, encerrei o assunto. "O senhor não precisa me pagar, seu João da Silva", disse ele calmíssimo enquanto retirava o elástico.

P-porra, comé? "Pague-me quando precisar de mais", os leques sobre a mesa, maravilhôôso, estalavam as notas quentinhas ainda, talvez, brilhavam. Tive a impressão de negociar com o próprio Capeta fazedor de dinheiros e primos — evidente que o filho da mãe continuava a ler o meu suor —, todas aquelas canastras na mesa, cláusulas tão favoráveis e eu na lona, pego a grana, não pego, é fria, a ventoinha a mil nas álgebras, é gelada, quantos dias de rodagem dariam?, 'Será que os armários aí podiam um sanduíche de mortadela faz favor, consigo nem pensar de tanta fome', viajamos leves eu e a maleta, não, tou fora, desapareço de Foz hoje mesmo, não preciso de tanto dinheiro, pego a grana e me mando com os boias-frias para o calorzinho na fronteira norte ou aonde bater na telha — a mil —, foda-se, quero a grana, catei os leques todos no bolso, nem intriguei por que estariam os dobrados assim já contadinhos no elástico, será que se eu aplico mais umas intimadas no primo-patrón ele dispõe outras maravilhas na mesa, quais, quantas, não, melhor não esticar esse arame, abracei as três iscas sem olhar na cara dele, apalavrei o negócio, "Combinado", e fui embora.

Passei pelos armários plantados ao lado da porta — ajustei o gorro pra disfarçar os movimentos da intenção — e cravei um puta furioso tostão na coxa do mais distraído; bela arte; ele saltou como um saci com labirintite e mudinho de tanta dor engolida, porque armários não gritam, compromete o curriculum vitae; às vezes pulam; às vezes quicam e giram e mordem os dentes e — estúpidos — tentam se amparar num frágil pedestal para não cair, e caem; às vezes também o frágil pedestal, ocupado ele próprio em amparar um vaso, desses compridos do pescoço fino, coisa chique, às vezes o pedestal sucumbe às forças contagiosas da labirintite, bambeia, ameaça um desastre, e o armário, agora um equilibrista com o emprego no laço, Meu Deus, mil mãos no pedestal e outras mil atrás do precioso vaso chinês voador do século um milhão a.C. — evidente que o pedestal também fala grosso, majólica italiana renascentista, muito bonito, muito delicado, mas acho que não combinam, acho que o prejuízo vai ser mortal —, todos disputam pescoço a pescoço para ver quem chega primeiro ao chão, e todos, o armário das dez mil mãos — agora um equilibrista com o *pescoço* no laço, Meu Deus! —, o vaso e o pedestal, todos egressos do museu imperial de Petrópolis, soube depois, cruzam enfim e ao mesmo tempo o disco de chegada; coitado do armário, de boca no chão e lascado até a alma, mas fiz a coisa certa, que medo se transfere é no olho com olho e uma ação eloquente, o senhor entende; o infeliz se levantou, alisava a coxa doendo uma tonelada, olhos cheios de sangue nos cacos do chão e pra cima de mim, ele quer vir, então vem, porra, que já amaciado o bicho era menos assustador, mas não podia, o patrón tinha dado um comando de amansamento geral — que se fodam —, e saí pisando cacos de orgulho e porcelana, ligadaço de fome, o ar gelado da noite me espetando da mais pura energia, saí e voltei no Pequeno.

CAPÍTULO 94

Portinhola um centímetro encostada, entrei. Ninguém. Podiam deixar uma sineta aqui onde esmurrei no balcão e gritei e o Pequeno apareceu furtivo do jeito dele, as minhoquinhas brancas dos dedos primeiro, meia cara pálida na porta cor de parede da sala dos penhores e já um monte de pergunta na boca que eu calei com uma porrada e: Tu me entregou pros armários do primo, seu filho da mãe, e que porra foi aquela de me examinar que eu não sou cavalo?, que porra! Dei um coice na porta-parede pra descarregar as más energias e estabelecer a devida ordem na casa. Agora tu, presta atenção, Pequeno, tu agora é meu. Ele cortou o gemidinho de protesto na hora. Gostei. Nem precisou estabelecer mais ordem, e foi, de certa forma ainda é, meu. O Pequeno tinha ossos inquebráveis, testei um par de vezes por curiosidade. Devia ser a porra do palude vitaminado, umas raspas de lampadinha de caga-lume reforçado com nutrientes sabe Deus roídos do quê ou de quem com aqueles dentinhos pela metade. O inquebrável se levantou, que da patada tinha voado até as prateleiras e escorrido no chão gemendo — e desgemendo, pra não ter que voar de novo —, e foi com os dedinhos finos de dentista explorar os meios-dentes, se faltava algum ou mole ou, não, a coisa ali era uma cordilheirazinha de britas limadas inamovíveis como a montanha do profeta e que nunca até hoje viram profeta ou dentista, "Mas non lo faço la más remota ideia, garotón. Que isso, profeta?", o nariz deitando sangue em solo branco, trocou a exploração pelo rolo de papel que estas articulações profissionalizadas em anos de guerra de mamona e bete de rua vale-tudo miramos pra rebentar no meio daqueles olhos pedintes e ele catou num reflexo de gato o Pequeno, impressionante (um dia, "Sabes atirar faca, mi doce garotón?", "Não, mas sinto que vais me ensinar", e prendi ele pela cintura numa porta, "Abre os braços", peguei uma faca de caça e a minha gaita, duas mãos, duas artes, "Porra, cala a boca, Pequeno", "Mexe só quando eu mandar", "Só quando eu mandar, porra!"), gostei. Larguei duas notas sobre a mesa — ele arregalou os olhos já imensos e evaporou o dinheiro, agradeceu com uns grunhidos defensivos (como agradeceria pelas notas de suspense durante a aula de arremesso de faca, "Grácias, mi gaiteiro garotón. Um dia retribuo"), esperando agora que eu saísse, mas voltasse, sempre volto pelo que me pertence, "Sí, garotón, filho do Demónio, tu siempre voltarás" —, saí e fui embora daquele buraco pra nunca mais na vida, fui comer e dormir o dinheiro e assar o nervão nas *chicas* binacionais. Uns poucos dias, acabou o dinheiro.

Mão no bolso vazio outra vez, dinheiro, foda-se dinheiro, que de resto perfeito. Pé duro de pecador graças a Deus ágil de novo, feridas e pontos secos — foram-se os últimos comprimidos, tanto melhor, um perigo a menos —, as luminosidades borbulhando na cabeça rápida como nunca e, maravilhoso, Foz: me adaptava esplendidamente em Foz: não havia departamentos de achados e perdidos de almas naquele triângulo sem foto estampada nem mimeógrafos de "Procura-se" nos postes e "Recompensa-se" nas árvores, "Mil dinheiros – Vivo ou morto" na noite escura do lado de lá, do lado de cá da ponte, a própria ponte um formigueiro na penumbra traiçoeira das leis. Passasse alguns milímetros ao largo, não estaria seguro, ninguém estaria. E quando ninguém está seguro, todos estão seguros. Outra escola, outros livros, aprendia a bem me virar, qual o valor da vida, o pouco valor da vida, desconfiava que poderia viver disso, do seu pouco valor; tira-se uma por causa da fome, outra do medo, mais uma pelo gosto, pelas *chicas* piedade justiça poder, o Maligno — naipava com ele novamente, aprendia *de las cosas*, dos dois lados.

Pero basta. Um dia a luzinha vermelha do motor, 'Continue em movimento', a estrada, 'Vem!', empurrado pelas irritantes panelinhas sociais que já se formavam em Foz oferecidas e cobradoras, essa porra que cresce feito mato ao redor da gente. Precisava sumir daquela fronteira aonde retornaria tempos depois, como havia previsto a criaturinha multiuso e espetacular cumpridora de ordens, orgulho do administrativo e proxeneta; o Pequeno adorava o tamanho da censura, "Seu proxeneta!", xingavam, ele se fazia de surdo, Mas o que disses, hã?, perpendiculava a orelha na ponta dos dedos finos e compridos, "Proxeneta", repetiam, "Pro-xe-ne-ta", Mas sí, sí, proxeneta?, comprendo perfectamente, pro-xe-ne-ta, e armeiro também; trabalhava só com produtos importados livres de impostos, 22, 38, umas carabinas de precisão excelentes, fogo menor, nada no radar das autoridades, Mas pagamento em espécie ou dólar ou francos suíços, por favor, cavalheiros. Pêssos, non trabalhamos pau-de-fogo com pêssos. Mas fazemos câmbio, quanto querem? Tinha sido chefe de segurança e doleiro na lendária boate espada y espada, demitiram, um cantor argentino mui macho quebrou metade da boate por causa de um tango, precisavam de expiatórios, o escândalo, percebe, alguém ia dançar, dançaram o Pequeno, que se entristece de molhar os olhos quando relembra, "Mas o patrón me tirou la vaca del brejo para acá no administrativo e além, o patrón tem miles de negócios, me deu esta loja para trabalhar nos fundos e acolher penhores e as apostas dos balés nos fins de semana, os espetáculos começam com galos, depois cães, por último los trogloditas, tudo na mesma arena. Mas gostarias de contender, garotón?", desafiou, "Tens compleição, falta-te cérebro. Qual categoria preferes?". Lutei algumas vezes, *El Demónio*, anunciava o Pequeno, *Lo Grão ferreiro sórdido de Vulcano, O Coice destruidor de mandíbulas, O Buana-tinhoso-de-Deus, El Demónio!*, o Pequeno nunca me deixou esquecer minhas próprias histórias; faturei alto com as lutas, especialmente nas marmeladas, e logo desisti: machucavam muito, vê esta marca?, mais do que me ver sangrando e aprendendo nas arenas mais a morrer que a matar, o Pequeno gostava mesmo era da temporada natalina de caça ao turista; casais preferiam as cataratas, "Mas são diluvianas de setembro a dezembro, mas riquíssimas de mijones dessas coloridas borboletas que tanto aprecias y espetas, mi sensível garotón, sempre uma criança"; as mulheres preferiam as compras, dizia o Pequeno, "Es tranqilo, senora. Vai na loja de mi primo, tudo 90% de descuento se apresentares esto cartão, desculpa, non esto, esto", "Mas os cavalheiros uivam é nas visitas comissionadas aos tunguetes das chicas com los petchos de fora". O criaturinha ainda arrumava tempo para intermediar as doações anônimas quando as tragédias assolavam a porta da igreja do padre bocudo, Mas só lo faço por incentivos profissionales. Ordens do primo, explicava. Mentia. Meio mentia. No fundo amava o padre. Todos amavam o padre bocudo rabugento. O Pequeno apertava as vadias — extraía agasalho, cheque bom para um mês — e a bandidagem — dez por cento do butim, cheque para uma semana —, entregava tudo na igreja, depois ficava do lado de fora ouvindo os sermões do bocudo — "Porque os albergues vivem lotados... Porque os hospitais... Porque este bálsamo se dará não em bálsamo, em dinheiro bom para os pobres" —, emocionado às lágrimas e praguejando *Miércules*, *miércules*! "Por que ignora a mão direita a serviço do Inferno o que faz a esquerda mandatária do Céu?", dizia o bocudo quando via o Pequeno se esgueirando, e o Pequeno virava as costas pr'aquele homem destemido da saia preta que nem em secreto lhe perdoava os desvios, "Mas desvios, jo? São loucos sem xôgo de cintura, incompráveis demais esses acreditadores do deus-iesus deles", o Pequeno com sua espiritualidade própria não confiava em deuses estrangeiros, exceto o dólar talvez; e garantia o caixa dois-B prestando serviços de faxina especial — "Toma, mi cartón. Podes precisar um dia, Demónio" —, negócio sinistro; às vezes era xamã, tomava o palude verde vaga-lume e lia nas entranhas dos bichos as coisas de dentro da gente. "Esquece São Pablo, mi cavalar garotón, sei que irás, mas fica, teu coração é mau mas é bom, forte mas fraco, em San Paulo vive o demónio extremo do teu coração, o Tenebrosso, jo lho rogo." Pequeno. Sí, garotón? Cala a boca. Mas por quê, falo para su próprio bem. Tu vai tomar uma porrada, Pequeno, tu sabe, não sabe? Porrada? ... Dostêdes? Você sabe. Mas non comprendo, non fiz nad... Tau! Uiaiai!, voavam ele e a taça de martíni cheia de palude ecológico pra todo canto. Eu avisei. Aterrissado, Mientes!, ele reage bravamente, se levanta e todo bravamente vem pro corretivo, Non avisou non, ostedes é mau, ostedes quebrou mais uma taça importada mui caríssima de minha coleção que jo ganhei por um servício de faxina, ostedes me bateu quando jo estava distraíd... Tau! Puta madre que jo pariu, chega, vá-te para San Paulo entonces, vai morire sete palmos em São Pablo, seu ingrato, malo y tão molesto y tão sin'alma que te lhamo Demónio, malo hombre!, não, chega, bate mais não que tá doendo.

§

Peguei a maleta, me enfiei no gorro e sumi pela estrada rumo enfim a esta cidade assustadora do que iria fazer, os medos, é evidente, mas medo é sal e eu já sabia, medo alerta, sei que o senhor entende, cheguei confiante e mesmo em paz nessa vastidão missionária de Deus, São Paulo, conquisto aqui, conquisto o mundo, embora a dor de uns pregos ainda na cabeça, não podia vacilar, pensava na dona Maria, precioso pedacinho de gente ela, repasto de verme, e afiava mais o corte da faca. Aquilo no entanto como poderia durar, quanto tempo viveria em paz nesta vastidão dolorida, paz não dura, padre, paz é o desequilíbrio.

CAPÍTULO 95

Atrás de um naco de carne rebolante, testosterado — às vezes me sentia num paraíso, percebe, um antro, de inferninho em inferninho ali das boca até o muro nos fundos do antigo madame satã —, um vacilo — "Não vá para São Pablo" — e — "Jo lho rogo" — fui pego.

CAPÍTULO 96

Tomei uma que puta me pariu os bofes. Ainda negociava com as contrações o último feijão do almoço, 'Pois não, querem que vazem as tripas também, por cima, por baixo?', quando veio a segunda porrada. Mal percebi a terceira, a quarta, sei lá quantas, isso a gente confere depois, se acorda. Apanhei feio. Mas na boa. Quem fez o serviço tinha a mãozona esperta pra bater sem quebração, só a ortopedia de amortecer e pretejar. Daí a moral: se não me matam, ensinam. Fui desensacado na frente do Juiz. Não em um tribunal, nenhum departamento ou repartição destinada a público mais seleto do tipo ordem e progresso, a Repartição por exemplo, pelo amor de Deus e graças a Deus na Repartição não. No escritório dele. Na *casa* dele.

Bela casa. Grande. Povoada de esculturas artísticas demais para a minha compreensão, uma escadaria larga com passadeira desembocava em frente à biblioteca no segundo andar cheia de não sei quantos mil volumes, quadros e tapetes por toda parte, madeiramento sóbrio no escritório dele ao lado da biblioteca, escuro, como exigem as leis; móveis grandes nas salas do andar de baixo, no meio um aquário de água salgada cristalina e umas criaturas estranhas com cara de apetitosas; a cozinha, a nossa em Brasília um ovinho de codorna sem ventilação; essa, imensa e iluminada de um jeito que os olhos viam tudo maior ainda, equipada com todas as modernidades do lar e nas janelas persianas brancas de metal sob uma fileira de luzinhas de camarim, flores nos vasos sobre toalhinhas de crochê, bancadas e armários, nunca vi nada tão perfeitinho — talvez na minha mãe – ou o Pequeno, mas o Pequeno é um vermezito nojento pecador de mil desvios, "Desvios, Jo?", o

Pequeno não conta —, parecia cozinha do futuro; da porta e a porta de mosquito se abria um jardim como eu não podia imaginar, tanta flor que enchia os vasos da casa e gastavam os calos do jardineiro Firmino Caladão batendo ponto toda semana — devia custar uma nota, eram ricos, mas levavam sem luxos a vida sem festas e umas raras visitas, nem tinham piscina —, as árvores, amora cambuci uvaia figo caqui, e pitanga, que frutinha, sinto o cheiro só de pensar, a pitangueira carregada em frente à edícula, meu espaço de hóspede naquela casa grande pelo tempo da minha instrução e que protegeriam e moldaram muito do que sou hoje. Amargamente. Meio amargamente, sejamos justos.

"Porão, não, senhores. Levem o rapaz para o escritório", foram as primeiras palavras que ouvi antes de ser desensacado. O Juiz e seus homens torudos de tanta massa quanto poucas palavras, fardados e à paisana, terno preto; um outro apareceu de jaleco branco e falador após eu muito amarrado e iluminado, que os cavalheiros já tinham me feito as honras com a intensidade da luz do dia que não era dia porríssima nenhuma a lâmpada de cem watts incandescendo a três palmos, no compasso entre um galo enorme latejando na testa e as jabuticabas dos olhos plantadas lá no saco escuro quando me apagaram; nem sei quanto tempo dilatando o olhão de gato trancado num porta-malas, joelhos, cabeça, os ossos todos moídos, não batidos, de repente este cenzão dum copo de abajur que iluminava na cara, endoidava as pretinhas a dois palmos, chega a aquecer a pele — um palmo —, afina o olhinho do gato — meio —, já-já vai borbulhar o sangue na pele, vai é a pele ficar pururuca, sinto cheiro de pelo queimado, mas afasta — isso confunde o norte das ideias, doía à beça – até o medo, o próprio senhor de todas as terras, se calou, desbulhado em suas propriedades mais íntimas, o desejo de ser dominado, de reinar só, coitado do medo —, e enquanto o cenzão se afasta, providencialmente, pois incognoscíveis são os Altíssimos juízos, a luz reflete num litrão de iodo numa bandeja de aço ao lado sortida de instrumentos de aço dos mais brilhantes, autoridades nos ramos da psicologia e da endocrinologia; tinha seus métodos o Juiz; o que faltava saber, nada totalmente novo ou, graças a Deus, relevante, soube.

Descobriu tudo, porque o medo — diante do aço à serviço, digamos, da verdade, aço temperado inclusive com rabo de galo, "O instrumental foi esterilizado", se divertia o do jaleco branco, "Desinfetado no rigor da lei, não se preocupe, ô pirulão", ele vê graça no batismo e ri, ri com a boca torta de tanta graça, ri desequilibrado, "Agora sou teu médico, ahn, médico legista, capisce, anos de experiências sem falha", e ri, ri, uma hiena, Deus do Céu —, o medo — "Tudo em nome da ética", e uma canagibra para aguentar as falhas, "Cirurgião doutor juramentado, ahn, respeito e Hipócrates para com o freguês é o, ahn, é a minha deontologia, capisce?", e bebeu do copo o resto da solução esterilizante daqueles instrumentos e dos anos de experiência —, o medo captou o que precisava captar e ligeiro se reintegrou das posses.

Estremeci uma incontinência urinária, o cenzão no aço, a risada do Hipócrates, Deus do Céu, é evidente que mijei um galão e abri o bico todo me cagando logo no primeiro instrumento, um arame de aço com a ponta dourada que ele enfiou aqui no vão da clavícula. Doía cada milímetro um círculo do Inferno, "Puta que o pariu hiena filho da puta, vou te matar desgraçado filho da puta, vou te fritar no iodo, vou...", pensei mui-cabra-macho, armado daquela centelha de valentia que floresce nos primeiros círculos, a ponta de ouro afundando até a certeza de que eu nada escondia. Entrado mais um pouco e eu já urrava, afundou mais, implorei, o Hiena em transe cantava e escavava, *Onde, formosura, enterraste o coração; fura fura fura, onde está meu sovelão?...*, "Canta aí, seu pirulão", aperto os dentes, chorava de dor sim mas, mais de medo, medo de onde aquilo iria parar, de que só o tempo parasse, eu mordido na centelha, murchinho e trincando a valentia dos dentes, "Ô, do pirulito. Tu é meio covarde, né-não?", e parou. Descobri outro medo. Pior que o medo de sentir dor, o medo do que viria, a terrível dor desconhecida.

"Desamarrem o rapaz", manda o Juiz; desamarrado, "Saiam" — ?! —, e ficamos só a elite, nem a bandeja. O Juiz se levanta, vai numa geladeirinha do outro lado da sala — manca escondidamente duma perna – reparei, fiquei quieto —, abre a portinha, examina sem pressa na luz que de baixo ilumina ele mais sinistro ainda, meu Deus, traz uma garrafa de água mineral com gás, põe na mesa, me deixa namorar a geladinha de longe, a maior sede da porra do mundo todo na minha boca, ele se senta, volta à mineral, a porra da garrafa já com um veludinho de suor, segura pela tampa, "Água?", desvia um olho desprezível no médico, rebate no curativo que o desgraçado acabou de pregar uma meia-sola no buraco do arame, "O ouro é anti-inflamatório, antibacteriano e anticomunista, sabia, ô pirulão?", explica o Hiena e esvazia o copo de aguardente com vermute, "Onde tem ouro não tem comunista", ele ri, ri, o Juiz ignora, oferece, "Analgésico?", engata as opções todas, "Sedativo-estimulante-cock-tail?", e ordena com os olhos e um gesto dos dedos sobre a tampa da transpirante, manda que saia o médico filho da puta interrompido entre um sorriso de pouco orgulho da obra e a canagibra garganta abaixo.

Surpreso, o hiena filho da puta que mal um gole no copo do esterilizante acabado de encher, sai; o Juiz tangendo com olhos impacientes e o hiena vagaroso sob toneladas de experiência, não há vermute no mundo que esterilize isso, abre a porta, vira a cabeça e me prega um olhar de ódio, o olhar proprietário de algumas cotas desta carne, antes não de fechar, bater a porta. Com o estrondo o filho da puta me educa o reflexo de como fazer a covardia do horror despertar nos últimos círculos. Ouço a risada do outro lado. Gargalhava como se comemorasse uma batalha perdida em troca de um território, o pirulão aqui o território, um dos últimos pedaços bons do meu coração. Ainda tenho pesadelos com a risada do Hiena filho da puta. O Juiz pega o telefone e manda enfiar o doutor num avião para Brasília, "Ponham com uma garrafa de vermute debaixo do braço", que o Hiena tinha medo de avião. Calmo, quase indiferente, o Juiz continua nas intenções comigo, a lista de cordialidades que ele precisava encerrar; ou encerrar sozinho; ou simplesmente continuar até eu entender afinal o que fazia ali, ou o que se escondia naquele ódio do Hiena comigo — isso eu não entendi, nunca entendi, cai fora Hiena, vai pro Inferno —, o Juiz concentrado em mim, "Agulha chinesa?", oferece mui gentil, abrindo a gaveta.

'Nãão', grita fácil o medo agora que aprendeu o caminho, 'Agulha chinesa, não conheço, não quero, que porra eu fiz, pelo amor de Deus, NÃO', uns emielizinhos de medo escapam e molham um pouco mais as calças e os olhos turvam a visão da namorada geladinha filha da puta, seu veludo que escorre e desafia, 'Me lambe', na tua cara, 'Avança!', a sede, puta que o pariu, água, sede da porra, água!

"Agulha não? Compreendo", me tranquiliza ele e tira um abridor de garrafas da gaveta, desses com a guarda suíça completa embutida, mais brilho e mostra do seu ácido senso de humor — aprenderia horrores com o Juiz, quer dizer, enfim, é verdade. Abre a garrafa devagar, o gás escapa devagar. Coloca o abridor-arsenal e a tampinha na mesa à distância de um bote. Pega um copo longo muito chique, cristal alemão, saberia inevitavelmente — saberia tudo, saberia demais —, enche com aquela água de bolinha que ferve e sua no cristal como se fosse da fonte mais pura do Catetinho, talvez ele tenha colocado alguma porcaria nela, puta sede da porra

"Alucinógenos. Já experimentou alucinógenos, jovem?", talvez menos perguntasse

"Psicotrópicos?", que se divertisse — deposita o copo sobre uma toalhinha de crochê na minha frente, a meio caminho do aço de sacar dele as rolhas das entranhas, meu Deus que vontade de matar —

"Curare?", definitivamente, se divertia. Reconheço os dardos nos olhos do Juiz

"Ânimo, jovem, beba", é o gosto do poder — se dou um bote chego no arsenal antes que o poder reaja, pego e furo meia dúzia de buracos no poder do pescoço dele, uma brecha por onde escapo de volta à segurança em Foz, quero ver se me pegam agora, faço meus arranjos e volto na captura deles todos, do doutor Hiena, do próprio Juiz com o que sobrar do poder no pescoço dele, pego os boçais crinudos filhos da puta que me ensacaram... —

"Vamos, vamos, jovem. Não doeu tanto assim o arame, doeu?", disse ele como se eu não tivesse coragem de avançar e beber daquela água tão facinha nem buraco em pescoço algum, como se ainda travado de medo para abrir a boca, e sou besta?, 'É evidente que doeu a porra do arame de ouro, doutor Juiz', o vão perfurado na clavícula é ponto de dor e de tortura, 'Doeu um inferno', não digo nada, ele sabe, pior, sabe que só de ouvir falar a dor já grita dentro da cabeça, ninguém segura uma coisa dessas — mas segura, aprenderia – tudo que gira na cabeça da gente pode ser adestrado, dor inclusive. Não, ele não quer respostas, tampouco precisa delas, então sorrio, e ele à vontade alcança a mão lenta no abridor, pega a tampinha, recua e lança num cinzeiro sobre a mesa. Errou. Sorri de novo, igual. Ainda sorrindo peguei o cristal alemão — sem pressa, por amor ao couro, nem lerdeza, por exigência do orgulho — e bebi. Deus do Céu, puta que o pariu, me perdoe Deus, que água boa, água, água!, bebi a seiva da minha própria vida. Não bebi tudo.

CAPÍTULO 97

"Responda, jovem. O que diferencia o certo do errado?" A luz, porra, é evidente. Mas acho melhor calar.

"Vere dictum", ele diz, "O meu veredicto", e com o semblante duro, quase numa carranca, manda um dardo de olho na tampinha, outro em mim, e no cinzeiro. Estico a mão com prudências de lesma, ultrapasso as forças armadas suíças, cato a tampinha e tampo a garrafa — que se foda o dardo no cinzeiro, fodam-se os suíços também —, doido de vontade de matar o resto da água, doida era aquela sede do cão, mas não podia. Não devia. Há tempo de calar, e de falar. E de resistir. Recolho a lesma. Ele sorri e torna a abrir a gaveta — Deus, quando isso vai acabar?

Pega uma pasta de elástico de onde tira um envelope verde e do envelope um manuscrito em folhas de papel verde-claro — parecia uma carta — e algumas folhas amarelas, mas amarela só a última, um amarelo bem fraquinho manchado com três círculos escuros — meu Deus, café?! —, passa a vista no manuscrito verde e na folha amarela, puxa a gaveta, troca por recortes de jornal, fotos de Brasília, tantos lugares, reconheço a rodoviária de Foz, duas pensão em São Paulo, examina com a sobrancelha angustiantemente indecifrável – vere dictum – entendo. Ele devolve a pasta sem maiores atenções, sabendo que nada vi, só o necessário. Me prega um olhar atencioso, não, curioso, como quem repara nas formigas apavoradas e de certa forma divertidas a seus pés, e desrepara — vere dictum. Foi quando resolveu me adotar, não sei, como um filho ou um cadáver que ele iria estudar ou dissecar ou um escravo e dobermannzinho, um monstro de estimação versado nas suas leis e propósitos inaceitáveis, que eu ainda não sabia. Mas saberia. E aceitei.

Temperado, despreza o que foge do seu interesse direto. Não me entrega para Brasília, não interfere, apenas me protege e ensina durante meses, anos, raspa num esmeril cada vez mais afinado com a vida que eu tinha já escolhido e ele também, dias e noites persegui as palavras e calibrei os fogos — como no início em Brasília, até romper o estirão —, gastava os hormônios nas pastas do Céu, dos livros das Leis às demandas do Inferno, ali a vida e o destino traçado enfim um pouco mais nas minhas mãos.

Quatro boçais pé de veludo entram por uma porta que eu não tinha visto nem podia imaginar eles babando de olho no buraco secreto da parede pra cair em cima se algum imbecil idiota caísse em cima dos suíços ou do Juiz e levam o cordeiro aqui imbecil idiota para a edícula. Trancam. Depois teria a chave, nunca a da casa. Gostei das instalações, um tamanhão tudo meu e limpíssimo, 'Banheiro impressionante', saí do banho estava novo, dez metros de água da torneira no bucho, na cintura a toalha já menos branca, suja de sangue e de umas outras substâncias abjetas sei lá que resistiram ao chuveiro, preferiram sair na toalha felpuda agora toda personalizada, nem viram a cor do sabonete de luxo prensado três vezes, o sabonete que deixei na embalagem meio envergonhado de abrir o celofane com lacinho, mercadoria made in, sou besta de arriscar num luxo prensado três vezes, de lacinho, e se estragar?, estas patas imundas, a casa cheia de bandejas de todo tipo, de regras, eu não, horário de almoço, estudos — quase sempre Direito, com o Juiz —, apagar as luzes, "O senhor está proibido de confraternizar" com a cozinheira, com a arrumadeira, todo mundo com quem confraternizaria, as filhas da madame vizinha, depois a madame vizinha, três dispendiosas criaturas desocupadas me infernizando na piscina que eu ia lá tirar o limo e uma grana fácil e elas torturavam o meu cavalheirismo, uma hora eu, 'Foda-se a porra do cavalheirismo', aquelas pervertidas, bom demais, "Não toque nos objetos de arte, fique longe da biblioteca, não toque em nada", tudo decreto-lei e o brilhinho na bandeja de aço piscando na memória, o luxo do sabonete de luxo refletido no celofane vermelho, sai de retro sabonete de luxo. Depois iria desviar o sabão da lavanderia, sim senhor, sabão de coco, o bom e seguro sabão de coco. O cheiro enjoa, é evidente, pedra dura mas lava as cracas do pé e o sovaco que é uma maravilha, "Não se atreva a roubar um alfinete, ouviu bem?", oquei, nada além do sabão de coco, só uma caixinha de música sem joias mas uns pedacinhos de ferro guardados, pretos, retorcidos. E uma irresistível faca jamoneira. Selos também. E ferramentas. Pilhei um monte de inutilidades. Acabei devolvendo. Oquei.

Procurei minhas mijadas roupas imundas largadas no lustroso chão de tacos em mosaico, sumiram. Havia roupas novas sobre a colcha esticada na régua, colcha trabalhada, passei a mão, levantei a colcha inútil, essa porcaria inútil, e os lençóis eram outra doidcira de puro luxo, mesma categoria do sabonete made in, lençol é lençol, porra, mas o tal do 300 thread count, aprenderia, assim, luxo é na verdade um perigo, tão fácil de acostumar quanto não-luxo de desacostumar, melhor nem ser apresentado, 'Prazer. Tou fora', lençol limpo que desliza debaixo da gente, bom pra namorar, cheirando a cheiro de flor, e o travesseiro era de pluma de ganso. Dois travesseiros. Só para mim. Tou fora é o cacete. Pulei na cama e afundei a cara naquela macieza cem por cento ganso francês, disseram, como o patê que eu assaltava a geladeira e comia de colher, zero-noção do quanto custava. Levantei, a toalha ficou. Molhando a cama — isso baixava a jaguatirica na dona Maria, "Castigo-de-Deeus!" – foda-se, rico não liga pra essas coisas. No armário de mil portas, roupas, calçados, a minha maleta intacta, gorro e tudo. Peguei a gaita para brincar um pouco — escuta... — enquanto explorava o território. Coraçõezinhos de sabonete pelado numas de sachê na gaveta. Senti um endurecimento. 'Tem mulher na casa'.

CAPÍTULO 98

Sente algo por livros?, perguntou o Juiz um dia quando eu ainda proibido de sair, depois só acompanhado, por fim mais ou menos livre — as chaves da casa porém nunca, acho que já disse, já disse —, livre mas as noites me perseguiriam nas ruas por muito tempo e a neura dos tentáculos de Brasília, "Sente algo por livros?", quando me viu xeretando os tesouros da biblioteca, atenção distraída nas lombadas vermelhas que a unha arranhava, o Juiz entra e dispara nas minhas costas, "Sente algo por livros?". Me viro bate-pronto com o susto da porra do inferno de quem não deveria estar ali nem muito menos arranhando porra nenhuma o dourado das letras e me planto firme nos ossos em posição de sentido, firme-mole na verdade, meio falso durão meio falso tranquilo, "que as gentes são todas um pôquer". Tinha já percebido: ele farejava o medo, lia nos olhos, ouvia, podia tocar no medo, e saboreava. É um perigo quando gostam disso na gente. Ele se aproxima, bato meia-volta sobre os calcanhares e escondo a cara mergulhadíssimo nos livros e na boca um concreto instantâneo, sou besta?, que nessas horas o coração gosta de atacar o telhado e um violinista nas cordas de falar. Ele agora à distância de um bafo da nuca, se não cheira, sente o gelado, ouve o rastro do suor correndo o ferro das unhas no meu cangote de vidro. Espera uma resposta falada, um violino, uma cuíca. Nem um pio. Senhor do tempo, aliás de tudo, se afasta em diagonal, de olho no canto do meu olho e no vidro gelado, para, faz um bilhão de anos de silêncio, então a vaidade assume para discursar sobre a biblioteca dele de alexandria, me deixando arrepiar em paz. Começa das lombadas vermelhas: "Poesia. Franceses,

§

[Franceses, é evidente, e desandou a falar de franceses, de poesia — minha mãe gostava de poesia... Talvez fossem iscas. Chave de cadeia essas lombadas vermelhas, 'Prazer. Tou fora'. Reconheço o subversivo mais à esquerda. Tinha um desses em casa na prateleira dos notáveis, a segunda acima do tanque, numa caixa vazia de omo. Ela pegava quando eu ia dormir. Arrastava a banqueta, subia na ponta dos pés, a mãozinha tateando a prateleira do sabão, e ia ler em paz na poltroninha — vi escondido algumas vezes, gatunei, comecei a ler, chato, devolvi. Ela colocava o notável sobre uma almofada sobre os joelhos, ligava o abajur amarelo, a bolha de luz de espantar o medo, caneta na dobra da orelha e antes de começar, "Quem está aí?", eu oculto nas sombras, "Ninguém", "Ninguém?", "Ninguém. Quem estava aqui já foi dormir". Lia rápido ela, eu contava as páginas viradas no silêncio da noite que nem carneirinhos, dia seguinte um beijo me acordava na cama. Como ela dormia pouco. Na Biblioteca de Alexandria — nome "Muito menos tributário que tributo", ouviria eventualmente, "Mais pelo temor ao fogo, destino dos grandes livros", dizia o Juiz, "O furor deletério da ignorância cíclica e imortal", compreendo, "Da celulose às cinzas", como são bárbaras as hordas que sucederão a nossa —, na Biblioteca de Alexandria a primeira estante à esquerda era da mulher dele, que só conheci com um mês de casa. Mandou me chamar no quarto dela. Impressionante. Nada escondeu, ao contrário. Interessada, me oferecia de tudo, procurava ensinar, "Vamos aprender direto dos originais. O que você me diz?". Mas não conseguia. Delicada, jogava uns buquês de palavras no ar para ver se eu reagia, bonjour não sei o quê o enfant terrible, "Oh o francês, a língua dos prazeres", dizia, "Romana mas também germânica e anglicana, rica, os verbos abundantes, parecidos com os nossos, e a literatura, oh, um rapaz inteligente como você aprenderá depressa", mandava de italiano algumas vezes, pedia que buscasse os notáveis dela na biblioteca, todos no original e em couro ou percalina, por favor, meu madalena, me chamava assim, tratado meio homem meio criança — oquei, mas *Madalena*? —, pedia os esmaltes e pintava minhas unhas, dizia você vai ficar linda, e parava no terceiro dedo da outra mão, às vezes eu era uma menina boneca, sei lá, nunca entendi, nunca liguei; esgotada, adormecia com o pincelzinho na mão, a saúde um caco, deixava tudo aberto ela; nisso o máximo que eu fazia era olhar, meio enganava, lia um petipuá, dois, três, cansava dos notáveis espalhados no quarto, tanto pelo que me incendiar na época, não interessavam, recolhia e guardava tudo, os livros, os esmaltes, cobria ela. Talvez os padres, talvez Foz e o míster Dárvin tivessem esgotado meus neurônios para línguas. Pobre míster Dárvin. Morreria de joelhos, tossindo a última prece. Como é, eu? Que história essa de *O que você fez com o míster Dárvin*? Não padre, o senhor se engana. Fiz nada. O gringo e aquele grande coração dele eu agradeço todos os dias nas minhas orações, não, ele morreu na África, soube alguns anos depois. Foi aquela tosse dele sangrando as árvores dentro do peito, eu presumo, e o que o senhor pensa que eu fiz, fui lá enterrar o coração na sombra de um baobá, salgar a carne, mas de onde veio a doideira? Esquece isso, padre, vamos voltar à casa do Juiz, a mulher dele toda boas intenções com os franceses no meu ouvido e ele na biblioteca se brilhando, eu nem aí pra ele, tentava só reconhecer alguma lombada,]

§

.... Nacionais, [ah os brasileiros, e este, português, gosto deste. Lembro da minha mãe lendo pra mim antes de dormir, entre parábolas das escrituras, poemas e as histórias dela inventadas, inclusive umas de pirataria. Chochas. Não era a especialidade da casa. O Corsário das Antilhas dela eu bocejava, os sete mares assolados por finais felizes, sem espadas atravessando costelas ou cruzadas no pendão da caveira no mastro principal, porque espalhar terror e morte por todo o Caribe, o convés infestado de ratos, pilhagens, tinha nada disso, braços e pernas jogados pelo tombadilho, não, motins, tudo nas histórias dela era limpinho e cheirosinho, o capitão era limpinho e cheirosinho, os dentes do capitão todos limpinhos e inteiros sem balançar nas gengivas, e cheirosinhos, aposto, meu Deus, mãe sempre falta um parafuso, o corsário dela com dois olhos, duas pernas, duas mãos — Opa, desculpa, mãe —, luvas de pele de crocodilo — e tatuagem pode esquecer filhinho, ESQUECE, ouviu bem?, já esqueci mãe —, faltavam os gritos dos piratas parisienses banguelas fedorentos esquartejados um pedaço em cada mastro — o Tortuga detestava os parisienses —, cadê os alfandegários carniceiros espanhóis andando na prancha pra boca do crocodilo — o Tortuga também detestava os alfandegários espanhóis —, mas que ideia essa agora, mãe, mulher não, isso o capitão perde o respeito do bando, mãe, nem é assim, menina a bordo, não existe muler na pirataria, e pirata ruiva, ô santo Deus poderosão do Céu, mãe!, "Sabe quem te procurou de manhã?", interrompia ela a história com uma espada de aflição na minha bunda pra andar *eu* na prancha, as telhas imediatamente em estado alfa de alerta: quem, Deus protetor, quem, foi polícia? Talvez o Arcanjo Gabriel Justiceiro com aquelas asas possantes, e eu tão levinho; ou a dona-russa chefa da Luz Vermelha que eu perguntei se podia abrir uma galinha dela pra ver a fábrica de ovo, *Niet!*, mas eu não ouvi; ou foram as tachinhas que a gente colocou na trilha de ioga natural e o seu Faquir jurou a gente de morte, alfa morte, lenta morte, fogo baixo, xingava com as veias saltando nos olhos esbugalhados de franquinstém com colírio de areia, acho que o seu Faquir não gostava da gente; agora, se foi a vice-diretora tou frito e mal pago. Quem?, perguntei enfim num tom de alfa-indiferença "A ruivinha", respondeu ela. Boiei na descontinuidade, que diabos ela está falando, quem, mãe? "A ruivinha, filhinho, você sabe. Ela esteve aqui de manhã te procurando, aparelho novo nos dentes, lindo", e imprimiu um sorriso de recomendação matrimonial, "Mocinha mais educadinha, inteligente, as roupinhas limpinhas e passadinhas, tenho certeza de que o pai não precisa gritar Olha a cor desse pé de moleque no meu sofá Não escute atrás das portas Lugar de criança é na escola!, uma graça. Deixou esta cartinha para você. Olha que letrinha caprichada, humm, perfumadinha", a ruivinha sempre ai-meu-coração e a ideia mais idiota do universo e do Caribe de gastar perfume num papel pra quê, é o perfume dela mesmo, eu sei, humm, nunca mais na vida vou esquecer, e a mania irritante da minha mãe de meter o nariz nos meus assuntos, de falar comigo cheia de inhos, eu já praticamente homem, ela inclusive comprou uma calça comprida e me obrigava usar se a ocasião fosse mais grave — quando casa alguém, quando morre —, anteontem por exemplo, que a gente foi prestar condolências ao pai dela, da ruivinha, o promotor feroz da lei que a minha mãe se condoeu e ele era viúvo, todo mundo tinha medo dele — menos ela – eu tinha —, o buldogue as olheiras um tempão sem dormir coitado por causa do sumiço do ruivinho e encerraram as buscas que só eu sabia do ruivinho estraçalhado na boca dos Filas do seu Jack, o ruivinho um moleque mais raquítico e osso que eu, entrou na jaula sozinho, impressionante; ninguém mais na cena do crime; é evidente quem que eles iam culpar e o pai feroz prender na prisão o resto da minha vida se abro o bico, pelo amor de Deus; fiquei quieto que boca de siri não papa mosca; até hoje acho que o seu Jack quando viu os restos de roupas de criança não deu parte porque não queria encrenca, ou pensou que Deus enfim havia atendido suas preces no tocante à minha pessoa, sei lá, então, eu falava das histórias de aventura sem graça da minha mãe, que elas deviam ser pra dormir mesmo e talvez desvincar um pouco a influência do nosso Álvares

Cabral, das histórias que eu gostava da sanguinolência, de meter o bedelho nos furos, histórias com fantásticos começos, "Em uma noite escura e trovoosa...", "As borboletas carnívoras de Botsuana...", muitos começos, alguns meios e quase nenhum fim. O Tortuga costurava um rococó bonito na fala, diferente do da minha mãe, era além do sotaque, eram as terras longínquas onde ele tinha vivido tantas aventuras despertadas em cada história uma palavra nova, às vezes inventada, que eu não entendia mas queria saber, pelo desafio,]

§

.... Trivium, [aquelas palavras do Tortuga sensacionais de repetir para memorizar no arsenal de xingar, berdamerda--cona-autoclismo!, sotaque e tudo. O Tortuga ouvia e dava armas às gargalhadas, "És um tremoço espremido, brazuquinha duma figa, um eixo de maçã", gargalhadas que contagiavam de rir junto, mas cuidado, às vezes eu era prudente fazer um teatro volante, cumprindo os metros de distância cautelar dos tabefs! e das latas de ervilha voadoras que o humor dele era um horóscopo. Aquelas ervilhas. Minha mãe jurava que tinha pedido três dúzias de latas; e ele, "Mentes. Disseste caixas, *caixas*!". Elas chegaram, mal tinha onde guardar. Ele se descabelou no sinteco, ó raios ó céus ó dona Maria o que fizeste, levaste-me à ruína, ela nem um pio. Arregaçou as mangas. Fez promoção, "Chegaram umas ervilhas em lata simplesmente di-vi-nas, madame. Na salada ó, daqui", fez de brinde, ofereceu por telefone, "Preço de custo" — talvez uma pequena margem —, me levou como auxiliar carregador *pro bono* em restaurantes e hotéis, vendeu tudo enquanto ele acusava o Sol, a Lua e as estrelas, e a minha mãe. Acabou no lucro. Ficou furioso ele. Meio furioso. Feliz com o dinheiro. Tortuguíssimo-brasuquíssimo, ele era louco por grana e ensaboado de armações até os últimos fios do cabelo que ele assentava à base de pente fino e gelatina orelha-a-orelha grudado na careca então um capacete preto--vinil liso e brilhoso; no geral, era mais escorregadio que o trácio, de quem só ouviria falar anos depois de ele ir embora, digo, o Tortuga ir embora, ouvi no Reformatório, "Rola uma grana na distribuição dos maltados do cara. O cara diz que é da Trácia mas ninguém acredita no cara". Era só entregar a mercadoria nos inferninhos em Brasília cheios de alfinete de autoridade espetado na lapela. "Pagamento na bucha. Retira a mercadoria, entrega, acabou. O cara paga o ônibus. Topa?", que para o serviço bastava ser mal-encarado, ter punho duro de luta — se necessitar espremer uns ossos, percebe — e fé em Deus. Tou dentro. Fui ver como era. Era gelada. Tou fora. Mas do bar do trácio, gostei. Afastado, pouca luz, uma ratoeira semiclandestina de biscates e outros chupadores rastejantes e adejantes, a cerveja era boa, os belisca-beliscas nojentos, ia trabalhador, desocupado, traíra, cheirador, fiscal, o "Travestido paolão, muito prazer, faço tudo", ex-interno do Deformatório, ex-lady robertão, agora mais latino, paolão, "Hotel, motel, domicílio", mais sexy, mais másculo, "Mais de mim mesma", faturava alto, gastava altíssimo, desabrochou numa alma bipolar sazonal sinceramente apaixonada por qualquer gringo rico, "Quem sabe de mim volta", "Ninguém me ama, ninguém me chama", "Esse ano eu me apaixono, meu amor, me caso e vou morar com o meu marido na luxúria da Europa", caçado por homens e por homens — de noite uns, de dia outros, não raro virtuosos homens públicos de longínquas bases —, ia no bar do trácio suspirar as decepções em época de amora, ia louríssima de salto altíssimo depois dos programas mais decepcionantes pelas ruas e na copa das amoreiras, o saltíssimo escalando os galhos para colher num saquinho as mais roxas quase pretas de tão madurinhas, ia no bar do trácio com a colheita e uma nota verdadeira de dólar suada no venerável setor de embaixadas sul estalando no balcão, "Faz uma jarra de batida de amora, amore", exausta, "Adoça com levanta-cavalo", havia de tudo naquele ambiente sadio para a garotada se desenvolver robusta e as melhores companhias, que o trácio respeitava soberanamente os direitos universais do cidadão, não interessa o credo ou a cor, que se lasque a idade, foda-se o sexo, "Porque lugar para mulher é ser recatada, proibido sair bebericando de mariposa para malandro passar o braço, não-senhorr. Mulheres precisam de um lar, de gastarem e de telefonarem, não precisam ficarem na rua, porém se for mulher tolerada permito. Toleradas atraem freguês gastador, sim-senhorr, um trilhão por cento", de resto, "Todos os homens serem livres para irem e virem no bar do trácio, todos nascerem igualitários nos dignatários e direitos, se não esquecer de trazerem os cobres para gastarem", tem, entra, "Viver com liberdade e riqueza", não tem, se manda, cristão ateu preto branco roxo capirocho criança paolão, todos os cobres são iguais perante o trácio, um tipo leitoso peludão como o Diabo, cabeleira grisalha e a barba negra que só cortador de grama, já disse?, orgulhoso proprietário do democrático *Paratodos*, o bar que se não era o próprio Inferno era o entreposto comercial, ou a casinha da PF, meia casinha lá, meia cá da fronteira,]

CAPÍTULO 99

....Direito Penal .... (...difícil resistir, o bar do trácio e a loja do Tortuga, parecidos em tantas coisas e no entanto tutanos muito diferentes aquelas criaturas. O Tortuga era torto, mas era reto, percebe, a gente se cumpliciava na total harmonia, e sei que do jeito dele ele gostava de mim, confiava em mim, um sempre o álibi do outro. Só falhava contra a minha mãe. "Tua mãe?", dizia o Tortuga, "Tua mãe é um fervedoiro que faz drama por qualquer tuta-e-meia, bem o sabes. Não uma anja que se contenta com pouco, e se o disseram mentiram. Não é má criatura, longe disso, muitissimamente longe, percebes, menino Boró? Tua mãe, põe-na na lista das contingências do negócio. Ô, coroinha duma figa, não te enfies a defender dona possidónia com este frígido latim que te tão mal ensinaram os padres, sabido que de cunnilingus entendo eu melhor que tu. Paspalhus. E dele da memória estas palavras que furtaste aos discursos dela na igreja, Libertação, proletariado — palavras grandes, evidentemente, mas bobagens. As minhas são mui mil vezes mais curtas e úteis, turfe, clítoris, lucros extraordinários, sei sei, sua besta, nem cogites em me corrigir, vê se depreende do contexto. Lembra-te: perseverar é preciso; perder oportunidades de ganhar imensos dinheiros nesta terra em cuja posse vos reintegramos já amansada, não é preciso", e dava um jeito de cada um grampear o seu honesto quinhão, "Para o gabinete, já", me convocava, minha mãe a essa hora na igreja e a gente no território proibido que era uma zona o escritório dele entupido de caixas e papéis e os sapatos sobre um fardo de livros e as gloriosas revistas de fisiologia feminil ao lado da secretária, como ele chamava a escrivaninha dos negócios, outro monte de entulho; no canto o telefone e um cinzeiro com cascas de tremoço esmagadas sob uma providencial lata de ervilha, a luz era parecida com a do bilhar que o seu Jack ia depois do culto, pendurada em cima; um fio do teto à luminária, outro para puxar e acender; puxou, acendeu; esquentava os dedos na lâmpada, afinava a cera na ponta dos bigodes e ordenava, sinistro, "Senta-te", sentava-me, pronto e quedo. Íamos aos negócios. Eu vibrava com aquele ambiente de tratados escusos. Tinha cara de que ali só rolavam gatunagens das altíssimas, o Gabinete do Tortuga, ...)

§

....Negócios .... (...minha mãe queria distância do Gabinete. O Tortuga jurava que ela ouvia atrás da porta. Ele era encanado com essas indústrias de espionagem, mas em mim confiava, botava pra vigiar, pois o putinho honestíssimo jamais cometeria a vileza de colar o ouvido na porta assim que ele fechasse e assim que ele fechava, colava. Sim, íamos aos negócios. Eu, minúsculo numa cadeira meio palmo abaixo da dele, excitadíssimo com os lucros em vista, ele, "Estás à vontade menino Boró, queres uma cerveja, olha que está geladinha, tens a certeza? Vejamos", ia rolar a divisão do butim. Devia ficar espertíssimo, sem essa de cerveja senão ele me passava a perna, ou ameaçava caguetar para "a justiceira senhora sua mãe que tu abusaste da minha confiança e bebeste às escondidas, sente o bafinho do delinquente, ó dona Paladina, verás que falo a verdade. Queres-me, ó delinquente, que tenha uma conversinha com a justíssima dona Maria?", e rapelava as moedas de volta. Isso eu não ia acontecer de novo não senhor, ia ser duro dessa vez, duríssimo. Fui ouvindo ligadão total. "Noventa por cento, custodio cá no bolso a humildíssima parte que me cabe deste minifúndio", começou ele jogando limpo, que de noventa por cento eu entendo, embora discorde a professora, e o Tortuga reexplica, "Os noventa por cento foram inventados por um alemão muito científico, menino Boró", científico?, "Ciência dos mais subidos teores científicos e relativa", relativa?, "Relativíssima. E geral", geral?, "Geral ou estrita, percebes, depende da luz", ah, tá, e continuamos, "Se tu vais apenas servir a mercadoria com esse teu trabalho infantil e o trabalho intelectual é cem por cento meu, permito-te faturares qual experto garçon: dez por cento, e resigno-me com a sobra, cem menos dez, noventa por cento", fiz sinal de oquei com a matemática relativa, depende de onde bate a luz, tou acompanhando. "Calculemos agora as despesas, contabilidade mormente complexa, mas despreocupa-te, menino Boró, deixa a autoria intelectual comigo. Primeiramente, tratemos do lançamento pecuniário das despesas, impostos, electricidade, o cigarro que precisei de fumar a modos de apaziguar os nervos enquanto tu incompetentemente te demoravas a pular a janela o muro a grade o cão o arame farpado, tu fazendo festas no cão de guarda, deverias logo de ter saído com as mercadorias; ora, larga-te desses nhenhenhéns de que tinhas excessos de cargas às costas e que dentes de cão na canela só se desencravam com afagos e conversa sem mostrar medo ou dor, pois sei, tu aguentaste, és sobretudo um forte, tua mãe o diz, ou vais retrucar-me que tua mãe é mentirosa, na outra nossa visita um sabujo te cravou os caninos nas chinelas e tu as abandonaste depressissimamente, no que fizeste muitíssimo bem, extravio de chinelas é melhor de explicar à dona jaguatirica que furos na canela, mas calamitosamente fiquei *eu* com o prejuízo do televisor que derrubaste e trincaste o ecran, por conseguinte e no fritar dos ovos fizeste mal, obrigaste-me a subtrair da tua parte; agora cala-te, estás demais a falar, lembra-te: boca de siri não papa mosca, deixa-me cá garantir as contas, lembra-te antes de desinfectar a mordedura com água oxigenada, ou pegas raiva; silêncio, estás diante do homem que calcula, sete séculos de sabedoria, aproveita e traze-me outra cerveja, abre com o abridor que está na bandeja de prata imantada, põe no copo, sem espumas, humm, fresquíssima, queres, sentes inveja, menino Boró, não?, ora mentes. Tudo pronto, despesas calculadas e já cá dadas ao bolso; da sobra reservo estes dez por cento polpudíssimos para ti estes nove por cento, mas qual a borrasca agora, preferes arredondarmos para oito por cento, sete?, eia, alto nas ferraduras!, potrinho, basta de esperneios, dez por cento do butim afora despesas e não se fala mais nisso, toma, miúdo duríssimo de enganar." Às vezes, de olho na marcação dela, pra me escorregar a mais-valia dos suados servicinhos, vinha ele a saltitar na ponta dos pés todo piscandinho nos olhos, a boca chamando em código Morse, pss, pss!, e o pescoço defletindo, 'Vem, vem!', mui sigiloso e suspeitoso, ...)

§

....Infanto-juvenis .... (...parecia um desenho animado, bandido mas grande herói ele e o Rei das Selvas de Botsuana, o Vigilante Galáctico, o Cangaceiro das Neves, ninguém conseguia pôr a mão neles ou no Cruévil Sanguinário dos Sete Mares, "Este, mais audaz que o chocho Corsário das Antilhas da dona generalíssima", intrigava o Tortuga, "O Cruévil, não gancho, a mão preta um dia mortiferamente esturricada ao sol do Caribe pelos seus arqui-inimigos, os Trigêmeos Corsos da Ilha das Caveiras Devoradoras de Cérebro, o capitão Cruévil, que, com peitas, ouro e dádivas divinas, dá-se apenas a práticas rapinas, sem reis nem leis" "Versos estes de minha autoria, evidentemente, e não há cá disso de raparigas a singrar os sete mares do capitão Cruévil, exceto a ruivinha, pois gostas dela, estou certo? Tens a certeza? Saibas que a rapariga foi embora, tanto a desprezastes. Evita tratá-las mal ou bem tão-somente, pois somem e sofres", me enchia as paciências o Tortuga, eu preocupado em distinguir qual a maior virtude, sonhando acordado àquela hora, por um lado o Cruévil era "assaz audaz", é evidente, mas a inteligência do Corsário das Antilhas, puxa vida, como era bom o perfume da ruivinha, parecia morango, eu gosto de morango, quer dizer, quem não gosta de morango, mas ela foi embora, o morango vermelhinho, "Pss! Vem cá. Vem logo miúdo dorminhoco, andas a sonhar acordado? Pois sonha menos, trabalha mais. Escuta, amanhã voltámos nós ao outro lugar, não, o outro, sem cães, aquele, entendeu, e terminámos a entrega, pss!, costura o bico com a tua mãe, hem, toma, guarda-me esse pacote atenciosíssimamente. Quando chegarmos tu mo dás, pss!, se perguntarem, nunca me vistes mais gordo. Evidente que é honesto, honestíssimo, conheces-me a integridade, mas toma um extra para calares a boca, gangsterzinho duma figa, e não gastes tudo duma vez, vai aos banqueiros e recebe de volta com juros, sai a comprar por um e vender por dois, abre um negócio, e esconde essa dinheirama da tua mãe, hem, ou ela confisca as moedinhas e vem a torturar-me nas masmorras da Inquisidora-mor a confissão da tua culpa eterna, mau filho que és, mas negarei, conheces-me a bravura, defender-te-ei, lutarei contra mil e quinhentos demónios, garanto-te, mesmo submetido às garras da Torquemada, que negarei, mesmo diante da morte dos mil cortes, negarei, assado num touro de bronze, também negarei, ora seu estupidozito, não negarei três vezes, é evidente, uma só basta, sei, eu sei que contaste quatro vezes, não me corrijas para três, porque não-são-três nem-quatro, seu pancrácio, não, já te disse, e se alegares que neguei de novo as três vezes, ou quatro, mas pelos três Pastorinhos, ó energúmeno — ele erguia as mãos aos céus, rosnava pra Deus repor os cabelos da testa só pra poder arrancar de raiva, 'Ó, palurdiozinho duma figa!', às vezes o Tortuga ficava um pouco aborrecido comigo, graças a Deus por ele sempre recuperar o controle, um lorde —, trata-se duma metáfora, estimado menino Boró, presta-me atenção, sim, é metáfora, sim senhorzinho, como não, tu nem sabes metáfora o que é, seu senhorzinho duma figa, não sabes não, dado que jamais te expliquei, e ignora os ditos da tua professorinha C., pois são disparates, mas quem falou em parábolas, qual Pedro?, pelas balizas do Céu!, miúdo, deixas-me possesso. Olha que faltas com a educação em contradizer-me e uma mão lava a outra e a tua ...)

§

....Clássicos .... (...está sempre mais suja, escuta, pss!, vai-te daqui some desaparece hora de dormir, 'Pobre miudinho sonhador, a mãe ocupada em salvar o mundo e sem pai que te ponha na cama e vele, que será de ti? Deves logo aprender a lutar, luta que te ajudo menininho, aprende de todas as artes, numa das mãos o evangelho, na outra o punho mais duro que puderes, luta!', e guarda o pacote com a vida" etc., o pacote, os pacotes, a parceria prosperava, às vezes ele esquecia de me pagar, "Já te paguei ó estrupício de menino-cabelo-de-juba. Some-te daqui ou chamo tua mãe. Pensas que me podes cobrar duas vezes, seu mafiosozinho duma figa, hás de comer muito feijão antes de me conseguires ludibriar, vá lá, toma essas moedas e escafede-te das minhas vistas, senão", ai, como doía quando ele me levantava nos cabelos, "Mas, pelas estrebarias do Hércules, seu miúdo cria do Mafarrico, que tal se trançássemos esta grenha de cabelos aos modos do cipó do teu Homem da Relva, está certo, potrinho, calma, da *Selva*, aliás afianço-te, sou tão selvático quanto esse teu Senhor da Relva, *Selva*, raios!, pois então, que tal se apanhássemos e passássemos um cipó de juba à roda desse pescoço cujo encardido não há dissolvente que remova, déssemos uma, duas, quiçá três voltas amarradas com nó ceguíssimo e firmes o levantássemos a ti por ele, que tal se o pendurássemos por este fio desta luminária que cá seguro nas mãos e te ilumino de pertíssimo para sentires aquecer a pele enquanto bisbilhotas estas coisas que *não são tuas*", que tal um tabef!, e me expulsava, que ele me pegou em flagrante delito invadindo o Gabinete um par de vezes, levantava-me pelos cabelos com uma das mãos, com a outra um estalo no pé da orelha, com outra um chute na bunda, me expulsava no grito, quer dizer, não; ferraduras, oquei: necessário; mas berros e gargantadas, eu não era de afinar diante de bestidades otorrinas, batia os tacões em desafio, soem as trombetas, que veñan los toros!, na verdade topava qualquer enfrentada, menos o próprio touro em pessoa, força bruta não, por favor, ...)

§

....Guerras .... (...eu não sou de briga, pregava do fundo do coração pelo uso pacífico da força bruta. Condenava com as palavras Sagradas dos deuses, com a fé dos filósofos, a força dos poetas, eu mesmo nas poesias do meu caderno de poesias contra as injustiças dos homens, "Deus altíssimo amor / Cuida bem dos fraquinhos / Dos sem pai nem favor", os discursos de igualdade e fraternidade da minha mãe, e quando havia distância de salvaguarda, respondia às provocações do Tortuga com a língua afiada de aço e, ó, chispava, nem esperava mais as respostas depois que ele refinou a pontaria do beisebol que deviam jogar no país dele com lata de ervilha, eu terminava a palavra já em pleno exercício do direito constitucional de ir e vir, igualdade, fraternidade, corria e esfumaçava o foguete no vento, pois misteriosos são os caminhos da bursite, que sumia nessas ocasiões. Cedo ou tarde ele iria se descabelar na careca por causa de alguma palavra justa da dona justíssima, e eu voltava sossegado. Parecia que ela armava os barracos de propósito, pra distrair a atenção dele. Graças a Deus de não guardar rancor o Tortuga, rei do cascudo, ô mão de ferro, "Como por que que te acerto os cascudos justo nos teus galos, ó seu fujãozinho? É porque dói mais. Não sentes? És um insensível?". Acho que me empastou as camadas superiores do cérebro de tanto a mão de ferro mirar e trabalhar justo nos galos, por isso as minhas advocacias às vezes destrambelham um tiquinho, e eu viajo)."

§

Concluído o passeio pela alexandria, percebi que ele recuou mais um pouco, o Juiz. Virei meia banda o rosto, cravei um olho-no-olho diagonal e entendi. Não, não recuou. Nisso também ele era como a minha mãe. Dois-três passos para trás e aumentou o raio de domínio sob o olhar sinistro, os braços se erguendo até virarem messiânicos, ameaçarem, calarem o meu silêncio e mais, até perdoarem toda a desordem que eu encheria de vida e morte aquela casa, aquela biblioteca de feiticeiro por alguns meses e anos — "Que nunca fique um (livro) longe da tua mão" —, o mar revolto e uma chance para o aprendiz de monstro, bicho, cão danado, o Juiz do tamanho do mundo me oferecia mais que a biblioteca.

CAPÍTULO 100

Calendário riscado no canivete, evidente que viria algum tipo de cobrança. Quem ia fazer tudo aquilo — e fez —, o tempo que dedicou, a grana, faria pelo amor ao éter celestial? Deus sabe os riscos que ele abraçou quando me deu guarida, senhor do poder sei mas sou uma florzinha?, a mulher dele, que eu fui onde ele não teve coragem, o Juiz, o benemérito da minha formação e os caminhos assinalados em vermelho desde o começo, tanto planejamento, e *Deus lhe pague*?, não senhor; pago eu, 'Paga!', pago — e paguei —, cumpri reto e implacável, paguei tudo TUDO! Não devo a porra dum cuspe.

Onde ele está, o Juiz? Esquece o Juiz. Deixa ele no passado. Não, olha, se quer saber, desapareceu do mapa. Ilha de Marajó, Cananéia, Ilhéus, San Matías, pijamou no centro da cruz, ou apagaram, como vou saber? Deve ter sumido no ralo do destino dele, que às vezes também se desaparece pra dentro, o mundo tira alguma coisa da vida da gente e a gente vai e tira o mundo da vida da gente, o que sei, o que interessa? O Juiz passou e eu segui no meu rumo, em frente, como ele dizia.

"Cumpra a sua parte" "Você fez o seu preço" "Lembre-se: *eloquência, oratória, retórica*" "Com Deus e em frente", até que um dia seguir em frente significaria voltar ao meu chão, Brasília e um ônibus novamente, seria ver esta cidade assustadora, então amiga — sim, uma criatura, acredite, São Paulo, amiga —, ver se erguendo infinita e se afastando na janela do ônibus uma barreira de Brasílias espalhadas uma ao lado e em cima da outra e além, a curvatura cheia de mandíbulas de prédios de vidro muito mais imensas do que eu conhecia, um sem-fim de quadradinhos com luz e as luzes nas nuvens baixas sobre a cidade, uma tampa que protege o céu, as colossais veias de asfalto e concreto em todas as direções, na direção de Brasília, me afastando das luzes, de volta para casa, a pressa contida nas escalas da cautela...

...(Araçatuba), eu mesmo...

...(Campo Grande) e tão outro...

...(Rondonópolis), de volta ao matagão infinito...

...(Barra do Garças), no curso da cicatriz negra que tornaria a rasgar cinco anos depois rumo a minha terra prometida, lá fora os mesmos cupinzeiros e as arvoretas, agora são os faróis que denunciam a minha chegada. 'Bem-vindo, borozinho', responde o brilho distante, 'Venha, borozinho', acha que me reconhece, Brasília, tão pequena naquela época que cabia inteira no pedaço do horizonte que contorna a gosma de um inseto esmagado no para-brisa, 'Venha', que rodamoinho de promessas nessa palavra de acenar e seduzir o sonho como se fosse real, 'Venha' 'Venha, borozinho' 'Venha, Brasília, que eu te mostro o que é real'.

Queria me esparramar logo nos braços da minha menina — "Por que está me olhando assim?" "Assim como?" "E mordendo os próprios dentes" "Eu?" "Você" "Eu não" "Está afiando os dentes?" "Cala a boca" —, cinco anos, mas devia esperar, sentia o gosto do poder nas mãos, depois prometo mudar tudo por ela, esqueço São Paulo, adeus Foz, e os caminhos abertos pelo Juiz, que se lixe a porra do Juiz, sou dono do esmeril agora e me desraspo do meu destino quando eu quiser, como quiser, "golpe a golpe, porque não existe caminho", só os três ponteiros desse relógio do *meu* tempo, os condenados que deixei escapar na baiuca do trácio para me destruírem, o ônibus cada vez mais perto...

...(Alexânia), uma adrenalina ansiosa moendo euforia com medo, mais perto...

...(Núcleo Bandeirante), confundindo a razão, perto, chegando, mas não tanto, porque saltei cuidadoso antes da rodoviária — sem espaço para misturar lavagens de ansiedade no sangue —, o último pedaço de trilha, a ponta da seta final direto no coração da cidade e dos três malditos rabanetes. Só depois iria procurar a minha menina — "Eu sei que você está me olhando" "De costas?" "Hum-rum" "Sabe nada" "Uma garota sabe" "Sabe?" "Hum-rum" "Sabe o que eu estou pensando também?" "Hum-rum" "Então vem cá, de costas, não vira" "Você vai me machucar?" "Mais perto" "Vai?" "Continua..." —, mas, não entendi. No dia seguinte de ter furado as lentes de contato do primeiro, ela foi embora — nem cheguei a ver. Fui atrás dos outros e dela por toda a vida até hoje. Encontraria os dois, cada um no seu tempo. Ela, nunca mais.

CAPÍTULO 101

Voltei. Cinco mil anos, cinco anos depois, quando meu inferno esfriou, voltei. E fui, frio, matar a saudade dos três. Encontrei o primeiro sem dificuldade, o fanico do ioiô de aço nos gorgomilos. Estudei a sorte ao redor. Senti que a oportunidade rifava os búzios ali com ele. Êh, boa hora para visitar o amigo. Não tinha pressa mas ocasiões são ocasiões. Tudo aconteceu muito rápido.

Toquei a campainha. Toquei de novo. Ouvi uma cadeira arrastada e os passos leves de quem não sabia que vinha assinar o recibo da própria laje, vi as sombras das pernas embaixo da porta que ele abriu sem fazer perguntas, nem estava trancada; me recebeu puro e descalço, com aquele sorriso em progresso que os felizes habitantes das felizes vizinhanças não conseguem evitar, um *flash* de magnésio na boca, quanta felicidade naquele sorriso gentil e bem alimentado. Vivia na paz com a mulher e uma penca de quatro filhos.

Paz. Coisa mui apreciável. Trabalhou depressa o garnisé. Mulher e quatro filhos em cinco anos. Estavam fora aproveitando o calor incomum para um fim de verão, início de outono.

Levaram a criadagem, das babás ao motorista, um RH completo. Voltariam no dia seguinte. Não, ele não disse. Já sabia. Oportunidade perfeita. Quando voltassem, a feliz vizinhança nunca mais seria a mesma.

Coitado, o tempo dele não conseguiu nem concluir o sorriso de magnésio pro destino que era uma cobra tocaiada na porta do galinheiro. Ele abriu e eu entrei e fechei e catei o gasganete com a mão esquerda, os dedos impacientes se lançando os dentes no pescoço do frango. De minha parte um alívio, dele o esperado reflexo de se defender com as mãos agarradas na cascavel que o mordia, expondo as maciezas abaixo das costelas, e tentar fugir, no que eu — pé-de-valsa iniciado nos inferninhos binacionais do rio Paraná, doutorado en Las Boca — ajudava empurrando.

Catado no gargarejo, o levinho recuava pela sala ao ritmo do acordeão, pé direito para trás, meu pé esquerdo para frente, esquerdo, direito, do outro lado um grande armário de madeira com porta dupla, oratório antigo, entalhes brutos, chique e misterioso — ainda não tinha percebido mas foi nessa hora que me baixou o gosto por coisas santas de madeira, antiguidades, todas estas artes ao redor, percebe, e comecei a colecionar. Fui com as costas do franguinho direto numa das portas do santuário, entreaberta, eu firme no corta-jaca, ele firme na entreaberta, que bateu sob a força do embalo, travou o carlos-gardel e destravou a porta ao lado, expondo os santos. Alguns tombaram de susto. Nenhum gritou. Ninguém gritou. Silêncio — e o ar-condicionado resfolegando.

Galeto devidamente estampado numa porta, desviei o rabo do olho na outra, um respirozinho para as religiosidades saírem à procura da luz do meio-dia, toda uma escuridão ali dentro e um violino que torturava as dobradiças lentamente, eu curioso, "O que é isso?", o frangueto calado e a porta se abrindo, o violino, as dobradiças imensas de ferro batido, e parou. Tem jeito de que só pode ser uma ermidazinha esse negócio, pensei, eles têm uma igreja, Deus do céu, uma igreja particular!, cheia de santos particulares, óptima para rezas particulares, quem sabe perdões particulares. Aquilo me iluminou a alma.

Estendi a mão para tocar mas bateu um negócio de calor na consciência, e congelei, umas ondas que tacavam fogo nos aposentos cá em cima, saíam e voltavam para assoprar, ou apagar, não sei se me entende, aquele tribunal de inquisidores em pau e pedra-sabão, eles tão digníssimos com suas auréolas de arame dourado muito dourado e polido, as santidades mediam a acareação — eu versus o frangote — desde as bancadas dos júris nas prateleiras do oratório, e o flagrante dependurado na minha mão, que eu tinha esquecido o levinho por um segundo, travado na dúvida: julgam-me? Voltei o olho nele, estampado e vivo; depois, no santo ofício. Dei uma varrida geral quando a consciência descongelou do fogo e estendi a mão para levantar os mártires que tombaram. Tinha mártir para todos os pecados e competências, misericordia et justitia. Aguardei. Nenhum sinalizou reprovação. Oquei.

Travado contra o maciço, o sujeitinho julgado e condenado decidiu recorrer. Acordou que tinha se transformado em um inseto grande e daninho atravessado num alfinete de colecionador de borboleta

Lepidopterologista, isso mesmo, os quadrinhos com essas criaturas encantadoras espetadas, antiguidades em madeira, conchas, o gosto de colecionar, percebe, e o meu espécime desembestou num ataque de rebeldia histérica nas mil patinhas que tentavam escapar desta mão aqui o alfinetão.

Esvaziei os rebeldes com um direto no bandulhinho macio — o baço deve ter caído fora, espremido entre a porta de madeira santificada e esta mão o malho.

Vazios, levantei o que sobrou dele sem ouvir protestos, na verdade espremi alto contra a porta, na verdade emparelhei a mira dos olhos: os dele em debandada, os meus açulados e com muita fome.

Difíceis aqueles olhos que escorregavam e abriam e fechavam as persianas como se tivessem vida própria, coisa estranha, resistiam. Acontece que olho também põe brida. Bastava uma olhada, uma olhadela só e bem cravada nos quiabos dele, e ele não desolhava mais. O safado corria e corcoveava o branquinho dos olhos mudando os canais sem me captar por nada deste mundo, como se eu não estivesse antenado a um braço de distância e prestando a mais total assistência domiciliar, as bolotas dos olhos me negando rédea, querendo bater asas de barata, e que história é essa, olhos desertores? Aonde poderiam voar os comandantes, se esconder, como, abandonar à negra sorte o batalhão que se agoniava um palmo abaixo?, a garganta garroteada na minha mão, hahá!, ele se lembrava. E eu, eu sabia que não adiantava corcovear nem girar nada tanto daquele jeito não: o destino dele estava pronto no cozido e marcado de entornar ali mesmo: ele não escapava mais, nem eu, ninguém ia escapar de ninguém, de destino nenhum, não senhor. Acabou olhando. Ferrei o bicho na primeira cruzada de olho: ele captou e amansou de vez.

Desci o manso de volta às tábuas — os pés nus que se espichavam aflitos de saudades do chão firme, e fresco, por causa do ar-condicionado —, desapertei o torque no gogó e o interrogatório completo e confirmativo numa só pergunta, se ele me reconhecia, reconhecia? Engoliu um seco do tamanho como um caroço de abacate, senti na mão. A voz foi junto. Os ouvidos entupiram. Quer dizer, mesmo agoniado com as tropas estacionadas no pescoço, o galispo ficou de bico fechado. Sei o que é: é a trava do terror: o medo gelado, compreendeu, hein, compreendeu ou não? Natural que o codorna se arrolhasse no gargalo, caroção daqueles.

Sensibilizado, experimentei uma linguagem pra surdo: repeti a pergunta demorando a caligrafia na boca para que pudesse, se não me ouvir, ler. E com filantropias de superar o nosso impasse de comunicação, eu ansioso por mostrar como estava interessado em que voltassem a bons termos seus pífaros, dutos e foles, enquanto calmamente falava, calmamente diminuía a distância entre os dedos e a palma da mão, no meio seu pescocinho figulino. Quando ficou da cor certa, afrouxei.

Naquela hora os pulmõezitos aposto que já armavam um pé de guerra contra o reinado de terror, o povo na rua para julgar o poder, mandar o *pelotón* pro tirano ditador — o medo — porque a vontade de respirar, que formidáveis revolucionários se erguem na gente por uma ampola de ar, Deus e o Diabo pegando em armas contra o Universo pelos nossos pulmões, nada se compara, nem a maior dor, o pior desejo, o medo tirano, alegria, tristeza, nada!, acredite nisso. Então a criaturinha — bochechas tornando à cor dos usos —, mal afrouxei — quase corado —, mal começou a lamber o saboroso oxigênio que voltava a entrar pela garganta desimpedida, mal isso tudo, o joão-pinto soltou a voz nas estradas, um canto melodioso formado de notas rápidas, gorjeio límpido de se ver, mas disse que não, tal e tal, contou umas histórias cheias de borrachas e quilômetros, quem é você, não reconheço esse gorro nem o falso bigode, o que você quer, joias, o faqueiro de prata da bisavó da bisavó, é tudo seu, tem dólar também, pode levar, estica, puxa etc.

Ouvi o generoso desmemoriamento, contudo não, dispenso — os olhos afiados nele. Com certeza não fariam falta, vamos dizer, toda essa fartura veio de outra ainda maior, inclusive os dentes, vai que uns implantados de ouro, carros, "Tá ali os documentos e as chaves, na sinceridade, pode levar", sei, posso, mas, na sinceridade, essas mandioquinhas valiosas todas me deixam embaraçado, não é o que eu quero, fizesse um esforço para se lembrar, disse. Falei do passado, tentei ajudar — é evidente que não tirei o gorro e o bigode, mas voltei solidário a exercer os dedos em sua garganta —, falei da cidade, do ar seco medicinal que é uma maravilha para limpar os brônquios, não é mesmo, pros pezinhos de atleta aí descalços também, nariz entupido, por que usar esse ar-condicionado antinatural, não entendo.

"Escuta!", alertei ele, "O ar", o equipamento estava rateando, já-já ele para, tosse, quebra, não vai aguentar o calor lá fora, e a situação pode esquentar por aqui, "Escuta...". Ainda tinha alguns sopros refrescantes para ventilar na prosódia com o distinto, mas o nariz do distinto, impressionante, parecia estar com calor, todo brotando uns bulbinhos sudoríparos, como alguém com um monte de lâmpadas penduradas nas costas, onde se vê uma coisa dessas? Talvez fossem frutos do psicológico, ou a saudade ligando seus interruptores ocultos, calculei rapidamente, suava o nariz porque se recordava da luta em 76, porque sonhava que eu ia desquebrar ele do martelo com almofada que eu tinha socado de leve e o nasal entortou e roxeou no ato; o roxo passou, agora bastava uma contra-almofadada para desamassar o desvio cimentado na ponte, septo de farinha; sonhou o sonho errado, que eu não sou otorrino nem cirurgião nem cheirador, e era a minha vez de emborrachar a quilometragem. Não precisou: o negócio da mão forte argumentando os dedos fortes sob o seu queixo delicado foi um muito ótimo desentupidor de memória.

Sim!, arfou, tossiu, *Ar!*, desentupiu, me reconheceu, sim, agradeceu pelo comprimido ar que escalava pela garganta interessadíssima em trocar lembranças por ar e puxar urgente o ar a entrar assoviando pela válvula desentupida da memória de repente fresquíssima, bombear urgente o ar, sugar, arejar as esponjas do pulmão, enfiar pelas membranas e fibras, nas células famintas da pleura, sei lá, todos os oxigênios do mundo, mas o sangue no andar de cima vê a cara da tragédia, se apavora e abala pelas escadas, foge como ratos, milhões de bilhões de ratinhos vermelhos de hemoglobina abandonam a cabeça que naufraga, correm, covardes — pressão nove por quatro, e caindo —, descem pelas escadarias das tubulações embaixo da pele de látex na cara dele assim de pequeninas coisas a tremer as gelatinas, os olhos, as bochechas agora descoloridas de maleita, crateras no lugar das espinhas, lábios, o meio-queixo e o nariz torto e aquoso, linfáticos pudins de cera, e quanto mais amaleitado mais ele sanfonava o desespero no ar, ar!, talvez com medo de nunca mais poder entoar o peito, ou era o próprio medo que tinha escapado *del pelotón* e queria ser rei outra vez, respirar também. Pois respirasse, respirasse todo o cê-ó-dois, ó-dois, qualquer porcaria de vento que o fole pudesse trocar, e os olhos, igualmente, que piscassem felizes todas as injeções em raios vermelhos de acetona e esbugalhados até o quanto quisessem, à vontade. Sim.

CAPÍTULO 102

Eu via essas ruínas todas e queria entender o que nadava no aquário dos olhos dele. Medo acredito que vi, covardia não. Gostei. Os sinais, percebi crescer uns chuviscos na água, sabe, uma impertinência que viajava a atenção dele pra não sei onde e um ar meio desinfeliz, que aliás por quê, porque o baço ficou dependurado na porta do oratório diante das digníssimas auréolas douradas de misericordia et justitia e o santo *dele* das causas perdidas *dele* não levantou um dedo em defesa do revel? Ou era raiva? Raiva não, raiva é praga, não cultivo e não quero, mas medo, medo produz, medo faz lei. Desgosto?

Cheguei mais perto. Mandei uma investigação de relojoeiro no freguês. Examinei os poros, a cabeça, um ovinho da Criação; contei as castanhas, tentei entrar e ver como é ficar preso naquelas cascas que agora pareciam tristezas, as linhas no rosto de quem tem maus sonhos, e saí; interroguei as sombras nos buracos da caveira, comparei as arteriazinhas na pele nervosa das pálpebras, medi, calculei, olha, fiz de tudo. Queria descobrir. E os buracos, era o quê, pra eu fechar de vez as janelinhas da memória, cinco anos enterrados ali dentro, deveria atravessar os dois?

Pensei na família enquadrada nos quantos porta-retratos junto com as chaves e os documentos sobre o aparador de mármore chumbado à parede, vi no geral o mármore quando entrei, vi melhor quando saí, reconheci a peça esculpida numa pedra branca tão branca que parecia de cal lustroso, coisa totalmente finésima e carésima, posso garantir, e nele uns glacês fotográficos idiotas cheios de lembranças e alegria, os felizes, o levinho o mais de todos, desatrelado de casa, nadando em felicidades na noite anterior a bordo de uma festinha no Lago, um iate particular com as encomendas de champanhe doze litros pra se encharcar mais meia dúzia de mulheres dessas aparelhadas com todas as proscrições da imaginação fecunda de Deus e pó, dá-lhe maldito, aproveita as horas; fotografei uns porta-retratos com essas fecundidades também, o levinho e as pirainhas, gosto refinado ele, selecionava as mais caras, só cavalona com cintura e demais curvas de amplo espectro e cisalhamento de filé; família com tradição no segmento dos ministérios da República, o sogro um bolso largo, bem-aventurados viajantes desse rico Brasil tropical abençoado por Deus, e de fora também, como não, essas outras fotografias mui exibidas no glacê de mármore, estátuas, pirâmides torrando ao sol do deserto, casinhas de todas as cores afundadas na neve até a cintura, no centro do aparador um morro vermelho gigantesco, a foto parecia de uma montanha esquecida por Deus na imensidão descampada, falavam de um demônio mal enterrado que de tão grande se erguia lá embaixo e agarrava a terra toda com a cadeia de ossos no punho raivoso cor da terra vermelha de Brasília; eu desconhecia aquelas belezas da vida, meus pés de moleque de chão batido já tinham ido longe, mas não assim — ainda. Pensei na família que um dia eu, eu não tinha família.

Devo ter bombeado uns barômetros a mais na bisnaga do pescocinho — me distraí —, que o coitado resolveu entrombar um azedume comigo, percebe, o espírito malcontente com a minha mão, que não ligava pras abundâncias dele tentando subornar ou os incisivos em atitude de porcelana, 'Quebra, ô grandalhão covarde, chuta quem tá rendido e mostra sua natureza podre, vai, arrebenta!', desafiavam os dentes, arrebentei nada, firme na apertura do pescoço dele ordenhado por palavras, enquanto o ar-condicionado na sala engasgando, já-já morre o desgraçado, morre-não-morre, estrebuchou e — Deus o tenha — morreu de vez o equipamento, liberando imediato o Sol magnífico para assar das janelas fumê o frescor do piso e amolecer dos pezinhos já quentes do levinho à santificada equipa no oratório, tantas amolações, e ainda mais essa, entendi o azedume. Entendi mas não gostei. O descontentamento, percebe, frio: irritou. Estava sensível naquele dia. Só não vai confundir que me afetou, nem isso nem a temperatura subindo depressa pelos nervos da sensibilidade. As regras são: um, paciência; dois, atingir metas. Passei por cima da frieza dele e, por retidão, pelas exigências de cristandade na bancada do santo ofício e tribunal de Deus, insisti em expor os meus autos de fé. Pacientemente. Procurava uma condenação justa.

Comecei pelo reconhecimento dos meus débitos, uma inadimplência que eu devia um monte de respostas pras perguntas travadas de caju verde na língua dele. Devia, paguei. Tudo: ele tinha o direito de saber por quais chaminés e esgotadouros vinha a estopa que lhe entupia os dutos, como e por quê.

Primeiramente contei de umas outras bisnagadas mais rentes não no dele, no *meu* pescoço, se ele permitia a comparação, ter saído de Brasília a pontapés cinco anos antes, "Sentiu falta? Comi grama todo esse tempo, e o levíssimo amigo palmilhando com o septo quebrado-cheirador as trilhas da felicidade noitadas afora, vidão, hein?", até ofereceu, "Obrigado, estou servido"; e um privê encharcado de uísque e meninas de primeira?, insistiu, podia ser no iate do sogrão ancorado no clube dos bacanas, "Obrigado. Não", muito sociável o genrinho, "Pois é, genrinho, o sogrão dando duro na Esplanada, tu aí no bem bom e eu me arrastando nas sombras, de um lado pro outro e de buraco em buraco pra chegar aqui sem ser visto, clandestino na minha própria terra! E o que acontece se me pegam, os riscos são imensos, alguém deve pagar por isso", expliquei.

Justo. Seria justo ele saber das responsabilidades. Queria que percebesse, digo, que vibrasse fundo no ouvido a sirene alarmando que vai bifar meio quilo do cérebro, e ele: 'Entendi! Deus Onipresente, entendi como é perturbador não poder voltar para casa de cara limpa, esta cidade memoriosa de todas as raízes, mas num risca-faca, polícia-e-ladrão', com medo de acordar as bestas do passado, e que, pra continuar inteiro, só mesmo acautelado desse jeito nos passos depois recolhidos e desaparecidos mil quilômetros dali, São Paulo, destino, retorno, passagem comprada e tudo, assim que terminasse um serviço — ele.

Em seguida falei da minha mãe. Quem era, mas o fim terrível, essas angústias cravadas nos tampos e que de alguma forma começaram a trincar os dele também, na capa da caveira, enquanto eu dizia e examinava as cascas, os olhos, sobretudo os olhos — oftalmologicamente, quase —, e via: sangrarão.

Via o medo subindo por eles e que uma hora quanto mais eu falava de repente virou terror, o desespero das impotências de um homem a se multiplicarem pela salvação num barco de papel que se afasta e o giro do rodamoinho, os quantos braços do homem multiplicador à procura de onde agarrar para jamais conhecer o fundo aonde iria fatalmente se não pudesse de alguma forma saltar dos olhos, tentava desesperado, batia, espumava toda a água que podia meu Deus e era mais tragado que chegava na salvação já distante, só engolia e afundava junto com os gritos borbulhantes do espanto, 'Não pode ser', varado com a impropriedade dos deuses, 'Por que comigo?', e desaparecia o fôlego fazendo gluglu nos olhos, eu vi, e o que sobrou era farelos, boias de remelinha se dissolvendo na água enfim calma porque o rodamoinho acabou, tudo acabou, a vida, a dele. Não. A minha, a da minha mãe, nossas famílias — as ideias se desarrumavam —, família nenhuma.

Quais desgraças eu já carregava e mais de quantas precisaria? Talvez devesse esquecer a história toda, metia uma 22 cá no serviço de inteligência e me aleijava dessa porra de memória de elefante que nunca apaga nem serve pra porra nenhuma, rezando que a bala não atravessasse nada religioso aqui dentro, o inferno brincava de roda naqueles dois olhos que me olhavam de joelhos, e, no entanto, Deus Onipotente, logo era eu quem não aguentava, 'Tou fora', queria desolhar, 'Tou fora não', inércia maldita, brida!, continuava olhando, vendo tudo onde não havia nada, nem as pupilas ou o branquinho ao redor que desabaram nos buracos de onde saíram, de lá das profundezas, duas línguas de fogo, uma negra e uma branca, duas correntes que se fundiram com a mãozinha destroçada da minha mãe para me puxar e repelir, 'Vem, filhinho' 'Fuja, filhinho' '"Ignore que são poderosos, que são caçadores, que serão implacáveis, e conhecerá os porões onde se perde o norte das órbitas", entendeu?', ameaçavam aquelas garras com cicatrizes marcadas de bronze nas veias finíssimas, os vermezinhos vermelhos se contorcendo embaixo da terra branca dos olhos dele, um barro branco de telha que rachava sob o Magnífico vingador e fazia os agarradinhos brotar e me prender como os galhos retorcidos a caminho da feira na Cidade-Livre cada vez mais apenas inertes diante do deus indulgente com os meninos maus que saíam das sombras para me puxar pelos bracinhos corticentos até abraçar uma árvore e me seguravam ali, eles riam, eles entravam em mim, espremido contra o lenho suberoso da árvore, eu olhava sem entender por que eles faziam aquilo, eu era o jumentin'-de-Deus, eu pedia, "Faz isso parar, Deus", rezava com os olhos todo chorandinhos de dor e de vergonha, "Deus, por favor", então, cansado de perder, eu lutei, briguei todos os meus braços e pernas que se multiplicaram contra eles, "Tira" "Sai!", eles mais fortes, eles, "Hahahá!", eles eram maus, e eu caí puxado pelos olhos agarradores, Deus sabe o quanto caí, fui de joelhos arriando ele comigo, caí duro em cima do levinho maldito prensado em decúbito ventral contra o piso de madeira, montei e caí dentro dele que eu tinha catado pela nuca, ali amontoados nós dois, agarrei o pescocinho com as duas mãos, desvirei o maldito em decúbito dorsal pra ver melhor os olhos que me perguntavam por que eu fazia dele o meu jumentinho, tentei me erguer sem desagarrar, subi nele, sufoquei o meu peso todo nele — foda-se o jumentinho — tão indefeso e submetido com força, arrebentei o santuário dele, os olhos arregalados, ele preso, eu tonto, forcei e caí mais, as veiazinhas dos olhos dele mergulhadas naquelas perdidões oceânicas não para navegar em mares de aventura que eu não sabia dessas maravilhas mas de um vidrão escuro e mole para me fazer subir pelas pernas o horror das águas profundas da noite, me afogar nas órbitas dos olhos ausentes, os buracos desabitados por onde o infeliz vazava o temporal de ódio que o peito minava, uma tempestade que ardia os olhos, os meus, doía de querer fechar, os meus!, arder e barganhar, me oferecer de volta à paz, ao amor, à alegria, a um mundo esquecido nos anos, doer e por isso perdoar o desgraçado, [Sua penca de filhos,] um perdão que me daria paz. [seus pequeninos,] Porém, [sua mulher,] não. [felizes, todos.] Eu sei, padre. Sempre soube. Paz, não existe paz.

CAPÍTULO 103

Precisava sair daquelas águas da noite nos olhos dele me atravessando como se eu fosse transparente, "É um erro, estou avisando", eu cada vez mais difícil de me segurar diante do terror naquele par de buracos que endureciam os tendões do meu braço morto nele e tão esticados que se romperam e viraram eles mesmos os nervões o relho que açoitava o passado aberto como uma lição de anatomia, ah, isso não, por favor, precisava sair da vida miserável que eu levava, me levantar dali, mas, como, se um abismo sempre, 'Vem', me chamava, 'Vem brincar de roda', por todos os sacramentos, como?

Quase derreti, o calor assava as ideias, o calor me perturba, quase perdoei o levinho; contudo, não; dessa vez não ia derivar em romantismos, essas caridades poedeiras de arrependimentos. Porque certos limites não se deve ultrapassar: ou você se planta firme as pernas como um ferro na terra — guarda os nervos quietos, enrolados nos carretéis das mãos — ou vai até o fim, ou é o seu fim, digo, matar, por exemplo. Sabia que o.s. para matar

O.s.?

Ordem de serviço.

Encomendar um presunto sai mais em conta que ripar o couro, sabia disso? É por causa dos limites, que o da morte é a morte e a parada final: o homem, não tem essa de boca de Deus rejuntando o pó da terra com o sopro que se foi, não senhor, repatriar a alma penada: morreu, acabou; queima ou canoniza a donzela, não importa. Agora, bateu, invadiu os santuários do sujeito? Aí não, que o limite é outro, muda as cores da procissão e os riscos sobem de categoria: contrato em aberto ou mesmo sem contrato, que a reação é: bateu, voltou; lei da física, física dos homens, o troco no talião que se nutre e desenrola no vai-e-vem daqui aos quintos dos infernos e pagam de volta quantos bilhetes o freguês quiser: bateu, levou; de uma forma ou de outra, cedo ou tarde. Às vezes muito tarde.

Esta carcaça, olha o resultado dos martelinhos tantos anos de incontinência, bateu-levou. Tivessem me enterrado no bico do urubu, e não ia ter sopro nem encosto atrás de troco pra freguês nem inferno porra nenhuma, ou então tivesse *eu* cortado a raiz do mal logo de uma vez no bar do trácio peludo há trinta anos. Fritava os rabanetes e não tinha esse negócio de voltar em cinco pra visitar o gogó de frango nas águas profundas e Deus como testemunha onisciente nos olhos dele do que eu tinha feito com ele, do que estava fazendo com ele e do que iria fazer. Se fui clemente na primeira vez, não seria na segunda.

Clemente sim senhor, um imbecil comedor de alfafa no bar do peludo, fui, sei que fui. Devia ter resolvido logo essa história, fatiado no disco três infelizes engomadinhos e jogado o fiambre no Lago. Era a festa da pescaria, e tudo acabava diferente. Aprendi, mais umas outras estudiosidades também no fio das fronteiras que jogaram nos meus pés, em Foz, na casa do Juiz, aprendi horrores, tenha a certeza, depois me levantei com as sobras do levinho na ponta do braço firme até o pulso e acabei que não derreti alfafas porra nenhuma com ele nem com ninguém nunca mais. Quem sentiu o talo, que reencarne e negue. Veja: sólido. As ramelinhas nos olhos de aquário dele, voltei no rumo traçado sem arrependimentos, porque o talião atravessado no galeto era meu e me desespetar com as próprias mãos era o único que eu podia fazer, e fiz.

Fiz o encomendado entender, 'Agora tu vai precisar de um perdão', não disse nada; ele, distante, sem divinatórios para maliciar da negridão do céu que o aguardava e nos encobre, ele acreditou ter entendido, exatamente, que era só levantar uma bandeira branca de pedir paz e amor, fácil. Tudo já pago e recibado, pediu paz, pediu amor e perdão, foi, o perdão automático dependurado como uma guimba na sineta carnudinha da garganta havia cinco anos, um rogo pronto para sair, o rogo culpado — e inútil.

Beato, me olhava com olhos penitentes, 'Senhor', e respeitosos, 'Digníssimo senhor deste meu pescoço no espeto, por que tanto transpiras?'; sem resposta, reagia, me cobrava com olhos cobradores, 'Hein, responde, por quê?'; senhor de si, exigia com os olhos malditos: 'Por quê, maldito!'. Voltei a espremer o desgraçado contra o lenho no adoratório, mais firmeza ainda, mais porém no modo de enganchar que apertando, alto, ele a ponta dos pés dançavam no ar, os dedinhos frenéticos nervosíssimos de saudades do solo perdido. Pronto. Sugeri, pedi por obséquio que parasse de me olhar com aqueles olhos desenganados. Nunca é bom enfrentar o olho de um passarinho na mão da gente que vai furar os olhos dele todo escuridão, "Por favor, feche os olhos", esses domínios do destino, "E ore", aconselhei.

Concordou com um aceno rápido, a cabeça em esforço obediente, era mesmo um tipo assim ele, o físico a fatiota na medida pra jugular e obedecendo, suas mãozinhas civilizadas, que lutavam desesperada e, vamos dizer, civilizadamente, para se livrar da minha esquerda mas também se pendurar nela porque sufocava enquanto o pescoço escorria pelos sebos derretendo de calor na minha mão, o pregão que sustentava o gogó dele no madeiro do oratório, aquele peso-beija-flor beatíssimo dos olhos apertados, meio orava ele, meio respirava de canudinho — não parecia muito confortável. Suas perninhas de pau de pirulito, teria coragem de usar, me riscar a pintura com elas? Não, seria desrespeitoso. Nem tentou. Apenas varreu um pouco mais os pauzinhos no ar à procura do chão sólido, tudo sólido, tudo perdido. Isso podia.

Acima, os olhos rodavam o globo da morte de um lado pro outro com todas as rodas que eles não tinham roda porra nenhuma, procuravam canto seguro de se esconder, um aposento na sombra da capelinha das pálpebras e último refúgio irrigadas de arteriazinhas — e do suor que vinha da testa. Lembro cristalinamente. Sonhavam parecia um pesadelo, do tanto que se apertavam nas fronhas as duas bolotas apavoradas.

Com a estaca de madeira que eu trazia no bolso direito, que agarrei com a mão direita do fim dos dias, subi e desci veloz como um punhal. A capelinha no entanto, a peroba fatal só conseguiu entrar quando ele por alguma dessas tortuosas autorizações divinas não se aguentou e abriu pra ver e o olho assistiu o derradeiro milésimo de segundo da vida, a estaca se enterrando com força naquela órbita da morte até os abismos do homem. Manou um sangue pouco, assisti, nada de aluvião. Tinha medo de mim também o filete de sangue, ressabiado de eu deitar a língua nele e cuspir de volta as minhas bactérias contaminando o buraco limpinho dele que eu tinha acabado de tapar e respingou no assoalho de madeira nobre, sintecada com penicilina. O miserando cuinchou um alarme espremido nas últimas raias da goela. Ouvi em respeitoso silêncio, é evidente. Ainda tremiam as perninhas quando peguei a outra estaca e enfiei no seu respectivo outro olho reservado por direito, estacas e abismos enegrecendo juntos na caveira.

Escorriam os fiozinhos na pele tragando as gotas de suor, o sal e o vermelho do sangue diluído que eu lambi a língua nele, conferi — muito calmo — o gosto quando os gambitos se apaziguaram. Soltei a garganta ensebada antes de relar o sangue na minha mão e recuei um passo na diagonal. Deus o tenha. O beija-flor despencou mole em cima dos joelhos e deles de cara e estacas nas tábuas, que martelaram outro tanto para dentro. Cuspi de volta no corpo, bateu e transformou numa flor vermelha achatada como a espatódea que eu levava do bolso para jogar nele, perdoando. Do pó vieste, ao pó retorne florido e perdoado. E cuspido. Bodas de madeira.

CAPÍTULO 104

Outros cinco anos se passariam até colher o segundo. Dez, desde que os vermes tinham começado a roer as tripas da minha mãe, minha paz, 1976 e aquele marital com a dor até que a morte nos separasse, o drama todo numa véspera de outono. Dez anos. Bodas de estanho.

Contudo, prudência no couro antes de cravar as unhas. De volta a Brasília, estudei cada minuto do agraciado, algumas fotos, escrevi um caderno inteiro com esse monte de minutos. E pendurei mais um diploma na parede. Vi a confiança de um homem livre, quer dizer, dono de ninguém. Vi também os desvios. Havia um bar de hotel aonde uma vez por semana ele ia engordar os ânimos do fígado e puxar dos tragos o uivo da noite. Chegava desacompanhado. Perfeito.

Hotel grande, no ar um mofo luxuoso de tradição com decadência. Zero cheiro de perigo. Vivia lotado, como o bar, qualquer bar, qualquer convergência animal onde a meia-luz e a imaginação meio se completam para calcular as biscates e o uísque *massomenos* postos à mesa corporativamente iluminada na hora de pagar a conta dessa freguesia sem cara e em trânsito, engravatados como por força de lei, irrequietos, parecia os cupinzeiros que a gente arregaçava quando era moleque, só para ver fervilhar — quem tem coragem de pôr a mão sem tremer, doía horrores —, um bar especialmente confuso naqueles dias insanos de 1986.

Numa noite confusa, segui o confiante-livre até o bar cupinzeiro do hotel perfeito. Aguardei o início do culto. Vigiei mais um tempo se alguma surpresa, nunca se sabe. Nenhuma surpresa. Entrei irreconhecível — menos pelos dez anos que pelo trivial nos gestos de quem circula em território desconhecido como nativo e acena para o nada, ou a maquiagem básica infalível. Após submarinos de praxe, devagar, me aproximei. Eu era uma sombra na quina do balcão, tudo o que perceberiam — se percebessem — olhos destreinados, ele, que se apascentava fielmente numa garrafa de destilado, dos preferidos do trácio, de artesanar, digo, coisa fina, serviço já adiantado.

Encostei. Excitante aquilo. Copo na mão sem tremer, sem cara senão barba e a maquiagem infalível, a luz pouca, paletó e gravata, sentei ao lado dele. Não me reconheceu — a primeira impressão. Perfeito. Grudei no bicho. Porque a bebida gruda mesmo, é da santidade dos álcoois. Bebemos; ele, de fato; eu, bucho guarnecido com uma chuleta alta de três dedos tostada por fora na casquinha suave de pimenta vermelha moída com sal e mugindo por dentro, capricha no sal hein, depois a sede, muita sede, apenas uns goles aguados.

Logo triunfou o clima de louvores etílicos, pombinhas brancas a voejar com o capinzinho da paz, prefiro assadas, uma porcaria verde na boca, a pacífica azeitona, e dispensei — por hora — os abutres que havia convocado para encherem o céu dos anjos que nos protegem e a cabeça dele. Sim, há o tempo de cada propósito. Como há os risos, "Hahá, pombinhas assadas, hahahá!". E abraços felizes, rendido por aquele pé-de cabra do cofre das riquezas dos homens, a cana maldita que ele vertia, e cantou, uma flor desabrochada na boca, riu e chorou; brindava a nós, à vida. Mal sabia. Ou sabia... E também histórias.

Sussurrou confidências enquanto se levantava e me levantava pelo meu copo, que devolveu para pegar a garrafa de uísque e com ela bater um par de tarzans no peito antes de abastecer na outra mão o copo cheio de gelo. Dois velhos amigos de manguaça, imagino, fomos do balcão à mesa ele abrindo caminho sem se descuidar dos bons modos de uma tora ladeira abaixo — continuava na maromba ele, fortão, mais até, verdadeiro atleta debaixo do bronzeado caramelo contraído em alguma câmara hiperbárica de tostar a franga, sei lá eu.

Sentamos e ele continuou como que a partir do meu pensamento admirado com a fortaleza se exibindo as marombas por entre o apinhado de gente que ele atropelava sem *dá licença* nem *desculpa aí*, se elogiou a musculatura debruada, a barriga seca pras lavadeiras fazerem ali a sua festa, dizia, suar e bater como numa laje, "Como elas fazem na minha terra, hahahá!", esfregou a garrafa no tanquinho debruado — era o nosso terceiro encontro e ele se oferecia de graça pela última vez, dez anos depois da menina e dos porradões que havia tomado para se lembrar o resto da vida que um tijolo é um tijolo é um paralelepípedo mais os certificados que ainda guardava na caixa do peito — e se declarou algum tipo de Apolo; nós, invencíveis. Aliciava-me. Mal sabia. Ou sabia.

Uma hora errou. Cuspiu o palito e — achou que podia — se meteu a futucar o desconforto das cascas entre dentes com os chifres do escorpião, "Ô João da Silva", a disparar fanfarrices, "João da Silva do quê, filho de quem, eita joça de nome, qual inteligência te batizou assim, não, ô, paraê de se mexer nessa cadeira, calmaê, João da Silva, toma mais uma, relax, hahahá!", pichava e reescrevia histórias nas paredes dos meus ouvidos, "Escuta", exageros inaceitáveis, que não aceitei, deu para se pavonear das cicatrizes que ele *precisava* esclarecer. "Vê essa aqui", o indicador espetado no queixo, "E essa", levantou a camisa: exibiu a cordilheira que cruzava as costelas, reconheci a paternidade, "Tem outra na perna. Passa a mão", olhei a perna, tou fora, "Não, vem, pode passar", passei a ponta dos dedos sobre a calça, "Sentiu o calombo?", senti, foi, a coxa, hehê, que soube curar sozinha as feridas, cicatrizar — mesmo sem reza — músculos e encanamentos, ossos, pele, é dos colossos da criação, o senhor concorda, senti porra nenhuma os relevos no cárneo templo de Deus que ele insistia em exibir, tudo filho de pai orgulhoso, mas com o saco no limite. Alisado, outro giro na manivelinha de dar corda nas intenções — minhas e dele, mas diferentes —, continuou:

"Ganhei de três otários que vieram uma vez pelas costas, a pura covardia dos canivetes na mão e um fio de seda encerado, eita joça de matar do jeito mais terrível no mundo, esse fio. Mandei eles pro Inferno. Só na base disso", fez muque num braço e se deu três tapinhas nele, "Pode acreditar", efetuou umas caras de cobrança, "Aperta", desefetuei numas de 'não é filho meu', "Dá uma conferida", apontou com o beiço insistindo pra pegar, "Não acredita?". Recostei na cadeira e bufei silenciosamente. Fechei as mãos, abri, calculei o pescoço embaixo de um queixo mais quadrado do que o que me lembrava o bicho traíra da memória, 'Pescoção grosso de músculos e tendões, difícil, mas dá'. Respondi Acredito, ô. "Resolvi a questão na porrada", esbeiçou ele de novo, "aqui no popeye", e recolheu o popeye. "Foi na pura valentia." Impressionante, toda aquela calcificação topográfica, dez anos de valentia pura, gargantaço muito falador esse. Mas o que esperava de diferente, a vida toda sambando na batucada leve puxada com o reco-reco das fantasias e exageros que ele levava ao redor do umbigo, as ginásticas e os coloridos do arco-íris, vida boa esse também.

Casado?, desviei. "Mim?", protestou, divertia-se. "Nunca. Solteiro ideológico", respondeu. Tomou outro gole. Ideológico?, estranhei. "Ideologia pura", bateu uma talagada e reconfirmou, a boca no copo de megafone e confidente media a palavra, falava comigo, com a bebida, "I-de-o-lo-gi-a". Não alcancei. Explica. "Explico", mandou ele na lata e um sorriso meia banda, meio raivoso. Desceu o copo. "Explico e clareio: mulher, ô da Silva, compreende, mu-lher. Vagabundas."

CAPÍTULO 105

Ergueu o copo. Imaginei que fosse brindar às vagabundas, outra dessas incompreendidas criações de Deus que harmonizam lindamente com bebida, maravilhoso. Não brindou. Armou a cara de bile. De repente o copo era uma pedra ameaçadora na mão, guerra de mijo-de-gato, de torrão de areia, que evolução é guerra, meninos são guerreiros e tudo é causa, de tiros de goiaba bichada na cabeça do alheio a petardos de manga — a mãe no tanque jurando matar o canalhinha que na semana retrasada foram amoras, depois goiaba e agora isso —, mangas com bolhinhas de fermento de tão maduras rebentando no cangote dos bandidinhos que se não morrem de rir quando acertam algum outro da mesma laia, periga quando vem uma podre cem por cento podre catada do chão explodir no peito — "Do chão não vale!" "Ah, é?" — seguida de uma verde na têmpora, e despenca da casamata no alto da mangueira pimbolando de osso em osso de galho em galho o macaquinho abatido, que se do chão não ia passar, passaria com certeza pela saudosa porta vai-e-vem do hospital, maca estendida e tudo, e aparece do outro lado já sem as borboletinhas brancas no fim do túnel luminoso, perfilando o contraditório e a ampla defesa no ouvido do segurança, "Escuta só, meu chapa", e a supervisora na mão, "A senhora fica muito linda toda de branco, supervisora, minha mãe não precisa saber da chácara do míster Scorpions, tá, porque os *brava gente* nem tava lá a gente fazendo guerra de manga no mangueiral dele que se ele visse alguém despenando o patrimônio dele ele puxava o jacaré deste tamanho preso nas costas, facão impressionante, e vinha brandindo e gritando que ia dar umas fatiadas de samurai na gente, 'Seus filhos d'uma lista imensa de louvores falados em línguas, era diplomata o míster *Scorpions*, sabe, mas a gente nunca passou nem perto, supervisora, eu só escorreguei na feira", que eles acreditavam em tudo que eu e a maca de rodinhas enferrujadas a gente cantava a caminho do departamento de ortopedia e a enfermeira Otelina não engolia uma vírgula; depois da quarentena, "Uma semana sem rua, mocinho" "Mas mãe...", os *brava gente* fomos nos fundos do restaurante francês desviar alguns saquinhos daquelas batatas redondinhas de aperitivo francês e fazer guerra de batata, duríssimas batatas, Deus não acudia quem tomava a pior batatada do pior olho roxo, Deus não pensava pequeno com a gente, e a gente deixava catar as sobras, quer dizer, para os perdedores, as sobras; e não parava, nunca parava; logo surgiriam pedras com asas, garrafas aeroendereçadas, copos!, como o que tinham me arrebentado na cabeça — lembrei dos gritos e a confusão — durante uma espetacular porradaria de mulher na Luz Vermelha, assisti de corpo presente, maravilhoso, mas a história acabou que foi longe demais, já falei disso, não falei?, aquelas bocas deliciosas gritavam como nos quartos, mordidas nas carnes macias crivadas de unhas, um arco-íris de perucas e a bengala do ministro bêbado como um gambá cruzando com um dente ou dois sabe Deus de quem o espaço aéreo local, ô alegria, que no dia seguinte a coisa desdobrou no Abelardinhu's, um cabelereiro de luxo que duas profissionais da Luz Vermelha faziam uns bicos de vez em quando e naquele dia passaram antes no campinho de futebol onde eu estava moendo o vidro do cerol em paz e me capturaram prometendo um monte de promessa legal, tá, pegamos o ônibus, eu, coco metade rapado e o curativo imenso do copão de uísque que tinha atravessado o arco-íris a noite anterior bem na minha cabeça, semirraquítico de tão magricelo, tá acompanhando?, a gente no ônibus,

"Pela piedade do Nosso Senhor, seu cobrador, nosso filhinho demente (faz cara de demente)"; o cobrador sensível me deixou passar por baixo da catraca; elas também, depois de cochicharem no ouvido sensível dele, íamos longe negociar uma recapeada de emergência pra elas com o abelardinho, fiado, porque o abelardinho não ia aceitar cochichos de ouvido, zero chance dele descontar mais do pagamento já várias semanas adiantado, e a gente sem um puto no bolso; eu conhecia o cabelereiro abelardinho de entregar na porta — "Não entres sozinho com ele, entendeste, putinho?" — as mercadorias made in do Tortuga, que me mandava cobrar a minha comissão mais os dez por cento dele sobre a minha comissão direto do abelardinho, o abelardinho aliás ficou todo respeitador comigo depois que parou de me pegar, depois que eu falei com a enfermeira Otelina, depois que a enfermeira Otelina teve uma conversinha com ele, depois que ele, "Mas vixe, não sou eu não, enfermeira Otelina, é a minha mão que apalpa, ela é doente", e a enfermeira Otelina com o dobro da envergadura dele e toda de ferro abriu a pesada bolsa pendurada como pluma nos braços veiúdos, vasculhou e com a mãozinha de torniquete industrial tirou um milagroso equipamento pra cura de mão doente que ela era especialista, bisturi, o senhor conhece, senhor Abelardo?, a enfermeira Otelina é a melhor enfermeira do universo, e as moças ansiosas pra falar com ele, pelo amor do Nosso Senhor, se ele podia consertar o tufo de cabelo arrancado ontem e a cara roxa crivada de unha; tem jeito olho vesgo, dá?, "Estrábico, minha filha. Dá não. Olho torto pertence às artes mágicas da medicina. Disfarça com muita pinga doce na goela dos clientes", e buraco num dente ou dois?, sei lá, o abelardinho tinha o dom, diziam que extraía vinte anos das madames só na maquilhagem; a gente saiu do ônibus, o sensível cobrador, "Vou cobrar, hein?", sustentou uma fitada de medir com a língua do olho lambendo elas de cima a baixo, cabo a rabo, e travou a boca babando vidrado no material enquanto o ônibus ia embora já invisível para elas, "Tem homem que não se enxerga", me abraçaram e me espremeram as costelas com a força de quem quer extrair a fé de um santinho de ferro padroeiro das causas perdidas e rezaram um derradeiro sinal-da-cruz pra simpatizar o milagre. Deram-se as mãos. "Agora vai ou racha, né amiga." Ou saía a lanternagem ou a dona-russa-cozinheira-*manager*-e-leoa-de-chácara, *Niet*, não deixava elas entrar nem pra pegar os pertences; não precisava delas esbagaçadas daquele jeito; a cidade atraía matéria prima irresistivelmente até do sul-maravilha, as retirantes que ela escolhia, *Niet, Niet, Da*, pegava na rodoviária elas perdidonas, de armas e bagagem e o sonho de se fazerem na riquíssima capital federal; batia o olho clínico dela de saber o que homem paga, calculava as matemáticas todas e aonde alocar o recurso, que ela terceirizava para outros estabelecimentos na capital; puta concorrência braba; as meninas já tinham faltado de manhã, entraram no Abelardinhu's só com a fé, eu um passo atrás, "Tu espera aqui no sofá de espera, menininho" "Fica comportadinho, viu?", comportadinho, tá, deixa comigo, casa lotada, humm, lugar chique, bruta cheiro de um monte de perfume ao mesmo tempo, mais categórico que a Luz Vermelha, categoria dez, embora enjoativo o cheiro, tudo fechado, espelhos imensos de cristal belga nas paredes todas em vez de manchas e rastros de formiga, mas quem se importa com mancha na parede, e, formiga, ô animalzinho que a gente faz tanta coisa divertida, mulher, quanta mulher tinha ali, virgem santíssima, mulher gosta mesmo de espelho belga, humm, não tem homem e nem uma dona-russa pra pôr ordem na casa se começar um quebra-pau, sei lá, se invadir um escorpião, a gritaria que a dona-russa ela vinha correndo, *Cadê?*, catava pelo ferrão com os grossos dedos cor-de-rosa à prova de bala, *Bicho mau, bicho ruim para os negócios*, acusava bem na orelha do bicho, puxava o canivete escondido nunca descobri onde e zás! no rabo, jogava ele agora todo medroso no chão e condenava, *Virou barata. Podem pisar, meninas*, lugar mais chique na vida que eu já tinha visto, tanta mulher assim precisa de antena poderosa, qualquer momento pode saltar um lindo peitinho à vista, eu com olhos de crocodilo na linha dágua e as duas jogando confete no famosérrimo inacessível abelardinho mãos-de-ouro, eles no caixa, perto do único secador desocupado, elas chorando por um tratamento urgente-milagroso com desconto mais parcelamento e complicadas triangulações de trocas por prestação de serviço, me fizeram tchauzinho, o abelardinho abriu um sorriso inseguro, mostrei o dedo, eles riram não sei do quê, aposto que mentiam à beça elas, já eu prefiro uma abordagem mais honesta, me bundeei pro lado da madame no meio do sofá pra tirar ela do aborrecimento de ler essas pilhas de revistas chatas de mulher, "Pois não", posso ver seu peitinho, madame?, tabefe!, elas apontaram para mim, o abelardinho com cara de dúvida quanto à natureza do dedo ou talvez do tabefe, elas me chamaram, levantei do sofá meio irritado com os protocolos da casa mas com a dignidade sem nenhum sério arranhão e fui, elas, "Comportadinho, viu?", me davam como garantia de algum negócio bem sujo mas nada preocupante, imaginei, nada que o Tortuga não já tivesse feito pior, "Podes confiar, putinho desconfiado duma figa, juro-te pela alma da dona jaguatirica", elas explicaram que "A dona-russa é uma vaca, lardinho", a confusão ontem, "Desculpa de manhã, dinho, a gente acordou tarde" "Não é que acordou tarde, né amiga, teve compromisso superurgente" "Ai, dinho, a vaca botou a gente pra dormir com as galinhas do lado de fora" "A gente não bebemos uma gota, né amiga, nem cheiremos, juro por Nosso Senhor, por favor, lardinho, nós tamo inteirinha" "Tá vendo essa unhada, foi o amigo do ministro, dinho", desdobravam o assunto, mas não era lugar nem hora, mil mulheres descabeladas em sintonia na ponta da agulha, na beira de um precipício em cima de uma caixa de ressonância onde tudo se sabe e olho vivo que cavalo não desce escada.

CAPÍTULO 106

Começavam os assuntos a se descontrolar, as meninas falavam cada vez mais alto, o abelardinho exasperando, plugaram uma madame muito dinâmica no secador próximo ao caixa, as funcionárias e as madames, algumas furiosas, outras lindas, tinha uma ex da Luz Vermelha que veio dar um beijinho no abelardinho, outro beijinho no abelardinho, mais um beijinho no abelardinho, negou-se três vezes às ex-colegas e saiu rebolandíssima prontíssima prum frila caríssimo, animava-se o negócio, passou uma madame pilãozinho vibrando as ancas e insurgindo as tábuas invejosas, assobiei cafajestemente, "Respeita as raparigas, ó putinho. Sê atrevido, permite-lhes o orgulho, que te ignorem, que durmam felizes. E acordem radiantes" "De quem é o menino atrevido?", todas me ignoravam, me tratavam como homem adulto, ô alegria, todas se derretiam pelo ocupadérrimo abelardinho, o poderoso lardinho, embora meio raquítico como eu, o chiquérrimo dinho mãos divinas, nomes começaram a emergir da boca das raparigas, "Nada de nomes, raparigas", detalhes flutuaram, "Sem detalhes, por favor", mas quem segura os murmúrios, 'Você viu?', "Ai santo Deus", 'Não me diga', os detalhes, os nomes, 'Quem?', espalhava-se veloz a matéria flutuante, que uma hora ricocheteou, penetrou e implodiu o útero da dinâmica cliente cujos bobes iriam assar no forninho número três, o lugar mico da casa, próximo ao caixa, a madame cujo insigne-marido-figurão-tão--bêbado-quanto-o-ministro-bêbado-como-um-gambá tinha um dedo na *causa movens* da muvuca ontem na Luz Vermelha, "O QUÊ, Adamastor não estava em Palácio apartando rusga entre ministros, o *meu* Adamastor com olho roxo por causa dessas duaszinhas?", e a sintonia seguiu precipício abaixo, que as duaszinhas, "Quem?" "E o bastardinho imundo cutucando o nariz, filho de quem?", quem, eu?, eu não madame, saltei de fininho, me esquece, eu nem tou aqui; a madame cambiou a dinâmica num dragão de fogo cheio de esmalte nas unhas querendo secar dentro da carne macia da concorrência, "Quem?", e a reporradaria, digo, a confusão se alastrou e contaminou pelo tubo do secador número quatro outra madame, por acaso esposa de um dos ministros em tela, e o arrazoado evoluiu dos gritos primatas das digníssimas madames e seus respectivos tubos arrancados, arremessados e retribuídos com sapatos voadores direto nos cristais belgas do abelardinho, "Aaii santo Deus, meus cristais belgas!", e por não ser besta nem nada nem herói voltei ligeiro para a segurança da geral — ô alegria!, eu amo essa vida —, mas um míssil me interceptou com a força de um sapato mui dinâmico no centro magnético do meu curativo do cocuruto e eu tombei com a quina do olho que já ia ficar roxo bem na única parte dura do sofá; quando a recatada madame no outro lado do sofá e em vias de cair de boca no sururu me viu abaterem, recalçou o projétil e veio toda heroína me pegar e me afundou na própria maciez protetora e recatada, "Oh, coitadinho. Você não deveria ver essas cenas horríveis. Pode traumatizar", e o coitadinho traumatizável, "Peraí, madame, deixa respirar. Então, posso ver o peitinho agora?" "Agora?", que daqui a pouco o camburão chega, no auge da gritaria que dava mal para se ouvir a sirene, chega o camburão, faz a triagem, entope o camburão de mulheres mais o bendito é o fruto e parte o camburão alarmando com a gente até as dependências da delegacia; acharam que eu era filho do abelardinho com uma das loucas e *causa sine qua non* do angu; coitado do abelardinho, as mãozinhas das tesouras tentando aparar o angu; baixou a viatura e como sempre vieram as mãos primeiro no meu pescoço, "Ei, mas eu não fiz nada, sou inocente, seu polícia, juro", engraçado como essas palavras saem quando a gente é pego sem culpa, parece falso; fui no banco da frente comandando a sirene; chegamos pouco depois da assistente social atamancada em ardores pela defensoria dos fracos e oprimidos, cadê a criança, cadê o pobrezinho indefeso, me achou escondido dela embaixo de uma mesa, rangendo os dentes, que não mostrei, oi amorzinho, me extraiu, bateu o olho no curativo, no corpinho queimado, imundo e salgado no futebol descalço a manhã inteira debaixo do sol e a cola de sapateiro na mão, não a evidência do cerol desencapador de dedos, do menino cheirador a caminho da desgraça, deve ter julgado ela, ó alminha perdida, me abraçou as costelas com todo o amor, como se eu fosse feito de um ferro muito duro e carente — não, porra, sai, para de me apertarem!, não disse nada —, e se impressionou com o meu joelho ossudo porque minha mãe regula a carne e me entope de brócolis com espinafre, tá com fome anjinho?, ô, alguém vai buscar um copo de leite pelo amor de Deus, obrigado madame, a sua pele é muito linda, madame, oh, quer um pão com manteiga?, prefiro mortandela, madame, porra por que ninguém se mexe nesse maldito DP?, salta logo um mortadela para o menino, no capricho, olha que vamos acionar a corregedoria por maus tratos de menor, coitado do menininho, tinham pouco antes passado um rádio para a escrivã da delegacia, que notificou a assistente e era namorada do polícia que capturou todo mundo na viatura, "Deixando o local, amor, câmbio" "Recolhemos criança subnutrida, amor, câmbio" — se minha mãe sabe disso de subnutrido e mortandela, lascou, me entope na hora um nutritivo sanduichão de brócolis com espinafre, sem pão — "Viatura lotada" "Não mexe no equipamento, menino" "Cala a boca!" "Não, não falei com você, meu amor, são as vagabundas aqui na viatura fazendo sururu, câmbio" "Amor, alô, câmbio, bêibi, tá na escuta, amor?" "Porra, silêncio no galinheiro!", gritou ele com autoridade policial e o cérebro caminhando de trás pra frente pra descobrir que porra em nome de Deus pode ter dito de errado, que se ficou muda, mulher, perigo, Deus me livre minha mãe muda, e eu, oquei, entendi, posso falar, dá licença?, não se manda uma bêibi-amor calar a boca pelo rádio, mas fiquei quieto, só capturando respiração de siri, o primeiro a obedecer; na força policial apanha primeiro quem obedece por último; "Que tá olhando, menino, vai mexer de novo no equipamento?" "Tua namorada deve ser muito linda", tentei apaziguar um apelo de paz pra ele não descontar a burrice com a namorada em alguém próximo, que o alguém próximo nessa ocasião era geneticamente contra a lei da selva; pela cara dele o cérebro capotou na rampa do Palácio, temi pela integridade física mais que pelo amor próprio e fiz cara de demente, funcionou no ônibus, quem sabe, e o polícia, sensível, "Tá bom, menino, também não precisa ficar assim, pode mexer, mas só na sirene. Vamos espantar a bandilhagem (coitadinho)", viatura ainda no local, "O menor está seguro na viatura, câmbio" "Vagabundas detidas. Preparar piano e primeiros socorros. Apanharam bastante, câmbio" "Menor com múltiplas escoriações. Vítima de sangrenta disputa entre as referidas vagabundas e o cafetão, um tal de Barboza, que veio correndo objetar, câmbio", ai santo Deus, senhor policial grande e forte, Barboza não, Abelardo, abelardinho mãos-de-ouro, ourô, senhor policial, e, jamé, ai santo Deus, não sou o pai da criança, tenho cara?, olha pra mim; claro que não, seu barbozinha, abelardinho!, tá, tá, oquei, entendemos, mas podemos falar, o senhor dá licença?, o senhor não quer reconhecer a paternidade, não é, seu barbozinha — ai santo Deus —, a gente sabe, "Não passa de um monstro, câmbio", amasiado com esse harém de mundanas selvagens e "se recusa a assumir a pobre criança magricela que pela finura das pernas — mostra os gambitos aí, moleque — ninguém alimenta, câmbio", conhecemos o tipo, um bruto esse barbozinha, apesar da voz meio fina, e como gritava, "Abelardinho, já disse, a-bê-lar-din-nhô! Santo Deus", brandia tesouras e escalpos no ar o elemento, vulgo barbozinha, que, tomado por insana truculência, queria invadir o camburão, calma, seu barbozinha, não vai danificar a viatura, o referido indivíduo tentou arrancar da viatura uma mulher à força, duas, na verdade, duas vagabundas véias que não paravam de gritar, Vocês sabem com quem estão falando? Vocês sabem...?, o indivíduo alegou que "essas não, ai santo Deus, essas são mulheres honestas!", puxou as honestas pelos braços, faltou feijão, ameaçou a força policial com um enigmático dispositivo parecido com salto alto destroncado de sapato de madame, fecharam a porta na mão dele, o mesmo berrou, abriram, desculpa seu barbozinha, o mesmo enlouqueceu, ABELARDINHO!, e o menino horrorizado distraía os dedinhos no botão da sirene, o subconsciente não queria traumatizar de ver o mesmo, digo, ver o próprio pai naquelas condições, gritando como se estivesse drogado, ai santo Deus, santo Deus, as véias são minhas clientes, "Véias?!", sabe como são esses malandros, nessas horas tudo cristão trabalhador, filho qualquer homem faz, tem que ter responsabilidade, seu barbozinha, devia ser detido para averiguação esse tal de barbozinha, responder criminalmente; ele não é meu pai, é meu padrasto, aliviei a barra do abelardinho, ahhh, respiraram todos largamente aliviados, que menino bonzinho, Deus sabe os traumas por trás do curativo enorme no coco rapado na metade, os dedos cortadinhos e grudentos (de passar o cerol), uma unha roxa (de bater o cerol, porra!), o menino de olho roxo combinando com a unha roxa e sangue no nariz devido aos maus tratos do padrasto insensível que abandonou o pobre enteado na viatura, o sem-vergonha que só quer saber de mulher e ficou para trás aos prantos por causa da mão, "Abelardinho, me chamam abelardinho... mãos-de-ouro", padrasto infame, e o menino coitadinho limpando o sangue do nariz; quer dizer, não foi bem isso, foi o cerol nos dedos quando limpei o salão, arranhou, e daí, a goma do nariz meio goma meio sangue eu colei comportadinho sem ninguém ver no sofá de espera do Abelardinhu's, um pouco no banco da viatura e o finzinho no botão da sirene, secou depressa, graças a Deus.

CAPÍTULO 107

Enfim chegamos. Entrei no DP como um raio, passei por ela enredada num sujeito de paletó xadrez meio verde e preto, gravata, endurecedor no cabelo, escapuli da assistente, elas sempre a mania de me ver na rua as assistentes sociais e já gritam, Ei, menino!, tentam cevar, Quer uma balinha de framboesa, menininho, quer, vem, Tou fora, que eu não sou tatu, aí disparam enlouquecidas atrás de mim pra cumprir o dever de enquadrar mais um menino livre nalgum CRM, Vem cá, menino!, os famosos cerremês, centro de reabilitação do menor — eu? – dos 80% que entravam necessitados de reabilitação 125% saíam necessitados de reabilitação –, tou fora —, só depois de um tempo dependurada no paletó xadrez na porta do DP ela resolve me achar, "Cadê a criança, cadê o pobrezinho indefeso da mamãe, bilu-bilu, vamos gente, onde está a porra do sanduíche de mortadela, querem matar a criança de fome?", chegou o mortandela, olhei o mortandela e fiz um olhar duro de 'Cadê o leite?' na direção do investigador, que naturalmente socou o porra do mortandela na minha boca e uma cara de 'Foda-se o leite'; a assistente fuzilou ele com olhos de 'Foda-se o quê?' 'Quer matar a criancinha de fome?' 'Vai buscar, porra!' e virou as costas, dando por encerrada a assistência social, apressadinha de volta ao paletó xadrez meio verde e preto que ela queria dar talvez a assistência pra ele mais tarde; eu tinha reconhecido a delegacia do doutor Delgado; e o doutor Delgado, a gente sabe, toda aquela esquisitice dele de não deixar a tropa meter a borracha na assistente social folgada, de misturar democracia com direitos humanos, de respeitar o cidadão perante a lei, blablablá, só engrossou o angu; as madames-autoridade, com seus capacetes marcianos de grampos e bobes e as juntas homocinéticas das válvulas do cabeçote ou sei lá que mais coisas apavorantes além das meias esfrangalhadas, elas bufaram, elas sopraram, elas chutaram a porta da sala dele; deram com uma jornalistazinha estagiária qualquer fazendo estágio com os dotes de entrevistadora torneados em academias de tango, coxas e curvas e o doutor bonitão Delgado ajeitando a camisa nas calças, dividido entre as criaturas que adentravam o recinto e os dotes da estagiária — que vi e ouvi o suficiente e juro, dotadíssima. As marcianas a-ma-ram o espetáculo ao vivo havia muito esquecido, percebe, trocaram olhares de maquinações malévolas, os maridos a noite anterior "em palácio", os salafrários, sim, vingança, um olho salafrariamente roxo cada, aquelas duaszinhas lá fora, sim, as madames acumularam toneladas de malignidades no olhar e lançaram um de *É meu* no doutor bonitão, outro de *Cai fora* na estagiária. Mas a estagiária, que não era nenhuma petúnia, que cheirava mais como essas jornalistas chapa quente embaixo do molesquim de couro de avestruz e cheias de dotes e metas, ela discordou, *É meu!*, e se interpôs com o próprio corpo depurado em aulas de jornalismo moderno; as madames, *Que audácia*, desacostumadas a dividir o pão, teriam agora que dividir não só com a estagiária Petúnia mas também com as canalhinhas da Luz Vermelha, ouriçadas nos pelos por causa do cheiro do bacalhau, digo, do pão quente, A gente prometemos pro lardinho uma triangular com o menino raquítico que a gente capturou no campinho de futebol mais o vizinho do primo de uma colega nossa de trabalho, né amiga, o combinado pagava o serviço das duas, né amiga, e olha aí o sanduíche de picanha melhor que a encomenda, *É nosso*, e — recuperação patrimonial ou apropriação indébita, unidas venceremos — partiram as duas para um larga-puxa-e-solta via capilar contra as madames e a repórter, que se vendo em menor número e na plenitude das aulas de tango fincou o salto altíssimo no pé descalço da esposa do ministro e as garras no marmóreo peitoril do bonitãão Delgado através da camisa de tal modo que daqui não saio daqui destes mármores duríssimos, *Nossa, duríssimo*, ninguém me tira.

CAPÍTULO 108

'Estão carneando a criança, meu Deus do céu!, o dever me chama', atraída pelos berros na bacalhoada, "Cadê o menino?", a assistente social abandonou o cerco ao paletó xadrez de plantão na porta da delegacia, 'Dá licença, doutor xadrez, volto já. Não sai daqui', e veio correndo me procurar — onde é a câmara de tortura? — na sala do doutor Delgado, passou por mim, furou bravamente a malta de mulheres em chamas e cristalizou os olhos no nunca dantes navegado, 'Fruta que o pariu!', e pelo jeito sequer visto, o peito-exposto-musculoso do bonitãão Delgado: *É meu!*, e do além chega um investigador que me levanta com uma das mãos o meu corpinho leve como cem gramas de mortandela pela camisa e grita pra ela desde o pé do meu ouvido, "Achei o menino, trouxe o copo de leite!", ela foda-se o menino, enfia o leite... e mergulhou no bonitãão Delgado. Foi cabeleiramente extraída enquanto cabeleiramente puxava e se descabelava c dcscabclava sobrctudo o exposto-musculoso de alguns valiosos pelos pretos com a unha dircto na raiz do mármore ela também. Coitado do doutor Delgado, mais cicatriz no prontuário; diziam alguns que eram duas de mulher para cada uma de bandido, outros diziam três pra um, outras, quatro, quem sabe o que marca mais, mulher ou navalha, e voavam pedaços de camisa, botões, unhas, penas, enquanto se especulava nas contas, cinco seria exagero, e seis?, os grossos pelos do peitoril cabeludo do doutor Delgado, umas lascas de mármore, uivos e berros agora por toda a delegacia; que osso difícil que elas não largavam de jeito nenhum, a tentacular assistente social praticamente noiva do paletó xadrez que tinha acabado de conhecer e tava investindo, "Ficaí, volto já!", tinha gritado pro paletó, quase tropeçado em mim pouco antes do investigador me catar e que depois eu apliquei uma técnica oriental de casca de cobra e escapei deixando a camisa na mão dele, só pra ir de cara na perna do escrevente, que me deu uma gravata e berrou a meio palmo da minha orelha, Peguei a criança!, a criança me mordeu, a criança escapou, porra foda-se a criança, as mulheres todas naquele pote de angu, a assistente, a jornalista estagiária cheia de dotes, as marcianas revoltadas com as injustiças comunistóides de ter que dividir a propriedade grilada com as pugilistas da Luz Vermelha, todas em rufos de guerra por um tão promissor, vamos dizer, osso, e todas no final apenas com longos fios de cabelo preto na mão, amarelo, acaju, mais ou menos lisos, botões e um pedacinho de pele com pelo, todas na mão. Foi quando o doutor Delgado puto dentro das calças berrou o fico, digo, o basta, ou morte, chega dessa porra de galinheiro e desacato no meu distrito é o cassete, porra! Uau, doutor Delgado, xerife do velhoeste, faltou só o treisoitão do gatilho mais rápido do plano piloto e entorno fazer peneira das fora-da-lei. Mandou trancar a porra da delegacia com a porra dessa zona que todo mundo teje preso!, menos eu, quer dizer, eu também, mas a janelinha do banheiro eu escapava na hora que eu quisesse. O mulheril adocicou no ato, sabe, aquele brado retumbante, até eu. Depois de ficarem um pouco de castigo no amaciante, o doutor Delgado liberou. Uma a uma. Separadinhas. Podia deixar apodrecer a noite inteira na jaula, tirava uma casquinha de todas, 'Mostra aí o peitinho, senão rodo o cassetete'. Mas, não. O doutor Delgado era mesmo desses bananas dos direitos humanos. Por último despachou a estagiária chapa quente, ô mulher briguenta. Pensou que ia entrevistar a intimidade do bonitãão só pra ela mas aquelas bruxas interromperam em pleno ato a, como dizer, exclusiva, puta concorrência braba. E quando é braba, puta concorrência, mulher vira bicho. A bonitinha fez que ia embora mas voltou em linha reta direto para a sala do doutor Delgado, sentou na mesa, eu de olho pela fresta da persiana e a orelha espichada meio metro até a porta encostada, desabotoou um palmo de botão na blusa, se conferiu no reflexo do vidro duplo — me viu, nem ligou —, ensaiou o olhar de *Devora-me que eu te devoro*, deu uma guaribada nos cabelos, passou batom, beijou o próprio batom na minha direção mas o beijo nem chegou a atravessar o vidro, refletiu, e ela desviou, sabe como são essas gostosinhas assassinas; puxou o caderninho de couro de avestruz e a caneta pra continuar a entrevista ou sei lá o quê interrompido, tirou a tampa da caneta com o beicinho pintado de guerra, meu Deus, o doutor Delgado com o berro no coldre de peito, seis balas à procura de um destino, eu torcendo mais pra ele que pra ela, já sentia o cheirinho da pólvora, ela cruzou e descruzou as pernas, cruzou de novo, e o doutor Delgado, por aqui de camisa rasgada e desacato — as camisas dele vão pro lixo duas por mês diziam alguns, outros três, ou quatro... —, pegou ela pelo braço, "Entrevista encerrada, mocinha", e tirou a mocinha da sala. A mocinha engoliu os dotes horrorizada, "Comé?", nunca tinha tomado uma chapa daquelas na vida. Xingou mais que as "Matronas" e as "Vagabundas" da Luz Vermelha juntas e a "Maldita assistente social!", língua cabeluda essa também, que a mãe tinha vindo pouco antes buscar, eu escondido de olho crocodilo nalgum peitinho desavisado que saltasse à luz e a assistente toda se esfregando as lágrimas do nariz no paletó xadrez, "Minha filha, cadê a criança?" "Fruta que o pariu, que criança, mãe, foda-se a criança, mãe, olha o meu cabelo, mãe" "Está bonito", disse o paletó, ignorado, "Quebraram as minhas unhas, mãe" "Quebraram?" "Nunca fui tão humilhada na vida, mãe" "Oh, quer que eu vá ter uma conversinha com o delegado, minha filha?" "Conversinha?" "É. Ficaí que eu já volto" "Mãe!" "O quê?" "Vambora, mãe", e o paletó ali parado fazendo adeus pra ninguém com o lenço branco e seco na mão, mais um dia sem pegar nada, então a vozinha aguda do escrevente atravessou o meu cérebro de orelha a orelha, Encontrei a criança, a criança chutou minha canela, a criança vai a óbito juro por Deus Nosso Senhor assim que eu pesar a mão no meliantezinho filho duma égua volta aqui filho duma égua! Aquele povo todo uma hora a mãe devia ensaboar um sabão de coco na boca, eu não disse um palavrão, só chispei escondido embaixo de uma daquelas mesas no DP que tavam sempre desocupadas do respectivo polícia em diligência de alta periculosidade trocando tiros com a alta periculosidade enquanto eu debaixo da mesa assistia o angu pela abertura de meia cabeça atrás da mesa de fora a fora sob a linha do tampo e protegido no escurinho como num cinema, achando tudo maravilhoso, a Petúnia, "Vocês não sabem com quem mexeram", abotoou um botão em nome da verdade, outro em nome do idealismo, marchou para o degredo com as pernas coladas uma na outra, pela imprensa livre da influência nefasta dos poderosos, um por todos e todos por um, sei lá, tava uma pistola a moça. Aproveitei o campo de força, fui mais veloz que uma locomotiva, mais rápido até que uma bala resgatar minha camisa — que eu não era suicida de chegar em casa no pelo — e saí junto. Sem dinheiro pro ônibus nem carona nem viatura, arrisquei A senhora é muito linda, e ela me deixou no campinho de futebol. Dirigia o lindo pezinho direito sem dó e descalço no acelerador e no freio e o salto descansando na embreagem, toda se descabelando por causa do doutor Delgado. Nunca vi tanta xingação fora do campinho de futebol, tentei acalmar ela, disse que eu era amigão do doutor, a gente se conheceu por causa do que uns meninos muito vestidos de branco e marginais tinham feito na pista do aeroporto na mesma época de quando os malditos subversivos *eles* estouraram o acidente da Cia de Luz e meia cidade ficou sem luz, hehê, sim senhora, tem razão, não faz tanto tempo assim. Aí ela disse que conhecia minha mãe. Ave misericórdia sobre os espíritos desassossegados do céu!, por essa eu não esperava, tentei desviar, perguntei se ela gostaria de casar com o doutor, Posso usar a minha influência, ela se descabelou mais ainda, aí eu disse A sua pele é muito linda, e ela acalmou. O doutor Delgado descabelava mesmo as ideias das mulheres, tinha cada história ele. O desfecho dessa última começou no dia seguinte.

CAPÍTULO 109

Marcados pelo idealismo, pela verdade e pela força dos ângulos na bela mandíbula da filha do magnata dono do jornal onde era estagiária, modelitos e carnívora, quantos sórdidos detalhes foram estampados nas primeiras páginas, quanta realidade jornalístico-relativa nas tintas em manchete da Gazeta Brasiliense. Em menos de vinte e quatro horas, insigníssimas autoridades munidas de uma frota de radiopatrulhas — olhos rasos dágua, todos, autoridades e radiopatrulheiros — interditariam, à frente o impolutíssimo figurão do Palácio e baluarte dos sagrados valores cívicos, doutor Adamastor, os dois olhos roxos, pessoalmente escoltado e protegido pelo infeliz do polícia que já estava sem namorada e agora mais essa desgraça na vida do infeliz toda hora correndo de chumbo e atrás dos elementos por um salário de miséria que se não fosse tanta já teria casado, porra!, e agora sem mais nem distração, que interditaram a Luz Vermelha. Coitado da gente todos, coitado do doutor Adamastor e seus filhos, tão filantrópicos com as meninas, erariamente falando, coitadas das meninas, "As girls do Luv", como diziam os gringos em camisa de manga curta e gravata que iam lá por causa do pecado. Não fosse a intervenção da mulher do tenente-coronel, teriam enquadrado também o doutor bonitãão Delgado. Depois a jornalista infernizou a vida dele, ela aparecia no campinho de futebol toda embalada a vácuo naqueles modelitos vermelho-sangue tomara-que-caia-e-mostre mais que a metade dos peitinhos por cima, as curvas deliciosamente grudadas na cinturinha e embaixo as pernas quase tudo de fora e um salto alto de arrolhar buraquinho de formigueiro, não sei como conseguia respirar, caminhar, me capturava dali na força, era forte a criatura, devia ser das aulas de jornalismo aeróbico, mas também me prometia um monte de promessa legal, tá, e me levava de pretexto para falar com o doutor Delgado, Olha quem eu encontrei na rua invadindo a escola, roubando pedal de bicicleta, me largava do lado de fora da sala do doutor e fechava a porta. Eu, que não sou tatu, catava na hora um copo e colava o estetoscópio da porta pra orelha, ela já com a lábia mole em cima do coitado, dizia que tava com saudade — ele nem respondia mais ela —, que precisava fazer umas entrevistas de casos especiais para publicar na rede nacional de associados, inclusive televisão, que alguém tinha estampado ele divinamente na primeira página separando briga de mulher, *O Super-homem da Lei* com as mãozonas dedudas atracadas nos pescoços das arruaceiras de língua de fora e olhões desorbitados que nem se tivessem possuídas pelo demónio Legião, as descabeladas, o sucesso da imagem foi escandaloso — eu vi a foto, impressionante, ganhou prêmio e tudo —, ela disse que iria lançar uma revista para o público feminino, fotos, ele, entrevistas, sessões no estúdio particular dela, poucas, eu só no estetoscópio — ele caladão —, se veriam todos os dias, a ventosa da minha orelha no copo entendeu todas as letras do longo silêncio que se seguiu, ela também, propôs uma vez por semana, o doutor Delgado negociava melhor que o Tortuga, não tinha dado sequer boa tarde pra ela, que se esfrangalhava falando com a porta, baixou a voz e a bola para uma vez só por mês — ele nem um tapa na cara —, por ano, um democrata, então mais uminha, ele um mármore, a saideira, por favor, Deodoro... Coitadinha. Hehê, aprendi horrores com o doutor Deodoro F. Delgado. Diziam que o doutor passava algum tipo de alergia pras mulheres, dava uma espécie de comichão termo-vibratória a presença dele, sei lá, que ele aparecia e elas começavam a espremer as costuras das vestes no encontro das pernas cruzadas e recruzadas termo-nervosamente, se abanavam — impressionante.

CAPÍTULO 110

Abelardinho, o que tem o abelardinho? Não, não, padre, o abelardinho era na verdade bem esperto. Faturou uma grana para arrumar a casa melhor do que era antes, não sei se do seguro, dos políticos — caia muito dessas chuvas repentinas de dinheiro na época, não sei como funciona hoje —, e consertou a mão numa clínica particular providenciada pelas madames a um milhão de quilômetros da enfermeira Otelina — a enfermeira Otelina, se você olhava com medo na cara de árvore dela, via uma porção de coisas além do espírito de ferro – eu só enxergava um lindo coração –, é, eu amava ela, a gente se adorava. Disseram que as madames saíram de férias até o tempo do caldo esfriar e outras verbas extraordinárias, que umas marteladas no olho e na consciência desentupiram a tinta na caneta dos maridos. A assistente social foi evidentemente exonerada e evidentemente desexonerada, que naquela época todo mundo conhecia alguém que conhecia alguém — menos as raparigas da Luz Vermelha, que eram apenas conhecidas demais, mas ninguém conhecia —, e o cortão no cocuruto a ver navios no horizonte com todas as promessas legais a bordo adeus, como eu ia dizendo, o copo balístico que espatifou justo no lugar dos pontos onde eu já tinha ido a nocaute com uma latada de ervilha do Tortuga, bem aqui ó, o redemoinho saindo mais sangue que doendo, parti tontão pra casa; o caldinho descia o pescoço que nem de uma lasanha, meu Deus, que esporcotice, as mãos grudentas de sangue com licor de damiana, chegar em casa assim, minha mãe, bateu o pânico, mas parei e decidi enfrentar bravamente a situação — que só entendi o tamanho dias depois, quando soube no jornal que o tal randevu até criança frequentava, Noossa, verdade, mãe? —, cheguei em casa decidido a poupar dona feroz integridade dos aborrecimentos com a lasanha; entrei bravamente pela janelinha dos fundos, barulho mínimo, mas barulho, andei na direção do armário, assustei com o tranco no motor da geladeira, minha mãe acordou?, minha mãe não acordou, catei um saco plástico e fui dormir mais uma noite abençoada, como abençoadas devem ser — eu acho — as bestas e as crianças embrulhadas num lençol e o plástico na cabeça pra não delatar no travesseiro; dia seguinte eu curava; ela nem ia desconfiar; àquela altura, tanta experiência, tanta interveniência divina, *era evidente* que eu tinha um campo de força que nem o vigilante espacial, invulnerável a cortes, bacilos, germes, nada me pegava, nem tétano e varíola, que eu peguei só uma vez, nem a UTI do Hospital de Brasília me aguentava mais. A minha amiga da Luz Vermelha, a que usava sutiã americano, prima do doutor Delgado, ela dizia Tu tens o corpo fechado, gurizinho, não te preocupes, sobe e conserta o telhado, que tá pingando na cama, olha a mancha, e vê se não cai desta vez; não, senhorzinho, *depois* te deixo ver os melões, agora sobe. Eu nem sentia dor quando caía dessas alturas, quer dizer, depende, e tome jararaca, copos aeropostales, na verdade o copo, o cortão no cocuruto, quer dizer, a lasanha meio que apodreceu no saco plástico enquanto eu dormia, mais uma lambança que a minha mãe gritava comigo desde em casa até todo mundo no HdB, o enfermeiro acho que para se prevenir de uma pneumonia me tirou da chuva de ossos de língua da minha mãe e foi me costurar no abrigo antiaéreo, perguntou se tava doendo eu disse não senhor, só a chuva de ossos, que dor no couro é dor psicológica, gafanhoto, ensinava o kid shao lin, Tem certeza?, tenho sim senhor, eu e o kid a gente é da sabedoria oriental, sabe, enfermeiro, então ele passou a máquina zero que eu parecia um fradinho oriental, sei lá, rapelado a meio coco, doeu quase nada, eu e o kid a gente tem mesmo essa cara de durão, sabe, enfermeiro, Se doer avisa, tá?, não se preocupa, sabe, enfermeiro, a gente não chora, Sei, sei, e me costurou o coco sem anestesia — ou talvez pouca anestesia – eu só pensava no kid —, depois pregou um curativão reforçado deste tamanhão, e a dor, eu queria matar o kid filho da puta; quando saiu a notícia da Luz Vermelha, minha mãe grudou o olho no jornal e atirou um monte de tiro raspando na orelha, "Essa Luz Vermelha, hum? Você passa as tardes empinando papagaio no campinho ali perto não passa, filhinho? Viu o que aconteceu, viu as meninas, como elas são, são bonitas?", bonitas?, as mulheres, digo, as meninas, sei lá mãe, Luz o quê?, sei de nada não mãe, ai mãe, a cabeça tá doendo os pontos, viajei, eram outros tempos, tem razão, já falei disso, longa história, mas o troncudo no bar do hotel, ele com o copo erguido, iria espatifar?, porque gritava não sei o quê de 'Vagabundas':

"Va-ga-bun-das. Todas!", estava nervoso o troncudo. Deve ter pensado que me desinteressei dele. "Qual tu *põe a mão no fogo, João da Silva, tua mãe*?", desafiou armado no copo o solteiro ideológico, eu ainda com uma orelha nos tiros raspando da minha doce mãe e no aeropostales, falava do quê o desgraçado, peraë, o que tem a minha mãe, será que ele me reconheceu?, e fui de reflexo no pescoço da garrafa, quc cu tava desarmado e a coisa ia explodir, mas não, calma, ele só queria brindar a "mão no fogo", que a pedra, ainda inteira, ele fez dela virar copo novamente e sumirem as últimas gotas na sede aflita do sorvedouro. Ficou o gelo.

CAPÍTULO 111

Xinguei a garrafa, Porra, secou. Vai outra?, disfarcei a mão armada no pescoço de vidro como se oferecesse mais. Não sei se ele engoliu. Artístico, respondeu com ares de surpresa. Dançou os dedos no ar, algum sinal em código para o escanção a rigor duas mesas adiante, e se invernou no aguardo, que diabo de comunicação secreta foi essa, acionei as ferragens da desconfiança e da neurose para congelar o tempo, longuíssimos segundos se passariam até que, "O último da caixa, doutor", retorna o garçom à pinguim, na boca todos os dentes do sorriso esperto-servil de quem vai enfiar a faca além dos dez — se Deus quizer, quinze, com a bênção de santo Onofre, vinte — por cento de gorjeta na conta marretada que ajudará no leite das crianças, nas mãos uma delas como troféu, uma papoula, o escocês lacrado trazido especialmente para despertar os raios de sol na alma triste do doutor, que tomou posse pelo gargalo; abriu ansioso; virou, transbordou alguns emiélis desperdiçados fora do copo-e-gelo e, depois de colocar na mesa o *delirium* — o cão — engarrafado, mas sem passar escritura, com a outra mão possuiu o transbordante, como se viesse mordendo na língua o pó sangrento daquela terra havia tempo demais, os Campos Sujos e os Cerradões que ele odiava sem juízo de distinção, dos meses de chuva à interminável estiagem africana, "Odeio esta cidade, João, odeio tudo, odeio" a farinha aporreante da terra no ar desse planalto central dos infernos grudada nos cabelos, a lembrança da filha da puta que ele não conseguia afogar na garganta sempre seca nem o travo do pó e se agarrou no copo-e-pé-de-cabra, na anistia que levou à boca de quem não quer morrer agora, o Nazareno estreitado nos dedos para regar um trago salvador, covarde!, para mais escancará-la e se submeter.

Vagabundas, dizia o amigo?, retomei. "Que foi, o amigo desconcorda?", rebateu ele surpreso, quase ofendido, engolindo mais uma polegada do que o afogava.

Djeito nenhum — embrulhei o latim. Continuei: os detalhes dessa história de vagabunda, quero saber dos detalhes, insisto. Tem uma especial, tem, não tem? Ele:

"Hã?", dividido entre organizar uma resposta e segurar o copo onde eu despejava — servil — outra meia dose — Gelo? —, o copo que ele rapidamente iria chupar pelo furo de três polegadas, o copo que o camelídeo entalado no acelerador de beber da sede que ele bebia e ela aumentava, que ele não entornava só para molhar a boca ou aveludar a voz antes de cuspir seus murinhos de lamentação, mas para depois, quando devolveria na minha orelha todas as coisas nojentas que o uísque regava na cabeça e que ele não iria parar nunca de engulhar e varejar com elas pela garganta necessitada de suplícios, precisada de lavar junto com os rastros deixados por elas se arrastando feito cobras goela fora, exigindo o fogo purgativo, o copo em que despejei o organizador de ideias e ele enfim respondeu:

"Especial?", lambeu-se, continuou, "Eu? Qualhé, não prestam essas vagabundas, entendeu, são vagabundas, todas. Hum, talvez... Vem cá", me puxou pelo vê do paletó, quase levou a gravata de nó pronto, perigando a minha vontade de arrancar os miasmas dele carbonizados na descida do esôfago às serpentinas tudo ali mesmo, na frente de todo mundo, "Vou confessar pro amigo: ter não tem, teve", disse, "Uma. Foi há, deixa ver, dez anos, éêh, dez anos", e começou a bater com gosto, gosto e raiva, a babar na minha menina descascando ela em pedacinhos, veja a situação, torturava as lembranças que a boca ligou tudo no falatório, iam ficar noivos, não ficaram, tentou algumas vezes ela meio bebinha meter um filho dentro dela, queria casar, queria ser dono acima de tudo, segurar, mas ela era um vento — eu sei. Um dia ele acordou sem ninguém do lado, o mundinho dele de romance com uma mulher, nunca mais. A vagabunda tinha outro, ele enlouqueceu, não acreditou, depois acreditou, porque às vezes um tijolo é um paralelepípedo numa cara que não quer ver, "Mas como?" "Tudo corria bem" "Eu respeitava ela, vigiava" "A gente ia junto em todos os lugares" "De dia, de noite", quando viajavam, o casalzinho viajava muito, saíam muito, ele falou das cartas com perfume que eles trocavam nos dias depois de dançarem de madrugada até o sol na beira do Lago — sim, os detalhes que eu tinha insistido —, se conheceram no clube dos bacanas, festeira ela, acompanhava ele pau a pau no champanhe — que ele maneirava, derrete os músculos, bebida — e dançava maravilhosamente, essa eu não sabia, lembro que ela tinha já me provocado umas vezes meio peladinha sinuosa pra gente sair, "Podemos ir dançar...", Como é, essa delícia de chuleta pingando na grelha, rebolando lisinha na minha frente, e vou sair pra dançar, por quê?, "Tou fora", cortei, e que também não encarno nenhum Zebedinho rala-buxo de gafieira, nesse departamento eu sou apenas eu e a minha estupidez agoniada de não conseguir capturar as batidas da orquestra nos ossos das pernas nem aturar o povo numa pistazinha tão apertada que é preciso empurrar os mais irritantes com uma das mãos enquanto a outra puxa uma delicada cinturinha com a firmeza justa de não deixar escapar nem quebrar nada e ainda dizendo umas sordícies gostosas no ouvido que espera de você adivinhações de bola de cristal quanto às sutilezas dos suspiros de amor misturados com a porra da música na porra do talo!, tudo isso fritando no cérebro ao mesmo tempo, "Tou fora", nem encoxar poste eu conseguia, e o casalzinho só no champanhe e campeões de dança no clube dos bacanas, nos beijos ternos que ele subia a delícia das pernas lisinhas bem cuidadas da minha menina se exibindo para ele, "Gostou?", e rejeitando, "Sai, me larga", torturava ele, devia ter mais fome que ele, o infeliz supurando de dor por trair os detalhes da vagabunda, Continua, meti outra meia dose no copo dele, gelo no meu, os detalhes, pode confiar, ele esperou eu terminar de servir, "Está mesmo interessado?", insinuou uns olhos mandantes no gelo, oquei, obedeci, gelo ele também, conferiu o copo, bamboleou para dissolver uns segundos, bebericou, passou os olhos no infinito enfumaçado do ambiente, voltou ao copo, dissolveu agora com o dedo e veio, lascou firme o osso nas masculinidades que fazia com ela, ela reagia, ela provocava, queria levar na cara a vagabunda puxada pela crina de xampu, os melõezinhos empinados e levemente sardentos que ela gemia um pouco se mordesse, mordesse mais forte então, os gritos de dor, mas ele não queria ela assim, ela desafiava a força dele, as fomes dele eram outras, daí enfurecia e machucava ela onde doesse mais, a vagabunda gostava de sentir medo — eu rosnando em silêncio —, ele diminuído por ela reagia mal, uma hora mergulhavam em duas, três carreiras e ela piorava, desfilava de salto alto em cima dele — mentira —, a vagabunda, agulha — mentira, tudo mentira —, a boquinha carnuda trabalhando, enterrava no infeliz mais apaixonado que faminto unhas femininas como punhais, apaixonado por uma vagabunda — mentira!

CAPÍTULO 112

Dá para imaginar? Não foi bom, não senhor. Porque ele piorava uma bosta de vaca no turíbulo com o fuminho de me enfumaçar o controle, tornar à rivalidade... Que rivalidade? Ele ficou. Eu parti. Se voltei, foi para apresentar a fatura, não empedrar os rins ou entregar o controle da porra que fosse. Tudo provocação aquelas histórias inventadas, sei lá, desconfiei, ou foi só azar mesmo. Dele, nosso, o boca maldita que ele já vinha preparando mais chumbo na goela, todo cavador ele, escarunchando dez anos de subterrâneos — clamava pela força purgativa da justiça em cadinhos de fogo.

Compensado no peso, se para um ardia a cera derretida no auditivo, me entende, para o outro tinha que ser pior; e seria: dura lex: *muito* pior; eu não ia perder o controle: ele que aguardasse a hora dele que chegava. Dei então de me embrenhar por outros caminhos, desviar daquelas picadas, "Amanhã entra o outono", busquei no raso, apontei a gostosa com os melõezões a granel sobre o balcão, A gente podia tentar uma espanhola, topa?, ou os cigarros de todos os tipos oferecidos com discrição realista naquele bar do outro mundo e as vaporosas garotas do book do hotel, que a gente afogava duas três quantas quisesse numa piscina feita com os destilados que cintilavam na imensa biblioteca de sabedoria etílica na estante de vidro atrás do bar, e ele quieto; arranhei a Economia, o povo arrochado lá fora numa questão de independência ou morte pela salvação da pátria, brasileiros e brasileiras, outono de 86, um pacote incendiário se desmanchava à nossa volta, mas e daí, se para ele "toda essa joça" era pura borracha, e voltava a 76 na ilusão de que doía mais no dele que no meu, um desconhecido com ouvidos de latrina — o que é um bar sem um palerma assim?

Inatingível, ele insistia em errar. E eu, o palerma, percebe, cheio de breques na vontade de atochar logo o destino para fluir no pescoço dele — as chicotadas que ele estalava no ar começavam a fazer escoicearem os piores bichos no coração. Tinha que tirar ele dali, *sair* dali.

Levantei pronto da mesa, dane-se a cadeira no chão, os breques, não podia mais ouvir aquilo. Tomei dele a garrafa leiteira pelo chifre, os copos e intimei um comando de laço firme, laço forte: Vamos, boi. Ele simplesmente obedeceu, todo bezerro mamador no passo das tetas pro curral, espécie de reservado nos fundos do salão, anexo ao bar, mesas e sofás macios nas baias para liberdades um pouco menos vigiadas com as vaporosas, parada final em que deitei a decisão na canaleta, Senta aí, boi. Mal disfarcei que lhe batizava a bebida com um sossega-meu-bem, um amaciante para que se esparramasse; sem desplugar; apenas batesse a língua em clara de ovos e as pernas meio espaguete meio operantes na carniça mais fácil assim de tanger. Amorteceu, menos a boca, que aumentou o falatório. Sangue curtido, avaliei. Nem se dava conta das paredes do Joelma que ele mesmo pregava nos tubos da garganta com aqueles vomitórios do inferno e precipitavam o final da festa: cortei o te-déum. Que voltassem os urubus todos de olho nele, um por um.

Deixamos o anexo pouco depois, duas criaturas noite adentro. A garrafa comigo, ele um copo equilibrista na mão, nossos passos errados no caminho escuro que a gente mal via onde tropeçava, o esponja curtida e eu, bêbados, invisíveis. Ele esvaziou o copo. Eu: Onde está? Ele: O quê? O carro. O carro? Me dá as chaves. Hum? As chaves. Que chaves? Do carro, porra. Ah tá, é essa, hum, essa ó, ali o carro. Me dá. Hum, precisa não. Sai, abri a porta do carrão lustroso em brilhos de zero-quilômetro e o motorzão infernal, veria. Entra, falei era uma ordem — sóbrio. O imbecil se aboletava sem largar o copo. Queria beber. Queria dirigir.

Sai daê!, empurrei ele pro lado, sentei, quer mesmo beber?, enchi o copo, agora desinfeta, vai, rola sobre o câmbio, se esparrama como um caldo de lesma atrás do copo que os dedos invertebrados não conseguiram segurar, escorrega do banco e do banco ao tapete de pelúcia; no tapete os dois embolados, ele e o copo, "Cadê o gelo?", e se abraça pegajoso num minitaco de beisebol, que tomei ligeiro mais o extintor de incêndio, Dá essa porra, "Humm", as pernas batendo o efeito da droga até a boca em mantras bovinos para se reabastecer, "Humm, cadê o maioridade?", o malte 18 anos bebido pelo tapete de pelúcia. Besta. Coloquei o meu gorro de estimação, óculos no bolso e liguei o misturador de vozes — um bom rádio e as lamentações do boi-lesma. Catei o copo, trincado, foda-se, quebrou na borda, foda-se, e preparei nele seu penúltimo gole da vida.

Ofereci, ofereci porra nenhuma. Cheguei com a vitamina da cinderela no boca mole e ordenei, Bebe. Largado de si, desviou. Viajava. Ou resistia. Talvez ativado algum rabicho da consciência que ajuizava na boca seus murmúrios espumantes. Que se lasque. Chega de amores. Apertei o queixo dele com a minha mão direita de aziar e conferi. Ele tinha pedido para eu pôr a mão, não tinha? Chegou a esbeiçar, *Aperta, pode conferir*, foi ou não foi? Então conferi. Apertei com o polegar e o dedo médio, pressionei as bochechas moles que abrissem o vão entre as arcadas, violando a ostra hermética que a boca pensava que era. Não era. Ele resistiu xaroposo nas últimas indisciplinas. Forcei mais. Cedeu. Senti o molusco se rasgar por dentro contra os recifes dos dentes — protestou sangue. Boca aberta, consagrada a ostra-cálice, deitei o vinho do dragão.

Três goles esganados, dois tapas, uma chacoalhada digestiva, e o ruminante-invertebrado apagou como numa previazinha das areias-gordas, digo, quase morto. Demoraria para acordar. Dali a uma troca de carros por um com placa fria e as quebradas além de Sobradinho, onde havia um sítio abandonado com um estranho templo em forma de caracol, de casa de joão-de-barro, que alguém largou nos confins de um mato agora ausente de ovelhas, uma capela com o chão vermelho de terra batida. Lugar perfeito perfeitamente ajeitado mais os apetrechos que levei depois. Lá em cima os abutres malevolavam suas preces.

Acomodei o pacote de molusco encharcado de álcool e cinderela numa cadeira cerimonial ali esquecida havia muito tempo e talvez lembranças, faltada das pernas, que refiz com tijolos, e parte das almofadas, que o tempo comeu o veludo quase irreconhecível, um dia encarnado; uma grossa camada do pó da terra encobria a história daquela cadeira aparatosa e mesmo aconchegada onde amarrei o gambá de cana. Ele babava. Baba, excomungado, baba essa gosma rosada de espuma e sangue.

CAPÍTULO 113

Aquilo de vinho do dragão, de amarrar o prenda-minha, aquilo precisava. Porque no risco liso e escanhoado, não senhor. Eu não ia meter os dedos numa fria de rala-gelo de querer segurar o bicho sozinho na pura unha, ele todo nervudo puxador de ferro daquele jeito. Devia tomar bomba, que os braços eram coxas. Mas esses petroquímicos de galinha, coxas e peitos não me levantam a sobrancelha; enfeite; servem só pra esgarçar camiseta um-número-menor e fazer pose de espelho, espelho meu. Agora, pra catar na justa, bater e tomar com firmeza sem se quebrar nem doer na desvantagem, o músculo deve ser feito na base saudável de um bom feijão com arroz, farinha de mandioca pras artimanhas digestivas, verdura, ovo, substância de verdade, compreende, garfo, colher e faca; e muita carne de sangue, carne de boi.

Nesse eu batia, calculei. Se tinha robustecido a cascadura naqueles dez anos, ele, eu também. Rachei muito bambu na canela, chuva de osso, aprendi da química no corpo e dos grupos musculares. Mas bater, aminoácidos e calejamentos de empelotar a carcaça é uma coisa; segurar, a técnica é outra. Tinha que escaldar o jacaré numa canja perfeita de preparatórios e concluir o trabalho sem rastro nem testemunha viva, percebe, zero vírgula zero a margem de erro, que eu fui lá e cravei o couro só depois de estudado cada passo do freguês num caderno de anotações, chapei e prendi o adorador de espelhos.

Repete. Por que o quê, por que chapei, por que prendi? Porque preguei alguém numa cruz impiedosa, algum santo, preguei? Eu? Eu não. Me poupa dessa hóstia, padre. Como assim, "agiu mal", e esse papo de "por quê"? Fiz o que fiz porque fiz o que fiz. Qual chaga no corpo divino, me fala, qual foi pela minha lança, se não pela de todo mundo? E quem lambe as minhas feridas, senão os ferros nas minhas mãos? Onde errei, onde? FALA!

Sozinho, como? Não disse que trabalhava sozinho. Não, também não disse que não. Veja dessa forma: qualquer serviço tem a sua logística, planejamento, intendência, chame como quiser. Então a ação direta. É disso que estou falando, uma empreitada de vigor... Sozinho? O senhor não está ouvindo, está? Quer mesmo saber por que é assim e é assim que tem que ser, irmão? Simples: o grito dos intestinos. Impossível não atender. Ação direta, ouve com atenção, esta é uma parte do negócio que eu não *preciso*, mas devo, *quero* fazer sozinho, como uma promessa em que as cordas do coração viram pavios e a gente vigia um olho desconfiado prum lado, pro outro, pro um de novo, torce e esconde nalguma galeria aqui dentro toda clandestina e vez ou outra, fósforos — ou círio — na mão, faz uma visita. É lá nos paióis escuros da alma. Isto eu trago comigo em linha direta com o Eterno, isto é sagrado.

Falava de petromúsculos, a saúde do meu hóspede bem preso e apertado como ele gostava, então. Chequei essa denguice toda com um olho na fisiologia, outro no crochê. Babava sua espuma cor-de-rosa dos bons sonhos. Ótimo. Não gostaria que o convidado sofresse uma insônia com ideias fantásticas de liberdade, de sair e desembestar mato afora, o virtuoso cavaleiro abrindo caminho com a espada da verdade, acima um deus bom e indulgente... Não, que cavaleiro e indulgências o quê, a coisa é feroz no Cerradão, correr, as folhas cascudas servidas num à milanesa de farinha de vidro e os galhos tudo faca lascada te cortam inteiro, se não quebra a perna antes a terra viva, mais a justiça que segue o rastro de sangue deixado nas árvores malcrescidas dos galhos fáceis de cortar, nos espinhos, 'Socorro, socorro', a justiça chegando, o desembestado correndo, ele quase seco do sangue perdido à faca e cerol, o fim cada vez mais perto, uma hora cruzava a alça de mira, por favor, pelo amor de Deus!, e era abatido a tiros. Não que fosse má ideia ou algum problema comigo isso de caçada humana — ao contrário —, só estava fora do planejado. Incendiava nos nervos eu se acontecesse um risquinho mínimo que fosse na integridade física da visita. Não senhor, nem por milagre ele saía dali.

Ser bom anfitrião é em primeiro lugar questão de empenho, sei que já deve ter percebido, a decoração, o apuro no conforto, por isso anestesiei os tendões do coice, enfiei dois anzóis e prendi; depois a cintura, ele sentado, braços, mãos e a própria cadeira. Usei náilon de respeito, cidadão não imagina quanto puxa um surubim marombado naquele tanto, náilon de pesca profunda, pode colocar o Pantanal inteiro num minhocuçu, que vem. Anzolado e bem presos, ele mesmo e a cadeira, se rasgaria em dez se fizesse força demais.

Hóspede em segurança, preguei um relógio na parede atrás dele, catei os binóculos e o vinte e dois e fui vigiar se aparecia algum curioso na pista. Conferi as nuvens no céu, nenhuma, cá embaixo as orelhas em pé, varri uns galhos folhudos nos rastros, nos urubus, investiria um par de horas nessas campanas operacionais. Tudo certo, voltaria para dormir numa esteira de palha um sono reconstrutor. Mais tarde cozinharia para ele uma asa de morcego e fundiria os metais num *trago fuerte* de beber, camará. Como disse, era o lugar perfeito perfeitamente ajeitado e os apetrechos.

Saí, não sem antes admirar de perto, feliz de poder gozar cada milímetro a pintura, e no entanto — confesso meio aqui na consciência — já me arrependendo pela fraqueza da vaidade, que é cruz não de bicho, de homem, condenado a dominar a terra, a própria raça, os irmãos, a querer uma tribo para pertencer e depois subjugar, movido até a última célula por admirações e conquistas; nada bonito, sei, mas *Que hacer* se feitos à Imagem e Semelhança? E o meu bezerro, enquanto mais adorava que me arrependia, preguei uns registros de titularidade nele, um punhado de guizos e sinetas — "enfeitado com romãs em sua veste gloriosa e sininhos de ouro para ser ouvido no templo".

Enrolei ainda três ou quatro voltas de um cordão de luzinhas coloridas. O bem-confortável no escuro, blim-blins e lampadinhas, era para ouvir quando ele começasse a se mexer, para eu acordar, vir e ver o bem-anzolado despertando em luminosos musicais. O cordão, puxei um fio que terminava num disjuntor, dali numa bateria. Quando se mexesse, acendia o presepe. Eu não queria perder um segundo da festa. Raiassem os primeiros músculos de energia, antes mesmo de começar a girar na goela a sirene dos gritos desesperados, já me levantava em prontidão para conferir se o bem-iluminado estava no ponto; saltava da esteira de olho na criatura a ser imolada, o miocárdio assando de atenções pelo musical dos blim-blins no meu novilho bumbá, de corte.

Ah sim, também que deve atordoar num choque de boa carga o boizinho abrir os olhos empaçocados no meio do escuro e só ver uns borrões piscando longe, fechar e sentir o cheiro seco da terra que ele não entende nem gosta, abrir e fechar de novo, piscar, temer que ficou cego, não ficou, é evidente, que acima um teto cheio de furos de agulha é a cobertura de lona que brilha pelos buraquinhos como estrelinhas de sol, 'Deve ser o sol', ele imagina, 'O que mais poderiam ser, o céu nas noites de São João?', iluminando a poeira de terra vermelha que dança quase parada na tua frente e chupa e mata os raiozinhos antes que sejam tocados pelo chão, que virem estrelinhas de zinco no chão e alguém se distraia e pise, os furinhos de luz mais o silêncio matraqueador de mil vidas cricrilantes nos confins da mata, e você se inquieta, preso numa cadeira bichada de se ouvir os bichos roedorezinhos de túneis traçando suas casas, quer se mexer, mas se mexem são os bichos, que você não vê, só ouve o roc-roc, porém algo há de ver, além dos raiozinhos de luz morrendo na poeira, os borrões coloridos que parecem agora piscar no seu próprio corpo, igual um cupinzeiro crivado de larvinhas de vaga-lumes à noite num céu de primavera com milhões de aleluias no ar, coisa mais linda, e as sinetas distantes, deve ser o homem do picolé, blém-blém, 'Olha o picolé, garotada' 'Creme holandês, tutifrúti', escuta, 'Groselha, creme de ovos', blim-blim, os guizos, quantas alegorias coloridas se alarmando ao redor, enroladas no seu colo, desde as pernas, sim, você descobre, sim!, é *você* o alarme, que aumenta o blim, que me chamam, blim?, se é pra isso, blim!, que eles tão ali mais as sinetas, para avisar da chegada não do picolé refrescante na garganta em chamas, da justiça, o único e verdadeiro pai de todos nós sem pai, para liberar: 'Vai haver festa no céu', a espuma rosada já secou nos cantos da boca do convidado e o convidado começa a sentir nas pernas as delícias de umas poucas formiguinhas que se multiplicam como um batalhão faminto e mordendo os primeiros espasmos de vida sob aquele calor de derreter estufa e a vontade louca de se mexer, de dançar, mas o corpo grudado numa cadeira não ajuda, o corpo precisa dançar, o corpo reage, convoca os petroleiros dos músculos, o motor de arranque nos supinos, aperta o elevador, os deltoides, força!; não consegue desgrudar; o corpo se irrita; põe mais braço; apenas aceleram o blim-blim-blim!, e se tortura numa desconfiança que esfria o suor do esforço inútil, 'Que joça, onde estou?', se abraça com o rabo do pânico, puxa e se embola nele, começa a entender, não há dúvida, está preso, maldito pesadelo, 'O que é isso nas pernas?', é a consciência crescente de sentir o tamanho da prendedura, 'Estas amarras', se pergunta da grossura das cordas enroladas com faixas, com os fios de náilon que doem quanto mais força os petroleiros, embora meio xaropes ainda, e a joça dos vaga-lumes piscando o arco-íris debaixo do teu nariz, pregados na roupa, na pele, difícil dizer, 'Onde estou, porra, onde?', tão rendido e cheio de enfeites, pegada que deve atordoar no maior choque de um bilhão de frio e calor desde a sola dos pés até passear umas voltas pela barriga, inchar o pescoço e correr um arrepio no couro cabeludo, ah sim, sim.

Arrepiou a prendedura, as alegorias, e outra: os olhos aos poucos desembaçam a imagem do passado, capturam algum contorno que se move na imaginação, não é imaginação, mas embaixo da terra, que se abre e desova a assombração de um pesadelo a tomar forma no centro da sala escura, eu, iluminado de frente pelo cordão de luzinhas piscantes, parado, feliz com a visita, [Branco, verde,] a cara limpa de todo aquele disfarce à meia-luz no bar, [amarelo, vermelho,] sem a cana maldita, [negrume.] acendendo, [E de novo branco, verde...] apagando, me movendo descarnado pelo ácido das cores, pelos finos raios de luz quase nada que furam do teto, lentamente, a poeira, o tempo, e os olhos enfim desembaçados reconhecem o esqueleto de dez anos, santa Remição, "O que significa, quem é... V-você?! Não é possível, Pai Misericordioso!".

Sustão, hein? O senhor consegue se imaginar no lugar dele como num túmulo e a iluminação de treliça, consegue enxergar o templo no escuro?, o pau-dágua preso piscando verde, amarelo, vermelho, os sininhos na cerimônia do axexê e o beija-pés? Tente, irmão. *Eu* tento; imagino; na verdade vejo: um demônio tão antigo, e aquela prisão invencível.

CAPÍTULO 114

Lógico, ele acordou os cavalos e toda a usina dele no vapor máximo, perfeitamente o que eu queria: sua esporeada atenção total. Acordado e total, sabendo que o entojo do álcool vitaminado daquela porcaria de fazer dormir que ele tinha bebido meu laço nele, a coisa puxa uma sede do cão, apontei a minha boca, "Como tá o clima?", a dele, "Muito seco?", e fui no social, "Vamos tomar uma?", um copo de vento, que eu imitei como ele entornava na noite anterior todo rastros de cobra na garganta exigente de fogo purgativo e estalei a língua, "Aceita?". Ele rejeitou com a cabeça e as amáveis sinetas, hahá!, e completou:

"Passo", corajoso com agá, no limite da imprudência de um subjugado. "Certeza?", certeza, confirmou no balanço junto com os carrilhõezinhos e as cores. Estava desgostoso, ele. Espetei mais: "E conversar, pode?".

"Humpfl", foi a resposta daquela furna condensada embaixo de um céu com a língua e as gengivas em gosma de chiclete, a ostraria toda empomadada por dentro. Devia incomodar à beça. Tomei o grunhido humpfl por amém. Sorri.

Benigno — admito, exagerei no psicológico —, procurei redecorar as condições. O lugar em ruínas, eu tinha tapado a entrada e o buraco das janelas com plástico preto; abri um palmo; diminuí, deixei uma lâmina de luz natural para diluir o breu sinistro que piscava em ordem, branco, verde, amarelo, vermelho, negrume; branco, verde, a luz empoeirada flutuando pela fresta de luz natural e um tiquito de ar. Desliguei o disjuntor.

Ensaiei uma hortelã na garganta para equilibrar as vibrações. Mas esganicei, assustei ele, aposto. Parecia que a gente entrava naquele jogo de espelhos e crenças que de um lado da cerca alguém ergue o punho judicioso da mão direita e do outro o espelho responde com o da esquerda, ou o contrário. Ele se intranquilizava. A coragem — que de afrontosa o agá já era — se acabou — muito assustado —, tudo acabou, ficaram as unhas e os anéis, mas era pouco, era vidro e se quebrou, hahá! Vinha entregar a rapadura dos dedos. Aceitei. E mudei as hortelãs por outras serenidades menos ardidas.

Entabulei uns eucaliptos. Ele ouvia, boquisseco, o coitado ouvia com uma atenção cada vez mais de rato. Eu na contra-atenção de gato, jeito cuidadoso de namorar com a presa, ao mesmo tempo distraído e senhor, tá me entendendo bem, padre? Contei um par de histórias, disse que "a cidade continua linda", março de 86, "A gente anda tão apertado, concorda, essa revolução na economia", porque, tocou no bolso, o assunto é o bolso, "Todos juntos, vamos" lutar a guerra santa da Nação em Êxtase, mas isso não interessa, "E aí, marombando muito?", papeava esses homeopáticos de harpinha na orelha dele.

Dava para ver que ele se reduzia das preocupações com o desconforto, só reclamou de umas farpas nos tornozelos. Hehê, farpas? "Farpas." Farpas? "Ah", entendeu a ficha, e sorriu, meio sorriu. Sim, ele se abrandava. Não por causa da doçura nas minhas palavras nem um pouco doces nem nada, nem pelas ofertas de rapaduras ou algum quebra-queixo escondido na manga, não senhor: pelo cheiro. O cheiro que ele já sentia da boca infalível da morte: troço que só de bafejar para polir a argola de ferro atravessada nas ventas, e as partes nossas caem todas feito dominó. A primeira pedra a gente vê no cristalino dos olhos se enchendo de uma tinta negra que ninguém sabe mas desconfia e as lentes da esperança fecham a luzinha lá no fundo. Então um cravo finca o desespero na cabeça, rebate instantâneo nos amplificadores do coração e os desgraçados começam a brigar debaixo das costelas, tum-tum-tum!, ninguém quer sair ferido nem cantar serenata porra nenhuma debaixo de sacada nenhuma, pelo amor de Deus, e as mãos se despedaçam em mãos impotentes de árvore, impotentes, percebeu, os músculos, o dominó, que é como eu digo, o hálito final: mal bate a primeira cafungada, e ele já dominou até cair a chave geral, desde o nervo mais sofrido das gemedeiras até a alma se empoar para sair. E o conforto das cordas ou o leito seco do rio na boca, que não tem como ficar mais seca, nada disso importa agora, farpas, hahaha! A morte quer todas as atenções pra ela. A desgraçada é mais egoísta que o Pai, e isso é bom.

Afinal, desligado das aflições preliminares, o convertido ele abanou os lencinhos da paz encharcado de fervores pelo abreviado que eu fazia da vida no exílio aqui em São Paulo. Como disse, padre? Não, não. Tenho alguns interesses fora, mas o meu lugar é nessa Paulicéia-mundão mesmo e oceano que eu nunca abandonei. Maravilhosa cidade, hein? O destino que trouxe a gente merece um Honra ao Mérito, concorda? Quando o senhor veio? Sério, na mesma época e com a mesma idade que eu? Quem podia imaginar uma coisa dessas. Depois foi para o exterior, sei sei. Demorou a voltar. Que bom, quer dizer, ter voltado. Me deixa feliz pensar em todo esse tempo como uma existência completa, o começo e o fim da vida... Sim, falava da minha visita a Brasília há vinte anos, tem razão, o meu bem-atado e amado, falava nele da vida de exílio nesta cidade-oceano e mais também umas prédicas importantes sobre santos martírios, ele escutava com olhos de pura devoção, quase gritava aleluias de convertido a alguma fé pela glória dos últimos dias, eu pregador — também emocionado — dizendo que estava, corrijo, *estou* aqui é num propósito gravado com cinzel:

'Seguirás pela trilha em que te assentei, sem permissão de derivar e por toda a vida', palavra de Deus, esse rastilho plantado com a sola dos meus próprios pés muito antes de me mandar para cá, antes mesmo de eu nascer, talvez no tempo em que Ele ainda minava os passos da minha mãe, urdindo ela desde mocinha, 'Avante garota livre', currando a vida, enchendo a barriga dela de vida, e abandonando, 'Agora segue tua fortuna mãezinha'; a voz do trovão de Deus condenando, 'Vai-te daqui'; o Todo-Poderoso nos timpanozinhos dela apavorada, 'Corre', Sua força estúpida, 'Foge', naquelas Mariinhas que fugiam, que corriam pela chuva e dos trovões, 'Torna-te mulher', até caírem exaustas sobre sua mãozinha destroçada, 'Faça-te forte', e as porcelanas na terra, de joelhos no barro diante Dele implacável, Seus desígnios surdos nos olhos negros dela, incompreensíveis, inaceitáveis, 'Agora sofre, mulher forte, sofre mais, verga, morre, teu Deus te ordena, morre, condenada, MORRE!'.

Mantinha aceso o meu hipotecado, os redondos oculares e as orelhas espichadíssimas, ele não perderia uma palavra. Ouviu paciente as penúrias que ela, ele nem conhecia, ela, não conhecia, hoje sei, magnífico ouvinte. E quem resiste a orelhas assim fiéis? Prossegui.

Tornei a falar de trilhas e rastilhos, que os que eu pisei, olha, não tive intenção, deixei claro, não me justificava, apenas contava dessas voltas do mundo — enquanto a gente se despedia pela terceira vez, a última, o adeus necessário —, ponderava com paciência de pescador velho, refogando a revelação, aliás, o senhor da mesma forma, enfim, não era a intenção, mas acabei me tornando, revelei sussurrado no ouvido dele o que deveria ser um segredo nosso, isso e umas outras colagens com anéis de grau que eu tirei da vida, no valor próprio, mas, principalmente, acabei mesmo, quer saber, virei esterilizador profissional. Aço-frio, percebe, eliminador, como se deve dizer. Servo e despachante de Deus: ELE encomenda, eu despacho.

CAPÍTULO 115

Engasgou, padre, o que foi, não vai agora querer desembestar numas estrebarias de julgamento só porque ouviu as palavras secretas *esterilizador* e *aço-frio*. Não me diga que de repente, "Abracadabra, tem sapo-cururu no triângulo", e eu virei carniceiro fazedor de fiambres e matambres, eu, por favor, marginal? Seria desrespeitoso, como foi o meu convidado-amarrado quando das outras colagens e dos anéis de grau que eu contei para ele tantas histórias e ele nem piscou, mas no detalhe do amolador de aço a coisa bateu que enrugou a estamparia com as impressões mais encantadoras. E por que, isso? Ganho a vida como qualquer cristão, quase sempre no rigor da linha, quer dizer, às vezes escapa, às vezes talvez um pouquito além da conta, as sombras, percebe, eu e os meus desvios sociais incuráveis

Incuráveis, sim. Pelo menos era como dizia a *Frau* Dínamo, a falecida do Juiz, que ele contrabandeou ela da Alemanha no fim da guerra. Comprou com uma *Luger* e dois pacotes de cigarro chantecler na Zona ocupada pelos Aliados. No lado dos comunistas, ela conhecia histórias extraordinárias dos dois lados, falava economizando o paviozinho da vela acesa da vida; os gestos mínimos e as expressões doloridas entre um e outro quase sorriso no entanto, olha, nunca vi ninguém imprimir imagens tão vívidas numa história, impressionante, dizia que os soldados russos tinham as mãos calejadas da terra; gentis e brutos, não conheciam garfo, admirados do povo dali comer com tridentes, e adoravam relógios de pulso; abordavam os camaradas civis, "Ei, alemão!", requisitavam com gentileza e um fuzil nas costas, liberavam o camarada alemão mais leve e seguiam com os braços enfaixados de relógios até os cotovelos, para se penalizarem com o primeiro que abordassem despossuído, na verdade recém-subtraído, "Ei, alemão!". Se solidarizavam com o alemão, exibiam que o alemão escolhesse um de graça no seu vasto mostruário nos dois braços, 'Carece não, camarada soldado russo com um pesado fuzil Mosin-Nagant-quinhentos-metros-de-alcance à tiracolo, fica melhor no rico braço comunista soviético torneiro mecânico do camarada militar no poder, encantado em conhecê-lo tão de perto, adeus senhor lênin, recomendações à família etc.' — não diziam nada, eram tímidos os nativos, falavam só os olhões sem piscar —, mas insistiam os russos, com gentileza — e o fuzil nas costas, é evidente —, instalavam eles mesmos, depois beijavam as faces do nativo petrificado e se despediam orgulhosos do cumprimento da cartilha revolucionária de circulação de bens e serviços — "Ei, alemão!". Os americanos desperdiçavam comida no lixo, que as máquinas não querem nunca parar de contribuir com o esforço de guerra, e o povo na fome, sem futuro, as cidades já de joelhos, e postas cada vez mais ao chão, até que enxergassem todos o horizonte. De pé só algumas igrejas. Faltava tudo, e numa noite de inverno um jovem oficial estrangeiro aparece com um sorriso nos lábios cortados com aquelas faquinhas de gelo como é o vento lá no inverno deles, traz o jovem o futuro e no ombro um naco imenso de carne crua ainda na embalagem; chegou sem aviso, meio que puxava numa das pernas, de tanto peso talvez; depois o cheiro do assado, as crianças com o pratinho na mão esperando o soldado estrangeiro da língua engraçada cheia de "pês" autorizar, "Autorizar? Pelo amor de Deus, que terras exóticas são essas onde a paz é mais cruel que a guerra!", as mulheres duríssimas de lágrimas esgotadas nos filhos que não voltaram, os velhos com olhos vidrados, todos ao redor daquele fogo raro, a fome grassando. E o medo de serem descobertos.

"Oh, mon Dieu, non, non", protestava ela com as mãos postas e olhos aos céus, estrangeira e brasileira, "Não fui trocada por cigarros e pistolas — trinta anos de Brasil —, muito menos, cruz-credo — brasileiríssima —, muitíssimo menos por um pernil!", respirava um fôlego breve, retomava, "conforme tem ele o mau hábito, que traz", mais fôlego, "traz de família, de contar essas histórias", respira, "extravagantes, convincente como quem anuncia um pecado", as forças tentavam escapar, e eram agarradas por alguma outra maior, alguma tropa de reserva sabe Deus daonde, "Mas eu nunca esperei, nem quis, apenas rosas da boca desse homem", ria fragilmente a Fräulein. Pediu para trazer a caixa de vime, dankeschön, mostrou umas raras fotos, maços de cartas, tinha sido enfermeira dele na campanha da Itália, contou que os locais encontraram o combatente quase morto numa poça de sangue embaixo duma ponte e sem nenhum tipo de identificação; levaram para o hospital dos americanos por causa dos olhos azuis; os gritos terríveis quando acordou, as dores, ninguém entendia; chamaram a enfermeira alemã que falava uma porção de línguas para cuidar dele, e ela me mostrou uma velha caixinha de música sem o mecanismo, só uns fragmentos retorcidos ali guardados, negros, "O que é?".

"Granata", disse em italiano, os estilhaços da granada, traduziu, emendou que os cigarros e o pernil eram confusões do ácido senso de humor do Juiz e que no meio de tantas tragédias na Alemanha no fim da guerra o caso deles fora apenas de uma linda história de amor, e os olhos viajaram nas lembranças daquele país que ela amava e viu destruído e se erguendo e então uma última vez, o último desejo, o país onde foi enterrada; entendi os protestos da perna no frio ele, que agora cuidava dela, e ela na minha cabeça, nos meus desvios um pouco mais sociais que incuráveis, ou o contrário, não sei, nada nego, mas, salsicharia, talheres de açougueiro, eu?, e marginal, padre, não sou.

Ninguém anda o pé tanto tempo no fio da lei sem se cortar se não tiver boa engrenagem no trapézio e as molas da cintura em dia, além de um cascão muito bem vulcanizado, ninguém sem provimento para agir e falar dentro e fora das sombras, contra e a favor das leis do Sol vingador refletidas em anéis de rubi. Candidato pra cair de beiçada nessa grelha brota parece praga, tudo mão lisa atrás de ostentação, contraventor com pose de galo na crista vermelhinha da juventude e o esporão querendo furar todo mundo; desarticulado, no entanto, tropeça na letra e espirra assim, ó, grelhadinho, direto pro saco preto do Instituto Médico, o moletão do Diabo, camisinha de presunto — a poesia vai longe —, guarda-chuva fechado, ou cana, ou os dois no mais das vezes. Isso quando não é matadorzinho pixote, que depois do primeiro serviço, feito pra parecer latrocínio, algum sênior — ou polícia — aparece na hora de acertar as contas e acerta é passando fogo nos olhinhos tarja preta, dá uma tristeza de ver na vala, quando tem vala; se apropriam do estipêndio e ainda queimam o arquivo, entende, o elo perdido. Chamam de subempreitar.

Subempreitar é expediente muito recorrido e da maior eficiência, mas terreno do Demônio. Quase tudo Demônio. Quando um desses dos mais brabos põe a mão num moleque, se for jeitosinho vende como escravo de sexo lá no oriente, também negocia pedaço, fígado, rim, córnea, pele, sangue, aproveita tudo, maior dó de ver fatiando; se não presta, desova em qualquer aterro onde os caterpílar cobrem pra decompor o lixo, faz insanidades antes com eles que nem a mãe reconhece, mas é raro encontrar as sobras — tem doente de toda laia nesse mundo, nem te conto. Se a encomenda original é mais VIP, diluem o risco em duas, três subempreitadas. Vai tudo no rodo, de matadorzinho arquivo inferior a sênior arquivo de arquivo, tudo exemplarmente crivado com uma quantidade insobrevivível de chumbo quente, aliás, para um pouco pra pensar se esse negócio de chumbo quente não é mesmo um milagre que de Deus e dos homens ainda não puxaram cumplicidade mais harmoniosa, tipo irmãos justiceiros, Criador e criatura pela mesma causa, algo tão, vamos dizer, fulminante e democrático; arromba a carne de toda espécie sanguínea da obra de Deus sem 'com licença' nem perdão, por qualquer motivo e pela mão de qualquer fervoroso crente do poder seletivo do gatilho, perfeito como manteiga num pão quente à beça, que a noite cai para todos e um balaço nos cornos não chega a ser poético, mas cumpre maravilhosamente as cláusulas de drama em certos contratos. Já experimentou gota de solda na pele, furo de faca, pensa que dói? Enche de chumbo quente pra ver, ou só uma brasinha de vinte e dois na barriga fervendo a abrideira desgovernada ali dentro

Quê? Pode cortar. Se acha que entrar nessa vida foi uma escolha assim, escolhida, escolhida, e mesmo escolha, desache. Eu não ia seguir o rabo do foguete para segurar por gosto, só, de jeito nenhum. O senhor precisa entender que essas coisas todas me pegaram já cheias de cotovelos endereçados, quer dizer, e eu digo cá na plena honestidade, o que aconteceu foi que eu meio que fui grampeado sem escapatória, sim senhor, já expliquei isso mais ou menos, foi por onde caí nessa vida de

MATADOR?! Não, não use não senhor tamanha palavra, essas letronas, sai de retro e com prudência nas costuras, que o assunto é de uma delicadeza mui sensível de frivolités, ou pior, às vezes tudo menos frivolités, às vezes alguns serviços desabam nas minhas costas, sabe, cheios de brutezas de fundição, pagando grossos tijolinhos de dinheiro vivo por procedimentos à parte da fulminante democracia do chumbo, um rolo de arame farpado no agasalho do peito por exemplo ou um fio de prata esticadinho no buraco da agulha, mas espera, extraviei. Voltando um pouco:

Naqueles tempos, quando me iniciei na

Profissão, isso, continua tirando a palavra da minha boca sem deixar eu colocar um ponto final, continua interrompendo pra ver só, então, posso?, que eu falava dos tempos quando virei no que virei foi porque caí... Não, espera. Vamos ser imparciais com o Supremo e Seus tabernáculos de carne. Caí, não. Fui pego e jogado de estrumeira em estrumeira, desde os tempos em que ainda era *eu* o caçado, cada uma cada vez pior que a outra. Foi assim, foi como foi e é Eliminador que se diz, entendeu agora, alcançou? E-li-mi-na-dor: eu elimino. *Ele* mata. E olha as torceduras como se alinham nos mistérios da Autorrevelação pelos caminhos tramados aonde aponta o dedo de Deus, caríssimo irmão, sempre o dedo de Deus:

CAPÍTULO 116

Quando alguém é acossado até as bordas do desespero, espremido e assustado e tanto que já nem sabe o que é pior, se o monstro vivo dos pesadelos, o bicho que a gente inventa e foge e continua fugindo e inventando sem parar, o demônio fabricado ou o real, de ferro e carne, que vem com a navalha dos dentes cada vez mais na linha do calcanhar, um afiando no corte do outro, ninguém sabe o que é pior, *eu* não sei, só sei que se tem boca pra morder tem pra chutar, meu Deus, quando alguém é caçado por um bicho desses verdadeiro e mordedor, uma hora encontra, e encontrar é cair matando faca amolada em cima, é sangrar até morrer. Mais a questão: quem sangra quem?

Espere, precipitado: o molho também não é tão água de mangue assim, tão sem gosto nem uns caranguejinhos fáceis de cozinhar pra roer as patolinhas. Quando caça e caçador se encontram, tudo pode, inclusive acordo. Não que os deuses recomendem. Não recomendam. Acordo entre caça e caçador é uma bíblia de impropriedades. Complicado, sabe, desdoura-nos a fúria justiceira, e também não é um negócio em que as partes comunguem das mesmas energias; precisa de um meio-milagre, no mínimo um meio-pecado, e milagre e pecado, o senhor deve saber, são mirabolâncias que afligem a harmonia da natureza, até o livre-arbítrio engasga; mas se apesar e ainda o negócio prospera ele tende a ser injusto no contrato social — sem falar da questão incontornável da crueldade do caçador, ou da caça, se a caça tiver chance de usar os dentes vivos, percebe as possibilidades? —, quer dizer, porque os deuses são caprichosos — ou não seriam deuses —, às vezes acontece. Aconteceu comigo. Foi assim:

Fugi e fugi bem fugido desde o primeiro dia seguindo metade torto metade reto os mandamentos que a minha mãe havia tabuado para mim no talhe dos meus usos, Goiânia, bê-agá, Vitória, "Tenho amigos em Vitória", disse muito séria na rodoviária, "Ligue para este número", li a carta azul no ônibus, ela "Menina, mulher e mãe em tão pouco tempo, mandaram-me para Vitória, no Espírito Santo", não liguei, "Fui acolhida numa casa modesta próxima ao porto", onde morava um tal camarada Jorge, sei o suficiente desse camarada Jorge, um barbinha de bode mais agitador de porto que estivador, mais pernas e braços fininhos de jogador de futebol de botão que de correr atrás de bola, menos levantador de saco de cinquenta quilos de café nas docas que de copo de cerveja e poesia em manifestos de mimeógrafo e panfletos, que mimeografou e panfletou demais. Atraiu a patrulha do fogo-cão, que era como eles diziam quando vinha de todos os lados, de amigo a inimigo, de dentro e de fora; sumiram com o camarada Jorge depois da minha mãe ser mandada de Vitória para Brasília; as histórias do Jorge barbicha — se ele era cubano, chileno, se trabalhava — eu só ouvi de orelhada, ninguém falava às claras do camarada Jorge, e a igreja local, "Jamais poderei retribuir o que os padres fizeram por mim, exceto cultivando os ideais de igualdade e justiça que aprendera com tanta leveza. Lembre-se disso meu filho, do Céu à Terra e sobre todos os homens, o vergalhão libertador da justiça e da verdade", não liguei foi porque, qual o sentido, passar recibo das coisas horríveis do passado dela antes de conhecer os padres?, eu li na carta azul, tudo mentira, é evidente, e as falas dela sempre cheias de mandamentos exagerados, "Brasília não é para o seu pasto, filhotinho, eles não permitiriam", "'Não foge, criança de Deus, deixa mamãe colocar pomada na queimadura do bracinho', eu desesperada, ele não me ouvia, Otelina, uma criancinha, e já sabia como me fazer chorar, Otelina", me contaria essas histórias a Otelina anos depois de eu ter fugido de Brasília,

"Eu atrás das perninhas ligeiras dele e o coração acelerado de medo de mais uma perda. Por que Deus me atribuiu esse menino num momento tão difícil de amar, Otelina, o que eu preciso fazer por um pouco de luz no caminho dele?", "Pegue esse ônibus, meu filho. Depois Belo Horizonte, Vitória...", e as mentiras terríveis da carta azul, evidente que eu não ia ligar para ninguém, minha mãe era a minha mãe e era uma santa, que se lasquem no Inferno os camaradas de Vitória.

Inferno, os camaradas, não, eles não tinham culpa, e por que desviei o assunto, por que faço essas coisas?, aquelas instruções elaboradas pela minha mãe num exagero que eu não fazia ideia, elas não tinham sido costuradas só porque um bostinha de nada ia fugir da capital, não senhor; elas eram um outro departamento, eu sabia, eram instruções guerrilheiras demais aqueles planos assinalados com xis e todos os nós em linha vermelha para salvar alguém duma rasgada, algum audacioso acerto de contas com o regime, vai saber o que estava prestes a estourar, mas o bostinha aqui despencou antes todo funileiro pecador com o martelo na cara deles, do poder, percebe, nos filhos deles, que eu arrebentei os três tão sem piedade e até com gosto, que dona Maria apavorou de gastar o xis vermelho bem-bolado das saídas de emergência foi comigo mesmo. A freguesia que era para usar acabou sobrando mole na boca do tigre.

Queimou o plano comigo, ela. Vitória, Salvador, Salvador não, o Rio, São Paulo, ela foi e me salvou. Quem o tigre ia meter a boca depois, o menor problema seria a língua de lixa nos mamilos. Deus, eu não sabia. Então o Juiz — seus homens fardados e à paisana, de terno preto —, eu já cavaleiro do destino que a minha mãe havia traçado para mim aqui em São Paulo, mesmo que ainda fugisse, sempre fugindo, ele manda me retirarem da rua. Quem executou o recolhe sabia onde bater, a mãozona fechada em ferro, me levaram num saco para me educar na inteligência e nos cursos dele, direito, fisiologia, já falei disso não falei, armas curtas e longas, ele tinha um sítio num lugar isolado da Mantiqueira onde pratiquei milhões de tiros de carabina no olhinho do mosquito. Vinte metros rápido ficou curto. Cinquenta, setenta, até com noventa o chumbo entrava no olhinho ou no cu do mosquito e diversas vezes uns longos metros além. Aprendi os fundamentos de postura, respiração, visada, alternava a aquisição do alvo com o espetacular costelão seis horas derretendo em pé na brasa, especialidade do caseiro gaúcho segurança do Juiz e campeão de tiro — e, humm, o cheiro da pólvora queimada no ferro atiçando os nervos do nariz ao tubinho das vértebras, me desculpe a memória do costelão suculento, mas que fomes aquilo me inspirava – as mesmas que tinham batido quando cheirei uma das cápsulas recém-usadas do Reluzente do Tortuga.

"Gostaria de praticar com alvo vivo?", acendeu o Juiz os meus olhos. "O guri tem potencial, Excelência, e aprende rápido", disse o caseiro, "Podia afinar a pontaria com os profissionais".

CAPÍTULO 117

Fomos caçar no Rio Grande. O acampamento-base seria no Comando do Exército em Dom Pedrito, o caseiro-segurança todo falante com a possibilidade de rever os amigos, caçadores desde piás, "Na fronteira, criatura que não dá tiro, toma", tinha servido em Dom Pedrito, o Juiz com seus contatos e eu apavorado na ideia: "Peraê, comando militar, pelo amor de Deus, não, tou fora". O tchê achou graça e consultou o olhar do Juiz. Seguimos em frente, oquei, sem o Comando do Exército. Acampamos na fronteira com o Uruguai sob a proteção de um posto avançado do Comando Sul, próximo, mas não muito. "Aqui está bom?", perguntou o Juiz sem esperar resposta e com um olhar de comando no tchê, que descarregasse o equipamento. "Quer ajuda?", ajudei. Não tinha sido uma pergunta. Mas o gaúcho não esqueceria meu "ataque de caganeira", como ele dizia, nem a consequente distância dos amigos de sangue em Dom Pedrito, "Quer dar tiro vivo e tem medo de bicho homem? Vamos ver isso". As caçadas foram emocionantes, mais ainda o contato com algumas patrulhas de lado a lado, rapaziada sangue bom, camuflados com folhas e tinta preta na cara, na verdade cinza molhada, equipamento pesado, conheci os caras quando o tchê armou uma incursão noturna depois do chimarrão, só nós dois, "Vamos caçar uns guarani", disse ele, e eu: "O quê?" "Munição de verdade" "O quê?" "É o teu batismo. Matar ou morrer. Pegou a faca de esfolar?" "O quê?", saímos do acampamento direto na mata fechada, uma hora vimos o que pareciam ser rastros de pés afundados na trilha, puta noite fria assustadora do cão e os guaranis descalços?, "Shh! Estão perto" "O quê?" "Destrava o equipamento" "Puta que o pariu, devia ter falado antes, porra, cadê a trava, meu Deus" "Shhh!", de repente um estalo apavorante em algum lugar perto demais na mata escura, outro e então uma gritaria infernal por todos os lados, "Emboscada!", gritou o tchê, "Corre!", tiros, pânico, caguei, "Atira!", uma selva de guaranis despencou na gente feito doidos, capturaram a gente, jogaram no chão, apontaram as nossas próprias armas na cara da gente, "Homem branco vai morrer" "O quê?" "Bum, morreu", e morreram eles, é evidente, de rir. Eram um comando da Divisão Binacional para a defesa da região Sul contra a infestação de agentes de potências estrangeiras imperialistas nesses pampas da pátria amada, ó liberdade, liberdade, "Esses sim, se a gente pega os infiltrados filhos da puta capa e esfola", gaúchos e uruguaios sob o comando do cacique itiberê já sem fôlego de tanto rir queriam me examinar, "Mostra as calças aí, cara pálida" "O quê? Larga, vai pegar nas teta da tua mãe, porra, sai filhos da puta!", confesso, muito emocionante, muito agradável andar com aquele lodaçal nas calças de volta ao acampamento e o banho de rio de madrugada, agora todo limpinho e congelado.

Aprenderia com a tropa a sobreviver na natureza devoradora apenas com a roupa do corpo e uma faca. Êh, vida de privações crônicas, que o rio compensava na paz e com ótimos peixes. "Conhece traíra, jundiá?", fechou o livro e convidou mais que perguntou o Juiz. Pescamos um pouco, conhecia o ofício ele, mas preferia caça. Sua Excelência mostrava um toque finíssimo no tiro, impressionante. Tinha sido franco-atirador na guerra, tenho certeza, perguntei, o tchê olhou na direção dele e desviou. Também desviei. Mas que era, era. Por isso estava sozinho quando acharam ele ferido, por isso as histórias, "Jovem, antes de apertar o gatilho, certifique-se das consequências de ter que atirar uma segunda vez no mesmo alvo", "Se revelar sua posição...".

Caçar, pescar, aquilo era do meu espírito, a mata braba ao fundo, dentro de um inútil poncho de lã e numa geladeira que o frio pelo jeito nem as milhões de estrelas límpidas no céu todo sem nuvens nem a fatiazinha encolhida de Lua nem ninguém mas só eu sentia, ô frio da porra, mãos revezando entre capturar o morninho do fogo hipnotizante e algum divinatório nas Sagradas, "Pois os indígenas nos protegeram do frio com uma grande fogueira", pagava então com as notas tristes da minha gaita as histórias que o tchê contava de bichos fabulosos e de homens devorados até a cintura enquanto preparava os espetos.

"Precisa de dentes fortes para comer perdiz", dizia. Entendi quando dei uma dentada num chumbinho alojado naquela faltura de carne de peito e coxa em milhões de ossinhos com sal grosso batido e molho apimentado de bergamota que o tchê fez com os "bagos do capeta dos pampas", disse. Muito bom. Muito duro. E muito ardido. O Juiz dispensava o molho. O tchê também. Disse que tinha mijado na bergamota. Mentira. Mas não me incomodou, valia o preço de ter passado batido pelo quartel. Depois ele arrumava tudo e ia organizar o material do dia seguinte. Solzão mal um brilho alaranjado no horizonte, aparecia um par de tropas com pães frescos e meio latão de leite espumando, "¿Precisam de mate (para o chimarrão)?". Entregavam contra recibo assinado pelo tchê as caixinhas de munição ainda na embalagem de plástico verde oliva, uma ou outra azul e branco, "Tudo protocolado no estrito rigor da lei", dizia, e consultava o olhar supervisor do Juiz. Enlouqueceria os Zebedeus a quantidade de cartuchos de chumbo granulado e as outras possibilidades e projéteis, que o alvo era abundante e o arsenal infinito. "A sarna de caçar", dizia o Juiz, "quando pega num moço, não despega mais". Exagero, pensei. Coisa de franco-atirador, caçador de homem. Não era exagero. Guardo muitas lembranças de lá, da camaradagem da tropa — nem os tropas nem o tchê sabiam quem eu era — e do próprio Juiz, já de volta a São Paulo, o Juiz, um outro nível de pôquer e os livros dele, meu Deus, quantas noites rachei de estudar naquela biblioteca.

"Jovem, não há nada relevante que não esteja nos livros", ele gostava de lustrar as preciosidades dele ali onde ninguém mais tinha permissão para se esconder do passado e olhar para o futuro, "Quer dizer que eu nunca vou estar num livro, Excelência" "Mas já está, meu jovem, já está", dizia ele, o sorriso sinistro mais num canto da boca. Um dia cumpri a minha parte com ele e fui embora — graças a Deus.

CAPÍTULO 118

Fugido e muito bem fugido dos ossos do passado em Brasília, acreditei, encerrado meu ciclo com o Juiz, do recolhe à preparação aos usos que ele me deu, saí livre, não devia mais nem um cuspe na conta do Juiz, me assustou quando um dia uns cães malditos apareceram. Vieram da fumaça do inferno com os dentes entre a linha do calcanhar e o cheiro das minhas ferraduras por aí pelo mundo na minha pista. Um me farejou em Foz e arredores. O outro se instalou. Duas vezes em menos de um ano. Duas vezes! Dona Maria estava certa, são caçadores, e heróis só diante da face mortal de Deus, "Não o criei para ser valentão". E cadê valentão? Sou o que sou. Era caçado. Senti medo. Apenas que não fugi *e nem* acomodei a carcaça na fila de uma cova. Com a leveza da juventude, pouco ou nada a perder, especulei algum tipo de defesa e mesmo ataque.

Da primeira vez, baixou uma disenteria que antes precisei castigar uns vermífugos no bicho do medo, ele se retorcendo com as minhas tripas e os trombones gritando lá embaixo para mandar mais daquelas artimanhas do escuro, dos berros da escuridão, urro desgraçado — 'Manda sangue', manda um ferro espetar mais medo na lombriga do medo, que medo pede medo, como raiva pede raiva, 'Manda tudo!' —, eu travado num apocalipse por onde saíam três espíritos imundos da engasgadura do monstro todo acusador na cabeça, 'Nós vamos mandar o tigre te morder', urrando, 'Nós vamos te encontrar!'.

Melhor fugir, talvez. Não. Fizesse o que fizesse, eles me encontrariam. O que fazer, meu Deus? Precisava descobrir *eu* os meus comandos. Também, que tem o seguinte: conhecemos, não conhecemos, padre, o medo?; quando se ouve os passos dele chegando, ele desvia — as patas de veludo do bicharão que te devora as noites —, ele muda e começa a pisar em folhas secas, isso é muito assustador, então o desgraçado encolhe a gente, piora, melhora, depende; só não deixa na mesma.

Comigo aconteceu foi como nas alegrias devocionais, a leitura das orações nos Salmos, por exemplo: passei das de pedido de socorro para as de confiança e depois ação de graças. Na prática o que fiz foi enfiar o medão no ralo e partir faminto na decisão de puxar o revés da minha pista, sim senhor, ela se exibindo a costura exposta só Deus sabia onde o destino iria agir principalmente para salgar e estender no sol, eu antes o âmago dele quem me seguia — o primeiro cachorro maldito — do que ele o meu: quem ia fazer carne-seca do âmago de quem. Era eu ou ele. Foi quando abri caça no costado do infeliz. Equipado até os dentes, encontrei sem grandes empenhos. Graças a Deus.

Atraí o cão para fora da cidade e deixei ele se movimentar em paz. Um pouco de tédio ajudaria a amolecer as travas da segurança, faria andar bastante em círculos, bom para a saúde e para distrair das partículas de cheiro no ar, de alguns sons diferentes na mata, maravilhoso. Mas a calmaria, uma hora o maldito perdigueiro cansava e punha desconfiança na sorte daquela caça que ele caçava e ela não aparecia nem dava pista de onde estava, se estava, se era bicho ou o quê, se comia capim ou comedor de capim, se ele devia se preocupar mais com o *por que* não via ou com o *que* não via, o drama que floresce e é quando a imaginação começa a disturbar a inteligência. Acabou tropeçando em algumas pegadas pra lugar nenhum, quer dizer, não sairia mais da minha mira. Começou a *pensar* em círculos. A reflexão enche de jacarés os trilhos da decisão na cabeça da gente, padre, põe água nas veias do vigor, produz *cobardes*. Quando não distinguia mais os próprios rastros e se assustou com um de repente estalo de graveto na mata profunda — a natureza devoradora da mata, percebe? —, ele estava pronto.

Correu, não *atrás* do estalo, *do* estalo, fugiu apavorado e se atirou ao chão, rolou para se esquivar não sei do quê e esperar imóvel por algum outro estalo de alerta mas só havia o murmúrio das árvores, contou um reloginho e se levantou como quem salta de uma armadilha no mato, respirou um pouco de coragem, voltou metade do que tinha corrido, parou, tentou ouvir a mão em concha no ouvido, 'Que veludo é esse que vem das sombras?', os nervos tinham consumido o estoque de ar, o ar puro da natureza, esperou o bicho do medo abastecer uma respiração apressada de cachorro e assumir o comando, assumiu, é rei, e o rei com a lata cheia de pureza ordena outra fuga, agora em zigue-zague, coisa estúpida fugir assim desabalado sem saber de nada nem do quê, capim ou comedor de capim, correr até encontrar paradeiro seguro de se esconder.

Esconder, hahahá!, de mim? Ninguém se esconde de mim, ainda menos agachado atrás de um montinho com um formigueiro em cima e na baliza de duas árvores, ele com aquele bicho doido que lhe rendia medos e desmedos nas tripas, tantas coragens estranhas, coragem de enfrentar o desconhecido, o medo do medo, sei lá, que muitas vezes é só mesmo os berros das tripas que avaliam a situação, 'Tranquilo, tem ninguém espreitando na saída não', reinam de dentro da barriga, 'Quer ver?', perguntam, e dão ordens pra azarar o desconhecido: 'Grita lá', comandam as lombrigas do medo, 'Desafia a porra do veludo', 'Acaba com essa agonia duma vez!'. Há lombrigas mui categóricas e imperativas, sim senhor. Ele obedeceu meia cabeça fora do paradeiro de segurança e desafiou a paisagem e os cheiros da mata, 'Não tem nada ali', deve ter calculado, nem comedor de capim nem de nada, e recolheu a meia cabeça. Resolveu desafiar o nada. Subiu a cabeça até a altura do queixo:

"Aôôu, você! Tem alguém aí?", rachou o silêncio com sua voz de urubu-subiu. Esperava o quê?, "Sai pra fora!, cabra", espichou a cabeça mais o pescoço acima do montinho. Melhorava o campo de visão, "Quem t'aê", mais um palmo e metade do peito corajoso diante do silêncio; "Não faz treta!", se ergueu outro tanto, mas sem expor o bucho, de onde as espertas lombrigas emitiam as ordens, "Ó que eu tou armado!", sacou a 9mm, belo equipamento, ruim naquela distância toda, só estragou a surpresa que ele podia enfiar direto na minha boca se me encurralasse antes que eu ele, apontou a esmo, "Aparece!", ameaçou as folhas secas, a araucária de onde eu mirava nele, "Pode vir que eu vou te...". É evidente, não raro são más conselheiras as lombrigas.

Abati no ato. O tiro de duzentos metros mirado no peito, ele no entanto se abaixando de volta e ligeiramente de lado, errei, mas acertei, vi meio que um jorro abrir o guarda-chuva mais acima, por trás da cabeça, menos, na altura da boca, saiu num cone quarenta e cinco graus em torno da linha do tiro. Conferi na lunetinha. O carneiro foi, balançou e voltou. Caiu de bruços, o rosto enterrou no montinho — na verdade, veria depois, tinha desaparecido a boca, e os olhos abertões como se não tivessem pálpebras cheios de formiga. Fiquei com a cabeça dele no centro da mira por alguns segundos. Imóvel. Abri *eu* os olhões e mandei uma varredura trezentos e sessenta graus. Humm, o cheiro gostoso de pólvora queimada incendiando o modo de caça. Duzentos metros. O Juiz ficaria orgulhoso do tiro, 'Quase, Excelência. Pouco menos de duzentos metros', recalcularia o tchê.

Cinco minutos de segurança. Ele ainda parado e ainda o silêncio. Nem homem nem bicho apareceu. Movi uns caramujos nos pés, fui me chegando com ele na mira, alternando o foco dos olhos e o mantra *Meio morto é meio vivo...* Agora *eu* com neuras de gravetos e folhas secas. Ia como se deslizasse, para destremer a lente e afofar o barulho, *Meio morto não é morto nem vivo*, um olho grudado na lunetinha — zero movimento adiante — outro nas árvores que passavam, nas folhas de pinheiro, as filhas da puta cheias de pontas e de gritaria quando eu estalava o pescoço delas, chegando, *Meio morto é meio morto.* Cheguei.

Botei o cano na cabeça dele e um pé na mão frouxa que ainda segurava a 9mm. Não queria nenhuma surpresa com ideias de abrir um buraco no meu peito enquanto eu conferia o estrago. Levantei pelos cabelos a cabeça afundada no montinho, os olhões com formigas, oquei, mas onde está a boca?, e larguei. Ô troço nojento. Vasculhei ele no chão, as tralhas do bolso, carteira com dinheiro graúdo em cédulas novas e um papel dobrado, desdobrei uma vez, caiu um santinho de são Julião Hospitaleiro no sangue; outra, ora ora, que surpresa, a minha ficha de comunista subversivo, anotações sobre "Altíssima periculosidade", "Indivíduo com forte estatura física", "Desvios antissociais — djô? —, vulgo Despacito — qualé, Despacito? – demorei para entender o vulgo, na verdade toda a ficha —, extremamente agressivo", "Marxista com transtorno de personalidade, analfabeto, hostil", porra!, que porra essa? Deixei o produto, quer dizer, o corpo secar ao lado do paradeiro de segurança com as formigas certamente comunistas picotando a gosto o caçador de comunistas, pus a belezinha da 9mm na cintura, a papelagem no bolso e me afastei uns cinquenta metros de segurança.

Tocaiei uma hora extra de precaução para ver se ele aparecia algum apoio, que eu precisaria eliminar também. Nada. Então voltei. Cadê o projétil, pus no bolso e saí com o saco de batatas meio vazio nos ombros, o corpo ainda mole, sabe, quentinho, o rombo na cara um pretão sem pingar, meio seco, meio coagulado. Pendurei o produto sobre um riacho para limpar, um tanto falto de carnes ele, e as pirainhas fervendo embaixo com a tripalhada que escorria e levava umas formiguinhas crocantes de tempero — humm, devem cair bem com abacaxi. Rei morto, rei devorado. Feito. Mas incompleto. Limpo e drenado, dispensei aos filés com osso um tratamento salsicheiro, por assim dizer, de endoidar porco farejador, tão pequenos e espalhados ficaram os pedaços que eu queimei, seus restos de perro. Começou a chover. Obrigado, meu anjo protetor. Procurei sinais de exposição e encobri o que pude, desviei, descompus, sumiram. Para sempre. Talvez algumas formigas mais saudosas encontrassem algum pedaço.

CAPÍTULO 119

Entreguei o equipamento em Foz e um leque de cédulas graúdas estalando de novas sobre a mesa. O Pequeno evaporou a grana do aluguel — já incluídos os vinte por cento – de cima para baixo – da lavanderia —, limparam a mesa como um raio as mãozinhas dele no dinheiro que ele nunca contava — "Non preciso contar. Djô confio" — se acreditasse haver quanto ou mais o devido, embora sempre contassem aqueles olhos muito grandes e transparentes com um pingo de pupila no meio que me davam uma puta gana de socar para ver se afundavam. Impressionante. Não afundavam.

Conferiu o equipamento. "Tudo cem por ciento, Garotón". Se surpreendeu quando mostrei o projétil recuperado mais a cápsula. Ergueu os olhões do outro lado da mesa e mandou pelos dedos um beijo de aprovação, os olhões piscantes falando mais que olhar de mãe, 'Vejo que es cautelosso, meu filho' 'Bom te ver más calmo agora' 'Te divertiste vindimando sus amiguinhos?', e recebido com mormaço natural de filho: 'Vai se foder, Pequeno'. Deus fez o Pequeno com aquela fibra teimosa que mantém de pé algumas aves raras furibundamente alérgicas a bons tratos, que reagem mal, descrentes da doçura da vida, sei lá. O criaturinha descrente recompôs meio sem jeito o coração de mãe diante do mormaço e a cabeleira amarela com os dedos finos empoados de branco, e amuou. Eu deveria dizer umas palavras compensatórias, suponho, gentis, sobre a peruca um tanto lisa e platina demais ou a lente de contato nova, o criaturinha em pose desinteressadamente ansiosa de quem não esperava nada mas esperava tudo. Resmungou, virou de lado pra me vigiar pelo 180 grau do olho, nada.

Desistiu. Calçou um salto alto vermelho demais, alto demais e falou com a voz mais grossa que tinha.

"Precisas que limpe tu servício, Garotón?" Alguns casos deixam impressões terríveis na cena, "Comprometedoras", dizia ele, mui entendido no assunto. Respondi que não. "Non?" Esquece. "Jo vou lá examinar." Foi na mata, Pequeno. Você não sabe. "Mas mi querido Garotón, la mata, jo non preciso saber, jo *soy* la mata, jo la purifico". Falaríamos disso outras vezes. "Faxineira, non! Cleaner, já lo disse um mijon de vezes. Tu és un porco muy sujo y desrespeitoso, mi cavalar Garotón. Parece-me que apenas gostas de sangue" "Gostas sim. Non lo negue" "De mi parte, jo non lo gusto de sangre. Jo respeito los cuerpos. Trato con amor" "Non interessa o que faço com elhos despuês y nem durante a limpeza, Garotón. Non és de su cuenta" "Limpo as cenas por dever de consciência y consideración a los muertos" "Mas, sí, también porque pagas bién, cash, sí, muy bién. Entonces tu chamas, jo voi y purifico a cena com alegria no coraçón" "Mas já lo disse um bijón de veces que djô non-fa-ço-fa-xi-na. Soy un cleaner. Me chama de Cleaner." Doméstica. "Cleaner." Do lar. "Cleaner!" Cleaner? "Cleaner." Não entendi. "Estoy no ramo de limpeza desde antes de conorcê-lo. Cleaner. Cadê o meu cartón?" Perdi. "Está no seu bolso. Não deverias andar com ele." Aqui diz faxina, Pequeno. "Non esse tipo de faxina!" Cartãozinho cor-de-rosa, Pequeno? "Mas és mesmo um porco insensível, um animal nojento rastejante imundo sem alma." E ele, minha faxineira desde então.

CAPÍTULO 120

"Tienes um pouco de cinza detrás de la oreja, Garotón. Andou queimado algo? Me conta. Estás com cheiro de rescaldo", disse, e me atirou um rolo de papel higiênico, "Mas agora vais tomar um banho muy cleaner, profissional, por supuesto", se virou e foi numa prateleira, "Esponja, sais de baño, queres?, que lhe esfregue os ombros largos...", tomou com o rolo de volta na cabeça. Riu aquela risadinha dele metade sinistra metade sinistra. Veio com os bracinhos cheios de caixas e um minimaçarico. Me devolveu a cápsula, lembrança carinhosa do primeiro abate, guardo até hoje, olha aqui, está vendo?, e derreteu os pedaços de chumbo com o maçarico. Enquanto polia e reembalava cientificamente o equipamento — as facas – que ele tinha me ensinado a arte "Con muito auto sacrifício" "Mas, ai, Garotón, cuidado com essas facas, madre que lo pariu do Inferno, estón afiadas, non es assim que se maneja, que miércules, para, tá sangrando!" – e o restante material – bússola, raticida, nem usei, munição e a carabina, que ele venderia como zero-quilômetro para algum turista brasileño cheio de inocência e dólares cash sem nota e um ano de garantia —, enquanto isso, decidiu arriscar a inteireza do queixo. Pôs o pé em cima da mesa para exibir "O salto, Garotón. Reparou?" Que porra? "Gostaste?" Pergunta pra tua mãe. "Mi madre es falecida, seu bruto insensível." Su madre es vivíssima, Pequeno. Tira esse troço daí. O Pequeno suspirou, tirou o pé, o troço, guardou, pôs a bota de vaqueiro, afinou a voz e continuou. "Entonces, tomas un uisquinho antes de partires? Es doce años, mercadoria sem dubitamente legítima, juro por el espiritu que camina e por mi santa madre, sí, sí, vivíssima, se dizes, mas que non la conocí, mi querida madre que me abandonou no mato para convertirme en comida de jabalis, sí, devo a vida alaquele padre bocudo arretado que quasi morreu para me arrancar da boca de los animales ferosses e hoje me vira as costas, sem xôgo de cintura aquele padre bocudo que nem mi diñero ele aceita. Chamo de papaizito, ele responde: *Filho do pecado*; peço a bênção, ele: *Avexa-te!*, homem difícil de agradar."

Pequeno...

"Uísque! Mas que miércules, Garotón, tenemos uísque. Tu aprecias uísque, djô lo sei, y as chicas gostam de você beber, ficas um bruto extremamente destrutivo e hostil e blablablá. Mas o que foe, Garotón, non passa nervioso comigo, non soy djô quem digo essas cosas, acho ostedes até demaciado tranqilo para mi gosto, são as chicas, ellas são linguarudas, y Ramona es la pior, Ramona ainda fala muito de ti, se ela sabe de tu acá ela vem rodar la baiana comigo, Ramona es um supositório de mágoas. Mas non, mi cavalar Garotón, Ramona non es lôca, Ramona es minha irmana. Mas tá bom, Ramona non es minha irmana, só está apaixonada y es mujer muy ciumenta. Mas, sí, tá bom, Ramona non está apaixonada, ella es lôca mesmo, todas las mujeres son lôcas, djô lo sei, juro por el espiritu que camina, mas esquece Ramona. Sabia que Ramona teve filhos, sabia, Ramona? Sí señor, Ramona. Acusa o. Mas entonces, vais querer aquele uisquinho agora? Dezotcho años, escocês de verdade, nenhum escocês de verdade diria que non, jo garanto."

Pequeño, escuta...

"Non me diga que não vais brincar nos tunguetes, las primeiras rodadas por conta da casa, roleta, bacará, pôquer, tu es experto no pôquer y tens diñero agora, non queres solicitar-me nada, sí, mas solicita-me, pede-me, cavalón orgulhoso. Sí, sí, tu es esperto com la plata, jo sabia que se sobrevivisse a São Pablo tu futuro era São Pablo, só aquela ciudade pode te conter las ambiciones, entonces, por favor, bamo-nos aos tunguetes.

Podemos aproveitar para uno papinho amistoso con o patrón. Ele ficou muito ressentido que pagaste tudo e foste embora sem dever-lo um tostón. Sí, eu sei, ele não é seu patrón. Sí, nunca foe, entendo, mas não posso mandar-lo tomar em tal orifício. Mas está bién, mi querido Garotón, vamo-nos então às chicas. Elas perguntaram de ti, estão com soudade y vão me estuprar se não fores. Sabias que tem chicas novas?, uma loirinha de santa catarina que es una puta joya, catôrce aninhos, sí, dezeoitcho, está bem, está bem, vinte e cinco, mas com cara de deznueve. Como disses?", aumentou a orelha com a mão, "Proxeneta? Mas non, non me chame proxeneta, para de dizer-lo, vai, para. Fere-me los sentimientos — proxeneta. E um royal salute, que tal?"

Pequenito, seu folgado de mierda, vem cá.

"Sí?"

Vais tomar uma porrada.

"Mi?", os olhinhos dobraram de tamanho. "Dostêdes? Mas por quê? Estás com fome, por supuesto. Ramona diz que ficas muy nervioso quando estás com fome, e comes como um jumento. Vou preparar-te entonces meu arroz com passas e ervas, com bastante pass..."

Tau!

"Uiaiai!"

Avisei.

"Miércules!, non, mentira, avisou? Avisou nada non. Mentes. Y non se faz assim, com la mão fechada. Non, por supuesto que non quebrei. Mas doí. Mas também que tu não podes avisar y logo em seguida bater. Primeiro avisa, discute um pouquito, conversa outro pouquito, suave, suavecito, es uma cosa normal de la relación, discutir-la, mas non, non você, você es tudo pão-pão, quezo-quezo, non me escutcha, pouca paciência, já vai logo relinchando as patas rampantes. Non. Deves aprender a escutar as personas com um pouquito mais de civilidad, as personas gostam de ser ouvidas com civilidad, mi bruto

Garotón, de ser avisadas com palavras tranqilas num ambiente suave y harmoniosso, concentre-se num piano suave e harmoniosso, violinos relaxando os olhos com una melodia calminha para diminuir as tensões no seu grande coraçón equino, agora respire profundamente, sinta a serenidade crescer pela raiz dos cabelos, su corpo flutua nas nuvens completamente relaxad..."

Tau!

"Puta la madre que jo pariu de miércules! La concentración, Garotón, para conisso, non bate mais que tá doendo. Y non faz essa cara de toureiro em banderillas de tango. Mas por supuesto que não quebrou nada, tu sabes, seu ingrato ijo de puta. Vou desejar tu muerte em fogo brando no Inferno imundo rastejante si me bateres outra vez, cararro!, dou parte na polícia, juro por el espiritu que camina e por *tu* santa madre", mas aquela cerviz que rápido ia e vinha de ferro à gelatina, o Pequeno-gelatina: "Antes de ires, mi Garotón, não, agora espera um pouquinho, não podes ir assim, sem se despedir, é cedo ainda, me liga quando chegares a São Paulo, a PF avisou de uma blitz em santa terezinha, entrega mi cartão aos vigilantes rodoviários se te pegarem, fora tá frio, veste um casaco, não esquece de lig..."

Tau!

Novamente a rodoviária de Foz, bilhete para Londrina, Londrina–Ribeirão Preto, pernoite, Campinas, desviei para São Carlos e de madrugada enfim, na segurança da madrugada quase dia — êh garoa braba que gela e molha até o pulmão —, São Paulo.

CAPÍTULO 121

Terminou. E quando voltava do serviço, os trovadores no peito, o firme das mãos, que nunca mais tremeriam, comecei a sentir uma paz antiga, de quando minha mãe me protegia e acalmava e no entanto e pelo mesmo fio a eletricidade bestial do sucesso, como se me desplugassem do abajurzinho dela de leitura e encapassem com as linhas de uma torre com toda a luz da cidade, imagina as faíscas; senhor da paz e uma energia impressionante que relinchava nas artérias e juntava com os arreios psicodélicos injetados lá em cima no tronco das ideias, então bateu, e mudou os engrulhos todos do medo em alegria foguetória, de uma âncora atravessada na barriga a um balãozão colorido no céu, do medo à alegria, que fortaleza isso cresce no peito da gente, sucesso tamanhão num coração antes murchinho assim; agora me diz o senhor, fala de onde vêm essas árvores aqui dentro de frutificar força do sucesso e sucesso da força, um empurrando o outro e os dois cada vez mais para cima. O perigo é perder o controle e apontar a gente uma coragem queixuda demais na direção de Deus. Eu não. Coragem demais também mata.

Algum fio escapou, só pode, porque no ano seguinte veio o segundo — e último — perdigueiro maldito cheirador. Dessa vez fiz diferente, o tal acordo que falei, entre caça e caçador. Ele vinha em barriga de lesma e não caçou nem perto como o primeiro, duzentos metros, nada; quando conferi, tinha fincado os pés de estaca no veio da terra. Acampou em Foz, de onde não saía. Talvez jamais saísse.

Talvez tivesse virado cidadão, encontrado uma indiazinha dessas que a Providência tira com vida de algum abuso coletivo só para depois rejeitarem ela ferida na alma e nos orifícios, e continuarem batendo por causa das próprias feridas, pau, pé, vara onde escorria, e escorria nela toda, suja, puta!

Talvez tenham largado ela no mato para morrer, talvez a mãe tenha trazido escondida, na esperança de socorro em algum buraco nas quebradas da cidade, só posso vir até aqui minha filha, adeus, mas ninguém ouviu nem ajudou, tudo o que a indiazinha podia era mendigar em trapos, faminta e os hematomas, doente, sem forças para erguer as mãos geladas que já não lembram da serventia de implorar, se é sempre ruim, é?, se há graças que podem ser alcançadas com súplicas, há?, um resto de comida, um pouco menos de dor, ó divindades do homem branco, desta cidade cruel do homem branco, parai-me os sangramentos, o frio neste chão duro, se por piedade menos duro, ou menos frio, os espinhos da chuva, meus ossinhos arruinando, ajudai!

Talvez algum deus do homem branco, de inesgotável misericórdia e clarividência, cansado das mesquinhezas dos seus adoradores, talvez esse deus tenha ao menos por um instante desviado o olhar e se precipitado na espiral terrível da boca que vagia na pobre diaba não-branca e, visto que era bom, tenha concedido a graça não às mãozinhas imundas de crostas que já não pediam, à pele nascida impura, mas ao cantinho da parte mais branca dos olhinhos dela, um brilho de socorro em direção ao homem branco que descia torto pela calçada, guiado por deuses tortos, mas poderosos.

Talvez por isso o perdigueiro cidadão branco tenha cruzado — por essas injunções celestiais — com o bicho moribundo embaixo duns panos mal abandonados e com o brilho da dor, parecia brilho, pareciam olhos a dor, não um animal, a indiazinha agonizando... Ou talvez porque tivesse passado por ela num daqueles momentos entre copos em que a consciência aflige da manguaça evaporar das veias mais depressa que encharca, nada de novo na noite fria, voltava outra vez sem vontade para a casa metade favor metade aluguel atrasado, garrafa vazia na mão, talvez por isso tivesse se ajoelhado diante dos trapos e visto a moribunda em vez dum cão e, sensível como às vezes só bêbado, e até humano, que dar calor é mais receber que dar mesmo, tivesse levado a cadelinha para um hospital, um abrigo, uma delegacia, porém rejeitada.

"Trouxe a carteirinha, tem caução fidejussória, estamos num zoológico por acaso, circo?", rejeitada.

"Traste. Que cheiro ruim é esse, não te enrosca nesse traste, cidadão."

"Tira isso daqui, seu bêbado. Quer ir em cana? Leva de volta na taba. Eles estragaram, eles consertem", sempre rejeitada.

Talvez o bêbado cidadão sem coragem de largar na rua ou ideia melhor tenha levado para dar de comer em casa, algum deslize na generosidade canina, algo nobre a fazer da existência, um banho quente e um cobertor para dormir quietinha num canto da sala, dentro das roupas dele, ele já quase sóbrio, no ponto em que a luz do dia começa a chiar as engrenagens da razão, talvez mudando de ideia, se livraria do peso, mas não hoje. Deixaria engordar ela um pouco antes de despachar, tão magra a indiazinha, pobre diaba. E o tempo correu. Ele fincado na terra e a indiazinha guarani; ela sarando, meiga, pegava corpo, então roliça, mansa, com quem talvez ele pudesse ficar e se distrair nas horas à toa, se divertir na pele macia e lisinha como a de branca nenhuma, de quem gostasse de cuidar, de impressionar com os remédios do homem branco, arrumou os dentes, ensinou a curiosidade dela a tirar histórias da ponta de um lápis, a pôr cobrinhas numa folha de papel para se lembrar no outro dia, não como faz a noite, que põe as histórias no sono da gente e apaga, não, mas lembrar mesmo, de tudo, fascinada com o milagre da própria letra; doce e carinhosa como nenhuma outra na vida, ele se divertindo sem a manguaça, menos manguaça, talvez, feliz da maior felicidade no mundo que iluminava daquela indiazinha mulher tamanho moça, mesmo se é pouco o que dá a ela e é tudo o que um homem quer em troca na vida.

"Talvez a felicidade nos olhos negros dela toda vez que chego em casa", ainda que amargo de tanto procurar um bom emprego e não aparecer nada além de indignidades, e o dinheiro acabando; uma indiazinha que dormia na esteira de palha de piripiri se ele não estava em casa, é que a cama talvez só cabe um, e se ele chega tarde chega cansado, o importante é que chega, ele talvez se apaixonando, trazia meia dúzia de mexericas num saco de papel, pão, leite, os biscoitos com recheio que ela gostava quando ele abria a embalagem e dava na mão dela um por um pra ela rodar, abrir, namorar o lado onde ficou o branquinho e lamber de olhos fechados de tanta delícia, ele mergulhava as rodelinhas com a mãozinha dela e tudo no leite e punha na boquinha e ela chupava e ele metia um gomo de mexerica e uma lasquinha de pão com manteiga pra ela se gostosar toda com a boca cheia da mistura de sabores e cheiros que ela amava, "Mais!", ele tão feliz com a felicidade dela, e cansado, mas da sina de perdigueiro, resolvido a mudar de ramo, de vida, largar a viola e parar de beber, "de perder tempo na ilusão de que escrevo o grande romance do século", penhorar a máquina de escrever, o relógio, corrente de prata, pulseira, o trinta e oito, cortar o cabelo, limpar a cara, menos o bigode; dá respeito, ela diz; ele: "Um emprego decente, pelo amor de Deus, é tudo o que peço", casaria na igreja e botava um filho nela assim que recebesse algum, qualquer coisa; e decidiu talvez que se instalou para sempre no regaço da indiazinha de acatar o que viesse. Afinal, que coração empedrado resiste a tanta fragilidade?

Talvez eu fosse o seu último trabalho. Talvez ele estivesse mesmo disposto a regenerar, tivesse desistido de mim, quem poderia saber, talvez, talvez. Quem *deveria* saber? Ora: eu. Então chega desse talvez-talvez: era o *meu* couro de gato na linha de montagem do tamborim. Eu ardia de tão precisado de respostas.

Pra ficar parado é que não senhor, roendo os ossos no acovardamento de ser descoberto, eu, mordido pelo rabo, vem, puxa e me engole o dragão na garagem da minha cabeça que eu nem sei se existe de verdade essa porra de dragão, se cospe fogo ou passa talquinho nos pés, eu, um caguira de dúvidas me garantindo a vida toda embaixo duma saia, *eu*? Não senhor, compreendeu bem, vê o alcance? Não ia deixar porra nenhuma de porta aberta pra porra de farejador algum aparecer à hora que desse na veneta dele nem sabe Deus aonde, e o aonde era eu querendo salvar a pele coberta de sal e suor — me desfiar num bolinho de bacalhau, manta de charque, mas eu?, eu não, quero não —, o sujeito estacado em Foz sem fazer nada, perigando vem não vem; parecia uma boca de canhão afinando a pontaria nas minhas amígdalas, sei lá eu, aquilo perturbava, o senhor faça ideia. Era urgente malhar na trilha dele, porque uma hora alguém ralava o meu calcanhar, ele ou uns e outros da mesma laia: de onde sai mais um, sai mais de um, rato ou barata, verme, bicho rastejante da pior espécie. Esse jogo de caça-caçador-caçado estava arrebentando a carrapeta. Suplicava um fim. Agi.

CAPÍTULO 122

Continuava sem mover um pelo das costeletas ele me dificultando ler as intenções. Joguei então um pouco de luz no outro lado da fronteira — umas iscas faiscando nos atravessadouros acima de Puerto Stroessner — para sentir o que acontecia.

Acordou. E correu nos escritórios de um iguaçuense trisanguíneo muito influente na praça, rei do eixo Brasília-Foz, já falei dele, o Buda. Não, o senhor está se confundindo. Não me refiro ao patrón, um sujeito enorme também, "Meu primo-patrón na pôrta ao lado", dizia o Pequeno, primo porra nenhuma, é evidente. O patrón era primo mas do Buda, primo e gerentão do Buda em Foz, primos, sim, o patrón e o Buda, criaturas calmíssimas, que nesse dia tinham trocado, o patrón-gerentão estava em Brasília resolvendo uns detalhes alfandegários e o Buda em Foz, contei já uns capítulos do Buda, foi logo no começo, não contei? Gordão, carecão, contei sim, que o Zebedinho tinha invadido o pé-de-cabra num jacarandá lá no depósito dele e brotaram dois maços de dólar, a escrivaninha que "pertenceu ao Imperador", desviada de um museu, valia meio milhão, "O Imperador!". Ficou louco o Buda, varejista e depois na esteira do furioso crescimento da capital também atacadista de gêneros de primeira necessidade — crédito pessoal, jogo, bebidas, mulheres – gargalhada monstruosa, enfim —, o perdigueiro foi barganhar meia arroba da própria carne por uma grana de emergência; assinou a papelada em duas vias, a clientela firmava o chamegão que eram duas mas era sempre uma via só, cláusulas minúsculas e protocolos, como o da assinatura com uma famosa caneta de platina, uma resolutiva caneta que ele havia gatunado quando fizeram um acordo — corria o boato —, o ainda jovem Buda, apreendido em flagrante por ato infracional, e o próprio Maligno, se oferecendo para afrouxar o flagrante. Daí que o Buda, cliente sem garantias ou por misericórdia, ele mandava encher a caneta com a *especialíssima*, a tinta extraída ao braço mais veiúdo do misericordiado, e assinar — tudo boato, é evidente, ninguém acreditava nessas histórias – ou desacreditava —, e o perdigueiro, não sei se foi o caso, não reparei na assinatura, saiu afobado com o dinheiro-a-jato na mão, entrou na porta ao lado, a pequeña loja de penhores buda ltda, sem número, sem placa, resgatou o trinta e oito diretamente com o Pequeno, dinheiro vivo de uma mão pra outra, mercadoria da outra pra uma, recibo?, 'Non precisa do recibo. Lembro-me dostedes', voltou para a casa metade aluguel atrasado — resolveria isso depois — metade favor de um primo distante do Buda, apresentados num RPM — roleta, pó e mulher — em Brasília por algum etéreo mandatário da buda inc. em dois ou três ou quatro Ministérios, os negócios deslanchavam em Brasília na época, não sei como é hoje, meteu mercúrio nos canos e outros preparativos, nem ouviu quando a indiazinha disse com aquele jeitinho dela que ele gostava tanto, olhos no chão, mãozinhas para trás e escrevendo com os dedinhos dos pés, cada dia mais cheinha e apetitosa, nuinha em pelo pra ele poder examinar ela devidamente, disse que precisava falar com ele, só que ele não devia de ficar bravo, tinha uma coisa que ela rezava toda vez pra não acontecer, sempre se lavava depois, por dentro e por fora, "Juro por Deus nosso Senhor, foi sem querer...", mas o perdigueiro todo cego e surdo, cabeça enfiada nos mil cálculos da grande oportunidade de serviço que ele tinha já perdido o meu rastro e agora obrigado meu Deus nosso Senhor pelas iscas faiscantes, catou a viola e saiu de casa sem nem fechar a porta, sem tchau nem beijo de despedida.

Partiu convencido de me capturar: eu, João da Silva, filho de dona Maria. Sonhou. Tudo o que fez foi me passar *ele* as luzes dele, me escolar umas cartilhas novas deste vasto ramo. Lobo aprende com lobo.

Acalentou que ia pegar o quê, além de vento nas mãos: um jasmim? Dona Maria não entupiu JS, pode me chamar de Jotaesse, pros mais próximos e situações derradeiras, compreende, ela não me engasgou de mingaus com aveia, suco de clorofila, gemada, levedura, pó de guaraná — êh, paciência de Jó —, infusão de alho, fígado e fosfato e sopa de letrinha na cabeça do bagre aqui pro bagre aqui ser fisgado assim, no molinete-mole, era só o que faltava. Catei o gorro e fui plantar uns tartufos que ele iria me rastrear ao som da viola disfarçado de cantor profissional ele tocando guarânias enquanto me catava pedrinha por pedrinha incansavelmente rumo a Sete Quedas. Por segurança, maquiei umas evidências no rastro dele também, de ficarem luzindo pela estrada afora, hahá, bem sozinho, hahahá! — odeio música. Os perdigueiros depois, se viesse mais algum, farejassem à vontade. E gostassem muito de água. O infeliz me seguiu na pista conforme eu carimbava as setas no chão, o destemido rabdomante com seu ípsilon de goiabeira a caminho das águas para me localizar, para me encanar, trocando pedrinhas por caga-lumes, que largava pelos fundilhos das calças, o caçador com a viola contando de feras sem conta, paca, tatu e cotia, lobo caçando lobo, hahá! — detesto música.

Confisquei as calças do bicho antes que chegasse no destino dele, já destino algum, ou o contrário, o *dele*, se o senhor me entende, engaiolado nos ferros o filho de uma mãe avulsa. As calças depois eu daria um jeito de largar num paradeiro mui distante dali e mais umas iscas tudo numa passarela da moda iluminando o cheiro dos couros dele e as setas do pé carimbadas no chão até Sete Quedas, poeiras num beco morto sem chance de se encontrar coisa alguma, porque ele não estava no paradeiro nem nunca esteve. Só os fundilhos e um gorro parecido com o meu misturados nas setas luminosas, menos por inteligência que por satisfação. Lobo erra, mas não repete o erro.

Capturado enfim e amaciado no sobe-e-desce do susto inicial às trocas de ideias, consegui afiar um acordo com ele. Quer dizer, acordo: exagero chamar de acordo, acordo. Por quê? Acordo com um cativo, padre? Por favor. Do que tratarão as partes, o sem liberdade e o dono da

"Hospedaria do vale da morte"?, hehê, gostei, padre, presença de espírito, e sem impertinência, mas eu ia falar do dono da chave e da fechadura, o administrador das barras de ferro, o próprio ferrolho de aço, então, como faz se a balança compromete no vício, desconformada na mola e no peso? Não faz. É religiosamente injusto. E no entanto é o único jeito. Por causa do jogo. Tem regra. Sou besta de querer mudar? Não movi a primeira peça; aliás, nem queria jogar; aliás, aliás, sequer desconfiava da existência dele. Até ser procurado. Como caça. Procurou, achou. Aceitasse. Ou não. Que importa? Eu era o dono da chave, ele o prisioneiro. Culpa dele, azar dele. Estou errado?

Tudo caminhou no bom rumo do entendimento. Outras épocas, saíamos dali compadres, teve inclusive aperto de mãos, sim senhor, muito imprudente — negligência, imperícia, culpado —, confesso, podia ter perdido os dedos, o senhor deve me repreender: não se oferece a mão desperigosamente a um homem plantado na beira dos seus abismos, o risco dos dedos, sei, e coisas piores, mas risco é risco, se tem o que perder tem o que ganhar, um picantezito detonador nas veias, *un habanero*, o sabor mesmo que a vida tem, anfetamina, sal, prazer em conhecer, combinado.

Selado um acordo de sangue e quase compadres, ofereci pros pudores dele, Toma, veste essas calças, e comecei o interrogatório: Que tal as acomodações? Qual o seu nome?

Nome de guerra, hum?

Fuma?

Joga?

Bebe, hein?

Enxuga uma estopa, não enxuga?

Fermentado?

Destilado, hum. Cachaça?

Conhaque, vodca?

Prefere uísque, sei, tem sotaque de bebedor de uísque. Aposto que é comunista, é?

Caçador de comunista, sei sei. A fronteira aqui é mesmo uma dádiva para essas excursões ideológicas; caiu na mata virgem e faminta, ela devora até as obturações, nem Deus encontra, e tem ainda os nossos hermanos paraguaios e argentinos, o caloroço intercâmbio, as permutaciones.

Família?

Trabalha no quê, digo, quando não caça, ou só caça?

Foz?

Brasília?

Falou um bocado, ele.

Escutei paciente, êh Jó, "Tem razão", "Concordo", "Hum-rum".

Peito se abrindo.

"Conta mais", falei com interesses genuínos.

Relaxou total.

"Mostra o coração."

Mostrou tudo, inclusive duas iluminosas informações: uma, que "pela molície do serviço" ele trabalhava "desaviado de travas" — bruta erro, aprendi, lobo aprende rápido. Autônomo geral, o egoísta não queria dividir com ninguém os frutos do trabalho, $$, uma espécie de caçador de recompensas; outra, que não havia recompensa. Teve época em que havia, sobretudo delações, mas acabou. Desapareceu o interesse pelos meus tamborins.

Estranho: senti um vacilo de desapontamento. Me contavam morto, desaparecido ou simplesmente isto: ninguém mais me procurava. E as árvores frutificadas aqui dentro viraram um grande vazio gelado...

Qual o motivo do empenho então, se não havia dinheiro? Vai entender. Inércia, imagino; a própria natureza do sistema; o sistema gosta de criar e alimentar seus cativos livres, ratos. Enquanto não afunda, os ratos vivem, os ratos roem. É da natureza deles, roem até morrer. Roem o que aparece, farejam atrás de qualquer nervura chorumenta, mesmo de fiapos de bostinhas como eu; serviço fácil, risco zero, e estes sebos deveriam valer ainda uns trocados, um par de favores, acreditou — penso que acocorado pela necessidade.

Apesar do desapontamento, foi bom ouvir, evidente. Estava morto e esquecido. Mas o bom vive longe do ótimo. Como ele disse, eu ainda poderia valer alguns trocados ou favores ou sabe Deus o diacho de moeda que usariam para me avaliar. Não, não queria ver ninguém colocando nada meu em prato nenhum, avaliando droga nenhuma. Prefiro *eu* colocar as arrobas na balança, eu que martelo, sangro, esfolo, corto o que precisa ser cortado, limpo e resfrio, faço o necessário, pensar e agir: se havia um sistema, de alguma forma, interessados ou não, existia um responsável final, alguém de carne e osso.

Natural que esses alguéns acabem um dia sapateando numa frigideira em troca dum pijama de aposentado ou de UTI. E o alto-mar, imagino, deve ser apavorantemente desintegrador. É, melhoraram os termos; já podia dar uma espiada no destino. Viu? Foi um bom acordo.

CAPÍTULO 123

Abafado? Abafado sim, bruta calorão. Hoje nem o ventiladorzinho dá conta, melhor parar. Não, já é tarde, cansei. Quer mesmo saber o que fiz, se cumpri a minha parte do acordo com o perdigueiro? Cumpri, não duvide. Atendi o mais samaritano possível tudo que ele me pediu: queria papel e caneta, "Hum-rum", cigarros, "Ok", um garrafão de uísque, se o senhor puder, acrescentou baixinho, metade vergonha metade receio de abusar. "Só isso, perguntei, não tem fomes, necessidades outras?", ele mais travado que propriamente quieto, "Não se acanhe, senhor caçador, pra quê cerimônia, olha, temos ainda um tempo e os recursos todos dessa região mui rica na palma da minha mão", eu precisava dele relaxado, "Acomodações talvez mais modestas que os arejados palácios de mármore dos poderes de Brasília, mas fique à vontade, e todo esse estresse, mesmo que um tantinho assustador, já-já vai passar, você compreende, não compreende, então, vamos conversar civilizadamente", adocei com o mel que pude a voz. Tava difícil de destravar o bicho. Catei a minha Ave Maria, "Toma", disse. Ele declinou. "Vai (desgraçado), pega", pega logo, porra.

Emprestei o livro santo da minha mãe pro desventurado se inspirar. Ó a belezinha aqui, padre, dá pra ver? Edição de capa dura toda novinha no plástico quando ela me deu há trinta anos na rodoviária para eu seguir o meu rumo "conferindo as escrituras diariamente", cada hora uma palavra, agora surrada desse jeito. Deixei o caçador se pendurar nelas o quanto precisasse "para ver se era assim como as coisas deveriam suceder". Enquanto ele muito firmemente se prendia ao verbo imutável e nas minhas barras e correntes de ferro, saí. Voltei com as encomendas, ele fechou a palavra da luz quando sentiu o cheiro do garrafão, "Toma", eu disse, e caiu de boca como se fosse água o destravador direto no bico, Quer um copo?, parou pra respirar, mamou mais um pouco, tossiu. E começou a chorar. Destravou. Conversamos bastante. Ele riu, encontrou alguma graça na situação, eu também, quer dizer, me contagiou, mas terminou a graça, eu também, abriu o texto da verdade, rezou, amoleceu, fechou e prosseguiu com a voz mais ou menos na flauta:

Pediu algumas outras prendas, se o senhor permite, permiti, me chamava de senhor, achei graça, o senhor poderia, o senhor por gentileza, como se eu fosse cair no ardil do cativo submisso, que ele aproveitaria minha distração e zás!, mas não, na verdade desfiou uma lista de pedidos meio atrapalhado. Pediu licença para colocar no papel. Falava melhor por escrito, se justificava. Não temos todo o tempo do mundo, respondi, mas temos muito do tempo do mund..., eu fazendo pose de bom falante, desconfiei da tolice antes de terminar. Ele sorriu, agradeceu, caneta e papel sobre a capa dura da letra eterna e desembestou numa lista, as descrições feitas com esmero de estilo, acrescentou alguns personagens e uma situação que pulava na outra, crescia e uma hora, sem perceber, você está lendo a novela da vida dele. Escrevia bonito o filho da mãe — veria mais tarde —, escrevia rápido, só jornalista escreve tão rápido. Sim, ele era jornalista em Brasília. E escritor. Anos de boemia — ganhou um premiozeco desses em que o júri são companheiros —, não era uma coisa nem outra. De vez em quando levantava a cabeça e dizia que nada ali era para ele, fazia questão de esclarecer, a lista virando história, entregasse tudo à indiazinha dele em Foz, grávida — ele nem desconfiava — de um bacorim marcado que ia nascer sem pai. E crescer sem mãe.

Sozinha no mundo e com sangue de branco na barriga para terminarem de crucificar ela, a desgraçada foi vista sumindo nas Cataratas depois de pagar a parteira e outras angústias de mulher, moça, mãe, criatura não branca e pobre; pagou com uma "grana de emergência" caída acreditou ela que do Céu, junto com aquele envelope das tantas folhas cheias de cobrinhas tiradas não da ponta de um lápis e alegres como ela tinha aprendido, de uma caneta, e tão tristes, fascinada com a dor da letra que ela não entendia direito, mas a dor, e umas contas brancas redondinhas 'que dariam um lindo colar de oferenda', deve ter pensado enquanto arriscava os passos na fronteira do desespero com a loucura.

Começava a entender os caprichos do deus do homem branco, que só queria ela para fazer uns tijolinhos de carne branca na barriga, em troca ela virava uma mulher meio branca também, meio livre, que podia se encontrar com o deus branco pra ele dar à puta e suja e numa espiral terrível uma paz toda branquinha de felicidade, então pegou a ponta da linha de costura afiada com saliva e atravessou no buraco de uma bolotinha de pérola, deu um nó, outra pérola, outro nó e outra até a última e adornou o lindo colar de perolazitas brancas no pescoço. Partiu nua — como quando abandonada pelos homens da aldeia e pelo pai das crianças —, nua e pura rumo às assombrosas portas brancas das Cataratas, as portas impenetráveis da casa do deus branco do homem branco. Já não havia medo.

Alguns fiéis disseram que foi logo em seguida dela acomodar numa caixa de papelão o embrulho, na verdade dois: um caboclinho, o Itiberê, e uma caboclinha, a Jassira, já um pouco mais robustos eles, um quarto de arroba cada, pintados com as cores do urucum e do jenipapo; os embrulhos, uma cartinha para Deus e um vidro de maionese cheio do próprio leite; largou na porta da igreja que o padre cearense arretado conheço ele bem até hoje, velhinho irritante rabugento da porra. Não, o senhor não conhece. O que aconteceu com as crianças? Olha, sabe o Buda, a meia arroba do penhor que o perdigueiro barganhou da própria carne para levantar o trinta e oito? Isso foi há vinte e tantos anos, outra longa história.

Terminada A Grande Novela do século, que o caçador perdigueiro escreveu num furor crescente e esquecido do garrafão, deitando a pena como se espiasse as musas pisando uvas, como se lhe pedissem mais uvas, mais palavras, mais papel! Tem um montão aí, resmunguei, ele murmurou um "Por favor". Escreve no verso, porra, economiza, e vê se não erra, ele baixou a cabeça, continuou, diminuiu a letra, as palavras, as frases, suava à beça, cortou, enxugou a tinta antes de sair da caneta, bateu as palavras na laje, torceu uma, duas vezes, escreveu entre as linhas, nas bordas, mudou para a caneta de ponta fina, os ossinhos da mão deviam estar na draga, impressionante, o desventurado frenético furioso na última chance de construir o legado, e eu adormeci. Acordei com ele um grito que não era grito mas uma espécie de urro com chilique desde o chão, que porra é essa, ele de quatro esguelando fora um pouco do nada que tinha no estômago. Um artista, calculei. O artista se levantou, limpou a boca no braço nu e, encerrada A Grande Novela do século, me entregou. Parecia feliz. Quem explica?

Retomou o garrafão e emendou os goles até engasgar. Disso eu entendo. Pediu um tempo para se acostumar com a ideia do fim e que eu não lesse a novela. "Novela?", perguntei. Ele explicou que eu deveria ler apenas a lista, "A lista", que eu lesse a novela depois do desenlace, "Desenlace?", pediu por favor, "Ok", insistiu, "Ok". Mas o ok-ok acho que decepcionou. Às vezes pedidos têm desses negócios de não-sim e sim-não, você montado e ouvindo, 'Ai não, para, seu estúpido'. Às vezes eu paro. Só uma coisa é pior que indiferença de ouvinte, de leitor. Dizem. Foda-se. Me entregou, devolvi. Ficasse ele com as revelações e aproveitasse os últimos minutos, eu mudo, ele calado, estapeando os mosquitos na cara.

Ocioso — de repente baixa o extremo santo frenético no artista, Mais papel!, Vai se foder! —, comecei a fermentar uns planos, algum tipo de cortesia pessoal aos atendentes lá da fidejussória, tudo sangue bom, do zoológico e do circo, talvez umas flores in memoriam com os devidos agradecimentos, sabe, a compaixão que mostraram pela indiazinha quando o perdigueiro levou ela toda nas últimas pro hospital, depois o abrigo, ela agonizando por um pouquinho da porra duma fraternidade, e eles recomendaram deixar ela no zoológico ou mandar de volta para a aldeia, os desgraçados tão... "querençosos", como diria o padre meu amigo de Foz. Trabalhei na ideia de fazer uma visitinha aos querençosos, cada um a seu tempo. Com certeza caberiam algumas experiências de natureza profissional ao longo desse tempo e aprendendo, gosto de aprender. As visitas portanto deveriam ser produtivas e espalhadas na imensidão dos anos, a coisa toda com os contornos necessários da prudência, percebe, sempre de olho no tripé investigativo, oportunidade, meios e motivação, linguagem de tribunais, sabe?; assim, você faz o que precisa fazer, ensina e aprende garantido nos cuidados básicos do profissionalismo, depois some e ninguém fisga o olho no teu rastro; pode até olhar, mas não vê; esse distanciamento das ações no tempo eu recomendo especialmente para iniciantes; executa, senta e espera; se o tripé ficar um dedinho exposto, o tempo passa e dá uma empanada. Chamo de prova dos intestinos ou batismo dos nervos; pode-se, por exemplo, experimentar em meia dúzia de fregueses uma dúzia de meios de nivelar... O que foi? Não, não, é só a minha frustrada vocação para professor querendo se exercitar um pouco. Não se impressione. Ocioso, eu dizia, fermentava essas visitas futuras na cachola, e o infeliz do perdigueiro ali bebendo sem saber de nada, só do destino, outro terno coração estragado pela cana, retocando cada vez mais pensativo a edição enquanto protocolava as saideiras.

Nivelei? O que fiz, quer saber mesmo, ele meio garrafão depois? Vou te dizer: uma seringa. Pedi o braço, "Não esse que você limpou a boca nele, porra! O outro", molhado de suor e cheio de picadas, os mosquitos, percebe, ele suspirou e estendeu, nem piscou. Tirante os descarregos — que cada trago eletrocutava enquanto fervia a garganta – quem bebe conhece –, depois acalmada com guaraná, "Tó", "Obrigado", ele tinha pedido suco de laranja por causa também da bile – conhece – mas eu levei umas garrafas de guaraná —, parecia já meio que se encomendava com Deus nosso senhor ele desde o urro histérico. "Vou engrossar a veia, com licença." Apertei o braço, dei uns tapinhas e espetei. Injetei um uísque samaritano, "Aguenta firme". E dormitivo. E uns bons emiélis de vaselina líquida. Fazia um calor infernal lá dentro.

CAPÍTULO 124

O rato — o desgraçado — ainda tinha ensinado alguns lustres de rato, que somaram, sobre mortos e vivos, achar e esconder, como anular as catedrais da carne indomável, quais armas, delicados veuzinhos de cê-ó-dois, estacas brutais, fármacos, curiosidades e cláusulas especiais no manual do proprietário. Eu já matava. Profissional a meio ofício, foi nele onde esfriei o aço de vez.

Olha, depois que a gente pega uma trilha, não para e nem sabe o quanto andou, uma hora chega e o outro lado, aquele que parecia desembocar nos mil santuários com saídas ensolaradas vistas da escuridão lá atrás, que é dela que se quer sempre fugir, uma hora chega e não há santuário nenhum, nem um pau de cruz diante do quê se ajoelhar, nada é verdadeiramente ensolarado, e a trilha — estala, 'Em frente', estala!, um chicote que você não sabe – ou quer – parar —, o que ela fez foi encher os seus olhos de poeira negra, e o sangue também, envenenou, esse vinagre que em você agora corre como vinho, e o vinho, não sei, derramou, se perdeu. Então a luz é sombra e a sombra é como brilha a poeira negra nos seus olhos; o bem e o mal, misturados; e você procurando as certezas num poço escuro, "Cadê?", de joelhos.

Acha que eu gostei? Vigie as palavras, padre. Mas sim, talvez tenha gostado. Ou me acostumei. Quando percebi, já trabalhava o laminado com o corte rente, destino e passado fundidos numa sapata de concreto, que a gente demora mas acaba aprendendo a andar leve nesses

Fazer, como é que é? Tá me julgando os butes agora e a troco do quê? Não, está feito. Quer ponderar pondere mas julgue as Alturas no mesmo calo; tem um calcanhar todo--poderoso nessa história, viu, uns vinte os dedos no laço apertados com a linha de sapateiro que atravessou o meu couro dos pés e viciou os passos. Quero ver quem julga. Profissional de Deus, sim senhor, aço-frio sem volta. Aceita ou entende se quiser, matador se insiste. E senhorio também, já fui, sabia? Pois saiba. Aproveita e joga uma espada de chumbo aí no preço da minha absolvição. Senhorio de um frigorífico dumas quantas almas despejáveis, dos apelantes da fuga absoluta, compreendeu, a fuga absoluta! Uns cachorrinhos indefesos de corte, já tive os meus eleitos, e muitos. Mas isso foi um pedaço do rabo do Diabo que eu renego de pisar outra vez na vida nem que pelo ouro do mundo.

Consegue imaginar como funciona? Nãh, consegue nada, vou contar, olha pra mim. Olha! Repara: estremecendo um calafrio arretado só com a lembrança daqueles homens e mulheres num bagaço chupado todo o caldinho, meus apelantes indefesos de corte, os meus eleitos, pele cor de cor nenhuma, pela dor, conheço de perto, que às vezes ela mastiga até a alma, faz desistir de viver e ainda proíbe de olhar na direção do céu; pela impiedade, que esmaga se olhar, uma roda de pedra sobre os nervos cada dia mais próximos do fim que nunca chega, umas doenças pavorosas que a gente vê por aí, o senhor sabe, coisa difícil de entender, de sequer ficar perto do agraciado sem logo querer estopar os gritos desses todos valorosos peitos de fé que uma hora param de questionar por que foram Autorizadas de existir se tão malignas, se mordem e gritam cada vez mais terríveis e terminal, como pode doer tanto uma dor que não passa, padre, Quem permite? E depois quem vai fazer o serviço ingrato nesses terminais, coragem de atender às súplicas, trocar a dor pela paz definitiva, uma esponja com vinho por gentileza antes de picar os canos dos braços e pelo útero invadir e aumentar até — 'Aleluia!' — vencer a dor insuportável, "Grato por não nos abandonar, Deus lhe pague, meu jovem", rumo ao consummatum est, quem vai ouvir, compreende agora, dá para imaginar?

Alguém precisa tratar com decência essas carnes em agonia pelo fim da vida e da dor, o mais nojento e caridoso, o melhor e o pior de todos os serviços: porque o contratante tem a fragilidade de um trapo em eterna deliberação do quanto quer, ou não quer, mas quer, enquanto lhe escapam as forças pelos subterrâneos da dor, o medo de se mexer, de desaprender a se mexer, a quem procurar, "Deus, ó Deus das rubras tentações, piedade. Quantos amanhãs ainda por vir", e você, o contratado, nem aí com essas súplicas e ladainhas irritantes — enquanto consegue olhar só de longe, até que chega perto – e se contagia —, os desesperançados à procura de um servidor discreto, temente a Deus não é exigência, confiável é, justo é, profissional titulado com louvor e meticuloso de todos os detalhes, todas as causas ganhas, articulado para quaisquer considerações da extrema hora, causídico rápido e inclemente — é você, se torna você —, como falar de uma imensa história de dor? Era uma vez um rei muito supremo, autor do céu, da terra, das conchinhas do mar... e dessa dor. Um rei com um reino só para ele, o reino das leis imutáveis da dor e suas demandas impossíveis, mas demandas, que se alguém clama alguém supre, alguém encontra as bordas da lei e ali se instala com o seu serviço odioso — e traz os sobreviventes de volta à vida —, cobra caro por ser odioso, nota sobre nota, às vezes dobra a fatura, triplica, se não puder ou quiser extorquir, afinal o serviço mais valioso da vida — ou *pro bono* —, e a outra parte, ora quem se importa com a outra parte, ninguém manda flores, cartão de Natal, quem reage por eles, se nem eles, que desconhecem o braço da lei. As Tábuas dos homens sobre as Tábuas de Deus, ignoram. Conhecem a dor, e basta.

Servicinho tranquilo, matar esses indefesos.

Minto. Não. Minto absurdamente. Lembro das histórias em cada rosto, maldita memória que não apaga nenhum silêncio de nenhum cachorrinho das conchinhas do mar, malditas histórias imortais.

Profissional. Inclemente. Todas as qualificações. E de que vale, se um dia começam uns escorpiões malditos à ferroar culpas nos filamentos da memória, a tortura daqueles olhares suplicantes de uma boa nova, que, se não houver, por Deus, nada venha em seu lugar; se vier, e virá, por favor não piore, piore menos, demore ao menos... A mulher do Juiz... lembrança mais terrível que eu ainda vejo ela se arqueando na minha frente, pediu para ele arrumar ela antes bem bonita, um banho de banheira com as flores que eu apanhei as preferidas dela no imenso jardim, pétalas misturadas na espuma dos cristaizinhos de cheiro, o arsenal de maquiagem diante do espelho implacável diante do sorriso generoso como ela se via na foto pendurada no canto do espelho, ao fundo o país dela devastado, e ele escovando os fiapos de cabelo no couro rosado da pobre diaba arruinada pelo sofrimento, nunca uma queixa.

"*Frau* dínamo", nas palavras dele, uma máquina de ligar com energia pura o mundo das possibilidades práticas que floresciam ao seu redor, de voluntariado independente e "cultivar solo congelado" a colher nas artes mais delicadas; fotógrafa de preto-e-branco, negócio demais sem graça para o meu gosto, devia pelo menos ter um pouco de vermelho, sei lá, mostrar força, vida; fazia traduções de poesia também, "Poesia, por que poesia, senhora?", "Oh, esses cadernos. Rascunhos antigos, meu madalena. Dizem os poetas que o sofrimento lavora melhor as palavras. Você concorda? Oh, não quer ler mais?", "Não precisa, não acredito nessas bobagens", eu dizia e guardava aqueles malditos cadernos que eles me perturbavam as memórias. Depois voltava e lia escondido. Ela, não tenho certeza se dormia. Gostava de gatos — mas quem gosta de gatos? —, vi a foto de um grupo numa mesa de carteado, "Jogatina, senhora?", ela sorriu apenas fechando os olhos um pouco mais demoradamente, como se aproveitasse para recordar, abriu,

"Bridge". Imbatível no bridge, ela queria me interessar, "Você é inteligente, meu madalena. Vai gostar de bridge", "Eu sou do pôquer, senhora. Quem é do pôquer é só do pôquer". A criadagem nova recontava as histórias dos cantos da casa, "A madame era um amor de criatura", "Cabelos cheios", "Elegante", "Rodeada de amigos", "Não parava quieta um minuto", "Eles vieram da Europa depois daquela guerra lá que aconteceu e matou quase toda gente", o Juiz nos anos de retorno ainda no estaleiro por causa da "Memorabilia apocalíptica", "Fui um fardo para ela", insistia ele em confessar, mais que em me dizer, abatido. Ela:

"Fardo?"

Virava-se para mim:

"Jamais um fardo. Oh, meu querido madalena, não escute o que ele diz. Apenas amáveis inverdades", encerrou com esforço e o sorriso rápido de uma faísca de alegria libertadora anunciando os maciços pensamentos voltados ao futuro próximo, muito próximo. "Você está pronto, jovem?", ele me perguntou, me preparavam fazia tempo, "Pronto, senhor", tão pronto, que podia já sentir como chegar ao coração dela, seus dedos ansiando o crucifixo na correntinha do pescoço. Gostava de conversar, uma entusiástica contadora de histórias, cheia de carnes, vi nas fotos, mas, o que sei, as carnes se foram, o entusiasmo, agora compare a injustiça o senhor com uma trena aqui nesta saúde abençoada deste aprendiz nos pratos da justiça e completamente imbecil de como a Suma Perfeição julga os Seus filhos, se conserta os fios do enrolamento ou o que podem fazer pela salvação os filhos, se nem pelas obras, se às vezes mesmo um dínamo falador das línguas dos anjos e de um amor sem limites, ela emperrou, como pode? E eu, se o que sei não sei fazer diferente, não sei fazer nada, não valho nada, minhas mãos inúteis, olha, por causa disso esta força abençoada, só por isso? Afinal o que Ele quer de mim, qual a missão, devo continuar, posso entender ao menos?

Duvido. Essa gente formigueira, tanta máquina pestilenta do saco murcho correndo livre nos eixos, e ela o horror dela mesma. Por quê, meu Deus do Céu, me ilumina, *ela*, naquela cruz, a pele como fronhas amarrotadas sobre os ossos e os nervos gritando baixinho que a luz dói, o toque, som, comer, beber, tudo magoa porém os cheiros, com os cheiros ela revivia, quantas vezes tateando as trevas do seu quarto desarmei os espinhos das flores frescas, "Não precisa", sussurrava ela, "Não acredito", eu respondia, 'O cheiro do caule, senhora, do espinho perfurante nas minhas mãos enormes, da flor que morre suspirando perfumes', e o fim daquela mulher, o preço que cedo ou tarde eu deveria pagar, que paguei e ele me soltou, protegeu — antes e depois —, cauteloso, educou, "A melhor educação, jovem. Os melhores mestres, é lógico", não me traiu do meu caminho, esse rastilho assentado à frente dos pés para seguir sem desvio.

"Acalme-se, jovem, cuide da oratória, lembre-se de que conheço como ninguém a natureza profunda nas tuas veias. Agora prossiga", me confundia, "Responda rápido, jovem, eloquentemente: se as grandes dores só terminam com a morte, o que é pior: as que fazem desejá-la, ou não obtê-la?", preparava, "Lembre-se: qualquer preço é um bom preço", queria respostas, "Estipule o seu"; porém chega; ministrei todas as cargas dessas cavalarias medicinais o quanto pude e além, tantos homens e mulheres pendurados nas minhas mãos; tomei — por isso — e torrei — tudo, recebi de tudo, documentos, armas e livros, tudo oferendas caídas aos meus pés divinos e maravilhosos, diplomas, dinheiro, muito dinheiro, proteção e mesmo amor, "Retórica, jovem, aprenda bem a estipular seu preço, qualquer preço...".

Me sentia o rei sob o firmamento, dono do pescoço da morte arrochado nas mãos — upa, upa, cavalinho —, um brilho de arder demais, poder imenso, aquela gente destroçada lavando estas mãos que faziam vazar poça de metro com o licor mais lustroso desse mundo dos homens, às vezes duas poças tentando se tocar uma ao lado da outra na esperança de se unirem, dois desgraçados se esvaindo pela paz enfim eterna, balaços, comprimidos, suave como um gotejamento, apesar de alguns acidentes, porque sempre haverá alguém com a voracidade de um deus para catar pelas crinas, como sempre haverá alguém de joelhos oferecendo a cabeleira para uma das suas mãos e o rosto, os olhos, a jugular para o que você tem na outra, sim, mil santuários, mil! Os cachorrinhos beijavam minhas mãos enluvadas com o sumo viscoso da morte, oravam paralisados de fascínio e horror e ainda uma coragem que me escapava à razão, dói lembrar da mulher do Juiz pedindo fentanil e champanhe às paredes, queria amar enquanto eu liquidava minha dívida com o poderoso Juiz, então apenas um marido apaixonado como jamais, serviço limpo.

"Use somente as mãos", ele disse, ela implorou, ela queria num desejo louco a ressurreição da carne, o fim da carne, enquanto eu mirava seus olhos, sim, cinzas, secos de dor e enternecidos, sua última alegria, sim, iluminava-se novamente, "Meu madalena", sussurrou, sim?, as lágrimas indecididas do rumo a seguir, entristecer, expiar, escolhessem logo, havia um ritual, sim, elas deveriam cumprir o sacerdócio de rolar quentes destes olhos que eu apagava maravilhado — sim — e suava e cheirava como um animal — assombrado, sim —, tanto poder nas mãos arrancando o útero da morte, senhor do bem e do mal, extasiado, sim, par de Deus, sim!

§

Ardeu demais mesmo aquele brilho. Um dia aconteceu que já não tanto, os escorpiões nos filamentos, percebe, foi tudo escurecendo, e acabou. Sobraram os réquiens de carne viva, lembranças que a peçonha do arrependimento não deixa apagar. Olhe, Deus não faz acepção de pessoas. Oquei. Eu faço.

Meu negócio é nivelar a canalhada, traidor, assassino — viçosos santinhos que a terra agradece —, não criaturas desesperadamente imunes às drogas mais paralisantes, vegetais ultrajados, super-homens-e-mulheres que nem o Criador quer de volta e que só de bater o olho o próprio Tentador vira as costas, o horror imaculado, seu único medo nos homens, e foge desses crucificados, teme suas almas inegociáveis das chagas sempre abertas, dores que não se deixam diminuir, olhos cosidos aos madeiros da redenção todos os dias, agulha, linha e uma eternidade até se fecharem, até que mãos misericordiosas — porque deve haver mãos assim de um deus assim em algum outro universo – precisa haver –, mãos inaceitáveis, que — libertem para si essas dores intransferíveis e ali pousem e encerrem a luz per aeternitatem temporis, Mãos que incompreensivelmente lavem estas minhas e me façam inocente deste sangue, por favor, porque se nem o diabo que os carregue nem o pai nosso que está no céu, ah eu sou um verme, não suporto mais, Deus, chega!

CAPÍTULO 125

Tirando essas lagartas-de-fogo, sinceramente, até que gosto do ramo.

Vocação? Se lhe parece... Se me incomoda a palavra, vocação? Não incomoda: no sol a pino, hoje: fácil de ouvir, como de falar. Mas não são arreios para embocaduras ordinárias, pode empenhar a queixada nisso; o pelame também, carnagens e nervos, todos os retalhos da substância encomendada, pode. Aquelas cicatrizes, estas, ó, a maioria pecado, elas falam das durezas contadas talho a talho até surgirem os primeiros sinais de paz nesses meus desvios perturbados. Paz, bicho difícil de agarrar as mãos, tão depressa de fugir. E assim caminhamos, as coisas todas cheias de cansaço de ver e de ouvir, o Sol quantas vezes sobre os mesmos séculos dos mesmos destinos, você no seu e eu trinta anos numa estrada que se não quis me engolir me permitiu uns bons cobres no bolso e um palmo ou dois de chão de raiz para criar meus boizinhos, boi de chão, não de papel, boi boi, chão chão, terras bem inscritas nalgum cartório perdido por esse continente afora, trinta anos de suor, sim senhor, plantando e acumulando de talho em talho... Mas isso não interessa.

Espera. Que mania a minha, por que esconder? Também vai morrer aqui, não é mesmo, padre? Ficam no Goiás esses meus assuntos, no sul: Minas, Mato Grosso, um tirinho de São Paulo. Êh mundaréu de alqueires, não há sossego maior. Tenho porto de areia, mina dágua, mata virgem com arvrão e arvrinha, conforme o povo diz lá; fica perto de um riozão pra pescaria primitiva, que ninguém é de ferro, só a enfermeira Otelina. E como chão não entra em mala reservo ainda uns contratos do

Paraguai na gaveta, meia dúzia de gemas de diamante e o resto é nada, me aposentei. Mas não aposte nem gaste a reza que perdi o gume. Seria um erro. Ainda convoco lágrimas novas no dois de novembro por aí de vez em quando, alguns fados em tom magoado e tangos, como de hábito, dramáticos; só que agora cansei do palavrório dessa carvoaria de levantar tanto fumo sem fim. Já está bom.

Na situação do nervudo atado à cadeira? Hahahá! Já tinha esquecido do miserável. Mas, padre, faz mesmo questão que continue? Absoluta? Deixa ver, que onde eu parei... No aço-frio, tem razão, o aço-gelado. Depois de falar nele desses meus negócios e de umas outras finezas de enrugar a estamparia com as impressões mais encantadoras, o miserável, dali afrouxei prumas conversas mais no ramo descontraído dos amendoins e dos bijus, enfiei a minha paciência angelical na orelha dele até sua nobre alma se apaziguar com o sistema uronervoso, um tanto disfuncional no momento, apesar da singeleza tranquilizadora das instalações, já disse, não?, da simplicidade, mais ou menos? Então. Depois a sério, as salgaduras inevitáveis. Falei de arqueologia, dos meus empenhos na busca por desencavar os três desamigos da briga de 76. Contei da escavação do primeiro, o sucesso graças a Deus na visita ao levinho dos gorgomilos, cinco anos já e nenhuma suspeita, uma penca de quatro filhos, seis, que o folgado preá gandaieiro e cheio de fecundidades tinha tornado ao pó abandonando a mulher barriguda e uma corneta histérica no enterro, que ela amava o cafajééste, ela perdoava o canáálha, o que vocês vieram fazer no enterro do meu marido suas choramongas, vê esta barriga, suas vagabundas, mêêu marido!, puta berreiro, me falaram e mostraram fotos, precisamente, padre, cinco anos. Como o tempo voa quando a gente experimenta a força da borracha mas em lombo alheio, conhece a sensação?

Contei as gentilezas oculares de minha parte para com o referido preá, os detalhes, todos os detalhes que a perfeição exige, inclusive alguns que prefiro deixar aqui de lado, irmão, por demasiado indigestos. Não despejei à toa isto dos detalhes com ele, absolutamente, graça, cachorrice. Foi o mosaico. Aquelas pedrinhas de emoções na cara do meu fortão-musculoso unha e carne com a poltrona de veludo encarnado e carentão de ouvir os oráculos do tarô puxado numa banca de esquina, as lapidezinhas no rosto do dileto ouvinte, que se recoloria, impressionante, filando para eu mostrar tudo de uma vez. Dissequei o baralho.

Dois bem contados detalhes, dos mais indigestos, a ficha do miserável querendo cair já desde as primeiras incursões arqueológicas; três indigestos, caindo, quase caída; três e meio, "Céus", e caiu, "Foi v-você!", me interrompeu com um magnífico e mui lisonjeiro espanto, os bofes entalando a subida do elevador na laringe e a faringe engolidos de volta ao térreo, 'Desce!', que o dileto musculoso, farto de engulhos e demais órgãos querendo saltar fora pela garganta, ele era todo olhos, contando os detalhes todos que varria de orelha a orelha, olhos de indesviável atenção e loucos para fugir, disse ter acompanhado o escândalo que aquilo virou pelas reportagens de uma jornalista famosa por seus laqueados curvosos modelitos vermelhos, tudo primeira página, RICAÇO VIRA PRESUNTO, latrocínio cruel, BANHO DE SANGUE NA SOÇÁITI, murmuravam-se histórias sobre uma inestimável coleção de arte, oratório antique, POLÍCIA PROCURA SANTIDADES GATUNADAS, esculturas de santos dos séculos XVII e XVIII, a companhia de seguros, "Nada a declarar", a polícia, "Não descartamos nenhuma hipótese", sem pistas também, mas "Encontraremos os responsáveis, e eles responderão sob a clava forte da justiça", o sogro de luto, abaladíssimo, SOGRÃO FLAGRADO SORRINDO NA TUMBA, a viúva internada dos nervos, e os olhos do dileto fortão: 'Pela coroa de espinhos, não, isso como ele acabou, não fura a gente não, não!'.

Pois que em nome dos Céus, da coroa de espinhos e do implorativo nos olhos, e do epílogo da história dele já tirada em outro arcano, é evidente, não furei nada nem nada furaria. "Jura?", "Juro por Deus." Fui com luva fina sobre luva grossa nas considerações; soubesse logo da sorte dele nas vinte, trinta, se não me engano setenta e oito lâminas do tarô e os abutres. "Seu direito", reconheci. Media os enrugadíssimos na cara dele, os minúsculos músculos do medo, que a Criação deu os pontos primeiro foi ao redor dos olhos da criatura, depois na raiz de cada pelo, no miolo da espinha, nas tripas e — com amor incondicional — no finzinho delas, bem no comutador de emergências, todos relando os cordões da imperiosa dor; podia ver crescendo os vincos na estamparia do consulente, diminuindo, amortalhando, compondo um moribundo entre Barrabás e o Pretório, apertavam e abriam os olhos estarrecendo quanto mais eu desdobrava o sudário.

Esperei que parassem. Não pararam. Continuei. Emendei o destino dele no fio da história do levinho de cristal: se o pescocinho de rouxinol tinha sido o primeiro, ele, o braços-coxas, seria o segundo, "Faz sentido, não faz?". Mas reclamei uma ausência, o terceiro: "Está difícil de pegar a pista desse um ausente", expliquei, "O amigo extraviado"; conseguiria ele "por obséquio fornecer umas orientações, qualquer suspiro, meio que seja?". O desamparado contribuinte apelou no piscandinho dos olhos, 'Como posso contribuir se tudo o que sei é que nada sei?', se não restava mais uma vírgula para caguetar do amigo que havia se desmanchado no ar fazia dez anos, disse, o amigo que tinha sido levado ao HdO depois da briga, disse mais, e de uma passagem — continuou o boca frouxa — pelo Pronto-Socorro do HdP, o mundão de avariados populares que eu frequentava desde a época da moura enfermeira, demitida — não sei se já disse — quando começou a fazer perguntas demais sobre a fumaça escura que tinha invadido a UTI vindo do incinerador de restos hospitalares operado por um sujeito descomunal que socava fogo nos arquivos da alta administração.

Anos mais tarde trabalhei o retorno da Otelina à ativa. Os rastros que seguiam ela desde o Araguaia eram uma bomba muito perigosa para simplesmente reinserir ela no mundo dela, que também era perigoso, se é que ainda existia. Antes de tudo e com urgência era dar cabo daqueles rastros. E arrumar uma fonte de renda básica para ela, tudo sob os auspícios da lei, tudo na lei. Tinha ainda o problema de desvincular ela de um ou dois corpos decorrentes de uma legítima defesa com as próprias mãos e as sequelas na estrutura dela de ferro bastante avariada nas lutas corporais porque ferro no ferro é brabo e os fantasmas estorvavam perigosamente o caminho e a cabeça dela muitos anos afogada nas lembranças da luta desigual, a militância dizimada no Araguaia e ela quase uma indigente — olha como se costuram os scripts na mão de Deus —, as dores que começavam a tomar conta, namorando com opiáceos — aquela mulher! Anos depois, quando essa história me apareceu, eu estaria pronto. "Oquei, disso eu entendo, isso eu resolvo", "Ela não deve saber", "Saberá na hora certa". Me aparelhei. Iria ao Inferno pela Otelina — se precisasse.

"Comece pelo começo, jovem", ensinava o Juiz sobre empreitadas. "Descubra a pergunta certa para o problema certo, e afie a lâmina". Comecei com uma visita ao encarregado das listas de "Procura-se", que a ficha dele, alocado numa subseção de um subministério e recém-despejado da vila militar porque os ventos eram outros e as verbas diminuíam a cada ano, eu tinha conseguido a ficha dele mais a de um monte de gente na ocasião do segundo perdigueiro, conhecedor das fontes e língua fácil de amolecer com uísque; me apresentei ao encarregado e casei um pacote de dinheiro ideológico na mesa, a própria ficha dele afiada e atualizada no meu bolso, "Vamos lá, o que é isso parceiro, a anistia chegou paratodos, dos dois lados, apesar dos rumores sobre as camaradagens raivosas que retornam com a mala cheia de roupa suja para lavar em casa, as listas de vingança cada vez mais amplas, gerais e irrestritas, não é verdade, encarregado, sei, sei, tu não tem medo de cachorro louco nem de fortões como eu, mas, e tua filha, Encarregado, teus netos, o treisoitão na gaveta com as balas enferrujando sem ação, olha esta 9mm lubrificada e na ativa, uma belezinha, qualé, os tempos são outros, Encarregado, apaga a guerrilheira Otelina da tua lista, que mal poderia fazer ela, preta, mulher e sem marido, sabe como são essas mulheres sem marido, nem o anelar esquerdo ela tem, Encarregado, mulher fraquinha, foi só uma inocente útil nas garras da comunistada, sim, sim, meio assustadora a cara dela de árvore nesta foto, mas quem liga, Encarregado, apaga a coisinha fofa da lista e aloca numa repartição qualquer, hahá!, toma mais este pacote, quero um advogado bom para levantar e enterrar o histórico da *Noiva do Carniceiro*, o codinome dela, sim, entendi, *Noiva do Carniceiro*, mas olha aqui, Encarregado, tu tá no pijama, já deu de briga, oquei?, tira o pó da farda e vamos encher a cara com as sobrinhas de uma senhora russa muito rica e hospitaleira que eu conheço, as sobrinhas enlouquecem com homens de azul. Depois, tenho outros serviços para você. Conhece São Paulo, amigo Encarregado?", e o sistema — já derretendo — se esqueceu do encalço da Otelina sob um carimbo vermelho de CASO ENCERRADO.

CAPÍTULO 126

Enfermeira chefe no hospital, guerrilheira semimorta das sequelas e funcionária outra vez, quem diria, se abraçou na carreira e agora ocupa cargo de confiança no escalão; o passado de luta, percebe, hoje está em alta. A velha Otelina continua escrevendo a história dela. Deve beirar uns, deixa ver, ela sempre fez segredo, uns sessenta e cinco escondidos sob o ferro daquela saúde já absolvida dos traumas da guerrilha, chega fácil aos cem, passa e enterra todo mundo. Não senhor, sei dela pelo que acompanho de longe. Também não, faz um quarto de século que mexi na história dela a primeira vez, eu então cinco anos sumido de Brasília e já vivendo nas sombras, 1981, 81?, 81. A Otelina se afastou da gente quando brigou com a minha mãe por causa da questão do Araguaia. Não é nem que a minha mãe não queria ir, a pulguinha era tudo uma tamanha empreitada brutal demais para ela, até para a Otelina, e a pulguinha só não faltava tamanho na boca — Militante ingênua é carne de mata-burro — O quê, Maria? — A luta deve ser na cidade e deve ser política — É preciso pegar em armas, Maria — Morrer não é preciso — *Viver* não é preciso, Maria — Instruir-se é preciso —, as duas discordando cada vez mais furiosas na defesa da fé, um tiroteio formidável de purezas e fraquezas ideológicas ao alcance do menino curioso com a orelha um desentupidor de pia grudado na porta, auscultando um chiado muito doido de palavras de ordem sobre guerra popular prolongada no campo (Guerra?), o bico do papagaio (Papagaio?), precipícios e cordeiros saltitantes (Que porra, essa?), e nunca mais ouvi falar das duas juntas. De qualquer forma, tampouco minha mãe abriria o bico, imbatível que era em administrar segredos, nem com todos os conspiratórios do mundo infestando a cabeça nos últimos meses, cismada com a própria sombra a dona Maria, então, a Otelina, anos depois dela se livrar de vez daquela porra daquela morfina filha da puta e mais ou menos dos outros fantasmas do Araguaia, que essas coisas nunca se instalam e somem com a mesma euforia, quando a saúde naquele corpo alto e membrudo que contrastava imenso com a minha mãe e os cinco anos de repartição tudo já na calmaria do Eclesiastes, um dia, voltando do ponto de ônibus com as compras na mão, a Otelina se descomanda nos passos, cada passo uma pernada de um metro, direita, esquerda, um metro, um metro, ops, quando me viu no meio de um pé de vento que levantava o chão vermelho de Brasília, não sabia que era eu — 'Uai', deve ter se assustado, 'É o meu meninin?' — atravessando a poeira vermelha na direção dela uma tarde às vésperas do outono de 86, o menino matraqueador dos ditérios, desengonçado nas perninhas que desciam como gravetos dos largos calções, 'Agora esse homão' calejado de estrada, 'É o meu meninin!', andando na direção dela, que espremeu os olhos — como se corrigisse a miopia impossível naquela criação impressionante de Deus —, diminuiu o passo e travou. Decidiu rápido: se na dúvida, se os joelhos ou a sacola das compras no chão, caiu a sacola.

"Uai, enfermeira chefe Otelina, viu sombração?", mandei com um sorriso de sol na boca, e o estoque de lágrimas felizes quantos anos represadas desabou, quer dizer, nela, é evidente, que por causa daquilo de fabricar as lágrimas no saco homem não pode, é evidente, quer dizer, traguei a garganta apertada de vontade de soluçar enquanto abraçava aquela mulher que o abraço dela, ô mulher forte da porra, ela certa de que eu já tinha dado havia séculos "a derradeira entrada" no derradeiro hospital, de um jeito ou de outro, o último heroizinho das selvas, "Os heróis, sempre chega o dia..." — calou-se. Meu Deus, revendo a Otelina depois de tudo, as carnes magras feito cordas de ferro sobre os ossos que — senão à bala ou baioneta — jamais trincariam, e no entanto frágil, os olhinhos transbordados numa tristeza que talvez acusasse o quanto da gente havia morrido naqueles anos, xô tristeza, puxei um par de alegrias da memória, lembrei com ela de quando a gente ia no frigorífico do atacadista de carne em Taguatinga, "Por que a gente não vai na Casa de carnes e rações do seu Jack?", "Ara, esquece o seu Jack, meninin", e ela descarregava um caminhão de boi nas costas em troca dumas bistecas.

"Eta, esse mulherão carrega como dois homens e não cansa", dizia o atacadista, cheio de olho gordo nela, a barba sem fazer e os cabelos e o avental com alça de couro decorados com as belas-artes dos fluidos frescos e maturados do negócio, "É, ela não cansa nunca. Ela é a minha mãe. Passa as bistecas", "Mãe, guri, preta como carvão?", fuzilei nele um olho no olho, "E daí? Cadê a carne? Não tenta me enrolar, hein, não tô de brincadeira, seu Atacadista", o atacadista era altão e de pôr medo com aquela cara que ele devia usar pra abater boi em vez de martelo, só que eu não tinha medo de nada quando tava com a Otelina, ou com a minha mãe, quer dizer, fora um medinhozinho pouco dela mesma, muito pouco, nem conta, mas perto da Otelina eu batia no peito garantido até a linha mais distante do horizonte, eu não tou de brincadeira, "Tá bom, gurizinho enervado, ó, toma. Leva mais uma pra ficar calminho. Volta semana que vem. Qual o nome mesmo da tua simpática genitora?" Genitora, né, atacadista desgraçado, xingou com palavra difícil pra me intimidar? Hahahá que eu tenho medo de palavra difícil. Catei com as mãos por baixo do embrulho pra Otelina não ver a minha resposta pro cretino do atacadista do frigorífico de Taguatinga, é evidente que ele queria se aproveitar dela, a Otelina era uma dama, sabe, eu não ia dizer palavras poéticas como *chuleta* e tal — bisteca — nem falar sem filtro na frente dela, então respondi pro atacadista sem-vergonha com a minha cara de mil demônios e mais abaixo discretamente endereçado sob o embrulho aquele gesto universal que o dedo de Deus criou para os engenheiros da Torre de Babel quando do pedido de alvará, e a gente no ônibus de volta contando vantagem da mercadoria faturada sem pingar um centavo, "O que quer dizer *genitora*, enfermeira Otelina?", "Ah, captei", e rachava de rir do trouxa do atacadista, a Otelina era minha e o atacadista carniceiro de Taguatinga eu não ia deixar ele ter a mais remota da menor chance zero vírgula zero com ela, e ai meus pecados se dona Maria soubesse desse tanto de proteína plena nas minhas mãos; ou eu ensinando ela a nadar no Lago, a Otelina, sem solução; a enfermeira com aqueles braçudos dela fazia espuma igual motor de lancha, boiava como ferro de passar roupa. "Nem é assim, enfermeira Otelina. Presta atenção. Me joga no meio do Lago que eu volto nadando pra te mostrar." Ela me lançava uma flecha magricela duzentos quilômetros em direção ao Sol, uêêba, o caniço desaparecia em órbita e reentrava cadente de chapa, de costas-cabeça-barriga nágua e voltava pra Otelina nadando na velocidade que a gente da *brava gente* engolia peixinho vivo pra melhorar as capacidades aquáticas — mas a enfermeira Otelina, coitada, detestava peixe, só carne – meio coitada. "Viu, enfermeira, facinho. Tem que nadar igual o príncipe dos mares. De novo". Ela era de pouco riso — tinha vergonha dos dentes "brancos demais da conta" — mas lembrou com graça das histórias, secou os olhos nas costas das mãos, as mãos no avental com alça de couro, pegou o sal grosso, a pimenta vermelha, misturou e moeu um pouco com a mão cascuda contra a pedra e espalhou na carne.

"Uau! Esse bife com caroço", usei o dialeto dos bons tempos, "A senhora devia ser promovida a diretora do hospital, tá uma delixa, enfermeira." Ela sorriu o sorriso dela de fio de boca. Esclareceu que tinha saído do hospital havia muitos anos, do Araguaia e das sequelas só umas palavrinhas veladas, que "Há cinco anos" tinha surgido uma chance numa repartição e "Agora me inscrevi num concurso interno pro ministério. Você torce pra sua enfermeira preferida?", e eu, "Ô!" — deixa comigo —, joguei nela o meu famoso sorriso abraçante irresistível de sol com a felicidade do tamanho do sol do Saara. Ela desviou dois-três passos pernudos e doloridos de uma dor que — eu sabia, ela sabia — nunca iria desaparecer totalmente, caranguejou nas ideias, virou, bateu o olho no radiante que eu me mostrava de estar com ela, no caldinho da carne escorrendo carnivoramente da boca, e sorriu, fraco... "Uma bisteca de boi como gosta o meu carnivorozin-de-Deus, Três dedos de grossura e mugindo por dentro né Otelina?, Pingando a casquinha dourada da gordura, Caprichada no sal e na pimenta vermelha moída na mão, Tudo pra repor o ferro dos músculos e as hemoglobinas do meu meninin, Tá espetacular Otelina, Quer mais?, Melhor parar. Tenho compromisso." Iria me encontrar com o nervudo no bar do Hotel luxuoso onde uma vez por semana ele ia puxar do trago os uivos da noite, não aquela noite. Ela não pôs interesse no compromisso, mas me sondou de alguma história antiga de leucemia, tinha ouvido falar. No dia em que fugi de Brasília, minha mãe rápido plantou uma semente de "segredo":

'Leucemia, vizinho', 'Meu filho está com leucemia, freguesa', pobrezinho de mim. Desmaiava de vez em quando, tinha ido me tratar no exterior, parentes em Cuiabá, Fortaleza, Olinda, uma clínica em Porto Alegre, não espalhe por favor vizinho, amiga, freguesa, o "segredo" que manteve corações e mentes — e línguas — ocupadas enquanto se alastrava como fogo. E eu pude sumir em paz. Não, que leucemia o quê, padre, tu acreditou? Olha, quer saber, esgotou o caldo. Chega de falar desses assuntos e da Otelina, ela também as histórias tudo do tamanho de um livro, não vai dar tempo. O que eu estava dizendo

Interrogava o rapaz atlético, eu? Exagero, exagero. Eram só umas perguntas cordiais, o sarado hóspede ansioso de trair o amigo, o terceiro extraviado; ele já tinha e com louvável esforço dedurado que depois da luta no bar do trácio, depois do acidente que rasgou a barriga do carro deles um fogaréu de faíscas cem metros de puro aço no asfalto do Eixão, depois que ele e o levinho meteram o amigo num táxi e foram no "sorveteiro" comprar umas cheiradas puras que a mandíbula esfrangalhada doía de urrar, mas não podia urrar, só cheirar, hehê, mais uns goles e umas bolinhas, depois disso tudo largaram o urrador urrando na porta do P.S. do hospital, se picaram, voltaram para falar com o Imediato e se picaram de novo, foi quando ele viu o amigo pela última vez na vida, saindo pela porta vai-e-vem do P.S., "Juro por Deus", no mesmo hospital da enfermeira Otelina, onde a gente era uma espécie de fregueses, passa boi passa boiada; mas o amigo não se sentiu confortável e tratou loguinho assim ó de se mandar, ele e o logística da família, horrorizado com as acomodações, com a quantidade de abituês, com o estado dos abituês e demais substâncias orgânicas empasteladas no chão — como se ele mesmo – o Imediato – não produzisse seus próprios abituês e demais refugos empasteláveis —, extraídos como e de onde sempre foram extraídos, aguardando transporte, vassoura, rodo ou, conforme o tamanho e o estado do despejo — perna, rim tipo exportação, cadáver fresco —, o carrinho de despejo do hospital, campo de desova por excelência, linhas Chão–Incinerador, Chão–Lixo, Maca–Patologia, Freguês–Necrotério. O amigo partiu urrando de náuseas e não-me-toques direto do nosso açougue para o competente Hospital dos Oficiais, direto para o bem-bom, me garantiu o número dois, digo, o segundo da lista, o bombado saradão. Disse ele ainda que o amigo ficaria de molho por muito tempo no bem-bom. Deveria. Não ficou. Alguns dias, e o Imediato evaporou com ele de lá também, a cabeça toda enfaixada de múmia e pilhadão de remédios, montado numa cadeira de rodas.

Ele sabia disto, do amigo extraviado do hospital acesão na cadeira de rodas com a ajuda do Imediato e mais nada, jurou pela cruz, meu musculoso favorito sabia apenas de ouvir falar, eles nem eram amigos de verdade, jurou mais um par de juras num fiapo de voz, e lá se foi o último cuspe de brotar palavra, sumiu. Já não tinha como se sustentar a vida naquela boca depoente agora só de umas tapiocas sinceras que ela estalava de sede, a boca já quase morta e uma espuminha cor-de-rosa nojenta visgando nos cantos.

CAPÍTULO 127

Faltavam algumas querelas pra moer no orelhame dele se ele quisesse, *eu* queria. Mas o egoísta interrompeu:

"Água, por favor" — ressuscitou a boca das catacumbas.

"Água!" — insistiu. Por quê? O que pedia o egoísta filho da mãe, que eu antecipasse a páscoa e, toma, um lago todinho seu, uma asa-branca e adeus Rosinha? Pois é, aquele arrego de *Água, água* como se fosse um meninão de rua. Brincadeira despropositada. Ou barganhava? Nãh, ele não tinha mais garrafa pra vender, nenhuma informação nova sobre o sumiço do amigo doidão numa cadeira de rodas, tudo já rifado e com tanta pureza de espírito que chegou a jurar pela cruz, sabia mais nada, a boca estalava de sinceridade, valia mais nada, "Água", ansioso pra morrer pela boca, "Por favor". "Cala a boca", gritei direto na porra daquela furna empomadada, cala a boca, tão perto do miserável que deu vontade de morder e arrancar fora a boca inteira dele, cala a boca, tão sem chance nem esperança que até o açude da espuminha cor-de-rosa nos cantos da boca foi embora, enxuga a língua na areia, porra!, e o plantinha aveludada todo surdo:

"Água, pelo amor de Deus", forro de araruta é o que eu já devia ter metido com pó de osso e terra vermelha naquelas beiças desesperadas, enfiado uma duna de sal até entupir a barriga, descer para espumar e depor as tênias rumo ao apertadinho enquanto ele se contorcia o tempo tanto que ele não tinha mais porque o tempo dele acabou. Quer mas o quê, afinal? — perguntei. Não respondeu. Fala!

"Água" — agora respondeu.

Água, é?

"Água!"

Água, hum. Não sei, ele parecia faltar um pouco de eloquência, meio carente de religiosidade o discurso, ousadia, sei lá. Só isso, água? "E perdão, perdão!" — implorou. Ouvi. Ouvi na tensão máxima dos meus ouvidos ensinados, sempre atentos, sempre atentos. Como vibra essa palavra, "Perdão, perdão", ainda mais repetida. Olhei para o relógio: marcava dez anos — quase. Logo-logo que eu regava alguma sustância especial no perdão-perdão para matá-lo daquela sede infinita na boca. Faltava só fumegar mais uns minutinhos no butano e vestir o convidado com os atavios de gala, as honras finais, vamos dizer.

Catei o infeliz nos cabelos e puxei para trás, "Confortável?", a cabeça no encosto anatômico, "Não mexe, ô parceria", pedi. "Relax. Arrumei tudo na intenção do melhor". E veja a ingratidão: o parceria deu de ficar rebelde. Não quis relaxar. Muito rebelde. Fui obrigado a baixar alguns argumentos com os punhos argumentativos para ele ficar zen e meditar com sabedoria, percebe, era parte da simpatia prender a cabeça no encosto que eu tinha entortado quase num horizontal ergométrico, como uma posição no dentista, "Muito zen", falei, esclareci as verdades transcendentais e grudei a ponta de uma fita plástica adesivamente transcendental na testa dele, que eu tinha dado uma polida com folhas do cerrado para melhorar o grude, aquelas folhas courudas revestidas — parece — com uma fina camada de cerol, tudo natural, cem por cento natural, é ou não é, esfoliantes, fissuradas, chupam até graxa de caminhão. Pura sabedoria zen.

Puxei a fita, passei por trás do encosto e dei algumas voltas, vincando as dobras na testa junto com o sanguinho fino que brotava nas arranhaduras das esfoliantes, a fita no seu dever profissional de grudar, chiando na orelha dele o seu chiado profissional de fita quando desgruda do rolo, desviei para incluir o queixo várias voltas até arredondar a porra do queixo quadrado demais — de alguma forma esculpido —, deixei livres os protestos da boca, a fita incorporando o convidado ao encosto, os lábios gordos — que porra fez ele nos lábios, siliconou? —, lábios que desviavam e bebiam o gosto da gosma vermelha que descia do nariz que os meus argumentos redefiniram os ângulos do ilustre perfil dele, quem mandou afinar a estátua grega no bisturi?, a fita eu passeando sobre as dores grudava um grude como cera de depilar na pasta ensanguentada do queixo e a testa, o nariz de esfinge arrebentado, gastei um rolo de fita, mil órbitas e uma escultura. Faria bonito em qualquer museu pós-moderno.

Ficou a maçaroca parecia um empedrado, a flor da boca no centro da instalação como uma arte plástica desabrochando para cima e respirável — precisa respeitar os pulmões. Não dava que ele se mexesse um milímetro. Só a língua. E um pouco as pernas, menos amarradas elas que o resto da instalação, porém garantidas nos hábeas de náilon e na injeção de lidocaína cochilando os Aquiles, talvez, ainda, mas disso não ia fazer caso, que as pernas eu queria ver uma coisa. E os olhos também, importante ficarem desimpedidos. A boca, os olhos, instalado, pernas, todo pronto, religuei o disjuntor com o bico do sapato [O luminoso começou a piscar a contagem do tempo nele, branco,] e saí. Quando voltasse, taparia cuidadosamente a fresta de luz natural no plástico preto que cobria a entrada e o buraco das janelas. Queria o breu da noite ali, quer dizer, descontadas as poesias no forro de lona agulhada de estrelinhas agourentas. Fui buscar o cadinho fumegante, pronto também. [verde,]

Imperdoável público, sua atenção: [amarelo,] agora o terrível número mais esperado. Os tambores, por favor — ruflem o peito —, pare, olhe, escute. Prende a respiração: pare, [vermelho,] ele e a bebida perfeita, estão todos, e você, todos preparados? Vejam — os olhos desimpedidos, entendeu? — enquanto eu vertia fogo nos poros —, veja: o último gole da vida; e ele viu: despejei o trago final: [o negrume.] estanho derretido num cadinho em brasa, as tripas do Demônio, escute, borbulhando uma sopinha na ponta de uma tenaz, entornei na boca, na cara, no pescoço dele, reguei a porcaria daquela flor morta de sede, escute, deixei que bebesse à vontade, que explodisse uma fumaça branca, verde e um inacreditável cheiro metalúrgico de carne, de cabelos assados com plástico, vapores amarelos fugindo alucinados de uma panela de pressão, escute o calor, psssss!, os dentes estouravam feito pipocas vermelhas e as sinetas tudo numa sinfonia do Inferno e, principalmente, escute: os gritos: da mesma fonte do mesmo Inferno, o fundo da garganta um vulcão de negrume e gritos surdos, glu-glus bombásticos de cores vaporosas no talo da aflição, nem dava para ouvir os guizos direito. Breves, entretanto. Duraram pouco os gritos, a erupção cuspindo lavas de estanho, sangue, dentes, pouco, mas foram medonhos. Entalhe isso na memória, os gritos: medonhos.

Interessante: sabia que nessas horas o corpo escabuja, digo, o esqueleto espinoteia como por vontade própria, sabia? Impressionante a charanga do cabrito lotado de eletricidade colorida nos músculos sem pernas a chicotear mil voa-pés e escorões por todos os lados, mil cartórios de protesto e a maria-fumaça capotando encruzilhada fora, mas é só número; pode ver fácil que não tem maquinista no controle, que o regimento furioso num vagão numa frigideira é apenas o motor de arranque da alma, que estraçalhou os freios para largar a casca, o espírito invocando o direito de abandonar o barco por alforria celestial e a libertação enfim da matéria, da dor, bate alcatras, os pasteizinhos de pescoço fritando, e as carnalidades em barricadas contra as leis celestiais: 'Nãão!'; se remordendo com o desenlace, 'Fique, alma'; chiando, 'Não vá'; carpindo, 'Piedade'; indignadas, 'Sua traidora!'; despeitadas, 'Não solto, não largo, frita comigo desgraçada, pague mais, mais!'. O Galvão já tinha partido ele todo finado de mala e cuia, e só as pernas não percebiam, nem os braços, e os blim-blins, um tropel furibundo se opondo no chute, 'Destapem o caixão!', e no muque, se defendendo com o lume que restou, se encerrando os movimentos, vagindo, a orquestra a torrar a força da vida num último alegro ou sei lá eu a porra do nome. Interessante.

Aí que pude ver como era o homem mais forte do mundo o meu ardente maciste: ele desmontou a cruz, milagre!, estraçalhou a cadeira bichada e espalhou pelas catorze estações da Via Dolorosa, caiu, arremeteu, talvez fosse voar, mas eram asas mordidas de cobra, não passarinho, mas pernas e bocas pesadas como chumbo e derretendo, não anjo, o fim do Bode, do dragão espetado no São Jorge pela própria cruz, o anestésico só pode que acabou o efeito a essa altura e os anzóis nos tendões do pescador ainda preso à cadeira, rolava frenético ele pelo chão, se desfazia e se misturava nela, o milagre mesmo da descida em forma de corpo e veludo arrancados com as amarrações do madeiro inanimado, um transubstanciado no outro e os bichos a se espalhar dos destroços na terra ingrata, coitados, perderam a casa pr'aquele furacão que se vascolejava tanto de golpear no solo duro, insistia tanto em entrar de cabeça e com os ossos dos joelhos num esforço brutal para furar mil andares abaixo a terra vermelha, que já-já o sempre alerta ígneo-maligno vinha atender, 'Quem é?', o candidato desembestado como um busca-pé humano que piscava suas defumações cada hora de uma cor, rugia seus blim-blins delicados, rompia amarras, fios, panos, rasgava e se rasgava em pelourinhos de madeira, o pó da terra, aquele chão vermelho que subia e entrava no cheiro da fumaça e na fritura das carnes dele, onde tudo se misturava. 'Por Deus do Céu, precisa ter paciência'.

Meia eternidade de paciência, quando vi que ele apagou, desligadas as últimas pernas e guizos, perdoei. Duas vezes, "Perdoado", uma para cada pedido, "Perdoado". Fiquei ali no fim da seção, era o filme da vida dele, os créditos que fumegavam do corpo silencioso em branco, verde ... hipnotizado ... amarelo, vermelho, chutei o disjuntor.

Desta vez não quis deixar rastros e enterrei a fritura. A primeira pá de terra lancei sobre um corpo frio pontualmente às 19h03. Bodas de estanho. E uma flor vermelha de espatódea, é evidente.

CAPÍTULO 128

Espatódea vermelha, espatódea amarela... Conhece espatódea amarela? Tem uma no pátio da igreja? Sério mesmo? Dizem que dá azar. Sim existe, não duvide, e mais: também dá azar descrer.

Exagero? Se é voz do povo constitui prova, o senhor devia saber disso, devia ao menos respeitar: olho-de-matar-pinto, gato preto, azar, uruca, tudo pesa no rumo dos acontecimentos e no conhecimento dos mistérios, tudo partes de uma longa corrente desde sempre arrancando às estrelas e aos demônios a história do futuro — história que eu sei há anos —, uma arapuca e o terceiro da lista cem por cento capturado, lista completa agora. Um. Dois. Três. Ou não acredita realmente no azar?

Contagem fácil essa até aqui, mas o trabalho que deu, imenso, de ficar entre desistir e aumentar a fome. O senhor pode ouvir um arranhado de provocação no que eu vou dizer, mas parecia, parece mesmo, alguém afinou os tamboretes extrassensíveis das orelhas para sempre escapar do mordedor que chegava com os dentes batendo nos calcanhares toda vida mais perto, cada vez mais perto.

Tão perto que um dia pegava, toda essa bateção no vento do calcanhar, uma hora eu dava a volta, me plantava na tua frente e... Olha pra mim. Não diz que foi surpresa, porque não foi. O extrassensível dispõe para escapar, é verdade, alerta uns metros de vantagem, guardanapo, canudinho e refresco nas canelas, mostra suas cartas de bom ouvinte, e quem não gosta de bons ouvintes, de uma boa mão, de jogar, eu gosto, verdade, tudo verdade, no entanto há limites. Essas cartas que toda hora aparece uma dúzia de ases para escapar, cartas sortudas demais, uma hora a gente se enche delas e vira a mesa, o extrassensível ganha uma rodada, vá lá, foge, noutras paga pra ver e sumir, mas quanto consegue pagar, quantas vezes, até quando, se para sempre é um estado que só existe diante do Poder Indizível, assim, sabe que vai ser pego, e isso é bom, digo, nem precisa saber de fato, basta desconfiar, que os males incertos são os que mais atormentam, você concorda?, dubia plus sei-lá-o-quê, ou o último que morre na esperança é a perna ruim, então joga as fichas na fé e paga pra fechar os olhos, mas espia o futuro, a manga caindo os ases, olha pro céu, pro chão, quem sabe desce alguma coisa, ou sobe, fica nessa agonia de remoer que um dia o destino vai chegar e danado, qualquer dia... O extrassensível dispõe as cartas tão bem, tão extra e sensível que se transforma num alarme de si mesmo, uma trombeta na orelha o tempo todo anunciando um dia, qualquer dia, o dia da aniquilação dos tempos, hoje, por exemplo, um início de outono como qualquer outro, tantos anos com o alarme ligado para saber e sofrer antes que *eu* soubesse, antes que eu sequer pensasse em tamboretes ou trombetas, só aumentando a fome de um lado e a dor de outro, na longa corrente até o domínio das estrelas e os demônios.

Boiou?

Agarra no chumbo: para mim, essa história não fui eu quem ervou ela toda, plantou, não senhor. Agora: plantou, colheu.

Plantou, sem dúvida. Na fraqueza e na covardia da pior espécie: a do traiçoeiro; não um cagarolas qualquer que desaparece em pernas para que te quero mas o santo da barriga oca, percebe, que ataca pelas costas, corre e se esconde num poço, o traíra fujão se submetendo, que viver com essa pá nos calos é procurar a cova do poço mais escuro do Inferno, é se submeter, sim, a cabeça toupeirando sem parar num buraco fundo cada vez mais fundo. E adianta?

Responde, os covardes, os incrédulos, me diz, os depravados, ninguém se esconde do olho do medo, homicidas, idólatras, todos os mentirosos, não nos becos aonde ele primeiro corre atrás e recolhe de baciada, as ratazanas escondidas debaixo da primeira tampa que levanta, na primeira lata de lixo que vê flutuar no lago ardente de enxofre nos quintos dos infernos, e elas fogem apavoradas numa cascata de praga, saltam fora as ratazanas da nau, dos quintos, correm desesperadas sobre a tábua de segurança para alguma terra firme, uma ponte sólida, mas são os braços do medo as tábuas, no fim terra nenhuma e firme apenas a mão universal visguenta de mil ratoeiras, mil cravos do fogo eterno que afinal só brota dali, tá em casa, é aliás a troco dessas bondades que existe, marcar o grilhão fundido em brasa no pescoço do esperneante, então vai, aperta, queima, que ele aprende, o bicho imundo.

Aprende a sufocar no limite do fôlego desde o começo dos dias, todos os dias até o dia de puxar o acerto final. Às vezes demora, sabemos disso, não sabemos, padre, mas acaba chegando, acaba que também alivia um certo desafogo, algum arcanjo entendido de rabos de ratazanas e dragões, que vai de cutelo erguido na dor da fuga, desce com tudo, corta, quebra, chupa o tutano, lança os restos ao mar e dissolve... Não, não corta nem chupa nem dissolve o quê, troca. E arcanjo o cacete, uma farmacinha resolve. Meio copo dágua e duas pastilhas de antiácido na mão para barganhar a dor da úlcera por um pouco de sossego, pela alegria de sentir no estômago a revoada de borboletas brancas anunciantes do passamento do medo, venerável defunto, agora que acabou a fuga, acabou o medo, medo que, olha só: grita pavorosamente na hora de ungir, como um milhão de últimas bocas despertadas pela visão da âmbula que verte o óleo extremo dos enfermos, como um ácido na hora final.

Sei bem o que digo. Posso ouvir a bateria atravessar aí no peito, o cheiro do suor covarde apodrecendo, posso sentir, os pensamentos, posso tudo, Mandíbula desgraçado, tudo!, hoje como naquele dia há tantos anos na espelunca do trácio, o mesmo bafo apavorado que soprava na minha nuca enquanto batia... Enquanto eu ia desarmado de frente com o nervudo, você me batia com a força de um galho tosco, vinha traiçoeiro nas minhas costas, o bafo crocodilo-patife-ordinário que soprava ainda mais forte depois de lamber os beiços garfo e faca no meu lombo, depois de satisfeito, de não ter mais onde garfar ou lamber só porque virei e encarei, e você escorreu um quentinho nas calças, marca do crocodilo covarde; depois do que fez e não fez e canalha e enquanto evocava uma capoeira de santos e os deuses errados, suplicante de um perdão desonesto, o rogo da covardia, patife, ordinário!, esperava apenas livrar a cara, essa cara que desmandibulei com não menos justiça que gosto.

E depois, enquanto você!, crocodilo, respirava graças ao comedor de alfafa aqui gramando verdinho na compaixão, nesse belo sentimento religioso, estúpido, clemente e bói nenhum ali com as tripas nas mãos — santa porra do Céu, tivesse ouvido os Zebedeus, a história seria outra —, os três vermes que reencarnavam no vale dos ossos e as seis continhas de *fiat lux* brilhando os olhos de submissão pelo fim da briga, "Acabou", "Vamos esquecer", eu metido a senhorzão com um monte de quartéis nas palavras, honra, tolices, enquanto isso, aparando o saco murcho da boca nas mãos — não gemendo concordantemente, como me pareceu, mas raivoso, você —, grunhia, adorava nas sombras o espírito do Cão, o chiado de quem cozinha sua própria vendetazinha vilanesca e me encomenda a alma. Não negue. Eu sei;

E depois, enquanto aí o crocodilo-patife — você, é evidente, quem mais? —, *você* tirava com as próprias mãos desgraçadas a vida da minha mãe, minha, desgraçado, não sua — minha! —, sabia que violava a própria sorte e que nada conseguiria daquela criatura desinteressada em você, com ódio de você, com nojo de você, ela!, inconquistável, invencível, que nem pelo ar da garganta, pela clava do Diabo e os seis olhinhos de coral-vermelho, os olhos do mal ali abotoados, por nada deste mundo de ratazanas e deuses me entregaria, aquela mulher ainda que faltada de um braço, ainda que amarrada e indefesa ela nunca se renderia, nunca me trocaria por você, infâmia dos Céus, morta pelas tuas mãos, TUAS! mãos;

E depois, enfim, enquanto o patife ordinário aí cultivava essa conveniente vocação de padre e via seus desamigos canalhas sendo recolhidos um a um, o João Pinto, o Galvão, enquanto isso, contava as horas e os dias, e esse dia e essa hora chegaram. Tantos anos desde aquele maldito outono de 76, acabou. Quanto medo, tristezas, alegrias e o desejo fiel de te arrancar os miolos, meu irmão, abrir com enxada, enfiar estas patas imundas que por acaso ou destino a Providência me deu, por Suas "causas e efeitos contingentes", arrancar tudo e espalhar na terra para purgar o vermelho dessa poeira que eu venho engolindo, as perturbações, todo esse tempo... No entanto... Não, já passou a tristeza, o desejo, a dor, graças a Deus, finalmente passou.

Digo, quase. Ou minto? Minto. As perturbações, não tem isto de reconciliar a memória porra nenhuma. Não vai ser no fim do corredor da morte que eu vou perdoar Satanás.

CAPÍTULO 129

Satanás, corredor da morte, tudo isso agora é carneirinho, meu irmão, carneirinho — pode contar sem medo. Mas, pelo cravo ou pela ferradura, recomendo sonhar com os anjos dessa vez. Boa noite.

CAPÍTULO 130

(....)

§

Bom dia, padre, muito bom dia nesse belíssimo dia de sol! Os passarinhos anunciando

Sorumbático já a essa hora? Deixa entender. Não sonhou com os anjos. Fazemos o seguinte: uma caneca de chá caloroso para estabilizar o juízo dos nervos... Ora, vamos, primeiro relincha e agora cerimônia. É só um chazinho fraterno. Não disse que preferia chá a estanho, digo, brincadeirinha, café? Volto logo. Não sai daí.

... Tó. Pelando.

Este isolamento, bom o chá?, creme?, açúcar?, a gente conversando sossegado, torradas?, uns poucos mas agradáveis dias, o silêncio, a paz, artigo mui apreciável a paz, que tem de todos os tipos. O melhor deles, chega perto, que as Potências Vigilantes são na verdade menos onipresentes que abelhudas, o melhor é o tipo devolvido, não sabe, a paz reavida; ô morfinazinha encapetada essa pra alma, a sensação da boca fulminante de volta à superfície e esfomeada de ar, urgente, ar!, se posso falar com esses ares de pífaros e foles outra vez. A alma saboreia mais as delícias recuperadas. Não me pergunte por quê: só sei que a gente sai já de fábrica equipado para acreditar nisto de repescagens, de que todo mundo merece uma segunda chance — uma espécie de estepe, acompanha o ferro da chave de roda pronta na mão para rebentar a outra face do folgado que não aprende —, essas histórias de filhos que voltam, farinhas de rosca ou de pão tudo igual, a gente acredita. Delas tantas há uma especial e a mais piedosa de todas: angústia de mãe.

Angústia de mãe com o filho extraviado. Mônica-mãe, por exemplo, santo exemplo, concorda, Santa Mônica? O tanto de lágrima que derramou pelo filho miserável, nem casto nem continente, jovem, veio um dia e o fogo no coração virou a luz e o olhar nas Alturas, foi ou não foi? Eu acho que foi. Calcula a alegria dessa mãe em reaver o filho para si e para Deus, como se o sonho dela tivesse sufocado o pesadelo, pense nisso; pense uma lasquinha de carne aberta na ponta de um dedo incauto, a tampa da unha levantada expondo o filé pruma pincelada materna com o desinfetante mais ardido e materno que há, depois ela assopra; então outra lasca, mais, e maiores, ela soprando, mais, até a pele toda desencapar as mãos, os braços e o peito retalhado de horror pela glória da morfina cavalar em uma seringa, como o ar que ela respira no pico de alegria quando arruma o enxoval no quarto do filho recuperado. E virou santa.

Dona Maria não teve a mesma sorte. Dona Maria morreu. Morreu antes de rever o filho e por causa do filho. Mal o infeliz cresceu a barba, enxotou ele de casa, e ele claramente assustado com o que iria acontecer deixou ela queimar o bem-bolado guerrilheiro com os couros dele, comigo, fez aquilo pra me salvar, e sobrou *ela* na boca do tigre. O fim inaceitável daquela mulher miúda e sofrida, e tão enorme. É amargo demais esse gancho de ferro que eu não queria, nem sabia o preço, mas quem liga, ninguém se importa comigo ou com a minha mãe, com esse troço agudo que se enfiou lá embaixo no resto de xepa onde eu vivia e todo imperioso agarrou as partes e se meteu nos lábios para castigar com a fúria que me atravessou os dentes, furou a língua, saiu por baixo e forte como a morte fez o que mais queria tudo na vida: puxou. E segue puxando há trinta anos, o gancho na carne quente que luta e sangra — há trinta anos.

Hoje porém, agora, tem mais não esse negócio agudo na carne porra nenhuma, mas o calorzinho que se espalha como do toque dela nos terríveis pensamentos aqui dentro, e o vagalhão sossega, uma anestesia que desnerva as dores, ahh, o gosto bom das delícias da alma, a paz perdida há tanto tempo, voltando. O que lhe parece, arrepiou não arrepiou, diz que bateu.

Alargue as narinas.

Sentiu?

Inspire com vontade.

Certeza? Pois comigo é o invés. Enche o ar de um espírito que entra e transborda tudo numas borboletinhas felizes, o aroma, a espuma luminosa, veja, borbulhante de, como dizer, alegria, hahá, borboletinhas borbulhantes de alegria, hahahá!

Atenção — quieto.

Ouviu?

Nada?

Apure o ouvido.

Apurou, espero.

Tranquilidade... Escute o dia, escute o dia e a noite quase sem diferença, as madrugadas enroscando um silenciador de 45 no ouvido de feltro da gente, nem uma viva almazita, escute, apenas a quietude tumular.

Cachorro, grilo, alguma criatura longe às vezes se ouve — pouco. Gente, não. E as moscas — me diz, quero saber —, onde estão as moscas, nenhumas?

Solta a corneta, responde, berra, aproveita o silêncio das moscas, tenta alguma ópera, imagino que conheça esses gritões de ópera, eu não conheço. Ou esvazia dos pulmões do salmista uma penca de orações de confiança nos anjos vingadores, embora essas entidades, cuidado, sabe Deus como elas escolhem resgatar quem de quem e o que acontece quando visitam isso aqui não raro em queda livre a meio caminho do Inferno e a parada final é o juízo final. Melhor não arriscar. Mas posso estender a mão, modo de dizer. Uma oração de pedido de socorro — vamos, salmista, entoa comigo —, SOCORRO, MATA DE VEZ A DÚVIDA DA ESPERANÇA. NÃO VAI QUERER ESSE TUIMM PERFURANDO OS TÍMPANOS O RESTO DA VIDA, VAI? SOCORRO!. Arrebenta enquanto pode, bigorna e caracol, a martelaria, o tuimm, grita logo, FÍGARO-FÍGARO-FÍGARO!

Ok, não quer gritar, não vai gritar, entendo. Um socorrinho murmurado no meio de uma prece talvez seja mais digno, entendo também. Mas quem ouviria, não é verdade, se os vingadores por sorte um tanto surdos e quase sempre ocupados. Talvez um facínora com ouvidos especialmente sensíveis; a própria morte, corujíssima ouvinte, quem sabe. Ou algum Demônio. Esses, que Deus costurou de orelhas no coração da gente, esses ouviriam. *Esses* viriam dar seguimento aos teus recursos e justiçar a Seu modo, não com uma justiça tarda, incompreensível. Sumária. De rachar tua cabeça com as trombetas de Jericó e despejar as proteínas num forno de campanha e cantando, 'Para de gritar, meu amor. Se viemos foi para te servir, Socorro, servir no azeite que alimenta o fogo que te derrete, Socorro!', até virar tudo num sarapatel nojento e em seguida chamar com a sineta da mistura, a mesma trombeta usada para espichar o bife, 'Olha a boia', batendo panela, 'O rancho!'. Fora esses famélicos do Inferno, quem se interessaria, quem ouviria? Ouviria? Alguém? Não, um túmulo. Bruta azar.

Prisioneiro, não. Discordo.

Discordo, já disse.

Liberdade por quê, enjoou das acomodações, o tratador te faltou ao respeito na "Hospedaria do vale da morte", e aonde acha que iria?

Ei, manera com o andor. Não vai enfartar, pelo amor de Deus.

Peraê, não, põe isso de volta. Valioso. E santo. Se esculhambar com a minha lapinha

Santa misericórdia, tá histérico entoa uns cânticos, reza, o senhor é convosco!, irmão.

Buraco sujo? Pela Guarda Soberana, que audácia, que audácia. Um conselho: menos audácia-audácia. Em primeiro lugar, as acomodações. Falei faz tempo: gruta, caverna, sem problema, hospedaria, mas chama de lapinha. "Buraco" desmerece, desmerece o hóspede também; prisão, cárcere, chega dessas secularidades. Já fiz as apresentações, repeti e é como deve chamar: lá-pin-nhá. Não esquece de novo não. Outra: limpíssima. Sujou, foi você.

...

Calmou?

Repare no futuro ao redor, o que te dizem as instalações. Pode ajudar.

Confesso que esperava mais energias positivas, umas mentiras de agrado quanto ao imenso bom gosto nos meus arranjos e a trabalheira com os incontáveis detalhes todos calculados, 'Muitíssimo agradecido pela parte que me toca, seu Jota-Éssi. Esta encantadora lapinha, guardarei na lembrança o resto da vida, impressionante', mas só recebo ingratidões e sinceridades. Nada pelo social.

Social, pessoal... Malcriado. E para de andar de um lado pro outro falando agora o quê, com as paredes? Corta as vibrações negativas.

Ou, vai, desembucha duma vez, seu egoísta antissocial, pode soltar a matilha furiosa na língua e mesmo nas tintas desse teu *Saudades da Lapinha*. Não me importo.

Vossa escrivania achou realmente, ô limpeza dalma, que eu tava desligado, tu escrevendo escondido nesse bloquinho de capa vermelha embaixo do travesseiro, papel esperdiçado em petição de injustiça?

Injustiças, é evidente. As instalações, eu dizia, o planejamento, imagina o valor das artes aí instaladas para as tuas sindicâncias espirituais. Quanta ingratidão. Detesto ingratidão.

Embora possa talvez admitir que no conjunto da obra o estilo pecou um pouco vamos dizer primitivamente. Funcional, mas as ordens e vocações acabaram um tanto franciscanas demais, ok, o meio ambiente abafado às vezes como num calor de estufa, mal consegue distinguir noite de dia, sei sei, a solidão, tá, entendi, mas o positivo: saudável, a limpeza, não pode reclamar, e simples. Qual o problema, a felicidade põe tesouro é nas coisas simples

Nas conchinhas do mar, por exemplo. Nos cacos de telha e de vidro cimentados no teto, os entalhes brutos do oratório que eu chumbei na parede, prateleiras cheias de religiosidades inquisidoras em pedra-sabão e policromados de pau, tudo chique e misterioso, mas muito simples, percebe, misericordia et justitia, impossível um mais santo ofício para suplicar perdões particulares...

História é o que não falta, esta lapinha. Conta a imaginação do povo, já serviu de tudo na vida ela, de toca de onça a esconderijo de escravo, cadeia, paiol, forno de fazer carvão e até presépio, desde não sei quando e nem sei se de verdade; retiro religioso há quem jure, foi; morou um monge certa vez, morreu num voto de fome, caso antigo, depois virou santuário; vinham uns roceiros acender vela pro mártir e no mesmo toco miserável o voto pros filhos adoecidos sem esperança e pra chuva parar de cair tanto senão vai perder no lodaçal tudo o que plantou e pra voltar a cair senão vai perder na sequidão tudo o que plantou, 'Deus ó Deus desta lapinha, protege nóis retirante que a gente entregou no perdido tudo já uma vez e agora outra vez', e um dia se foram os retirantes e se arquivou a lapinha no esquecimento atrás do mato indiferente ao lodaçal e à sequidão. Foi quando levantaram a represa, sabe a represa, se olhar dali de fora acima da copa das árvores meio que parece o Paranoá, não, menos, uma asa do Paranoá. A história, contam que subiu depressa a água, veio vindo, o povo recolheu as enxadas e a fartura que tinha escapado da proteção de Deus, repolho, cenoura, atarantado na urgência com tão pouca mão para tanto inhame, as tralhas dos barracos, galinha, porco, a filharada viva, e se foi outra vez o povo retirante sem destino sem reclamar, que aos justos pertence o reino dos Céus; cobriu tudo, ficou a parte de cima da igreja lá no meião das águas.

Iam-se os fiéis em paz e a igreja a pique enquanto uns ateístas sacripantas do pior respeito gatunavam as telhas ligeiros de medo que um dilúvio ameaçava o barquinho deles de pouca fé. Fizeram as primeiras viagens, tiravam as vigas, punham as mãos em tudo, bem o feitio desses sacripantas ateus, ô raça, mas foi encostar na cruz um raio desceu para joeirar o sagrado, e os sacripantas desinfetaram dali boiando torresminho nas marolas que o vento soprou leve e silencioso até encalharem na margem com o dedo torradinho apontado na direção da última morada; enterraram os sacripantas aqui e a gruta virou território de assombração, diz o pessoal da pesca clandestina à noite ao pé duma cachacinha.

CAPÍTULO 131

As telhas?

Largadas na margem.

Quietas e santificadas. Sem dono.

Contam lá na Cachacinha, um povo muito contador, que os fiéis passavam de olho arrastado no espólio dos ateus sacripantas namorando as candidatas para rejuvenescer o "tugúrio e o palácio", cobrir o puxadinho, disfarçavam em rodeios, se aproximavam quase tropeçando sem querer, a tentação formigava, até que um mais atrevido se atreve, furta os olhos pros lados e ligeiro belisca uma, levou. Alguém sentiu o bom exemplo insuflar a coragem diante das quietinhas sem dono, foi e pegou mais outras — só no carrinho de mão. Outros vieram e apanharam e outros enfim todas as melhorzinhas; os cacos eles repudiaram ali mesmo na margem, sem dó da tristeza delas abandonadas implorando que todas também filhas de Deus queriam ir, ô pega eu, me dá um destino glorioso, me leva pro Céu, usa ou abusa mas me tira da lama, promete, mente, me crava na carne e me faz de piso, parede, forno e fogão, só não me abandona, oh se por piedade meu lírio e santo Santo Antônio atendei-me, e os fiéis a consciência roendo pelo que haviam feito com as novinhas se lembraram das velas acesas pro mártir e deram uso também aos cacos, assentaram na lapinha um pouco no chão e no teto, depois com o tempo abandonaram tudo, o mato cobriu e voltaram os bichos, gambá, pica-pau, macaco, teju, já comeu, teju, com farofa de ovo e arroz?

Hehê, vai acreditando...

Passas, arroz com passas. Receita da minha mãe.

Mesmo, quer mais, e uma pimenta cearense arretada? Ajuda a civilizar a carne — e as passas.

Encoste o prato.

§

Viu só, essa natureza que tanto dá, além do teju, é evidente, o ar puro e uns bons espécimes de borboletas, espécimes, entende, conversa de colecionador

Lepidopterologista. Palavra grande e cheia de energia essa, já falei não falei?

Borboletas, falei sim, na história do João Pinto, que eu entrei no apartamento dele já estilingando um bote ligeiro da mão no pescocinho, e a gente tangou uns passos calientes ao som do ar-condicionado que rateava, eu e o *flash* de magnésio nunca mais na boca do maripozinho arrimado ao bolso do sogrão e à mulher meio grandalhona que sobrou com uma penca de filho rico pra criar, pendurados nela os gemeozinhos robustos um par em cada braço, olha esta foto, imensos agora eles, nem sentiram falta do malandro, do espécime que acordou naquele dia com as borbulhas da champanhe doze litros ainda nos olhos vermelhos do pó e do lote de meninas as mais caras do plantel de Deus na Capital, bruta festa que ele tinha dado escondido, às custas e no iate do próprio sogrão na noite anterior, como tantas vezes, tantas coisas, e pela última vez, eu e o espécime no tango até espetar contra a porta do oratório com este braço alfinetão de colecionador, falei desse jeito, lembra, colecionador de borboleta, mas borboleta, mariposa dá azar. Borboletas são a arte final.

Arte de exercitar em completa harmonia de espírito, caçar o espécime perfeito e acomodar num saquinho no congelador para não danificar, ou gás venenoso, injeção de álcool 99 no abdome do bichinho é rápido mas um exagero na crueldade. Depois espeta pelo mesotórax com delicadeza noventa graus contra o substrato, uma prancha de madeira, por exemplo, ergue na vertical e observa os incríveis efeitos da fixação e da apresentação, inesquecível.

Lugar perfeito aqui a região para caçar matéria prima. Cercado, ninguém invade, comprei há muitos anos cerca e tudo por uma insignificância, na verdade acerto de contas em um negócio que no fim quase me custou os bofes, esse cortão com ferro nas costelas. Quebrou mas graças a Deus parou no músculo.

Longa história.

Infelizmente não vai dar tempo de contar.

Encheria um livro, esquece, não, sim, aconteceu o Diabo já nesta lapinha.

Faço pouco uso ultimamente, mas os resultados continuam muito aproveitosos. Atraí uma vez um desafeto da Associação para ele ver onde eu caço meus espécimes; o infeliz excitadíssimo com as armadilhas, eu iniciante na Associação e os meus bichinhos um primor acomodados nos alfinetes de aço inoxidável dourado; sujeitinho ele, um inseto, "Que horror", me depreciou, "Alfinetes de aço inoxidável... dourado!", trouxe redinha, binóculos e a certeza de que iria me passar a perna e levar algumas raridades no estojo de pinho-de-riga herdado do pai junto com o título de sócio benemérito da Associação, veio contando histórias — ouviu mais que contou —, por fim admitiu que menção honrosa na Feira da Primavera da Associação não fazia justiça aos meus empenhos, ele se esbofando nuns argumentos cada vez mais cardiorrespiratórios de medo e asma, percebe, o desgraçado demorava a entender o selo do destino. Começou um escândalo. Não. Foi histeria mesmo. Fincou-se de joelhos na terra toda amassada de genuflexórios e em transe; fez cara de santo; não colou; levantou-se em cima dum perfil de rebeldias e, muito resistente, correu. Fugiu o inseto desgraçado. Catei de volta em dois pulos — vem cá filho da mãe. Arranquei as perninhas fujonas e comi fritas...

Hehê, mentira. O filho da mãe chorou, cadê a asma, e engatou uma ladainha sobre os poderosos colecionadores associados, primeiro para se explicar e os critérios de premiação:

"Aaai, doutor João da Silva — chora, maldito —, são os depositários do poder, a pressão vem de todos os lados, doutor. A casa triplicou a distribuição de troféus. Eu mesmo pessoalmente tratei de envidar todos os esforços possíveis no sentido de quintuplicar os apanágios democráticos das medalhas, doutor, mas a demanda é insaciável e a meritocracia injusta, o doutor há de convir", depois para ameaçar, "O doutor entende as entrelinhas, por suposto, as personalidades", sim, por suposto, "Uma inclusive da Capital Federal", e encheu a atmosfera com o nome calibroso da federal personalidade. Achei graça, ri, não lembro se mais ou menos do nome tão calibrosamente proferido, quase declamado, que da ingenuidade: quem ameaça quem nas jurisdições da natureza, concorda, irmão, notou os liquens vermelhos chapados nas árvores a caminho daqui?

Sinal da pureza do ar, e ainda estamos na grande São Paulo, esta lapinha toda simpática. Rearranjei para a sua estadia, trabalho que na verdade nunca perdi a mão de servente e o gosto por hospedagens rústicas.

Parede recém-caiada e enxofrada — os seres rastejantes, você entende. O oratório, já tinha um nicho, arrumei o resto; cacos de telha, conchas e cerâmicas novas, uns pescoços de garrafa de várias cores; olha ali na moldura e nas prateleiras que eu fiz de guarabu-roxo, madeira da região, belíssimo tom eclesiástico combinando com os valiosos santos.

Possuo algumas raridades, sabe, um Aleijadinho — aquele no meio —, mestre Valentim, várias peças de autoria desconhecida, mais um ou outro assinado ou atribuído, quase tudo autêntico. Repara na riqueza dessas policromias que atravessaram os séculos só para cair nas nossas mãos, pode pegar, coisa impressionante, concorda, e o espetáculo das conchas que eu preguei ao redor. Conchas de abalone, chamam. Prova da generosidade de Deus, a riqueza do colorido no mais caridoso dos usos das pérolas, inteiro espraiadas por dentro para não machucar as delicadas carnes da ostra, as carnes, não machucar, mais beata que um cilício.

Coleciono essas belezinhas de conchas faz tempo, negocio uns contatos no paralelo e as riquezas subterrâneas, o santo ofício na parede atrás de você, tudo das minhas coleções, tudo forma de pagamento pelos meus serviços, por negócios no ramo de seguros às vezes e algumas pilhagens e aproveitagens, que ninguém é de ferro.

Fora a enfermeira Otelina, bem lembrado.

Lembrado com respeito, imagino.

Ótimo.

Instalei esses requintes para o seu conforto máximo na temporada, percebe, aqui no bem-bom: em vez de um improviso fajuto num colchão de campanha, essa esteira de piripiri nova sem uso, totalmente saudável para a coluna; buraco e areia com sal grosso na lista dos valiosos cuidados quanto às necessidades, tampa impermeável, perfume francês legítimo para civilizar o serviço... Acabou o saco de areia, vi, não se preocupe; papel e folhas pode usar a gosto; a talha tem purificador de prata, água pura de beber sem receio. Secou de novo, sei, não se preocupe. Agora olha a porta, sentiu a intransigência do material, madeira boa, e o detalhe do fio elétrico nesse finzão de mundo, o ventiladorzinho, veja a lâmpada de forno pendurada no teto, luz fraca mas civilizadora, só material de categoria; essas treliças decoradas com barras de ferro pra gente conversar na conformidade do sacramento

Ué, tanto faz, conversar, confessar. Para fugir é que não ia ser. Aliás, tentou? Não tinha percebido quem eu, que nós... Claro que tinha. Me reconheceu foi quando falamos das tentações messiânicas no deserto, a Cidade Santa, foi, não foi?, falamos disso logo no começo, o Tentador, tem razão. Depois, digo, logo na primeira noite baixou a tentação de escapar, mas a porta, feita de pau bom e as dobradiças imensas de ferro batido

Jura, nem tentou? De leve, certo, certo.

Desistiu?

Resignou-se. Merece espetar uma medalha noventa graus peito adentro, suponho.

Medalha, bonificação. Menção honrosa, se prefere.

§

Voltando àquela hora das tentações no deserto, percebi a reação de fogo no rabo da lagartixa, que talvez o piedoso irmão tenha se des... Vi que enervou um bocado o assunto do Tentador, parecia que o irmão tinha pintado a imagem, tinha me visto com os cascos fendidos, tinha não tinha?, fala verdade, eu e o Pé-Cascudo — sei. Não chegou a magoar, é evidente, mas foi desonroso. Agora, tirante essa escorregadela, e pela decência de não ter ficado aí jeremiando, 'Ó vida, ó Céu', pela fineza de não nos aborrecer com reclamações tolas, 'Ô joça de lampadinha que tinge as conchas numa hipnotizante película de madrepérola', interrompendo meus diálogos, 'Onde estou?', ao contrário, firme na pança da baleia, pela atitude enfim todo esse tempo o querido irmão na clausura desta lapinha tão espiritual e fortaleza a toda prova, quase um exagero, olha, meus respeitos. Quer dizer, tive de emparedar um bocadito as liberdades. O garrote arisco, finalmente catado na empunhadura — com a graça da Providência —, às vezes podia ter ideias de esticar os dedos e cutucar o ferrolho, dar uns pinotes. Emparedei.

Chance? Pensa em nascer de novo, que o Pé-cascudo virou santo provedor sem a devida mortificação pela carne açoitada, santo, assim, de repente, sem o pai nosso rogado mil milhões de vezes, santo? Recuso, barrado na lista dos eleitos por consciência incondicional — pode recolher a prosa. Chance é quando acende uma luz amarela na vida da gente...

E o quê, como é que é: moral, ma'que bielas nessa tua cabeça agora, meu irmão, tenho cara de poeta, o trabalho que você deu, e tudo acaba em visita de biscoitinhos, discutir essa bobagem — moral —, campo e bucha de canhão para desdentados, *eu*? Olha estes dentes endurecidos por dona Maria no cabo da escova bruta com sabão de coco e peladeiro de aterrissar de sola nas rótulas do alheio em campinho de terra batida, acha que vou esgrimir com a ponta da sapatilha de seda?, vê se me conhece. E o que sei lá das vísceras de um filho abandonado, do pai de todos que entregou para o consumo da corja, do espírito, santo, ausente e exemplo para quem, você, eu, misericórdia, o-que-sei?

Desígnios? Que desígnios do Céu porra nenhuma, eu sou o único desígnio, EU sou o TEU desígnio.

CAPÍTULO 132

Precioso esse jeito seu de falar, sabia, padre? As pessoas, todo mundo vê aí no realejo quebrado um sotaque, engole não engole, essas letras de Holanda muito engraçadas, Suécia, ridículo, e dói, a maldita queixada, a mandíbula dói?, vai e vem, sei, sei, e o jeito de falar cai nessa boca *aparafushada*, digo, aparafusada, os queixumes cerzidos com tripa de carneiro cevado, lindamente refeitos por médicos atenciosos num hospital atencioso. Deve ter ficado alta a conta. Se fosse no hospital que eu era freguês, qualquer dois dias com dor de barriga, te davam perda total e envelopavam honoris causa para um evento no anfiteatro da escola de medicina, ou a vala comum. Calculo as enfermeiras engomadinhas trocando teus lençóis engomadinhos, assistido de perto por aquele Imediato vigilante e atencioso — oh, coitado do Imediato vigilante e atencioso —, animal de primeira, quanta saudade, que despedida... silenciosa.

Encontrei o canalha uma vez, o atencioso e vigilante Imediato que aterrorizou as ideias da minha mãe, que ergueu o punho diante da criaturinha assustada e jurou "esmagar dezenas de cabeças de subversivos", eu por assim dizer encabeçando a lista, mui desagradável sensação, minha mãe apavorada com a raiva dele a escorrer pelo suor nos punhos cobertos de pelo animal, nos "dedos um dia quebrados e que se emendaram horríveis", encontrei faz tempo o dedos-tortos.

Cinema mudo, um aficionado ele dessas bobagens, quem entende, vigésimo-bilionésimo festival do cinema mudo — e nenhum filme de guerra – bela bosta —, o infeliz mais um saquinho de pipoca doce aboletados na poltrona em frente à minha por mera coincidência, ou, vai, não tão mera assim.

Ssss, exigia silêncio por entre os dentes, Sssss, TREZE, NOVE, QUE VAI COMEÇAR O ESPETÁCULO, CINCO, Sssss!, O IMEDIATO PÓ DE BOSTA, PERFEITAmente, covarde e puxa-saco do teu pai, ele pedia silêncio. Como negar?

Coronel, sei, teu pai, figura importante na época e conhecido de muitos anos da dona Maria, amigo e inimigo, de olho espichado em cima dela, o Coronel te abandonava na mão do Imediato, o bosta se passando de motorista e segurança pra poder executar os servicinhos dele em carro chapa fria, no despiste de te levar para ver o avô, o pai universal, paterno cavalheiro das inesquecíveis lições, te levar para a boca de fumo aos treze, ortodontista aos dezenove, esses paraísos inescapáveis, e o hospital então para convalescer três-quatro dias só no bem-bom. Depois, bem recauchutado e na sombra do Imediato, você desaparece.

Cheirado e tomado nos canos até a tampa do coco — enfaixado como uma múmia dramática, me corrige se exagero —, some do Hospital numa cadeira de rodas. Tudo na conta de um canhonaçozinho à toa na cara, uma irazinha de Jeová na melancia podre das prateleiras de porcelana que viraram esse boqueirão estrompado, condenado a devorar a própria facha todos os dias enquanto dias houver, a remoer a obra do anestesista do Demônio, parece, não parece, coisa dos Quintos, que dali em diante o regime é tudo à base de canudinho e maria-mole sem coco na moela esfrangalhada, os músculos e os queixais em cola de dentadura, nada mais *funshionou* direito, nem o verbo, meu *Deush*, nunca *maish*.

Gostei de saber do teu sofrimento, digo, mui terrível essa dor vai-e-vem, meus sentimentos, e a paróquia engolindo redondo o bastardinho no sotaque, não é verdade, das experiências no exterior, você disse. Mas eu já sabia. Tantos anos naqueles países de gelo, quem pode um negócio desses, o irmão não invente que gostou do frio, ninguém gosta do frio, isso é uma doença, evidente, pastoreando umas ovelhas tudo cabeludinho de anjo os saudáveis bonitões bebedores de estalactites de gelo sem mistura, e nós aqui no café com leite. Conheci alguns desses ferrugentos todos espertos, sabe, eles civilizadíssimos e bem servidos de rainha, porém mal de efusões no coração e de santos, quer dizer, não muito mal, nem pouco, mais ou menos, tudo *massomenos* eles uns comedores lá de um arenque tão moderado quanto a peste que pelo amor de Deus socado numa latinha com os enxofres do Inferno, conhece o pitéu?, dei umas beliscadas quando compareci a serviço, puta sardinha de respeito que nem o Capeta não sai de retro da obra queimando os cascos toda hora e pra sempre e o abridor de latas naquele frio da porra, cheguei, agi, evaporei.

Tantos anos embaralhando os predicados no frescor da vida boa, um dia o irmão despenca em São Paulo, meu território, percebe, não seu, *meu*, se instala numa paróquia de bairro bom com essa boca entortada nesse *Deush* que eu acredito, ô se acredito, a bela verônica repaginada que ficou mais lindinho ainda o delicado narizinho, a asa da graúna repintada nos cabelos, irreconhecível, despreocupado de circular entre as beatas ricas da igreja, esse belo estrangeiro misterioso, entendo, rastros apagados, sim senhor, entendo horrores dessas gatunagens.

Fé? Mas não lê escrito cá na testa, sou pura fé. Qual o seu problema com a fé, abre o coração pra mim, meu irmão, abre. Se quiser posso dar uma ajudinha.

Absurdo não é problema. Se absurdo, creio; se não, sei.

Impossível? Cuidado com o impossível, incrédulo irmão. O impossível tem braços compridos

Ignorância também, aliás, o caminho mais seguro para se chegar ao coração dos deuses, melhor que por qualquer desses imperativos tão ao gosto do século, tão cheios da razão e pura, concorda comigo? Claro que concorda. Os deuses também, aposto. Como, "Só existe Um"? Absolutamente, se quando o Altíssimo distribuiu o patrimônio e separou os rebanhos foi pelo número dos *Seus* Filhos. Ou, mais rasteiramente, ou modernamente: há o deus-candoroso, muito demandado e turibulado, é evidente, mas, mesquinhezas abiscoitadas, muito esquecido também; tem aquele que recomenda amar os vossos inimigos, esse — Deus me livre e guarde —, ignoradíssimo; falam de um com a clava do perdão sempre em riste, lembradíssimo pelos obstinati peccatores em busca obstinada por um campo limpo onde plantar o pecado vindouro, vai contando, um que veio do Sol, dizem, ou de lua, pai ausente e impiedoso, ciumento, impenetrável, algum post factum, Deus-não-Deus; outro, torna inflexível o espírito dos homens, para em tréplica passá-los ao fio da espada e do livre-arbítrio; um há que fez a tábua das doze maldições, magos do Oriente, Ocidente, temperatura, profundidades, cada árvore, bicho, partícula cósmica, e tem o seu. Não rezo para esse *deush*, puro engano, seu engano.

Sermão, o que tá dizendo, moral de desdentados novamente, palavras-bailarina, é?, porque sei como funciona, esses volteios no pé da orelha sapateando as maravilhas do perdão redentor, o velho requisitório, "perdão, perdão". Mas vem cá, explica: que valor teria essa palavra numa boca tão estragada?, sua. Vai dizer que o engraçado irmão, tantas histórias nas costas e neste ambiente sagrado, vai me dizer que acredita em lendas de courinhos e alianças perdoadoras, que basta um lampião para iluminar as apostas e sair de buraco em buraco, de deus em deus na roleta do baixo-ventre à cata de um qualquer que te sirva, um que nem por milagre pagaria trinta e seis pra um onde não há mais o que empenhar, um que não existe! Afinal, quer amarrar a égua ou só fazer uma fezinha, sejamos honestos, ninguém acredita realmente, se ainda tem fichas no colete, nesse todo-valoroso deus-perdoará, deus-dará, e o que me diz você, dará? A qualquer um, pros *outros*, Dará mesmo? Não, não de graça

Contradição, por quê, discordo. O deus é pessoal. Sou da carne humana e entalho o meu como eu quiser. Aponta qual divindade abre crédito imerecido, qual puxa coelhos da alma, senão da carne, do que faz e sofre a carne, e quem põe fé nesse perdão a troco de nada, vindo do nada, quem, aponta! Nãh, ninguém nascido de mulher. Perdão é arte sem mistério. Cada um leva o que paga. Maior conveniência, jabá pra sorte essa crença repentina sua. O deus verdadeiro — para crer e rezar todos os dias — precisa ser obrigado a operar conforme à impiedade, justo e vingativo das ofensas que sofro, ou é enterrado vivo no cemitério dos deuses.

Nem pense. Chega dessa pregação vazia.

Esgotou a hora.

Sinto muito.

Adeus, pregador, não, escuta aqui: sabe que dia é hoje? Vou lhe dizer: o último dia do verão. Amanhã o trigésimo outono desde... Quanto tempo nesta cidade inesgotável que não me traiu, onde me achei, confesso e agradeço, [Obrigado, grandioso apóstolo,] mas [e perdoe aqui as correntes no coração.] ainda puxa um arrepio aquele Planalto abençoado que minha mãe me deu, "Parabéns pra você...", o pó de onde vim, que "te expulsa e seguirá por toda a vida, meu filho, até que um dia o trará de volta, pelos justos e retos caminhos de Deus — eu sei", ela sabia, *eu* não sabia, ela... eles não me queriam mais, ninguém me queria, como talvez ainda hoje, talvez nada além do pó vermelho... Não importa. É meu e eu quero tudo de volta, tudo!, puro e desinfetado.

Botsuana?, mas que raios Botsuana, esquece Botsuana, porra, nunca passei nem perto de Botsuana.

Queridíssimo irmão, porque quando se toca num deus um dos dois morre.

Isso o quê, a velha maleta no chão, essas belezas espalhadas na mesinha, qual delas? Tem o estojo de pinho-de-riga com drogas viajantes de todos os tipos, seringa inclusive; isto, um riscador de pão; o vinte e dois; veja, um aziar; estas conchas; o livro, de fato impressionante, estava lendo lá fora, ah isto, quer mesmo saber desta lindeza toda nervosa nas minhas mãos? Acabei de tirar da maleta, de junto da Ave Maria: um terço. Mas não um *terço*; um especialíssimo. Gostou?

Observe, feito com um fio de seda nem grosso nem fino, coisa da maior tenebrosidade.

Acredite.

Testei um par de vezes. As contas, direto das reservas do Divino. Nada de pedrinhas, miçangas. Cristais coloridos. Joias da família, cinquenta e cinco peças transpassadas, presas até o fim da vida no extremo fio, rochedos do Senhor, apoiai-me nelas.

Precisei a distribuição dos cristais na me-di-da, enxerga daí, já falamos disso, que é um perigo esse tipo de fio, lembra, alcança as honras?

Encomendei para desfiar pelos pecadores e de vez em quando adornar o pescoço de algum que tenha já vivido demais. O operacional é simples e fulminante.

Rápido. Primeiro estica o adorno assim, vê?, testa duas vezes. Testado, instala o adorno no pescoço vil, puxa o adorno, arrocha o adorno, imperturbável, ajusta, arregaça o freio, troço espetacular, e quando a esganadura, a pressão, chega uma hora a seda abre a carne, corta devagar um talho para se recolher aos interiores, relar os ossinhos do gogó, fugir da sua vida mundana e libertar o sangue numas gorgoladas parecidas com mina dágua e lodo; então, no desespero do relógio da morte ele se escava nele mesmo, o vivente-demais se vasculha no próprio pescoço, pelo corte, as mãos caranguejeiras cheias de uns dedos pernudos e esfomeados que se metem debaixo da pele, rebolam tudo enfurecido no lodo agora um charqueiro de sangue, atrás da seda, perseguindo a seda, mas a seda não acham, acham é os olhos, que começam a empurrar fora os balões, de tanto que eles se arregalam e agonizam e quase espocam, de tanto que se congestiona a estamparia do penhorado, uma rolha entupindo o oxigênio do pescoço, o vermelho da cara já meio roxo, e a boca insiste em gritar sua agonia de cinema mudo, em fazer seu barulhinho inútil no projetor já nos últimos metros de fita, delirando que ainda pode exigir silêncio por entre os dentes, se morder e trincar a mangueira da bomba, quinze libras e caindo, a pressão, treze, nove, Ssssss, CINCO... SÓ PAra exibir o espetáculo do filme que virou teatro, mas o teatro, a plateia fugiu espavorida, esvaziou, ninguém quis ficar para ver o show das marionetes de quem opera o fio terrível num pescoço de pano e papel, das pernas arrebentando desesperadas as poltronas, dos cordames firmes no controle da marionete que é o Imediato se estrebuchando numa sessão de cinema mudo, os punhos de pelo animal e suor e os dedos tortos cada vez mais desistindo de puxar de volta a vida pelo fio de seda, soltando, caindo largados no colo.

Calculei um tempo de segurança, se alguma surpresa — nenhuma, graças a Deus – zero pulso ele. Me levantei e do corredor a última conferida. Imóvel, coberto com as doces pipoquinhas vermelhas. Perfeitamente.

Extremo fio é como eu chamo essa belezinha, igual à do baile há trinta anos no bar do trácio, todas aquelas abotoaduras finas dos três desamigos, exército, marinha, aeronáutica, e ainda o fio de garrotear. Malditos aramistas da monstruosidade na intenção da morte, foram pela decisão do fim, *meu* fim — nem pense em dizer diferente —, e olha, o original está no bolso. Vê como está velhinho ele todo embolado, o fio da morte, reconhece? Trinta anos a gente falando nos últimos dias, tristeza, desejo, tudo já foi dito, alegria, medo. Fim da história.

Chega...

Sss, quieto, escuta. Tem movimento fora. Deve ser uma criaturinha que se atrasou...

Ss, porra, padre, não grita.

CAPÍTULO 133

— Hôla, alguém aê, Garotón... — Pequeno? — Puedo entrar? — Entre, Pequeno. Venha se despedir do padre. — Mas oh uma borboletita amarilha em tus ombros, Garotón. Sinal de sorte. Hôla borboletita. Adeus borboletita. Mas mi salud vai mui bién, Garotón. Viviré djô cem años más, obrigado por perguntar. Mas mi queixo tem cáncer maligno, sí, son tantas las agresiones que recebemos. Hôla, senhor padre. Tranqilo aí dentro? Sua bênção. — Tem nada errado com teu queixo, Pequeno. — Mas entonces, Garotón, tu, dize quantos años más piensas que viverás, se dormes no sereno sem o gorro, tó, se atrais o azar conestos cabelhos blancos que non los pinta a juba non sei por que raios que te partam, debes tener una enfermedad de cabeça, jo los pintava los meos de rubio antes de eles caírem todos con las sobrancejas, dize-me, se não ouves mis conselhos de alimentación saudable, andas um tiquito magro, mi cavalar Garotón, rijo, mas magro, sem dúvida que magro, para mi gosto, por supoesto que hay carnes muy más sustanciosas que las carnes de las vacas, tu, sí, dize quanto tempo. Nem *jaci omunhã* nem as entranhas das piranhas lo sabem, mas ninguém mejor que jo nessas figadomancias, jo te quebro el galho, mi querido Garotón, olhe nos meus olhos com serenidade, respire profundamente, ostedes está sentindo os olhos pesados, y jo soy... — Pequeno, você... — Miércules!, se me chamares de esfregón de faxineira otra vez, Garotón, juro por mi santa madrezita de mi corazón, djô me voy djá. — Pequeno, você está atrasado. — Sí, mi cáncer terminal, como non, djá djá me muero, Garotón, tem razon, mas se djô espichar lo pernil acá ostedes non te importas, me tombo en el suelo más profundo com lo pijama de madeira, nem ligas. És um insensible, Garotón. Mas se piensas que me atrasso sofreste uno logro daquele relógio na parede, Garotón, por usar-lo em vez do que jo te dei de aniversário e desviaste-o para uma ruiva qualquer, não negues, eu sei, suíço legítimo, até a caixa era massomenos legítima. Faço tudo por vostedes, y tu sempre uno ingrato. — Pequeno... — Não me atrasei, já lo disse! Vais a alguno lugar, señor padre? Non? Viu, Garotón, non me atrasei. Solamente unos minutitos. — Se você queria conversar com ele hoje, Pequeno, chegou tarde. Há muito que fazer. Trouxe tudo? — Sí señor, Garotón. — Espera lá fora. Já vou terminar. — Y djô fico boquinha de siri detrás de las treliças de aço, Garotón, solamente mirando. — Não vou fazer nada com ele hoje. — Hôla, senhor padre, estoy acá. — Deixa o homem em paz, Pequeno. Amanhã. — Mas mi querido Garotón... — Cala boca pelo amor de Deus, Pequeno. — Sí, sí, y esta gaita de su mamazita querida, permite al menos tocar nel... — Tau!

Gritávamos, padre?

Quero um favor seu.

Importante.

Favor.

Espero ser atendido.

Pelos que passaram por estas mãos longe de hesitantes ou arrependidas, apenas um pouco menos estúpidas dos anos, se o irmão poderia colocar uma luz no caminho dessas quantas almas atormentadas e talvez puxadoras de correntes na escuridão de algum purgatório sem fim, se houver chance de salvação, o irmão poderia quem sabe elaborar um encaminhamento sacropositivo, uma oração com vigor eclesiástico, seria bom.

Tome o tempo que precisar. Em silêncio. Quero ver, não quero ouvir.

Insisto.

... ...

Oquei. Vamos em frente.

... ...

Podemos? O que disse, o irmão está...

Tá me perdoando, tá *nos* perdoando, Deus-pai-da-divina--verga, o latim agora é de canto de boca, não entendo o que significa esse murmulho, chicana e propiciatórios às portas da Eternidade, que outras indulgências na manga tu se ilude que tem procuração celestial para negociar, a multiplicação dos biscoitinhos? Deve me julgar um imbecil. Talvez eu seja mesmo, o irmão crê. Ou talvez o irmão se engane.

Julga o quadro inteiro, não é pintura de pouco valor, esquece o murmulho, para de tirar preço da minha mercadoria, dessa visão que pelo olho quente da fé deve estar lhe parecendo, pelos trinta e seis salmos de emergência — fé de emergência, bruta quadro horroroso que não melhora nem quanto mais pinga o colírio nas tintas que desgraçadamente se misturam cada vez piores umas que as outras, o ar respirado como areia grossa —, parecendo, deixa ver se adivinho, a terrível hora da pesagem das almas, uma bucha dessa envergadura, acertei não acertei?, o fogo que reacende na fornalha do medo o germe do mal, porque não Deus apenas ou um carvoeiro Inferozinho qualquer, não, os Dois, e o medo então um óvulo fecundado, o fruto original, de quando posto em desterro do jardim das delícias o homem e pelos dias da tua vida abrolhos, espinhos, do suor do teu rosto o pão, até que voltes à terra condenada por tua causa, tuas as sementes daninhas que triunfarão das cinzas e às cinzas tornarão, de novo e de novo e às cinzas e de novo estende a mão inevitável e colhe e vive da sombra na tua nova Árvore da Vida, o tumor que verás crescer entre os olhos e a mente, teu pão de todos os dias, tua herança — aleluia! —, teu o dia do último pão, do horror que rasga essa terra que por tua causa, essa terra da tua própria carne amaldiçoada pelas sementes que irrigaste com o teu suor e os clamores da alma, vamos malditas, cresçam!, os gritos sob os quais germinam, lancem raízes incendiárias e batalhões embaixo das costelas em luta surda com o coração — ah felix culpa, tira-me do mal o bem —, eia!, avancem, cortem, queimem, apaguem-me a luz e trepem e arrastem-se até a boca tomada de assalto e infestem o fruto maldito na arena final, pia sagrada e cratera numa extremidade do tubo e altar que um deus de generosidade infinita e não menos fidelidade não nos permite chamar também de esgoto, não senhor, é-nos interdito, por amor às coisas todas perfumadas que fluem pelo encanamento da nobre louça feita da porção do nosso barro curada com mais cuidado, acumulada de culpas e cobiças — é proibido chamar de cloaca, apesar de todas essas nobrezas —, órgão com que nos abençoou para melhor profaná-los, os Dois, ele e o seu reverso, o mal incriado, Eles em sua luta máxima — a boca, Queixada, compreende agora, Mandíbula desgraçado? —, a boca!, e tudo aquilo de secura, de retórica, as palavras como fonte inesgotável do bem e do mal, tudo os Dois aí dentro e cada um a espada flamejante do outro sobre o outro rasgando as paredes moles da boca, o apocalipse de cada horror a cada porção da carne que começa a ser extraída a caminho dos ossos, enlouquecendo os tambores, apagando os olhos com a força da sua luz de brilho negro.

Agora, se brilha, se enlouquece e apaga, só pode que é o fim, um fim tão próximo que os demônios coletores, ouça a batida deles nas costelas, tum-tum-tum!, dá pra sentir o chamamento?, a paralisia do medo diante do avanço, os calores e o burundum infernal subindo de um peito impuro à boca e os olhos escurecendo, está sentindo? Sei que está. Sei como se morre aos pedaços. Primeiro na boca, nos ouvidos por último, os felizardos, porque o medo não ataca os tímpanos, na verdade apura. Então escuta.

Dessas maravilhas espalhadas na mesinha, o livro que eu comecei a explicar mas você vidrado no terço, está bem, expliquei o terço, agora escuta. Este livro, tão impressionante, até me faz lembrar da minha mãe, ele conta uma história enterrada nos séculos, de uma mulher estranha que estudava e ensinava incansável as matemáticas da astrologia, física, todas as crendices de homem — coitada —, 400 d.C., no Egito, Alexandria, lugar de luzes antigas, ajoelhados todos no entanto diante da força da longa escuridão que se aproximava.

Acabaram matando, a turba. Tiraram as roupas da infeliz, arrastaram, bateram e, veja só, arrancaram vivas as carnes, uns selvagens. As pernas e os braços ensanguentados exibiram o que sobrou nas ruas com as vísceras e jogaram na fogueira. Adivinha o que usaram para descarnar. Cacos de telha. E conchas. Conchas de abalone. Estava lendo lá fora na rede, quando você chegou, debaixo da espatódea. Belíssima, concorda? É evidente que concorda. O porte, as flores, o tanto de vermelho e, como a amarela no pátio da igreja, pode cravar: dez anos. Sabe quem plantou, não sabe?".

"*Finis*"

FONTE Times New Roman, Book Antiqua
PAPEL Pólen Natural 70 g/m²
IMPRESSÃO Paym

FSC
www.fsc.org
MISTO
Papel produzido
a partir de
fontes responsáveis
FSC® C133282